新潮日本古典集成

和漢朗詠集

大曽根章介　堀内秀晃　校注

新潮社版

目次

凡例

本書は、現代の読者に『和漢朗詠集』を読み味わいやすい形で提供することを意図して編集したものである。そのため、およそ次のような方針で、通読と鑑賞の便を図った。

〔本文〕

一、本文は、現存最善本の御物伝藤原行成筆粘葉装(でっちょうそう)二冊本の『倭漢朗詠集』を底本とした。

一、原則として底本の本文を尊重したが、底本の誤脱と考えられるものは、他系統本により、改め、または補った。底本に改変を加えた場合は頭注で断った。

一、本文の掲出にあたっては、次のような方針をとった。

(1) 漢詩文の摘句は、最初に訓み下し文を掲げた。訓み下し文は、古点の訓み方によって訓み下して掲げることにした。上巻は藤原南家点本(日本古典文学会複製)および菅家点本(古典籍影印叢刊複製)により、下巻は菅家点本による訓をたてまえにし、他の古写本の訓を参照するとともに『色葉字類抄』『類聚名義抄』を活用した。従って今日の訓み方と特に清濁の点で異なるものがある。例えば「松樹」(しようしう)、「万株」(ばんちう)、「群山」(くんさん)、「十二廻」(しふじくわい)、「屋上」(をくしやう)など、枚挙にいとまがない。

また、古訓には「度(わた)て」「生(な)て」と促音便を表記しないのが通例であり、そのまま表記を改めなかった。当時も「わたって」「なって」と読んだと思われる。また平安時代には半濁音が音韻学的に認められていないので、「勧盃(けんはい)」「岸風(がんふう)」「新豊(しんほう)」など古訓の表記のままにした。

(2) 訓み下し文は、漢詩については、句間を一字あけて同行に続けたが、四六駢儷文(べんれいぶん)の摘句については、句間を一字あけ、対句(ついく)が対応するように二行に記した。

(3) 訓み下し文の次に、原文を白文のまま一字下げの小字で記した。白文は底本を尊重してそのまま掲げたため、訓み下し文と対応しない場合もある。

(4) 訓み下し文においても白文においても、使用漢字は一、二の例を除いて現行の常用漢字字体に統一した。

(5) 和歌は、すべて歴史的仮名遣いに統一し、漢字は常用漢字字体を用いた。また、適宜漢字をあて、句間を各半字分あけて読みやすさを図った。

一、各摘句・和歌にアラビア数字で通し番号を付し、頭注との参照の便を図った。

一、各作品の作者付けに付した訓みは、漢詩文と和歌と、それぞれにふさわしく訓みわけた。

〈例〉順　漢詩文—順(じゅん)　和歌—順(したがふ)

一、作者付けを欠くもの、誤ったと思われるものについては頭注で触れたものもある。

〔頭注〕

一、本文の理解および鑑賞の手引きとなる事柄を頭注として掲げた。

一、頭注は、アラビア数字による歌句番号で本文と対応させ、およそ次のような形式で構成したが、場合によりその一部を欠くことがある。

　口語訳（色刷り）

　評釈

　語釈

一、口語訳は、各作品の表現に従いながら、その作品の意を平明に伝えるよう心掛けた。

一、評釈は、各作品の成立事情、作者、典拠、主題、評解など、その作品の理解と鑑賞の資になるような事柄を適宜掲げた。

一、語釈は、語句の典拠・解説など、口語訳の理解を助ける事項を中心とし、そのほか本文の異同についても触れた。また、『和漢朗詠集私注』『和漢朗詠集註』『和漢朗詠集鈔』によって解することが多かったので、語釈の末尾にその旨を略称によって示した。前掲三書の略称は、それぞれ『私注』『集註』『鈔』である。

一、引用の漢文は書き下し文に改めることを原則とした。

一、本書中の他の漢詩文・和歌に触れるときは、平体漢数字をもってその句の番号を示した（例　五六七参照）。

〔付録〕

一、付録として、巻末に「典拠一覧」「影響文献一覧」「作者一覧」を添えた。

一、典拠一覧は、ほぼ次の要領によった。

(1) 漢詩文の場合は、典拠と考えられる書名と巻次・題を掲げた。ただし現存する典拠を探り得ないものは『和漢朗詠集私注』『和漢朗詠集鈔』『和漢朗詠集註』や『江談抄』の記事を掲げ、その不確かなものは存疑を記した。また、中国人の詩句で『千載佳句』に収められたものはその旨を書き加えた。なお、もっとも引用の多い『白氏文集』は、巻数を古活字本（本書が原形をもっともよく留めていると思われる）のそれを付したので、通行本の巻数（明暦三年刊本）と異なることを断って置く。

(2) 和歌の場合は、典拠を特定できないものが多いので、『万葉集』、三代集、私撰集、歌合、私家集の順にそれぞれの和歌を載せるものを掲げ、詞書を挙げ、歌句の異同を記した。

一、影響文献一覧は、『和漢朗詠集』に収載された作品の、同時代および後代における享受と影響の一端を示した。なお、これは、必ずしも『和漢朗詠集』からの直接の影響のみを示すものではない。

一、作者一覧は、作者の簡明な解説とともに作品番号を付し、作者索引をも兼ねている。

〔その他〕

一、本書の分担は、漢詩文関係を大曽根章介、和歌関係を堀内秀晃が担当して初稿を作製し、成稿の段階で相互調整をはかった。付録の分担もこれに準ずる。

和漢朗詠集

巻上

倭漢朗詠集　巻上

春

立春　早春　春興　春夜　子日 付若菜　三月三日　暮春　三月尽

閏三月　鶯　霞　雨　梅 付紅梅　柳　花 付落花　躑躅　藤　款冬

夏

更衣　首夏　夏夜　端午　納涼　晩夏　花橘　蓮　郭公　螢　蟬

秋

立秋　早秋　七夕　秋興　秋晩　秋夜　八月十五夜 付月　九日 付菊

九月尽　女郎花　萩　蘭　槿　前栽　紅葉 付落葉　雁 付帰雁　虫　鹿

露　霧　擣衣

冬

初冬　冬夜　歳暮　炉火　霜　氷 付春氷　雪　霰　仏名

春

立春

1

吹を逐て潜かに開く　芳菲の候を待たず
春を迎へて乍ちに変ず　将に雨露の恩を希はむとす

立春の日、内園に花を進る賦

逐吹潜開　不待芳菲之候
迎春乍変　将希雨露之恩

立春日内園進花賦

1　梅の花は、吹き始めたばかりの春風を慕って人知れず早くも蕾を破り、百花の芳しい盛春を待たない。立春の日を迎えて急に色を変じ、花の美しさを増すために雨露の恵みをうけようとしている。

梅の花に自分を仮託し、雨露に天子の恩を譬えて将来の栄達を望んだもの。

◇吹を逐て　春の風を追い慕う意。劉緩の「美人薔薇を摘むを看る」詩に「軽き香は共に吹を逐ふ」とあるのによる。『名義抄』では「吹」をカゼと読む。◇芳菲の候　花が美しく咲き匂っている時節。『字類抄』に「芳菲」をカウハシ、ハウヒと読む。◇雨露の恩　春になり暖かい雨露によって草木が生長することをいう。天子の恩恵が行きわたることを兼ねる。白楽天の「続古詩」に「雨露纖き草を長くし」とあり、「思帰楽に和す」詩に「君の恩は雨露の若し」とある。

2
池の凍(こほり)の東頭(とうとう)は風度(わた)て解(と)く　窓の梅(むめ)の北面(ほくめん)は雪封(ほう)じて寒し　篤茂(とくぼ)

池凍東頭風度解　窓梅北面雪封寒　篤茂

3
年のうちに　春はきにけり　ひととせを　去年(こぞ)とやいはむ　今年(ことし)とやいはむ　元方(もとかた)

4
柳気力(きりよく)なくして条(えだ)先づ動く　池に波の文(もん)あて氷尽(ことごと)くに開く　白(はく)

柳無気力条先動　池有波文氷尽開　白

2　春風が吹き始めて、池に張っている氷も東の方は解けだした。けれどまだ冬の景色が残っていて、窓の傍(そば)にある梅の北側の枝は残雪が消えやらず、花が開くには至らない。

陰陽五行説により春を東に、冬を北に配し、情景を対比させる。

◇池の凍　『礼記(らいき)』月令(がつりょう)、孟春の月に「東風凍(こほり)を解き、蟄虫(ちつちゅう)始めて振(うご)く」とあるのによる。

3　まだ年内なのにもう春が来た。これからは昨日までを、去年といったらよいのだろうか、それとも、今年といったらよいのだろうか。

暦と現実の気候との隔たりから生じた知的不審を、柔らかなリズムと抒情で包む。陰暦で、一年が十三カ月になる閏(うるう)年には、旧年の内に立春が来ることがあった。伝行成筆関戸本に「已上旧年」と注する。ここに和歌を置いたのは以上三首を一群と見なしたため。『古今集』一、春上巻頭の歌。詞書に「ふる年に春立ちける日よめる　在原元方」とある。『古今六帖』一にも収録。

◇けり　そのことに初めて気づいた軽い驚きの情。

◇ひととせ　年初から年内立春の前日までの一年。

4　春風が吹き始めると、まず柳の枝はよわよわとうちなびき、張りつめた池の氷も解けてしまって、水の面にはさざ波が立ち波紋が描かれる。

上句は春風について、下句は春水についていう。

5
今日知らず誰か計会せし　春の風春の水一時に来る

上に同じ

今日不知誰計会　春風春水一時来　同上

6
夜残更になんなむとして寒磬尽きぬ　春香の火に生て暁炉燃ゆ　良春道

夜向残更寒磬尽　春生香火暁炉燃　良春道

7
袖ひちて　むすびし水の　こほれるを　春立つ今日の　風やとくらむ　紀貫之

8
春立つと　いふばかりにや　み吉野の　山もかすみて　今朝は

5　立春の今日、どこの誰が計算して春風と春水を同時にもたらすようにしたのであろう。
◇計会　あらかじめ計算して一時にぶつかるようにすること。

6　冬の夜が明けようとして、寺僧が夜の勤めに打ち叩くさむざむとした磬の響きも絶え、暖かい春は暁方仏前に供える香炉の火とともにやって来る。
「寒」に冬の意をこめ、「火」に春の趣を表す。寺の景色を詠んだもの。◇残更　一夜を五更に分けたその最後の更（三時から五時）が終ろうとしてまだ尽きぬ時刻。◇寒磬　「磬」は古代中国で玉や石で造った打楽器、後世には銅を用いる。日本では仏具として用いられ、導師が勤行の時などに打ち鳴らした。『和名抄』に「宇知奈良之」とある。◇香の火　仏前に供える焼香の火。

7　去年の夏、袖の濡れるのもいとわず手にすくって涼しさを味わった水が、冬に凍っていたのを、春立つ今日の風が解かしていることであろうか。
『奥義抄』に「東風凍を解く心なり」とある。『古今集』春上、紀貫之の歌。『古今六帖』『新撰和歌』にも収録。
◇ひちて　「ひつ」は自動詞。濡れる。◇むすびし水　手ですくった水。夏の体験を回想。◇らむ　目の前にない現在の事態を推測する助動詞。

8　立春を迎えたというだけで、雪深い吉野山も今朝は春らしく霞んで見えているであろうか。

藤原公任の『和歌九品』はこの歌を「上品の上」とし、最高の評価を与えている。◇今朝は見ゆらむ　底本「けふはみゆらむ」。他系統本による。

9　田の面に残っていた氷はいつの間にか消えて葦が短い芽を出し、岸の柳の枝には春が来て新芽が垂れ下がっている。
◇蘆錐　葦の芽が初めて出た状態が錐に似ていること。◇柳眼　柳の新芽が眼の形に似ていること。

10　春はまず和やかな風を吹かせて春のおとずれを伝えさせ、続いて梢に鶯を囀らせて春がやって来たよしを説き知らせる。
春を擬人化して仕立てた。◇和風　やわらかな暖かい春風。◇消息　音信。『字類抄』によれば「文書分、セウソク」、『晋書』陸機伝に「我家絶えて書信なし。汝能く書を齎して消息を取らんや否や」とある。◇来由　いわれ。

11　春は東方からやって来るので、東岸の柳の萌えるのは早いが西岸の柳は遅く芽ぐむ。また南方は日向で暖かいので、南枝の梅は開くのが早く北枝の梅は開くのが遅い。
東岸・西岸・南枝・北枝は「地形に逐ふ」の題意を表

見ゆらむ　忠岑

早春

9　氷田地に消えて蘆錐短し　春枝条に入って柳眼低れり　元

氷消田地蘆錐短　春入枝条柳眼低　元

10　先づ和風をして消息を報ぜしむ　続いで啼鳥をして来由を説かしむ　白

先遣和風報消息　続教啼鳥説来由　白

11　東岸西岸の柳　遅速同じからず

す。
◇東岸……　『白氏文集』巻六六「早春即事」に「春の生ることは地形に逐ふ。北簷の梅晩く白く、東岸の柳先づ青し」とある。◇南枝　『白氏六帖』梅部に「大庾嶺上の梅、南枝落ちて北枝開く」とある。

12　野辺には紫の塵をつけたような蕨が初めて芽を出したが、その姿はあたかも人が拳を握っているようである。水辺には緑の玉のような葦が寒そうに萌え出ているが、錐が嚢から抜け出したようだ。

早春の景色を詠んだもの。「嫩」も「寒」もその意を含んでいる。
◇紫塵　早蕨の穂についた紫色の細毛。◇錐嚢を脱す　『史記』平原君伝に「それ賢士の世に処るや譬へば錐の嚢中に処るがごとし。その末立ちどころに見る」とあるのによる。

13　天気もうららかに晴れて、暖かい風が新たに萌え出た柳の枝を吹くのは、美人の髪を梳るようである。張りつめた氷も解けて、流れる水が水苔をそよがすのは、去年のままの鬚を波が洗っているように見える。

柳を髪に、苔を鬚に譬えた擬人法による対句の妙。古来から賞讃され下句は鬼神の作といわれた。

南枝北枝の梅　開落已に異なり
春の生ることは地形に逐ふ　保胤

東岸西岸之柳　遅速不同　南枝北枝之梅　開落已異
春生逐地形　保胤

12
紫塵の嫩き蕨は人手を拳る　碧玉の寒き蘆は錐嚢を脱す　野

紫塵嫩蕨人拳手　碧玉寒蘆錐脱嚢　野

13
気霽れては風新柳の髪を梳る　氷消えては浪旧苔の鬚を洗ふ　都

気霽風梳新柳髪　氷消浪洗旧苔鬚　都

14　晴れた春の日には庭に生気がみなぎり草が萌え出したので、白い砂も緑に見える。林も花が開いてその姿を変じたので、あちこちに残っている雪も紅の色を帯びている。

上句に草、下句に樹のことを叙(の)べて春の訪れを告げた作。

◇気色　外面に現れた様子。◇晴の沙　晴れた日の白い砂。◇容輝　美しい姿。◇宿んの雪　冬から消え残った雪。

15　岩に注ぐ形のまま凍ったつららのそばの蕨(わらび)が、芽を出してくる春、待ちに待った春になった。

『万葉集』巻八に「志貴皇子の懽(よろこび)の御歌」とある。

◇石そそく　岩に流れ注ぐ。「そそく」は清音。◇垂氷　つらら。『万葉集』の原歌では「垂水(たるみ)」で滝のこと。◇うへ　ほとり。そば。◇さわらび　「さ」は接頭語。

16　谷を渡る早春の風に解け始めた谷川の氷の、隙間ごとにほとばしり出てくる波、これが春浅い谷間の初花とでもいうのであろうか。

春の息吹きを陽にきらめく水のとばしりに感じた歌。

◇谷風　『詩経』谷風の注に「東風之を谷風と謂(い)ふ」とある。その「東風」の意を重ね用いたか。

17　野に出て見渡すと、さしもの比良の高嶺(たかね)にも雪が消え、若菜を摘むことができるまでに野にも春の気が満ちてきたことだ。

大きな展望の中に、広がる春の気配をとらえた。

14
庭気色(きそく)を増せば晴(はれ)の沙(いさご)緑なり　林容輝(ようくわ)を変ずれば宿(のこ)んの雪紅なり　紀(き)

庭増気色晴沙緑　林変容輝宿雪紅　紀

15
石(いは)そそく　垂氷(たるひ)のうへの　さわらびの　萌(も)えいづる春に　なりにけるかな　志貴皇子(しきのみこ)

16
谷風に　解くる氷の　ひまごとに　打ちいづる波や　春のはつ花　当純(まさずみ)

17
見わたせば　比良(ひら)のたかねに　雪きえて　若菜(わかな)つむべく　野はなりにけり　兼盛(かねもり)

◇比良のたかね　滋賀県の琵琶湖(びわこ)西岸にある山塊。

18　花の下で遊んではその美景を賞すといって家に帰ることを忘れ、樽(たる)の前で飲んでは春風に浮かれて互いに酔を勧める。

友人達と去年の春交歓を極めたことを想い出して詠んだ。

19　春の野は花が咲きみちて地は紅の錦(にしき)を敷いたようであり、春の空はかげろうが立ち乱れて緑の薄絹を張ったようである。

うららかな春の光景を詠んだもの。

◇芳菲　一参照。◇遊糸　かげろう。『字類抄』に「遊糸　春空也　イウシ」。◇繚乱　いり乱れるさま。◇碧羅　緑色の薄絹。

20　東都に赴任したならば、その地は家々に歌舞があり酒宴があり、処々に花が開いているであろう。だから、その春の興をわが物とほしいままにして上陽県の春を徒(いたず)らに過すことのないように。

春興

18　花の下(もと)を帰らむことを忘るるは美景(びけい)に因(よ)てなり　樽(そん)の前に
酔(ゑ)ひを勧(すす)むるはこれ春の風　白

花下忘帰因美景　樽前勧酔是春風　白

19　野(や)草芳菲(さうはうひ)たり紅錦(こうきん)の地　遊糸(いうし)繚乱(れうらん)たり碧羅(へきら)の天　禹錫(うしやく)

野草芳菲紅錦地　遊糸繚乱碧羅天　禹錫

20　歌酒(かしゆ)は家々(いへいへ)あり花は処々(ところどころ)あり　空(むな)しく上陽(しやうやう)の春を管領(くわんれい)する
ことなかれ　白

先輩が洛陽(らくよう)に赴任する際の送別の詩である。
◇上陽　東都洛陽にある県の名。『左伝』僖五に「晋侯復道を虞(ぐ)に仮り以て虢(くわく)を伐つ（中略）晋侯上陽を囲む」（上陽、虢国の都なり。弘農陝(せん)県の東南に在り）」とある。◇管領　領有してわが物とする。『字類抄』には「管領　ツカサトル、クワンリヤウ」とある。

21　山野に咲き続いている桃の花が日に映じているさまは、紅の錦(にしき)の反物を日に曝(さら)しているようであり、家々の門や川岸の柳が風に靡(なび)いているさまは、風が麹塵の糸を吹きたわめているようである。
山、野、門、岸は詩題の「処に逐ふ」の意を踏んでいる。
◇幅　布の幅(はば)。『字類抄』「幅　ハタハリ、絹布等幅也」。◇麹塵　黄ばんだ青色。『白氏文集』巻一三「書に代りて一百韻微之に寄す」詩に「柳麹塵の糸を宛(わが)ぬ」とある。◇宛ぬ　曲げて輪のように丸くする意。

22　草花が野辺に咲き乱れているさまは紅の錦や繡(ぬいもの)をのべ敷いたようであり、晴れた空にかげろうが立ち上るのは緑の羅(うすもの)や綾を織りなすかのごとくである。
春の野外の光景を詠んだもの。一九の劉禹錫の詩による。
◇錦繡　錦やぬいとりをした布。『和名抄』に「繡（訓㆓沼无毛乃(ぬひもの)㆒）以㆓五色糸㆒刺㆓万物形状㆒也」とある。
◇羅綾　薄絹と綾(あや)の織物。『和名抄』に「羅（此間云㆑良(ら)、一名蟬翼）綺羅亦網羅也」。

歌酒家々花処々　莫空管領上陽春　白

21
山桃(さんたう)また野桃　日紅錦(こうきん)の幅(ふく)を曝(さら)す
門柳また岸柳　風麹塵(きくちん)の糸を宛(わが)ぬ　　処に逐(したが)て花皆好(よ)し　斉名(せいめい)

山桃復野桃　日曝紅錦之幅　門柳復岸柳　風宛麹塵之糸　　逐処花皆好　斉名

22
野(や)に着(つ)いては展(の)べ敷(し)く紅錦繡(こうきんしう)　天に当(あた)っては遊織(いうしよく)す碧羅綾(へきらりよう)　野

着野展敷紅錦繡　当天遊織碧羅綾　野

23
林中(りんちう)の花錦(くわきん)は時(よりより)に開落す　天外(てんぐわい)の遊糸(いうし)は或は有無(いうぶ)なり

23　村の林を眺めると錦のような花が開いているのもあり散っているのもあり、晴れた空を望むとかげろうが日に映じて見えたり見えなかったりする。
春の郊外ののどかな光景を詠んだもの。

24　月夜に笙を吹き歌をうたって家々で春を楽しみ、春風に詩を作り酒を酌んで処々で風流を尽している。
家々処々で春の来たのを喜んでいるさまを詠む。

25　大宮人たちは、世も治まって暇があるのだなあ。今日もまた桜の花を折り、頭にかざして一日を遊びくらしたよ。
大宮人の野遊に寄せ、世の太平を祝う意を寓した。◇ももしきの　「宮」の枕詞。◇あれや　「や」は『万葉集』の原歌では疑問の係助詞だが、ここは結びの語がなく詠嘆の意が強い。◇桜かざして　桜の枝を髪や冠にさして不老長寿を願う習俗。なお、『万葉集』の原歌では「梅を」とある。

26　春の気分はわが身に照らしてみるとよくわかる。花盛りのころに、春らしいのんびりとした気分でいられる人は、まず、いないだろうな。
中宮の御屏風の歌。のち『平貞文家歌合』に入る。◇われ　屏風中の人物になって詠んでいる。

田達音

林中花錦時開落　天外遊糸或有無　田達音

24　笙歌の夜の月の家々の思　詩酒の春の風の処々の情
菅三品

笙歌夜月家々思　詩酒春風処々情　菅三品

25　ももしきの　大宮人は　いとまあれや　桜かざして　今日も暮しつ
赤人

26　春はなほ　われにて知りぬ　花ざかり　心のどけき　人はあらじな
忠岑

春夜

27 燭を背けては共に憐れぶ深夜の月　花を踏んでは同じく惜しむ少年の春　白

背燭共憐深夜月　踏花同惜少年春　白

28 春の夜の　やみはあやなし　梅の花　色こそ見えね　香やは隠るる　躬恒

子日

27 友人達と或る時は燈火を壁の方に背けて深夜の月をめで、或る時は落花を踏んでこの春のように空しく青春の過ぎて行くのをともに嘆き惜しむ。
◇燭を背けては　月を賞するために燈火を壁の方に向けること。◇憐れぶ　趣を興しつつ惜しむこと（『鈔』）。

28 春の夜の闇は、やることがさっぱり筋道が立っていない。梅の花を隠そうとするらしいが、なるほど花の姿は見えないものの、香気までは隠れるものか。
闇を擬人化し、闇すらも隠せぬ梅の香を讃える。◇あやなし　「あや」は、模様、筋目の意。理屈が通らない。◇色こそ見えね　「こそ……已然形」はこのように逆接の関係で下へ続くことが多い。◇やは　反語。

29 松の木に触れて腰を撫でるのは、松が風や霜に犯されず常に緑であるように、わが身に老いの到らぬよう願うためであり、七種の若草をあつものにしてロにするのは、身体の気分がよく調って無病であることを祈るためである。
子の日の祝を賦したもの。
◇腰を摩れば　松は風霜に萎れずその葉が常緑であるので、子の日にこれに触れて腰を撫でて祝うのである。◇菜羹を和して　正月七日に七種の若菜のあつものを食すると無病であるという。『荊楚歳時記』に「正月七日を人日と為す。七種の菜を以て羹を為る」とある。なお『北山抄』に「正月上の子の日若菜を供する事（内蔵寮、内膳司、各これを供す）」と見える。

30　松の根によって腰を撫でると千年の松の緑の色が手の中に満ちあふれ、梅の花を折って頭にかざす時は花が散って時ならぬ二月の雪のように衣に落ちかかる。

直前の道真の句によって作ったものであろう。
◇千年の翠　千年も色の変らぬ松の緑をいう。『李嶠百詠』松に「百尺条陰合し、千年蓋影披く」。◇二月の雪　梅の花の落ちるのを雪に喩えた。『白氏文集』巻二〇「二月五日花下作」に「二月五日花雪の如し、五十二の人頭霜に似たり」とある。

31　子の日の野遊をする野辺に小松がなかったならば、千年の長寿を祈るよすがに何を引いたらよいだろう。

朱雀院の御屏風の歌（忠見集）。作者は『拾遺抄・集』などに忠岑とするが、『三十人撰』『三十六人撰』『金玉集』『深窓秘抄』などでは、忠見とする。

29
松樹に倚て腰を摩れば　風霜の犯し難きことを習ふ
菜羹を和して口に啜れば　気味の克く調ほらむことを期す　菅

倚松樹以摩腰　習風霜之難犯也　和菜羹而啜口　期気味之克調也　菅

30
松根に倚て腰を摩れば　千年の翠手に満てり
梅花を折て頭に插めば　二月の雪衣に落つ　尊敬

倚松根摩腰　千年之翠満手　折梅花插頭　二月之雪落衣　尊敬

31
子の日する　野辺に小松の　なかりせば　千代のためしに　な

にをひかまし　　忠岑(ただみね)

32
千歳(ちとせ)まで　ちぎりし松も　今日よりは　君にひかれて　よろづ代や経(へ)む　　能宣(よしのぶ)

33
子の日しに　しめつる野辺の　姫小松(ひめこまつ)　ひかでや千代の　かげを待たまし　　清正(きよただ)

若菜(わかな)

34
野中(やちう)に菜(さい)を芼(えら)ぶ　世事(せいし)これを蕙心(くゑいしん)に推(お)す
鑪下(ろか)に羹(あつもの)を和(くわ)す　俗人(しよくじん)これを荑指(ていし)に属(つ)けり　　菅

◇なかりせば　「せば」は反実仮想。◇ひかまし　「ひく」に小松を引く意と例に引く意とを掛ける。

32　千年の寿命と約束されている松も、今日からは万年の寿命をもつわが君にひかれて、万年の寿命を生きることになろう。

あとで、天皇の子の日の宴にはどう詠むつもりだと父頼基に叱られたという（『袋草紙』）。◇ちぎりし　『拾遺抄・集』等に「かぎれる」とある。◇君　敦実親王。宇多天皇皇子。◇ひかれて　引き抜かれる意と影響を受ける意とを掛ける。

33　子の日の遊びをするために場所をとった野辺にある姫小松はいとしく思える。いっそこの小松をひかずに、千年の後の緑の陰を成すのを待とうか。

紀伊国(きのくに)（和歌山県）で子の日をしたときの歌。◇しめつる　標(しめ)を張って場所を占有した。◇姫小松　かわいらしい小松。

34　子の日に野外に出て若菜を摘むことは、世間ではやさしい女性の心に限るものとして奨(すす)め、また炉(ろ)の火にかけて羹を調理することは、人々が美人のしなやかな手に任せて干渉しない。

子の日に宮女に宴を賜る理由を述べている。◇芼ぶ　『詩経』周南、関雎に「参差(しんし)たる荇菜は、左右してこれを芼ぶ（毛伝、芼は択なり）」とある。◇世事　世の中の習い。◇蕙心　「蕙」は蘭の名。婦人のやさしい心に喩える。『文選』蕪城賦に「東都の

野中芼菜　世事推之蕙心　鑪下和羹　俗人属之荑指　菅

35
明日からは　若菜つませむ　片岡の　あしたの原は　今日ぞ焼くめる　人丸

36
春たたば　若菜つまむと　しめし野に　昨日も今日も　雪は降りつつ　赤人

37
行きて見ぬ　人もしのべと　春の野の　かたみに摘める　若菜なりけり　貫之

妙姫、南国の麗人、蕙のごとき心、紈のごとき質（張銑注、蕙は香草、美に喩ふるなり）」とある。◇俗人　世間一般の人。◇荑指　「荑」は茅の若草で白く柔らかいもの。婦人の美しい指に喩える。『詩経』衛風、碩人「手は柔荑の如く、膚は凝脂の如し（集伝、茅の始めて生るを荑と曰ふ。言ふこころは柔にして白し）」。

35　明日からあそこで若菜を摘ませよう。片岡のあしたの原は今日野焼きをしているようだから。

「明日から」に、春の訪れを待望した心が現れている。◇片岡　奈良県北葛城郡王寺町とその南の葛城山脈に沿う一帯の地。葦田の原は王寺付近といわれる。◇あしたの原　明日・朝・今日と、日時を表す言葉でリズムを取る。◇焼く　野焼きは地味を肥やし草を茂らせるため冬に行う。

36　立春になったら若菜を摘もうと標を結んでおいた野に、昨日も今日も雪が降り続いて、若菜を摘むこともできそうにない。

◇春たたば　関戸本・雲紙本等では「あすからは」。『万葉集』の原歌では「明日よりは」。◇しめし野　標縄で占有のしるしをしておいた野。

37　子の日の野遊に出て見ない人もよさを味わうよすがにするようにと思って、春の野の記念にたがいに小籠に摘んだ若菜なのですよ、これは。

◇しのべ　「しのぶ」は美しさ、よさなどを賞美する意。◇かたみに　記念の意に筐（小籠）の意を掛ける。互いに（互に）の意も含ませていよう。

三月三日 付 桃

38 春来ては遍くこれ桃花水なれば　仙源を弁へずして何れの処にか尋ねむ　王維

春来遍是桃花水　不弁仙源何処尋　王維

39 春の暮月　月の三朝　天も花に酔へり　桃李の盛んなるなり。我が后　一日の沢、万機の余、曲水遥かなりといへども、遺塵絶えんたりといへども、巳の字を書いて地勢を知り、魏文を思て風流を翫ぶ。蓋し志の之くところ、謹んで小序を上る。　菅

38 春が来ると到る処に桃の花が咲き水が漲り流れているので、あの桃源の仙境もどこか分らない。どうして尋ね行くことができよう。

陶淵明の『桃花源記』によって詠んだものである。

◇桃花水　三月桃花の咲く頃氷が解けて漲り流れる水をいう。『漢書』溝洫志に「来春桃華の水盛んにして（顔師古注、月令に仲春の月始めて雨水あり、桃始めて華さく。けだし桃方に華さく時に既に雨水有り、川谷氷泮け衆流猥りに集まり波瀾盛んに長ず。故にこれを桃華水と謂ふのみ。韓詩伝に云く、三月に桃華水）」とある。◇仙源　仙境で武陵桃源のこと。『桃花源記』『述異記』下、『捜神後記』等に見える。

39 春の三月三日、天が花に酔ったように紅に映るのは、桃李が満開だからである。この時わが君は、政をおとりになる暇に曲水の宴を賜った。そもそもこの宴の起りは非常に古く、その旧い習わしも絶えて久しいとはいえ、巳の字を書いては周の時代に曲水の宴のあった地形を知り、魏の文帝の遺風を慕って風流の遊びを行うのである。古人がいうように詩は感情の赴くままに賦すものであるから、詩を賦し謹んで、小序を奉る次第である。

曲水の宴の由来を述べて聖徳を讃えている。

◇一日の沢　君の恩沢により今日の宴を賜ったことをさす。◇万機の余　天子の政の余暇。◇曲水　昔三月三日に文人等が曲折した流水に盃を泛べ詩を賦した風流な遊び。『晋書』束哲伝に「武帝嘗て摯虞に三日曲

水の義を問ふ（中略）晳進みて曰く（中略）昔周公洛邑に城くとき流水に因りて以て酒を汎ぶ。故に逸詩に云く、羽觴波に随ふと」とある。◇遺塵　昔のあと。わが国でこの宴が平城天皇の大同三年より中絶していることをさす。◇巴の字　水の流れが巴の字のように曲折しているさま。『三巴記』（『太平御覧』巻六五）に「閬白二水合流して（中略）武陵に入りて曲折すること三曲、巴の字の如きあり」と曲水の宴ゆかりの地形が記されている。◇魏文　魏の文帝の時に曲水の宴が行われた。『宋書』礼志に「魏より以後、但三日を用ひ巳を以てせず」とある。◇志の之くところ　『詩経』大序「詩は志の之くところなり。心に在るを志と為し、言に発して詩と為す」。

40　空にたなびく霞はみな紅を帯びて、遠くも近くも同じほどの酒量と見える。桃李の薄く濃く咲いている花の色が空に映って見えるのは、ちょうど盃を勧めて天を酔わせているのに似ている。

「花の時天も酔へるに似たり」の題意に添う。◇煙霞　「煙」はもやのこと。◇同戸　同じほどの酒量。「同戸とは酒を飲むに上中下戸の差別あり。故に同戸とは曰ふ」（『私注』）。◇勧盃　盃を勧めて酔わせること。ここは桃李が酒を勧めるといった心。

41　三月三日に、水が屈曲して巴の字を描くところで曲水の宴を行う。それは遠く周の時代に起ったことだが、その後一体幾年を経たのだろうか。

曲水の宴の由来を詠んだもの。

春之暮月　々之三朝　天酔于花　桃李盛也　我后　一日之沢　万機之余　曲水雖遙　遺塵雖絶　書巴字而知地勢　思魏文以翫風流　蓋志之所之　謹上小序　菅

40

煙霞の遠近同戸なるべし　桃李の浅深勧盃に似たり　菅

煙霞遠近応同戸　桃李浅深似勧盃　菅

41

水は巴の字を成す初三の日　源は周年より起て後幾ばくの霜ぞ　篤茂

水成巴字初三日　源起周年後幾霜　篤茂

42

石に礙て遅く来れば心竊かに待つ　流に牽かれて遄く過ぐ

れば手先づ遮る　雅規

礙石遅来心竊待　牽流遄過手先遮　雅規

43
夜の雨偸かに湿して　曾波の眼新たに嬌びたり
暁の風緩く吹いて　不言の口先づ咲めり　桃始めて華さく序　紀

夜雨偸湿　曾波之眼新嬌　暁風緩吹　不言之口先咲　桃始華賦　紀

44
三千年に　なるといふ桃の　今年より　花さく春に　あひそめにけり

暮　春

◇巴の字　三九参照。◇周年　周の時代。

42　曲水の宴は、上流から盃を流し、自分の前を過ぎないうちに詩を作り、その盃を取って飲む遊びである。だからもし盃が石に触って流れて来るのが遅ければ、詩を作り終った人は心の中に早く流れて来ることを竊かに期待し、また盃が流れにひかれて早く自分の前を過ぎて行くと、まだ詩を作れない者はまず手を差し出して盃をとめ、慌てて詩を作ろうとする。曲水の宴の有様を賦したもの。

43　昨夜の雨にいつしか湿り気を帯びて新たに蕾を破った桃の花のあでやかな様子は、美人がぱっちりした眼で媚びを示しているようであり、暁の風が緩やかに吹いて来るにつれて桃の花が咲き始めたさまは、美人がもの言わず唇に笑みを含んでいるようである。桃の花を美人に喩えたもの。◇曾波　重なる波で美人の眼が白黒はっきりして水の波が立っているようなさまをいう。一説に二重まぶたとも。『楚辞』招魂に「美人既に酔ひて朱顔酡けり。娭光眇視して目波を重ぬ（王逸注、目采眄然、白黒分明にして、水波たちて華を重ぬるが若し）」。◇不言の口　桃の花の開くのを喩える。『史記』李将軍伝の「諺に曰く、桃李言はざれども下自ら蹊を成す」に基づく。

44　三千年に一度実がなるという桃が、今年から花の咲くめでたい春に初めて逢ったことだ。初めて咲いた桃を西王母の桃に見立て、三千年に一度のような良い春を讃えた。
◇三千年になるといふ桃　三千年に一度実を結ぶという西王母の園の仙桃。長命を願っていた漢の武帝がこの桃を食べ、その種を持ち帰ろうとしたが止められたという（『漢武内伝』）。◇あひそめにけり　「あひぞしにける」とする伝本もある。

45　低く垂れて池の面を払う柳の枝は千万の花をつけており、楼を隔てた鶯の鳴き声がただ二声三声聞えて来る。
暮春の心を詠んだもの。◇柳花　春さき柳の葉の間に出る穂の形をした黄色の花。◇鶯舌　鶯の声。

46　暁の潮の引いた砂の上には鷗が翅をたれて下り、草の生い茂った春の野にはかげろうが糸のように乱れ立っている。
のどかな暮春の光景を詠んだもの。
◇沙鷗　海岸の砂の上で遊ぶ鷗。◇野馬　かげろう。『荘子』逍遥遊に「野馬と塵埃とは、生物の息を以て相吹くなり（郭象注、野馬は遊気なり）」とある。

47　人は二度と若い時がないから、少年の春を惜しむがよい。また年はいつも春ではないから、酒を絶やさず楽しみを尽せ。
暮春への哀惜の情を賦したもの。
『文選』陸機の「楽府短歌行」に「時は重ねて至ること無く、華は再び陽げず」とあるのに似ている。

45
水を払ふ柳花は千万点　楼を隔つる鶯舌は両三声　元
払水柳花千万点　隔楼鶯舌両三声　元

46
翅を低るる沙鷗は潮の落つる暁　糸を乱る野馬は草の深き春　菅
低翅沙鷗潮落暁　乱糸野馬草深春　菅

47
人更に少いことなし時すべからく惜しむべし　年常に春ならず酒を空しくすることなかれ　野
人無更少時須惜　年不常春酒莫空　野

48
劉白若し今日の好きことを知らましかば　此の処とぞ言ふべからまし何れとは言はざらまし　順

劉白若知今日好　応言此処不言何　順

49
いたづらに　過ぐす月日は　多かれど　花見て暮す　春ぞすくなき

三月尽

50
春を留むるに春住まらず　春帰て人寂漠たり
風を厭ふに風定まらず　風起て花蕭索たり　白

留春々不住　春帰人寂漠
厭風々不定　風起花蕭索

48　劉禹錫と白楽天がもしこの詩筵の楽しさを知っていたならば、二人の唱和詩において、「此処春深好」と作って「何処春深好」とは決して言わなかったであろう。

『劉白唱和集』の詩句を借りて春の楽しみを詠んだ。◇劉白　劉禹錫と白楽天が「春深」の題で唱和したことをさす。『白氏文集』巻五六「春深に和す二十首」は、その初句がすべて「何れの処か春深くして好き」で始まっており、『全唐詩』劉禹錫四「楽天に同じく微之に和す深春二十首」では、「何れの処か深き春の好き」で始まる。作者は「此の処」と限定することにより詩宴の快楽を自讃した。◇好き　『名義抄』では「好」をヨシ、コトムナシの両様に読む。

49　何もしないで過す月日は結構多くあるものだが、花を見て暮す充実した春の日はまことに少ないものだよ。

「多」と「少」の対照のうちに惜春の情を表す。二条后（高子）の五十賀の屛風歌。藤原興風の作。◇いたづらに　何もしないで空しく。

50　春は留めようとしても留まらず、いつしか帰って行ってしまうので、花見の人出もなく、風を嫌っても思いのままに静まらず、たちまち吹き起ると花は散りはててすべてがもの寂しい。

暮景のもの寂しい景趣を詠む。
◇寂漠　人気がなくもの寂しいこと。『字類抄』「サウサシ、セキハク、居処部幽囚分」。◇蕭索　物が散り落ちて寂しいこと。『文選』恨賦に「秋の日蕭索として浮べる雲光無し（李善注、鄭玄礼記注に曰く、索は散なり）」。

51　君は竹のある座敷で静かに春の永い日を暮し、私は花の咲いた家で酒を飲み暮れ残った春を送っている。

上句で皇甫(こうほ)賓客の高趣を褒(ほ)め、下句で自分の俗情を謙遜している。

◇竹院　竹を植えてある屋敷。◇花亭　花の咲いている小さな家。

52　春の過ぎ行くのを留めようとしても留め得ないのは悲しいことだ。春の最後の花である藤の花の下で一日を眺め暮し、ようやくたそがれになった。

春の終りに名残を惜しんで詠んだもの。

◇惆悵　痛み悲しむこと。『字類抄』に「呵嘖分　チウチヤウ」、『文選』九弁に「惆悵にして私(ひそか)に自ら憐(あはれ)ぶ（劉良注、惆悵は悲哀なり）」とある。◇黄昏　日没の時。たそがれ。

53　春は人ではないから、別れを送るのに舟や車を用いる必要はない。ただ鶯(うぐいす)が谷に帰り花が落ちれば、春を送ることになるのだ。

次の五四と一首をなし春の名残を惜しんだもの。

◇舟車　『史記』夏本紀に「陸行には車に乗り、水行には船に乗る」とある。◇残鶯　春が過ぎても鳴いている鶯。

白

51　竹院(ちくゐん)に君(きみ)閑(しづ)かにして永日(えいじつ)を銷(け)す　花亭(くわてい)に我(われ)酔(ゑ)て残(のこ)んの春を送る　白

竹院君閑銷永日　花亭我酔送残春　白

52　惆悵(ちうちやう)す春帰(かへ)て留(とど)むることを得ざることを　紫藤(しとう)の花の下(もと)に漸(やうや)く黄昏(くわうこん)たり　白

惆悵春帰留不得　紫藤花下漸黄昏　白

53　春を送るには用(もち)ゐず舟車(しうしや)を動かすことを　ただ残鶯(さんあう)と落花(らくくわ)とに別る　菅

送春不用動舟車　唯別残鶯与落花　菅

54 若し韶光をして我が意を知らしめましかば　今宵の旅宿は詩の家にぞあらまし　上に同じ

若使韶光知我意　今宵旅宿在詩家　同上

55 春を留むるには用ゐず関城の固めをも　花は落ちて風に随ひ鳥は雲に入る　尊敬

留春不用関城固　花落随風鳥入雲　尊敬

56 今日のみと　春を思はぬ　ときだにも　立つことやすき　花のかげかは　躬恒

54 もし春の光に、私がこのように春を惜しんでいる気持を知らせたならば、春も帰り際の今宵一夜の宿に私の家を選ぶであろう。◇韶光　春ののどかな光、または景色。◇詩の家　詩人の家の意で道真自身の家をさす。

55 春を留めるためには関所や城を構えても用をなさない。花は風の吹くままに散り落ち、鳥もいつしか雲の中に姿をかくして、春は空しく過ぎ去ってしまう。亖と同じ詩境の作品である。◇関城　関所や城門。出入者を検問防禦する所。

56 春は今日だけだと、まだ思わなくていい時でさえ、花の陰を立ち去るのになかなか決心がつかないもの。まして春の終りの今日はなおさらである。暦日を意識しながら花に寄せる惜春の情を歌う。◇今日のみと　春は今日で終りだと。「のみと」は底本「とのみ」。他系統本により訂す。◇だに　軽いものを挙げて重要なもの（三月尽である今日）を言外に推測させる助詞。

57 花もみな散ってしまうわが家の庭は、これから後は、行く春にとっても、しばし住み馴れただけの故里ということになってしまうのだろうな。

◇ふる里　春にとってはかつて住んだ所の意。残された主人からすれば春が住み捨てて行った寂しい所の意となる。◇べらなれ　……のようだ。和歌に使われる助動詞。

58 再びめぐってくる春だとは思うが、それまで頼みにならぬ病身のわが身なので、ひとしお惜しく思われる今年の春であることだ。

身の衰えに春との再会の期し難いことを嘆く。『後撰集』左注に「貫之かくて同じ年になん身まかりにける」とある。

◇惜しき春かな　底本「をしくもあるかな」。他系統本により訂す。

59 今年は春三月に閏月があるから例年より余分に花を観賞できるが、まして君は名高い金陵の地に行かれるのだから、その地の名花を一カ月余分に見ることができてさぞ満足であろう。

三月に閏月があるので花を観賞できる期間が長い、という趣向が秀れている。

◇金陵　江蘇省江寧府。昔の建業（康）、今の南京。三国の呉以来都があった。『文選』謝朓の鼓吹曲に「江南佳麗の地、金陵帝王の州」とある。

57
花もみな　散りぬる宿は　ゆく春の　ふる里とこそ　なりぬべらなれ

貫之

58
またも来む　ときぞと思へど　頼まれぬ　わが身にしあれば　惜しき春かな

貫之

閏三月

59
今年の閏は春三月に在れば　剰さへ見る金陵の一月の花を

陸侍御

今年閏在春三月　剰見金陵一月花　陸侍御

60 渓に帰る歌鶯は　更に孤雲の路に逗留し
林を辞する舞蝶は　還て一月の花に翩翻たり　順

帰渓歌鶯　更逗留於孤雲之路　辞林舞蝶　還翩翻於一月之花　順

61 花は根に帰らむことを悔ゆれども悔ゆるに益なし　鳥は谷に入らむことを期すれども定めて期を延ぶらむ　藤滋藤

花悔帰根無益悔　鳥期入谷定延期　藤滋藤

62 さくら花　春加はれる　年だにも　人の心に　飽かれやはする　伊勢

60 閏で春が一月延びたので、谷の古巣に帰りかけた鶯も更に暫くの間大空にかかる一ひらの雲に留まって歌い、林に別れを告げようとしていた蝶もまた一月余分の花の間にひらひら舞っている。

鶯と蝶により春の閏月の楽しみを詠んだもの。◇孤雲　一むらの雲。◇逗留　留まって進まないこと。『字類抄』に「稽留分　トウリウ」とある。◇翩翻　ひらひら飛ぶさま。

61 春も暮れたというので散ってしまった花は、閏月があると知って散ったことを後悔してももはやどうにもならず、また鳥は春が終るので古巣の谷に帰ろうと思っても、なお春があることを知ればきっとその時期を延ばすことだろう。

閏三月の情趣を静と動の対比によって詠んだもの。◇根に帰らむ　本に帰ること。ここは梢の花が根本に散ること。『老子』に「夫れ物は芸々たるも各々その根に帰る」とある。

62 桜の花は、春がひと月多い今年でさえ、相変らず忙しく散って、人の心に飽きられるほどゆっくり咲いていようなどと、決してしないのだ。

◇春加はれる年　春に閏月の加わった年。延喜四年（九〇四）に閏三月があった。◇だに　ここは、……でさえ、の意。◇飽かれやはする　「飽かれやはせぬ」とする伝本もある。

鶯（うぐひす）

暁賦（げうふ）

63 鶏（にはとり）既に鳴いて忠臣旦（ちうしんあした）を待つ　鶯いまだ出でずして遺賢（ゐけん）谷に在（あ）り　鳳（ほう）を王となす賦（ふ）

鶏既鳴兮忠臣待旦　鶯未出兮遺賢在谷　鳳為王賦

64 誰（たれ）が家の碧樹（へきしう）にか　鶯啼（な）いて羅幕（らばく）なほ垂れたる　幾（いづれ）の処の華堂（くわたう）にか　夢覚（さ）めて珠簾（しゆれん）いまだ巻かざる

誰家碧樹　鶯啼而羅幕猶垂　幾処華堂　夢覚而珠簾未巻　暁賦

63 鶏が朝早く鳴くのは、忠臣が朝早く起きて出仕の時が来るのを待つのと同じであり、鶯が谷に籠（こも）り、出て来て鳴かないのは、賢者が野にあって召し出されないのに似ている。

鳳凰（ほうおう）を王に、鶏や鶯を臣下に見立てて詠んだもの。◇忠臣旦を待つ　無徳の王、晋の霊公の命で忠臣趙盾（ちょうとん）を殺そうとした鉏麑（しょげい）が、朝早く邸（やしき）に忍び込むと、趙盾は礼服を着て出仕の支度を終え、まだ間（ま）があったので仮寝していたが、鉏麑はそれを見て感嘆し自殺したという故事による（『左伝』宣公二年）。◇遺賢谷に在り　「遺賢」は在野の賢者。政（まつりごと）が正しければ出でて仕え、正しくなければ山野に隠れる。『書経』大禹謨（だいうぼ）に「野に遺賢なし。万邦咸寧（みなやす）からん」とある。

64 春の暁方誰の住む家か知らぬが、緑の美しい樹に鶯が来て鳴いているのに、まだ眠っているのか薄物のカーテンを下ろしたままだ。またどこか分らないが、豪壮な邸では床の中で鶯の鳴くのを聞いて、眼は覚めながら夢うつつなのか、珠飾りの簾（すだれ）もまだ巻き上げていない。

春の暁に鶯が鳴いて人々が眠りから覚めようとする光景を想定して詠んだ。『鈔』に「羅幕珠簾ト云ヘバ、美人ノ事ハ推量セヨ」とある。◇碧樹　緑の樹。◇羅幕　薄物のカーテン。◇華堂　華やかで美しい家。◇珠簾　珠で飾った簾。また美しい簾をいう。

65 霧に咽(むせ)ぶ山鶯(さんあう)は啼(な)くことなほ少(わか)し　沙(いさご)を穿(うが)つ蘆笋(ろしゅん)は葉纔(わづか)に分れたり　元(げん)

咽霧山鶯啼尚少　穿沙蘆笋葉纔分　元

66 臺頭(たいとう)に酒有(あ)て鶯客(うぐひすかく)を呼ばふ　水面(すいめん)に塵(ちり)無くして風池(いけ)を洗ふ　白(はく)

臺頭有酒鶯呼客　水面無塵風洗池　白

67 鶯(うぐひす)の声に誘引(いういん)せられて花の下(もと)に来(きた)る　草の色に拘留(こうりう)せられて水辺(すいへん)に坐(を)り　白

鶯声誘引来花下　草色拘留坐水辺　白

---

65 春がまだ浅いので、朝霧にむせぶようにかすかに聞える山の鶯はまだ鳴く声がわかく、砂をおこして萌え出た葦の芽はやっと二葉に分れたところだ。
早春の山水の景色を詠んだもの。
◇霧に咽ぶ　朝霧の中にかすかに鳴くさま。◇蘆笋　葦の芽。

66 臺の辺(ほと)りには酒が設けてあるので、鶯の鳴声は客を招き呼ぶように聞える。水の面は塵一つなく清らかなので、風が池を洗っているように見える。
別荘の興趣深い様子を詠んだもの。
◇臺頭　高殿の辺り。

67 鶯の声の面白さに誘われて花の下にやって来て、さらに草の色の美しさに引き留められて水の辺りに坐った。
作者が謫居(たっきょ)のうちに春を迎えた感懐を詠んだもの。

68 同類のものは互いに相求めて感通するものであるから、離鴻去雁の楽曲は名前の上からも曲の上からも春の鶯の囀りに呼応して面白く、また異種のものも、つき合せると終には混融するものであるから、龍吟魚躍の琴笛の音は、その名が鶯と異なるとはいえ暁の鶯の鳴声に響き合ってすばらしい。
管絃と鶯の鳴声が調和して聞える美妙を詠んだ。
◇同類を相求む　同じ類のものは互いに引き合う。『易経』からの引用。『史記』伯夷伝に「明を同じくすれば相照らし、類を同じくすれば相求む」とある。

◇離鴻去雁　春の楽曲の一。師涓が作った新曲に離鴻・去雁の歌があるという（『拾遺記』巻三）。◇異気　龍や魚は鳥とは種類を異にすること。◇龍吟　笛の音の響き。『文選』長笛賦に「近世の双笛は羌より起る。羌人竹を伐りていまだ及ばざるに、龍水中に鳴きて見えず。竹を截りて吹くに声相似たり」とある。◇魚躍　琴の音。『列子』に「瓠巴琴を鼓すれば、鳥舞ひ魚躍る」とある。

69　古の趙飛燕のように上手な舞姫は、暫く舞の袖を止めて、その乱れた調子が旧い調子のためかといぶかり、昔の周瑜のように音律を解する殿上人は、しきりに首を傾け簪を動かして、鶯の囀る声のする梅の初花の方を振り返って見る。

宮中で奏する音楽と鶯の囀りが調和せぬさまを詠む。◇燕姫　漢の成帝の后趙飛燕のこと。ここは舞妓に譬える。『文選』西京賦に「飛燕は体の軽きことを寵せらる」とある。◇撩乱　調子が乱れあうこと。◇旧拍　旧い拍子。一説に「拍」を楽器の意という。◇周郎　呉の周瑜のこと。音楽に詳しい殿上人に譬える。『呉志』周瑜伝に「瑜少くして意を音楽に精しくす。三爵の後といへどもそれ闕誤有れば瑜必ずこれを知る。知れば必ず顧みる。故に時の人謡って曰く、曲に誤有り、周郎顧みる」とある。◇簪　冠をとめるため髪にさすもの。◇間関　なめらかな鳥の鳴声をいう。『白氏文集』巻一二「琵琶行」に「間関たる鶯語花底に滑らかに」とある。

68

同類を相求むるに感ず　離鴻去雁の春の囀りに応ず
異気を会して終に混ず　龍吟魚躍の暁の啼きに伴ふ

感同類於相求　離鴻去雁之応春囀　会異気而終混　龍吟魚躍之伴暁啼

69

燕姫が袖暫く収まて　撩乱を旧拍に猜む
周郎が簪頻りに動いて　間関を新花に顧みる　菅三品

燕姫之袖暫収　猜撩乱於旧拍　周郎之簪頻動　顧間関於新花　菅三品

70

新路は如今宿雪を穿つ　旧巣は後のために春の雲に属す

菅(かん)

新路如今穿宿雪　旧宿為後属春雲　菅

71
西楼(せいろう)に月落ちて花の間(あひだ)の曲(きよく)　中殿(ちうてん)に燈(ともしび)残(のこ)て竹の裏(うち)の音(こゑ)　菅三品

西楼月落花間曲　中殿燈残竹裏音　菅三品

72
あらたまの　年たちかへる　朝(あした)より　待たるるものは　うぐひすの声　素性(そせい)

73
あさみどり　春たつ空に　うぐひすの　はつ声待たぬ　人はあらじな　麗景殿女御(れいけいでんのにようご)

70　鶯が初めて谷から出ようとする今は、残雪を掘りあけて新しい路を求め、今まで棲(す)んでいた古巣は、再び帰った時棲むために春の雲に頼んでおく。

早春鶯が谷から出る時の様子を想像して詠んだもの。◇旧巣　今まで棲んでいた古巣。◇新路　鶯が初めて谷から出て来る路。底本は「巣」を「宿」に作る。◇属す　『鈔』に「アツラフ、ツケタリ」とある。

71　春の暁方、内裏の西楼に月が傾くころ、鶯が花の間で面白く鳴き、清涼殿にまだ燈火が残っている時に庭先の呉竹の中で鶯が囀っている。

上下七字がそれぞれ題意を含んだ秀句である。◇西楼　『私注』に図遊を引いて霽景楼(せいけいろう)という。『拾芥抄(しゅうがいしょう)』に「霽景楼、豊楽殿西北、二閣五間」。◇中殿　清涼殿のこと。『拾芥抄』に「中殿、清涼殿ヲ云」。

72　年が新しくなる元日の早朝から、自然と心待ちにされるものは、鶯のさわやかな初音をおいてほかにない。

鶯を愛する心が流麗なリズムに乗って表出されている。人々に迎えられた歌。◇あらたまの　「年」の枕詞(まくらことば)。

73　浅みどり色の、いかにも立春になったことを思わせる空に、鶯の初音を待ちこがれない人はいないだろうな。

◇あさみどり　浅黄(あさぎ)色。春の空の色をいう。

74 うぐひすの 声なかりせば 雪きえぬ 山里いかで 春を知らまし

中務(なかつかさ)

霞(かすみ)

75 霞の光は曙(あ)けてより後(のち)火よりも殷(あか)し　草の色は晴れ来(きた)て嫩(わか)くして煙(けぶり)に似たり　　白

霞光曙後殷於火　草色晴来嫩似煙　白

76 沙(いさご)を鑽(き)る草はただ三分(さんぶん)ばかり　樹(き)に跨(また)がる霞は纔(わづ)かに半段余(はんたんよ)

菅

74 鶯の声がなかったならば、雪の消えることのない山里では、春が来てもどうしてその訪れを知ることができようか。

まだ冬景色の山里に春告げ鳥の声を聞いた喜び。

◇せば　「せば……まし」で反実仮想を表す。

75 夜が明けて日の光に映(は)える朝やけの雲の輝きは火よりも赤く、空が晴れ渡ると萌え出たばかりの草の色は若々しくて、遠くから見ると煙のようだ。

早春の暁の風景を詠んだもの。

◇霞　中国では朝やけや夕やけをいう。『和名抄』に「唐韻に云く、霞（和名加須美）赤気雲也」。◇殷し　『左伝』成公二年に「左輪朱殷なり（注、今人赤黒を謂ひて殷色となす）」とある。◇嫩くして　弱く美しいさま。

76 砂を破って萌え出た草は、わずかに丈(たけ)が三分ばかりであり、木々の梢(こずえ)にかかってたなびいている霞は高さが半段余に過ぎない。

早春の季節を「三分」「半段」等、段階で表している。◇沙を鑽る　砂を穿(うが)って草が萌え出ること。◇樹に跨る　樹の梢にかかって遠くまで連なること。◇半段　距離の単位。一段は六間（約一一メートル）に当る。

鑽沙草只三分許　跨樹霞纔半段余　菅

77
昨日こそ 年は暮れしか 春がすみ 春日(かすが)の山に はや立ちに
けり
立春日(りっしゅんのひ)　人丸(ひとまろ)

78
春がすみ 立てるやいづこ みよしのの 吉野(よしの)の山に 雪は降
りつつ

79
朝日さす 峰の白雪(しらゆき) むら消(ぎ)えて 春のかすみは たなびきに
けり
兼盛(かねもり)

雨

77　年が暮れたのはつい昨日のことであったのに、一夜明けると、春霞が春日の山に早くも立っているよ。
暦の推移どおりに春の景物の訪れたのを驚く歌。万葉歌としては観念的。なお『万葉集』では作者未詳歌。◇昨日こそ　「こそ……已然形」の形で下へ逆接の関係で続いている。

78　春になって霞が立っているというのは一体どこの話であろう。この吉野山では、今も雪が降り続いて春の訪れが遅いことだ。
雪深い吉野の山里で春を待ち望む心を詠む。『古今集』読人しらずの歌。◇みよしのの　「み」は接頭語。吉野は奈良県南部の山地。次の吉野と同語反復でリズムを取る。◇降りつつ　「つつ」は反復の助詞。歌の末尾にあると余情を表す。

79　春めいた朝日のさしている峰の白雪は、まだらに消えて、早くもそのあたりに春の霞がたなびいていることだ。
雪消(ゆきげ)を待ちかねるように現れた霞に、春の訪れの急であることを詠む。◇むら消えて　あちこちに地肌が見えているさま。◇たなびきにけり　底本「はやたちにけり」。他系統本により校訂。

80
春雨が降って花の下に白い糸のように垂れると、花の色に映じて糸を染めたようなので、墨子が見たら人知れず悲しみを増すことであろう。またその雨が鬢の間に降りかかると白髪のようになるから、潘岳だったらそぞろに物思いをすることだろう。
春雨を糸や髪に喩えた作。
◇墨子が悲しび　墨子が白糸の種々に染まるのを見て泣いた故事をさす。『淮南子（えなんじ）』説林訓に「墨子練糸を見て泣く。その以て黄にすべく以て黒くすべきがためなり（高誘注、練白はその化するを憫（あはれ）ぶ）」とある。◇暗　底本「晴」。◇潘郎が思ひ　潘岳が白髪の生えたのを見て嘆いた故事をさす。『文選』秋興賦序に「晋の十有四年に余春秋三十有二、始めて二毛を見る（李善注、二毛は頭白くして二色有り）」とある。

81
暁を告げる長楽宮の鐘の音は花のあなたに余韻を残して鳴り止み、龍池の辺りの柳は春雨に濡れて一段と色濃（こま）やかである。
春雨に煙る長安の暁を詠んだもの。
◇長楽　漢の高祖が長安に都した時建てた宮殿。『史記』高祖本紀に「七年二月、高祖平城より趙を過ぎ、雒陽（らくやう）より長安に至る。長楽宮成る」。◇龍池　唐の玄宗皇帝が遊んだ興慶宮（こうけいきゅう）にある池。「宮内正殿を興慶殿と曰ふ（中略）北に龍池有り、池の東に沈香亭有り」（『長安志』）。◇李嶠　底本「李橋」を他本で改む。

82
花の開くのは雨が養い育てたのであるから、雨は自然花の父母といえる。また、雨はすべての

80
或（あるい）は花の下（もと）に垂（た）て　潜（ひそ）かに墨子（ぼくし）が悲しびを増す
時に鬢（びん）の間（あひだ）に舞うて　暗（そら）に潘郎（はんらう）が思ひを動かす　密雨散糸賦（みつうさんしふ）

或垂花下　潜増墨子之悲　時舞鬢間　暗動潘郎之思　密雨散糸賦

81
長楽（ちやうらく）の鐘の声は花の外（ほか）に尽きぬ　龍池（りようち）の柳の色は雨の中（うち）に深し　李嶠（りけう）

長楽鐘声花外尽　龍池柳色雨中深　李嶠

82
養（やしな）ひ得ては自（おのづか）ら花の父母（ふぼ）たり　洗ひ来（きた）ては寧（むし）ろ薬の君臣（くんしん）を

弁へんや　紀

養得自為花父母　洗来寧弁薬君臣　紀

83
花の新たに開くる日初陽潤へり　鳥の老いて帰る時薄暮陰れり　菅三品

花新開日初陽潤　鳥老帰時薄暮陰　菅三品

84
斜脚は暖風の先づ扇ぐ処　暗声は朝日のいまだ晴れざる程　保胤

斜脚暖風先扇処　暗声朝日未晴程　保胤

85
さくら狩り　雨は降りきぬ　おなじくは　濡るとも花の　かげ

薬草に平等に降りそそぐのであって、どうして君薬や臣薬の区別をしようか。

仙家の業である薬草栽培を詠む。

◇花の父母　『詩経』小雅、南山有台に「民の父母、只君子を楽しましむ」とあるのによるか。◇薬の君臣　薬草には、命を養う上薬、性を養う中薬、病を養う下薬があり、これを各々、君・臣・佐使として区別した。『神農本経』に「上薬一百二十種君となす。命を養ふことを主りて以て天に応ふ（中略）中薬一百二十種臣となす。性を養ふことを主りて以て人に応ふ」。

83　春の初め花が新たに開く時も、朝日の影が春雨にしっとり潤い、春の終りに声も老いた鶯が谷に帰る時も、夕暮の空が雨に曇っている。

春の季節がしめやかに終ってゆく光景を詠んだもの。

◇初陽　朝日。

84　春の小雨は暖かい東風に吹かれて斜めに降りそそぎ、朝日のまだ昇らぬうちは、雨の音だけが静かに暗闇から聞えてくる。

暖風も朝日も「東より来る」を表している。

◇斜脚　雨が風をうけて斜めに降るのをいう。◇暗声　未明に雨の降る音。

85　桜を求めて逍遥するうちに雨が降ってきた。花を訪ねてきたのだから、同じことならたとえ濡

に隠れむ

86　あを柳の　枝にかかれる　春雨は　糸もて貫ける　玉かとぞ見る

伊勢

梅

87　白片の落梅は澗水に浮ぶ　黄梢の新柳は城墻より出でたり

白片落梅浮澗水　黄梢新柳出城墻

白

88　梅の花は雪を帯びて琴上に飛ぶ　柳の色は煙に和して酒の

れても花の陰に雨宿りをしたいものだ。

雨に濡れても風流に徹したいという心意気を見せる。『拾遺抄・集』に読人しらずとする。

◇さくら狩り　桜を求めて野山をまわり、風雅のわざをすること。

86　ようやく枝垂れてきた青柳の細い枝に降りかかって水玉となっている春雨は、糸で貫かれている白玉かと見まがうほどである。

亭子院の歌合の歌。女性らしく細やかで美しい見立て。

◇あを柳　青く細い枝をのばしてきた柳。◇玉　真珠。

87　梅の花は落ちて、その白い花びらを谷川にうかべ、柳は芽を出して、黄ばんだ若枝を町の周囲の築土の上に長くさし出している。

早春の光景を詠む。

◇白片　白い花びら。◇澗水　山間の谷水。◇黄梢　柳が芽ぐんで黄緑色を帯びた枝。◇城墻　都市の外囲いをなしている築土の垣。

88　野外で宴を張り琴を弾じ酒を飲んでいると、梅の花びらは雪のように琴の上に舞い散り、芽を出した柳の緑は霞と融け合って盃の中に映っている。

早春の野宴の興趣を詠んだもの。『私注』に「琴に落梅の曲有り、陶潜が閑居に柳有り其下にて酒を飲む」とあり、その興を典拠にして句を仕立てた。◇雪を帯びて　梅花を雪に喩えた。◇煙に和して　芽を出した柳の色が煙のように見えること。

89　この梅は、十二月に新たに降り積った雪の中からようやく香りを放ち、春風がまだ吹かないうちに人知れず花を開いた。

寒梅が冬のうちに開花したさま。◇臘雪　冬の雪。「臘」は十二月のこと。◇「封」　底本「村」を他本で改む。

90　家々の柳の芽が萌え出して緑の糸を繰り出したさまは陶門の柳かと見え、山野の梅が満開になって白い玉で飾り立てているのは大庾嶺の梅かと思われる。

野外を逍遥した時の春の光景を賦す。◇縿り出だす　柳が風に靡(なび)くさまが糸を繰るのに似ているのでいう。◇陶門の柳　「陶」は詩人陶淵明(かつ)。五柳先生と号した。『晋書』隠逸陶潜伝「嘗て五柳先生伝を著(あらは)し以て自ら況(い)ひて曰く（中略）宅の辺に五柳樹有り。因(よ)りて以て号となす」。◇庾嶺　五嶺の中の大庾嶺。梅の名所。九一参照。

91　五嶺の連なる山脈はみな青々としてその上を雲が往き来するだけだが、大庾嶺だけはひとり万株の梅の花が咲き乱れてすばらしい光景だ。

中(うち)に入る　　章孝標(しやうかうへう)

梅花帯雪飛琴上　柳色和煙入酒中　　章孝標

89

漸(やうや)く薫(くん)ず臘雪(らふせつ)の新(あら)たに封(ほう)ずる裏(うち)　偸(ひそ)かに綻(ほころ)ぶ春の風のいまだ扇(あふ)がざる先(さき)　　村上御製(むらかみごせい)

漸薫臘雪新村裏　偸綻春風未扇先　　村上御製

90

青糸(せいし)縿(く)り出(い)だす陶門(たうもん)の柳　白玉(はくぎよく)装(よそ)ひ成せり庾嶺(ゆうれい)の梅　　江相公(がうしやうこう)

青糸縿出陶門柳　白玉装成庾嶺梅　　江相公

91

五嶺(ごれい)蒼々(さうさう)として雲往来(わうらい)す　ただ憐(あは)れむ大庾(たいゆう)万株(ばんちう)の梅(むめ)

五嶺蒼々雲往来　但憐大庾万株梅

92 誰(たれ)か言つし春の色東(ひんがし)より到るとは　露暖かにして南枝(なんし)花始めて開く　菅三品

誰言春色従東到　露暖南枝花始開　菅三品

93 いにし年　ねこじて植ゑし　わが宿(やど)の　若木の梅(むめ)は　花咲きにけり　安倍広庭(あべのひろには)

94 わが背子(せこ)に　見せむと思ひし　梅の花　それとも見えず　雪の降れれば　赤人(あかひと)

梅の名所である大庾嶺の屛風絵をみて詠んだもの。◇五嶺　広州の北に連なる五つの嶺。『後漢書』呉祐伝「五嶺を踰(こ)越えて遠く海浜に在り（注、裴氏が広州記に云く、大庾・始安・臨賀・桂陽・掲陽、これを五嶺となす）」。◇蒼々　多くの山脈が青々としていること。◇大庾　五嶺の一で梅の名所。『江談抄(ごうだんしょう)』に「広州山中の嶺五有り。其一に大庾在り。嶺上に梅樹多く、南枝先づ花開く」とある。

92 大庾嶺の梅は日当りのよい露暖かな南の枝から花が咲き始めるので、春は南から来るように思われる。春は東からやって来るとは誰が言い出したのであろうか。

◇南枝　二参照。

93 去年、根ごと引き抜いて移し植えたわが屋敷の若木の梅は、何ともう花が咲いたよ。

手塩にかけた梅が初花をつけたのを発見した喜び。◇ねこじて　木を根付きのまま掘り取って。底本「ねこじに」。◇花咲きにけり　「にけり」に発見の驚きと喜びがこもる。

94 愛する背の君に見せようと思っていた梅の花はせっかく咲いたのにどれがそれとも見分けがつかない。雪が枝々に降り積っているので。

赤人が女性の心になり代って詠んだ歌。春の浅さに対する嘆きの情。◇わが背子　女から男を親しんでいう語。

95　香を尋めて　たれ折らざらむ　梅の花　あやなしかすみ　立ちな隠しそ　躬恒

紅梅

96　梅は鶏舌を含んで紅気を兼ねたり　江は瓊花を弄んで碧文を帯びたり　元

梅含鶏舌兼紅気　江弄瓊花帯碧文　元

97　浅紅鮮娟たり　仙方の雪色を媿づ　濃香芬郁たり　妓鑪の煙薫を譲る　正通

浅紅鮮娟　仙方之雪媿色　濃香芳郁　妓鑪之煙譲薫

95　香りを尋ねて、誰が梅の花を折り取れないことがあろう。霞よ、隠そうとしてもいわれのないことなのだ、梅の花をたち隠してはいけないよ。

斎院の屏風歌。梅花を何物かが覆い隠そうとするという、当時好まれた発想の歌。

◇尋めて　尋ね求めて。◇あやなし　わけがわからない。梅を隠そうとして隠しおおせないのをなじる。

96　梅の花は鶏舌香を口に含んだようにえもいえぬ香を放つ上に紅の色を帯びている。江の水は波が美しい花びらを弄んでいるように波の花が揺れてしかも緑の水のあやを帯びている。

早春の光景を詠む。

◇鶏舌　薫香の一種。梅の香気の高いのを喩える。二十巻本『和名抄』に「南州異物志に云く、鶏舌香はこれ草花の含むべき香なり」、『初学記』巻一一に「応劭が漢官儀に曰く、尚書郎は鶏舌香を含みて伏して事を奏す」とある。◇瓊花　紫陽花に似て、世に稀な花という。ここは波を喩えたもの。『瑯邪代酔編』巻四〇に説明がある。◇碧文　緑の波紋。

97　紅梅の色が薄紅で美しいさまは、あの仙人が上薬とする絳雪も恥じ入るほどであり、その濃い香気がふんぷんと漂う具合は、妓女が薫物をする香炉も一歩を譲るほどである。

◇鮮娟　美しくあでやかなこと。◇仙方の雪　仙人の薬である絳雪（絳は紅）。『芸文類聚』天部雪「漢武内伝に曰く、西王母云く、仙の上薬に玄霜絳雪有り」。

◇芬郁　香の芳しいこと。底本「芬」を「芳」に作る。
◇妓鑪　妓女の香炉。

98　紅梅は紅の色があるから残雪の中に咲いていても見分けることができる。しかし夕日に照らされている時は同じ色だから、風趣を解する者でないと見分けがつかない。

庭前の紅梅を詠んだもの。◇弁へ　底本「計」を他本で改む。

99　白梅が風に吹かれて四方に散るありさまは、仙人が仙薬の玄霜丹を臼でつく時に、風が起ってその粉末をあおり、振るって屑をとる、あの様子を思わせ、また紅梅が野に咲き出たさまは、野外の炉の火が盛んに熾ってまだ煙を立てないのに似ている。

紅白の梅を野炉と仙薬に見立てるが、実物でないので「空しく」「煙を揚げず」といった。◇仙臼　仙人が薬をつく臼。◇雪を簸る　雪を白い玄霜丹に見立て白梅を譬える。一説に赤い絳雪丹で紅梅に譬えているとするが、疑問。◇野鑪　野外の焚火の炉。一説に「冶鑪」の音通で金鉄を錬る炉という。

100　あなたでなくて他の誰に見せましょうか、この梅の花は。この花の色も香りも、もののよさの分るあなただけが分るのです。

相手の優れた美的感覚をほめ、梅花の美しさをも詠む。◇たれにか見せむ　「か」は反語。◇知る人ぞ知る　分る人だけが分ってくれるのだから、とも解せる。

正通

98　色有ては分ち易し残雪の底　情なくしては弁へ難し夕陽の中　中書王

有色易分残雪底　無情難計夕陽中　中書王

99　仙臼に風生て空しく雪を簸る　野鑪に火暖かにしていまだ煙を揚げず　斉名

仙臼風生空簸雪　野鑪火暖未揚煙　斉名

100　君ならで　たれにか見せむ　梅の花　色をも香をも　知る人ぞ知る　友則

101
色香をば　思ひもいれず　梅の花　つねならぬ世に　よそへてぞ見る

華山院御製

柳

102
林鶯は何れの処にか箏の柱を吟ずる　墻柳は誰が家にか麹塵を曝せる　白

林鶯何処吟箏柱　墻柳誰家曝麹塵　白

103
漸くに騎馬の客を払ひさらむとす　いまだ多くは楼に上る人を遮り得ず　白

101　梅の花の色や香りのすばらしさには心をとめることもなく、咲けばやがて散るさまに、私は無常な世のすがたをなぞらえて見るのである。
花山院の出家後の詠。梅の色香をめでる気持に強くひかれながら、それを抑えて花の移ろいに出家の身として無常を観じたもの。
◇思ひもいれず　心に深く思いこむこともせず。◇つねならぬ世　無常の世。

102　林の中で囀っている鶯は、どこかで箏を弾いているように聞え、垣根の上に芽を出した柳は、誰かの家で黄緑の糸をさらしているように見える。
高閣の上から眺めた早春の光景を賦したもの。
◇箏の柱　「箏」は十三絃の琴。「柱」は絃を立てる柱。高さ三寸。『和名抄』「蒼頡篇に云く、箏（俗に象乃古度と云ふ）形瑟に似て短く十三絃有り。阮瑀が箏賦に云く、柱の高さ三寸、天地人を謂ふ（柱　古度知）」。◇麹塵　三注参照。

103　先年植えた柳は枝がようやく延びて、あの騎馬で来る客の頭を払うほどの高さになったが、まだ、楼に上って来る人を遮るほどの高さまでにはなっていない。
柳の枝が新しく延びて来たことを賦す。
◇払ひさらむ　「払他　シリゾケントヨム也」（『鈔』）。

104　巫山の神女廟に咲く花は、紅粉よりも紅で美しく、王昭君が住んでいた村に芽を出した柳は、

漸欲払他騎馬客　未多遮得上楼人　白

104 巫女廟花紅似粉　昭君村柳翠於眉　白

巫女廟の花は紅にして粉に似たり　昭君村の柳は眉よりも翠し　白

105 誠知老去風情少　見此争無一句詩　白

誠に知んぬ老いもて去て風情の少きことを　此を見ては争でか一句の詩なからむ　白

106 大庾嶺の梅は早く落ちぬ　誰か粉粧を問はむ

匡廬山の杏はいまだ開けず　あに紅艶を趁めんや

美人の眉よりも色濃やかな緑である。

次の一〇五と合わせて、峡中の即興の絶句。◇巫女廟　楚の襄王が高唐に遊び、巫山の神女と契りを結ぶ夢を見た後に廟を建てたのでこの名がある（『文選』高唐賦）。四川省巫山県の東南。◇粉　ほおべに。◇昭君村　前漢の宮女で胡地に嫁した王昭君の生地の村。湖北省興山県の南。『白氏文集』巻一一「昭君村を過ぐ」詩注に「村は帰州東北四十里に在り」とある。

105　誠に自分も年老いて何事にも興味を覚えることが少なくなったが、この花と柳を見てはどうして一句の詩を作らないでおれようか。

◇風情　興味。◇此を見て　一〇四の景をさす。

106　大庾嶺の梅はもう散ってしまったので、その白粉で化粧したような花を見ようという者はいないし、匡廬山の杏はまだ咲かないから、その紅のあでやかな花を訪ねるすべもない。今は柳の枝の美しい緑をめでるばかりだ。

梅と杏が絶えた間に、柳を賞翫することを賦す。◇大庾嶺　九一注参照。◇粉粧　白粉で顔を化粧すること。◇匡廬山　江西省星子県の北西にある名山。周の時匡俗が廬を結んで隠棲したのでこの名がある。廬山ともいう。呉の時ここに住んだ董奉が、施療して銭を取らず、患者に命じて庭園に杏を植えさせ、その数、十万本に至ったという（『芸文類聚』山部、『神仙伝』巻六）。◇紅艶　紅料で顔を粧うこと。

紅納言

大庾嶺之梅早落　誰問粉粧　匡廬山之杏未開　豈趁紅艶　江納言

107

雲紅鏡を擎ぐ扶桑の日　春黄珠を嫋む嬾柳の風　田達音

雲擎紅鏡扶桑日　春嫋黄珠嬾柳風

108

嵆宅晴を迎へて庭月暗し　陸池日を逐て水煙深し　後中書王

嵆宅迎晴庭月暗　陸池逐日水煙深　後中書王

109

潭心に月泛んで枝を交ふる桂　岸口に風来て葉を混ずる

107　朝日が東の空に昇るさまは雲が紅の大きな鏡をさし上げているようであり、若い柳が風に靡くさまはちょうど春が黄色の真珠を貫いた緒をたわませるようである。

早春の晴れた日の光景を詠んだもの。
◇扶桑の日　東に出る朝日をいう。『淮南子』天文訓に「日暘谷に出で咸池に浴し扶桑に払る。これを晨明と謂ふ（太平御覧に注有りて曰く、扶桑は東方の野）」とある。◇黄珠　柳の花の萌え出た様子を譬える。◇嬾柳　若い柳。

108　春が次第に深くなり柳の葉が茂ってくると、嵆康の家は晴れた日でも庭は月影が暗く、陸慧暁の池の辺りの水煙は日ましに深くなっていく。

◇嵆宅　嵆康の宅に一本の柳があったという。『晋書』嵆康伝に「宅中に一柳樹有り甚だ茂る」とあるのによる。◇陸池　陸慧暁の宅の池の辺りに二株の柳があったという。『南史』陸慧暁伝「慧暁、張融と宅を並べ、其間に池有り。池上に二株の楊柳有り」による。

109　岸の柳の枝が垂れて水面を払う時、淵の中心に月影が映れば月の中の桂と枝を交えるようであり、また岸の辺りにそよ風が吹けば水の上の浮草と互いに葉を交える。

水にそよぐ垂柳を詠む。
◇潭心　淵の中心。◇桂　月に生えているという伝説の植物。『酉陽雑俎』に「旧言、月中に桂有り蟾蜍有りと。故異書に言く、月桂高きこと五百丈、下に一人

蘋　　菅三品

潭心月泛交枝桂　岸口風来混葉蘋　　菅三品

110　あを柳の　糸よりかくる　春しもぞ　乱れて花は　ほころびにける　　貫之

111　春くれば　しだり柳の　迷ふ糸の　いもが心に　なりにけるかな

112　あを柳の　まゆにこもれる　糸なれば　春のくるにぞ　色まさりける　　中納言兼輔

有り常にこれを斫る」。◇岸口　水の流れ出る口。

110　青柳の枝垂れた細枝を糸をよるように春風が吹き靡かせている、ちょうどそんな春の季節に桜がほころび乱れて咲いてきた。

帝に奉った歌。綻びを縫う撚り糸が垂れたときに、桜の花がほころびたという対比の面白さを歌う。

◇糸　柳の細く垂れた枝。◇よりかくる　撚っている。「かくる」には特に意味はない。◇春しもぞ　時もあろうにその春に。「しも」は強調。◇ほころびにける　花の咲く意に縫い目の綻びる意を掛ける。「よりかく」「ほころぶ」は「糸」の縁語。

111　春が来ると枝垂れた柳の細枝が風に吹かれて迷い乱れるように、逢うことのむずかしいわが恋人の心も千々に乱れてしまったよ。

柳に寄せて逢えぬ恋を嘆く歌。万葉歌「春さればしだり柳のとををにも妹は心に乗りにけるかも」の転訛。◇迷ふ糸の　ここまでが序のつもりであろう。◇なりにけるかな　転訛のため難解。「なり」は「より」「のり」「いり」等の異文もある。

112　青柳の細枝は、もともと繭にこもっている糸のようなものなので、春がきてその糸を繰り出すに従って、緑の色も濃くなるというわけだったのだ。

屏風歌。縁語仕立ての軽やかなリズムが春らしい。◇まゆ　柳の冬芽の開ききらないものをいう。その穂状の花が終ってから葉が伸びる。「糸」の縁語。◇くるにぞ　「来る」と「繰る」を掛ける。「糸」の縁語。

花 付落花

113 花上苑に明らかなり　軽軒九陌の塵に馳す
猿空山に叫ぶ　斜月千巌の路を瑩く　閑賦

花明上苑　軽軒馳九陌之塵　猿叫空山　斜月瑩千巌之路　閑賦

114 池の色溶々として藍水を染む　花の光焔々として火春を焼く　白

池色溶々藍染水　花光焔々火焼春　白

113 上林苑に花の盛んな頃は、軽やかな車に乗った花見の客が都大路を砂ぼこりをあげながら走り廻り、木の葉が枯れ落ちたもの寂しい深山には、猿が哀れな声で叫び、西に傾いた月の光が重なり合う岩山の中の坂道を照らしている。

上句は春ののどかなさまを、下句は秋の寂しいさまを賦している。

◇上苑　漢の武帝が長安に作った上林苑。『西京雑記』巻一「初めて上林苑を修む。群臣遠方より各名果異樹を献ず」。◇軽軒　軽やかで速く走る車。◇九陌　九条の街路。『史記』秦本紀「田のために阡陌を開く（索隠注、風俗通に曰く、南北を阡と曰ひ東西を陌と曰ふ）」。◇空山　木の葉が落ち尽してもの寂しい山。

114 池の水はなみなみとしてその色は藍で染めたように青く、木々の花は明るく輝いて火で春の空を焼いたように紅である。

早春のわが家の庭の景色を詠んだもの。

◇溶々　水が広々としているさま。◇焔々　火が盛んに燃えるさま。

115 遥かに見渡して人家に花が咲いていれば入って行って観賞する。その家主と親しいか疎いかは問題にしないのだ。

花を好む気持の極致を詠む。

116　池の辺り(ほとり)の木々の花は日にみがかれ風にみがかれて、あるいは高く枝の上に、あるいは低く水面に映る千万個の玉のように光り輝いている。また、梢(こずえ)に咲く花は枝を染め、水に映る花は波を染めて、まるで表を濃く裏を薄く、一たびも二たびも染めた紅の絹のような美しさだ。

次句とともに水に映る花の美しさを叙したもの。擬人的表現が注目に価する。

◇日に瑩き　花を玉に譬えて日に照らされ風に揺れるさまをいう。◇高低千顆万顆の玉　「顆」は粒になったものを数えるのに用いる語。『白氏文集』巻六五「八月十五日夜諸客と同じく月を翫ぶ」詩に「嵩山表裏千重の雪、洛水高低両顆の珠」とある。◇枝を染め　花を紅(べに)に譬えて枝上の花と水上に映る花を表す。◇一入再入　「入」は物を染料にひたす度数をいう。

117　水は無心のものとは誰が言ったか、心があるからこそあでやかな花の影が映る時は水も波の色を変えるのだ。また、花は物を言うことがないとは誰が言ったか、物言えばこそさざ波が立つ時は花の影も揺れて、それが唇を動かすように見えるではないか。

◇水心なし　『白氏文集』巻五七「元家履信が宅を過ぐ」詩に「落花語(ものい)はず空しく樹を辞し、流水情なくして自ら池に入る」とあるのによる。◇濃艶　美しくあでやかなこと。◇軽漾　さざ波。

115　遥(はる)かに人家(じんか)を見て花あれば便(すなは)ち入る　貴賤(くゐせん)と親疎(しんそ)とを論ぜず　白

遥見人家花便入　不論貴賤与親疎　白

116　日に瑩(みが)き風に瑩く　高低千顆万顆(せんくわばんくわ)の玉(たま)

枝を染め浪(なみ)を染む　表裏(へうり)一入再入(いちじふさいじふ)の紅(くれなゐ)　花の光水上(すいしやう)に浮ぶ　菅三品

瑩日瑩風　高低千顆万顆之玉　染枝染浪　表裏一入再入之紅　花光浮水上　菅三品

117　誰(たれ)か謂(い)つし水心(こころ)なしと　濃艶(ぢようえん)臨んで波色(いろ)を変(へん)ず

誰か謂つし花語(ものい)はずと　軽漾激(けいやうげき)して影脣(くちびる)を動かす　上(かみ)に同じ

誰謂水無心　濃艶臨兮波変色　誰謂花不語　軽漾激兮
影動脣　同上

118
これを水と謂はんとすれば　則ち漢女粉を施す鏡清瑩たり
これを花と謂はんとすれば　亦蜀人文を濯ふ錦粲爛たり　上に同じ 順

欲謂之水　則漢女施粉之鏡清瑩　欲謂之花　亦蜀人濯
文之錦粲爛　同上 順

119
織ることは何れの糸よりぞただ暮雨　裁つことは定まれる
様なし春の風に任せたり　菅三品

織自何糸唯暮雨　裁無定様任春風　菅三品

118　花の影の映っている水を見てこれを水と言おうとすれば、これが水ではなくて、漢の美人が紅粉をつけて化粧する時の清く磨いた鏡と見える。また水に映った花を見て花と言おうとすれば花ではなくて、蜀の人々が蜀江に洗うところの文様の美しく輝く錦のようだ。

水上に浮んだ花の美しさを述べたもの。
◇漢女　漢水の辺りの美女。『詩経』周南、漢広に「漢に遊女有り、求むべからず」とあるのによる。◇清瑩　清く磨いてあること。◇蜀人　蜀人が蜀江で錦を濯うことをいう。『華陽国志』蜀志「錦工錦を織り、その中に濯ふときは鮮明にして、他の江に濯ふときは好からず。故に命じて錦里と曰ふ」。◇粲爛　美しく輝くさま。

119　花が咲き乱れて錦のようなのは何の糸で織り出したのかと思ってよく見ると、それは糸ではなくてただ夕暮の雨を糸として織ったものであり、錦を散らしたような落花はどのようにして裁ったかというと、定まった様式があるわけではなくてただ春風の吹くに任せたのである。

雨を糸に風を刀に喩え、花が咲き乱れ散るさまを賦す。
◇定まれる様なし　『鈔』に「長短ノ義ナキ也」。

120
花飛んで錦(にしき)のごとし幾(いくば)くの濃粧(ぢようさう)ぞ　織(お)る者は春の風いまだ箱に畳(たた)まず

花飛如錦幾濃粧　織着春風未畳箱

121
始めて識(し)んぬ春の風の機上(きしやう)に巧(たくみ)なることを　ただ色を織るのみにあらず芬芳(ふんはう)をも織る　英明(えいめい)

始識春風機上巧　非唯織色織芬芳　英明

122
眼(まなこ)は蜀郡(しよくくゐん)に貧(まづ)し裁(た)ち残せる錦(にしき)　耳は秦城(しんせい)に惓(う)みんたり調(しら)べ尽せる箏(しやうのこと)　相規(さうき)

眼貧蜀郡裁残錦　耳惓秦城調尽箏　相規

120　花が錦のように乱れ飛ぶ美しさは、どんなに濃(こま)かに化粧を施したのかと驚くばかりだ。こういう錦を織りなしたのは春風であるが、その春風は、まだその錦を箱の中に畳み入れず、散らかしたままにしている。

落花が錦を散らしたように美しいさまを賦した。

◇織る者は　底本「者」を「着」に作る。諸本「織者」。

121　さてこの花の錦を見て初めて春風が機織(はたお)りに巧みであることを知った。何故ならば、ただ花の美しい色を織り出すだけでなく、芳しい香りさえもその中に織りこめているのだから。

前の句と合わせて絶句の形をなす。

◇芬芳　よいかおり。

122　蜀郡の錦と見えた美しい花はようやく散りはて、今はその裁ち残したと思われるものが僅(わず)かに留まっており、秦の都で奏(かな)でる箏と聞えた鶯(うぐいす)も耳に聞きあきるほど聞き尽して、今は調(しら)べが尽きようとする余声を残すのみである。

暮春の風情を賦したもの。

◇眼は……貧し　眼に花を見ることが少なくなったことをいう。◇蜀郡　二八注参照。◇耳は……惓みんたり　久しく耳にして聞きあきたことをいう。◇秦城　秦の都。箏を弾く者が多かったという。『文選』笙賦に「晋野悚(おそ)りて琴を投(す)つ、況(いは)んや斉瑟と秦箏とをや（李周翰注、斉国は善く瑟を鼓する人を出だし、秦には箏を善くする者多し）」とある。

123 世の中に たえて桜の なかりせば 春のこころは のどけからまし

124 わが宿(やど)の 花見がてらに 来る人は 散りなむのちぞ 恋しかるべき　躬恒(みつね)

125 見てのみや 人にかたらむ 山ざくら 手ごとに折りて 家づとにせむ　素性(そせい)

123 この世に桜というものが全く無かったとしたなら、春の気分はのどかなものであったろうに。
惟喬(これたか)親王の渚(なぎさ)の院での在原業平の歌。あわただしく咲き散る桜に心を悩ませるのも、その花を深く愛すればこそである。
◇たえて　全く。下に否定表現を伴う。◇なかりせば　「せば……まし」で反実仮想。◇春のこころ　春の漂わせている気分と、春の季節の人の心と。

124 花を見るついでにわが家を訪れる人に対しては、その花が散ってしまった後にはきっと恋しく思われることであろう。
花見に来た人に与えた歌。皮肉めいた洒脱な言い廻しの中に、相手への親しみがうかがえる。
◇花見がてらに　「がてら」は、……のついでに。「見」は動詞。◇のちぞ　のちになったら必ず。

125 この山桜を見て帰るだけで、そのすばらしさを人に語りつくすことができようか。いっそめいめいに手折って家へのみやげにしよう。
この感激を何とかして見ぬ人にも分ちたい気持。
◇見てのみや　「や」は反語。◇手ごとに　同行の者めいめいが。◇家づと　みやげ。

落花

126　落花は無情なもので、昔のことを語ることなく徒らに枝を離れて散り、流水は何の心もなく昔のままに独り自ら池に流れ入るだけだ。
主人元稹の死後その邸を訪れて眼前の景に往事を偲んで作ったもの。

127　朝には落花を踏みつつ一緒に郊外に遊び、夕べにはねぐらに帰る鳥に随い連れだって家に帰って来る。
親友と遊び暮した様子を詠んだもの。

128　晩春落花はおのおの案内も乞わずに酒宴の席に乱れ散り、鶯は声々に、文士が詩を読み上げる席に加わって囀っている。
晩春の詩宴の光景を賦した。
◇面々　一人一人がそれぞれ。◇酣暢の筵　気持よく酒を飲んで愉快になっている席。史記竟宴の席であろう。◇闌入　妄りに入ること。『字類抄』「闌入　ミタレイル、出入分　ランニウ」。◇晩の鶯　晩春の鶯。◇予参　多くの人の中に加わって仲間になること。

126
落花語はずして空しく樹を辞す　流水心なうして自ら池に入る　白

落花不語空辞樹　流水無心自入池　白

127
朝には落花を踏んで相伴て出づ　暮には飛鳥に随て一時に帰る　白

朝踏落花相伴出　暮随飛鳥一時帰　白

128
春の花は面々に　酣暢の筵に闌入す
晩の鶯は声々に　講誦の座に予参す　江

春花面々　闌入酣暢之筵　晩鶯声々　予参講誦之座　江

129
落花狼藉たり風狂して後　啼鳥龍鐘す雨の打つ時　江

落花狼藉風狂後　啼鳥龍鐘雨打時　江

130
閤を離るる鳳の翎は檻に憑て舞ふ　楼より下るる娃の袖は階を顧みて翻る　菅三品

離閤鳳翎憑檻舞　下楼娃袖顧階翻　菅三品

131
さくら散る　木の下風は　寒からで　空に知られぬ　雪ぞ降りける　貫之

132
とのもりの　とものみやつこ　心あらば　この春ばかり　朝き

129　風が激しく吹いた後は、落花が地上に散り乱れ、雨が強く降る時は鳥の声も打ち萎れている。
晩春の光景を詠む。「狼藉」と「龍鐘」の対句が秀逸である。
◇狼藉　多くのものが散乱していること。『史記』滑稽列伝「杯盤狼藉、堂上燭滅す」。『字類抄』「雑部狼藉詞　ラウセキ」。◇風狂して　風が激しく吹くこと。◇龍鐘　疲れてしおしおするさま。『瑯邪代酔編』巻三七に詳説されている。

130　花が散って樹の間を飛び廻っている様子は、高殿を飛び離れた鳳凰が再び欄干のあたりに舞うさまに似、また、あたかも高楼を下る舞姫が暫く階段を振り返って袖を翻しているかのようだ。
◇閤を離るる鳳　『李嶠百詠』に「花を帯びて鳳の舞ふかと疑ひ」とあり、『芸文類聚』祥瑞に「尚書中候に曰く、堯政に即きて七十載、鳳凰庭に止り、阿閣に巣くひ樹に讙し」とある。◇檻　欄干。『和名抄』「檻（於波之万）殿上の欄なり。唐韻に云く、欄、階際の木、勾欄」。◇娃　美人の舞姫。『文選』呉都賦に「館娃の宮に幸して女楽を張けて娯しぶ（劉逵注、呉の俗好女を謂ひて娃と為す）」。

131　桜の花の散る木の下に通う風は少しも寒くないのに、空のものではない雪が降ってくるよ。
亭子院の歌合の歌。落花を雪に見立てる。寒からぬ風と空に知られぬ雪の対照に春の華麗優美さが現れる。
◇寒からで　雪は寒い空から降るのに、の余意がある。◇空に知られぬ雪　空には認知されていない雪。本物の雪ではない、花吹雪。

132　主殿寮の下役人たちよ、風流を解するなら、この春ばかりは紫宸殿の前の朝の掃除をとどめて、桜の散りしく前庭の風情を保つようにせよ。

紫宸殿の左近の桜を源公忠が詠んだ歌。朝露を含んだ落花の風情がよい。

◇とのもりのとものみやつこ　主殿の伴の御奴の意。宮中の清掃などを司る主殿寮の下役人。◇朝きよめすな　朝の清掃をするな。「な」は禁止。

133　慈恩寺の春の景色も三月三十日となって尽きようとしており、紫の藤の花は散り失せて、鳥だけが空しく囀っているかと憶うと心がいたむ。

慈恩寺の暮春の景色を思いやって詠んだ。

◇悵望　恨めしげに眺めること。◇慈恩　慈恩寺。長安にある寺。唐の高宗が建てた。『長安志』に「隋の無漏寺の地、武徳の初に廃す。貞観二十二年高宗春宮にあり、文徳皇后の為に立てて寺と為す。故に慈恩を以て名と為す（中略）寺の西院浮図六級　崇三百尺」。◇関々　鳥がのどかに鳴くさま。

134　春の露のもとには散り残った藤の花がまだ紫の色を帯び、煙のように見える緑の竹の中には夕暮の鳥の声がなお聞えて来る。

四月になってまだ春の景色が残っているさまを詠む。

よめすな

藤

133
悵望(ちやうばう)す慈恩(じおん)に三月(さんぐゑつ)の尽きぬることを　紫藤(しとう)の花落ちて鳥関々たり　白

悵望慈恩三月尽　紫藤花落鳥関々　白

134
紫藤(しとう)の露の底(そこ)の残花(さんくわ)の色　翠竹(すいちく)の煙(けぶり)の中(うち)の暮鳥(ぼてう)の声　相規(さうき)

紫藤露底残花色　翠竹煙中暮鳥声　相規

135 たこの浦に　底さへにほふ　藤なみを　かざして行かむ　見ぬ人のため　縄丸

136 ときはなる　松の名だてに　あやなくも　かかれる藤の　咲きて散るかな　貫之

躑躅

137 晩蘂はなほ開けたり紅躑躅　秋の房は初めて結ぶ白芙蓉　白

晩蘂尚開紅躑躅　秋房初結白芙蓉　白

135　この多祜の浦に、水の底にまで色美しく影を映して咲きほこる藤の花を、かざしにして持って帰ろう、見に来られなかった人のために。

越中守大伴家持の清遊に従った内蔵忌寸縄麿の歌。◇たこの浦　富山県氷見市の南西にあった布勢の水海の入江。今は陸地で下田子に藤波神社がある。◇にほふ　色美しく映える。◇かざして　髪や冠にさして。

136　いつまでも変らぬ緑の松の名を挙げるため、松に這いまつわった藤の花が、わけもなく咲いては散ってしまうことだ。

勤子内親王の髪上げの屏風歌。藤の花の散るのを惜しみつつ松の寿をことほぐ。松にかかる藤波は当時よく好まれた取り合せ。◇名だて　評判、名声を立てること。◇あやなくも　いわれもないのに。藤花の散りやすいのを惜しむ心。

137　暮春の花である紅のつつじも遅れ咲きの花がなお開き、秋の花である白い蓮華が早くも蕾をふくらませている。

春の作ではないが「紅躑躅」とあるのでここに収めた。◇晩蘂　おそ咲きの花。躑躅は晩春に咲くが山間の谷間では遅れて咲くのでいう。◇秋の房　秋に咲く花。◇白芙蓉　白い蓮華。

138　つつじの花は真赤で火に似ているから、夜遊ぶ人はこれを燈火と誤って尋ね取ろうとするだろうし、火を断った寒食の家では火種に折り取って驚くことだろう。

138 夜遊の人は尋ね来て把らんとす　寒食の家には折り得て驚くべし　順

夜遊人欲尋来把　寒食家応折得驚　順

139 思ひいづる ときはの山の 岩つつじ 言はねばこそあれ 恋しきものを

款冬

140 雌黄を点着すること天意あり　款冬誤て暮春の風に綻ぶ

点着雌黄天有意　款冬誤綻暮春風

◇夜遊の人　『文選』古詩に「昼短くして夜の長きを苦しぶ。何ぞ燭を秉りて遊ばざらん」とある。◇寒食　昔中国で、冬至から百五日目に、火断をして物を食べる習慣があった。『荊楚歳時記』に「冬節を去ること一百五日、即ち疾風甚雨あり、これを寒食といふ。火を禁ずること三日、餳と大麦粥とを造る」とある。

139 あなたを思い出すときは、常盤山の岩つつじではないが、口に出して言わないから人には分らぬものの、ただもう恋しくてならない。

言わで思う恋。『古今集』作者未詳歌。◇ときはの山　歌枕。京都市右京区常盤。「時は」を掛ける。◇岩つつじ　二・三句は同音で「言はねばこそあれ」を引き出す序詞。

140 款冬は名前からいえば冬の花であるのに、誤って暮春に咲いているから、天も情があって、その間違いを正すために雌黄を点々とつけたのだろう。

山吹が所々に咲いているさまを、書物に雌黄で点をつけたのに見立てた。

◇雌黄　砒素の硫化物で、古く顔料として知られ、黄紙に書写した時代、誤りがある時はこれを塗って改めた。『和名抄』「兼名苑に云く、雌黄は一名金液（雌黄は俗に之王と云ふ）山に金有り、その精熏ぶるときは雌黄を生ずるのみ」。『夢渓筆談』巻一「館閣の新書浄本に誤書の処有れば雌黄を以てこれを塗る」。◇款冬　中国のふきたんぽぽ。わが国ではつわぶきといい山吹に誤用された。

141 書窓に巻有て相収拾す　詔紙に文無くしていまだ奉行せず　保胤

書窓有巻相収拾　詔紙無文未奉行　保胤

142 かはづ鳴く　かみなび川に　かげ見えて　今や咲くらむ　やまぶきの花　厚見女皇

143 わが宿の　八重やまぶきは　一重だに　散りのこらなむ　春のかたみに　兼盛

141　書斎の窓に山吹の咲いているさまは、ちょうど黄紙の巻物を拾い収めたようであり、また山吹は詔紙に似ているもののまだ文字が書いてないから、それを受け取って執り行わずにいるようなものだ。

山吹の花の色を黄紙や黄麻に見なした。◇巻　黄巻。書物の虫食いを防ぐため黄蘗の葉で染めた黄色の紙を用いた。『字類抄』「黄巻クワウクワン、書籍名　クワウクヱン」。◇詔紙　唐代より詔書に黄麻紙を用いた。『瑯邪代酔編』巻二五「勅は旧白紙を用ふ。唐の高宗上元の間施行の制を以て既に永式と為す。白紙多くは蠹す。遂に改めて黄を用ふ。除拝将相制書に黄麻紙を用ふ」。◇奉行　命を受けて事を執り行う。

142　河鹿の鳴く澄んだ神奈備川に影を映して、今ごろは咲いているであろうか、あの山吹の花は。

かつて見た山吹の、盛りを思いやり懐かしむ。作者は厚見王で、男性。◇かはづ　河鹿。清流に棲み、澄んだ声で鳴く。◇かみなび川　神社の森を流れる川。大和では飛鳥川・龍田川が有名。◇咲くらむ　「らむ」は目前にない事実を推測する助動詞。底本「ちるらん」。諸本による。

143　わが家の庭の八重山吹は、せめて一重だけでも散り残ってほしい、過ぎてゆく春の記念に。

山吹に寄せる惜春の情。『拾遺集』等によれば読人しらずの歌である。『兼盛集』にはない。◇散りのこらなむ　「なむ」は誂え望む意の終助詞。

夏

更衣（ころもがへ）

144
壁に背（そむ）けたる燈（ともしび）は宿（しゆく）を経たる焔（ほのほ）を残せり　箱を開（ひら）ける衣（ころも）は
年を隔てたる香（か）を帯びたり　白

背壁残燈経宿焔　開箱衣帯隔年香　白

145
生衣（すずしのきぬ）は家人（かじん）の着（き）せんを待たんとす　宿醸（しゆくじやう）はまさに邑老（いふらう）を

144　壁の方を背にした燈火（ともしび）は、昨夜から今朝まで燃え残りの焔を立て、今日は更衣だからというので、箱から取り出した衣は去年薫（た）きしめたままの香を帯びている。

初夏の暁の様子を賦したもの。

◇宿を経たる　一夜を過ごした、の意。『詩経』に「客有り宿々（毛伝、一宿を宿と曰ひ再宿を信と曰ふ）」とある。◇燈は……残せり　底本「残燈」は「燈残」の誤り。

145　夏が来て更衣の季節になったが、すずしの夏衣は家の者が仕立ててくれるのを待って着かえよう。また去年から醸（かも）して置いた酒はちょうど今熟して来たので村の長老達を招いて楽しく飲もうと思う。

招いて酣なるべし　菅　讃州にて作る

生衣欲待家人着　宿醸当招邑老酣　讃州作　菅

146
花の色に　染めしたもとの　惜しければ　衣更へうき　今日にもあるかな

首夏

147
甕の頭の竹葉は春を経て熟す　階の底の薔薇は夏に入て開く　白

甕頭竹葉経春熟　階底薔薇入夏開　白

三月の作だが「生衣」であるので夏に入れた。◇生衣　生絹の衣。夏衣のこと。◇宿醸　秋からかもして置いた酒が春になって熟したのをいう。◇邑老　土地の古老。『字類抄』「民俗分　イウラウ」。◇酣　酒を楽しむ。『書経』伊訓「恒に宮に舞し室に酣歌す（集伝、酒を楽しむを酣と曰ふ）」。

146　せっかく春の記念にと花の色に染めた衣が惜しいので、夏ごろもに替えるのがつらい衣更えの今日であることだ。

源重之の百首歌。更衣の日になお春の別れを惜しむ。◇花の色　花染めの色。露草で薄桃色・桜色など春の花の色に染める。

147　去年の冬よりかもした甕の中の酒は春を経て熟し、階段の下の薔薇は初夏を迎えて見事に開いた。

初夏の興趣を賦したもの。◇甕　酒を入れる土器。『和名抄』「方言に云く、関より東は甖（字亦罌に作る）これを甕と謂ふ（字亦瓮に作る毛太比）」。◇竹葉　酒の異名。『文選』七命に「乃ち荊南の烏程、予北の竹葉有り（李善注、張華が軽薄篇に曰く、蒼梧の竹葉清、宜城の九醞酒なり）」。◇薔薇　『和名抄』「本草に云く、薔薇（牆薇二音）一名墻蘼、陶隠居曰く、営実（無波良乃美）薔薇の子なり」。

148
苔石面に生ひて軽衣短し　荷池心より出でて小蓋疎かなり　物安興

苔生石面軽衣短　荷出池心小蓋疎　物部安興

149
わが宿の垣根や春をへだつらむ夏来にけりと見ゆる卯の花　順

夏夜

150
風枯木を吹けば晴の天の雨　月平沙を照らせば夏の夜の霜　白

風吹枯木晴天雨　月照平沙夏夜霜　白

148　夏になって苔が石の面に薄く生えて来たさまは、薄くて軽い夏衣を裾短く着ているようであり、また池の中心から蓮の葉が出ているのは、小さなかさをまばらにさしているようだ。

苔を衣に、蓮の葉をかさに喩えたもの。
◇軽衣　『説文』に「苔、水衣なり」とあるのにより、苔を衣に喩えた。『私注』には「生衣なり」とある。
◇荷　蓮の葉。『和名抄』「爾雅に云く、芙蕖の葉は蕸。郭璞曰く、蕸また荷の字なり」。◇池心　池の真中。

149　わが家の垣根は春をも彼方へと隔ててしまったのだろうか、卯の花垣の白さが目にしみて、夏が庭に来たのだなとはっきり伺い知れる。

卯の花が咲いた屏風絵の歌。多少理屈っぽいが、卯の花の白さに夏到来の印象を託している。
◇春をへだつらむ　垣根は隣家を隔てるものと思っていたのに、の余意がある。

150　風が枯れた木を吹いて枝を鳴らす時は、晴れた空にも雨が降るかと聞え、月が平らな砂原を照らす時は、夏の夜なのに霜が置いているように見える。

水辺の夜の光景を賦したもの。
◇枯木　原文は「古木」。『鈔』に「葉雨ノ時ハ時節チガフ也。古木ノ時ハ古ル木ハ夏ナレドモ葉先落ルホドニ葉雨ト云歟。如何々々」とある。

151
風の竹に生る夜窓の間に臥せり　月の松を照らす時臺の上に行く　白

風生竹夜窓間臥　月照松時臺上行　白

152
空夜には窓閑かなり螢度て後　深更には軒白し月の明らかなる初　白

空夜窓閑螢度後　深更軒白月明初　白

153
夏の夜を　寝ぬに明けぬと　いひおきし　人はものをや　思はざりけむ

151　風が庭前の竹にそよぐ夜は窓近いところで臥して涼み、月が松の木を照らす時は高殿のほとりを歩きながら月を翫ぶ。

自由な独居生活を喜んで詠んだ。
◇臺『和名抄』「尚書注に云く、土高きを臺と曰ひ、榭有るを榭と曰ふ（和名　宇天奈）」。

152　宵闇の頃、螢が飛び過ぎて行った後は窓のあたりがもの静かになり、夜が更けて月が昇り初めるころは軒のあたりがほの白く明るみをおびる。

夏の夜の家の周囲の様子を詠んだもの。
◇空夜　まだ月が空に昇らない暗い空の夜。◇深更　夜がふけた後。

153　夏の夜を、眠りにつかぬうちに明けてしまうと詠みおいた昔の人は、恋の物思いをしなかったのだろうか、夏の短夜も明かしがたい恋の思いを。

『深窓秘抄』に作者を「同名」（その前の歌の「あすかの皇子」のことか、「無名」の誤りか）とする。
◇寝ぬに明けぬ　夜の短さをいう。この言葉の典拠は不明。

154　ほととぎすの鋭く鳴く、その五月の短夜も、一人で寝ると物思いに明かしかねることだ。

一瞬のうちに鳴いて過ぎるほととぎすの声に五月の短夜を象徴する。『万葉集』『拾遺集』等では作者未詳。◇鳴くや　「や」は間投助詞。語調を整える。◇ひとりし　恋人を思いつつ一人で。「し」は強意の助詞。

155　夏の夜は短い。横になったかと思うと、ほととぎすのさっと鳴き過ぎて行く一声に、もう曙光の動く夜明けなのだ。

寛平御時后宮の歌合の、紀貫之の作。ほととぎすの鋭い一声に明け方の気配の動くさまをとらえた。◇しののめ　夜明け。東の空がわずかに白む頃。時刻を視覚的に表した語。

156　五月五日の端午の節句になって、艾草は人の形に作られ門戸の上に懸けられてその身は危うげに立っているけれど、また自分が生い育ったもとの園に、脚に任せて逃げて行こうとは思っていない。

端午の節句に艾人を見て、自分の志を述べたもの。◇時有て　五月五日を迎えて。◇戸に当て　艾を人形に作って門戸に懸けることをいう。『荊楚歳時記』に「五月五日（中略）艾を採りて以て人に為り、門戸の上に懸け、以て毒気を禳ふ」。◇身を危ぶめて　その艾人が危うげに見えるのをいう。◇故園　艾が生えていたもとの園。作者が任国讃岐にあって都に帰りたい気持を籠める。

154　ほととぎす　鳴くや五月の　みじか夜も　ひとりし寝れば　明かしかねつも
人丸

155　夏の夜の　臥すかとすれば　ほととぎす　鳴くひと声に　明くるしののめ

端午

156　時有て戸に当て身を危ぶめて立てり　意なくして故園に脚に任せて行く
艾人　菅

有時当戸危身立　無意故園任脚行
艾人　菅

157　今日の競(くら)べ馬に出る若駒と、同じく今日の五日の節句に間に合って用いられるあやめ草とは、どちらもおい後れるのを負けとするのであろう。

五月五日駒競べする所の屛風絵の歌。◇わか駒　駒競べに出る若駒。五月五日・六日、宮中や諸所で行われた。◇今日　五月五日の端午の節句。あやめ草を軒端(のきば)に葺(ふ)いて邪気を払い、その根を引いて長さを競う。◇おひおくるるや　若駒の「追ひ後るる」にあやめ草の「生ひ後るる」を掛ける。五月五日に間に合うようには生長しなかったあやめ草を負けと判定したもの。言葉遊びを楽しんでいる。

158　昨日までは関(かか)わりなしと思っていたあやめ草を今日はわが家の軒端(つま)に葺いて、妻のようにも親しみ思うことだ。

屛風歌。軒端(つま)と妻とを掛けた秀句であるが、あやめ草をいとおしむ心がみえている。
◇よそに思ひし　沼や池にあって無関係と思っていた、という意。◇つま　軒端の意と妻の意を掛ける。

159　青々とした苔(こけ)のむす地上には雨の名残(なごり)の露は消え去り、緑の樹陰のあたりで夕涼みをする。

夕立の通り過ぎた後の夕涼みの様子を賦した。
◇残雨　『鈔』に「残雨ハ露ノアルヲノゴツタリナドシテ居ル心也」とある。原文「残暑」。

160　露のおいた竹蓆(たけむしろ)は月の光に輝いて夜になれば滑らかになり、風を含んだ夏衣の襟(えり)は自(おの)ずからさわやかで、まだ秋にならないのに涼しい。

157
わか駒(ごま)と　今日にあひくる　あやめ草(ぐさ)　おひおくるるや　負くるなるらむ
頼基(よりもと)

158
昨日まで　よそに思ひし　あやめ草　今日わが宿(やど)の　つまと見るかな
能宣(よしのぶ)

納涼(だふりやう)

159
青苔(せいたい)の地上(ちしやう)に残雨(さんう)を銷(け)す　緑樹(りよくしう)の陰(かげ)の前に晩涼(ばんりやう)を逐(お)ふ
白

青苔地上銷残雨　緑樹陰前逐晩涼　白

竹席に座って夕涼みをしている様子を賦す。
◇露簟　露の置いた竹席。「簟」は竹皮を編んで作った敷物。『和名抄』「蔣魴切韻に云く、簟、篾(竹の皮)を織りて席を為る。暑月にこれを鋪く」。◇清瑩　清く輝いて涼しげなこと。◇風襟　衣の襟に風を含むこと。◇蕭灑　さっぱりするさま。

161　これは炎暑が禅房にやってこないのではない。ただ禅師の心が安静で乱れないから、自ずからその身も涼しいのだ。

酷暑の折、僧房にいる高僧を詠む。「心頭ヲ滅却スレバ火モ自ラ涼シ」(『鈔』)の心である。
◇禅房　禅寺の宿房。

162　水辺に吹いて来る風が涼しいので、あの団雪の扇も長く忘れて使うことはなく、砂石に映る月影が円いので、あの招涼の珠を得たような心持がする。

「岸風」「沙月」の語を用いて水と石による涼しさを表現した。
◇班婕妤　漢の成帝の愛妃。「婕妤」は官名。◇団雪の扇　扇の形が月のように円く雪のように白いのでいう。『文選』にある班婕妤の怨歌行に見える。◇燕の昭王　周末の燕国の王。◇招涼の珠　これを持てば盛暑でも自ずから涼しくなるという珠の名。燕の昭王に献上された黒蚌より取出した珠を懐中にすると、真夏でも涼しかったので、銷暑招涼の珠と名づけた（『拾遺記』巻四）。

160
露簟清瑩として夜を迎へて滑らかなり　風襟蕭灑として秋に先たて涼し　白

露簟清瑩迎夜滑　風襟蕭灑先秋涼　白

161
これ禅房に熱の到ることなきにはあらず　ただ能く心静かなれば即ち身も涼し　白

不是禅房無熱到　但能心静即身涼　白

162
班婕妤が団雪の扇　岸風に代へて長く忘れたり
燕の昭王の招涼の珠　沙月に当て自ら得たり　匡衡

班婕妤団雪之扇　代岸風兮長忘　燕昭王招涼之珠　当沙月兮自得　匡衡

163
臥しては新図の臨水の障を見る　行くゆく古集の納涼の詩を吟ず　菅

臥見新図臨水障　行吟古集納涼詩　菅

164
池冷しくしては水三伏の夏なし　松高くしては風一声の秋有り　英明

池冷水無三伏夏　松高風有一声秋　英明

165
涼しやと　草むらごとに　立ち寄れば　暑さぞまさる　とこなつの花

163　臥しては水辺の景色を新たに画いた障子を眺め、歩いては古い詩集の中の納涼の詩などを吟じて暑さを忘れる。

悠々自適の生活を詠んだもの。『鈔』に「此景即納涼ノ詩ニ似タルノ心モアリ」という。◇臨水の障　水辺の景色を画いた障子。『和名抄』「楊氏漢語抄に云く、障子（屏風の属なり）」。

164　池は水が涼しいので夏の暑さも感じられないし、また松は樹が高いので、吹き下ろす風から秋のさわやかな響きが伝わってくる。

池のほとりの樹陰に炎暑を避けている光景を詠む。◇三伏　夏の末から立秋の前後三十日間の最も暑い日。『初学記』に「陰陽書に曰く、夏至より後第三庚を初伏と為し、第四庚を中伏と為し、立秋の後の初庚を後伏と為す。これを三伏と謂ふ」。

165　涼しげなことだとあちこちの草むらに立ち寄ってみると、常夏の花がまっ盛りで、その名からして、かえって暑さがまさるような気がする。

なでしこの異名「常夏」をもとにした誹諧歌。◇涼しや　「や」は間投助詞。◇とこなつ　なでしこの異名。花期が春から秋まで長いためという。

166 したくくる　水に秋こそ　かよふなれ　むすぶ泉の　手さへ涼しき　中務(なかつかさ)

167 松かげの　岩井(いはゐ)の水を　むすびつつ　夏なき年と　思ひけるかな　恵慶(ゑぎやう)

晩夏(ばんか)

168 竹亭(ちくてい)に陰合(かげあ)て偏(ひとへ)に夏に宜(よろ)し　水檻(すいかん)に風涼しくして秋を待たず　白(はく)

竹亭陰合偏宜夏　水檻風涼不待秋　白

166 まだ夏だが、岩木の下をくぐって出てくる水にはもう秋の気が通っているのだ。泉の水をすくい上げるこの手まで何と涼しいことか。

月次(つきなみ)の屛風歌。炎熱の夏の泉の水に感じた秋の涼味。◇したくくる　岩木や木の葉の下をくぐる。当時「くくる」は清音。◇かよふなれ　「かよふらし」に作る伝本が多い。◇むすぶ　手で水をすくい上げる。

167 松の木陰にある岩井の清水をすくい上げるたびごとに、その冷たさにふと夏のない年かと錯覚されるほどである。

河原院の泉で涼んだときの歌。夏を忘れたことの驚き。◇岩井　岩を組んだ間から出る泉。◇むすびつつ　「むすびあげて」に作る伝本が多い。

168 竹林のほとりの四阿(あずまや)には、竹の影が茂り合っていて、もっぱら夏の暑さを避けるのに好都合であり、水辺に臨んでいる欄干には風が涼しく吹いて来るので、秋が早く来るのを待つまでもない。

水辺の四阿の様子を賦したもの。◇竹亭　竹林のほとりの四阿。『和名抄』「釈名に云く、亭（弁色立成に云く、客亭、阿波良夜(あばらや)、亭子、遊息する処の小屋なり）人の停集する所なり」。◇水檻　水辺に臨んだ四阿の欄干。

169
夏果つる　扇と秋の　白露と　いづれかまづは　置かむとすらむ

170
ねぎごとも　きかで荒ぶる　神たちも　今日はなごしと　人はいふなり

橘　花

171
盧橘子低りて山雨重し　栟櫚葉戦いて水風涼し　白

盧橘子低山雨重　栟櫚葉戦水風涼　白

172
枝には金鈴を繫けたり春の雨の後　花は紫麝を薫ず凱風の

169　夏が終って不用になる扇と、秋の白露と、どちらが先に置くことになるのだろう。

月次の屛風歌。壬生忠岑の作。「置く」という語を軸に、夏から秋への推移を知的に興じたもの。◇扇　紙を張った夏扇。◇置かむとすらむ　扇を下に置く意と露が草葉に置く意を掛ける。

170　いつもは人の祈願も聞きとどけないで霊威をふるう神々も、今日はなごみ和らぐ夏越の祓えだと、人々は言っている。

月次の屛風歌。源順の作。これも「なごし」を軸に、無事に秋を迎えようとする心を詠む。◇ねぎごと　「ねぐ」は神の心を和らげ慰めて加護を願う意。◇神たち　「神だに」とする本も多い。◇なごし　「夏越」に「和し」を掛ける。夏越の祓えは六月祓のことで、六月晦日に祝詞を上げ、祓物を出し、撫物に穢れを移して水に流す。『八雲御抄』に神をはらい和ませるための名とするが、牽強付会であろう。

171　山に雨が降って、夏蜜柑のなり下がった実は一層重そうに見え、水の面を吹いて来る風に棕櫚の葉がそよいでとても涼しく感じられる。

夕暮の湖辺の景色を詠んだもの。◇盧橘　夏蜜柑。『鈔』には、一説として枇杷の意という。◇栟櫚　棕櫚。『和名抄』「椶櫚、唐韻に云く、椶櫚（忩閭二音）一名蒲葵。説文に云く、栟櫚、以て革と為すべし（栟音并、今案ずるに即ち椶櫚なり。俗に云く種路）」。

172　橘の実は春雨の後にようやく熟して枝の上に金の鈴をかけたようであり、その花は夏の南風に咲き匂って麝香を薫ずるようだ。

花橘の美しさを詠んだもの。◇金鈴　果実をいう。花と同時に見ているので、夏蜜柑か橙の類か。『鈔』には、雨のたまる露の形容で、春雨は秋雨の誤りであり、「花橘ハ夏花開ケテ秋ハ実ノナル也。金鈴トハ実ヲ似セテ云也」と説く。◇紫麝　麝香の一種で薄紫色のもの。◇凱風　南風。初夏に吹くそよ風。『詩経』邶風、凱風に「凱風南よりし、かの棘心を吹く（毛伝南風これを凱風と謂ふ、夏の長養を楽しむ）」とある。「𩗗」は「凱」に同じ。

173　五月を待って咲き始める橘の花の香をかぐと、昔、馴れ親しんだ人の袖の香りがすることだ。

『古今集』読人しらずの歌。花橘の香りから昔の人を思い出すという、やや官能的気分が好まれた。◇五月待つ　橘の花期は五月。◇花たちばな　橘の花。◇袖の香　昔の人が袖に焚きしめた薫香の香り。『拾芥抄』の香名「盧橘」はこの歌からできたものか。

174　ほととぎすよ、橘の花の香を求めて鳴くのは、お前も昔なじみの人が恋しいからなのか。

前歌の変奏曲。昔の人を恋しく思う心を郭公に託したもの。『万葉集』でも「いにしへに恋ふらむ鳥は郭公」と詠まれた。郭公と橘を取り合せる例も多い。

175　蓮の古びた葉は、風に吹かれてその緑の色もすさまじく、蓼の散り残った花は水のほとりにそ

程　　後中書王

枝繫金鈴春雨後　花薫紫麝𩗗風程　　後中書王

173　五月待つ　花たちばなの　香をかげば　昔の人の　袖の香ぞする

174　ほととぎす　花たちばなの　香を求めて　鳴くは昔の　人や恋しき

蓮

175　風荷の老葉は蕭条として緑なり　水蓼の残花は寂莫として

の紅の色も寂しげである。

秋の詩であるが、蓮の葉を詠んだので夏部に収める。◇風荷　風になびく蓮葉。◇蕭条　もの寂しいさま。◇水蓼　水辺の蓼。◇寂莫　ひっそりしてもの寂しいこと。底本「寂漠」。

176　蓮の葉がひろがると砌を照らす月の光に葉の影も翻って動き、その花が開くと簾の中に吹き込んで来る風とともに花の香がさっと匂って来る。

階下の蓮を賦したもの。
◇砌　階下の石だたみ。『和名抄』「堦、考声切韻に云く、堦（皆音、俗に階の字に為る、波之、一訓に之奈）堂に登る級なり。兼名苑に云く、砌、一名階（砌音細、訓美岐利）」。

177　蓮の葉は、さわやかな風が吹く暁に水煙の中にひろがって緑の扇を開いたように立ち、蓮の花は白い露の降りる秋に紅の衣を浮べるように水に映っている。

晩秋に夏の蓮池の様子を想い出して賦す。
◇煙　水煙をいう。◇翠扇　蓮の葉が緑色の団扇を開いている様子をいう。◇白露の秋　『礼記』月令に「孟秋の月（中略）白露降り、寒蟬鳴き」とある。

178　池のほとりの竹の枝が垂れているのは、鳥がねぐらを占めているためのようだ。また池の中の蓮の葉が動くのは、魚が泳いでいるせいらしい。

夕暮の池の景色を詠んだもの。
◇潭荷葉動く　『文選』謝朓の「東田に遊ぶ」詩に

紅なり　白

風荷老葉蕭条緑　水蓼残花寂漠紅　白

176
葉展びては影翻る砌に当れる月　花開けては香散ず簾に入る風　白

葉展影翻当砌月　花開香散入簾風　白

177
煙は翠扇を開く清風の暁　水は紅衣を泛ぶ白露の秋　許渾

煙開翠扇清風暁　水泛紅衣白露秋　許渾

178
岸竹条低れり鳥の宿するなるべし　潭荷葉動くこれ魚の遊

ぶなり　　在昌

岸竹条低応鳥宿　潭荷葉動是魚遊　在昌

179
何に縁てか更に呉山の曲に覓めむ　便ちこれ吾が君の座下の花なり　千葉の蓮

縁何更覓呉山曲　便是吾君座下花　千葉蓮

180
経には題目たり仏には眼たり　知んぬ汝は花の中に善根を植ゑたることを　為憲

経為題目仏為眼　知汝花中植善根　為憲

181
はちす葉の　濁りにそまぬ　心もて　などかは露を　珠とあざ

「魚戯れて新荷動き」とある。

179　千葉の蓮華はわが君の御座の辺りの屏風に描かれている花である。それゆえに、何のためにまたその花を、呉山の山奥まで尋ね求める必要があろうか。

屏風に描かれた蓮華を見て詠んだもの。
◇呉山の曲　呉山という山の奥に青蓮華を尋ね求めること。『法華伝』による。◇吾が君　ここは宇多法皇のこと。◇座下　法皇の御座の辺り。

180　蓮華があるいは経の題名となり、あるいは仏の眼に譬えられるのは、多くの花の中でお前だけが前世に善根を植えおいたためなのだ。だからこそこのような果報を得たのである。

蓮の徳を讃えたもの。
◇経には題目たり……　仏経の中で蓮華を題目とするのは『妙法蓮華経』である。◇仏には眼たり……　『維摩経』仏国品に「目浄く脩広なること青蓮の如し」とある。◇善根　来世によい結果をもたらす行為。『法華経』従地涌出品に「諸の善根を殖ゑ、菩薩の道を成就し」とある。

181　蓮の葉は、まわりの泥水に染まらない清らかな心を持ちながら、どうして葉の上の露を白玉のように見せて、人を欺くのだろうか。

僧正遍昭の歌。蓮の葉の上の露の美しさを賞する。
◇濁りにそまぬ　『法華経』従地涌出品に「世間の法に染まらざること、蓮華の水に在るが如し」とある。

むく

郭公（ほととぎす）

182　一声（いつせい）の山鳥（さんてう）は曙雲（しようん）の外（ほか）　万点（ばんてん）の水螢（すいけい）は秋の草の中（うち）　許渾

一声山鳥曙雲外　万点水螢秋草中　許渾

183　五月（さつき）やみ　おぼつかなきに　ほととぎす　鳴くなる声の　いとどはるけさ　明日香王子（あすかのみこ）

184　行きやらで　山路（やまぢ）暮らしつ　ほととぎす　いま一声（ひとこゑ）の　聞かまほしさに　公忠（きんただ）

◇露を珠と　白居易「放言五首」に「荷（はちす）の露は団なりと雖（いへど）も豈（あに）これ珠ならんや」とある。

182　ほととぎすが一声曙（あけぼの）の雲のかなたに鳴き去って行き、夜が明けきらないので無数の螢は草むらに光を放っている。

晩夏の暁の光景を詠んだもの。◇山鳥　ここでは郭公のこと。◇万点　螢が無数に飛ぶ光景をいう。◇水螢　水辺に群がる螢。◇秋の草の中　晩夏は秋に近いのでこういった。

183　五月の真の闇（やみ）のあやめも分らぬ中で、ほととぎすの鳴き過ぎる声が、ますます遠くおぼつかなく聞えてくる。

郭公の声をしかと聞くことのできないもどかしさを詠む。『万葉集』では作者未詳の歌。◇五月やみ　五月は五月雨（さみだれ）が降って夜空は暗い。◇鳴くなる声　「なる」は聞いてそれと判断する助動詞。

184　先へ行きもやらず、山路にたたずんで日を暮してしまった。ほととぎすのもう一声を聞きたいあまりに。

北の宮の裳着（もぎ）の屏風の歌。『忠岑十体（ただみねじってい）』はこの歌を高情体（詞は凡流だが、義は幽体の歌体）に入れ、『大鏡』も名歌として騒がれたことを伝える。

185
さ夜ふけて　寝ざめざりせば　ほととぎす　人伝てにこそ　聞くべかりけれ　　忠見

螢

186
螢火乱れ飛んで秋已に近し　辰星早く没して夜初めて長し　　元

螢火乱飛秋已近　辰星早没夜初長　　元

187
蒹葭水暗うして螢夜を知る　楊柳風高うして雁秋を送る　　許渾

185　この夜ふけにふと目が覚めなかったら、今のほととぎすの声を、人の話にだけ聞いて、あとでさぞ残念な思いをしたことであろう。
天徳四年内裏歌合の歌。判に「歌柄をかし」とある。偶然に寝覚めて郭公の一声を聞き得た喜びを詠む。
◇さ夜　「さ」は接頭語。特別の意味はない。

186　螢の火があちこちに飛び乱れて秋もやっと近づき、水星が早くその光を没して夜もようやく長くなった。
晩秋の夜の光景を詠んだ。
◇辰星　水星。夕方の西空、明方の東空に見えるので太陽の出没と相前後し、「早く没し」とは太陽が早く没する意と同意に解される。『私注』以下古来の注釈は北極星と解する。『江談抄』に「古来難義也」とある。なお『全唐詩』では、「星辰」(ほし)に作る。

187　葦の生い茂る水面が暗くなると、螢は夜になったことを知って光を放ち、柳の梢高く風が吹くと、雁は南に飛んで秋を送ってくるようだ。
晩夏から初秋の光景を賦す。
◇蒹葭　水辺に生える葦。◇楊柳　かわやなぎとしだりやなぎ。

蒹葭水暗螢知夜　楊柳風高雁送秋　許渾

188
明々としてなほ在り　誰か月の光を屋上に追はむ
皓々として消えず　あに雪片を床の頭に積まむや
秋の螢帙を照らす賦　紀
明々仍在　誰追月光於屋上　皓々不消　豈積雪片於床頭
秋螢照帙賦
紀

189
山経の巻の裏には岫を過ぐるかと疑ふ　海賦の篇の中には流に宿するに似たり
前に同じ
直幹
山経巻裏疑過岫　海賦篇中似宿流
同前
直幹

188　螢の光は明るいので、読書をするのに屋上に昇って月の光を追う必要があろうか。また雪のように消えることもないから、床のほとりに雪を積んで書物を照らす必要があろうか。
題意は、螢光が窓を透して書物を照らすさま。◇月の光を　『南斉書』江泌伝に「夜書を読み月光に随つて巻を握りて屋に升る」とある。◇雪片を　『孫氏世録』に「孫康家貧し、常に雪に映じて書を読む」（文選蕭楊州の為に士を薦めし表、李善注）とある。

189　螢の光で山海経を照らすと、螢が山の穴を飛び過ぎるかと疑い、また海賦を照らすと、螢が海流に宿っているように思われる。
前句と同様に、螢光で書物を照らすさまを賦す。◇山経　『漢書』芸文志に「山海経十三篇」とあるが、ここは『隋書』経籍志などに見える「山海経図讃二巻」の絵入本をさすか。◇岫　山の穴。◇海賦　『文選』巻一二に木華の海賦を収める。これも画冊を意味するか。

190　草が深く茂った中の荒れはてた家の燈火が、風が吹くのにも消えぬと見えたのは、なんと螢なのであった。
作者不明。見立てに幼さが感じられる。

190 草深く 荒れたる宿の ともしびの 風に消えぬは ほたるなりけり

191 つつめども 隠れぬものは 夏虫の 身より余れる おもひなりけり

蟬

192 遅々たる春の日 玉の甃暖かにして温泉溢てり
嫋々たる秋の風に 山の蟬鳴いて宮樹紅なり　驪宮高　白

遅々兮春日　玉甃暖兮温泉溢　嫋々兮秋風　山蟬鳴兮
宮樹紅　驪宮高　白

◇草深く 「深き」に作る伝本が多い。◇ほたるなりけり 「なりけり」は初めて気づいた驚きを表す。

191 袖に包んでもはっきりわかるのは螢の身から出る火――人目を忍んでも隠しきれないものは、身ひとつに思いあまる恋の火なのでした。

『後撰集』では桂のみこ（孚子内親王）に童が螢を奉ったときの歌、『大和物語』では式部卿宮敦慶親王に思いを寄せた童が螢とともに奉った歌、となっている。幼い恋の趣がある。◇つつめども 袖に包む意と人目をつつむ意を掛ける。◇夏虫 ここは螢。◇おもひ 「思ひ」に「火」を掛ける。

192 のどかな春の日には、お湯殿の玉の敷きがわらも暖かに温泉の湯が溢れこぼれ、そよ吹く秋の風には山蟬が鳴いて離宮の木々の梢もようやく色づいてきた。

驪山の離宮の光景を賦す。◇遅々 のどかなさま。◇玉の甃 美しい玉の敷きがわら。◇温泉 長安の東郊にある驪山の離宮は「温泉宮」といい、温泉の出る華清池があった。◇嫋々 ゆるやかに吹くさま。『楚辞』九歌、湘夫人に「嫋々たる秋風、洞庭波たちて木葉下る」とある。

193　峰々の山上の路は梅雨を含んだ雲が一面にたれこめ、五月の蟬の声も聞えて麦の熟する季節を過ぎたことが知れる。

旅中五月の風景を詠む。

◇鳥路　『私注』に「空名也」とあるが、鳥のみが通える山上の路の意。◇梅雨　梅が熟す頃、雨がふるので梅雨という（『初学記』）。◇麦秋　麦の熟する頃。陰暦四月。『礼記』月令に「孟夏の月（中略）靡草死し麦秋至る。（中略）仲夏の月（中略）鹿角解ち蟬始めて鳴く」とある。

194　鳥は緑草の生い茂った荒野に飛び下りて秦苑は静まりかえり、蟬は色づいた林の梢にかまびすしく鳴いて、漢宮の秋はもの寂しい。

楼上から眺めた景色を詠んだもので世の栄枯を嘆く。◇緑蕪　荒野に茂った草。◇秦苑　秦の始皇帝が造った咸陽宮の苑。◇漢宮　漢の高祖が長安（咸陽に近い）に建てた宮殿。

195　今年の蟬の声はいつもと違って腸も断ちきられるばかり悲しく聞える。これは蟬の声が特に悲しげなのではなくて、辺国にいる自分の心が辛く悲しいからだ。

都を離れた作者の悲哀の心を蟬の声に移して賦した。

193
千峰の鳥路は梅雨を含めり　五月の蟬の声は麦秋を送る
李嘉祐

千峰鳥路含梅雨　五月蟬声送麦秋　李嘉祐

194
鳥緑蕪に下りて秦苑寂かなり　蟬黄葉に鳴いて漢宮秋なり
許渾

鳥下緑蕪秦苑寂　蟬鳴黄葉漢宮秋　許渾

195
今年は例よりも異に腸先づ断ゆ　これ蟬の悲しぶのみに
あらず客の意も悲しぶなり
菅

今年異例腸先断　不是蟬悲客意悲　菅

196　去年が去り今年が来て年は改まっても、蝉の声は少しも変ることはない。してみると蝉は秋の後に空しくなってしまうものだと言ってはならぬ。
蝉と人間の無常を比較したものか。
◇空しく　『集註』に「空とは蝉の脱(ぬ)けたるを空蝉(うつせみ)といふ心にや」とある。

197　夏山の峰にある木の梢はいちばん高い所にあるので、そこにいる蝉の声も、空高く鳴いているように聞えてくる。
作者未詳。高く空を指した木の梢が実感される歌。
◇こずゑし　「し」は強意の助詞。

198　これをごらんなさい。人が聞いて気をとめてもくれぬ恋をするとて声をあげて泣き続け、身も心も泣きつくしてぬけがらになってしまった蝉の変りはてた姿を。
蝉の殻を包んで女に贈った際に添えた歌。これに比べると、「あはれてふ人はなくとも空蝉(うつせみ)のからになるまで泣かむとぞ思ふ」(『古今六帖』)の方が素直である。
◇とがめぬ　恋の訴えを完全に無視された、の意。

196
歳(とし)去り歳来(きた)て聴けども変(へん)ぜず　言ふことなかれ秋の後(のち)に遂(つひ)に空(むな)しくすることを　紀(き)

歳去歳来聴不変　莫言秋後遂為空　紀

197
なつ山の　峰のこずゑし　高ければ　空にぞせみの　声も聞こゆる

198
これを見よ　人もとがめぬ　恋すとて　音(ね)をなく虫の　なれる姿を
重光大納言(しげみつのだいなごん)

扇（あふぎ）

199
盛夏に銷（き）えざる雪　年を終（を）ふるまで尽くることなき風
秋を引いて手の裏（うち）に生（な）る　月を蔵（かく）して懐（ふところ）の中（うち）に入（い）る　白（はく）

盛夏不銷雪　終年無尽風
引秋生手裏　蔵月入懐中　白

200
期（き）せず夜漏（やろう）の初めて分れて後（のち）　ただ翫（もてあそ）ぶ秋の風のいまだ至らざる前（さき）　菅三品（かんさんぼん）

不期夜漏初分後　唯翫秋風未至前　菅三品

201
天（あま）の川　川辺すずしき　たなばたに　扇（あふぎ）のかぜを　なほや貸さ

199　扇は夏の盛りにも消えない雪に譬えられ、また年中尽きることない風を起す。これを手に取れば涼しくて秋が手の中に生ずるようであるが、また明月の形と見えた扇もたたみおさめると忽ち懐中に入ってしまう。

扇の形色と徳用を賦したもの。
◇銷えざる雪　扇の比喩。扇を雪に譬（たと）えるのは『文選』巻二七、班婕妤（はんしょうよ）の怨歌行に、「新に斉の紈素（ぐわんそ）を裂けり、鮮潔として霜雪の如し」の例がある。◇月を蔵して　扇を月に譬えるのは「怨歌行」に「裁ちて合歓の扇に成す、団々として明月に似たり」と見える。

200　扇は明月に似ているが、真の月でないから、これを賞翫（しょうがん）するのに夜になるまで待たなくともよい。また真の月は秋になって賞するが、この扇の月はまだ秋風が吹いて来ない夏の頃でも愛用できる。

扇を月に譬えたもの。
◇夜漏　夜の時刻。「漏」は「漏刻」で水時計のこと。底に穴のある銅壺（どうこ）に水を入れ、下に漏水を受ける器を置き、その中に目盛をした矢を立て漏水の度を示す。その壺を漏壺、矢を漏箭（ろうせん）、水を漏水という。『初学記』に「銅を以て器と為（な）し、再畳差置し、実（み）たすに清水を以てし下に各孔を開き、玉虬（ぎょくきゅう）を以て水を吐漏して両壺に入る。右は夜と為し左は昼と為す」と見える。「夜漏の初めて分る」とは日が尽きて夜の初更に入ることをいう。

201　天の川の川辺にも初秋の涼風が立っていることではあろうが、今宵相逢う織女と彦星に、この涼しい扇の風をやはり貸してあげようかしら。

扇の風の涼しさを詠む。天禄四年七月七日、資子内親王の乱碁(らんご)（碁石を指にくっつけて取り、その多少で勝負を争う遊戯）の負態(まけわざ)（勝負ごとで負者が勝者をもてなすこと）の扇に添えた歌。扇合(おうぎあわせ)の際のものではない。

◇貸さまし　「まし」は仮想の助動詞。

202　天の川に秋の霧の立ちこめる季節であるが、この扇の送る風に霧が晴れて空も澄みわたり、織女の渡るかささぎの橋もよく見わたされる。

前の歌と同じ時の歌。扇の力を讃える。

◇霧　底本「くも」。諸本により訂す。◇かささぎの橋　烏鵲橋。中国伝説で二星が逢うとき、かささぎが集まり橋となって織女を渡すという。「烏鵲河を塡め橋を成して織女を渡す」（『白孔六帖』）。

203　この扇は、わが君の御手にまかせ、思いのままに出していただく秋の風ですから、その徳の余りでなびかない草もあるまいと存じます。

帝徳の賛嘆。北宮（康子内親王）が帝(みかど)に奉る扇に添えた中務の歌。

◇手にまかする秋の風　一九九の「秋を引いて手の裏に生る」による。◇なびかぬ草　『論語』顔淵篇「君子の徳は風、小人の徳は草。草之(これ)に風を上(くは)ふれば必ず偃(ふ)す」による。

まし

七夕扇合(たなばたのあふぎあはせ)　中務(なかつかさ)

202　天の川　扇のかぜに　霧はれて　空澄みわたる　かささぎの　橋

同前(まへにおなじ)　元輔(もとすけ)

203　君が手に　まかする秋の　風なれば　なびかぬ草も　あらじと　ぞ思ふ

中務

秋

立秋

204　蕭颯たる涼風と悴鬢と　誰か計会して一時に秋ならしむる　白

蕭颯涼風与悴鬢　誰教計会一時秋　白

205　鶏の漸く散ずる間に秋の色少し　鯉が常に趨る処に晩の

204　立秋に入って涼しく寂しい風が吹き、わが身も老境に入って鬢の毛の衰えを覚えるが、誰が計り合せて時候の秋とわが身の秋とを一時に来させたのであろう。

老境に入った作者の立秋の日の感懐を賦す。◇蕭颯　秋風のもの寂しいさま。『楚辞』九歌、山鬼に「風は颯々として木は蕭々たり」と見える。◇計会　予め計算して計り合せること。

205　鶏がその主人を喪って次第にいなくなってしまったこの庭は、樹の葉の色もまだ深くはなく、平生教えを受けたこの庭に、夕方木の葉が一枚二枚散り落ちる音もかすかに聞えて、もの寂しい気配である。

師匠の没後その旧宅での感想を賦す。◇鶏の漸く散ず　主人がすでに没し、飼養されていた鶏まで漸くちりぢりに去っていったことをいう。『白氏文集』巻五七「元家履信が宅を過ぐ」に「鶏犬家を喪ひて分れ散りし後、林園主を失ひて寂寥たるの時」とある。『鈔』に「就レ鶏二義アリ。一ハ楓ヲ云二鶏冠木一、楓ノ事ヲ鶏ト云也。成二紅葉一漸散レバ秋少ト云ヘリ。一ハ鶏ハ春夏ニハ成レ子、引具シテ庭ニ遊ベドモ、秋ハ子共散ジテ親計也」と説き、『集註』に「鶏散る間とは庭を作れり。鶏は庭に遊ぶものなればなり」とあるがいずれも誤り。◇鯉が常に趨る　鯉は孔子の子。『論語』季氏篇の「鯉趨りて庭を過ぐ」の故事から、子弟が師の教えを受けることをいった。◇晩の声　夕暮に木の葉の散る音。

206　秋が来たと目にははっきりと見えないが、風の音は微妙に秋の気配を帯び、はっと秋の訪れを感じさせられる。

立秋の日の詠。昨日と変らぬ景色ながら、ひそやかに渡る風に敏感に秋の気配を感じ取っている。歌の調べにも神経が行き届いている。

◇さやかに　さえてはっきりと。秋らしい語感の語。◇おどろかれぬる　「おどろく」は急にはっと気づく意。「れ」は自発の助動詞。

207　急にもの悲しくなってくる。今日は木の葉散る秋の初めになったのだと思うと。

『後撰集』読人しらずの歌。「木の葉散る」に秋の寂しさ、もの悲しさを具象的に述べる。◇うちつけに　何の予覚もなく突然なさま。◇秋の初めになりぬと　「秋の初めをけふぞと」に作る伝本が多い。

208　三伏の時も過ぎ、次第に暑さが去って行くことばかりを喜んで、秋とともに白髪がふえるのを知らずにいることよ。

漸く老境に近づいた作者の心境を賦す。◇三伏　夏の末から立秋の前後三十日の、最も暑気烈しい時。一四参照。◇二毛　白髪まじり。『左伝』僖二十二に「君子は傷を重ねず、二毛を禽(とりこ)にせず（杜預注、二毛、頭白く二色有る者なり）」とある。

声微(び)なり　保胤(ほういん)

鶏漸散間秋色少　鯉常趨処晩声微　保胤

206 秋来(き)ぬと　目にはさやかに　見えねども　風の音にぞ　おどろかれぬる　敏行(としゆき)

207 うちつけに　ものぞかなしき　木(こ)の葉(は)散る　秋の初めに　なりぬと思(おも)へば

早秋

208 ただ喜ぶ暑(しょ)の三伏(さんぷく)に随(したが)て去(さ)んぬることを　知らず秋の二毛(じぼう)

を送て来れることを　白

但喜暑随三伏去　不知秋送二毛来　白

209
槐花雨潤へり新秋の地　桐葉風涼し夜になんなむとする
天　白

槐花雨潤新秋地　桐葉風涼欲夜天　白

210
炎景剰さへ残て衣もなほ重し　晩涼潜かに到て簟先づ
知る　紀

炎景剰残衣尚重　暁涼潜到簟先知　紀

211
秋たちて　幾日もあらねど　この寝ぬる　朝明の風は　たもと

209　槐の花が地に落ちたのを初秋の雨がしめやかに潤している。桐の葉を吹く風もひんやりとして空はまさに日暮を迎えようとしている。

初秋の夕暮のもの静かな風情を詠む。◇槐花　えんじゅの花。中国原産の落葉高木で夏に黄白色の花が咲く。『和名抄』に「爾雅集注に云く、葉小にして青きを槐（恵汝須）と曰ふ」と見える。

210　日中は残暑が去らないので、薄い夏衣もなお重く思われるが、さすがに夕方になると夏の敷物である竹席がひんやりしている。人知れず忍び寄って来る秋の涼しさは竹席が一番先に知るのである。

早秋の風情を詠んだもの。◇炎景　暑い日の光。◇衣もなほ重し　夏衣もなお重く覚える、の意。◇晩涼　底本「暁涼」。◇簟　竹席。竹皮を筵のように編んで作ったもの。一六〇参照。

211　立秋を迎えてから幾日もたたないのに、この寝起きの早朝の風は、ほんとうに袖口に寒いほどに感じられる。

初秋、早くも爽涼の気の立つのに驚く。作者は安貴王の誤り。『万葉集』『拾遺集』に「安貴王」。◇朝明　明け方。早暁。◇たもと　二の腕または手首の意から、袂の意に転じた。

寒しも　　　　　　　　　　志貴皇子

七夕

212
憶ひ得たり少年に長く乞巧することを　竹竿の頭上に願糸多し　白

憶得少年長乞巧　竹竿頭上願糸多　白

213
二星たまたま逢うて　いまだ別緒依々の恨を叙べざるに
五更まさに明けなむとして　頻に涼風颯々の声に驚く　美材

二星適逢　未叙別緒依々之恨　五更将明　頻驚涼風

212　七夕の宵に竹竿の頭上に芸の上達を願う五色の糸が沢山かけてあるのを見るにつけて、自分も少年時代に将来の願いごとをかけて乞巧奠を営んだことを思い出した。

七夕の宵に昔を想い出して賦したもの。
◇乞巧　七夕の宵に、少年少女が文筆の上達や裁縫の巧技を祈る行事。『荊楚歳時記』に「この夕、人家の婦女綵縷を結び、七の孔を鍼に穿ち、或は金銀鍮石を以て鍼を為り、瓜果を庭中に陳ね、以て巧を乞ふ」と見える。◇願糸　五色の糸を竿の先にかけ針に糸を通し梶の葉などに願いごとを書いて二星に祈ること。

213　牽牛織女の二星が今宵たまたま逢って、まだ去年別れて以来の恨みを述べ終らないうちに、夜ははや明けようとしているので、暁の涼しい風の音に驚いている。

二星に代って別離の情を賦したもの。
◇二星　牽牛と織女の二星。◇別緒依々の恨　別離の際の別れがたい風情。「依々」は思い慕うさま。◇五更　夜の五更で、今の午前三時から五時。『日葡辞書』「暁または夜明けの頃」。◇颯々　風のさっと吹くさまの形容。

颯々之声　美材

214
露は別涙（べつるい）なるべし珠空（むな）しく落つ　雲はこれ残粧（さんさう）鬟（もとどり）いまだ成らず　菅

露応別涙珠空落　雲是残粧鬟未成　菅

215
風は昨（きのふ）の夜（よ）より声いよいよ怨（うら）む　露は明朝（みやうてう）に及んで涙（なみだ）禁ぜず

風従昨夜声弥怨　露及明朝涙不禁

216
去衣（きよい）浪（なみ）に曳（ひ）いて霞湿（うる）ふべし　行燭（かうしよく）流れに浸（ひた）して月消えなむとす　菅三品

214　暁方に降りる露は、二星が別れを惜しんで流す涙が珠となって落ちたのであろう。ここかしこにたなびいている朝の雲は、織女が物思いに沈んで髪も整えかね、乱れ髪のままでいるのであろう。

二星の別れを、露や髻（もとどり）にみなして詠んだもの。◇珠空しく落つ　『白氏六帖』珠部に「鮫人（かうじん）人の家に寄宿す。去るに臨み泣きて珠を出だして盤に盈（み）ち、以て主人に与ふ。故に曰く、泉客慷慨（かうがい）して以て珠に泣く」とある。◇残粧　よそおいの整わぬさま。◇鬟　うなじの辺に髪を束ねたもの。『和名抄』「四声字苑に曰く、鬟（和名美都良、訓毛斗々利）屈髪也」。

215　昨夜からしきりに吹く風は、織女の怨みごとが甚だしいからであろう。明朝になってしげく置く露は、織女が別れがたくてこぼす涙であろう。

二星の別情を風と露によそえて詠んだもの。◇風　風と露を取り合せるのは『礼記』月令に「孟秋の月（中略）涼風至り白露降り」とあるに基づくか。

216　織女が天の川を渡る時、霞の衣は浪にひきずってしっとりと濡れ、月の燈火（ともしび）は流れにひたされて消えようとしている。

二星の会合のさまを詠んだもの。◇去衣　二星が会合に行く時の衣。霞に見立てた。「去」は行くの意（『広雅』）。◇行燭　道を行く時に照らす燈火。月に見立てた。

217　織女は天の川の岸まで来たけれど、日がまだ暮れず逢う時間でもないので、川のさざ波に託してわが思いを言いやるけれど、夜に入り片われ月の出るのを待って、これをなかだちに逢おうと心では願っている。

織女に代って夜の来るのを待つ心を賦す。◇微波　さざ波。『文選』洛神賦に「良媒の以て歓(よろこび)を接(まじ)ふるなく、微波に託(つ)けて辞を通ず」と見える。◇片月　半月。かたわれ月。

218　天の川はそれほど遠い舟渡しではないのですけれど、あなたの舟出の方は、もう一年ほどもの間お待ちしていることとです。

牽牛の訪れを待つ織女の心。◇とほき渡り　両岸が遥かに離れている渡し。『万葉集』では作者未詳。◇君　牽牛。彦星。◇年に　一年の長きにわたって。

219　二星が逢うのは一年にたった一晩だけだが、しかしその秋は限りもなく繰り返される。はかない契りのようだがかえって頼もしいことだ。

結局千秋万歳も逢っているではないかと、普通の発想を転換させたもの。源清蔭の家の屏風の歌。

去衣曳浪霞応湿　行燭浸流月欲消　　菅三品

217
詞(ことば)は微波(びは)に託(つ)けてかつかつ遣(や)るといへども　心は片月(へんぐゑつ)を期(き)して媒(なかだち)とせんとす　　輔昭(ほせう)

詞託微波雖且遣　心期片月欲為媒　　輔昭

218
天(あま)の川　とほき渡りに　あらねども　君が舟出(ふなで)は　年(とし)にこそ待て　　人丸(ひとまろ)

219
ひと年(とせ)に　ひと夜と思へど　たなばたの　あひ見む秋の　限りなきかな　　貫之(つらゆき)

220　毎年必ず逢っているとはいっても、年に一度のことであるから、織女が牽牛と共寝をする夜の数は、数えてみるとやはり少ないものであった。
織女の側に立っての発想。前の歌の心を裏返して見せたもの。寛平御時后宮の歌合の歌。

221　林の間で紅葉をかき集め、それを焚いて酒をあたため、石の上の緑苔を掃い落してそこへ詩を書きつけた。
寺院にて秋の興趣を賦したもの。◇紅葉　『鈔』に「紅葉ノ幸火ノ如ク煖ト云也」と紅葉を火に譬えるが誤りである。

222　楼に登って遥かに眺めると、旅先にある私の悲しみは茫々としてはてしがなく、眼前の大江の水は雲に接して荒涼としている。私のために人々が酒宴を設けて心を慰めてくれるが、管絃の響きがすみわたって秋のもの悲しさを自ずから覚える。
左遷の途中における心情を賦す。◇楚思　楚の地においての物思い。楚の屈原が汨羅に流されたことを白楽天の身の上に比して「楚思」といったもの（『集註』）。◇眇茫　遥かなさま。◇商声　秋の声。「商」は五音の一で方角では西、四季では秋にあたる。『礼記』月令に「孟秋の月（中略）其の音は商」と見える。◇清脆　清らかでもろいこと。

220
年ごとに　逢ふとはすれど　たなばたの　寝る夜の数ぞ　すくなかりける　躬恒

秋興

221
林間に酒を煖めて紅葉を焼く　石上に詩を題して緑苔を掃ふ　白

林間煖酒焼紅葉　石上題詩掃緑苔　白

222
楚思眇茫として雲水冷まじ　商声清脆として管絃秋なり　白

楚思眇茫雲水冷　商声清脆管絃秋　白

223　四季折々につけ、心を痛めない時などないけれど、その中でも最も心を痛め腸(はらわた)のちぎれる思いのするのは秋の空である。
秋の夕暮に景色を見て物思いの情を述べたもの。◇四時　四季。

224　秋は万物の景色が旅にある人の心を痛ましめるものであるから、「秋」「心」の二字を合わせて愁の字を作るのはもっともなことだ。
秋の景色を見ての感懐を賦す。『鈔』に「或説ニ上句ニ二義アリ。一ニハ野相公客舎ナレドモ客人ノ料ニ屋ヲ構ヘテ文士ドモ来リタル時、詩賦作テ遊ビケル也」という。『集註』には、これを小野篁(たかむら)が隠岐(おき)に左遷された時の詩ではないかと説く。

225　元来物のあわれを感ずるのはいつでも秋の季節だが、多くは秋の折節ごとの風物に心がひかれるからである。
次の句と合わせて秋の感懐を賦す。◇思ひを感ず　ものをあわれと思う、の意。◇当時　ここは秋をさす。◇節物　季節の景物。月の光、風の音、紅葉の色、虫の声等のこと（『集註』）。

223
大底(おほむね)四時(しいし)心惣(す)べて苦(ねんごろ)なり　就中(このなか)に腸(はらわた)の断(た)ゆることはこれ秋の天(てん)　白

大底四時心惣苦　就中腸断是秋天　白

224
物の色は自(おのづか)ら客(かく)の意(こころ)を傷(いた)ましむるに堪(た)へたり　宜(うべ)なり愁(うれへ)の字をもて秋の心に作れること　野(や)

物色自堪傷客意　宜将愁字作秋心　野

225
由来(もとより)思ひを感ずることは秋の天に在(あ)り　多くは当時(たうし)の節物(せつぶつ)に牽(ひ)かれたり

由来感思在秋天　多被当時節物牽

226

第一に心を傷ましむることは何れの処か最なる　竹風葉を鳴らす月の明らかなる前　田達音

第一傷心何処最　竹風鳴葉月明前　白

227

蜀茶は漸くに浮花の味ひを忘る　楚練は新たに雪を擣つ声を伝ふ　相如

蜀茶漸忘浮花味　楚練新伝擣雪声　相如

228

うづら鳴く　磐余の野辺の　秋萩を　思ふ人とも　見つる今日かな　丹比国人

226　第一に心を傷ましめるのはどういう場所の風物であるかというと、澄みわたった月の光の下で秋風が竹の葉をうちそよがせる時の光景である。
◇最なる　『集註』に「勝れたる心也」という。

227　炎暑の頃は暑さを忘れるために愛飲した蜀茶も、涼しくなったので飲むことも次第に少なくなって、茶碗に白く泡立った茶の味も忘れるようになり、また、寒さがだんだん近づくので防寒の用意に忙しく、雪のように白い練絹を擣つ砧の声が新たに伝わって聞えて来る。
暑さが遠ざかり寒さが近づいて来たことを詠む。
◇蜀茶　茶の名所である蜀の地（四川省）に産する茶。『白氏文集』巻一四「蕭員外新しき蜀茶を寄す」に「蜀茶寄せ到りてただ新しきに驚く」とある。◇浮花　茶（粉末を煮る）が泡立って茶碗の表面に浮き出すのをいう。『全唐詩』盧仝の「筆を走らせて孟諫議に謝し新茶を寄す」に「白花光を浮かべて椀面に凝る」とある。◇楚練　楚に産する練絹。◇雪を擣つ　雪のように白い絹を砧で擣つこと。

228　うずらが鳴いていかにも古里らしい磐余の野辺の秋萩を、いとしい人の姿かと思って見た、今日の野遊であった。
荒れた野辺に咲き乱れる秋萩に感じた人懐かしさ。『万葉集』では、豊浦寺の私房で丹比国人と宴をした沙弥尼たちの歌となっている。
◇うづら鳴く　うずらは古びた所で鳴くものとされ

た。◇磐余　奈良県高市(たけち)郡から磯城(しき)郡の南部にわたる地名。磐余の池などもあった。◇思ふ人とも　愛する人とともに、と解することも可能。『万葉集』「思ふ人どち」。

229　秋のあわれは、やはり夕暮時の風物がただならず身にしみる。荻の葉の上を渡る風の音、萩の下葉にしげく置く露……。

「荻の上風、萩の下露」の対句(ついく)的表現が、秋らしい取り合せとして、薄命の作者のイメージとともに人々に愛された。

◇夕まぐれ　夕方、物がよく見えなくなる頃。

230　秋の夕暮に、友人を思って松の植えてある臺に上って眺めると、きりぎりすや蟬のもの悲しげに鳴く声が耳に満ちて秋のあわれを添え、いよいよ友人が懐かしく思われる。

秋の夕暮に友人を慕って詠んだもの。◇相思う　友人を思う意。◇松臺　松の植えてある臺。「臺」は観望のために土を積んで造ったもの。

231　山の端を眺めると、月の光はまだかすかで姿を現していない。軒下に立って聴くと、滝の音は次第次第に高く聞える。

山寺の秋の夕暮の光景を賦す。寺は京都嵯峨(さが)の法輪寺。

◇幽月　月の光がまだかすかなのをいう。◇砌　家の軒下。『和名抄』「兼名苑に云く、砌一名階（美岐利）堂に登る級なり」。◇飛泉　滝。

229
秋はなほ　夕まぐれこそ　ただならね　荻(をぎ)のうは風　萩の下露(したつゆ)
義孝少将(よしたかのせうしやう)

秋晩(あきのくれ)

230
相思うて夕(ゆふべ)に松臺(しようたい)に上(のぼ)て立てれば　蛬(きりぎりす)の思ひ蟬(せみ)の声耳に満てる秋なり　白

相思夕上松臺立　蛬思蟬声満耳秋　白

231
山を望めば幽月(いうぐゑつ)なほ影を蔵(かく)す　砌(みぎり)に聴(き)けば飛泉(ひせん)うたた声を倍(ま)す　菅三品(かんさんぼん)

望山幽月猶蔵影　聴砌飛泉転倍声　菅三品

232 小倉山の麓に広がる野辺の花すすきが、ほのかに白く浮き出て見える秋の夕暮の景色よ。

嵯峨野の夕暮の薄に幽玄な風情を捉えた。作者未詳。◇小倉山　京都市右京区嵯峨の西部にある山。紅葉の名所。「小暗」の意で「ほのか」の縁語。◇花すすき　穂の出たすすき。◇ほのかに　「ほ」に「穂」を掛けて「花すすき」の縁語。

233 秋の夜は長く、ことに幽居の身には、思い乱れて眠ることがないからなかなか夜も明けない。残りの燈火は光かすかで、寂しげにその影を背後の壁にうつしている。夜の雨はもの寂しく降りそそいで、窓を打つ音がひどくあわれに聞える。

上陽人の幽居の心を賦したもの。上陽人は、唐の元宗の時、美貌をもって宮中に召されたが、帝の寵を独占した楊貴妃に妬まれて上陽宮に退き年老いたという宮女。◇秋の夜長し　『玉台新詠集』巻一〇、秋夜に「秋夜長く復長し、夜長くして楽未だ央ならず」とある。◇耿耿　燈火のかすかなさま。『鈔』に「耿々ハ明皃也」とあるのは誤り。◇壁に背けたる影　壁と燈火の中間に身を置くと影が壁に映るのをいう。◇蕭々　もの寂しいさま。◇暗き雨　暗夜の雨。

232
小倉山　ふもとの野辺の　花すすき　ほのかに見ゆる　秋の夕暮れ

秋夜

233
秋の夜長し　夜長くして眠ることなければ天も明けず
耿々たる残んの燈の壁に背けたる影　蕭々たる暗き雨の窓を打つ声　上陽人　白

秋夜長　々々無眠天不明　耿々残燈背壁影　蕭々暗雨打窓声　上陽人　白

234
遅々(ちち)たる鐘漏(しようろう)の初めて長き夜(よ)　耿々(かうかう)たる星河(せいか)の曙(あ)けなんとする天　白

遅々鐘漏初長夜　耿々星河欲曙天　白

235
燕子楼(えんしろう)の中(うち)の霜月(さうぐゑつ)の夜(よ)　秋来(きた)てはただ一人(いちじん)のために長し　白

燕子楼中霜月夜　秋来只為一人長　白

236
蔓草(まんさう)露深し人定(しづ)まて後(のち)　終宵(よもすがら)雲尽きぬ月の明らかなる前　野

蔓草露深人定後　終宵雲尽月明前　野

234　時刻をつげる鐘の音ものろのろと鳴って、これから長くなり始めたばかりの秋の夜はなかなか明けない。いつしか夜が明けようとして、空には天の川が薄れる前の最後の光を輝かせている。

楊貴妃を失った玄宗皇帝の秋夜の愁いを賦したもの。◇遅々たる鐘漏　時刻を報じてのろのろと鳴る鐘。「鐘漏」は宮廷内の水時計によって、時刻に合わせて鐘を鳴らすのをいう。◇初めて長き夜　初秋の長くなり始めた夜をいう。『鈔』に「今別レテアレバ初夜長キノ心也」とある。◇耿々たる星河　天の川の光が薄れようとする前に明るく輝くこと。

235　燕子楼に霜夜の月が冴えわたっている夜は、ことに昔のことが思い出されて、終夜眠ることができず、秋の夜はただ私一人のために長いのかと思われる。

燕子楼に独居した舞妓の心情を賦したもの。◇燕子楼　徐州の張尚書の愛妓眄々(べんべん)は、夫の死後、他に嫁せず十余年間独居したという。ここはその邸内の小楼。

236　秋の夜、祖先の陵墓に参詣すると、人は皆寝静まって生いはびこった蔓草に露がしっとりと降り、月が冴えわたって一晩中一点の雲もない。

廟域のものあわれな様子を賦す。◇蔓草　つる草。塚に生える草をさし、色々の草が死骨にまとうといった情景である。◇人定まて後　人が寝静まって後。

237
蒹葭の洲の裏の孤舟の夢　楡柳営の頭の万里の心　秋の夜の雨　斉名

蒹葭洲裏孤舟夢　楡柳営頭万里心　秋夜雨　斉名

238
あしびきの　山鳥の尾の　しだり尾の　長々し夜を　ひとりかも寝む　人丸

239
むつ言も　まだ尽きなくに　明けにけり　いづらは秋の　長しといふ夜は　躬恒

十五夜　付月

237　葦の生い茂った川の洲に一艘の舟を寄せて雨やどりする旅人は、故郷を夢みることだろう。楡や柳の茂る辺境の軍営にいる兵士達は、雨の降る夜に万里彼方の故郷に思いを馳せるに違いない。

秋夜の雨に望郷の念を賦したもの。◇蒹葭の洲　葦や葭の生えている洲。◇楡柳営　楡や楊柳の茂った胡地の軍営。漢の名将周亜夫が細柳営に軍して胡軍に備えたことを踏まえた（『史記』絳侯世家）。

238　山鳥の尾の長くしだれた尾のように長い長いこの秋の夜を、たった一人で寝ることになるのだろうか。

物に寄せて思い（ここでは恋）を陳ぶる歌。『万葉集』では作者未詳。◇あしびきの　「山」などに掛る枕詞。◇山鳥　キジに似た鳥。夜は雌雄居所を別にする独り寝の鳥とされた。◇しだり尾の　長く垂れた尾のように。ここまで「長々し」の序詞。◇長々し夜　形容詞語幹に名詞が続いたもの。

239　恋人との語らいもまだ尽きないのに、秋の夜はもう明けてしまった。いったい、どうなってしまったのだろう、秋の、長い長いといわれる夜は。

秋の長夜がなくなって慌てるおかしみ。『古今集』は誹諧歌に入れる。◇むつ言　恋人同士の夜床での語らい。◇いづらは　状態を尋ねる語。「は」は強意。

240　都の周囲は一千里の外まで氷をしきつめたように冴えわたり、漢の三十六の宮殿は白粉を塗って飾ったように澄みわたっている。

八月十五夜の月に照らされた長安の光景を賦す。◇秦甸　長安の周囲千里をいう。長安が秦の故地にあたるための呼称。「甸」は千里の内の意。◇凜々　寒さの身にしみるさま。◇三十六宮　西漢の都長安にある三十六の宮殿。『文選』西都賦に「漢の西都は雍州に在り。寔を長安と曰ふ（中略）離宮別館三十六所」と見える。◇澄々　澄んで清いさま。

241　月の光が明らかだから、夫のために錦に織り込んだ相思の情を綴る廻文の文字も、機の上にはっきり読みとることができる。遠く別れた夫を恋うる妻の心も一段とまさり、衣を擣つ砧の声も今宵は急に別れを怨む音を添えるように聞える。

十五夜に遠く離れた夫を恋うる妻の情を賦したもの。◇錦を織る　竇滔が流沙に移された時に妻の蘇若蘭が夫を思って錦に廻文の詩（詩句を碁盤の目のように排列し、終りから読んでも中央から旋回して読んでも詩となり、かつ平仄・韻があうもの）を織り込んで贈った故事をさす（『晋書』列女伝）。◇衣を擣つ　楚人が湘南に放たれて帰ることができず、その妻が衣を擣って待ったことをさす。一説には蘇武が胡地にいる時妻が秋毎に衣を擣って待ったのを踏むとも（『私注』）。

242　八月十五夜の、新たにさし出た清い月の光を見るにつけても、二千里の彼方にいる友人の心が

240
秦甸の一千余里　凜々として氷鋪けり
漢家の三十六宮　澄々として粉飾れり

秦甸之一千余里　凜々氷鋪　漢家之三十六宮　澄々粉飾

241
錦を織る機の中には　已に相思の字を弁へ
衣を擣つ砧の上には　俄かに怨別の声を添ふ

已上十五夜の賦

織錦機中　已弁相思之字　擣衣砧上　俄添怨別之声

已上十五夜賦

242
三五夜中の新月の色　二千里の外の故人の心　白

三五夜中新月色　二千里外故人心　白

243
嵩山表裏千重の雪　洛水高低両顆の珠　白

嵩山表裏千重雪　洛水高低両顆珠　白

244
十二廻の中に　此夕の好きに勝れるはなし
千万里の外に　皆吾が家の光を争ふ　紀

十二廻中　無勝於此夕之好　千万里外　皆争於吾家之光　紀

245
碧浪金波は三五の初　秋の風の計会しては空虚に似たり　菅淳茂

思いやられる。
十五夜に遠く離れた友人を思って詠んだもの。
◇三五夜中　十五夜の夜中。◇新月　東方より新たにさし出た月。◇二千里　長安から友人元稹のいる江陵までをいう。◇故人　旧友。

243　はるか彼方に月の光をあびた嵩山を眺めると、表も裏も、幾重にも雪が積っているようだ。間近に目を転じ月影の映る洛川を見ると、空の月と水底の月と、あたかも二個の珠を並べたようだ。
洛陽にて十五夜の月を眺めたさまを賦す。
◇嵩山　五岳の一。洛陽の西南に位置す。◇洛水　洛陽の南を流れて黄河に注ぐ川。

244　一年十二カ月の中で今夜ほどすばらしい月夜はない。千万里の遠くまで、どこもここもわが家の月を賞してこれに勝るものはないと思う。
八月十五夜の月を賞讃して詠む。
◇十二廻　十二回。一年の月の回数。◇光を争ふ　争って月を賞でる意（『鈔』）。

245　十五夜の暮れ方、秋風が池の面に吹くと、緑の波と金の波を生じ、あたかも水面は月の冴えわたった曇りなき大空のようである。
十五夜の池の面の景色を賦す。二四六～八と合わせて律詩をなす。
◇金波　月の光が波に映って光を放つさまをいう。◇三五の初　十五日の暮れ方。◇計会　秋風が、あらかじめ計算して碧浪と金波とを合わせるようはからうこと。『集註』に「月のうつれる浪と秋風とをかぞへ合せたる也」とあるのは誤り。◇空虚　大空。

246　月の光が蓮(はす)の葉を照らして白く見えるさまは、まだ秋が半ばなのに早くも霜が置いたのかと怪しまれ、また月の光が葦(あし)の葉末を照らすのを見ると、葦の花が雨の後に散り残っているのかと思われる。

十五夜の月が池草を照らす様子を賦す。

◇荷葉　「荷」は池に生ずる草（『私注』）。◇霜　『私注』に霜は色が月の光に似ているとある。◇蘆花　「蘆」は水に生える草で白い花をつける。◇過　底本は「遇」。

247　月の光に照らされて池の岸も白く見えるので、岸に植えられた松の上に棲(す)む白い鶴を尋ねあぐねるほどであり、月の光に深い水底まで透き通って見えるので、藻(も)の中にひそんでいる魚も一つ一つ数えることができるくらいだ。

月の光がいかに明るいかを説明する。

◇算　底本は「弄」。

248　あの崑崙(こんろん)山にある瑤池といえども、この明月に照らされた池に較(くら)べるとなお平凡なものというべきで、今宵の白くさやかに輝く月の光は、まことに玉も及ばぬほどすばらしい。

月に照らされた池の景色を仙境に譬える。

◇瑤池　崑崙山にあるという玉を敷き並べた池。『穆(ぼく)天子伝』巻三に「天子西王母に瑤池の上に觴(さかづき)す」と見える。

碧浪金波三五初　秋風計会似空虚　　白

246

自(みづか)ら疑ふ荷葉(かえふ)の霜を凝(こ)らすことの早(すみ)やかなるかと　人は道(い)ふ蘆花(ろくわ)の雨を過ぎて余れるかと

自疑荷葉凝霜早　人導蘆花遇雨余

247

岸白うしては還(かへ)て迷(まど)ひぬ松上(しようしやう)の鶴　潭融(ふちとほ)つては算(かぞ)へつべし藻(さう)中(ちう)の魚(うを)

岸白還迷松上鶴　潭融可弄藻中魚

248

瑤池(えうち)は便(すなは)ちこれ尋常(よのつね)の号(な)なり　此夜(こよひ)の清光(せいくわう)は玉も如(し)かじ

淳茂

瑤池便是尋常号　此夜清光玉不如　淳茂

249
金膏は一滴の秋の風の露　玉匣は三更の冷漢の雲　菅三品

今膏一滴秋風露　玉匣三更冷漢雲　菅三品

250
楊貴妃帰ての唐帝の思　李夫人去ての漢皇の情　順

楊貴妃帰唐帝思　李夫人去漢皇情　順

251
水の面に　照る月なみを　数ふれば　今宵ぞ秋の　もなかなりける

249　満月は鏡のように澄んで明るいが、その月の鏡を磨くあぶらは、秋風に滴り落ちる露と言ってよく、その月の鏡を入れる箱は、夜半に冴えわたった空にかかる雲のようなものだ。

月を鏡に見立てて詠んだもの。

◇金膏　鏡を磨く油。『白氏文集』巻四「百錬鏡」に「五月五日午の時、瓊粉金膏もて磨瑩し已はる」と見える。底本は「今膏」。◇玉匣　玉で飾った鏡を入れる箱。◇冷漢　秋の清く冷やかな空。

250　雨のために見ることのできぬ十五夜の月を恋いこがれる私の気持は、唐の玄宗が死んだ楊貴妃を思い、漢の武帝が亡き李夫人を恋い慕った気持と全く変らない。

雨夜に月を恋うる気持を故事に託して詠む。

◇楊貴妃帰て　楊貴妃が馬嵬で殺されたことをいう。「帰」は死の意。『唐書』后妃伝や『長恨歌』に詳しい。◇李夫人去て　李夫人が武帝に先立って死んだことをさす。「去」は死の意。『漢書』外戚伝や『白氏文集』の「李夫人」に見える。

251　池の水の面にある月の姿を映した波の美しさに月の次第を数えると、今宵はまさに秋のただ中の十五夜なのであった。

天元二年の御屏風の歌。「照る月なみを数ふれば」の表現が人々に好まれた。一気に歌い切った調べがある。

◇月なみ　「月波」に「月次」(月の順序)を掛ける。◇秋のもなか　陰暦八月は三カ月ある秋の真中の月。

月

252
誰（たれ）の人か隴外（りようぐわい）に久しく征戍（せいじゆ）する　何（いづ）れの処の庭前（ていせん）にか新たに別離（べつり）する　白（はく）

誰人隴外久征戍　何処庭前新別離　白

253
秋の水漲（みなぎ）り来（きた）て船の去ること速（すみ）やかなり　夜（よる）の雲収まり尽きて月の行くこと遅し　郢展（えいてん）

秋水漲来船去速　夜雲収尽月行遅　野展郢

254
酔（ゑ）はずんば黔中（きんちう）にいかでか去ることを得む　磨囲山（ばゐさん）の月正（まさ）に蒼々（さうさう）たり　白

252　外敵の侵略を防ぐため家郷を離れて出征し、遠く隴西郡の西に久しく駐屯しているのは誰であろうか。こういう人はこの月を見てはきっと望郷の念に堪えないであろう。また、家の庭先で遠く旅立つ人を送って、今宵別離を惜しむのは何処であろうか。こういう所ではこの月の光はどんなにかその悲しみを強くさせることであろう。

月が愁いの心を起させることを詠む。

◇隴外　陝西（せんせい）省の隴州より西で、中国と胡国との境に当る。◇征戍　国境に駐屯して敵の侵入に備えること。

253　秋の川は水かさが増して船の進むのが速く、夜の雲は収まって月の移動するのが遅いように見える。

船中で月を眺めている情景を賦す。底本に作者を「野展郢」とするのは誤り。

254　ここで大いに酔わなければ、黔中にどうして行くことができよう。黔中の磨囲山の月はまことに蒼々としてすさまじく照らし、旅をする君の心を痛ましめるであろう。

友人との別離の情を述べた。

◇黔中　郡名で四川省の東南部に当る。◇磨囲山　黔州の南方一帯にある山。『白氏文集』巻一八「巌中丞晩に黔江を眺めて寄せらるるに酬（むく）ゆ」詩に「江水三廻の曲、愁人両地の情、磨囲山下の色、明月峡中の声」とある。◇蒼々　清くすさまじい様子。

不酔黔中争去得　磨囲山月正蒼々　白

255 天山には弁へず何れの年の雪ぞ　合浦には迷ひぬべし旧日の珠　統理平

天山不弁何年雪　合浦応迷旧日珠　統理平

256 豊嶺の鐘の声に和せむとするや否や　それ華亭の鶴の警めにいかん　中書王

欲和豊嶺鐘声否　其奈華亭鶴警何　中書王

257 郷涙数行征戍の客　棹歌一曲釣漁の翁　保胤

郷涙数行征戍客　棹歌一曲釣漁翁　保胤

255　月の光が白く地を照らすさまは、あの天山にいつ雪が積ったかと誤たれるばかりである。また月が美しく水に映る姿は、あの合浦の逃げない前の珠かと誤たれるであろう。

禁中の月光を天山の雪や合浦の珠に譬えたもの。

◇天山　西域にある山。一年中雪が消えないという。◇合浦　広東省廉州府に属し海に真珠を産した。後漢の時、合浦の貪欲な太守が珠を乱獲したので、珠は境を接した交趾（ベトナム）の方に移ったが、孟嘗がこの地の太守となり弊風を改めたので、一年も経ぬうちに珠がまた還って来たという（『後漢書』循吏伝）。

256　月の光が地に敷いて、霜の降りるのに似ているのは、月があの霜に和して鳴るという豊山の鐘を鳴らしたいと思っているせいであろうか。しかし、月の光は霜に似ているが、実際の霜でないかわりに露が滴り落ちているのだから、華亭の鶴も秋をいましめて鳴くのをどうすることもできぬ。

月光は霜に似ているが、霜ならぬ露が滴ることを賦す。◇豊嶺の鐘の声　『山海経』の中山経に「豊山に九鐘有り、是れ霜を知りて鳴る」とある。◇華亭の鶴の警め　『晋八王故事』に晋の陸機が誅せられる時、「華亭の鶴唳を聞かむと欲するも復た得べからず」と嘆いた故事（『芸文類聚』鳥部）。「華亭」は呉国奉県郊外の野で昔陸機の遊んだ場所。

257　遠い辺地に遠征し駐屯している将士は、月に対し千里の家郷を思い出して幾筋もの涙を流すであろう。また大河に釣をする老漁父は、この月に興じて一節の舟歌を歌うであろう。
山と川に寄せて月に対する哀歓を詠じたもの。
◇郷涙　望郷の涙。◇数行　涙が多く連なって流れること。◇棹歌　舟歌。◇一曲　黄河千里一曲の意を寓するという（『江談抄』）。

258　はるか大空を振り仰いで見やると、あれは故郷の春日にある三笠山に出たのと同じ月なのだ。
安倍仲満（なかまろ）が中国滞留を終え、天平勝宝年中に帰国しようとして明州の送別の宴で詠んだ歌。暴風のため帰れずかの地に没した。望郷の思いが切々と感じられる。
◇ふりさけ　振り仰いで遠くを望む意。◇春日　奈良市の東部。◇三笠の山　今の御蓋（みかさ）山。麓（ふもと）に春日大社がある。遣唐使は三笠山の麓で神に祈ってから出発した。

259　高い空の白雲の辺りに、羽を連ねて飛び行く雁の、一羽一羽の姿まではっきりと見ることのできるほど、さやかに照った秋の夜の月よ。
澄みわたる月のさやけさ。『古今集』読人しらず。
◇かげさへ　鳥だと分るだけでなく姿まで。「かずさへ」に作る伝本もある。『古今集』は「かずさへ」。

260　うき世に生きていればいつでも物思いをすると決ったわけでもないが、月の美しさに心を誘われて、何度こうしてじっと眺めやったことだろう。
月をめでる情のやみがたいさま。
◇ながめ　物思いにふけって、じっと見やること。

258
天（あま）の原（はら）　ふりさけ見れば　春日（かすが）なる　三笠（みかさ）の山に　いでし月かも

安部仲丸（あべのなかまろ）

259
白雲（しらくも）に　羽うちかはし　飛ぶ雁（かり）の　かげさへ見ゆる　秋の夜（よ）の月

260
世に経（ふ）れば　もの思（おも）ふとしも　なけれども　月にいく度（たび）　ながめしつらむ

後中書王（のちのちゅうしょおう）

九日（くにち）付菊（つけたりきく）

261
燕は社日を知て巣を辞して去んぬ　菊は重陽のために雨を冒して開けたり　李端

燕知社日辞巣去　菊為重陽冒雨開　李端

262
故事を漢武に採れば　則ち赤萸宮人の衣に插めり　旧跡を魏文に尋ぬれば　また黄花彭祖が術を助く

採故事於漢武　則赤萸插宮人之衣　尋旧跡於魏文　亦黄花助彭祖之術

263
三遅に先だてその花を吹けば　暁の星の河漢に転ずるがごとし　十分を引いてその彩を蕩すれば　秋の雪の洛川を廻るかと

261　燕は秋の社日になったことを知って、寒さを恐れ巣を棄てて去り、菊は重陽の佳節に会うために雨もいとわずに咲いている。

動植物が季節の微妙な推移を知ることを詠む。◇社日　立春及び立秋後の第五の戊の日。土地の神を祀る日。◇重陽　九月九日。菊の節句。長寿を祝う。

262　故事を調べてみると、漢の武帝の時には、赤萸を衣にさしはさんで邪気を払ったし、魏の文帝の時には、帝が一束の菊花を鍾繇に賜って彭祖のような長寿の術を助けられた。

重陽の日に群臣に菊花を賜る故事を賦したもの。二六四まで同じ詩序。

◇漢武……　漢の武帝の時。『西京雑記』「漢の武帝の宮人賈佩蘭、九月九日に茱萸を佩び、餌を食し菊花酒を飲み、人をして長寿せしむと云ふ」。◇赤萸　山茱萸。◇魏文　魏の文帝の時。魏の文帝が鍾繇に与えた書「体を輔け年を延ぶるは斯れ（菊）が貴きはなし。謹みて一束を奉りて、以て彭祖の術を助けん」。◇彭祖　古の仙人。頗る長命であったという。

263　遅参することなく着席して、酒盃に浮んだ菊の花を吹くと、花はくるくる廻って、暁の星が天の川をめぐってきらめくかと思われ、また満盃の酒を引き寄せてその中の花を揺がすと、秋の雪が洛水に舞うようである。

◇三遅　宴席にもっとも遅く列着すること。酒の巡ること五巡以後は一遅で三盃、七巡以後は二遅で五盃、

疑ふ

先三遅兮吹其花　如暁星之転河漢　引十分兮蕩其彩
疑秋雪之廻洛川

264
谷水花を洗ふ　下流を汲んで上寿を得たる者三十余家
地脈味はひを和す　日精を飡て年顔を駐めたる者五百箇歳
已上紀

谷水洗花　汲下流而得上寿者三十余家　地脈和味　飡
日精而駐年顔者五百箇歳　已上紀

265
わが宿の　菊の白露　今日ごとに　いく代たまりて　淵となる
らむ　中務

十巡以後は三遅で七盃の罰酒を飲ませた（『西宮記』）。◇河漢　天の川。◇十分　盃に一杯に満たすこと。◇洛川　洛陽の南を流れる川。『文選』洛神賦に「余京師に朝す。還るときに洛川を済る。（中略）其形や（中略）飄々たること流風の雪を廻らすがごとし」。

264　酈県の甘谷の水はその山に咲く菊の花を洗って流れ下るが、付近の人はその下流の水を飲んで百歳の長寿を得たものが三十余家に及び、また、地脈汁というものにまぜた菊の花の汁を食べれば、五百年間若やかな顔を保つことができるという。

仙薬（不老不死の薬）としての菊の効能を詠む。◇谷水花を洗ふ　『風俗通』に南陽の酈県に甘谷あり、その山に菊がある。谷中三十余家が谷の水を飲み、上寿百二三十、中寿百、下寿七八十を得るという。◇地脈味はひを和す　『抱朴子』に「劉生の丹法あり。白菊花汁、地脈（原文楮に作るは誤）汁、樗汁を用って丹に和し、之を蒸すこと三十日にして、研合して之を服さば、一年にして五百歳を得」。◇日精　菊の名。◇年顔　壮年者の顔色。

265　わが家の菊に宿る白露は、今日の重陽の日ごとに置いたものがいく代の間たまったなら、あの甘谷の水のような淵となるのであろう。

二六四の故事により長寿を祝いこめる。裳着の料の屏風歌。『拾遺集』等は清原元輔の作とする。◇今日　九月九日。重陽の節。◇たまりて　「つもりて」に作る伝本もある。◇淵　二六四のような淵。

菊

266
霜蓬の老鬢は三分白し　露菊の新花は一半黄なり　白

霜蓬老鬢三分白　露菊新花一半黄　白

267
これ花の中に偏に菊を愛するにはあらず　この花開けて後更に花のなければなり　元

不是花中偏愛菊　此花開後更無花　元

268
嵐陰暮れなむとす　松柏の後に凋まんことを契る　秋の景早く移る　芝蘭の先づ敗るることを嘲る　残菊　紀

266　その鬢髪は霜がれの蓬のように十分の三は白くなってしまったが、新たに咲き出した菊の花は露を帯びて半分は黄色である。

菊の花によせてわが身の老いを嘆いたもの。◇霜蓬　霜がれの蓬で老人の鬢髪を譬えた。◇露菊　露をふくんだ菊。

267　私は花の中でただ菊だけを愛するのではない。この花が開き終った後は春まで他に花がないからなのだ。

昔から愛翫された秀句として名高い。

268　秋もたけて山間にたちこめる靄もかげりを帯び、他の草木がみなしぼみかける中で、ひとり菊の花だけは、松柏とともに遅れてしぼむことを契約しているように咲いており、秋の日もはや日短かに移り去り、香りの芳しい蘭もすでに霜にあって見る影もなく朽ちるのを嘲るように、菊の花だけが美しく咲き栄えている。

松柏と芝蘭とをかりて、菊の久しく咲いているさまを詠む。

◇嵐陰　山間にたちこめるもやがくもることでもの寂しい季節を形容する。◇松柏　松と柏。『論語』子罕に「歳寒くして然る後に松柏の彫むに後るることを知る」と見える。◇秋の景　秋の日。◇芝蘭　芝草と蘭草でともに香草をさすが、ここでは「芝」は添え字か。『文子』上徳に「叢蘭秀でんと欲して秋風これを敗る」と見える。

嵐陰欲暮　契松柏之後凋　秋景早移　嘲芝蘭之先敗　紀

残菊

269　鄘県の村閭は皆潤屋す　陶家の児子は垂堂せず　善相公

鄘県村閭皆潤屋　陶家児子不垂堂　善相公

270　蘭苑には自ら慙づ俗骨たることを　槿籬には信ぜず長生有ることを　保胤

蘭苑自慙為俗骨　槿籬不信有長生　保胤

271　蘭蕙苑の嵐の紫を摧いて後　蓬萊洞の月の霜を照らす中　菅三品

269　黄菊が咲き乱れたさまは黄金をまき散らしたように見えるので、鄘県の甘谷は一村がみな富み栄えて貧しい者はないであろうし、陶淵明の家では万金を積み重ねており、その子供たちは家の奥に座して危険な端近に出ることはしないであろう。

黄菊の咲き乱れているのを黄金を散じた様に譬える。

◇鄘県　三四参照。◇潤屋　金持の家。『礼記』大学に「富は屋を潤し徳は身を潤す」と見える。◇陶家　陶淵明。東籬に菊を植えて愛賞したことで知られる。◇垂堂　堂の端に座ること。危険をおかす譬え。『文選』諫猟上書に「家千金を累ぬれば、坐するとき垂堂せず」とある。

270　苑中の蘭は枯れやすいので、菊に仙骨があるのを羨んで自分を卑しい俗骨だと恥じ、籬の朝顔は夕べを待たずにしぼんでしまうので、菊が長生を保つことを信じない。

菊は草の中の仙人であることを詠む。

◇俗骨　卑しい気質。仙骨に対する。

271　苑中の蘭がその紫の花を秋の嵐に摧かれて見る影もなくなった後、月が冷まじく宮庭の霜を照らす時に、菊の花だけが独り所々に咲き残っている。

他の花がしぼみ菊だけが咲いている光景を賦す。

◇蘭蕙苑　蘭を植えた苑。「蕙」は蘭のたぐい。花は紫色に近い。◇蓬萊洞　仙人の住む宮殿。宮庭に譬える。

蘭蕙苑嵐摧紫後　蓬萊洞月照霜中　菅三品

272
ひさかたの　雲の上にて　見る菊は　天つ星とぞ　あやまたれける　敏行

273
心あてに　折らばや折らむ　はつ霜の　置きまどはせる　白菊の花　躬恒

九月尽

274
たとひ嶠函をもて固めとすとも　蕭瑟を雲衢に留め難し
たとひ孟賁をして追はしむとも　何ぞ爽籟を風境に遮らむ

272　雲の上である殿上で拝見する菊は、天界の星とも見まがわれるほど美しゅうございます。

作者が地下（昇殿を許されない官人）の頃、殿上で歌を召された時の作。殿上に召されて目もくらむような気持で菊の美しさを讃える。◇ひさかたの　「雲」の枕詞。◇雲の上　清涼殿の殿上の間を譬える。「殿上をば雲の上といふ」（『能因歌枕』）。◇天つ星　菊花の光るような美しさを譬える。「雲の上」の縁語。◇あやまたれける　「れ」は自発。

273　折るとしたら、あて推量で折ることになろうか。初霜がおりて、どれが花かわからなくしている白菊の花を。

霜を擬人化して白菊を置きまどわすとし、ならばその白菊をあて推量で折ろうと応じた諧謔。早朝、おしなべて初霜に輝く白菊の美しさを詠む。◇心あて　あて推量。◇置きまどはせる　置いて区別がつかぬようにし、人の目をまどわせている、の意。

274　今日は九月の晦日で秋に別れる日だが、たとい嶠函のような堅固な関で防ごうとしても、雲路に寂しい秋が過ぎ去るのを留めることはできず、また孟賁のような勇士に追わせても、風の通い路に吹きゆく秋風をさえぎることはできない。

秋の過ぎ行くのを人の力ではどうすることもできぬことを詠む。
◇嶠函　中国河南省にある要関。嶠山と函谷関。『文選』過秦論「秦の孝公嶠函の固に拠り雍州の地を擁す

（呂延済注、崤山は秦の塞なり、函谷は関の名）」。◇蕭瑟　秋の寂しい風景。◇雲衢　雲の通い路。◇孟賁　昔の勇士。『孟子』公孫丑上に「夫子は孟賁に過ぐること遠し（疏、帝王世説に云く、秦の武王多力の人を好み、斉の孟賁の徒並びに帰す。孟賁生きながら牛角を抜く）」とある。◇爽籟　秋風のさわやかな音。◇風境　風の吹きかう所。

275　今日一日だけの秋だから、私の頭や目は禅僧の乞うにまかせて施すことがあっても、この秋を施し与えることはできぬ相談だ。

自分の身体よりも秋を惜しむ気持を述べた。◇頭目　『法華経』序品に「また菩薩の頭目身体を欣楽して施与し、仏の智慧（ちゑ）を求むるを見る」とあるのに基づく。◇禅客　仏道を修行する僧。

276　秋の日影は山を越えようとして文の峰にしばらく轡を控えて歩みをとどめており、紅葉を吹き落す秋の風は海に去ろうとして詞の海にいま舟装いをして漕ぎ出そうとしている。

詩趣に富む秋が、詩人達に別離を惜しむさまを賦す。◇文峰　下の詞海と相対して作文などする場所。◇轡を案ず　馬の手綱を押えて前に進ませぬこと。◇白駒　日。「白駒」の白は五行説で秋の色だから「紅葉」とともに秋を意味する。『荘子』知北遊に「人の天地の間に生けるは、白駒の郤（げき）を過ぐるが若（ごと）し、忽然たるのみ」とある。◇舟を艤ふ　舟を整えて漕ぎ出そうとすること。◇紅葉　水に浮ぶ紅葉を舟に譬える。

順

縦以崤函為固　難留蕭瑟於雲衢　縦令孟賁而追　何遮爽籟於風境　順

275

頭目（づもく）をばたとひ禅客（ぜんかく）の乞はむに随ふとも　秋をもて施与（せよ）せむことは太（はなは）だ難（かた）かるべし　順

頭目縦随禅客乞　以秋施与太応難　順

276

文峰（ぶんぽう）に轡（くつばみ）を案ず白駒（はくく）の景（かげ）　詞海（しかい）に舟を艤（よそ）ふ紅葉（こうえふ）の声　以言（いげん）

文峰案轡白駒景　詞海艤舟紅葉声　以言

277 紅葉も散りはて、山もにわかに寂しくなった。秋ももう過ぎたのだと告げているようだ、槇の葉ごとに置いている朝の霜は。
秋果つる寂しさを、残った槇を霜が覆う景に象徴。◇過ぎぬ 「くれぬ」に作る伝本もある。『深窓秘抄』は「くれぬ」。◇槇 杉や檜(ひのき)などの総称。

278 過ぎてゆく秋が記念に残しておいたものは、わが元結にふえた霜であったよ。
源重之からの手紙の返事に言い送った、老いの嘆き。◇暮れてゆく秋 暮秋。「置く」の主語。◇置く 「霜」の縁語。◇もとゆひ 髪の髻(もとどり)を束ねる組糸。ここは髻の髪。◇霜 白髪の比喩(ひゆ)。季節に合わせた表現。

279 おみなえしの花の色は蒸した粟のように美しく見え、俗にその名も女郎花と呼んでいる。私はその名を聞いて戯れに夫婦の契りを交わしたいと思うが、恐らく花の方で、私が年老いて頭が霜のように白いのを嫌い、希望を受けいれてはくれないだろう。
戯れに女郎花を賦した。◇蒸せる粟 『文選』魏文帝の鍾大理に与えし書に「竊(ひそか)に玉書を見るに称(い)はく、美玉の白きこと肪(あぶら)を截(き)れるが如く、黒きこと純漆に譬へ、赤きこと鶏冠に擬し、黄なること蒸栗に侔(ひと)し(劉良注、栗は木の実、これを蒸せば其色鮮黄なり)」とあるが、ここはその粟の字を栗に代えて用いた。◇偕老 夫婦ともしらがのこと。『詩経』邶風に「死生契闊、子(きみ)と説(ちぎり)を成しぬ、子の手を執(と)り、子と偕(とも)に老いん」とある。

277 山さびし 秋も過ぎぬと 告ぐるかも 槇(まき)の葉ごとに 置ける
朝霜(あさしも)　八束(やつか)

278 暮れてゆく 秋のかたみに 置くものは わがもとゆひの 霜
にぞありける　兼盛(かねもり)

女郎花(をみなへし)

279 花の色は蒸(む)せる粟(あは)のごとし 俗呼(しょくよ)ばて女郎(ぢょらう)となす 名を
聞きて戯(たはぶ)れに偕老(かいらう)を契らむとすれば 恐(おそ)らくは衰翁(すいをう)の首(かうべ)の
霜に似たるを悪(にく)まむことを　順(じゅん)

花色如蒸粟　俗呼為女郎　聞名戯欲契偕老　恐悪衰翁

首似霜　順

280
をみなへし 多かる野辺(のべ)に 宿りせば あやなくあだの 名をや立つべき
野美材(やびざい)

281
をみなへし 見るに心は なぐさまで いとどむかしの 秋ぞ恋しき
清慎公(せいしんこう)

萩(はぎ)

282
暁の露に鹿(か)鳴いて花始めて発(ひら)く　百般(ももたび)攀(よ)ぢ折る一時(いっし)の情(こころ)

暁露鹿鳴花始発　百般攀折一時情

280　女郎花がたくさん咲いている野辺に一夜宿ったならば、その花の名から、理不尽にも浮気ものだという評判が立ってしまうだろう。

女郎花はその名と可憐な草の姿とから、美しい女性に見立てることが多い。寛平御時后宮歌合の歌。◇あやなく　道理が通らぬさま。ここは、女の家に宿ったのでもないのに浮名が流れることをさす。◇あだ　移り気。

281　女郎花の美しい花を見ても私の心は一向に慰まなくて、昔、二人でこれを見た秋がますます恋しくなるのだ。

『新古今集』は妻（藤原時平女）を失った折の歌とする。亡妻を想う気持がやさしい。『伊勢集』は伊勢の作で裳着(もぎ)の屏風歌とするが、内容的に暗く、不審。◇いとど　いよいよ。女郎花に亡き妻を連想する。

282　暁に露が庭一面に置いて鹿が来て鳴くとともに萩の花が咲き始めると、私は一時の興に任せて、幾度も幾度もその枝を折り取って観賞する。

◇鹿鳴いて花始めて発く　『和名抄』に「鹿鳴草、爾雅集注に云く、萩（音秋、一音蕉）一名蕭（音霄、波岐）」とある。「鹿鳴花」は「はぎ」と読むのが正しいか。◇百般　しばしば。◇攀ぢ折る　「攀」の意は軽く、ただ折り取るの意。『白氏文集』巻五二「雨中の花に和す」に「一年三百六十日、花能(よ)く幾日か攀折に供する」。

283 秋の野に 萩刈るをのこ 縄をなみ ねるやねりその くだけてぞ思ふ

284 うつろはむ ことだに惜しき 秋萩に 折れぬばかりも 置ける露かな

伊勢

285 秋の野の 萩の錦を ふるさとに 鹿の音ながら 移してしがな

元輔

蘭

283 秋の野で萩を刈る農夫が、縄がないので木の細枝などを揉み砕いて柔らげて縄代りにする、そのように心が千々に砕けて恋しく思うことです。

藤原公任の『和歌九品』に中品の上、「心詞とどこほらずしておもしろきなり」という。作者は『拾遺集』に躬恒、『深窓秘抄』は無名。読人しらずの歌か。

◇縄をなみ 「み」は形容詞語幹に付いて原因、理由を示す。◇ねる 柔らかにしようと揉み砕く。◇ねりそ 木の細枝や藤づるを柔らかにして縄の代りにしたもの。第四句まで「くだけて」の序詞。

284 花の色が盛りを過ぎてゆくだけでも惜しいと思うみごとな秋萩に、枝も折れそうに置いてなおも人をはらはらさせながら光彩をそえる白露よ。

盛りの萩にしとどに露の置いた風情を詠む。屏風歌。

◇うつろはむ 盛りを過ぎて花の色が変じ衰えてゆく意。◇だに より重要な「折る」を言外に推測させる。

285 秋の嵯峨野に錦を織り成したように咲く萩の美しさを、わが住む庭に鹿の音を添えたままそっくり移し植えたいものだ。

藤原実頼の嵯峨野逍遥に従っての作。萩のもとに妻呼ぶ鹿の声を点じて、秋の野の去り難い心を詠む。

◇ふるさと 旅先から、わが家をさしていう。

286 前方には一層もの寂しげにあわれを催すものが見える。それは霜にあたって老い衰えた菊や蘭などの二もと三もとが残っている光景である。

晩秋の夜のもの寂しい光景を詠んだもの。

286 前頭には更に蕭条たる物有り　老菊衰蘭三両叢　白

前頭更有蕭条物　老菊衰蘭三両叢　白

287 扶桑あに影なからむや　浮雲掩て忽ちに昏し
叢蘭あに芳しからざらむや　秋の風吹いて先づ敗る　菟裘賦　中書王

扶桑豈無影乎　浮雲掩而忽昏
叢蘭豈不芳乎　秋風吹而先敗　菟裘賦　中書王

288 凝りては鳳女の顔に粉を施せるがごとし　滴ては鮫人の眼の珠に泣くに似たり　都

凝如鳳女顔施粉　滴似鮫人眼泣珠　都

◇前頭　自分の前方。「頭」はほとり。◇蕭条　かすかで寂しい心地のするさまの形容。

287 太陽に光がないわけではないが、時には浮雲に掩われて忽ち暗くなる。群がり生える蘭は芳香を放っているが、秋風の吹くにつれて摧き破られ、その香を失ってしまう。

佞臣のために天子の聖明も自己の忠誠も遮られてしまう嘆きを述べたもの。太陽を天子に、浮雲・秋風を佞臣藤原兼通に、作者兼明親王自身を叢蘭に擬した。◇扶桑　日の出る東方。ここは太陽のこと。天子の聖明に擬す。『文選』西京賦に「日月是より出でて入れば、扶桑と濛汜とを象れり（呂向注、扶桑は日の出づる処）」とある。◇浮雲・秋の風　『淮南子』説林訓に「日月明らかならんと欲すれば浮雲これを蓋ひ、蘭芝脩からんと欲すれば秋風これを敗る」とある。

288 紅蘭に露が結ぶさまはあの鳳女が顔に白粉を施したようであり、またその露が滴り落ちる時は鮫人の眼から珠の涙が落ちるようである。

紅蘭が露を受けているさまを賦す。

◇鳳女　秦の穆公の女弄玉。『列仙伝』上に、弄玉は簫を吹いて鳳の鳴き声を善くする簫史に嫁して吹簫を習い、簫を吹く度に鳳が来てその屋に止ったので穆公は鳳台を作ったが、後に弄玉は鳳に乗り簫史は龍に乗って昇天したとある。『私注』は「漢女」に作る。◇鮫人　水中にいる怪しい人魚。『述異記』下に、水中で機織をやめずよく泣くが、泣く時は珠を出すという。

289
曲驚いては楚客の秋の絃馥し　夢断えては燕姫が暁の枕に薫ず　直幹

曲驚楚客秋絃馥　夢断燕姫暁枕薫　直幹

290
ぬし知らぬ香こそにほへれ秋の野に誰がぬぎかけしふぢばかまぞも　素性

槿

291
松樹千年終にこれ朽ちぬ　槿花一日自ら栄をなす　白

松樹千年終是朽　槿花一日自為栄　白

289　秋の日、楚の宋玉が蘭房の中で幽蘭の曲を弾ずると、蘭の香気がそよ風と共に漂ってきて、琴絃も香しかった。燕姫が天帝から蘭を授けられたと夢みたが、覚めた後も蘭香が暁の枕元に薫っていた。

◇楚客　楚の宋玉のこと。『文選』雪賦の「楚謡は幽蘭を以て曲を儷べたり（李善注、宋玉諷賦に曰く、臣嘗て行きて主人に至る。独り一女あり、臣を蘭房の中に置く。臣琴を授けて鼓すれば、幽蘭白雪の曲を為す）」による。◇燕姫　『左伝』宣公三年に、鄭の文公の賤妾燕姞が夢に天使から蘭を授かり、遂に文公の寵を得て穆公を生み蘭と名づけたとあるのに基づく。

290　誰のものともわからないよい香りが漂っている。この秋の野に、いったい誰が脱ぎかけていった袴なのであろう、このふじばかまは。

藤袴という名から、その高い香気をよき人の袴にたきしめた薫香に見立てたもの。

◇ぬし知らぬ　当時の貴族はそれぞれ独自の薫香を衣裳にたきしめ、香りでその主がわかった。◇ふぢばかまぞも　花の名に「袴」を掛ける。強く指定、強調する「ぞ」を更に「も」で強める「ぞも」は、疑問詞「誰が」と呼応し、当時としても大時代な表現。

291　松は千年の齢を保つというが、ついには枯れる時がくる。槿は朝に開き夕には萎むけれども、たとい一日の栄にせよ、自ら楽しみ満足している。

夢幻の世ゆえ哀楽の情を動かすに足らぬ、と詠む。

◇槿花　『文選』遊仙詩に「蕣栄朝を終へず（張銑注、

292
来て留まらず　薤壠に晨を払ふ露有り
去て返らず　槿籬に暮に投る花なし
願文　中書王

来而不留　薤壠有払晨之露　去而不返　槿籬無投暮之花
願文　中書王

293
おぼつかな　誰とか知らむ　朝霧の　絶えまに見ゆる　あさがほの花

294
あさがほを　なにはかなしと　思ひけむ　人をも花は　いかが見るらむ
道信少将

蕣は槿花なり。朝に栄き暮に落つ）」。

292　人が生れても永くこの世に留まっていないのは、あたかも畑の薤の葉に置く露が朝の間に消え去るようなものであり、人が死んで復び帰らないのは、籬の槿の花が日暮を待たず散るのと同じである。◇薤壠　薤を植えた畝。『古今注』音楽「薤露・蒿里、並に喪歌なり。田横の門人に出づ。横自殺し門人これを傷み、これが為に悲歌す。人の命の薤上の露の如く晞き滅え易きを言ふ。（中略）一章に曰く、薤上の朝露何ぞ晞き易き、露は晞けば明朝また滋し、人死して一たび去つて何れの時か帰らん」。◇晨を払ふ　朝になって消え去る意。◇暮に投る　夕方になること。

293　はっきりしないことだ、いったい誰と見定めたらよいのだろう、流れる朝霧の絶え間にほの見える、あのあさがおの花は。花の名からその花を人の顔に見立てたもの。作者未詳。◇おぼつかな　形容詞語幹の詠嘆表現。◇朝霧「あさぎり」に作る伝本が多い。◇あさがほ　今の朝顔であろう。朝の人の顔の意を利かせる。

294　朝顔の花を、何ではかない花と私は思っていたのだろう。考えてみると、この人間のはかない命を、花はどう思って見ているであろうか。朝顔の花に付けたとも、殿上で朝顔を前に世のはかなさを語り合ったときの歌とも伝える。薄命の才子・道信の、その運命を予知したかのような歌。◇いかが見るらむ　一本に「さこそ見るらめ」。

前栽

295
多く花を栽ゑて目を悦ばしむる儔を見れば　時に先だて予め養て開くるを待て遊ぶ

多見栽花悦目儔　先時予養待開遊

296
吾が閑寂にして家僮の倦んじより　春の樹は春栽ゑ秋の草は秋なり　菅三品

自吾閑寂家僮倦　春樹春栽秋草秋　菅三品

297
閑かに汝が花の紅ならむ日を看むことを思へば　正にこれ

295　世間の、花を植えて目を楽しませている人々を多く見ていると、花の咲く時節に先だって丹誠をこめて養い育て、花の開くのを待って観賞しているようだ。

世間一般の花を観賞する態度をいう。次の一聯と合わせて七言絶句をなす。
◇目を悦ばしむる　『文選』演連珠に「臣聞けり音は耳に比きを以て美と為し、色は目を悦ばしむるを以て歓と為す（李善注、張衡舞賦に曰く、既に心を娯しましめ以て心を悦ばす）」。◇予め養て　『後漢書』光武帝紀に「徒に予養導択の労有るのみに非ず（注、予養は未だ献に至らざる時に予め前に之を養ふを謂ふ）」。

296　私は世間から遠ざかって家もひっそりし、召使の者も仕事を怠けるようになったので、春の樹は春に植え秋の草花は秋に植えて翫ぶばかりである。

閑散とした生活の一齣を賦したもの。
◇閑寂　寂しくひっそりしていること。◇家僮　召使。

297　今日この花の木を植えるにつけて、静かにその行く木を考えてみると、お前が盛んにその紅の花を開く頃、この私は年をとって髪が白くなっているだろう。

前途のはるかなことを嘆く心を詠む。

吾が鬢の白からむ時に当れり　保胤

閑思看汝花紅日　正是当吾鬢白時　保胤

298　かつて種うる処に元亮を思ふに非ず　これ花の時に世尊に供せんがためなり　菅

曾非種処思元亮　為是花時供世尊　菅

299　塵をだに　すゑじとぞ思ふ　植ゑしより　妹とわが寝る　とこなつの花　躬恒

300　花により　ものをぞ思ふ　白露の　置くにもいかが　ならむとすらむ

◇汝　桜梅に対して言ったもの。

298　この菊を植えるのは、あの、菊を愛した陶淵明の風流を思って愛し翫ぶためではない。ただこの花が咲く時にこれをとって仏に捧げるためだ。

配所における作者の心境を賦したもの。

◇元亮　陶潜の字。彼が菊を愛したことはよく知られている。二六九参照。◇世尊　世に尊い人の意で仏の尊称。『翻訳名義集』に「路迦那他、大論に云く、世尊と翻す。成論に云く、上の九号を具へて物の為に欽重せらる。故に世尊と曰ふ」とある。

299　庭に植えて以来、この花には塵をさえも置かせまいと思っているのですよ、妻と私が寝る大事な夜床に名の通う常夏の花ですから。

隣家からなでしこ（常夏）を所望された時の歌。常夏を愛する気持を諧謔的に述べ、言外に断っている。

◇塵をだにすゑじ　言外に人に呈上することなどできないの意を含める。夜の床に塵が置くのは夫婦仲が疎遠になることなので、「塵」は「常（床）夏」の縁語。◇妹とわが寝る　「床」の意で「常夏」に掛る序詞。妻とともになでしこを愛してきた気持を含める。◇とこなつ　なでしこの別名。夏を中心に、前後に花期が長いのでこの名がある。

300　花を愛するために何かと心配の種が尽きない。白露の置くにつけても、この花はどうなるか、花の色も衰えてしまうのかと心を痛めている。

花の盛りを愛する心の切なるを詠む。作者・出典未詳。

紅葉

301
堪へず紅葉青苔の地　またこれ涼風暮雨の天　白

不堪紅葉青苔地　又是涼風暮雨天　白

302
黄纈纈の林は寒うして葉有り　碧瑠璃の水は浄うして風なし　白

黄纈纈林寒有葉　碧瑠璃水浄無風　白

303
洞中には清浅たり瑠璃の水　庭上には蕭条たり錦繡の林　保胤

301　青い苔の生えた地の上に紅葉の散り積ったさまは感に堪えない眺めであるのに、また、冷やかな風が吹き荒れて暮れゆく空に、雨さえ降りそそぐ景色は、寂しくて一層心にしみることだ。
秋の夕暮のもの寂しい光景を詠む。
◇堪へず　感にたえぬこと。

302　黄と緑のしぼりのような紅葉の林は、次第に冬に向って散り失せたがまだいくらか葉を残し、湖上の水はあたかも瑠璃のような碧い色で清らかに澄みわたり、波も立たない。
陸の黄葉と湖の碧水が対照の妙をなす。
◇纈纈　しぼり、鹿子染。『和名抄』に「東宮切韻に云く、釈氏曰く、纈（胡結反、夾纈。此間加宇介知と云ふ）帛を結びて文綵を為す」。◇瑠璃　仏教の七宝の一。『和名抄』に「野王案ずるに、瑠璃（流離二音。俗に云ふ留利）青色にして玉の如き者なり」。

303　洞中の水は浅く清らかであたかも瑠璃のようであり、庭前の紅葉はもの寂しく秋の色を帯びているが、その色の美しさはさながら錦繡のようだ。
◇洞中　内裏または仙洞をいうか。『鈔』に「洞中ハ内裏ヲサシテ云也。洞中ト云テ池ノ心也」とある。◇蕭条　諸本「蕭疎」。◇錦繡　錦と刺繡をした織物。美しい紅葉に譬える。

304　山が悉く紅葉して、紅葉以外のもので赤く酔っていないのは谷間の松だけである。紅葉を吹き下ろす風の音に、波の立つ音が合わさって、蜀の錦江

洞中清浅瑠璃水　庭上蕭条錦繍林　保胤

304　外物の独り醒めたるは松澗の色　余波の合力するは錦江の声　以言

外物独醒松澗色　余波合力錦江声　以言

305　白露も　しぐれもいたく　もる山は　下葉のこらず　色づきにけり　貫之

306　むらむらの　錦とぞ見る　佐保山の　ははそのもみぢ　霧たたぬまは　清正

で錦を濯ぐ声かとも思えてくる。
上句は山の紅葉、下句は水の紅葉を賦したもの。
◇外物　紅葉以外の草木。◇独り醒めたる　『楚辞』漁父に「世を挙げて皆濁りて我独り清めり、衆人皆酔ひて我独り醒めたり」とある。◇松澗　松に囲まれた谷。『文選』左思詠史詩に「鬱々たり澗底の松」。◇余波　紅葉を散らせた風の名残の波。◇合力　紅葉の落ちる音に波の寄せる音が合わさること。◇錦江　蜀にある川。その都成都は錦の名産地。

305　その名のとおり、白露でも時雨でも思いきり漏れてくるこのもる山では、木々の下葉までも残らず色づいてしまった。

竹生島参詣の途次、もる山での詠。露や時雨が木の葉を色づかせるという発想による。
◇もる山　滋賀県守山市付近の山。当時「もる山」といった。山名に「漏る」を掛ける。

306　裁ち切らないままに幾むらも広げた錦かと見えるほどだ。この佐保山のははその黄葉を霧が立ち隠さない間に見渡すと。

作者未詳の歌。『清正集』には類歌「むらながら見ゆるもみぢし神無月まだ山風のたたぬなりけり」がある。
◇むらむら　「むら（疋・端）」は布を数える単位。二反に同じ。◇佐保山　今の奈良市佐保山町周辺。◇ははそ　柞。コナラ・クヌギの類。秋、黄に色づく。◇霧たたぬ　「切り裁たぬ」を掛け、錦の縁語。

落葉

307
三秋にして宮漏正に長し　空階に雨滴る
万里にして郷園何くんか在る　落葉窓深し　愁賦

三秋而宮漏正長　空階雨滴　万里而郷園何在　落葉
窓深　愁賦

308
城柳宮槐漫りがはしく揺落すれども　秋の悲しびは貴人
の心に到らず　白

城柳宮槐漫揺落　愁悲不到貴人心　白

307　秋になって宮中の漏刻が示す夜の時も遅く、夜はなかなか明けないので、訪う人もない階の下で独りしめやかに滴る雨の音を聞いていると一層悲しみが増してくる。万里の道を隔てた他郷にあっては、首を回らして故郷の空を望んでも見えず、ただ落葉が窓近くまで埋めているのを見ると誠に愁いに堪えぬ。

上句は宮女の怨情を、下句は旅人の望郷の心を叙べる。◇三秋　秋の三カ月をいう。『初学記』「梁元帝纂要に曰く、秋は白蔵と曰ふ（中略）亦三秋と曰ふ」。◇宮漏　宮中の漏刻（水時計による時刻）。ここは夜の時。◇空階　人影もない寂しい階段。◇郷園　故郷。底本「園」脱す。

308　都の城廓の中の柳や宮中の槐の葉は、秋風に吹かれて散り落ちてしまったけれど、今、世にときめいている貴人の心には秋の哀れというものなど感じられないことだろう。

都の晩秋の悲しみを賦す。◇揺落　秋風に木の葉が揺れ落ちること。◇秋の悲しび　底本は「愁悲」。『白氏文集』は「悲愁」と作る。◇貴人　王僕射をさす。

309　晩秋には庭も掃かず梧桐の黄葉が散り敷いた上を、静かに藤の枝で作った杖をついて歩き巡る。

晩秋の幽閑な様子を賦したもの。

310　梧桐やひさぎの木の葉が風にひらひらと舞い落ちる時、その影が閃くさまは、さっと時雨が降りそそぐのかと見誤られるばかりだ。木々の梢の葉もあらかた散り落ち、僅(わず)か数枚残った紅の葉は、夜飛ぶ時に木の葉で背中を覆うというあの鶡鴠という鳥の背に似ている。

木々の葉が落ち梢に数片の葉が残っている光景。
◇梧楸　青桐(あおぎり)と赤檟(ひさぎ)。『楚辞』九弁に「白露既に百草に下りて、奄(たちまち)に此の梧楸を離披す（朱子注、梧桐楸梓皆早く凋む）」とある。◇空しく灑く　本当の雨ではないのでこういった。◇鶡鴠　南方産の鳥。小雉(こきじ)くらいの大きさ。『古今注』鳥獣に「鶡鴠は南方に出で、鳴きて常に自ら呼ぶ。常に日に向ひて飛び、霜露を畏れて、早晩出づること希なり。時有りて夜飛ぶ。夜飛ぶときは則ち樹葉を以て其の背の上を覆ふ」。

311　紅葉が散り敷いている山中の路は、木こりや草刈が杖をついて行き帰りする度(たび)にあの朱買臣の錦の衣に穴をあけて行くようなものであり、また世の隠者が気儘(きまま)に履(くつ)をはいて遊び廻る度に、仙人の葛洪(かっこう)が作った貴重な丹薬の上を踏むようなものだ。

山路に紅葉の散り敷いている情景を賦す。
◇樵蘇　木こりと草刈。◇往反　行きかう。『字類抄』「ワウバン」。◇朱買臣が衣　朱買臣が故郷の会稽(かいけい)太守になった時、漢の武帝が「富貴にして故郷に帰らざるは繡(ぬいもの)を衣(き)て夜行くが如し」といった故事により錦繡を朱買臣の衣と呼び習わした（『漢書』朱買臣伝）。◇優遊　ゆったりしたさま。心まかせに遊行すること。◇葛稚仙が薬　葛洪（字(あざな)は稚川）は従祖葛仙公の弟子鄭隠に煉丹の秘術を学び悉(ことごと)く会得(えとく)したという

309
秋の庭には掃(はら)はずして藤杖(とうちやう)に携(たづさ)はて　閑(しづ)かに梧桐(ごとう)の黄葉(くわうえふ)を踏んで行(あり)く
白

秋庭不掃携藤杖　閑踏梧桐黄葉行　白

310
梧楸(ごしう)の影の中(うち)に　一声(いつせい)の雨空(むな)しく灑(そそ)く
鶡鴠(しやこ)の背(せなか)の上に　数片(すへん)の紅纔(わづ)かに残れり
順(じゆん)

梧楸影中　一声之雨空灑　鶡鴠背上　数片之紅纔残

順

311
落葉山中に踏む　相如(しやうじよ)

樵蘇(せうそ)往反(わうばん)す　杖(つゑ)朱買臣(しゆばいしん)が衣(ころも)を穿(うが)つ
隠逸優遊(いんいつゆういう)す　履(くつ)葛稚仙(かつちせん)が薬(くすり)を踏む

樵蘇往反　杖穿朱買臣之衣　隠逸優遊　履踏葛稚仙

（『晋書』葛洪伝）。また『抱朴子』内篇、僊薬に「僊薬の上なる者は丹砂、次は則ち黄金」とある。なお、「葛稚川」が正しい名だが、朱買臣の臣に対して仙を用いた。

312　秋風が吹いて来て落葉した呉の長洲苑の梢もまばらになるので、月の光も夜ごとに木の枝をすかして地上に映ることが多くなり、漢の上林苑の木の葉も散り落ちるに従って風にざわつくことが少なくなり、朝ごとに風の音を聞くこともまれになってゆく。

日ごとに落葉する庭園の光景を賦す。

◇呉苑　戦国時代の呉の長洲苑。『漢書』枚乗伝に「上林を修治し（中略）長洲の苑に如かず（服虔注、呉苑。韋昭注、長洲は呉の東に在り）」。◇漢林　漢の上林苑。一三参照。

313　山風に吹かれて散る木の葉は秋の寂しさを含み、石の上に流れそそぐ滝の音は、琴を弄び弾くような音を立てている。

秋の山水の景を賦す。

◇蕭瑟　秋の気の寂しさ。瑟はここでは楽器の意はないが、元来のその名から雅琴に対せしめた。◇雅琴　琴の音のみやびなさまをいう。

314　飛鳥川には紅葉が流れている。上流の葛城山の秋の風が、今、しきりに吹いているらしい。

『万葉集』に作者未詳の類歌がある。『古今集』『大和物語』には地名を変えた類歌もみられる。下流の状況から上流を想像する発想の歌は多い。

之薬　落葉山中踏

相如

312
夜を逐て光多し呉苑の月　朝ごとに声少なし漢林の風　後中書王

逐夜光多呉苑月　毎朝声少漢林風　後中書王

313
嵐に随ふ落葉は蕭瑟を含めり　石に濺く飛泉は雅琴を弄ぶ　順

随嵐落葉含蕭瑟　濺石飛泉弄雅琴　順

314
飛鳥川　もみぢ葉ながる　葛城の　山の秋かぜ　吹きぞしくらし　人丸

◇飛鳥川　ここは大和の飛鳥川ではなく、二上山（にじょう）の西、大阪府南河内郡太子町から羽曳野（はびきの）市にかけて流れる河内の飛鳥川であろう。◇葛城　二上山・葛城山から金剛山に至る金剛山地をさす。◇しく　「頻（し）く」で、しきりに……するの意。

315　十月（かみなづき）になると、時雨（しぐれ）とともに、月の名に促されるように神奈備の森の木の葉がしきりに落ちてくるよ。

『後撰集』読人しらずの歌。
◇神無月　「神奈備」と音を重ね、神のいない意を利（い）かせる。◇神奈備　神の鎮座する所。ここは奈良県生駒（こま）郡斑鳩（いかるが）町の三室（みむろ）山。紅葉、時雨の名所。◇降りにこそ降れ　時雨の縁で葉の落ちるのを「降り」といった。

316　嘆賞する人もないままに散ってしまう奥山の紅葉は、夜の錦のようにかいのないものであった。

北山の紅葉狩りでの詠。空しく散るみごとな奥山の紅葉を惜しむ。
◇夜の錦　三二の朱買臣の故事により、せっかくの美しさもそのかいのないことをいう。

317　私は今遠く南方に行こうとしているが、雁は春になって北に飛び帰ろうとするところだ。何時（いつ）の年、何時の月になって私はお前と同じように北に帰ることができるのであろうか。

南に赴任する作者が帰雁を見て述懐した作。

315
神無月（かみなづき）　しぐれとともに　神奈備（かみなび）の　森の木（こ）の葉（は）は　降（ふ）りにこそ降れ

316
見る人も　なくて散りぬる　奥山の　もみぢは夜（よる）の　錦（にしき）なりけり

貫之（つらゆき）

雁　付（つけたり）帰雁（くゐがん）

317
万里（ばんり）に人南（みなみ）に去る　三春（さんしゆん）に雁（かり）北に飛ぶ
知らず何（いづ）れの歳月（せいぐゑつ）にか　汝（なんぢ）と同じく帰ることを得む

韋承慶（ゐしようけい）

万里人南去　三秋雁北飛　不知何歳月　得与汝同帰　文選

318

潯陽の江の色は潮添ひ満てり　彭蠡の秋の声は雁引き来る　劉禹錫

潯陽江色潮添満　彭蠡秋声雁引来　劉禹錫

319

四五朶の山の雨に粧へる色　両三行の雁の雲に点ずる秋　杜荀鶴

四五朶山粧雨色　両三行雁点雲秋　杜荀鶴

320

虚弓避り難し　いまだ疑ひを上弦の月の懸れるに抛たず

◇万里　遠い道。◇三春　春のこと。底本は「三秋」。他本により改めた。『初学記』に「梁元帝纂要に曰く、春は青陽と曰ふ。亦（中略）三春・九春と曰ふ」。

318　潯陽江の水の色は潮がさし添って満々と湛えられており、それに続く彭蠡沢の湖上の秋風の声は、鳴き渡る雁が持って来るのである。

江楼に登って眺望した雄大な景観を述ぶ。

◇潯陽　江西省九江府にある。「江」はその北を流れる長江。底本に「尋陽」とあるを他本により改む。◇彭蠡　沢の名で潯陽の東にある鄱陽湖。

319　目の前に聳える四つ五つの山は、秋の雨に打たれて全山の樹木が紅葉し、化粧したように鮮やかであり、遥かな空を二列三列と飛んで行く雁はあたかも秋の雲の間に点を打ったようである。

旅中における山間の秋景を賦す。

◇四五朶　「朶」は樹木の枝が出て葉が茂っているさま。ここは峰が多く聳えていることをいう。◇雨に粧へる色　秋雨に木の葉が漸く色づいたさまをいう。

320　秋の夜の澄みきった空を飛ぶ雁は、上弦の月を見てその形が弓に似ているので、月が自分を射ようとするのではないかという疑いを捨てきれないし、山間の川が泡を立てて勢いよく流れて行くのを、箭が飛んで来るのではないかと思い迷って驚いている。

月夜に雁の飛ぶ光景を賦す。

◇虚弓　半月は弓に似ているが、本当の弓ではないのでこういった。◇上弦の月　陰暦八、九日頃の半月の月。◇奔箭　早く飛ぶ矢。『全唐詩』熊孺登の「湘江夜泛ぶ」詩に「江流は箭の如く月は弓の如し」とある。

321　雁が青空を飛んで行くさまは青い紙に文字を書き連ねたようであり、隼が、霜にあたって紅葉した林に鳥をねらい撃つと、紅葉がはらはらと散って錦の機織物を破るのに似ている。

秋の山村の光景を賦す。
◇碧落　青空。◇霜林　「霜枯の林也」（『集註』）。

322　晴れ渡った秋の空を雁が列をなして飛んで行くのは、碧い玉で飾った箏の上に柱を斜めに立てたようであり、また青苔で作った色紙に数行の文字を書いた姿に似ている。

青天に雁の飛んで行く姿を詠む。
◇箏　『和名抄』に「風俗通に云く、神農箏を造る。或は曰く、蒙恬の造る所、秦声なり。蒼頡篇に云く、箏（俗に象乃古度と云ふ）形瑟に似て十三絃有り」とある。◇柱　琴の胴の上に立てて、糸を強く張ったり、音の高低を調えるための具。一〇三参照。◇青苔の色の紙　青苔で作った紙。『拾遺記』巻九に「側理紙万番、此は南越の献ずる所（中略）南人海苔を以て紙を為る。其理縦横邪側なり、因りて以て名と為す」。

奔箭迷ひ易し　なほ誤りを下流の水の急やかなるに成す　江相公

虚弓難避　未抛疑於上弦之月懸
奔箭易迷　猶成誤於下流之水急　江相公

321
雁碧落に飛んで青紙に書せり　隼霜林を撃て錦機を破る　田達音

雁飛碧落書青紙　隼撃霜林破錦機　菅

322
碧玉の装ひせる箏の斜に立てる柱　青苔の色の紙の数行の書　菅

碧玉装箏斜立柱　青苔色紙数行書　菅

323
雲衣は范叔が羇中の贈　風櫓は瀟湘の浪上の舟　後中書王

雲衣范叔羇中贈　風櫓瀟湘浪上舟　後中書王

324
秋風に　初かりがねぞ　聞こゆなる　誰が玉章を　掛けて来つらむ　友則

325
山腰の帰雁は斜めに帯を牽く　水面の新虹はいまだ巾を展べず　都在中

山腰帰雁斜牽帯　水面新虹未展巾　都在中

323　春、北に去った雁がこの秋帰って来るのを見ると、昔馴染に逢ったような気がするもので、雁の飛ぶ空の雲は、昔の友須賈が旅先の秦で落ちぶれた范叔に贈った衣に似ており、また江上を飛ぶ雁の鳴き声は、あの屈原が追放された時湘水に漕ぎよせて来て忠告した昔馴染の漁父の舟の櫓の声のようである。

雁を故人に譬えて賦したもの。

◇雲衣　『集註』に「雲を衣に譬へていふ」。◇范叔　秦の相范雎の字。魏王の使者として昔馴染の須賈が入秦した時、范雎がわざと弊衣で会見したら須賈がその寒苦を憐んで衣服を与えたという故事（『史記』范雎伝）。◇羇中　旅先。◇風櫓　風のために聞える舟の櫓の声。『白氏文集』巻五四「河亭晴望」に「秋鴈櫓声来る」とある。◇瀟湘　湖南省洞庭湖の南、瀟水と湘水の合する所。瀟湘と同音の「蕭相」即ち漢相（漢の大臣）蕭何を以て范叔と対する。◇浪上の舟　楚の屈原が放逐され沢畔にさまよった時、漁父が舟で湘水まで来て屈原に忠告した故事（『楚辞』漁父）。

324　秋風に乗って、初雁の声が聞えてくる。いったい、だれの手紙を脚にかけて来たのだろう。

今年も訪れた初雁に雁信の故事を思い、懐かしさを感じた。是貞親王家の歌合、寛平御時后宮の歌合の歌。

◇かりがね　ここは雁の鳴く声。◇聞こゆなる　「なる」は聴覚による判断を表し、終止形に接続。◇玉章　手紙。匈奴が蘇武を捕え、和平後も死んだと偽り返そうとしなかったが、漢の使いが謀に蘇武の雁の

326 春がすみ 立つを見捨てて 行く雁は 花なき里に 住みやならへる　伊勢

虫

327 切々たる暗窓の下　喓々たる深草の中
秋の天の思婦の心　雨の夜の愁人の耳　白

切々暗窓下　喓々深草中
秋天思婦心　雨夜愁人耳　白

328 霜草枯れなんとして虫の思ひ苦なり　風枝いまだ定まらずして鳥の栖むこと難し　白

霜草欲枯虫思苦　風枝未定鳥栖難　白

足に結んだ手紙が天子に届いたと生存を主張し、帰ることをえた故事（『漢書』蘇武伝）による。

325 春になって北に帰る雁が列をなして山のあたりを飛んで行くのは、山の腰を斜めにしめた帯のようであり、水の上に新たに立った虹はまだ小さくて、水面に十分手巾を広げきれていないように見える。
◇帯　山腰とあるので雁を腰にまとう帯に譬える。◇巾　水面とあるので虹を面をふく布に譬える。

326 春霞の立つ美しい景色を見捨てて北に帰る雁は、花のない里に住みなれているのだろうか。
雁を擬人化して帰雁を惜しむ心を詠む。

327 暗い窓の下や深い草の中で、秋の虫がしきりにあわれな声で鳴いているのを聞いて、秋の空に物思う婦人や雨の夜に独り愁いを抱く人々はどんな気がするであろうか。さぞ堪えがたいことだろう。
◇切々　虫のしきりに鳴くさま。『全唐詩』皇甫冉の「魏十六の蘇州に還るを送る」詩に「陰虫切々として聞くに堪へず」。◇喓々　虫のすだく声。『詩経』召南、草虫に「喓々たる艸虫、趯々たる阜螽（毛伝、喓々は声なり）」。◇思婦　夫を恋い慕う女。

328 秋の末、霜にあたって庭の草も枯れようとする頃、虫の鳴く声はいよいよ悲しげであり、木枯がはげしく吹いて枝も揺れ動くので、鳥もねぐらをきめかねている。
◇霜草　霜がれの草。◇苦　『白氏文集』は「急」に作る。◇風枝　風に靡く枝。

329
床には嫌ふ短脚にして蛬の声閙しきことを　壁には厭ふ空心にして鼠の孔の穿たるることを　野

床嫌短脚蛬声閙　壁厭空心鼠孔穿　野

330
山館の雨の時に鳴くこと自ら暗し　野亭の風の処に織ることなほ寒し　直幹

山館雨時鳴自暗　野亭風処織猶寒　直幹

331
叢辺に怨み遠くして風聞暗し　壁の底に吟幽かにして月の色寒し　順

叢辺怨遠風聞暗　壁底吟幽月色寒　順

329　私の寝台の脚が短いので、こおろぎの鳴く声が近くにやかましく聞え、壁は中が空洞の上、鼠が穴をあけていて、夜寒の風が吹き込んで来るのは何とも不快である。

荒れはてた住居の様子を詠む。
◇短脚　寝台の脚の短いのをいう。◇蛬の声　『詩経』豳風、七月「十月蟋蟀我が牀下に入る」。◇空心　中がうつろなこと。◇鼠　『詩経』召南、行露に「誰か謂ふ鼠に牙無しと、何を以てか我が墉を穿てる」。

330　山中の旅館で雨の降る夜はこおろぎの声もほのかに聞え、野外のあばらやで風の吹く時には、その声は機を織るように聞えるが何とも寒々としている。

秋夜の蛬の声を詠む。
◇山館　深山に作られた旅宿（『鈔』）。◇暗し　夜であることを示す。◇野亭　野外のあばら屋。◇織る　『文選』古詩に「促織東壁に鳴く（春秋考異郵に曰く、立秋に趣織鳴く。宋均曰く、趣織は蟋蟀なり）」とある。

331　叢の辺で、こおろぎが秋を怨み顔に鳴く声が風にまぎれてほのかに聞え、壁のもとで鳴くその声はかすかで、月も寒々と澄んでいる。

◇怨み遠くして　こおろぎが秋を怨み悲しんで鳴く声がほのかに聞えるさま。◇風聞　風に紛れて聞えること。

332
いま来むと　誰頼めけむ　秋の夜を　明かしかねつつ　まつ虫の鳴く

333
きりぎりす　いたくな鳴きそ　秋の夜の　長き思ひは　われぞまされる
素性

鹿

334
蒼苔路滑らかにして僧寺に帰る　紅葉声乾いて鹿林に在り
温庭筠

蒼苔路滑僧帰寺　紅葉声乾鹿在林　温庭筠

332　今すぐ行こうと、誰が頼みに思わせたのだろう、秋の夜長を待ちこがれ、明かしかねて、訪れを待つ松虫がしきりに鳴いている。

東宮保明親王帯刀陣の歌合の橘やすきの歌。鈴虫の声にそこはかとない閨怨の情がただよう。

◇頼め　訪れを約束し、頼みに思わせる。◇まつ虫　今の鈴虫。虫の名に「待つ」を掛ける。

333　こおろぎよ、そんなに悲しげな声でひどく鳴いてくれるなよ。この秋の夜のような、長くせつない恋の思いでは私の方が勝っているのだから。

『古今集』では作者を藤原忠房とする。人の家を訪れた夜、こおろぎを聞いての詠。こおろぎに寄せてつれなき人への思いを述べる。

◇きりぎりす　今のこおろぎ。泣いている女性をさしたとみない方がよい。◇秋の夜の　「長き」の比喩でもあり、歌の詠まれた折をも示す。

334　山路は苔が青くむして滑りやすいが、それを踏んで寺に帰る僧の姿が見える。紅葉が散り積った林はかさかさ音を立てるので、鹿が遊んでいる様子も知られる。

山寺の静かな趣を詠んだもの。

◇声乾いて　鹿が歩き廻るにつれて落葉がかさかさと音を立てることをいう。

335
暗に苹を食て身の色をして変ぜしむ　更に草に加ふる徳風に随て来る
白鹿　紀

暗遣食苹身色変　更随加草徳風来
白鹿　紀

335　天子の徳が鳥や獣にまで及んでいるので、いつの間にかよもぎを食う身の鹿がその色を白に変じ、さらにその白鹿は君の御徳を慕って遠方からやって来た。

太宰府から白鹿が献上されたのを祝った作。◇暗に　いつとなく。◇苹を食て身　鹿のこと。「苹」はよもぎ。『詩経』小雅、鹿鳴に「呦々たる鹿鳴、野の苹を食む」。◇色をして変ぜしむ　『孝経』援神経に「徳鳥獣に至れば、則ち白鹿見る」（『芸文類聚』祥瑞）とある。◇草に加ふる徳風　帝王の徳をいう。『論語』顔淵「君子の徳は風なり、小人の徳は草なり。草これに風を加ふれば必ず偃す」。

336
もみぢせぬ　常盤の山に　住む鹿は　おのれ鳴きてや　秋を知るらむ
能宣

336　紅葉することのない常盤の山に住んでいる鹿は、自分が鳴いて秋の来たのを知るのだろうか。

『古今集』秋下、紀淑望「もみぢせぬ常盤の山は吹く風の音にや秋を聞きわたるらむ」による。◇常盤の山　京都市右京区常盤（双ヶ岡の西南方）にある山。山の名に常緑の意を掛けた。◇鹿　秋の悲しさを鳴いて知らせるものとされる。

337
夕づくよ　小倉の山に　鳴く鹿の　声のうちにや　秋は暮るらむ
貫之

337　ほの暗く暮れてきた小倉の山に鳴いている鹿の、そのもの悲しい声のうちに今年の秋も暮れてゆくのであろうか。

九月末日、大堰川での詠。小倉山の鹿の声に秋を送る寂しさを感じた作。『万葉集』巻八の「夕されば小倉の山に鳴く鹿は今宵は鳴かず寝ねにけらしも」による。『万葉集』の小倉山は奈良県桜井市にある。

露

338
憐れぶべし九月の初三の夜　露は真珠に似たり月は弓に似たり　白

可憐九月初三夜　露似真珠月似弓　白

339
露蘭叢に滴て寒玉白し　風松葉を銜んで雅琴清し　英明

露滴蘭叢寒玉白　風銜松葉雅琴清　英明

340
さ牡鹿の　朝たつ小野の　秋はぎに　珠と見るまで　置けるしら露　家持

◇夕づくよ　夕方にのみ出る月はまだ暗いので「小倉」（を暗）の枕詞。晦日なので実景ではない。◇小倉の山　京都市右京区嵯峨の大堰川の東にある山。

338　九月三日の夕暮、草の葉に置く露は真珠のようであり、空の月はあたかも弓をかけたようで実にすばらしい。

暮秋の夕暮の光景を賦す。
◇憐れぶべし　ここでは趣深いの意（『集註』）。なお菅家本に「古人相伝へて曰く、憐の字の訓楽なり。禁諱を避くるの時件の訓を用ふべし」と傍記あり。

339　秋風が吹くと蘭の叢に滴り落ちる露は冷やかな玉のように白く、松の葉を吹く風の響きはみやびな琴をかなでるように澄んで聞える。

秋のすがすがしい気色を詠む。
◇雅琴　みやびな琴の音。『文選』長門賦に「雅琴を援いて以て調を変ず（七略に曰く、雅琴、琴の言は禁なり。雅の言は正なり。君子は正を守って以て自ら禁ず）」とある。なお『初学記』琴に「琴歴に曰く、琴曲に（中略）風入松有り」と見える。

340　朝早く牡鹿が立っている野の秋萩に、白玉かと見まがうまでに置いている白露の美しさよ。

天平十五年八月、風物を見ての作。『万葉集』所収。萩は鹿の妻といわれ、後朝の艶なる風情もある。絵画的な構図。
◇さ牡鹿　「さ」は接頭語。◇小野　「小」は接頭語。
◇珠と見るまで　「まで」は状態の極限を表す。

霧

341
竹霧暁に嶺を銜める月を籠めたり　蘋風緩やかに江を過ぐる春を送る　白

竹霧暁籠銜嶺月　蘋風緩送過江春　白

342
夕霧の人の枕を埋むことを愁ふといへども　なほ朝雲の馬鞍より出づることを愛す　江相公

雖愁夕霧埋人枕　猶愛朝雲出馬鞍　江相公

343
川霧の　ふもとを籠めて　立ちぬれば　空にぞ秋の　山は見え

341　暁に竹の林にかかった霧は山の端に入ろうとする有明月をつつみ、水のほとりの水草のあたりをゆっくり吹き過ぎる風は暖かで、大江を渡って行く春を送って行くようだ。

江上の暁の光景を賦す。春の詩だが上句の情景ゆえ秋に入る。◇嶺を銜める　有明の月の山の端におちかかる様をいう。◇蘋風　水草を吹く風。『文選』風賦に「大風は地に生つて青蘋の末より起る（爾雅に曰く、萍の其大なる者を蘋と曰ふ。劉良曰く、萍は水草なり）」とある。◇緩やか　『白氏文集』は「暖」に作る。

342　山中の住いは、夕霧が人の枕もとまで埋めるほど立ち籠めるのがうっとうしいけれど、朝の雲が馬の鞍のような山の背から立ち昇る景色はやはりすばらしい。

山居の秋の景観を賦したもの。◇馬鞍　山の名でもあるが、馬の鞍の形をした山の意であろう。『南越志』に「始皇の朝に気を望む者云く、南海に五色の気有りと。遂に卒千人を発してこれを鑿ちて山の岡阜を断つ。これを鑿龍と謂ふ。今鑿てる処の形馬鞍の如し。故に名づく」（『太平御覧』巻四九）とある。

343　川から立つ霧が、麓を隠して立ち籠めているので、秋の山は何と空に浮んで見えることだ。

理由を先に出したので理の勝った歌になったが、景の意外性が面白い。后宮胤子歌合の歌。

ける　　　　　　　　　　　　　　　深養父

344
誰がための 錦なればか 秋霧の 佐保の山辺を たちかくす らむ　　　　友則

擣衣

345
八月九月正に長き夜　千声万声了む時なし　　白

八月九月正長夜　千声万声無了時　　白

346
北斗の星の前に旅雁を横たふ　南楼の月の下に寒衣を擣つ

北斗星前横旅雁　南楼月下擣寒衣

344　誰のために着た錦だからというので、秋霧は佐保の山辺に立ちこめてその美しい錦を見せまいと覆い隠しているのだろうか。

霧の佐保山を見て、秋霧は錦を自分のものと思って見せるのを惜しむのだ、と見えぬ紅葉の美しさを讃える。

◇錦　黄葉を譬える。◇佐保の山辺　今の奈良市北部、佐保町にある山。三〇六参照。◇たちかくすらむ　「らむ」は現象の原因（擬人化した霧の心理）を推測する助動詞。

345　八月九月の頃はまさに夜が長いが、よもすがら衣を擣つ多くの砧の音の止む時がない。

秋夜、砧の音を聞いた時の様子を詠む。源家根本朗詠七首の一。

346　北から飛んで来る雁は大空に輝く北斗七星の前に列をなして横たわり、遠征の夫の身を思う女は南の楼台のもとで月の光を浴びながら衣を擣っている。

即景を詠みながら遠征の夫を思う女の心情に心をやる作。

◇北斗の星　北斗七星。『文選』古詩に「南に箕あり北に斗有り（劉良注、北斗星なり）」とある。◇旅雁　北方から飛んで来る雁。◇南楼　晋の庾亮が武昌にいた時、殷浩等と南楼に登って月を賞翫した故事に基づく。ここは北斗の対語として用いた。◇寒衣　冬衣。

347
擣つ処には暁に閨月の冷まじきことを愁ふ　裁ちもては秋塞雲の寒きに寄す　篤茂

擣処暁愁閨月冷　裁将秋寄塞雲寒　篤茂

347　一晩中砧を擣ち続けて暁方になるにつれ閨を照らす月の光が冷やかなので、女は愁いにたえない。はるか北の辺塞の地は寒さが厳しいので、この衣を裁ち縫いしてその夫に贈ろうと思いやっている。

遠征の夫に別れ独り閨を守る女の心を詠む。◇閨月　ねやを照らす月。◇裁ちもては　「将」は助語（『詩語解』）。◇塞雲　雲のたなびく辺境のとりで。

348
裁ち出だしては還て迷ひぬ長短の製　辺愁は定めて昔の腰囲あらじ　直幹

裁出還迷長短製　辺愁定不昔腰囲　直幹

348　夫に着せようと思って衣を裁ってはみたものの、長く製ってよいか短い方がよいか迷ってしまう。辺境の地は苦労が多いから、夫は定めて腰のまわりが細くなっていることだろう。

遠塞の夫を思い、女が衣を擣って待つ心を賦す。◇裁ち出だし　この詩句は『文選』謝恵連、擣衣詩に「紈素すでに成りて、君子行きていまだ帰らず。裁つに笥中の刀を用てし、縫ひて万里の衣を為る。篋に盈つること余が手よりす、幽緘君が開くることを候つ。腰帯疇昔に准ふ、今の是非を知らず」とあるのによる。◇製　『集註』に「製とはつくると読む。着物に調ずる事也」とある。◇辺愁　辺境にいての物思い。

349
風の底に香飛んで双袖挙る　月の前に杵怨んで両眉低れり　後中書王

風底香飛双袖挙　月前杵怨両眉低　後中書王

349　美しい婦人が砧を擣つのを見ると、その度に両方の袖があがって、薫きしめた香が風に伝わってくる。照る月の前に両方の眉も悲しげに垂れ、遠方の夫を思って擣つ砧の杵の音ももの悲しげに聞える。

月下に砧を擣つ婦人を詠む。
◇香飛んで　衣打つ人の袖が風に吹かれて薫ること。
◇双袖挙る　『白氏文集』巻三「胡旋女」に「心は絃

に応じ、手は鼓に応ず。絃鼓一声双袖挙り」とある。『私注』に「二人相対して衣を擣つ故に双袖挙両眉低と曰ふ」と解するが、一人であろう。◇両眉低れり　わびしいさまの形容。

350　年久しく夫と別れている婦人は、毎年秋になって北から飛んで来る雁の声を聞くにつけて別離の愁いを新たにし、毎夜衣を擣つ砧の音はかすかに響いて鶏の鳴く夜明けの頃まで止まない。

平明な文字を用い雅致に富む傑作。

◇幽声　静かな声。

351　衣を擣つ砧の音を聞くと、月がさやかなのでまだ寝ずに遠くにある人を思いながら衣を擣っている人もいるのだと、空に響く音でそれとなく推しはかられることだ。

醍醐天皇主催の延喜十三年の尚侍藤原満子四十賀の屛風歌。月夜に衣を擣つという漢詩文的画題。塞外などにある夫を思う月下擣衣の情を詠む。

◇唐ころも　「唐」は美称だが、ここはたんに衣の意。

◇月清み　「み」は形容詞語幹について理由を示す。

◇そらに　「空に」と「暗に」を掛ける。

350

年々(としどし)の別れの思ひは秋の雁(かり)に驚く　夜々(よなよな)の幽声(いうせい)は暁の鶏(にはとり)に到る　上(かみ)に同じ

年々別思驚秋雁　夜々幽声到暁鶏　上同

351

唐(から)ころも　擣(う)つこゑ聞けば　月清(きよ)み　まだ寝(ね)ぬ人を　そらに知るかな　貫之(つらゆき)

冬

初冬

352
十月江南天気好し　憐れぶべし冬の景の春の華かなるに
似たることを　　白

十月江南天気好　可憐冬景似春華　　白

353
四時零落して三分減じぬ　万物蹉跎として過半凋みたり

352　季節は十月で冬に入ったけれど、江南の地は天気がよくて好もしく、冬の空が春のように麗しいのが実におもしろい。
小春日和の穏やかな景気を詠む。
◇江南　揚子江の南の地。◇好し　『名義抄』によって訓む。◇冬の景の　『宝顔堂広秘笈本荊楚歳時記』に「十月（中略）又天気和暖にして春に似たり。故に小春と曰ふ」とある。

353　四季は徒らに過ぎ去ってその中、春夏秋の四分の三を減じ、僅かに冬の季節を残すのみとなった。すべての草木はいじけて半分以上はもう凋んでしまった。

醍醐御製

四時牢落三分減　万物蹉跎過半凋　醍醐御製

354
床の上には巻き収む青竹の簟　匣の中には開き出だせり白綿の衣　菅

床上巻収青竹簟　匣中開出白綿衣　菅

355
神無月　降りみ降らずみ　定めなき　しぐれぞ冬の　初めなりける

冬夜

初冬のもの寂しい光景を賦す。◇四時　四季。◇零落　落ちぶれ衰えること。『文選』謝霊運、魏の太子鄴中集に擬せし詩に「歳月流るるが如し、零落してまさに尽きなんとす」とある。底本「牢落」に作る。諸本により改めた。◇三分　ここは四季のうち春、夏、秋。◇万物　よろずの草木などをいう。◇蹉跎　つまずいて進むことのできぬさま。『字類抄』に「フシマロフ、老耄分　サタ」。

354　冬になったので、今まで床の上に敷いていた青竹の簟は用がなくなって巻いてしまいこみ、衣装箱から白い綿入れを取り出して寒さの用意をする。

驚いて冬支度をするさまを述べる。◇簟　竹の筵。『私注』に「熱ヲ除ク故ニ夏敷ク、冬コレヲ収ム」とある。

355　十月になると、降ったりやんだり、空も定めない時雨となるが、これこそ冬の口開けなのだと、しみじみ思わせられる。

『後撰集』読人しらずの歌。時雨は晩秋にもいうが元来は初冬の景物。時雨に初冬を実感した感動を詠む。◇降りみ降らずみ　「み」は動詞「見」の転じた接尾語。重ね用いて「……したり……したり」の意。

356 一盞(いつさん)の寒燈(かんとう)は雲外(うんぐわい)の夜(よ)　数盃(すはい)の温酎(うんちう)は雪の中(うち)の春　白(はく)

一盞寒燈雲外夜　数盃温酎雪中春　白

357 年光(ねんくわう)は自(おのづか)ら燈(ともしび)の前に向(むか)て尽きぬ　客(かく)の思ひはただ枕(まくら)の上より生(な)る　尊敬(そんぎやう)

年光自向燈前尽　客思唯従枕上生　尊敬

358 思ひかね　妹(いも)がり行(ゆ)けば　冬の夜(よ)の　川かぜさむみ　千鳥(ちどり)鳴くなり　貫之(つらゆき)

356 冬の夜、雲をはるか足の下に見下ろす山中の宿の、一つの燈火(ともしび)の影も寒々しいところで、温めた酒を数盃傾けると、身体が温まって、雪の中にも春を迎えたような気がする。

山居の雪の夜の様子を賦す。◇一盞　ひとさら。◇雲外　雲の上。『集註』に「山居なれば雲の外の夜といふ也」とある。◇温酎　温めた酒。「酎」は重ねてかもしたよい酒の意。◇雪の中の春　「冬ハ寒ク春ハ暖ナルコトハ、酒ハ能ク寒ヲ除ク故ニ雪中ノ春ト曰フ」(『私注』)。

357 冬の夜ひとり目を覚まして燈火に向うと、今年もはやこの燈火とともに尽きようとしている折から、旅先の身の物思いは、ただ自分が寝ている枕のほとりからあれこれと起って来る。

歳暮の旅愁を賦す。◇年光　年月。『白氏文集』巻五「永崇里観居」に「年光忽(たちま)ちに冉々(ぜんぜん)たり、世事本(もと)悠々」とある。◇客の思ひ　旅人の思いをいう。

358 恋しさをこらえかね、いとしい人のもとへ急ぐと、冬の夜の川面(かわも)を渡る風も寒いので、千鳥の鳴く声がつくづく身にしみることだ。

家集に承平六年(九三六)左衛門督殿屏風歌とする。六月の炎天にも「是を詠ずれば寒くなる」と『無名抄』はある人の評を伝える。◇思ひかね　恋の思いにたえかねて。◇妹がり　貫之の時代には古語的表現。◇さむみ　寒いので。「み」

歳暮(せいぼ)

は原因・理由の接尾語。

359　冬の川の流れは月を映して鏡のように澄み、夕暮の風は霜の気を含んで刀のように鋭い。

冬夜の江上の荒涼たる光景を賦す。◇寒流　冬の水。◇夕吹　夕風。『全隋詩』盧思道、上巳禊飲の詩に「余光幽桂に下り、夕吹青蘋(せいひん)を舞す」とある。

360　風といい雲といい空の景色は目の前で見る見るうちに暮れて行ってしまい、一度過ぎ去った年月は老いの身にとって再びもとに還ることはない。

春の詩だが年月を惜しむ意があるのでここに入れた。◇風雲　空の景色。◇人の前に向て暮れ　目前で暮れてゆく様子をいう。◇老いの底　老い極まったことをいう。

361　去りゆく年が名残惜しいことだ。澄んだ鏡に映るわが影までが、年の暮れるとともに老いのかげりがでてきたと思うと。

帝(みかど)から歌を召された際の紀貫之の詠。老年歳暮の述懐である。『古今集』四季巻末の歌。◇ますかがみ　「真澄鏡」の意。澄みきった鏡。上代には「まそかがみ」。◇暮れぬ　自分の影が「暗(く)れぬ」(老醜を帯びた)の意を掛ける。

359
寒流(かんりう)月を帯(お)びて澄(す)めること鏡のごとし　夕吹(せきすい)霜に和(くわ)して利(と)きこと刀(かたな)に似たり　白

寒流帯月澄如鏡　夕吹和霜利似刀　白

360
風雲(ふうん)は人の前に向(むか)て暮れ易(やす)し　歳月(せいぐゑつ)は老(お)いの底より還(かへ)り難(がた)し　良春道(りやうしゅんだう)

風雲易向人前暮　歳月難従老底還　良春道

361
ゆく年の　惜しくもあるかな　ますかがみ　見るかげさへに　暮れぬと思へば

炉火

362
黄醅緑醑冬を迎へて熟す　絳帳紅炉夜を逐て開く　白

黄醅緑醑迎冬熟　絳帳紅炉逐夜開　白

363
看るに野馬なく聴くに鶯なし　臘の裏の風光は火に迎へられたり　菅三品

看無野馬聴無鶯　臘裏風光被火迎　菅三品

364
この火は花樹を鑚て取れるなるべし　対ひ来ては終夜春の情有り　上に同じ

362　冬になって黄色の濁酒も緑色の清酒もよく熟したから、毎夜、紅いとばりの中で炉を開いて客を招く。

客を招く気持を詠んだもの。
◇黄醅　濁酒。◇緑醑　清酒。◇冬を迎へて熟す　冬を迎えて饗応すべく酒が熟していること（『集註』）。◇絳帳　赤い絹のとばり。◇紅炉　火炉。

363　野外を見ても空にかげろうもなく、枝に鶯の鳴くのを聞くこともないが、冬の十二月のうちに春のような温和な風光があるのは、盛んに燃える炉の火のためである。

冬の炉火が春の風情を齎すことを詠む。三六四と合わせて七言絶句をなす。
◇野馬　かげろう。◇臘　十二月。『私注』に「漢には臘と曰ふ。臘は猟して獣を取り以て祭るに因る」。◇風光　日が出て風が吹き草木に光色があること。『文選』謝朓、徐都曹に和す詩に「風光草の際に浮べり（楚辞に曰く、光風蕙を転じ崇蘭を汎はす。王逸注に曰く、光風は日出でて風ふき草木光有るを曰ふ）」。

364　たぶんこの火は、春の花の樹を摩擦して出したものであろう。なぜならば、この炉火に向っていると一晩中春のような気持がするからだ。

前詩と同じ情景。
◇花樹を鑚て　太古は木を摩擦して火をおこした。『芸文類聚』帝王に「礼含文嘉に曰く、燧人始めて木を鑚りて火を取り、生を炮りて熟と為し、人をして腹疾なく天の意を遂(と)げしむ」とある。

365　春の季節にはいつも鶯や花を愛し木の下で酔い臥すことがあるとしても、このごろの寒さでは酒を飲むにしてもどうしていろり火のほとりを離れれようか。

炉火への愛着を述べたもの。
◇他の時　過去・未来を問わず今日以外の時点をさす。底本「多時」。他本により改む。◇獣炭　獣の形に作った炭。「鶯花」の対語として用いたもの。『晋書』羊琇(ようしゅう)伝に「琇(しゅう)が性豪侈(ごうし)なり。費用また斉限なくして、炭を屑(くだ)き和して獣形を作り以て酒を温む」と見える。

366　埋み火のように心の中で思いこがれていた時よりも、なまじ相手に訴えてこのように憎み嫌われている時のほうが、いっそう切ないものだ。

出典未詳。在原業平の作としての明証はない。恋の歌だが序詞「埋み火」によりこの部に入った。
◇埋み火の　「下にこがれし」を出すための序詞。
◇こがれ　恋いこがれる意に「焦がれ」を掛ける。
◇かく憎まるる　「埋み火」の縁語で、炉の「角に組まるる」を掛ける。

367　すべての物は秋の霜によって本来の色がそこなわれ変じてしまい、四季の中で冬の日はもっとも歳月をおしつめられてしまう。

歳の暮の霜枯れに対する感想を述べた。
◇凋年　暮れ行く年。『文選』舞鶴賦に「窮陰殺節、急景凋年」とある。

此火応鑽花樹取　対来終夜有春情　同上

365
他の時んばたとひ鶯花(あうくわ)の下(もと)に酔(ゑ)ふとも　近日(このごろ)はいかでか獣(じう)炭(たん)の辺(ほとり)を離れむ　輔昭(ほせう)

多時縦酔鶯花下　近日那離獣炭辺　輔昭

366
埋(うづ)み火(び)の　下(した)にこがれし　ときよりも　かく憎まるる　をりぞわびしき　業平(なりひら)

霜(しも)

367
万物(ばんぶつ)は秋の霜よく色を壊(やぶ)る　四時(しいし)は冬の日もとも凋年(てうねん)なり

白

万物秋霜能壊色　四時冬日最凋年　白

368 三秋の岸の雪は花初めて白し　一夜（いちや）の林霜（りんさう）に葉尽（ことごと）くに紅（くれなゐ）なり　温庭筠（をんていゐん）

三秋岸雪花初白　一夜林霜葉尽紅　温庭筠

369 閨（ねや）寒くしては夢驚く　或（あるい）は孤婦（こふ）が砧（きぬた）の上に添（そ）ふ
山深くしては感動（かむ）く　先（ま）づ四皓（しかう）が鬢（びん）の辺（ほとり）を侵（をか）す　青女（せいぢよ）霜を司（つかさど）る　紀（き）

閨寒夢驚　或添孤婦之砧上　山深感動　先侵四皓之鬢辺　青女司霜　紀

368　秋の川の岸には雪の降ったように葦の花が白く咲き、一晩のうちに、林の木の葉は霜に打たれてみな紅葉してしまった。

初冬の光景を賦したもの。◇三秋　秋の三カ月間をいう。◇岸の雪　蘆荻（ろてき）の花の白いのをいう。

369　遠く離れた夫を思い、独り閨を守っている婦人は、夜の寒さで寝覚めがちで、彼女の擣（う）つ砧の上には霜が一段と白く置く。深山に隠れた老人は何事にも感じやすくて、霜は何よりも先にその鬢のあたりに降って白さを増す。

霜が孤婦と老人に最も感慨を催さしめる意を賦す。◇孤婦　夫に別れた婦人。◇感　心にしみ入ること（『集註』）。◇四皓　秦（しん）の虐政を避けて商山に隠退した四人の老人、即ち東園公・甪里（ろくり）先生・綺里季（きりき）・夏黄公（かこう）をさす。漢の時代になって張良の薦めで山を出て恵帝に仕えた（『史記』）。◇侵す　老人の鬢が白いのでいう。

370　夜がふけて霜が降るので、鶴は声をたてて鳴かないし、老人は年も暮れようとする時に早くも霜の置くのを見て、自分の鬢の毛もこのように白いのかと驚く。

早霜について賦す。◇君子　鶴のこと。老翁の対。『抱朴子（はうぼくし）』釈滞に「三軍の衆、一朝尽（ことごと）く化し、君子は鶴と為（な）り、小人は沙（いさご）と成る」。◇音警めず　「風土記に曰く、鳴鶴露を戒

370 君子夜深けて音警めず　老翁年晩れて鬢相驚く　菅

君子夜深音不警　老翁年晩鬢相驚　菅

371 声々已に断えぬ華亭の鶴　歩々初めて驚く葛屨の人　菅

声々已断華亭鶴　歩々初驚葛屨人　菅

372 晨に瓦溝に積れば鴛色を変ず　夜華表に零つれば鶴声を呑む　紀

晨積瓦溝鴛変色　夜零華表鶴呑声　紀

373 夜をさむみ　ねざめて聞けば　鴛鴦ぞ鳴く　払ひもあへず　霜

む、この鳥の性警しむ」(『芸文類聚』鳥部)。三五六参照。

371 霜が降りるようになったので、あの鶴も鳴き声がようやく切れぎれになってきた。葛で作った夏の屨をはいた人は、一歩一歩あゆむに従って屨の冷たさに初めて霜が降りたのに驚いている。

降霜の情景を賦す。◇声々已に断えぬ　霜が降ると鶴はそれを厭って鳴かなくなるという。◇華亭の鶴　華亭は鶴の名所。三五六参照。◇葛屨　葛の繊維で編んだ屨。夏に用う。

372 朝霜が瓦葺きの屋根の溝に降ると、鴛鴦の瓦もみな白く色を変じ、夜、村里の門柱に霜が置くと、そこにとまっている鶴も声をのんで鳴かなくなる。

◇瓦溝　瓦葺きの屋根の溝。『白氏文集』巻五一、東亭に宿する暁興「雪は瓦溝に依りて白く、草は墻根を遶りて緑なり」。◇鴛　円い瓦を鴛瓦、平らな瓦を鴦瓦と言い対になる。『長恨歌』に「鴛鴦の瓦は冷やかにして霜華重く」とある。◇華表　城郭や墓所などの前に立てる門。漢の丁令威が、死後鶴になって故郷に帰り城門の華表に止った故事による(『捜神後記』)。

373 夜が寒いので、眠りを妨げられて耳をすますとおしどりの鳴き声がする。払っても払ってもすぐ羽の上に霜が置いて、やはり眠れないのであろう。

『後撰集』『拾遺集』読人しらずの歌。冬夜、寒げな声に鴛鴦の上を思いやる。寝覚めに独り寝の情がある。◇夜をさむみ　「み」は原因・理由を示す。◇鴛鴦　雌雄番いを離れぬ鳥で冬に詠まれる。夜もよく鳴く。

や置くらむ

雪

374 暁梁王の苑に入れば　雪群山に満てり
夜庾公が楼に登れば　月千里に明らかなり　白賦

暁入梁王之苑　雪満群山　夜登庾公之楼　月明千里　白賦

375 銀河沙漲る三千里　梅嶺花排く一万株　白

銀河沙漲三千里　梅嶺花排一万株　白

374　暁に梁王の兎園に入ると、四方の山に雪が降り満ちており、夜に庾公の南楼に登ると、月が千里の彼方を照らしている。

天地の間すべて純白なさまを賦す。

◇梁王の苑　漢の梁孝王が築いた兎園をいう。『文選』雪賦に「歳まさに暮れんとし時既に昏なり。寒風積りて愁雲繁し。梁王悦ばずして兎園に遊ぶ。すなはち旨酒を置きて賓友に命ず」。◇雪群山に満てり　『文選』舞鶴賦に「氷長河に塞り、雪群山に満てり（李善注、海賦に曰く、群山既に略く）」。◇庾公が楼　庾亮が南楼に登った故事をさす。三四六参照。◇月千里に明らかなり　『文選』月賦に「千里を隔てて明月を共にす（淮南子に曰く、道徳の論譬へば日月の千里に馳騖するが如し、その処を改むること能はず）」。

375　雪の降り積った様子は、あるいは天の川の砂が降って来て三千里の彼方まであふれ満ちているようであり、あるいはまた、大庾嶺に一万株の梅が一時に咲き乱れたようだ。

雪の降り積る光景を賦した。

◇銀河　天の川。◇三千里　『私注』以下「三千界」に作る。◇梅嶺　大庾嶺のこと。梅の名所。九〇参照。

376　降る雪はあたかも鶖鳥の毛のようで、風に吹かれて飛び散り、人は、衣や袖に雪が積ってまるで鶴の羽の衣を着て歩きまわっているようだ。

雪の降りしきる光景を賦す。

◇鶖毛　鶖鳥の毛。『私注』に「鶖ハ日青ク毛ハ白シ」。

◇鶴氅　鶴の毛で作った皮衣。「孟昶いまだ達せざる時、家は京口に在り。嘗て王恭が高輿に乗り鶴氅裘を被るを見る。時に微雪あり、昶は籬間よりこれを窺ひ歎じて曰く、此れ真に神仙中の人なり」（『世説』企羨）。

377　雪が風を追って飛んで返らないさまは、多くの鶴が羽毛を振うと白い毛が飛んで行くようであり、空が晴れた日にあちこちに残っている雪を見ると、まるで多くの狐の白い腋毛を綴り合せたようだ。

春雪を賦したもの。

◇風を逐て返らず　春雪が風に随って飛びゆく意。◇群鶴　多くの鶴。◇衆狐の腋　多くの狐の腋毛で純白である。これを綴って皮衣を作る。『史記』孟嘗君伝に「妾願はくは君の狐白裘を得ん（韋昭注、狐の白毛を以て裘と為す。狐腋の毛を集めるを謂ふ）」とある。

378　雪が池に降り積ると、池の浦わに住む鶴は、雪と同じように真白だから多くの鶴の仲間がふえたと思い誤り、また、その池の水に舟を棹さしている人は、興に乗じて舟を進めているようだ。

池に降る雪を見て賦したもの。

◇群を得たる　多くの同類を得たことをいう。◇興に乗る　『晋書』王徽之伝に「嘗て山陰に居り、夜雪初めて霽れ、月色晴朗にして四望皓然なり。独り酒を酌みて左思が招隠の詩を詠じ、忽ち戴逵を憶ふ。逵時に剡に在り。便ち夜小船に乗りてこれに詣る。宿を経て方に至る。門に造りて前まずして反る。人その故を問

376　雪は鵞毛に似て飛んで散乱す　人は鶴氅を被て立て徘徊す　白

雪似鵞毛飛散乱　人披鶴氅立徘徊　白

377　或は風を逐て返らず　群鶴の毛を振ふがごとし
また晴に当てなほ残れり　衆狐の腋を綴るかと疑ふ　春雪賦　紀

或逐風不返　如振群鶴之毛　亦当晴猶残　疑綴衆狐之腋　春雪賦　紀

378　翅は群を得たるに似たり浦に栖む鶴　心は興に乗るべし舟に棹さす人　邑上御製

ふ。徽之曰く、本興に乗じて来る、興尽きて反る、何ぞ必ずしも安道（戴逵の字）を見んや」とある。

379　雪の降る時に庭の上に立っていると、降り懸る雪に頭は鶴のように白くなるが、部屋に入り炉辺に座れば、暖かくて手にひびができることもない。

雪の降る時に、戸外と戸内からの感想を述べる。

◇亀まらず　手にひびなどができないこと。『荘子』逍遥遊に「宋人に善く不亀手の薬を為る者あり」と見える。「亀」は意味には関係なく字形の点で「鶴」と対をなす。

380　雪の白さはあの班婕妤の閨のうちに棄てられた扇のようであり、風に舞う雪の音は、楚の襄王が台の上で弾じた夜の曲を思わせる。

雪を故事に託して詠んだもの。

◇班女　漢の成帝の寵妃班婕妤。◇閨の中　閨房。美人は常に紅閨のうちにあってたやすく外に出なかったので、使用する扇を雪の白さに譬えた。◇秋の扇　班女が秋の扇の如く、寵が衰えると捨てられたことをいう。一六三参照。◇楚王の臺　『文選』風賦に「楚の襄王蘭台の宮に游ぶ。宋玉・景差侍す」とあるのによる。◇夜の琴の声　『李嶠百詠』風に「月影秋扇に臨み、松声夜琴に入る。もし蘭台の下に至れば、還りて楚王の襟を払はん」とある。

381　今日、都で珍しいと心を躍らせて見ている初雪だが、あの吉野山ではだいぶ前から降り積っていて、もう見馴れてしまったことだろう。

翅似得群栖浦鶴　心応乗興棹舟人　邑上御製

379

庭上に立てれば頭も鶴となる　坐て炉辺に在れば手亀まらず　菅

立於庭上頭為鶴　坐在炉辺手不亀　菅

380

班女が閨の中の秋の扇の色　楚王の臺の上の夜の琴の声　尊敬

班女閨中秋扇色　楚王臺上夜琴声　尊敬

381

都には　めづらしとみる　はつ雪を　吉野の山に　ふりやしぬらむ

『拾遺抄・集』では源景明の詠。都の初雪を詠む。◇めづらし　「目連（めつら）し」で、もっと見ていたいと思う意から、稀（まれ）に出会ったのを喜ぶ気持を表す。◇吉野の山　雪の名所。◇ふり　「旧（ふ）り」に「降り」を掛ける。

382　吉野の山の白雪は、もう降り積っているらしい。この奈良の旧都でもいちだんと寒さが厳しくなってきた。

奈良に宿っての詠。「夕されば衣手寒しみ吉野の吉野の山にみ雪降るらし」（『古今集』読人しらず）による。宗祇は「余情（よせい）限りなし」（『両度聞書』）という。◇積もるらし　「らし」は根拠ある推量。◇ふる里　ここは、昔、都のあった奈良の里。◇なりまさるなり　助動詞「なり」は、寒さを体に感じての感動。

383　雪が降ったので、どの木にも花が咲いてしまった。「木毎（きごと）」に「梅」となったので、折るとしたら、どれを梅と見きわめをつけて折ろうかしら。

漢字を分解して詠みこむ、漢詩の離合詩の手法の応用か。しかし、さほどわざとらしくはない。◇木ごとに　「木毎」を合わせて「梅」となる。◇花　雪を白梅の花に見立てたもの。◇折らまし　「まし」は仮想。「もし折るとしたら」のような条件を補う。

384　氷は水面に堅くはりつめて浪の音も聞えず、雪は林の梢に降り懸って花が咲いたように見える。

厳冬の光景を賦す。

382
み吉野（よしの）の　山の白雪（しらゆき）　積もるらし　ふる里さむく　なりまさるなり
是則（これのり）

383
雪降れば　木ごとに花ぞ　咲きにける　いづれを梅（むめ）と　わきて折らまし
友則（とものり）

氷（こほり）　付春氷（つけたりはるのこほり）

384
氷水面（こほりすいめん）に封（ほう）じて聞くに浪（なみ）なし　雪林頭（りんとう）に点（てん）じて見るに花有り
菅

氷封水面聞無浪　雪点林頭見有花
菅

385
霜鶴唳を妨げて寒くして露なし　水狐疑を結んで薄くして氷有り　相如

霜妨鶴唳寒無露　水結狐疑薄有氷　相如

386
おほぞらの　月の光りの　寒ければ　かげ見し水ぞ　まづ氷りける

387
氷消えて水を見れば地よりも多し　雪霽れて山を望めば尽くに楼に入る　白

氷消見水多於地　雪霽望山尽入楼　白

385　寒さが厳しくなったので露は尽く霜となり、鶴も声をのんで鳴かなくなった。だが水面は凍ってはいるが狐が疑って渡らないほどで、まだまだ薄い。

氷が結び始めた頃の風情を詠む。◇鶴唳　鶴の鳴き声。鶴は霜が結ぶと鳴かないという。三七一参照。◇狐疑　狐は疑い深くて凍った河を渡る時に水のない所を渡るという。『水経注』河水に「寒きときは氷の厚さ数丈、氷始めて合へば車馬あへて過さず、要ず狐の行くを須つ。云く、この物善く聴き、氷下に水なければ過ぐ。人狐の行くを見て方に渡る」。

386　大空の月の光が寒く冴えかえっているので、その光を見ていた水がまっ先に凍りついた。

『新撰万葉集』巻上の歌。月光を浴びている情景。◇寒ければ　『古今集』には「きよければ」とする本もある。◇かげ見し水　影を映していた水の意。水を擬人化し、詠者も同じ感覚を共有していたことを示す。

387　今や氷は消え、庭先にたたえている水を見ると地面よりも広いようであり、また雪も晴れ、遠い山々を眺めると、いつもよりも近くに見えてすべて楼の中に入り込んで来るように思われる。

早春の山荘の光景を賦す。

388　氷が消えてしまったので、たとえ王覇が氷が堅いと報告しても、漢の光武帝はこれを疑うであろうし、また雪はすべて消えたので、梁の孝王が雪見のために枚乗を招くこともないであろう。

故事に託して氷雪の融解を賦したもの。
◇漢主　後漢の光武帝。◇覇　光武帝の臣の王覇。光武帝が王郎の兵に追われ、虖沱河を渡ろうとした時、王覇は味方の兵を安心させるために、偽って氷が堅く鎖ざし渡れると報じた。そこで河まで前進すると氷も都合よく合して渡ることができたという（『後漢書』王覇伝）。◇梁王　梁の孝王。雪の降った時、客の枚乗らを召して雪見をしたという（『文選』雪賦）。

389　雪が消えたので、蘇武のように胡地で虜になりながら、雪を嚙みつつ節を守り使命を全うするようなことはできない。また、氷が尽く解けてしまっては、王覇のように虖沱河の氷が堅く鎖ざしているなどと報告して帝を安心させ、忠義を尽すことは難しい。
◇胡塞　北方異民族のとりで。◇使の節を全くせむ　漢の蘇武が匈奴に使した時、単于が降伏させようとして大窖の中に幽閉し飲食させなかったが、蘇武は雪と旃毛を嚙んで命を保ち、使節を全うした故事（『漢書』蘇武伝）。◇呼沱　川の名。山西省の大戯山に源を発し沽河に注ぐ。底本「呼池」。◇臣　王覇。

390　山中の川の水際が上がってきている。春風に、谷の氷は、今日、解け始めているのであろう。
『礼記』月令の「孟春の月、東風凍を解く」による。天暦十年春麗景殿女御歌合の歌。題「春風」。作者未詳。『続後拾遺集』に平兼盛とするが、不審。
◇山川　ここは山中を流れる川。

388
氷消えては漢主覇を疑ふべし　雪尽きては梁王枚を召さず　　尊敬

氷消漢主応疑覇　雪尽梁王不召枚　　尊敬

389
胡塞には誰かよく使の節を全くせむ　呼沱には還て恐らくは臣の忠を失はむことを　　相規

胡塞誰能全使節　呼池還恐失臣忠　　相規

390
山川の　みぎはまされり　春かぜに　谷の氷は　今日や解くらむ

霰

391

麞牙米簸て声々脆し　龍頷珠投じて顆々寒し　菅

麞牙米簸声々脆　龍頷珠投顆々寒　菅

霰が降って来た。のろの牙に似た白い米粒を箕で振って屑を取り去るように、さらさらと軽やかな音がする。また、龍の頷の下にあるという千金の珠を投げるようで、その一粒一粒に寒さを覚える。

霰の降って来るさまを詠んだもの。
◇麞牙　「麞」は鹿の一種。のろ。『和名抄』に「本草音義に云く、麞、一名麕(久之可)とある。その牙は白くて精米に似ているので「米」の異名がある。『白氏文集』巻一六「官舎間題」に「禄米は麞牙の稲、園蔬は鴨脚の葵」と見える。◇龍頷珠　龍のあぎとの下にあるという千金の珠。『荘子』列御寇に「それ千金の珠は必ず九重の淵に在り、驪龍の頷下なり」とある。
◇顆々　玉の数一つ一つをいう。

392

深山には　あられ降るらし　外山なる　まさきのかづら　色づきにけり

奥山ではもう霰が降っているらしい。里近い端山にあるまさきの葛も美しく色づいてきたよ。

神楽歌の採り物(舞う人長が手に持つ物)の末方の歌。採り物に葛が使われなくなってから庭燎の歌となる。『古今集』にも入集。公任は『和歌九品』で上品の中とし、「ほどうるはしくて余りの心あるなり」という。
◇外山　「深山」に対し、人里近く端の方にある山。
◇まさきのかづら　テイカカズラ、ツルマサキなどの古名。初冬、葉が赤みを帯びる。

仏名

393

香火一炉　燈一盞　白頭にして夜仏名経を礼す　白

香炉に香をたき油皿に燈火をつけて、白髪の老僧が夜に仏名経を読誦して礼拝している。

老僧の読経の有様を詠んだもの。

香火一炉燈一盞　白頭夜礼仏名経　白

394 香は禅心より火を用ゐることなし　花は合掌に開けて春に因らず　菅

香自禅心無用火　花開合掌不因春　菅

395 あらたまの　年も暮るれば　作りけむ　罪も残らず　なりやしぬらむ　兼盛

396 数ふれば　わが身につもる　年月を　送り迎ふと　なに急ぐらむ

◇香火　香を薫くこと。◇仏名経　懺悔滅罪のために諸仏の名を列ね、これを礼すべきことを説いたもの。菩提流支訳、十二巻。毎年十二月中に仏名経を読誦し年内の罪業を懺悔する仏名会が行われる。

394　煩悩を除いた平静な心をもって香に代えるから、何も香を薫く必要はないし、また合掌の礼をもって供花に代えるから、別に春を待って開く花を供えることはしない。

歳暮の懺悔会について詠んだもの。懺悔会は三世の諸仏の名を唱え、年内の罪を懺悔し消滅を祈る行事。宮中では十二月十九日から三日間行うほか、中・下旬にかけて諸家で催される。

◇禅心　心を一つの対象に集中して乱れない状態をいう。◇合掌　両掌を合わせて礼をすること。

395　年末には諸家で仏名会を催して懺悔するので、年が暮れてゆくと、年内に作った罪もすっかり消えてしまうのだろうかなあ。

仏名会（懺悔会）を詠む。典拠未詳の歌。作者の「兼盛」は誤りで、三九六にあるべきもの。

◇あらたまの　「年」の枕詞。

396　つくづくと数えてみるとわが身につみ重なるだけの年月なのに、旧年を送り新年を迎えようと、何だっていそいそと支度を整えているのだろう。

『拾遺集』では斎院の御屏風の歌。平兼盛作。『兼盛集』では内の御屏風で、十二月、仏名する家の場面の歌。

◇急ぐ　支度する。準備する。

巻下

倭漢朗詠集　巻下

風　雲　晴　暁　松　竹　草　鶴　猿　管絃 付舞妓　文詞 付遺文

酒　山　山水　水 付漁父　禁中　故京　故宮 付故宅　仙家 付道士隠倫

山家　田家　隣家　山寺　仏事　僧　閑居　眺望　餞別　行旅

庚申　帝王 付法皇　親王 付王孫　丞相 付執政　将軍　刺史　詠史

王昭君　妓女　遊女　老人　交友　懐旧　述懐　慶賀　祝　恋

無常　白

風

397 春の風は暗に庭前の樹を剪り　夜の雨は偸かに石上の苔を穿つ　傅温

春風暗剪庭前樹　夜雨偸穿石上苔　傅温

398 入松乱れ易し　明君が魂を悩まさむとす　流水返らず　列子が乗を送るべし　風中琴の賦　紀

入松易乱　欲悩明君之魂　流水不返　応送列子之乗　風中琴賦　紀

397 春風が吹くようになると、庭前の木々は若枝がのび、葉がひろがってちょうどひそかに鋏で切り揃えたようであり、また夜の雨に石上の苔が打たれている様子は、その苔に穴でもあけようとしているかのようだ。

山中の住まいの閑寂な光景を賦したもの。

◇暗に　人知れず。◇樹を剪り　梢の刀にてきりととのえたやうに芽吹き枝さすさまをいう（『集註』）。

398 風のひびきが琴の音に入って来る様子は、入松の曲が乱れやすいのに似て、あの胡国に赴く王昭君の心を悩ますかと思われ、風のひびきが琴の調べから去って行くさまには、その声が流水の曲のように流れて行って帰らない趣があり、あの、列子の乗物である風を送って行くようである。

風のひびきと琴の音とが交錯して聞える様子を賦す。

◇入松　琴曲の名。『琴歴』に引く琴曲に「風入松」の名が見える（『初学記』）。◇明君　王昭君のこと。◇流水　琴曲の名。『呂氏春秋』本味に「鍾子期又曰く、善いかな琴を鼓すること、湯々乎として流水のごとし」とある。◇列子が乗　風のこと。『荘子』逍遙遊に「夫れ列子は風に御して行き、冷然として善し」と見える。

399　北風は剣のように鋭いが、ただの風だから、三尺の剣を握って天下を平定した漢の高祖の手の中に吹いて来ても留まることはない。しかし、呉の季札が宝刀を懸けたという徐君の墓の上に吹きあおいで今もその剣を動かしているだろう。

北風が烈しく鋭いことを喩えたもの。◇漢主　漢の高祖。『史記』高祖本紀に「高祖（中略）曰く、吾れ布衣を以て三尺の剣を持ちて天下を取れり。此れ天命に非ずや」とある。◇徐君　『史記』呉太伯世家に、呉の季札が徐君の家の樹にその宝剣を懸けて自己の心の約束を果したことが見える。

400　今まで吹いていた涼風が止んだので、あの班婕妤はきっと団雪の扇を作って誇ることであろう。また列子は風に乗って自由に空を飛べないので、風の車を失って往来することができないであろう。

涼風が吹き止んで苦しむ様子を賦したもの。◇班姫　一六三参照。◇誇尚　おごりたかぶること。◇列子　三九八参照。◇車を懸けて　車を懸け吊して用いないこと。

401　私が荻の葉なら秋風は訪れてくれるだろうが、私がさし招いても、荻ではないから、私に秋（飽き）風を立てたあなたは、訪れなくなってしまった。

平兼材が作者から離れ方になった時の歌。荻の葉に結んで贈ったものであろう。

◇秋風　「飽き」を掛ける。◇荻の葉ならば　「招き」

399
漢主の手の中に吹いて駐まらず　徐君が墓の上に扇いでなほ懸れり　行葛

漢主手中吹不駐　徐君墓上扇猶懸　行葛

400
班姫扇を裁して誇尚すべし　列子車を懸けて往還せず　保胤

班姫裁扇応誇尚　列子懸車不往還　保胤

401
秋風の　吹くにつけても　とはぬかな　荻の葉ならば　音はしてまし　中務

402
ほのぼのと　有明の月の　月かげに　もみぢ吹きおろす　山お

を掛け、わが身になぞらえる。「まし」は仮想。

402　ほのぼのとした有明の月の光のなかに、紅葉を勢いよく吹き散らす、山から吹きおろす風よ。

散る紅葉にそれを見る人々を配した屏風絵の歌。源信明の作。画中の人になっての想像。同語を重ね、三字も字余りとなっているが「よくつづけつればあしとも聞こえず」(『俊頼髄脳』)と評価されている。

403　湘浦の竹は昔のままに斑で、娥皇・女英の二妃の涙の跡を留めており、かつて二妃が瑟を鼓して楽しんだ所には雲がたれこめてもの寂しい。秦臺にいた蕭史・弄玉夫妻が鳳凰に従って飛び去ってから、かつて簫を吹いて慰めた地も、今は月の光だけが昔のままに照り輝いてすさまじい光景だ。

雲や月だけが昔のままという荒涼たる光景を詠む。◇竹湘浦に斑なり　舜が崩じた時その二妃(湘夫人)が泣き、涙が竹にかかってその竹が斑になったという故事(『博物志』)。◇鼓瑟　「瑟」は大琴。『楚辞』遠遊に「咸池を張り承雲を奏し、二女は御して九韶を歌ふ。湘霊をして瑟を鼓せしめ」と見える。◇鳳秦臺を去る　『列仙伝』に、蕭史は簫をよくし、秦の穆公の女弄玉を娶って簫を教え鳳鳴をなさしめ、鳳凰が来てその座に止ったので、穆公が鳳臺(秦臺)を造って二人を住まわせたが、後に鳳凰に乗って去ったとある。

404　遠くの山を見ると雲がたなびいて旅行く人の跡を隠してしまい、松吹く風は寒々としているので、その声に旅人は夢を破られて目を覚ます。

ろしの風

雲

403
竹湘浦に斑なり　雲鼓瑟の蹤に凝る
鳳秦臺を去る　月吹簫の地に老いたり　愁賦

竹斑湘浦　雲凝鼓瑟之蹤
鳳去秦臺　月老吹簫之地　愁賦

404
山遠うては雲行客の跡を埋む　松寒うしては風旅人の夢を破る

山遠雲埋行客跡　松寒風破旅人夢

405　一日中あの山を出て無心に往来する雲を眺めていると、心もそれに感化されて物に繋がれることもない。時として月が照り輝くのを見ていると、夜は静まりかえって一片の俗気すらない。
世の塵を離れた幽寂な情を賦したもの。

406　漢の四皓が秦の暴政を避けて商山に隠れた時は、雲が山上に起って月の光もさえぎり隠し、また越の范蠡が勾践を辞して五湖に舟を浮べた時は、水面に立ちこめた雲霧のために何も見分けがつかなかったであろう。
雲が賢い隠者のいる所に立つことを賦す。
◇漢皓　漢の四皓。秦の乱を避けて商山に隠れた。三六九参照。◇孤峰　商洛山をいう。◇陶朱　越の范蠡。越王勾践を辞して五湖に浮び去った（『史記』貨殖列伝）。◇五湖　種々の説があるが太湖か。

407　夏の雲が立ち昇る様子は、しばらく嶮しい山の恰好を借りたのであるが、本当の山ではないから石をいただくこともなく、ただ嶮しい山の様子を盗んでいるだけで実の山でないから松を生やすこともない。
夏雲の湧き立つさまを詠む。
◇崎嶇　山道が嶮しいこと。◇峻嶮　山が高く嶮しいこと。

408　秋の空がよく晴れて一片の雲もないので、いつも雲気が立ちこめてその所在が確かめられた漢の高祖の居所を尋ねることはむずかしく、また淮南王

405
尽日に雲を望めば心繋がれず　時あて月を見れば夜正に閑かなり　幽栖元

尽日望雲心不繋　有時見月夜正閑　幽栖元

406
漢皓秦を避けし朝　望孤峰の月を礙ふ
陶朱越を辞せし暮　眼五湖の煙に混ず　雲を視て隠を知るの賦　以言

漢皓避秦之朝　望礙孤峰之月　陶朱辞越之暮　眼混五湖之煙　視雲知隠賦　以言

407
蹔く崎嶇を借れども石を戴けるにあらず　空しく峻嶮を偸めどもあに松を生さむや　在中

蹔借崎嶇非戴石　空偸峻嶮豈生松　在中

の鶏は天に昇っても空中に留まっていることはできないであろう。

天が晴れて一片の雲もない様子を故事に譬えたもの。

◇龍顔　天子の顔。ここは漢の高祖。『史記』に「高祖の人となり、隆準にして龍顔なり」とある。◇処所　居所。漢の高祖が芒碭山に隠れていた時、いつもその上に雲気があったので妻の呂后がその居所を探しあてることができた。◇淮王　淮南王劉安。淮王が白日に昇天した時、残された仙薬を舐めて鶏犬が昇天し、雲中で鳴き吠えたという（『神仙伝』劉安）。◇留連　居続けること。「稽留分　ルレン」（『字類抄』）。

409　憧れたまま、関わりのない人で終ってしまうのだろうか、葛城の高間の山の峰にかかる白雲のように手の届かないところにいるあの人は。

『深窓秘抄』にもみえる作者未詳歌。及びもつかぬ恋人を高間の山の峰の白雲にたとえた比喩が『俊頼髄脳』にいう「けだかく遠白き歌」の格調の高さを表す。『新古今集』の恋の部巻頭歌。

◇高間の山　大阪府と奈良県の境にある金剛山地の最高峰、金剛山のこと。

410　門の外を見ると、もやも消え去って青々とした山が常よりも近くに見え、窓の前に眼をやると、白露が重くおりていて緑の竹の枝が垂れている。

晴れた早暁の景色を賦す。

◇消えて　一点のかげりもない晴天をいう。

408
漢帝の龍顔は処所に迷ひぬ　淮王の鶏の翅は留連を失ふ　以言

漢帝龍顔迷処所　淮王鶏翅失留連　以言

409
よそにのみ見てややみなむ葛城の高間の山の峰のしらくも

晴

410
煙門外に消えて青山近し　露窓の前に重うして緑竹低れり　鄭師冉

煙消門外青山近　露重窓前緑竹低　　鄭師冉

411
紫蓋の嶺の嵐疎かなり　雲七百里の外に収まる
曝布の泉波冷じうして　月四十尺の余に澄めり
　山晴れて秋望多し　惟成

紫蓋之嶺嵐疎　雲収七百里之外　曝布之泉波冷　月澄
四十尺之余
　山晴秋望多　惟成

412
雲碧落に消えて天の膚解く　風清漪を動かして水面皺めり　都

雲消碧落天膚解　風動清漪水面皺　都

411　衡山の紫蓋の峰には嵐が少しばかり吹いて、七百里の外まで雲が尽きて隈なく見渡され、天台山にある瀑布は直下四十尺あまり、水も冷やかで月が澄み照らしている。

晴れた山中の雄大な光景を賦す。
◇紫蓋　湖南の衡山の一峰。『水経注』湘水に「湘水又北のかた衡山県の東を逕、山は西南にあり。三峰あり、一は紫蓋と名づく、一は石囷と名づく、一は芙蓉と名づく（中略）衡山の東南二面は、湘水に臨映す。長沙よりここに至るまで、江湘七百里」。◇曝布　天台山にある。『白氏文集』巻四「繚綾」に「まさに天台山上明月の前、四十五尺の瀑布泉に似たるべし」、『文選』天台山に遊ぶの賦に「赤城霞のごとくに起つて以て標を建てたり、瀑布飛び流れて道を界へり」。

412　雲は青空に消え去り天の膚が解けてなくなったようであり、風はさざ波を動かして、水面に皺を生じたかのごとくに見える。

雨が晴れたさわやかな景色を詠む。雲を天の皮膚、水を人の顔面に見立てる。
◇碧落　青天。◇天の膚　雲を喩える。『李嶠百詠』雨に「西北雲膚起り、東南雨足来る」とある。◇清漪　さざ波。『初学記』水に「水波錦文の如きを漪と曰ふ」とある。

413　一つがいの鶴が霧のかかった沢から空高く舞い上がり、一艘の帆船が水平線の辺に浮んで雲とともに消えて行く。

空の澄みわたった光景を賦す。
◇双鶴　底本は「霜鶴」。「孤帆」と対するので諸本により改める。◇皐　沢。『詩経』小雅、鶴鳴に「鶴九皐(きうかう)に鳴く、声野に聞ゆ（伝に曰く、皐は沢也）」。◇孤帆　遥(はる)かな沖に舟の帆のただ一つ見えるさま（『集註』）。

414　嵩山に帰ろうとする王子喬の鶴は、今しも空高く舞い上がって日がいよいよ高く見え、龍首山を出て渭水の水を飲んだ龍は天に昇り去り、雲も消え失せてそのかけらすら見えぬ。

上句は山、下句は川の晴れた光景を賦す。
◇嵩に帰る鶴　嵩山は河南省にある五岳の一、中岳。王子喬は嵩山に登って仙人となり、三十余年の後、七月七日に約束通り白鶴に乗って嵩山の緱氏(こうし)山頭に来て駐(とど)まった（『列仙伝』）。◇渭を飲む龍　昔、黒龍が山を出て渭水を飲み、その行く道に土山ができたので龍首山と名づけたという。山は長さ六十里、頭は渭水に入る（『芸文類聚』鱗介部、辛氏三秦記）。◇雲　『易』文言伝に「雲は龍に従ひ風は虎に従ふ」。

415　春霞も今日は晴れて、青々とした空ものびやかに広がり、あるかなきかに立ちゆらめくかげろうの、ゆったりした気分よ。

出典・作者未詳。春興言の世界と似ている。
◇みどり　『類聚名義抄』に「碧　ミトリ」。空や海の深い色をいう。◇いとゆふ　かげろう。漢語「遊糸」に基づく「糸遊(いというう)」に「糸木綿(いとゆふ)」の意識がからんだ語か。陽炎のほか、空中にゆらめき漂うものをいう。

413　双鶴(さうかく)皐(さは)を出でて霧を披(ひら)いて舞(ま)ふ　孤帆(こはん)水に連(つら)なて雲と消えぬ　菅三品(かんさんぼん)

霜鶴出皐披霧舞　孤帆連水与雲消　菅三

414　嵩(す)に帰る鶴(つる)舞(ま)うて日高(た)けて見ゆ　渭(ゐ)を飲む龍(りよう)昇(のぼ)て雲残らず　以言

帰嵩鶴舞日高見　飲渭龍昇雲不残　以言

415　霞(かすみ)晴(は)れ　みどりの空も　のどけくて　あるかなきかに　あそぶいとゆふ

暁

416
佳人尽くに晨粧を飾る　魏宮に鐘動く
遊子なほ残月に行く　函谷に鶏鳴く

佳人尽飾於晨粧　魏宮鐘動　遊子猶行於残月　函谷鶏鳴

417
幾行ぞ南に去る雁　一片西に傾く月
征路に赴いて独り行く子　旅店猶扃せり
孤城に泣いて百たび戦ふ師　胡の笳いまだ歇まず

幾行南去之雁　一片西傾之月　赴征路而独行之子　旅

416　魏宮に鐘が鳴って暁を告げると、宮女達はみな朝のお化粧をし、函谷関に鶏が鳴いて夜明けを告げても、旅人達は残月の光を浴びて歩き続ける。
暁を詠んだもの。
◇佳人　美人。宮女をいう。◇晨粧　『南斉書』武穆裴后伝に「上しばしば諸苑囿に遊幸す。宮人を載せ後車に従ふ。宮内深隠にして、端門鼓漏の声を聞かず。鐘を景陽楼の上に置き、宮人鐘声を聞いて、早に起きて装飾す」と見える。◇魏宮　魏の曹操の銅雀臺だが、ここは王宮をいう。◇遊子　旅行く人。◇残月　有明の月。◇函谷　戦国時代、斉の孟嘗君が秦国を逃げる時、夜半函谷関で食客に鶏の鳴き声をまねさせて関門を開かせ、無事に脱出した故事をさす（『史記』孟嘗君伝）。

417　幾列もの雁が鳴いて南の方故郷の空に飛んで行き、一片の月が漸く西に傾いて暁になろうとする頃、父母妻子に別れて旅路を行く人は、旅店も閉ざして寝静まっているのに独り路を急ぎ、幾度とない戦いに疲れ果てた兵は、宵から吹き続ける胡笳の哀しい声を聞きながら、援兵も来ることなき辺塞の孤立した城に留まって、望郷の念に堪えず泣き悲しんでいる。
辺境の暁の光景を想像して賦す。
◇征路　旅路。『私注』に「将軍戎を征する地なり」とあるのは誤り。◇孤城　底本「胡城」。他本により改む。◇胡の笳　胡人が吹く葦笛。『文選』「蘇武に答ふる書」に「耳を側だてて遠く聴く、胡笳互ひに動いて牧馬悲しく鳴く（杜摯の笳賦序に曰く、笳は李伯陽西戎に入りて作る所なり。傅玄の笳賦序に曰く、葉を吹いて声を為す。説文に葭に作る）」とある。

418　立派に装飾を施した後宮の中では、宮女が今蛾眉のような眉をかき終り、昨夜の宴が終った後の宴席には、空しく紅い燈火の火だけが残っている。

宮廷の暁の様子を賦したもの。

◇金屋　華麗な殿舎。後宮をいう。『芸文類聚』儲宮に「漢武故事に曰く、初め武帝太子たりし時、長公主女を以て帝に配せんと欲す。時に帝なほ小し。長公主女を指し帝に問ひて曰く、阿嬌を得るは好きや不や。帝曰く、若し阿嬌を得ば、金屋を以てこれを貯へんと。主大いに喜ぶ」。◇青蛾　蛾眉のような青い眉。美人の眉の形容。◇瓊筵　玉で飾った筵。荘麗な宮中の宴会の席をいう。『文選』謝眺、始めて尚書省を出づる詩に「既に金閨の籍を通じて、復た瓊筵の醴を酌む（張銑注、瓊筵は天子群臣を宴するの席を謂ふ）」。

419　宮中の時計が五更を知らせて、夜もほのぼのと明け初めた後で、窓辺に立てかけた一点の燈火が、まさに消えかかろうとする頃である。

禁中に宿直した暁の趣を賦す。

◇五声　五更即ち今の午前四時を知らせる時計の音。

◇宮漏　宮中の水時計。

420　もしこの世に暁というものがなかったら、夜明けとともに起きいでて、つらい別れをするなどということもありはしないだろうに。

店猶局　泣胡城而百戦之師　胡笳未歇

418

厳粧金屋の中に　青蛾正に画き

罷宴瓊筵の上に　紅燭空しく余れり　已上暁の賦

厳粧金屋之中　青蛾正画　罷宴瓊筵之上　紅燭空余

已上暁賦

419

五声の宮漏の初めて明けて後　一点の窓の燈の滅えなむとする時　白

五声宮漏初明後　一点窓燈欲滅時　白

420

暁の　なからましかば　白露の　おきてわびしき　別れせ

ましや

松

421 ただ双松の砌の下に当るあり　更に一事の心の中に到れるなし　白

但有双松当砌下　更無一事到心中　白

422 青山に雪あて松の性を諳んず　碧落に雲なくして鶴の心に称へり　許渾

青山有雪諳松性　碧落無雲称鶴心　許渾

紀貫之の歌。『後撰集』『拾遺集』に入集。◇白露の「おきて」に懸る枕詞。ただし、白露の置く早暁の景と、後朝の別れの涙を暗示する。

421　私の家にあるものといっては、砌のほとりに二本の松が立っているだけで、他には何一つ心にかかるものがない。

◇砌　軒下などの雨滴を受けるため石を敷いた所。閑居における作者の心境を賦す。

422　山々に雪が降り万木が凋み枯れる時、松だけが緑を変えないのを見て始めて松の本性がわかるし、一片の雲もない青空に鶴が舞うのを見ると、青天が鶴の心にかなっていることを知る。

松や鶴をもって友人に喩えたもの。『鈔』は「殷堯藩ヲ美ル詩也。松鶴ヲ以テ殷堯ニ比スル也。雪ト雲ヲ小人ニ比スル也」と評する。

◇松の性　『論語』子罕に「歳寒くして然る後に松柏の彫むに後るることを知る」と見える。

423　青々とした千丈の松が雪をものともせず立っているさまは、あの嵆康の姿にも喩えることができ、また百歩の彼方で風にそよいでいる柳の葉は、あの養由の矢先にも破れることはないであろう。

◇嵆康　『世説』容止に「嵆叔夜の人となりや　巌々として孤松の独立するがごとし」とある。「叔夜」は嵆康の字。◇養由　『史記』周本紀に「楚に養由基といふ者あり。射に善き者なり。柳葉を去ること百歩にしてこれを射、百たび発して百たびこれに中つ。左右観る者数千人、皆曰く、善く射ると」と見える。

424　夏の暑さきびしい月にも、竹むらの間には吹きまじる涼風が流れ、冬の雪降る寒い朝でも、松は緑の色を変えずに君子の貞操をあらわしている。

河原院の光景を賦したもの。
◇九夏　夏の九十日。『初学記』夏に「梁元帝纂要に曰く、夏を朱明と曰ひ（中略）三夏・九夏と曰ふ」。◇三伏　夏の末立秋の前後三十日で最も暑い時。一六参照。◇錯午　風が吹きまじること。『文選』風賦に「眩々として雷の声のごとくにして、廻穴錯迕す（李善注、錯迕は雑錯交迕なり。呂延済注、錯迕は交錯なり）」とある。迕は午と通ず。◇玄冬　冬のこと。五行説で黒色は冬に相当する。『初学記』冬に「梁元帝纂要に曰く、冬は（中略）また玄冬・三冬・九冬と曰ふ」。◇素雪　白い雪。◇君子の徳　松が常に色を変えないさまを君子に比する。『李嶠百詠』松に「鶴は君子の樹に栖み、風は大夫の枝を払ふ」。

425　松の誉れは、霜が降りて万木が凋落した後にいよいよその本性を発揮し、その千年の緑の色は白雪の中に立ってますます深く見える。

松の徳を褒め讃えたもの。
◇十八公　松の字を分解すると十八公になる。『芸文類聚』木に「張勃の呉録に曰く、丁固夢みらく、松樹その腹の上に生ずと。人謂ひて曰く、松の字は十八公なり。後十八年にしてそれ公となるかと」。◇一千年

423
千丈雪を凌ぐ　嵆康が姿に喩へつべし
百歩風に乱る　誰か養由が射を破らむ　柳変じて松と為る賦　紀

千丈凌雪　応喩嵆康之姿　百歩乱風　誰破養由之射　柳変為松賦　紀

424
九夏三伏の暑月に　竹錯午の風を含む
玄冬素雪の寒朝に　松君子の徳を彰す　河原院の賦　順

九夏三伏之暑月　竹含錯午之風　玄冬素雪之寒朝　松彰君子之徳　河原院賦　順

425
十八公の栄は霜の後に露れ　一千年の色は雪の中に深し　順

十八公栄霜後露　一千年色雪中深　順

426
雨を含める嶺松(れいしよう)は天更(てんさら)に霽(は)れ　秋を焼(や)く林葉(りんえふ)は火還(かへ)て寒し　江(がう)

含雨嶺松天更霽　焼秋林葉火還寒　江

427
ときはなる　松のみどりも　春来れば　いまひとしほの　色まさりけり　源宗于(みなもとのむねゆき)

428
われ見ても　久しくなりぬ　住吉(すみよし)の　岸の姫松(ひめまつ)　いくよ経(へ)ぬらむ

の色　松の緑が千年を経ても変らないこと。

426　嶺(みね)の松は、風が吹くと雨音のように鳴るが、実は松吹く風の音であるから空は一層晴れわたり、秋更(ふ)けて木々の紅葉は火のように見えるが、秋気が冷たいのでその火はかえって寒ささえ感じさせる。
晩秋の光景を賦す。
◇雨を含める　松風が雨の音に似ているのをいう。
◇秋を焼く　秋の紅葉を火に喩える。

427　いつまでも変らぬ松の緑も、春が来ると、やはり一段と色が濃く鮮やかになったことだ。
寛平御時后宮の歌合の春の歌。『古今集』に入集。
◇ときは　「常磐(ときわ)」の意。永久不変の岩の義から、葉の緑を一年中保つ木をいう。◇ひとしほ　「しほ」は布を染めるとき、染料に浸す回数を数える語。

428　私が見るようになってからでも、長い年月がたっている。住吉の浜の岸にある、このいとしい松は、どのくらいの年代を生きてきたのだろうか。
『古今集』読人しらずの歌。老人が住吉の老松をいとしく思いつつ詠む趣。『伊勢物語』では、住吉明神が出現して「むつましと君はしらなみ瑞垣(みづがき)の久しき世よりいはひそめてき」と返歌したという。
◇住吉　今の大阪市住吉区。住吉大社の辺(あた)りは当時は海岸だった。◇姫松　小松の意。ここは老松の愛称。

429　天より降臨し、人として示現する住吉の神がこの浦に鎮座なさって以来、ともに生えた松としてあることを思うと、まことに久しい住吉の松よ。

『拾遺集』の神楽歌。住吉社に参詣の折の詠。
◇あらひと神　人の姿で現れる神。『万葉集』巻六、一〇二〇に「住の江の　あらひと神」と見える。◇あひおひ　底本「おひあひ」を他本により訂正。『古今集』序「高砂、住の江の松もあひおひのやうにおぼえ」。

430　竹の葉はうすぼんやりとけぶって夜の気分をただよわせ、風に吹かれる竹の枝は寂しい音を立ててもはや秋かと疑われるほどである。

庭前の竹の様子を詠んだもの。
◇煙葉　竹の葉の煙っている様子。◇蒙籠　葉が生い茂って暗いさま。『文選』沈約の沈道士の館に遊ぶ詩に「竹樹近くして蒙籠たり」とある。◇夜の色　夜に似た暗い色合。◇風枝　風に吹かれる枝。◇蕭颯　風の音のすさまじいさま。

431　阮籍がよく嘯いたという竹林に、人は月影を踏んで徘徊し、王子猷が植えて愛したという竹の林では、鳥が煙のたちこめる辺りを住いとしている。

故事によって竹林を賦したもの。
◇阮籍が嘯く場　竹林をいう。阮籍は竹林の七賢の一人。「酒を嗜み能く嘯き、善く琴を弾ず」（『晋書』阮籍伝）。「嘯く」は、口をすぼめて詩を吟ずること。◇子猷が看る処　竹林。『晋書』王徽之伝に「徽之字は子猷（中略）嘗て空宅の中に寄居す。便ち竹を種ゑしむ。或ひとその故を問ふ。徽之ただ嘯詠して竹を指して曰く、何ぞ一日もこの君なかるべけんや」とある。◇煙　竹が生い茂って煙っているさま。

429
天くだる　あらひと神の　あひおひを　思へば久し　住吉の松
安法法師

竹

430
煙葉蒙籠として夜の色を侵す　風枝蕭颯として秋の声になんなむとす　白

煙葉蒙籠侵夜色　風枝蕭颯欲秋声　白

431
阮籍が嘯く場に人月に歩む　子猷が看る処に鳥煙に栖む
章孝標

阮籍嘯場人歩月　子猷看処鳥栖煙　章孝標

432
晋の騎兵参軍王子猷　栽ゑて此の君と称す
唐の太子の賓客白楽天　愛して吾が友と為す　篤茂

晋騎兵参軍王子猷　栽称此君　唐太子賓客白楽天　愛
為吾友　篤茂

433
迸笋いまだ鳴鳳の管を抽でず　盤根纔かに臥龍の文を点ぜり
前中書王

迸笋未抽鳴鳳管　盤根纔点臥龍文　中書王

434
しぐれ降る　音はすれども　くれ竹の　などよとともに　色も
かはらぬ

432　晋の騎兵参軍であった王子猷は、竹を植えて「この君」と称し、唐の太子賓客であった白楽天は竹を愛して「わが友」といった。

竹を愛した故人を記す。
◇騎兵参軍　官名。将軍の参謀の役。『晋書』の伝に「又車騎桓沖が騎兵参軍となる」とある。◇此の君　四三一参照。◇太子の賓客　官名。わが国の東宮学士に当る。『唐書』白居易伝に「乃ち病に移りて東都に還り、太子賓客に除し分司す」とある。◇吾が友　『白氏文集』巻五三、池上竹下作に「水は能く性淡にして吾が友たり、竹は心虚しきを解して即ち我が師」とあるが、ここは誤って竹を「吾が友」といった。

433　勢いよく伸びている筍も、まだ笛の管を作るほどではない。また地上にわだかまり広がっている根もやっと龍が寝ているような模様を表したばかりである。

庭の竹を見て詠んだもの。
◇迸笋　筍が勢いよく地上に抜け出ているのをいう。◇鳴鳳の管　鳳凰の鳴くような声を発する笛。『白氏文集』巻一三「李次雲が窓竹に題す」詩に「裁りて鳴鳳の管を為るを用ひず」とある。◇盤根　わだかまった根。◇臥龍の文　龍が臥しているような模様。『李嶠百詠』竹に「青節龍文を動かす」とある。

434　竹の葉に時雨の降る音がしているけれども、呉竹は、世の草木のようにではなく、どうして世々を経ても色が変らずにあるのだろう。

草

435
沙頭に雨染めて斑々たる草　水面に風駈て瑟々たる波　白

沙頭雨染斑々草　水面風駈瑟々波　白

436
西施が顔色は今何くんか在る　春の風の百草の頭に在るべし　元

西施顔色今何在　応在春風百草頭　元

437
瓢箪しばしば空し　草顔淵が巷に滋し

尚侍藤原満子の屏風に藤原兼輔の献じた歌。尚侍の美しさが栄ゆる御代とともに変らぬことを賀す。◇くれ竹　淡竹。節が多い。◇よとともに　世間の草木とともにの意と、世々を経ていつまでもの意を兼ねる。「世」と竹の「節」が掛詞で「くれ竹」の縁語。

435　汀の砂の上には春雨が降って、あちこちに萌え出た草を緑に染め、水の面には春風がわたってひたひたと波を吹き寄せている。
早春の河畔の光景を賦す。
◇斑々　ところどころがまだらなこと。◇瑟々　もとは風の音をいうが、ここは波の音。

436　昔、絶世の美人といわれた西施の美しい顔色は今どこにあるかというと、春風に吹かれて咲いた百草の花がそれであろう。
草花の美しさを美人に喩えたもの。
◇西施　越の美女。越王勾践が呉王に献じ、呉王夫差は甚だこれを愛したという（『琱玉集』）。

437　時には瓢箪に入るばかりの飲食にも事欠くことすらあった顔淵のあばら屋は、草がぼうぼうと生い茂り、原憲の家はあかざの荒れるに任せて、雨がその荒屋の戸口を湿らすほどだ。
自分を陋巷に窮居した昔の賢人に比し任官を訴えた。
◇瓢箪　飲食物を入れる器。『論語』雍也に顔淵の賢を述べて「賢なるかな回（顔淵）や、一箪の食、一瓢の飲、陋巷に在り」。◇藜藋　「藜」は「蓬蒿の類な

藜藋深く鎖せり　雨原憲が枢を湿す　直幹

瓢簞屡空　草滋顔淵之巷　藜藋深鎖　雨湿原憲之枢　直幹

438

草の色は雪晴れて初めて布濩す　鳥の声は露暖かにして漸く綿蛮たり　江

草色雪晴初布濩　鳥声露暖漸綿巒　江

439

華山に馬あて蹄なほ露なり　傅野に人なくして路漸くに滋し　保胤

華山有馬蹄猶露　傅野無人路漸滋　保胤

440

かの岡に　草刈る男　しかな刈りそ　ありつつも　君が来まさ

り」（『和名抄』）。「藋」はあかざの一種。◇原憲　魯の人。才はあったが貧しかった。『荘子』譲王に「原憲魯に居り。環堵の室、茨くに生草を以てす。蓬戸完からず、桑以て枢となす。甕牖二室、褐塞ぐことをなすを以て、上漏り下湿ふ」という。

438　雪が晴れ上がった後、草の色は見渡す限り緑となり、朝露が暖かになるにつれて鳥の鳴き声も楽しそうに聞える。

山里の春日の光景を賦す。

◇布濩　遍く行きわたること。『文選』呉都賦に「皐沢に布濩としけり（劉逵注、布濩は遍満の貌。李周翰注、布濩は草衆密の貌）」とある。◇綿蛮　小鳥の鳴く声。『詩経』小雅、綿蛮に「綿蛮たる黄鳥、丘阿に止る（伝に云く、綿蛮は小鳥の貌）」と見える。底本は「綿巒」に作るが他本により改む。

439　緑の草はようやく萌え出たけれど、よく伸びていないから馬の蹄をかくすに充分でないが、人が往来しない野の路には次第に草が生えて来た。

山野に萌え出た草がわずかに青みわたるさまを賦す。

◇華山　西岳のこと。陝西の山。周が殷を滅ぼした後に「馬を華山の陽に縦ち牛を桃林の虚に放」（『史記』周本紀）ったという。天下が太平なることを示す。

◇傅野　傅説が土工に従事していた野。『史記』殷本紀に武丁が夢に傅説を見て、これを野に求めて宰相にし国を治めたとある。「傅野に人なし」は野に遺賢なき喩えで、太平を意味する。

440 あの岡に草を刈る男よ。そんなにきれいに刈りとらないでおくれ。そのままにしておいて、あの方がおいでになった時のお馬の飼葉にしましょう。
『万葉集』巻七の『柿本朝臣人麻呂歌集』中の旋頭歌の転化したもの。貴公子のおいでを待つ女の風情。◇刈りそ　底本「そ」を欠く。◇ありつつも　そのままにしておいて。底本にはこの句なし。諸本により補入。

441 私は大荒木の森の下草のようなもの、年老いてしまったので、馬も喜んではたべたがらないし、刈る人もいない。
容色の衰えた女性の嘆き。『古今集』読人しらずの歌。『古今六帖』は小野小町の詠と伝える。◇大荒木　『能因歌枕』に山城国とする。京都市伏見区淀にあった森。◇駒　馬の歌語。◇すさめず　「すさむ」は、心を寄せ、好む意。

442 野焼きをせずとも草は若芽をのばしてくるであろう。春日野を、その名のとおり、ただ春の日の照らすのに任せておいてほしいものだ。
『忠見集』に御屏風の歌とする。野焼きの火に追われる恋人たちのつぶやき。底本は作者を「忠岑」とするが、諸本により訂正。『重之集』にある。◇もえなむ　「萌え」と「燃え」を掛ける。◇春の日　地名「春日(かすが)」を「春日(はるのひ)」とよみ直し、「日」に「火」を掛ける。◇まかせたらなむ　任せておいてほしい。

443 愚かな者が高位に居るのは厭(いと)うべきことだ。昔、衛の君が鶴を愛して大夫の車に乗せたため

む　み馬草(まくさ)にせむ

441
大荒木(おほあらき)の　森の下草(したくさ)　老いぬれば　駒(こま)もすさめず　刈る人もなし

442
焼かずとも　草はもえなむ　春日野(かすがの)を　ただ春の日に　まかせたらなむ

忠見

鶴(つる)

443
小人(せうじん)にして高位(かうゐ)を踏(ふ)むことを嫌(きら)ふ　鶴軒(つるけん)に乗ることあり
利(り)口(こう)の邦家(ほうか)を覆(くつがへ)すことを悪(にく)む　雀(すずみ)よく屋(や)を穿(うが)つ

鳳を王と為す賦

鳳為王賦

嫌少人而踏高位　鶴有乗軒　悪利口之覆家　雀能穿屋

444 李陵が胡に入つしに同じ　ただ異類をのみ見る
屈原が楚に在つしに似たり　衆人皆酔へり

鶴鶏群に処るの賦

同李陵之入胡　但見異類　似屈原之在楚　衆人皆酔

鶴処鶏群賦

445 声は枕の上に来る千年の鶴　影は盃の中に落つ五老の峰

白

に国を滅ぼした例がある。口先だけうまい小智の者が国家を覆すのは悪むべきことだ。雀はその嘴でいつの間にか屋根をつついて破ってしまう。

鶴や雀を小人利口の者に喩える。

◇小人　愚かなる者。底本「少人」を改める。◇鶴軒に乗る　『左伝』閔公二年に「衛の懿公鶴を好む。鶴軒に乗る者有り。戦はんとす。国人甲を受けたる者皆曰く、鶴を使へ。鶴実に禄位有り。余焉んぞ能く戦はんと（中略）遂に衛を滅す」とある。「軒」は大夫の車。◇邦家を覆す　『論語』陽貨に「利口の邦家を覆すを悪む」と見える。◇雀よく屋を穿つ　『詩経』召南、行露に「誰か雀に角なしと謂ふや、何を以て我が屋を穿ちしや」と見える。

444　鶴が群鶏の中にいるさまは、あたかも、李陵が夷狄の中に入った時に、周囲がみな異形のえびすばかりであったり、屈原が楚にいた時、衆人が皆酔っている中で彼一人が醒めていたようなものだ。

鶏が群がる中に鶴が独り立っている様子を賦す。

◇李陵　漢の武帝の時の将軍。匈奴を討ったが利あらずして降った。『文選』蘇武に答ふる書「初め降りしより以て今日に至るまで、身の窮困せること独り坐して愁苦す。終日観るものなし、ただ異類を見る（王粛曰く、異類は四方の夷狄なり）」。◇屈原　楚の懐王の時に君を諫めて用いられず、江辺に放逐された高士。『楚辞』漁父に「屈原曰く、世を挙げて皆濁りて我独り清めり。衆人皆酔ひて我独り醒めたり」。

声来枕上千年鶴　影落盃中五老峰　白

446
清唳数声松の下の鶴　寒光一点竹の間の燈　同じ

清唳数声松下鶴　寒光一点竹間燈　同

447
双び舞ふ庭前に花の落つる処　数声は池上に月の明らかなる時　劉禹錫

双舞庭前花落処　数声池上月明時　劉禹

448
鶴旧里に帰る　丁令威が詞聴いつべし
龍新儀を迎ふ　陶安公が駕眼に在り　神仙策の文　都

鶴帰旧里　丁令威之詞可聴　龍迎新儀　陶安公之駕在

445　千年の齢を保つという鶴の鳴き声が枕のほとりに聞え、五老峰の山の影が酒を酌みかわす盃の中に映る。

幽邃な趣を賦す。
◇五老の峰　廬山の東南の峰。

446　松の下で鳴く鶴の清らかな声が時々聞えて来て、竹の間にともされた燈火の光が冷たく輝いている。

幽閑な住まいの様子を賦す。
◇清唳　清らかな鶴の鳴き声。『文選』舞鶴賦に「清響を丹墀に唳かしむ（李善注、唳は鶴の声なり）」とある。

447　二羽の鶴が落花の乱れ散る庭前に舞い戯れ、池の辺りを月が照らしている時に幾度も声清らかに鳴いている。

鶴が夜に遊んでいる様子を詠む。

448　丁令威が鶴になってその旧里に帰り、里人に語った言葉を人は聞いたであろうし、陶安公が儀容を正した赤龍に迎えられ天に昇った時の乗物を見たであろう。

神仙を人々が実際に見聞したことをいったもの。
◇丁令威が詞　三七三参照。◇新儀　新しく儀容を正してやって来ること。◇陶安公が駕　『列仙伝』に、鍛冶師陶安公の上げた火花が天に達し、朱雀が来て七月七日に赤龍が迎えに来ると告げたが、その日やって来た赤龍に乗り数万人が見送る中を昇天したとある。

眼

都　神仙策文

449
飢鼯性躁しくして忩々として乳す　老鶴心閑かにして緩緩として眠る　都

飢鼯性躁忩々乳　老鶴心閑緩々眠　都

450
漢に叫んでは遙かに孤枕の夢を驚かす　風に和しては漫りがはしく五絃弾に入る　順

叫漢遙驚孤枕夢　和風漫入五絃弾　順

451
和歌の浦に　潮みちくれば　潟をなみ　葦辺をさして　田鶴鳴きわたる

449　飢えたむささびは性質がさわがしくて、子に乳を与える時も落着かず、年老いた鶴はその心がのどやかなのでゆったりと眠っている。

山中の風景を詠む。
◇飢鼯　飢えたむささび。『文選』謝朓の敬亭山の詩に「独ある鶴方に朝に唳き、饑ゑたる鼯此の夜に啼く」とある。◇忩々　さわがしいさま。◇緩々　ゆったりしたさま。

450　夜の鶴が空に叫ぶと、その声は独り寝の夢をおどろかし、風に誘われて聞えるその哀れな声は何となく五絃琴のひびきと相和して聞える。

霜夜に鶴の鳴き声を聞く心情を詠む。
◇孤枕の夢　独り寝の夢。鶴は夜鳴くものとされた。『淮南子』説山訓に「鶏は旦けんとするを知り、鶴は夜半を知る（許慎注、鶴夜半にして鳴くなり）」と見える。◇五絃弾　五絃の琴を弾く声。四六三参照。

451　和歌の浦に潮が満ちてくると、干潟がなくなるので、葦のある岸のあたりをめざして、鶴が鳴きながら飛んでゆく。

神亀元年（七二四）十月五日、聖武天皇の行幸に従った山部赤人の歌（『万葉集』）。
◇和歌の浦　和歌山市和歌浦。◇くれば　底本「くらし」。諸本により訂正。◇潟をなみ　「～を～み」は「～が～なので」の構文。◇田鶴　鶴の歌語。

452　大空に群れをなして舞い遊ぶ無心の鶴も、さながら五条の尚侍の長寿をことほぐ心があるようにみえる。
延喜十三年（九一三）の五条の尚侍（藤原満子）の四十の賀の屏風の歌。伊勢の詠進。
◇さしながら　まるで。あたかも。「さながら」に同じ。◇思ふ心　尚侍の寿を祝う心。

453　天上からの風の吹く吹飯の浦にいる鶴なのだもの、どうしてその風に乗って高い空に帰らないことがありましょう。

六位の蔵人であった藤原清正が五位になり、殿上を離れて紀伊守になった時の詠。天恩を蒙って再び殿上に戻る願いをこめる。
◇天つ風　空を吹く風。天皇の恵みを寓する。◇ふけゐの浦　上から「天つ風吹く」と続く。吹飯の浦は和泉国の歌枕。一説に紀伊国の歌枕の吹上の浜の別称とも。◇雲居　清涼殿の殿上を暗示。

454　玉の臺には霜が一面に置き、黒い鶴が一声空に鳴いたさまは実に清らかであり、巴峡に秋のけはいが深まって、猿が五更の月に向って哀しい叫び声を上げるのはすがすがしく感じられる。

清らかな景気を詠んだもの。
◇瑤臺　玉で飾った台。◇玄鶴　黒い鶴。鶴は、千歳で蒼に変じ、二千歳で黒に変ずるという（『古今注』鳥獣）。◇巴峡　四川省の東部にあり、巫峡・瞿塘峡とともに三峡と称す。◇五夜　夜の五更。あかつき。

452　大空に　群れたる田鶴の　さしながら　思ふ心の　ありげなるかな

453　天つ風　ふけゐの浦に　ゐる田鶴の　などか雲居に　帰らざるべき

猿

454　瑤臺に霜満てり　一声の玄鶴天に唳く
巴峡に秋深し　五夜の哀猿月に叫ぶ　清賦

瑤臺霜満　一声之玄鶴唳天　巴峡秋深　五夜之哀猿

叫月　清賦

455
江は巴峡より初めて字を成す　猿は巫陽を過ぎ始めて腸を断つ　白

江従巴峡初成字　猿過巫陽始断腸　白

456
三声の猿の後に郷涙を垂る　一葉の舟の中に病の身を載せたり　同じ

三声猿後垂郷涙　一葉舟中載病身　同

457
胡雁一声　秋商客の夢を破る
巴猿三叫　暁行人の裳を霑す　江相公

455　揚子江は巴峡より上流になって初めて、巴の字を書いたように屈折して流れ、猿の鳴き声も巫陽より西の方がより哀しみを帯びて聞え、人の腸を断つほど哀切である。

友人の遊ぶ大江の上流の地の景を詠んだもの。◇字を成す　三峡に揚子江が流れ入り、巴の字を書いたように流れめぐることをいう。◇巫陽　巫峡の南。「妾は巫山の陽、高丘の阻に在り」(『文選』高唐賦)。◇腸を断つ　いわゆる断腸の思い。『芸文類聚』に「宜都山川記に曰く、(中略)行者これを歌ひて曰く、巴東の三峡猨の鳴くこと悲し、猨の鳴くこと三声にして涙衣を霑す」とある。

456　あの三峡の地を通る時に、猿が三声哀しげに鳴くのを聞いて思わず望郷の涙を流し、はかない一艘の舟にこの病んだ身を託している。

舟旅の状況を家に書き送った作。◇三声の猿　四五五参照。◇郷涙　故郷を恋うる涙。◇一葉　一艘。落葉を舟に見立てた。

457　秋空を北の胡国から飛んで来る雁の鳴き声は、旅行く商人の夢を驚かし、暁に巴峡で鳴き叫ぶ哀しい猿の声は旅人の衣を涙で濡らす。

上句は山を、下句は水を賦す。◇胡雁　北方から飛んで来る雁。『玉台新詠集』鮑照の擬古詩に「河畔草未だ黄ならず、胡雁已に翼を矯ぐ」とある。◇商客　行商人。

胡雁一声　秋破商客之夢　巴猿三叫　暁霑行人之裳　江相公

458
人煙一穂(じんえんいっすい)秋の村僻(さか)れり　猿の叫び三声(みこゑ)暁峡(けうかふ)深し　紀(き)

人煙一穂秋村僻　猿叫三声暁峡深　紀

459
暁峡(けうかふ)に蘿(こけ)深うして猿一叫(ひとさけ)び　暮林(ぼりん)に花落ちて鳥先づ啼(な)く　江(がう)

暁峡蘿深猿一叫　暮林花落鳥先啼　江

460
谷静かにしては纔(わづ)かに山鳥(さんてう)の語(ぎよ)を聞く　梯(かけはし)危(あやふ)うしては斜(なな)めに峡猿(かふゑん)の声を踏(ふ)む　同じ

458　人里を遠く離れた村里の人家に僅(わず)か一筋の煙が立ちのぼり、奥深い山の谷間には暁に猿の叫び声が幾度となく哀れに聞える。

秋の山家の寂しい景趣を賦す。

◇一穂　一すじ。煙の立ちのぼる様子が稲の穂に似ているのでいう。◇僻れり　遠く人里を離れていること。

459　暁には、深山の谷あいの蘿などが生い茂っている所で猿が一声鳴き叫んでいるのが聞え、夕暮には、林の花が風に吹かれて散り落ちる時に、鳥が先ず鳴いてねぐらに帰るのが聞える。

山中の幽寂な趣を賦す。

◇蘿　さるおがせ。松の枝にかかる糸のような苔。『和名抄』に「唐韻に云く、蘿は女蘿なり。雑要訣に云く、松蘿は一名女蘿（万豆乃古介(まつのこけ)、一に云く、佐流乎加世(さるをがせ)）」とある。

460　谷は全く静かで、ただ山鳥の囀(さえず)る声を聞くばかりであり、かけ橋は危ないので、谷あいの猿の鳴き声を足下に聞きながら、斜めに通り過ぎて行く。

山寺に帰る僧の途中の光景を詠んだ。

◇梯　山と山との間にわたした桟道(さんどう)。

谷静纔聞山鳥語　梯危斜踏峡猿声　同

461
わびしらに　猿な鳴きそ　あしびきの　山のかひある　今日にやはあらぬ

管絃

462
一声の鳳管は　秋秦嶺の雲を驚かす
数拍の霓裳は　暁緱山の月を送る　連昌宮の賦

一声鳳管　秋驚秦嶺之雲　数拍霓裳　暁送緱山之月　連昌宮賦

461　そんなにわびしそうに、猿よ、鳴くものではない。そなたのいる山峡にとって、待ちもうけたかいのあった今日の行幸ではないか。

延喜七年（九〇七）九月十一日、醍醐天皇の大堰川行幸の日、「猿峡に叫ぶ」の題で凡河内躬恒の詠進した歌。『古今集』は誹諧歌として撰入。◇わびしらに　心細く寂しげに。「ら」は接尾語。◇猿　「ましら」は猿の異称。「わびしら」と韻をふむ。◇あしびきの　「山」の枕詞。◇かひ　「効験」と、歌題にもある「峡」を掛ける。

462　楽人の奏する一声の簫の笛の響きはすばらしく、はるか秦嶺にたなびいている雲を驚かせてとどめ、舞人が舞う数曲の霓裳羽衣の舞が観者を陶酔させるうちに、長い秋の夜もいつの間にか明けて、緱山の上に月が傾いている。

宮殿の管絃の遊びを賦したもの。◇鳳管　四三参照。◇秦嶺　長安の南にある山脈。◇雲を驚かす　『列子』湯問に「節を撫ちて悲歌すれば、声林木に振ひ、響行雲を遏めたり」とある。◇数拍　「拍」は拍子。◇霓裳　霓裳羽衣の曲及び舞。「河西節度使楊敬忠、霓裳羽衣曲十二遍を献ず」（『唐書』礼楽志）。◇緱山　洛陽の南にある嵩山の一峰。

463
第一第二の絃をかきならすと、その響きは身のひきしまるようにさびしくて、秋の風が松の枝を吹き払うごとくざあざあと音をたて、第三第四の絃になるとさらさらと水が流れるようで、夜の鶴が子を思って籠の中で鳴くごとく、第五の絃の声は一番押えつけるようで、隴頭の水が氷にとじこめられ、咽(むせ)びながら滞っているさまを思い起させる。

五絃の琵琶(びわ)の響きを形容したもの。◇索々　絃の響きの形容。消え入るように低く太いさま。◇疎韻　まばらな響き。◇冷々　絃の響きの形容。水がさらさら流れる音。◇掩抑　押えつけて上がらぬこと。◇隴水　底本「瀧水」を他本により改む。「隴」は甘粛省の隴山をいう。「俗歌に曰く、隴頭の流水、鳴声幽咽す」（『三秦記』）。

464
気がむくままに奏でる管絃は、下手だけれどかえって自ら満足するものだし、特に心を用いずに作った詩歌の方が、より多くの人に知られている。

琴(きん)詩酒を友とした作者の自適の心境を賦す。◇随分　気がむくままの意。唐代の俗語。『名義抄』は「ナフサナフサ」と訓(よ)む。◇等閑　心を用いぬ意。無造作なさま（『詩家推敲』）。『字類抄』は「ナヲサリガテラ」と訓ず。

463
第一第二の絃(くゑん)は索々(さくさく)たり　秋の風松(まつ)を払(はら)て疎韻(そゐん)落つ
第三第四の絃は冷々(れいれい)たり　夜の鶴(つる)子を憶(おも)て籠(こ)の中(うち)に鳴く
第五の絃の声はもとも掩抑(えんよく)せり　隴水凍(りようすいこほ)り咽(むせ)んで流るること得(え)ず　五絃弾(ごげんたん)

第一第二絃索々　秋風払松疎韻落　第三第四絃冷々
夜鶴憶子籠中鳴　第五絃声尤掩抑　瀧水凍咽流不得
五絃弾

464
随分(なふさなふさ)の管絃(くわんげん)は還(かへ)て自(おのづか)ら足(た)れり　等閑(なほざり)がてらの篇詠(へんえい)は人に知られたり　白

随分管絃還自足　等閑篇詠被人知　白

465
頓(には)かに燈(ともしび)の下(もと)に衣(ころも)を裁(た)つ婦(ふ)をして　誤(あやま)て同心(とうしん)の一片(いつへん)の花を
剪(き)らしむ　　章孝標(しやうかうへう)

頓令燈下裁衣婦　誤剪同心一片花　　章孝標

466
羅綺(らき)の重衣(ちようい)たる　情(なさけ)なきことを機婦(きふ)に妬(ねた)む
管絃(くわんげん)の長曲(ちやうくゐよく)にある　闋(を)へざることを伶人(れいじん)に怒(いか)る
春娃気力(しゆんあきりよく)なし　　菅

羅綺之為重衣　妬無情於機婦　管絃之在長曲　怒不闋
於伶人　　春娃無気力　　菅

467
落梅曲(らくばいくゐよく)旧(ふ)りて脣(くちびる)雪を吹く　折柳(せつりう)声新(あら)たにして手煙(けぶり)を掬(にぎ)
る　　同じ

465　燈(ともしび)の下で衣を裁(た)っていた女は、梅花落の笛の曲を吹くのを聞いて、思わず遠方の夫を思うあまり、衣を裁たずに誤って同心の梅の枝を切り落してしまった。
閨中(けいちゆう)の孤婦の情を述べる。
◇同心　梅花の一種。『西京雑記』巻一の上林苑の梅七種の中に見える。夫婦の情を表す語で、江総の「秋日新寵美人令に応ずる」詩に「願はくは並びに春を迎ふる比翼の燕となり、常に日を照らす同心の花と作(な)らん」と見える。なお、笛の曲名に「梅花落」がある。

466　美妓(びぎ)の舞を見ていると、薄く軽い羅綺の衣ですら重く感じられ、これを織った機織女の無情を恨めしく思い、管絃の奏曲が長いので、早く終えないかと楽人に対して腹を立てている。
美妓の力なげな様子を賦す。
◇羅綺　薄絹と細い綾。◇機婦　機織の女。◇闋へ　音楽が終ること。『礼記』文王世子「有子告ぐるに楽闋はるを以てす（鄭玄注、闋は終なり）」。底本「関」を改む。◇伶人　楽人。

467　梅の花が咲き、柳の枝が緑の間で管絃を奏し、落梅の旧い曲を吹けば梅の花が雪のように演奏者の唇から落ちようかと思われ、折柳の曲を新たに演奏する時は、その琴を弾く手に煙のような柳の緑を攫(つか)んででもいるかと思われる。
花の下で管絃する景趣を詠んだもの。
◇落梅　「梅花落」。楽府、横吹曲辞、漢横吹曲の一。

もとは笛の曲。◇折柳　「折楊柳」。琴の曲。故郷を出る時柳枝を折って別情を歌った。

468　昔、司馬相如は、琴を以て文君に恋をしかけ、手にした例もあることだから、この琴の音を、簾中の婦人にくわしく聴かせたりしてはならぬ。

琴の音が人の心を恍惚とさせることを賦す。◇相如　漢の文人司馬相如のこと。臨邛の卓王孫に招かれて琴を弾き、娘の文君を得て駆落ちしたという（『史記』）。『漢書』には「卓王孫に女文君といふもの有り。新に寡にして音を好む。故に相如繆りて令と相重んずることをして琴心を以てこれに挑む（顔師古注、心を琴声に寄せて以てこれを挑動す）」とある。◇簾中　高貴な家の婦人をいう。

469　夜のしじまに弾く琴の調べに、峰の松風が響きあっている。いったい、どの峰から松風はかなで始めたのであろうか。

斎宮女御徽子女王が、斎宮の野の宮で、庚申の夜、「松の風夜の琴に入る」の題で詠んだ歌。題は『李嶠百詠』の風の詩句による。源順の和歌序が『源順集』にある。◇かよふなり　「なり」は聴覚による判断を表す。◇を　山の「峰」に琴の「緒」を掛けた。

470　沈重な文辞が心に浮んでこないのは、泳いでいる魚が釣針にかかりながら深い淵の底からなかなか引き上げられないようなものであり、浮麗な文字

落梅曲旧脣吹雪　折柳声新手掬煙　同

468
相如は昔文君を挑んで得たり　簾中をして子細に聴かしむることなかれ　琴

相如昔挑文君得　莫使簾中子細聴　琴

469
琴の音に　峰の松風　かよふなり　いづれのをより　調べそめけむ

文　詞　付遺文

470
沈詞怫悦たること　遊魚の釣を銜んで重淵の底より出づる

がたやすく頭に浮んでくるのは、飛んでいる鳥がいぐるみにかかって、高い空から落ちて来るのに似ている。

詩文を作る時の考慮について賦す。

◇沈詞　重い詞。深遠で得がたい詞。◇怫悦　出にくいさま。◇浮藻　軽い文。浮華艶麗な文。◇聯翩　まさに落ちようとするさま。なお、李周翰注は「鳥の飛ぶ貌」とする。◇翰鳥　高く飛ぶ鳥。◇繳　いぐるみ。矢に糸をつけて射る。李善注に「説文に曰く、繳は生糸の縷なり。縷を以て矰を矢に繋ぎて以て弋射るを謂ふ」とある。

471　元宗簡の遺文は三十巻、これを詠吟すると金玉の響きを発する。彼はすでに死んで、その骨は龍門山上の土に埋もれているが、その名声は万年に伝わって埋もれることはない。

友人元宗簡の詩文を褒めたもの。

◇三十軸　軸は巻。故京兆元尹文集序に「総べて七百六十九章、合せて三十巻」と見える。◇金玉の声　文章のすぐれたものをいう。「卿試みに地に擲たば、金石の声を作すべし」（『晋書』孫綽伝）。◇龍門　洛陽の西南にある山。

がごとし

浮藻聯翩たること　翰鳥の繳に嬰て曾雲の峻しきより墜つるがごとし　文賦

沈詞怫悦　若遊魚銜鈎出重淵之底　浮藻聯翩　若翰鳥嬰繳墜曾雲之峻　文賦

471

遺文三十軸　軸々に金玉の声あり

龍門原上の土に　骨を埋んで名を埋まず

故元少尹後集に題す　白

遺文三十軸　々々金玉声　龍門原上土　埋骨不埋名

題故元少尹後集　白

472
言語は巧みに鸚鵡の舌を偸む　文章は鳳皇の毛を分ち得たり　元

言語巧偸鸚鵡舌　文章分得鳳皇毛　元

473
錦帳は暁に開く雲母の殿　白珠は秋写す水精の盤　章孝標

錦帳暁開雲母殿　白珠秋写水精盤　章孝標

474
昨日の山中の木　才己に取る
今日の庭前の花　詞人に慙づ　篤茂

昨日山中之木　才取於己　今日庭前之花　詞慙於人　篤茂

472　その言葉の巧みなことは鸚鵡の舌を盗んで来たかと思われ、その文章の美しさは鳳凰の五色の羽毛を分ち取って来たかと思われる。

文章のすばらしさを褒めたもの。◇鸚鵡　言葉の巧みさの形容。「性弁慧にして能く言ふ」（『文選』鸚鵡賦）。◇鳳皇の毛　文章の美しさの形容。『李嶠百詠』鳳に「五色文章を成す」とあり、『南斉書』謝超宗伝に「超宗誄を作りて奏す。帝大に嗟賞して曰く、超宗殊に鳳毛あり。恐らくは霊運また出づるならん」とある。

473　その美しい文辞は雲母で飾った殿堂の中の錦の帳を暁に開いたようであり、そのすばらしい調べは水晶の盤に白い珠を秋の日にうつし入れたようだ。

詩文を褒めたもの。◇雲母　「本草に云く、雲母〈岐良々〉（中略）五色具はるを雲華と謂ふ」（『和名抄』）。◇水精　水晶。

474　私は性来愚かな無用の者であるから、今日この庭前の花に対して私の作る詩序の詞の拙さは恥ずかしい限りだ。

自分の文章を卑下したもの。◇昨日の山中の木　不材。役に立たぬこと。『荘子』山木に「昨日山中の木、不材を以てその天年を終ふることを得たり」とある。

475
王朗八葉の孫　徐詹事が旧草を摭ひ
江淹一時の友　范別駕が遺文を集む
敬公集の序　順

王朗八葉之孫　摭徐詹子之旧草　江淹一時之友　集范別駕之遺文　敬公集序　順

476
陳孔章が詞空しく病を愈し　馬相如が賦はただ雲を凌ぐ　在列

陳孔章詞空愈病　馬相如賦只凌雲　在列

477
贈爵の新恩は銘石に刻み　獲麟の後集は世丘を知る　菅廟以言

475　王朗の八代の孫は徐詹事の作った遺文を拾い集め、江淹は一時交わりを結んでいた范別駕の遺した文章を撰び集めた。

昔の人が先人や友人の遺文を集めた例を挙げる。◇王朗　魏の人。『梁書』王僧孺伝によると、彼は王朗の子王粛の八代の孫に当る。宋の太子詹事（春宮大夫に当るか）徐湛之の文章を集めたが、その序が『芸文類聚』雑文部に見える。◇江淹　梁の文人。『梁書』の伝に「淹少くして文章を以て顕る」とある。◇范別駕　未詳。『隋書』経籍志に「宋兗州別駕范義集十二巻」とあるのをさすか。

476　陳孔章の文は、ただ魏の太祖の頭風の病を癒したに過ぎず、漢の司馬相如の作った賦も、武帝をして雲を凌ぐ勢いがあると喜ばせただけだ。

源亜将の詩が絶妙であるのを喩えたもの。◇陳孔章　魏の陳琳。『三国志』魏志、王粲伝の注に典略を引いて、太祖が頭風に苦しんでいる時、陳琳が作った檄を見て起き上がり「此れ我病を愈せり」といったとある。◇馬相如　『史記』司馬相如伝に彼が大人の頌を奏したら武帝が喜んで「飄々として凌雲の気あり。天地の間に遊ぶ意に似たり」といったとある。

477　新たに正一位を贈られた皇恩は銘文として石に刻まれ、左遷以後の詩を集めた菅家後集は世に伝えられて、道真の精神は遍く知られるであろう。

道真を孔子に喩えてその徳を讃えたもの。◇贈爵　『日本紀略』正暦四年五月二十日条に「故右

贈爵新恩銘刻石　獲麟後集世知丘　菅廟 以言

478　いつはりの　なき世なりせば　いかばかり　人の言の葉　うれしからまし

酒

479　新豊の酒の色は　鸚鵡盃の中に清冷たり
長楽の歌の声は　鳳皇管の裏に幽咽す

友の大梁に帰るを送るの賦

新豊酒色　清冷於鸚鵡之盃中　長楽歌声　幽咽於鳳皇之管裏　送友帰大梁賦

大臣正二位菅原朝臣に左大臣正一位を贈る」とある件をさす。◇獲麟の後集　『菅家後集』のこと。「獲麟」は『史記』孔子世家に、魯の哀公が狩をして獣を得た時、孔子がこれを見て麟なりといい、「吾が道窮まれり」と嘆じて『春秋』を著して獲麟に筆を絶ったとあるのによるが、ここはそれを道真の左遷に比した。◇丘を知る　「丘」は孔子の名。『孟子』滕文公下に「孔子曰く、我を知る者は其れただ春秋か」とあるのによる。孔子を道真に、『春秋』を『後集』に比した。

478　うそというもののない世の中であったら、どれほど、人の掛けてくれる愛の言葉がうれしく思われるであろうか。それなのに……。

◇人　恋の相手を念頭に置いて一般化した表現。『古今集』読人しらずの歌。『古今集』序に、六義の「ただことうた」の例とする。

479　新豊県の名酒は鸚鵡貝の盃の中に清くすみきっていて、長楽宮の宴の歌は笛の音に和してむせぶように聞える。

送別の酒宴の様子を詠んだもの。
◇新豊　長安城外の地で酒の名所。庾信の昆明池に宴するに和する詩に「上林柳腰細く、新豊酒径多し」。◇鸚鵡盃　鸚鵡貝の殻で作った盃。「鸚螺蛇蝸あり（南州異物志に曰く、鸚鵡螺は状覆杯の如し。頭鳥の頭の如く其の腹に向ふ。視るに鸚鵡に似たり、故に以て名となす）」（『文選』江賦）。◇長楽　八一参照。◇鳳皇管　四三三参照。◇幽咽　四六三参照。

480　晋の建威将軍であった劉伯倫は、酒を好み酒徳頌を作って世に伝えたが、唐の太子賓客である白楽天もまた酒を好み、酒功讃を作ってその後を継ぐのである。

故人を例に出して酒の徳を讃える。

◇晋の建威将軍　「劉伶、字は伯倫（中略）嘗て建威参軍たり」（『晋書』劉伶伝）。同書にはまた「いまだ嘗て意を文翰に厝かず、ただ酒徳頌一篇を著す」とあり、その「酒徳頌」は『文選』に収められている。

◇唐の太子賓客　四三参照。

481　風に吹かれている暮秋の樹木と、酒を飲んでいる老人とを見ると、酒に酔った顔は霜にあたった紅葉に似てともに赤いが、やがて散っていき老い果ててゆく定めだから、いずれも春の花の色ではない。

老い衰えた心境を賦したもの。

◇杪秋　暮秋。『楚辞』九弁に「靚なる杪秋の遥夜」。

◇長年　老年。「桑葉落ちて長年悲しむ（許慎注、長年は命の尽くるを懼る）」（『淮南子』説山訓）。

482　世のいとなみはすべて打ち捨てて、詩を作ることだけを本業とし、自分の家のことも忘れはてて、酒を己れの郷里としている。

詩酒を嗜む蕭処士の生活を賦す。

◇酒郷とす　四八五の酔郷に基づく。

483　茶を飲めば心の悶えを消すというが、その効果は浅く、萱草を植えれば身の憂さを忘れるというが、そのききめは少ない。いずれも、酒のききめに

480

晋の建威将軍劉伯倫酒を嗜んで　酒徳頌を作て世に伝ふ

唐の太子賓客白楽天また酒を嗜んで　酒功讃を作てもてこれに継ぐ　白

晋建威将軍劉伯倫嗜酒　作酒徳頌伝於世　唐太子賓客

白楽天亦耆酒　作酒功讃以継之　白

481

風に臨める杪秋の樹　酒に対へる長年の人

酔ひの貌は霜葉のごとし　紅なりといへどもこれ春ならず　白

臨風杪秋樹　対酒長年人　酔貌如霜葉　雖紅不是春　白

482
生計抛ち来て詩これ業なり　家園忘却して酒郷とす　白

生計抛来詩是業　家園忘却酒為郷　白

483
茶はよく悶を散ずれども功をなすこと浅し　萱は憂へを忘るといへども力を得ること微なり　同じ

茶能散悶為功浅　萱遒忘憂得力微　同

484
もし栄期をして兼ねて酔ひを解らしめましかば　四楽とぞ言はまし三とは言はざらまし　同じ

若使栄期兼解酔　応言四楽不言三　同

485
酔郷氏の国に　四時ひとり温和の天に誇る

はとても及ばない。

酒の徳を讃えたもの。

◇茶　「一椀は喉吻を潤し、両椀は孤悶を破る」（『全唐詩』盧仝、孟諫議に謝し新茶を寄すの詩）とあるのを踏む。◇萱　わすれ草。『和名抄』「兼名苑に云く、萱草は一名忘憂（漢語抄に云く、和須礼久佐）」。「焉にか諼草を得て、吾はこれを背に樹ゑん（毛伝、諼草は人をして憂を忘れしむ）」（『詩経』衛風、伯兮）とあるのによる。◇遒　『名義抄』「イフ　マウス」。

484　もし栄啓期をして酒に酔う楽しみを理解させていたならば、きっと三楽といわずに四楽といったであろう。

人生における酒の快楽を賦したもの。

◇栄期　『列子』天瑞に、孔子が太山に遊んだ時、栄啓期を見たが、鹿の裘に縄の帯を着け琴を鼓して歌っていたので、孔子が楽しむわけを問うと、万物の中で人に生れたこと、男女の中で男に生れたこと、九十歳まで長生きしたことの三楽をあげた、と見える。

485　酔郷氏の国は、夏の暑さも冬の寒さもなく、一年中温和な天候であることを誇り、酒泉郡の民はその酒泉のために暖かだから、僅か百畝の土地でも寒さで凍りつくようなことはない。

飲酒の功徳を述ぶ。

◇酔郷氏の国　架空の国。『唐書』隠逸伝に、王績が劉伶の「酒徳頌」に次いで「酔郷記」を著したとある。その中に「酔の郷、其の気和平にして一揆、晦明

酒泉郡の民　一頃いまだ沍陰の地を知らず

煖寒飲酒に従ふ　匡衡

酔郷氏之国　四時独誇温和之天　酒泉郡之民　一頃未
知沍陰之地　　煖寒従飲酒　匡衡

486
菓はすなはち上林苑の献するところ　含めば自ら消えぬ
酒はこれ下若村の伝へたるところ　傾くれば甚だ美なり

江

菓則上林苑之所献　含自消　酒是下若村之所伝　傾甚
美　江

487
先づ阮籍に逢うて郷導と為す　漸くに劉伶に就いて土風を

寒暑なし」とある。「温和」とあるのはそれをさす。◇酒泉郡　甘粛省の郡名。漢の武帝の時開かれたが、水が酒のようだったのでこう名付けられた。『拾遺記』巻十に羌人姚馥がこの郡の太守となり、清泉を飲むと酒の味がしたとある。◇一頃　百畝の地。◇沍陰　寒さで凍り結ぶこと。

486　果物は上林苑から献上された美果のようで、口に入れると自然にとろけ、また、酒は下若村から伝えられた美酒のようで、盃を傾けるとその味はまことにすばらしい。

内宴の際に賜った酒肴について述べる。◇上林苑　漢の武帝の開いた名園。◇含めば　『三秦記』に「漢の武帝の園（中略）大梨あり、五升瓶の如し。地に落つれば則ち破る。其の取ることを主る者、布嚢を以てこれを承く。含消梨と名づく」（『芸文類聚』菓部）とある。◇下若村　江南道の若渓の南を上若、北を下若といい、村人がその水を取って酒を醸すと醇美であったという（『初学記』州郡）。

487　あの酔郷の国に入るには、先ず阮籍に逢って道案内を頼み、さらに劉伶についてその土地の様子を尋ねたいと思う。

酔を郷国に喩えて、そこに入る様子を詠んだ。◇阮籍　晋の竹林七賢の一。上戸で名高い。◇劉伶　同じく七賢の一。「酒徳頌」を作った。

488　酔郷の土地はあの建徳の邑の隣で、そこには歩いて行く必要がない。またかの地は、あの無何の郷に接していて、そこに入ればいながらにして一切を忘れてしまう。
酒に酔えばそれが酔郷であることを述ぶ。
◇建徳　無為無欲で有徳の人がいる国。『荘子』山木に「南越に邑あり、名づけて建徳の国となす。その民愚にして朴、私少なくして欲寡し」とある。◇無何　無何有の国。虚無無為の仙境。『荘子』逍遥遊に「今子に大樹ありてその無用を患ふ。何ぞこれを無何の郷、広莫の野に樹ゑざる」と見える。◇坐亡　坐忘。いながらにして万事を忘れること。『荘子』大宗師に「枝体を堕ち聡明を黜け、形を離れ知を去りて大通に同ず、此れを坐忘と謂ふ」。

489　酔って水辺の花を見ると、花は王勣の酔郷の霞のように、たちまち水に落ちて波にもろく散り、また嵆康の玉山の雪とも見えて水の流れに沿って飛び去って行く。
酔って水に散る花を看て詠んだもの。
◇王勣郷　王績（勣と同じ）が『酔郷記』を作ったので酔郷の意。◇霞　雪と共に花を喩える。◇嵆康山　『世説』容止に嵆康は「其の酔ふや傀俄として玉山の崩れんとするがごとし」とある。酔郷の意。

490　有明の月のような心地がいたしました。杯に日蔭の葛も一緒に出てきましたので、月に日の光も添って出てきたように思われまして。
神事に奉仕する小忌の君達を訪ねて、杯に、物忌みのしるしの日蔭の葛を添えて出された時の歌。

問ふ

酔郷に入る　橘相公

先逢阮籍為郷導　漸就劉伶問土風　　入酔郷　橘相公

488　邑は建徳に隣うして行歩にあらず　境は無何に接してすなはち坐亡す　　前に同じ　後中書王

邑隣建徳非行歩　境接無何便坐亡　　同前　後中書王

489　王勣郷の霞は浪を縈て脆し　嵆康山の雪は流を逐て飛ぶ　　保胤

王勣郷霞縈浪脆　嵆康山雪逐流飛　　保胤

490　有明の　心地こそすれ　酒盃に　ひかげも添ひて　出でぬと思

へば　　　能宣

山

491 黛の色は迥かに蒼海の上に臨む　泉の声は遥かに白雲の中に落つ　　百丈山　賀蘭遂

黛色迥臨蒼海上　泉声遥落白雲中　　百丈山　賀蘭遂

492 勝地はもとより定まれる主なし　おほよそ山は山を愛する人に属す　　白

勝地本来無定主　大都山属愛山人　　白

◇酒盃　「月」を掛ける。◇ひかげ　日蔭の葛。大嘗祭などの神事に奉仕する官人が、物忌みのしるしに冠に掛けて垂らすもの。古くはヒカゲノカズラを用いたが、当時は白糸などを組んで垂らす。日の光の意の「日影」を掛ける。

491 美人の眉墨かと思われる遠山の青い色が遥か彼方の蒼海原の上に位置を占め、その山にたなびく白雲の中から瀑布の流れ落ちる響きが聞える。

壮大な山の景観を賦す。
◇黛の色　遠山の蒼いのを婦人の眉墨に喩えた。◇泉　滝のこと。

492 風景のすぐれた土地にはもとより定まった持主はない。要するに、だいたい天下の名山というものは、これを愛する人の所有といってよかろう。

勝地に対する詩人の感想を述べる。
◇勝地　景色のすぐれたよい土地。◇おほよそ　『字類抄』「大都　オホヨソ」。

493 夜、松の枝に宿る鶴が夢さめて鳴く頃は、月の光が松を照らしてすさまじく、暁に餌をあさる鼯が枝から飛び下りる頃は、山峡に立ちこめるもやが寒さを帯びている。

山中のもの寂しい景情を賦す。
◇夜鶴　鶴は夜半を知って鳴く。四四〇参照。◇暁鼯　『文選』長笛賦に「猨蜼昼吟じ、鼯鼠夜叫く（郭璞爾雅の注に曰く、鼯鼠一の名は夷由、状小狐の如く蝙蝠に似たり。肉翅あり、またこれを飛生と謂ふ。声人の如く呼ぶ」とある。◇峡煙　山の峡に雲霧などのたなびくさま。

494　白い薄絹の扇で顔を隠していた婦人が、扇を投げすてると同時に眉墨が現れるように、夕暮の靄が晴れ上がって山の姿が現れ、うすもののとばりを巻き上げると翠の屏風のような遠山が明らかになる。

暮煙が晴れて遠山の形が明らかに見えるさまを賦す。◇紈扇　白い薄絹の扇。暮煙に比す。◇青黛　美人の青い眉墨を遠山に喩える。「山を天竺と名づけて青黛を堆めたり」(『白氏文集』巻五四、客の杭州を問ふに答ふる詩)。◇羅帷　うすものの帷帳で暮煙に比す。◇翠屏　青色の屏風で遠山に喩える。

495　夜明け方に秋風が強く吹き、林の梢もまばらになるまで散り失せ、夕暮にはあまたのせせらぎが巌に打ちあたって、谷間は身にしむばかりの寒々しさである。

山林の秋の風景を詠む。◇衆籟　風が強く吹いて多くの岩穴や木の梢などが鳴り響くのをいう。王筠の「望夕霽」の詩に「連山乱雲を巻き、長林衆籟を息む」とある。◇群源　多くの渓川の源。◇暮に叩く　渓間の音をいう。「爽籟幽律を驚かし、哀壑虚牝を叩く」(孔安国論語の注に曰く、叩は撃なり。大戴礼に曰く、丘陵を牡となし、渓谷を牝となす)」(『文選』殷仲文の南州桓公九井作)。

496　三笠山というのは名ばかりで、山には御笠もないのであった。きっと、朝日や夕日のさすのを、

493　夜鶴眠り驚いて松月苦めり　暁鼯飛び落ちて峡煙寒し

夜鶴眠驚松月苦　暁鼯飛落峡煙寒

494　紈扇抛ち来て青黛露る　羅帷巻き却けて翠屏明らかなり

後中書王

紈扇抛来青黛露　羅帷巻却翠屏明　後中書王

495　衆籟暁に興て林頂老いんたり　群源暮に叩いて谷の心寒し　以言

衆籟暁興林頂老　群源暮叩谷心寒　以言

496　名のみして　山はみ笠も　なかりけり　朝日夕日の　さすをい

ふかも

497　雲のゐる　越の白山　老いにけり　おほくの年の　雪つもりつつ

498　見わたせば　松の葉白き　吉野山　いく世をつめる　雪にかあるらむ　　兼盛

山水

499　泰山は土壌を譲らず　故によくその高きことを成す
　　河海は細流を厭はず　故によくその深きことを成す

笠をさしているのだと思って言ったのであろう。

『拾遺集』は紀貫之作とするが『拾遺抄』には読人しらずとする。『貫之集』にもみえない。
◇山　奈良の三笠山。◇み笠　御笠。山の名を利かせる。◇なかりけり　底本「なりけり」。諸本により訂正。「けり」は初めて気付いての驚きを表す。◇さす　日が「射す」のと笠を「さす」とを掛ける。

497　雲が動かずにある越の国の白山はすっかり年をとってしまった。多くの年が行き集まり、白雪が白髪として降り積っていて。
四季の名所屏風の、冬の越の白山を詠んだ壬生忠見の歌（『忠見集』）。『拾遺抄』は作者を弾正尹親王妹更衣とする。賀の気持をこめた歌。
◇越　越前・加賀・能登・越中・越後一帯の古称。
◇白山　石川・岐阜の県境にある加賀の白山。◇雪つもりつつ　「行き積もりつつ」を掛ける。

498　見渡すとめでたい松の葉にも白く積っている雪の吉野山だが、いったい、幾世の間積った雪なのであろうか。
入道摂政藤原兼家の算賀の屏風の歌。
◇松の葉　松は千年の寿をもつ。その葉に積る白雪にも白髪長寿の心を寓する。◇吉野山　雪の名所。

499　泰山は、どんな僅かなつちくれも嫌わないで積み上げたからこのような高い山となり、黄河や東支那海はどんな細い流れもかまわずに受け入れたのであのような底深い川や海となったのだ。

史記

泰山不譲土壌　故能成其高　河海不厭細流　故能成其深　漢書

500
巴猿一叫び　舟を明月峡の辺に停む
胡馬忽ちに嘶ゆ　路を黄沙磧の裏に失ふ　愁賦

巴猿一叫　停舟於明月峡之辺　胡馬忽嘶　失路於黄沙磧之裏　愁賦

501
日を礙ふる暮山は青うして簇々たり　天を浸す秋の水は白うして茫々たり　白

礙日暮山青簇々　浸天秋水白茫々　白

度量の広い人は小さな意見も受け入れて大をなす譬え。
◇泰山　五岳の一。山東省にある。「二十八年、始皇東行し（中略）乃ち遂に泰山に上る（正義、郭璞云く、泰山の下より山頭に至るまで、百四十八里三百歩）」（『史記』秦始皇本紀）。◇河海　黄河及び東支那海。◇史記　底本「漢書」は誤り。

500　巴峡の猿が一声悲しく叫ぶのを聞いて、明月峡の辺で舟を停めた旅人は旅愁を新たにし、胡地に旅する人に、馬が風に嘶くにつけ、砂漠に進路を失って、どちらに行ってよいか分らぬ折々、愁いは一層深くなる。
旅愁を賦す。
◇巴猿　巴峡で鳴く猿。◇明月峡　巴東三峡の一。『庚仲雍荊州記』（『芸文類聚』地部）に「巴楚に明月峡・広徳峡・東突峡あり」とある。◇胡馬　北地の馬。「胡馬北風に依り、越鳥南枝に巣くふ」（『文選』古詩）。◇黄沙磧　黄砂の砂漠。「黄沙磧の裏客行き迷ふ」（『全唐詩』岑参、磧を過ぐる詩）。

501　落日を遮るように夕暮の山は青々と群がり連なり、また、天を浸すばかりの秋の水は白く広々としている。
眺望の雄大な景観を賦す。
◇簇々　山が群がり連なっているさま。◇茫々　水が広々としているさま。

502

漁舟(ぎよしう)の火の影は寒うして浪(なみ)を焼(や)く　駅路(えきろ)の鈴の声は夜(よる)山を過(す)ぐ　杜荀鶴(とじゆんかく)

漁舟火影寒焼浪　駅路鈴声夜過山　杜荀鶴

503

山は屏風(びやうぶ)に似たり江(え)は簟(てむ)に似たり　舷(ふなばた)を叩(たた)いて来往(らいわう)す月の明らかなる中(うち)　劉禹錫(りううしやく)

山似屏風江似簟　叩舷来往月明中　劉禹

504

草木扶疎(さうぼくふそ)たり　春の風山祇(さんき)の髪(かみ)を梳(けづ)る
魚鼈(ぎよへつ)遊戯(いうき)す　秋の水河伯(かはく)の民を字(やしな)ふ

草木扶疎　春風梳山祇之髪　魚鼈遊戯　秋水字河伯之民

502　秋の夜寒に、水上を漂う漁火は水に映じて波を焼くように見え、旅人が、駅鈴を響かせながら山路を越えて行く。

秋夜の旅宿の寒々とした景趣を賦す。
◇寒うして浪を焼く　水にうつる火が水底で燃えるように見えるさまの形容。折しも秋なので「寒うして」といったもの（『集註』）。

503　山の形は屏風を立てめぐらしたようにそばだち、江水は波が穏やかで竹のむしろを敷いたようだ。そのような美しい所に月の明るい夜、舟を浮べ舷を叩きながら漕ぎまわる。

山水の景勝に舟遊びする楽しみを賦す。
◇簟　竹のむしろ。江の色によそえていう。◇舷を叩いて　『文選』江賦に「採菱を詠じて以て舷を叩く」。

504　草木の枝葉が茂り、風に吹かれて打ちなびくさまは、春の風が山の神の髪を梳(くしけず)るのに喩えられ、魚やすっぽんが水の中を泳ぎ廻っているのは、秋の水が河の神の民を養っているといえよう。

造化の妙を賦したもの。
◇草木……　「それ霊山固(もと)より石を以て身と為(な)し草木を以て髪と為す（中略）河伯水を以て国と為し魚鼈を以て民と為す」（『晏子春秋』諫上）による。◇扶疎　木の枝の広がるさま。『文選』上林賦に「垂れる條(えだ)は扶疎としげり（李善注、説文に曰く、扶疎は四布なり）」とある。◇山祇　山の神。◇河伯　河の神。

505 昔、韓康は世を遁れて独り山中に棲んでいたという。今はその跡も見えぬが、山中の薬草だけは昔に変らずそこここに生えている。また、范蠡は越国を去り小舟に乗って五湖に浮んだという。今はその話のみが伝わるばかりで、その泊りもはっきりしないが、湖上の煙波だけはいつも異なることなく新しく見える。

山川が千万年も経ても変らぬことを賦す。

◇韓康　薬を名山に求めて長安に出て売っていたが、名を知られたため嘆じて覇陵山中に遁れたという（『後漢書』逸民伝）。◇范蠡　越の人。功成るや扁舟に乗って五湖に遁れたという。七五一参照。

506 山々が重なり連なって、青い巌が聳え立っているが、あれはどんな名工が削って作り上げたのであろうか。また、多くの水が廻り流れて、深い淵は緑の色に染められているが、どんな上手な染物屋のしわざであろうか。

造化の妙を讃えたもの。

◇青巌　青い苔のむした岩の群れ。『遊仙窟』に「向上には則ち青壁万尋有り、直下には則ち碧潭千仞有り」と見える。◇碧潤　緑に澄んだ淵。

507 雲のきれ目から山間の駅舎の森が遠く見えてくる。日が晴れてくる時には、海岸にぽつんとある村がはるかに眺められる。

人と別離する際のわびしい光景を賦す。

◇山郵　山の中にある駅舎。「郵」は文書などの伝達

505
韓康独往の栖　華薬旧きがごとし
范蠡扁舟の泊　煙波これ新たなり

韓康独往之栖　華薬如旧　范蠡扁舟之泊　煙波惟新

已上江相公

506
山また山　何れの工か青巌の形を削り成せる
水また水　誰が家にか碧潤の色を染め出だせる

山復山　何工削成青巌之形　水復水　誰家染出碧潤之色

已上江相公

507
山郵の遠樹は雲の開くる処　海岸の孤村は日の霽るる時

を取次ぐ宿駅。

508　夕陽に照らされた山々は、日の光をまともに受けているものもあればそれに背を向けているものもあり、山川の早瀬を流れる水は岩にぶつかって渦を巻き、かえって上流に遡って流れてゆくようだ。

山水の景を賦したもの。
◇向背　前を向くのと背を向けるのとをいう。『初学記』地部に「衡山（中略）九向九背にして、然る後見えず」とある。◇斜陽　夕日。◇迅瀬　はやせ。

509　神のおわします三室の山の岸が雨で崩れたのであろうか、龍田川の水が濁っている。

「むろの木」を詠みこんだ物名歌。高向草春の作。下流の様子から上流の情況を推測する歌。三四など参照。
◇神奈備　神のいる、又は降臨する場所。奈良県生駒郡斑鳩町の三室山は神奈備山ともいわれる。◇三室の岸　「むろの木」をこめる。「むろの木」はヒノキ科のネズ（杜松）の古名。神の宿る神聖な木とされた。◇龍田の川　三室山の東側を流れて大和川に合流する。

510　夜明け方に辺境の城のあたりの牧場に放たれた馬がしきりに嘶いて、砂漠ははるばるとはてしなく広がり、長江の入江に泊った舟は皆夜明けととも

直幹

山郵遠樹雲開処　海岸孤村日霽時　直幹

508
山成向背斜陽裏　水似廻流迅瀬間　江

山向背を成す斜陽の裏　水廻流に似たり迅瀬の間　江

509
神奈備の　三室の岸や　くづるらむ　龍田の川の　水のにごれる

水　付漁夫

510
辺城の牧馬は連りに嘶ゆ　平沙眇々たり

江路の征帆尽くに去る　遠岸蒼々たり　暁賦

辺城之牧馬連嘶　平沙眇々　江路之征帆尽去　遠岸蒼蒼　暁賦

511

洲芳しうしては杜若心を抽でて長ぜり　沙暖かにして鴛鴦翅を敷いて眠る　白

洲芳杜若抽心長　沙暖鴛鴦敷翅眠　白

512

帆開けては青草湖の中に去る　衣湿うては黄梅の雨の裏に行く　白

帆開青草湖中去　衣湿黄梅雨裏行　白

に船出して、前方の遠い岸だけが蒼々と霞みわたって見える。

暁の荒涼たる光景を賦す。

◇辺城　夷狄の侵入を守る国境の城。◇眇々　遠くはるかなさま。◇征帆　遠く行く舟。

511　池中の洲には、杜若がかぐわしい香を放ちつつその茎を長く伸ばして生え出し、汀の暖かい砂のあたりには、鴛鴦がその翅を敷いておだやかに眠っている。

池の春めいた様子を賦す。

◇杜若　やぶみょうが。香草。『楚辞』九歌、湘君に「芳洲に杜若を采りて、まさに以て下女に遺らんとす(王逸注、芳洲は香草の水中に叢生する処)」とある。◇心　中心の茎。

512　湖南の地に旅立つ人は、今頃は、青草湖の中に帆をあげて去り、梅雨に衣を濡らしながら進んでいることであろう。

湖南に行く客を思いやって詠んだもの。

◇帆開け　舟に帆を上げるのをいう。◇青草湖　洞庭湖の南に連なる湖。『芸文類聚』水部に「荊山記に曰く巴陵の南に青草湖有り。周廻百里、日月その中に出没す。湖南に青草山有り、故に因りて名と為す」とある。◇黄梅の雨　梅雨のこと。

513
水駅の路は児店の月を穿つ　花船の棹は女湖の春に入る　白

水駅路穿児店月　花船棹入女湖春　白

水路を取って語児店の泊りに漕ぎ入ると、水に映った月の光を穿って進むようであり、花やかに飾った船に棹さして女墳湖の中に漕ぎ進むと、あたかも春の世界に入って行くようだ。

のどかな水汀のさまを賦す。◇水駅　水路の泊り。◇児店　語児店の略。蘇州の地名。◇花船　花やかに飾った船。◇女湖　女墳湖の略。蘇州の地。

514
菰蘆の杓春濃やかなる酒を酌む　舴艋の舟夜漲る灘に流る　漁父　杜荀鶴

菰蘆杓酌春濃酒　舴艋舟流夜漲灘　漁父　杜荀鶴

瓢簞のひしゃくで春に醸し出された濃やかな酒を酌んでは楽しく酔い、夜になると漲る早瀬に小舟を流し下して釣をする。

漁夫の簡素な生活を詠んだもの。◇菰蘆　葫蘆と同じで瓢簞をいう。二つに割って水を酌む器にする。◇舴艋　小舟をいう。『字類抄』によれば「サクマウ　ツリフネ　小漁舟也」。

515
閑居は誰の人にか属する　紫宸殿の本の主なり
秋の水は何れの処にか見ゆる　朱雀院の新なる家なり
閑居して秋の水を楽しむ　菅

閑居属於誰人　紫宸殿之本主也
秋水見於何処　朱雀

この閑居はどなたがなされるかというと、もと紫宸殿で政をとっておられた天皇である。今日秋の水の面白く見えるのはどこかというと、この朱雀院の新しい宿である。

閑居で水の流れを鑑賞することを賦す。◇閑居　位を譲って静かにすごすこと。◇紫宸殿の本の主　もと紫宸殿で政治をとっていた宇多上皇をさす。◇朱雀院の新なる家　上皇が譲位後に住んだ所。朱雀大路の西、三条と四条との間にある。

院之新家也　閑居楽秋水　菅

516

釣を垂るる者は魚を得ず　暗に浮遊の意あることを思ふ
棹を移す者はただ雁を聞く　遥かに旅宿の時に随ふことを感ず　同じ

垂釣者不得魚　暗思浮遊之有意
移棹者唯聞雁　遥感旅宿之随時　同

517

沙頭に印を刻む鷗の遊ぶ処　水底に書を模す雁の度る時　朝綱

沙頭刻印鷗遊処　水底模書雁度時　朝綱

516　朱雀院の池に釣糸を垂れる人は、魚を得られなくてもただ魚が水上に浮び泳いでいるのを見て、心ありげだと思い、池に舟を浮べて棹をあやつる人は、ただ空に鳴き渡る雁の声を聞いて、時節を誤らずにはるか北国から飛んで来たことに感じ入る。

時を失わず退位された上皇の真意を魚や雁に託した。◇浮遊　魚が泳ぎ廻ること。◇旅宿　雁が北方から飛んで来たことをいう。

517　砂の上に鷗が遊んでつけた足跡は、印を刻みつけたようで、水の底に映っている雁の行列は、一行の文字を模写したように見える。

屛風絵の湖のさまを賦したものか。◇印を刻む　蒼頡が鳥の足跡を見て初めて文字を造ることを思いついた故事（許慎『説文序』）を踏まえる。◇書を模す　雁の並び飛ぶさまを文字に譬える。

518 夕日が斜めにさす海面は波も平らかで、彼方に横たわる孤島はようやく暮れようとし、風が吹きわたる岸辺は遠くに広々と見渡されて、旅行く船の帆影もなんとなく寒げに見える。

海浜のもの寂しい光景を賦す。◇日脚　ひあし。雲などの切れ目からさしこむ日光。『白氏文集』巻一〇「早秋晩望」に「霞を穿つて日脚直く、雁を駆つて風頭利し」。◇風頭　風が吹くあたり。

519 来る年ごとに、梅の花を映す鏡となっているこの池の水は、花の散りかかるのを曇るというのであろう。

宇多天皇の京極院での花の宴の歌（『伊勢集』）。池園の古さと天皇の寿を祝う心をこめる。作者、底本「中務」。諸本・『古今集』『伊勢集』等により訂正。◇散りかかる　「散り」に「塵」を掛ける。鏡は古くなると塵が置いて曇るものである。

520 水源がしっかりと固められているから、この円融聖帝の代に二度までも澄んだ堀川の水よ。兼通公がとりはからっておかれたので、二度までも円融院にご来臨いただいた堀川院のめでたさよ。

『拾遺記』に「黄河千年に一たび清めば、至聖の君、以て大瑞となす」による。底本、作者名は曾禰義忠。◇ふたたびすめる　円融天皇が貞元元年（九七六）の内裏焼亡で藤原兼通の堀川院に移り、天元五年（九八二）内裏焼亡で再び兼通薨後の堀川院に移御したことをさす。「澄める」と「住める」を掛ける。◇堀川の

518
日脚波平かにして孤島暮れぬ　風頭岸遠くして客帆寒し　佐幹

日脚波平孤島暮　風頭岸遠客帆寒　佐幹

519
年ごとに　花の鏡と　なる水は　散りかかるをや　曇るといふらむ　伊勢

520
水上の　さだめてければ　君が代に　ふたたびすめる　堀川の水　曾禰好忠

禁中

水　京都堀川小路に沿って南流する川。賀茂川の分流。ここは二条の南、堀川の東にある堀川院をさす。

521　中書省の後方には初秋の月が早くも上り、蒼龍闕の前方には夕暮の山がぼんやりと見える。

禁中の秋の夕暮の光景を賦す。
◇鳳池　中書省（わが国の中務省）のこと。◇龍闕　蒼龍闕。「闕」は宮城の門外の左右にあり、上に物見やぐらを設けた二つの台。未央宮には玄武・蒼龍の二闕があった。

522　仲秋の名月が高く青空にかかっているのを、君は独り禁中に宿直して静かに賞翫していることであろう。

中秋の夜に禁中に宿直する友を想って詠んだもの。◇空碧　青空。◇仙郎　唐代の尚書省の各部の員外郎中で、ここは禁中に宿直せる友人の崔大員外郎をさす。◇禁闈　宮中の門。

523　含元殿のすみで、宮中の管絃が面白く奏されているが、その楽の音を、一緒に考試に応じた三十人の人達も聞くことができたであろうか。

考試に及第した喜びを賦したもの。
◇三十の仙人　考試に応じた同輩の数をいう。『私注』には「三千」。西王母が三千の仙女を率いて漢の武帝に仙薬を持ち来った故事によるか（『鈔』）。◇含元殿　唐の大明宮の正南にある丹鳳門内の正殿。

524　官人が暁が来たことを知らせると、その声は聡明な天子の眠りをさまし、深夜に時を告げる鐘

521
鳳池の後面の新秋の月　龍闕の前頭の薄暮の山　　白

鳳池後面新秋月　龍闕前頭薄暮山　　白

522
秋の月高く懸れり空碧の外　仙郎静かに翫ぶ禁闈の間　　同じ

秋月高懸空碧外　仙郎静翫禁闈間　　同

523
三十の仙人は誰か聴くことを得たる　含元殿の角の管絃の声　　章孝標

三十仙人誰得聴　含元殿角管絃声　　章孝標

524
鶏人暁に唱ふ　声明王の眠りを驚かす

鳧鐘夜鳴る　響暗天の聴きを徹す　都

鶏人暁唱　声驚明王之眠　鳧鐘夜鳴　響徹暗天之聴　都

525
朝候日高けて冠の額抜けたり　夜行沙厚くして履の声忙がはし　聯句

朝候日高冠額抜　夜行沙厚履声忙　聯句

526
御垣守る　衛士のたく火に　あらねども　われも心の　うちにこそたけ

527
ここにだに　光さやけき　秋の月　雲の上こそ　思ひやらるれ

月宴夜
蔵人所衆信臣

が鳴ると、その響きが暗い空から人々の耳をつきぬけるように聞える。

宮中の漏刻について賦す。
◇鶏人　時刻を知らせる役人。『文選』新刻漏銘に「漏を伝ふるの音に属し、鶏人の響きを聴く（呂延済注、周礼に鶏人は祭祀には夜に旦を嘑つて百官に叫ぶことを掌る）」とある。◇鳧鐘　鐘のこと。鳧氏が作ったのでいう。「鳧氏鐘を為る」（『周礼』考工記）。

525　朝廷に出仕しなければならないのにもう日が高くなったので、急ぐままに首にかけた冠が抜け落ちそうになる。夜廻りの近衛の役人が時刻を告げる時は、禁庭の砂が厚く敷かれているので、履をひいて歩く音がせわしく聞える。

宮中の官人の様子を滑稽味を交えて詠んだもの。
◇朝候　早朝、役人が内裏に参候することをいう。◇冠の額抜けたり　出仕の時刻に遅れたので、冠の抜け落ちるのも気付かぬほど急いでいる様子。◇夜行　近衛の官人が夜廻りして時刻を知らせ警戒すること。

526　禁中警衛の衛士のたく火ではないが、私も心の中に思いの火を一晩中たきつづけています。

出典不明。「君がもる衛士のたく火の昼はたえ夜はもえつつ物をこそ思へ」（『古今六帖』。『詞花集』には『百人一首』の形で大中臣能宣の作）の類歌がある。
◇衛士　左右の衛門府に配属され、宮門の警衛や行幸の供奉にあたる兵士。◇たけ　底本「おもへ」。前記の六帖歌にひかれての誤りとみ、諸本により訂す。

527 この蔵人所にいても光がさやかに眺められる今宵の秋の月なのだから、まして雲の上、清涼殿上の月のさやけさは、さこそと思いやられるよ。

醍醐（だいご）天皇の御代、八月十五夜に蔵人所の衆が月の宴をした時の歌。『拾遺集』では作者を藤原経臣とする。◇ここ　蔵人所は清涼殿の南隣の校書殿に、蔵人所の町屋は校書殿の西にある。◇雲の上　雲上と清涼殿上の帝の御前の意を兼ねる。◇蔵人所衆　蔵人所の職員。五位六位の者が補され、雑役に従うが昇殿はしない。

528 緑の草が茂っているあたりは、今は鹿が遊ぶ苑となっているが、紅の花の咲いているあのあたりは、多分昔は管絃を奏した家の跡であったろう。

荒廃した旧都に立った時の感想を賦す。◇麋鹿　「麋」は大鹿。『史記』淮南王安伝に「子胥（しし）呉王を諫（いさ）む。呉王用ひず。乃（すなは）ち曰く、臣今麋鹿の姑蘇（こそ）の臺に遊ぶを見んと」とある。

529 石上（いそのかみ）の古い都の跡へ来てみると、むかし大宮人たちが髪や冠にかざしとしてさした桜の花が、昔に変らず咲いている。

『中務集』では村上帝御料の諸国名所屏風に石上を詠んだ歌とする。『清正集』にもみえる。◇いそのかみ　奈良県天理市布留町あたりの古称。石上神宮がある。安康・仁賢天皇の宮の所在地。ここは「古き」の枕詞も兼ねる。◇古き　地名の布留を掛ける。◇むかしかざしし花　「ももしきの大宮人は暇（いとま）あれや桜かざして今日も暮らしつ」（三五参照）による。

古京（こきやう）

528
緑草（りよくさう）は如今（いま）の麋鹿（びろく）の苑（その）　紅花（こうくわ）は定（さだ）めて昔の管絃（くわんげん）の家（いへ）ならむ　菅三品（かんさんぼん）

緑草如今麋鹿苑　紅花定昔管絃家　菅三品

529
いそのかみ　古き都を　来てみれば　むかしかざしし　花咲きにけり

故（こ）宮（きう）　付（つけたりは）破宅（たく）

530

陰森たる古柳疎槐　春春の色なし
獲落たる危牖壊宇　秋秋の声あり　　連昌宮の賦

陰森古柳疎槐　春無春色
獲落危牖壊宇　秋有秋声　　連昌宮賦

御苑は、古木の柳や枝もまばらな槐が暗く茂ってものすごく、春が訪れても春の色はない。御殿は、窓も傾き家も壊れて荒廃をきわめ、秋にもなると秋風が吹きすさんでいる。

宮殿の荒廃した光景を賦す。◇陰森　樹木が茂って暗い様子。◇疎槐　枝もまばらな老木の槐。◇獲落　寂しげに荒れてうつろなさま。◇危牖　傾いた窓。◇壊宇　破れた家。

531

臺傾いては滑石なほ砌に残れり　簾断えては真珠鉤に満たず　　白

臺傾滑石猶残砌　簾断真珠不満鉤　　白

楼臺は傾き壊れて、滑らかに磨いた床石だけが昔のままに砌に残っており、簾はたち切れて、これを飾っていた珠も残り少なく、懸け金の鉤にも足りないくらいである。

豪奢な公主の旧宅の荒廃した様子を詠む。◇滑石　滑らかに磨いた石。ここは昔の礎石。◇砌　階のもとの石。◇鉤　簾を巻き上げておく金具。

532

強呉滅びて荊棘あり　姑蘇臺の露瀼々たり
暴秦衰へて虎狼なし　咸陽宮の煙片々たり　　順

強呉滅兮有荊棘　姑蘇臺之露瀼々
暴秦衰兮無虎狼

強大を誇った呉の国も滅び去り、かつて壮観をきわめた姑蘇臺も荒れはてて、今はいばらやからたちだけが生い茂り露がしげく結ぶという有様であり、暴威を振ったかの秦の国も衰えて、虎狼の害もなくなり、雄大な咸陽宮も焼き払われて一片の煙となって消え失せてしまった。

栄枯盛衰の甚だしさを想起したもの。◇強呉滅びて　強大な呉国が越国に亡ぼされたこと。◇荊棘　「子胥呉王を諫む（中略）今臣も亦宮中に荊棘を生じ露衣を霑すを見ん」（『史記』淮南王安伝）。◇姑蘇臺　呉王が築いた高臺の名。「高きこと三百里より見ゆ」（『越絶書』、『史記』呉大伯世家引）。◇瀼瀼　露のしげきさま。◇暴秦衰へて　暴虐な秦が項羽に滅ぼされたことをさす。◇虎狼　『史記』蘇秦伝に「秦は虎狼の国、親しむべからざるなり」とある。◇咸陽宮　秦の都咸陽にあった宮殿。『史記』項羽本紀に「項羽兵を引きて西し咸陽を屠り（中略）秦の宮室を焼く。火三月滅えず」とある。◇片々　煙がひらひら立ち上るさま。

533　年老いた鶴は、もと上皇が御在世の頃にお飼いになっていた乗物であろう。また空に棚引く寒寒とした雲は、昔舞妓が楼で舞ったその衣であろう。上皇の御所の寂寥たるさまを賦す。
◇老鶴　鶴は元来仙人の乗物である。◇仙洞　嵯峨院を仙人の住む洞に比す。◇寒雲　雲を衣に喩える。

534　一輪の花が散り残って露を含んでいるさまは、宮女が昔を慕って泣いているようであり、夕暮どきに、鳥が秋風の吹きすさぶ中を破れた籬にとまっているのは、昔の院を守っているかのように見える。往時の栄華を追想したもの。
◇孤花　一輪咲いた花。◇残粉　紅の花を、女の顔に施した紅粉に喩える。◇廃籬　破れた垣根。

535　荒れはてた籬には、秋の蘭に露がしとどに置いて、花も昔を思って泣く涙かと思われ、奥深い院の中には年経た檜が風に吹かれて、昔を慕って悲しみ嘆く声かと思われる。
◇深洞　宇多法皇の御所であった仁和寺をさす。

咸陽宮之煙片々　順

533
老鶴はもとより仙洞の駕　寒雲はむかしの妓楼の衣　菅

老鶴従来仙洞駕　寒雲在昔妓楼衣　菅

534
孤花露を裛んで残粉に啼く　暮鳥風に栖んで廃籬を守る　良春道

孤花裛露啼残粉　暮鳥栖風守廃籬　良春道

535
荒籬に露を見れば秋の蘭泣く　深洞に風を聞けば老檜悲しぶ　英明

荒籬見露秋蘭泣　深洞聞風老檜悲　英明

536 暁になんなむとして簾の頭に白露を生す　終宵床の底に
青天を見る　善宗

向暁簾頭生白露　終宵床底見青天　善宗

537 君なくて　荒れたる宿の　板間より　月の漏るにも　袖は濡れ
けり

538 君なくて　煙絶えにし　塩竈の　うらさびしくも　なりにける
かな

539 古へは　散るをや人の　惜しみけむ　いまは花こそ　むかし恋

---

536 軒は傾き屋根も壊れているので、明けがたには白露が簾の近くにまで置き、終夜床に臥しながら青空がのぞかれる。

廃屋のすさまじい様子を賦す。

537 主人のあなたが世を去って、荒れているこの家の軒の板屋根のすき間から月の光がもれてくるにつけて、昔が偲ばれて、袖が涙にぬれたことです。

作者不明。『古今六帖』四、「かなしび」にみえる。◇月の漏るにも　露がもれるのみならず月の光がもれるにつけても涙がもれいでて。「もる」は月光がもれるのと涙がもれるのとを掛ける。

538 融の君が世を去って、塩焼く煙も絶えてしまったこの河原院の塩竈の浦は、心なしかまことにうら寂しい景色になってしまった。

源融の没後、その旧邸河原院の塩竈の浦の景を見て紀貫之が詠んだ歌。『古今集』哀傷にみえる。

◇君なくて　河原左大臣源融は寛平七年（八九五）没。風流の人として文人歌人たちを好遇した。◇煙　融が風流のために塩を焼かせた煙。融は河原院に奥州塩竈（宮城県塩竈市。松島湾に臨む歌枕）の景を模し、難波から海水を運ばせたという。◇うらさびしくも　塩竈の「浦」に「心」を掛ける。

539 昔は主人の敦忠が桜の花の散るのを惜しんだのであったろうが、今では花の方で主人在世の昔を恋しく思っているらしい。

藤原敦忠の没後、比叡の西坂本の敦忠の山荘を訪ねた

ふらし

仙家 付道士隠倫

540
壺中の天地は乾坤の外　夢の裏の身名は旦暮の間　元

壺中天地乾坤外　夢裏身名旦暮間　元

541
薬炉に火有て丹伏すべし　雲碓に人なくして水自ら舂く　白

薬炉有火丹応伏　雲碓無人水自舂　白

542
山底に薇を採れば雲厭はず　洞中に樹を栽うれば鶴先づ

藤原伊尹の歌。『拾遺集』哀傷にみえる。花に託して自分の哀惜の思いを述べた。

◇人　藤原敦忠。天慶六年（九四三）三十八歳で没。早くから自分の短命を予知していたという。

540　仙人壺公の壺の中の天地にも比すべきわが仙境は、全く人間界を超えた別世界であり、浮世におけるわが身も名声も、朝夕を待ち得ぬほどにはかないものだ。

俗世を離れた幽居から世の無常を賦したもの。◇壺中の天地　後漢の費長房が仙人壺公の所持する壺の中に跳び入ると、仙宮世界が見えたという故事（『神仙伝』壺公）をさす。◇夢の裏の身名　盧生が邯鄲の旅舎で呂翁に遇い、その枕を借りて黄粱一炊の夢を見たという故事（『枕中記』）による。

541　薬炉に火の見えるのは、中に錬り出された丹薬が埋めてあるためだろう。また、雲碓のそばには誰もいないのに水がひとりでに雲母をついている。

道士の留守の様子を賦したもの。◇薬炉　丹薬を錬る炉。◇丹　丹砂で仙薬の一。◇雲碓　雲母をつく水臼。雲母は仙薬の一。

542　山の麓で薇をつめば、山の主である雲も親しげに近づいて来るし、洞の中に木を植えれば、早くも鶴が自分の住処だと思ってやって来る。

仙人の住んでいる山居の有様を賦す。◇薇を採れば　伯夷叔斉が首陽山に隠れて薇を採った故事（『史記』伯夷伝）。◇洞中　仙人の住処。

知る　温庭筠(をんていゐん)

山底採薇雲不厭　洞中栽樹鶴先知　温庭筠

543 三壺(さんこ)に雲浮(うか)ぶ　七万里(しちばんり)の程浪(ほどなみ)を分(わか)つ
五城(ごせい)に霞峙(そばだ)つ　十二楼(しふじろう)の構(かまへ)天に插(さしはさ)む　都

三壺雲浮　七万里之程分浪　五城霞峙　十二楼之構插天　都

544 奇犬(きけん)花に吠(ほ)ゆ　声紅桃(こうたう)の浦(うら)に流る
驚風(けいふう)葉を振(ふる)ふ　香紫桂(かしけい)の林に分る　同じ

奇犬吠花　声流於紅桃之浦　驚風振葉　香分紫桂之林　同

543 三神山は雲のように大海の中に浮んでそれぞれ七万里の間を隔て、崑崙(こんろん)山上の五城は霞のようにそばだって、十二楼は高く天を貫いて聳え立つ。人界に超然とした仙界を幻想的に賦した。◇三壺　蓬萊・方丈・瀛洲。海中の三山。形が壺に似ているのでいう（『拾遺記』）。◇雲浮ぶ　「双闕雲の浮べるに似たり（史記に曰く、三神山黄金白銀を宮闕と為(な)す。これを望めば雲の如し）」（『文選』結客少年場行）。◇七万里　三壺の間の距離。『列子』湯問に「山の中間相去ること七万里、以て鄰居たり」。◇五城　崑崙山上にあるとされる神仙界の五城十二楼。金玉で造られている。『史記』孝武本紀に「方士言へる有り、黄帝の時五城十二楼を為(つく)る」。◇霞峙つ　謝荘の赤鸚鵡賦に「雲移り霞峙ち、霰委(お)き雪翻る」。

544 桃花源では、見なれない犬が人を見て驚き吠えて、その声が渓流に沿って聞える。紫桂の林には忽ち風が吹いて来て葉を揺り動かすと、よい香が芬芬(ふんぷん)と匂ってくる。◇奇犬花に吠ゆ　『桃花源記』の「渓に縁りて行き路の遠近を忘る。忽ち桃花林に逢ふ（中略）鶏犬相聞ゆ」による。◇紅桃の浦　桃源。◇紫桂の林　闍河の北に紫桂の林があり、その実はなつめのようで仙人が食したという（『拾遺記』巻一）。

545 自分のごとき者が、何かの間違いで今日この仙境の宴会に侍して半日の客となったが、この楽しさにあずかっている間に実は多くの歳月を経ていて、家に帰ってみたらもしかして七世の子孫に逢うようなことがあるかも知れない。

二条院を仙境に譬えてその楽しさを述べたもの。

◇仙家に入て　晋の王質が、石室山に行って童子の囲碁を見ているうちに斧(おの)の柄が朽ち、家に帰ったら数百年を経ていたという故事による（『列仙伝』）。◇旧里に帰て　漢の劉晨・阮肇の二人が天台山に入り、二女子に逢って留まること半年にして帰ると、七世の孫の代であったという（『太平御覧』地部所引幽明録）。

546　丹竈で仙薬を錬って仙道を修めた人は、その術が成就するや昇天し去った。今は仙室も静まり返り、山中の景色といえば、ただ一輪の月が低く傾いて照らしているばかりだ。

山中の仙室の静寂なさまを詠む。

◇丹竈　丹薬を錬る竈(かまど)。◇月華　月の光。「月華静夜に臨み、夜静かにして氛埃(ふんあい)を滅(け)す」（『文選』沈約詩）。

547　洞の中には仙人の石床が残って、山風が空しくその塵(ちり)を吹き払うばかりであり、平生使用していた玉案は林の間にうち捨てられて、訪うものといえば鳥の声のみである。

◇石床　仙人が寝起きした石の寝台。『関中記』によれば嵩高山の石室には石床・池水・食器があり、道士がそこに遊んだ（『淵鑑類函』地部）。◇玉案　仙人が使用する玉で作った机。『太一洞真玄経』に「各一の白き玉案を捧げ、上に主(つかさど)る所の簡(ふだ)あり」（『太平御覧』道部）。

545
謬(あやま)て仙家(せんか)に入(い)て　半日(はんじつ)の客(かく)たりといへども
恐(おそ)らくは旧里(きうり)に帰(かへ)て　纔(わづ)かに七世(しちせ)の孫(むまご)に逢(あ)はむことを　江

謬入仙家　雖為半日之客　恐帰旧里　纔逢七世之孫　江

546
丹竈(たんさう)道成(な)て仙室(せんしつ)静かなり　山中(さんちう)の景色(けいそく)は月華(ぐゑつくわ)低れり　菅三品(かんさんぽん)

丹竈道成仙室静　山中景色月華低　菅三品

547
石床(せきしやう)洞(ほら)に留(とど)まて嵐(あらし)空(むな)しく払(はら)ふ　玉案(ぎよくあん)林に抛(なげう)て鳥独り啼(な)く

石床留洞嵐空払　玉案抛林鳥独啼

548
桃李言はず春幾ばくか暮れたる　煙霞跡なし昔誰か栖んし

桃李不言春幾暮　煙霞無跡昔誰栖

549
王喬一たび去て雲も長く断えぬ　早晩笙の声故渓に帰らむ　已上四韻

王喬一去雲長断　早晩笙声帰故渓　已上四韻

550
商山に月落ちて秋の鬚白し　潁水波揚て左の耳清し　江

商山月落秋鬚白　潁水波揚左耳清　江

548　あの仙人が去ってから幾度の春を送り迎えたのか、毎年開く桃李の花にそう尋ねても花は答えることがない。また、昔誰が住んでいたのかと、春ごとにたなびく煙霞に問うても、跡を留めることがないので知ることはできない。

仙室の荒廃を詠んだもの。

◇桃李言はず　『史記』李将軍伝に「諺に曰く、桃李言はず、下自ら蹊を成す」とあるのによる。

549　あの仙人は、ひとたびは昇天して、乗って行った雲も断えて二度と見ることができないが、いつかはまた王子喬のように、もと住んでいたこの渓に帰って来て、笙の音を響かせることもあろうか。

仙人を王子喬に比し、帰山を望んで賦したもの。

◇王喬　王子喬。笙の名人。道人浮丘公に伴われて昇天したという。◇早晩　「イツカ」と訓む（『字類抄』）。

550　月が漸く商山に傾き、四皓の鬚は秋を迎えて一層白く輝いており、潁水の水面には波があがって、許由の耳はその汚れを洗い落し、いよいよすがすがしい。

古の隠者の高逸な生活を願ったもの。

◇商山　漢の四皓が隠れた山。◇潁水　昔、許由が逃れた所。堯から天下を譲られようとした時拒絶して潁川で耳を洗ったという（『高士伝』巻上）。

551　隠者が去って行ったので、人のいない谷間には寒々とした滝の音がむせぶように聞え、山には主人がいないので、かつて隠者が友とした夕暮の雲だ

551
虚澗に声有て寒溜咽ぶ　故山に主なくして晩雲孤なり　山に隠なし　紀

虚澗有声寒溜咽　故山無主晩雲孤　山無隠　紀

552
夢を通するに夜深けぬ蘿洞の月　跡を尋ぬるに春暮れぬ柳門の塵　菅三品

通夢夜深蘿洞月　尋跡春暮柳門塵　菅三品

553
濡れてほす　山路の菊の　つゆの間に　いかでかわれは　千代を経ぬらむ　素性

けが空しくたなびいている。
山野に遺賢なき治世の様子を詠んだもの。
◇虚澗　人気のない谷。磻渓の水で釣をしていた太公望呂尚が、周の文王に召された故事を踏む。◇寒溜　冷たい泉。◇故山　昔隠者が住んでいた山。商山の四皓が漢の高祖に招かれて山を下りた故事を踏む。

552　深夜になると、殷の傅説が隠れていたというつたかずらの這いかかった洞窟を月が照らしている光景を夢に見る。また暮春には、陶淵明が柳を植えて住んだ家の跡を尋ね問う。
古の高士の跡を慕う心情を賦す。
◇夢を通す　夢に志が通って思う人を見ること。殷の武丁が夢に聖人を見、傅巌にいる傅説を探し出して宰相にした故事による。◇跡を尋ぬ　古人の住所を慕い尋ねること。◇蘿洞　つたかずらの生い茂った洞窟。◇柳門　陶淵明が宅辺に五柳を植えた故事をさす。

553　山路をたどり仙宮に菊を分けて入ったので、その露にぬれた着物をほすのだが、そのわずかの間にどうして私は人間界での千年もの歳月を過してしまったのだろうか。
『古今集』秋下。宇多天皇の時の菊合に、仙宮に菊を分け入った人のさまを模した作り物に添えた歌。作り物の人物の心になって詠んでいる。
◇つゆの間　菊の「露」と、わずかの意の「つゆ」とを掛ける。菊の露は千年の寿を人に授けるとされる。◇千代を　仙界の一日は人間界の千年にも相当する。

山家

554
遺愛寺の鐘は枕を攲てて聴く　香鑪峯の雪は簾を撥げて看る　白

遺愛寺鐘攲枕聴　香鑪峯雪巻簾看　白

555
蘭省の花の時の錦帳の下　廬山の雨の夜の草庵の中　同じ

蘭省花時錦帳下　廬山雨夜草庵中　同

556
漁父の晩の船は浦を分て釣る　牧童の寒笛は牛に倚て吹く

554　遺愛寺でつく鐘の音は、寝たまま枕を少し斜めに持ち上げて聞き、香鑪峯につもる雪は、手を伸ばし簾をはねのけて眺める。

山居の草堂における気儘な生活の一端を賦す。◇遺愛寺　香鑪峯の北にあった寺の名。◇枕を攲て　寝たまま枕を斜めに持ち上げること。◇香鑪峯　廬山の北峰。草堂はこの峰と寺との間にあった。

555　諸君は宮廷にあって、花の咲く時節ともなれば錦の帳の下で得意になっているであろうが、私は廬山で、雨の降る晩など、草葺きの庵の中で独りわびしい生活を送っている。

都の友人を思い、栄枯の計り難いことを観じて賦す。◇蘭省　尚書省。わが国の太政官に当る。◇錦帳　錦のとばり。◇草庵　草葺きのいおり。

556　漁夫は夕暮に船を出して、この浦あの浦とお互いに別れて釣りをし、牧童は牛の背に乗って吹く笛の音がさむざむと響きわたる。

水閣より眺めた山水の景観を賦す。◇寒笛　笛の音が響きわたってすさまじく聞えるのをいう。

557　南斉の大臣であった王倹の邸はまことに美しかったけれど、招かれた客はみな年少の者ばかり

杜荀鶴

漁父晩船分浦釣　牧童寒笛倚牛吹　杜荀鶴

557
王尚書が蓮府麗しければすなはち麗し　恨むらくはただ紅顔の賓のみ有ることを
嵆仲散が竹林幽かなればすなはち幽かなり　嫌ふらくはほとほど素論の士に非ざることを　尚歯会　菅三品

王尚書之蓮府麗則麗　恨唯有紅顔之賓　嵆仲散之竹林幽則幽　嫌殆非素論之士　尚歯会　菅三品

558
南に望めばすなはち関路の長きあり　行人征馬翠簾の下に駱駅す

で、この山荘の尚歯会のように長老の集まりでないのは遺憾なことだ。晋の高潔の士嵆康等七人の賢人が遊んだという竹林はまことに静かで趣き深かったけれど、世間に関係のない老荘の話ばかりしていて王道を論じなかったことが惜しまれてならない。

尚歯会の集まりを讃えたもの。

◇王尚書が蓮府　南斉の尚書僕射王倹は邸を役所とし時の名士が集まったが、その邸に蓮花池があったので時の人が蓮府と呼んだ（『南史』庾杲之伝）。◇麗しければすなはち麗し　『文選』琴賦序に「麗しきことは麗し。然れどもその理を尽さず（李善注、麗は美麗なり）」とある。◇嵆仲散が竹林　『述征記』によれば、山陽県城東北三十里に嵆康の園宅があり、今は荒廃しているが竹が残っていて、父老はそこを嵆康の竹林の地と伝えると見える（『芸文類聚』居処）。◇素論　けがれのない高尚な論の意だが、老荘流の玄談に対して儒教者流の王道の論をいう。

558　南を眺めると逢坂の関へと路が長く続いて、人馬の行く絶え間のない様子が翠の簾の下から望まれる。東をふりかえって見ると、また白河堤に植えられた林の樹の景色がすばらしく、美しい羽のおしどりやかもめが朱塗りの欄干の前で遊び戯れている。

白河院からの眺めのすばらしさを詠む。

◇関路　逢坂山に続く粟田口付近をいう。◇行人征馬　旅行く人や旅客の乗る馬。◇駱駅　続いて絶えぬさま。◇林塘　堤に樹木が並べ植えられていること。◇紫鴛白鷗　紫の鴛鴦と白い鷗。◇朱檻　「朱檻空虚に在り、涼風八月の初」（『白氏文集』巻一六、百花亭）。◇逍遥　のどかに遊ぶさま。「聊く逍遥もつて相羊せり（王逸注、逍遥相羊は皆遊ぶなり）」（『楚辞』離騒）。

559　山路に日が暮れて、耳に聞えるものといえば家路に急ぐ樵夫の歌や牧童の笛の音だけ、鳥たちも谷間のねぐらに帰って行き、目に映るのはもはや竹やぶや松林に立ちこめる夕もやの色だけだ。

山里の夕暮の寂しいさまを詠む。

◇樵歌牧笛　樵夫の歌や牧童の吹く笛。◇澗戸　谷の入口。『文選』北山移文に「澗戸摧け絶えてともに帰ることなし」とある。

560　花の間に友を求めると、鶯がやって来てしきりに言葉をかわし、家を洞の中に移すと、鶴が飛んで来てその隣に巣をつくる。

鶯や鶴を友とする、俗界を隔てた山中の住居の雅趣を賦す。

◇語を交ふ　鶯の囀りを人がものを言いかわすさまに喩える。◇隣をトむ　鶴が来て棲むさまが隣に宿を占めるのに似ていることをいう。

561　雨が止み雲が切れると、青々とした山脈が窓の前に近づいて見え、雨が降り始めると、白く濁った水が溢れて、門の中に流れ込んで来る。

田家の実景をよく言い表している。

東に顧みればまた林塘の妙なるあり　紫鴛白鷗朱檻の前に逍遥す　白河院　順

南望則有関路之長　行人征馬駱駅翠簾之下　東顧亦有林塘之妙　紫鴛白鷗逍遥於朱檻之前　白河院　順

559
山路に日落ちぬ　耳に満てるものは樵歌牧笛の声
澗戸に鳥帰る　眼に遮るものは竹煙松霧の色　斉名

山路日落　満耳者樵歌牧笛之声　澗戸鳥帰　遮眼者竹煙松霧之色　斉名

560
花の間に友を覓むれば鶯語を交ふ　洞の裏に家を移せば
鶴隣をトむ　紀

◇牖に臨んで　『文選』謝霊運の田南の樹園に流れを激いで援を植うる詩に「衆山亦た窓に当れり（呂尚注、衆山窓に当りて見ゆるなり）」とある。◇白水　濁水。『文選』沈約の湖中の雁を詠ずる詩に「白水春塘に満つ」とある。

562　春の暁に谷の巌をついて湧き上がる雲は、私が寝ている枕もとから生ずるようであり、峰の上に沈もうとする月は、私が眺めている窓の中から出たように思われる。

春暁の山中の光景を活写したもの。
◇石に触るる　雲は石に触れて起るという。『春秋公羊伝』僖公三十一年の条に「石に触れて出で、膚寸にして合ひ、朝を崇へずして徧く天下に雨ふるは唯泰山なり」とある。◇嶺に銜む　峰にかかり峰に呑まれるような形をしたのをいう。「竹霧暁に籠む嶺に銜む月」（『白氏文集』巻一六、庾楼暁望）。

563　山里の住まいは、何となく寂しいことはあるものだが、俗世間のやりきれなさの中にいるよりは、はるかに住みよいものであった。

『古今集』雑下、読人しらずの歌。隠遁生活に安住しようとする心境。『古今集』では、二句「もののわびしき」とある本が多い。
◇山里　世を遁れて閑居している所。◇ことこそあれ　「ことこそあれども」の心で下に続く。◇住みよかりけり　閑居して初めて住みよいと知った感慨の表現。

花間覓友鶯交語　洞裏移家鶴卜隣　紀

561
晴の後の青山は牖に臨んで近し　雨の初めの白水は門に入て流る　都

晴後青山臨牖近　雨初白水入門流　都

562
石に触るる春の雲は枕の上に生る　嶺に銜める暁の月は窓の中に出でたり　直幹

触石春雲生枕上　銜嶺暁月出窓中　直幹

563
山里は　ものさびしかる　ことこそあれ　世の憂きよりは　住みよかりけり

564
山里は　冬ぞさびしさ　まさりける　人目も草も　かれぬと思へば

田家

565
碧毯の線頭は早稲を抽づ　青羅の裙帯は新蒲を展べたり　白

碧毯線頭抽早稲　青羅裙帯展新蒲　白

566
家を守る一犬は人を迎へて吠ゆ　野に放てる群牛は犢を引いて休む　都

564　山里は、冬になるとことに寂しさがまさるものだ。人の訪れも遠のき、草も枯れはててしまうと思うと。

『古今集』冬の源宗于の歌。題詠として冬の山里閑居の情を詠む。掛詞を使って理智的余裕がある。◇冬ぞ　四季それぞれに寂しいが冬が特に。◇かれぬ　人目に対して「離れぬ」、草に対して「枯れぬ」を掛けている。

565　緑の毛氈の糸筋の端と見えるのは、早春に稲の苗がぬきいでた姿であり、青い薄物の裳が靡いていると見えるのは、蒲の新芽の葉が生い出た形である。

早春の田園の光景を賦す。◇碧毯　緑の糸で織った毛氈。◇早稲　稲の苗。◇青羅　青色の薄物。◇裙帯　婦人が腰につける裳。

566　家を守っている一匹の犬は人を見て吠え、野原に放たれている多くの牛は小牛を引き連れて休んでいる。

早秋の穏やかな田園風景を賦す。

567　農夫は卯の時に野辺に出、芳酒を酌んで気持よく酔い、山田の畦には甲の日に秋風が吹いて、今年も稲がよくみのることだろう。

秋の田園の風景を詠んだもの。

◇野酌　野辺で酒を飲むこと。◇卯時　朝の六時頃。この時に酒を飲めばききめが大きいという。『白氏文集』巻五一「卯時の酒」に「仏法は醍醐を讃し、仙方には沆瀣に誇る、未だ如かず卯時の酒、神速にして功力の倍するには」とある。◇桑葉の露　芳酒の名。桑落酒ともいう（『水経注』河水）。◇山畦　山田のあぜ。◇甲日　立秋の後の甲の日の風に吹かれると百穀が熟するという（『集註』）。

568　秋になってもの寂しい村里に風が吹きすさび、その風にのって笛を吹く音が聞えて来るのも、すさまじく照らす月の光の中で、隣家の衣を擣つ砧の音が聞えて来るのも、何れも寂しく哀れなものだ。

もの寂しい田家の秋の様子を詠んだもの。

◇蕭索　もの寂しいさま。◇荒涼　すさまじいさま。

569　春の田を作ることは他の人に任せて、私はひたすら、あたりの桜の花に心を寄せてそぞろ歩きをしている今日このごろです。

承平四年（九三四）の皇太后穏子五十の賀の屏風歌。斎宮内侍の作（『拾遺集』春）。田家の桜の画に寄せる。◇人にまかせて　「任せて」と「蒔かせて」とを掛ける。◇心をつくる　心を寄せる。執心する。田を「作る」意を利かせ、「春の田」「まかせ」「つくる」は縁語。

守家一犬迎人吠　放野群牛引犢休　都

567　野酌は卯時の桑葉の露　山畦は甲日の稲花の風　斉名

野酌卯時桑葉露　山畦甲日稲花風　斉名

568　蕭索たる村風に笛を吹く処　荒涼なる隣月に衣を擣つ程　相如

蕭索村風吹笛処　荒涼隣月擣衣程　相如

569　春の田を　人にまかせて　われはただ　花に心を　つくるころかな

570 時過ぎば　早苗もいたく　老いぬべし　雨にも田子は　さはらざらなむ

571 昨日こそ　早苗取りしか　いつのまに　稲葉もそよに　秋風の吹く

隣家

572 明月は好く三径の夜に同じ　緑楊は宜しく両家の春たるべし

明月好当三径夜　緑楊宜作両家春

570 田植えの時期を逃せば、早苗もすっかり伸びほうけてしまうだろう。折からの五月雨にも妨げられることなく、農夫たちは田植えをしてほしい。

延喜二年（九〇二）の中宮温子の月次屏風歌。紀貫之の作（『貫之集』）。◇早苗　稲の若苗。◇田子　田を耕作する農民。◇さはらざらなむ　「さはる」は差しつかえる意。「なむ」は他に対してあつらえ望む意。『古今六帖』『貫之集』には「さはらざりけり」とあり、雨を冒して田植えにいそしむ姿を描いたものとなる。

571 昨日早苗を取っていたと思っていたのに、いつのまに、豊かに伸びた稲葉をそよがせて秋風が吹くようになったのだろう。

初夏から実りの秋への時の推移の速さを詠む。『古今集』秋上、読人しらずの歌。◇昨日　比喩的に、近い過去の日を表す。◇こそ　「昨日」を強調するとともに「しか」（已然形）と呼応して下へ逆接的に続く構文を作る。

572 月のよい晩は、あの蔣元卿が二人の友人と相親しんだように三径を徘徊して月を眺めよう。青柳が芽を出す春は、あの陸慧暁と張融のように、両家でともに賞でることにしよう。

友人の隣に家を占める喜びを詠んだもの。
◇好く　『字類抄』『名義抄』によれば「コトムナシ」と訓む。◇三径　庭の三つの小路。隠遁者の門庭をいう。漢の蔣詡（字は元卿）の宅は三径だけだったが、求仲・羊仲の二友とここで相親しんだという（『世説』棲逸）。◇同じ　底本「当」を改む。◇緑楊　南斉の陸慧暁は張融と宅を並べていたが、その間の池のほとりに二株の楊柳があったという（『南史』陸慧暁伝）。

573　ただ我れ等二人だけが、身を終えるまで顔を合わせて付き合うことができるだけでなく、子々孫々いつまでも、このように垣根を隔てて隣付き合いをしよう。

親密な隣家との交際を願ったもの。

574　この池のほとりにある別荘は誰の住処（すみか）であろうか。聞くところによると、昔、陸慧暁と張融の二人が門に柳を植え隣合って住んでいた所という。

陸張の故事によって隣家の様子を詠んだもの。

◇別業　別荘。『文選』思帰引序に「遂に河陽の別業に肥遁す（劉良注、別業は別居なり）」とある。◇陸張　陸慧暁と張融。五七三参照。

575　枕もと近くに聞える波の音は、あちらとこちらの岸を隔てた両家の人の夢の中に入り、簾に当る池辺の柳が新緑の色をつけると、両家は一緒に春の景色を眺め楽しむ。

前項に同じ。

◇波の声　陸慧暁と張融の別荘の間にある池の波音。

◇柳の色　両家の間の池辺の柳の色。

576　簾の前に靡（なび）いている春の青柳は、お互いに隣家の簾の前にある柳だと譲り合い、暁の池の波音は、あちらとこちらに分れ、枕もと近くでかすかに聞

573
独り身を終（を）ふるまでしばしば相見るべし　子孫（しそん）は長く墻（かき）を隔（へだ）てたる人たらむ　白

可独終身数相見　子孫長作隔墻人　白

574
池辺（ちへん）の別業（べつげふ）はこれ何人（なんひと）ぞ　道（い）ふならく陸張（りくちやう）昔隣（となり）を卜（し）む

池辺別業是何人　聞道陸張昔卜隣

575
枕（まくら）に落つる波の声は岸を分つ夢　簾（すだれ）に当る柳の色は両家（りやうか）の春　菅三品

落枕波声分岸夢　当簾柳色両家春　菅三品

576
春の煙（けぶり）は遞（たがひ）に簾の前の色を譲（ゆづ）る　暁の浪（なみ）は潜（ひそ）かに枕の上の

えて来る。
陸張の故事によって詠んだもの。
◇春の煙　春になって新緑の芽をふいた柳が煙ったように見えるのをいう。◇暁の浪　暁の池の浪。

577　あなたの家と私の家との間を分けている垣に通じた名を持つこのかきつばたの花を、まだ色の衰えぬうちに来て見る人がいないものか。
藤原興風（おきかぜ）のもとへ、かきつばたに付けて贈り、親友興風を招待する意をこめた紀貫之の歌（『貫之集』）。
◇君が宿わが宿分ける　「る」は存続の助動詞。上二句は「分ける垣」の意で「かきつばた」を導く序詞。前出の陸慧暁と張融の故事によった表現。◇見む人　わが家に来てかきつばたを賞美する人。興風をそれとなく暗示する。

578　千本の松が生えている下に双峰山寺がある。私は、一葉の木の葉の舟に乗って万里の地を漂泊する旅人のような境遇で、今この寺にやって来た。
山寺において孤独の身を詠んだもの。
◇双峰の寺　湖北省黄梅県の西北、双峰山にある正覚寺。四祖寺ともいう。◇一葉の舟　一枚の木の葉のような小舟。『全唐詩』には「一盞燈前万里身」とある。

579　静かな山寺には、人の眼に触れる通俗な物が全くなく、ただ清らかな水の流れの音だけが聞えて来て、私の心を洗い流してくれる。

声を分つ　　直幹

春煙遞讓簾前色　暁浪潜分枕上声　　直幹

577
君が宿（やど）　わが宿分ける　かきつばた　うつろはぬとき　見む人もがな

山寺

578
千株（せんちう）の松の下（もと）の双峰（さうほう）の寺　一葉（いちえふ）の舟の中（うち）の万里（ばんり）の身（み）　　白

千株松下双峰寺　一葉舟中万里身　　白

579
更に俗物（しよくぶつ）の人の眼（まなこ）に当れるなし　ただ泉（いづみ）の声の我が心を洗

山寺の閑寂な様子を賦したもの。
◇俗物　世間の事物をいう。

580　かつては朝廷に参内するために出入りした門を、そのまま仏道を求めるための寺の門とし、朝夕渡った門前の小川の橋を、直ちに悟りを開いて彼岸にいたる道にした。

主人が別荘を喜捨して寺院としたことを称えたもの。
◇朝天の門　朝廷に出仕するための門。わが家の門をいう。◇車を求む　生死を厭い仏道を求めること。『法華経』譬喩品の、火宅の喩えの中にみえる、火のついた家の中にいる子供が家の外に出て長者に車を求める件りをふまえる。◇閲水の橋　もろもろの水が合流した川に渡す橋の意。ここは門前の小川に架けた橋をいう。『文選』歎逝賦「悲しきかな川は水を閲べて以て川を成す、水は滔々として日に度る（李善注、閲は惣なり）」。◇到岸　彼岸に到達すること。彼岸は迷いの此岸に対して悟りの世界をいう。

581　馬に乗ってやって来た時には、ただ風の音やもやの色など、野外の景色のすばらしさに感嘆したものだが、僧に逢って談ずるのを聞くと、世俗のことはすべて空で執着するに価しないことに気付く。

山寺における煩悩解脱の心境を賦す。
◇風煙　風の音やもやの色。『白氏文集』巻二一「有木」の詩に「風煙顔色を借して、雨露華の滋ひを助く」とある。◇世俗の皆空なる　『大無量寿経』巻下に「通達諸法性、一切空無我」と見える。

ふのみあり　同じ

更無俗物当人眼　但有泉声洗我心　同

580
朝天の門を改めず　便ち車を求むる所とす
閲水の橋を変ぜず　もて到岸の途となす　慈恩寺　野

不改朝天之門　便作求車之所　不変閲水之橋　以為到岸之途　慈恩寺　野

581
馬に策て来し時は　ただ風煙の翫ぶべきことを思ふ
僧に逢て談ずる処に　漸くに世俗の皆空なることを覚ぬ　英明

策馬来時　只思風煙之可翫　逢僧談処　漸覚世俗之皆

空　英明

582
人は鳥路(てうろ)の雲を穿(うが)て出づるがごとし　地はこれ龍門(りようもん)水を趁(と)めて登る　菅

人如鳥路穿雲出　地是龍門趁水登　菅

583
三千世界(さんぜんせかい)は眼(まなこ)の前に尽きぬ　十二因縁(じふにいんえん)は心の裏(うち)に空(むな)し　都(と)

三千世界眼前尽　十二因縁心裏空　都

584
泉(いづみ)飛んでは雨声聞(しやうもん)の夢を洗ふ　葉落ちては風色相(しきさう)の秋を吹く　相如(しやうじよ)

582　山が高いので、登る人は鳥が雲を破って空を渡るように見えるし、また山を龍門というので、人は龍門の滝の水を魚が川を上って龍となるように、逐(お)って登って行く。
龍門寺の嶮(けわ)しい路を賦したもの。◇鳥路　鳥の通う路。高い山の路をいう。◇龍門　奈良県宇陀郡の龍門寺。龍門の滝がある。『辛氏三秦記』に「大魚龍門の下に集まるもの数千、上ることを得ず。上る者龍となる」(『芸文類聚』鱗介)とある。

583　竹生島(ちくぶじま)から琵琶湖(びわこ)をはるばると眺めわたすと、あらゆる世界が眼前で見尽せて、残る所もないような気がするし、また、俗世の煩悩がはらい去られて心の中が浄められる感じがする。
琵琶湖の広大清澄な景を詠んだ秀句。◇三千世界　仏教でいうありとあらゆる世界。須弥山(しゆみせん)を中心にして周囲に四大洲があり、その周りに九山八海のあるのが我々の住む世界で一小世界といい、それを千集めたのが一小千世界、それを千集めたのが一中千世界、さらに千合わせたのが一大千世界であり、小中大の三種の千世界から成るので三千世界という。◇十二因縁　人間の苦しみや悩みの原因を追求して十二の項目を立てたもの。無明・行・識・名色・六処・触・受・愛・取・有・生・老死をいう。

584　滝の流れは雨に似ているが、この寺の修行僧を驚かして夢を破り、木の葉を吹き落す秋の風は、すべての物の本性を表し示し、この世の無常を悟

泉飛雨洗声聞夢　葉落風吹色相秋　相如

585
山寺の　入相(いりあひ)の鐘の　こゑごとに　今日(けふ)も暮れぬと　聞くぞかなしき

586
木(こ)の下(もと)を　住みかとすれば　おのづから　花見る人に　なりにけるかな　花山院

仏(ぶつ)　事(じ)

587
月重山(つきちようざん)に隠(かく)れぬれば　扇(あふぎ)を擎(ささ)げてこれに喩(たと)ふ
風大虚(たいきよ)に息(や)んぬれば　樹(き)を動かしてこれを教ふ　止観(しくわん)

らせる。

山寺の崇高な境を賦す。
◇声聞　仏の教えの声を聞いて修行する僧。教団を構成している出家修行僧をいう。◇色相　物質の本性。「色」は、形質を持って生成変化する物質的現象。

585　山寺の入相の鐘の音を聞くたびに、今日もまた暮れてしまったのだと思い知らされるのは悲しいことだ。

『拾遺集』哀傷の読人しらずの歌。平明な表現で無常の心を余情深く述べた歌として著名である。
◇入相の鐘　日没のころ、寺院で勤行の合図として鳴らす鐘。◇暮れぬ　一日を無為に失った喪失感がある。

586　修行者の習いとて樹下石上を常の住処(すみか)としているので、春には自然に桜花を眺め楽しむ人になってしまう。

修行遍歴の折、桜花の下で詠んだ歌（『詞花集』雑上）。修行の身が俗人同様に見えることに興じた。
◇木の下を住みかと　修行僧の生活規律である十二頭陀(ずだ)行(ぎよう)の中に樹下坐(じゆげざ)（樹下に坐して観想すること）がある。◇花見る人　俗世の花見客。

587　月が重なり合った山に隠れると、扇をあげて譬(たと)えて示し、風が大空に吹き止むと、樹を動かして譬えて示す。

月風を真理の教法に、重山を煩悩、大虚を空寂に比し、扇と樹を方便の説話に譬える。

588 私は、今日に至るまで専ら世俗の詩文を作り、戯れ飾った言葉を弄んだ罪を犯して来たが、この詩文を作る営みを転じて、これから先、永遠に仏法を讃嘆し演説する時の契機としたいと切望している。

文学と仏教とを結びつける考えを述べる。

◇狂言綺語　道理に合わぬ言葉と誠実味のない言葉。◇当来世々　来世。◇讃仏乗　誰でも仏となれる教えを讃嘆して人を教化すること。◇転法輪　教えを説くこと。「輪」は古来印度の戦闘に用いた武器。戦車が回転して敵を破砕するように、仏の教えが一切衆生の間を回転して迷いを破砕するので「転法輪」という。

589 未来永劫にわたって悟りを開く種を蒔きつけられたようなもので、大師の八十三年の間に施された功徳は無量で林のようである。

如満大師の功徳を讃えたもの。

◇百千万劫　無窮の時間をいう。◇菩提　悟り。◇功徳の林　「功徳」は幸福のもとになる善根。「林」は物の多いさまの喩え。

590 仏の国土は十方にあるけれども、その中で西方の阿弥陀如来の極楽浄土に生れることを望み、その極楽の蓮華の臺は九種類に分れているが、往生さえできれば、最下の下品下生であっても満足である。

阿弥陀如来の極楽浄土を讃嘆したもの。

◇十方仏土　十方（四方四維に上下を加えたもの）の仏国土。全世界。◇西方　極楽浄土。◇九品蓮臺　九品往生（浄土に往生する者に九種類の別がある）の修

月隠重山兮　擎扇喩之　風息大虚兮　動樹教之　止観

588
願はくは　今生世俗文字の業狂言綺語の誤りをもて
翻して　当来世々讃仏乗の因転法輪の縁とせむ　白

願　以今生世俗文字之業狂言綺語之誤　翻　為当来世
世讃仏乗之因転法輪之縁　白

589
百千万劫の菩提の種　八十三年の功徳の林　白

百千万劫菩提種　八十三年功徳林　白

590
十方仏土の中には　西方をもて望みとす
九品蓮臺の間には　下品といへども足んぬべし　保胤

十方仏土之中　以西方為望　九品蓮臺之間　雖下品応足　保胤

591
十悪といへどもなほ引摂す　疾風の雲霧を披くよりも甚し
一念といへども必ず感応す　これを巨海の涓露を納るるに喩ふ　後中書王

雖十悪兮猶引摂　甚於疾風披雲霧　雖一念兮感応　喩之巨海納涓露　後中書王

592
昔忉利天の安居九十日　赤栴檀を刻んで尊容を模し
今抜提河の滅度より二千年　紫磨金を瑩いて両足を礼したてまつる　匡衡

行者がそれぞれ坐する蓮華の臺の種類。九品は上中下三品に各上中下三生の区別がある。

591　弥陀の悲願は、たとえ十悪を犯したような悪人でも、浄土に引きとって下さるが、それは疾い風が雲や霧を吹き払うようなものであり、また一回でも弥陀の名号を唱えた者なら、それに感応して往生できるようにして下さるが、それは、大海がひとしずくの水滴をも嫌わずに受け入れるのと同じだ。

弥陀の悲願の広大無辺なことを讃嘆したもの。

◇十悪　殺生・偸盗・邪婬・妄語・綺語・悪口・両舌・貪欲・瞋恚・愚痴の十の悪業。◇引摂　極楽浄土に受け入れること。◇一念　「念」は称念。一たび仏名を唱えること。◇必ず感応す　「必」は底本になし。『文粋』により補う。「感応」は、救われようとして念仏する衆生と、それを救おうとする阿弥陀仏の慈悲心が一つに合すること。◇涓露　僅かの水滴。

592　昔、釈迦が母への報恩のため忉利天に昇って九十日間安居した時、優塡国王は下界に仏がいないことを嘆き、栴檀を刻んでその形像を作ったという。今日、釈迦が抜提河の畔で入滅してから二千年を経過して、黄金を磨きその尊像を造って礼拝する。

仁康上人の造仏の功徳を讃嘆した。

◇忉利天　三十三天と訳す。欲界六天の第二で須弥山の頂にあり、帝釈天が住む。◇安居　印度の僧の修行の一。四月十五日から三カ月雨期の間外出せず、洞窟や寺院に籠って修行すること。◇赤栴檀　赤色の栴

昔忉利天之安居九十日　刻赤栴檀而模尊容　今抜提河
之滅度二千年　瑩紫磨金而礼両足　匡衡

593
浪洗て消えなむとす　竹馬に鞭て顧みず
雨打て破れ易し　芥鶏を闘はしめて長く忘れたり
沙を聚めて仏の塔を為る
保胤

浪洗欲消　鞭竹馬而不顧
雨打易破　闘芥鶏而長忘
聚沙為仏塔
保胤

594
極楽の尊を念じたてまつること一夜　山月正に円かなり
勾曲の会に先だてること三朝　洞花落ちなむとす
勧学会
斉名

檀。釈迦が母摩耶夫人の報恩のため忉利天に登って説法した時、下界に仏不在のため優塡王が赤栴檀で仏像を模作せしめ、仏がその志を憐れみ名工を下して仏像を作らしめた故事（『増一阿含経』聴法品）による。◇抜提河　釈迦が入滅した娑羅双樹の畔の川（『涅槃経』寿命品）。◇滅度　釈尊の入滅。◇両足　両足尊。人間の中で最も尊い人のことで、仏の尊称。

593　童子が戯れに砂を集めて仏塔を作っても、作り終ると波に洗い流されるのも顧みず、竹馬に乗って遊び廻り、雨にたたきくずされるのも忘れて、鶏を蹴合せるのに夢中になっている。こうした童子の戯れでもその功徳は大きいと仏は説かれている。

『法華経』の「聚沙為仏塔」の意味を賦したもの。
◇竹馬　『後漢書』郭伋伝に「童児数百有り、各竹馬に騎りて、道次に迎拝す」。◇芥鶏　羽に芥子をふりかけた鶏。闘鶏に用う。『史記』魯周公世家に見ゆ。

594　極楽浄土の阿弥陀如来を念ずる一夜、山の端に出た十五夜の月は円満で如来のお姿をしのばせ、茅君兄弟が勾曲山に会合した三月十八日に先立つこと三日の今日、仙郷にも譬えられるこの寺の花は今まさに散り落ちようとしている。

山寺の暮春の景色を仙仏の境地になぞらえて賦す。◇極楽の尊　阿弥陀如来をいう。◇勾曲の会　漢の茅盈が仙術を収め昇天する時、三月十八日に、二人の弟と勾曲山での再会を約束した故事による（『古今図書集成』博物彙編神異典）。◇洞花　仙洞の花。

念極楽之尊一夜　山月正円　先勾曲之会三朝　洞花欲落

勧学会　斉名

595 玉磬の声は管絃の奏するかと思ひ　納衣の僧は綺羅の人に代へたり　都

玉磬声思絃管奏　納衣僧代綺羅人　都

596 眼の蓮はあに清涼の水に養はれんや　面の月は長く十五の天に留めたり　阿難　斉名

蓮眼豈養清涼水　面月長留十五天　阿難　斉名

597 仏の神通を以てもいかでか酌み尽さむ　僧祇劫を経とも朝

595 玉磬を打ち鳴らす声を聞いて、日頃耳馴れた管絃の声かと思う。今日は法華会を修する日なので、いつもは綾や薄物を着飾った美人に代って、墨染の衣をまとった僧が出入りする。

大臣家の法会の様子を詠んだもの。底本・『私注』、作者を各々「都」（都良香）「野相公」（小野篁）とするが、題と時代が合わない。◇玉磬　「磬」は中国から伝わった打楽器の一。仏事に用いる。◇管絃　底本「絃管」。諸本により改める。◇納衣　袈裟のこと。朽ち古びた弊衣を縫いつづった法衣。◇綺羅　美しい綾薄物の着物。

596 世間の蓮は、清涼の水に養われてこそ美しい花を開くけれど、阿難の眼が蓮華のように見えるのは、このような清水に養われたためではない。また、世間の月は時によって満ちかけがあるけれど、阿難の顔が満月のように見えるさまは、十五夜の月がいつも空にかかっているかのようだ。

阿難尊者の徳を讃嘆したもの。◇眼の蓮・面の月　阿難尊者の容貌は美しく、その眼は蓮華、その面は満月のごとくであったという（『大智度論』巻三）。底本「蓮眼」を他本で改む。◇十五の天　十五夜の空。

597 観音の誓いの深くて測りがたいことは、仏の神通力によっても酌みつくすことができぬほどである。その恵みの広さ、深さは、百川の水が海に集まり注ぐように、永遠に尽きることがない。

宗(そう)せむとす　以言(いげん)

以仏神通那酌尽　経僧祇劫欲朝宗　以言

598　凍(こほり)を叩(たた)いて負(お)ひ来(きた)る寒谷(かんこく)の月　霜を払(はら)て拾ひ尽す暮山(ぼさん)の雲　保胤(ほういん)

叩凍負来寒谷月　払霜拾尽暮山雲　保胤

599　已(すで)にいまだ習(なら)はざる千年の役(やく)を終(を)へて　たまたま逢(あ)ひ難(がた)き一乗(いちじょう)の文(もん)を得たり　同じ

已終未習千年役　儻得難逢一乗文　同

600　いつしかと　君にと思ひし　若菜をば　法(のり)のためにぞ　今日は

◇神通　超自然的な能力。◇酌み尽さむ　大施太子が、衆生済度のために得た如意珠を海神に奪われ、誓いを起して貝殻で海水を汲み尽そうとした時、諸天がこれを助けて再び珠を得た故事（『六度集経』『三宝絵』等）による。◇僧祇劫　無限の時間。「僧祇」は数えきれない意。◇朝宗　河川が海に流れ集まること。

598　冬の朝、月がまだ残っている寒い谷間に氷を砕き、水を汲んで背負って帰り、夕暮、雲が峰にかかる頃、霜を払いのけて木の実を拾い尽して帰る。

釈尊が昔法華経を得るため阿私仙という仙人に仕えた辛苦を賦す。『法華経』提婆達多品(だいばだったほん)による。

◇凍を叩く　谷の氷を砕くこと。

599　今まで経験したこともないような労役に千年間も堪えた後、容易に遇いがたい法華経を、たまたま得ることができた。

前項と合わせて律詩をなすか。

◇千年の役　釈尊が求法のため千年間仙人に仕えたこと（『法華経』）。◇一乗の文　『法華経』の教え。「一乗」は唯一無二の乗物の意。衆生を悟りに導く教えの喩(たと)え。仏教の種々の教説には唯一の真実の教えがあるのみで、それによっていかなる衆生もすべて仏になれると説く一乗の思想は、特に法華経で強調された。

600　いつか早く母后のために摘んでさしあげたいと思いもうけていた若菜を、思いもかけず追善のために今日摘むとは悲しいことだ。

天暦九年（九五五）正月の弘徽殿(こきでん)での母后穏子追善の

摘みつる

邑上御製

601
極楽は 遥けきほどと 聞きしかど つとめて至る ところなりけり

602
阿耨多羅 三藐三菩提の 仏たち わが立つ杣に 冥加あらせたまへ

伝教大師

603
この世にて 菩提の種を 植ゑつれば 君が引くべき 身とぞなりぬる

左相府

僧

御諷誦に際し詠んだ歌（『拾遺集』哀傷）。◇法のためにぞ今日は摘みつる　前出「千年の役」の故事を詠んだ「法華経をわが得しことは薪こり菜摘み水くみ仕へてぞ得し」（『拾遺集』行基）による。

601　極楽浄土は十万億土の彼方に隔たっていると聞いていたが、念仏の行をつとめていれば、翌早朝には早くも至り着けるところなのでした。

『拾遺集』は仙慶、『千載集』は空也の歌とする。◇遥けきほど「是より西方十万億の仏土を過ぎて世界あり。名づけて極楽と曰ふ」（『阿弥陀経』）。◇つとめて　勤行の意と翌朝の意を掛ける。

602　この上なくすぐれ、平等円満な智と悟りをもつ仏たちよ、私の立っているこの杣山に冥々のご加護をたれて寺院建立の所願を果たさせたまえ。

比叡山の中堂建立のときの最澄の歌と伝える。◇阿耨多羅三藐三菩提　梵語の音訳。仏の智恵が無上にすぐれ、正しく平等円満なこと。◇杣　ここは比叡山。◇冥加　仏や神の冥々の加護。

603　現世において悟りを得るべき種を植えておいたので、来世には阿弥陀如来が極楽に導きたまうべき身となっているのは頼もしいことだ。

「左相府」は左大臣藤原道長。一説には「右相府」の誤りで藤原師輔の歌。菩提子の数珠につけた歌か。◇菩提の種　五九八参照。◇君　西方浄土の教主、阿弥陀仏。◇身「実」を掛け、「種」の縁語。

604
蒼茫たる霧雨の霽れの初めに　寒汀に鷺立てり
重畳せる煙嵐の断えたる処に　晩寺に僧帰る　閑賦

蒼茫霧雨之霽初　寒汀鷺立
重畳煙嵐之断処　晩寺僧帰　閑賦

605
野寺に僧を訪うて帰るに月を帯ぶ　芳林に客に携はて酔ひて花に眠る　鮑溶

野寺訪僧帰帯月　芳林携客酔眠花　鮑溶

606
堂に母儀あり　もて中天の月に逗留することなかれ
室に師跡あり　もて五臺の雲に偃息することなかれ

604　ほの暗い霧や雨が晴れ上がると、寒々とした川の洲に鷺が独り立っているのが見える。幾重にも重なった雲や煙の絶え間に、日も暮れかかるころ寺へ帰って行く一人の僧の姿が窺える。
もの静かな住居の様子を賦した。◇蒼茫　ほの暗いさま。◇重畳　幾重にも重なっているさま。『白氏文集』巻五二「太湖石」に「重畳せる匡山の岑」とある。

605　郊外の寺に僧を訪問し、思わず閑談に時を移して日が暮れたので、月の光を浴びながら帰る。美しい花が競うように咲いている林の中で客と一緒に遊んで、酒に酔って花の下に眠る。
のどかな春の遊びを詠む。◇野寺　野外にある寺。◇芳林　花が芳しく咲いている林。

606　故郷の殿堂には慈母がおいでなのだから、釈尊のあとを慕って長く中天竺の月を眺め留まることをしないがよい。また故山の僧房には恩師の跡が残っているのだから、文殊の跡を訪ねても雲のかかる五臺山に久しく休息しないで早く帰って来てほしい。早い帰国を望まれる入唐僧への餞けの意を賦す。
◇母儀　人の母たる者の手本の意。母のこと。◇中天　五天竺の一。中天竺。釈迦の遺跡がある。奝然が渡海した際の願文に「願はくは先づ五臺山に参りて、文殊の即身に逢はんと欲し、願はくは次に中天竺に詣りて、釈迦の遺跡を礼せんと欲す」とある。◇五臺山西省五臺県の東北にある山。清涼山・紫府山ともいう。文殊菩薩の遺跡のある所。◇偃息　臥し休む。『字類抄』「ノヘフシヤスム　同心分」。

607　師の知恵は鏡のように明らかで、匣を開けばいずれの場所でも照らさないところはなく、またその心が執着とは無縁なことは、白雲が無心に往来するのと同じで、師はわが屈請を受け入れて山を下りてこられた。
僧の知恵を讃えて賦したもの。

608　諸法は皆空である理を観ずる浄業の僧は明月のごとく心が明らかに澄み、静かに老年を送っている高僧は、霜のように白い鬢髪を剃っている。
寺の僧侶の様子を賦したもの。
◇空を観ず　一切の存在はそれ自体本性がないという道理を悟るために修行すること。◇浄侶　徳高く、心の清い僧侶。

入唐僧に餞す　保胤

堂有母儀　莫以逗留於中天之月　室有師跡　莫以偃息於五臺之雲　餞入唐僧　保胤

607
明鏡乍ちに開けて境に随て照らす　白雲着かず山より下りて来る　野

明鏡乍開随境照　白雲不着下山来　野

608
空を観ずる浄侶は心月に懸く　老を送る高僧は首霜を剃る　順

観空浄侶心懸月　送老高僧首剃霜　順

609
鶴閑かにして翅千年の雪を刷ふ　僧老いては眉八字の霜を垂る　為憲

鶴閑翅刷千年雪　僧老眉垂八字霜　為憲

610
たらちめは　かかれとてしも　むばたまの　わが黒髪を　撫でずやありけむ　良僧正

611
世の中に　牛の車の　なかりせば　おもひの家を　いかで出でまし

612
三輪川の　清き流れに　すすきてし　わが名をさらに　またや汚さむ

609　鶴は性質がおだやかで、千年の長寿を経たと思われる真白な羽を整えつくろい、長老の僧は八の字の形をした白い眉毛を垂れている。

比叡山の人間界を離れた趣を賦したもの。◇閑か　性質が穏やかなこと。◇千年の雪　鶴が長寿でその羽が雪のように純白なこと。◇八字の霜　年老いた僧の眉が霜のように白く八の字の形に垂れていること。

610　わが母は、このように出家剃髪してくれることを希って、幼いころ、私の黒髪をなで慈しんだのではなかったのだろうなあ。

初めて剃髪した感慨を述べた遍昭の歌（『後撰集』）。◇たらちめ　母の枕詞「たらちねの」から転じた語。平安時代に「たらちね」が親をさす語になってから、特に母親を表す語として派生した。◇むばたまの　「黒」の枕詞。

611　この世の中に、牛の車にたとえられる仏の大乗の教えがなかったら、煩悩火宅の苦しみを我々はどうして逃れることができようか。

『拾遺集』哀傷の読人しらずの歌。◇牛の車　『法華経』譬喩品にみえる大白牛車のことで大乗の妙法を喩える。長者が、火の出た家に遊ぶ子供たちを、羊や鹿や白い牛の引く車が門外にあると誘い出して助け、のちに大白牛車を与えた故事による。五六〇参照。◇おもひの家　煩悩に満ちた火宅であるこの世。「思ひ」に「火」を掛ける。

612　三輪川の清い流れのほとりに精進修行して清らかにしたわが名を、今さら名聞利欲の対象となる僧綱に任ぜられて、汚したりなどできようか。

『江談抄』に玄賓が律師に任ぜられて辞退したときの歌と伝える。『袋草紙』『古事談』等にも見える。◇三輪川　初瀬川の三輪山付近での呼び名。「三輪清浄」（身・口・意の三業が清らかになる）の意を寓する。◇わが名　私の世間から得た評価。

613　この詩集は、単に洛陽の履道里で悠々自適の生活を送っている老人がいることを記録するのみに止まらず、大唐の大和年中は、世の中がよく治まり人々が平和を楽しむ声が街に満ち満ちていることを世の人に知らせようと思って編んだのだ。

閑居の生活と泰平の世を讃えて記したもの。◇東都　洛陽。長安に対していう。◇履道里　洛陽の東南部、白楽天の住んでいた所。◇閑居泰適　俗世間から離れて心安らかに悠々自適すること。◇皇唐　大唐と同じ。◇大和　唐の文宗の時の年号。ここは大和八年（八三四）。◇理世安楽　世の中が治まり人民が泰平を楽しむ。『詩経』大序に「治世の音は安くして以て楽しむ、其政は和す」。

614　天皇が一たび崩ぜられてからは、仙宮の十二楼になぞらえた宮殿楼閣は人影もなく寂しくなり、月日は疾く移り去って、残された宮中三千の綺羅を着かざった美女たちもいつの間にか年老いてゆく。

帝王崩御後の寂しい宮中の様子を賦したもの。

閑居

613
独り東都の履道里に閑居泰適の叟ありといふことを記するのみにあらず
また皇唐大和の歳理世安楽の音ありといふことを知らしめむとなり　白

不独記東都履道里有閑居泰適之叟　亦令知皇唐大和歳
有理世安楽之音　白

614
宮車一たび去る　楼臺の十二空しく長し
隙駟追ひがたし　綺羅の三千暗に老いたり　閑賦

宮車一去　楼臺之十二空長　隙駟難追　綺羅之三千暗老　閑賦

615
幽思窮まらず　深巷に人なき処
愁腸断えなむとす　閑窓に月のある時　上に同じ

幽思不窮　深巷無人之処　愁腸欲断　閑窓有月之時　同上

616
鶴の籠開くる処に君子を見る　書巻の展ぶる時故人に逢ふ　白

鶴籠開処見君子　書巻展時逢故人　白

617
人間の栄耀は因縁浅し　林下の幽閑は気味深し　白

◇宮車一たび去る　天子の崩御をいう。「宮車一日晏駕す」（『史記』范雎伝）。◇楼臺の十二　崑崙山にある仙人の十二楼。王宮に譬える。◇隙駟追ひがたし　月日の早く過ぎること。「三年の喪、二十五月にして畢るは、駟の隙を過ぐるが若し（鄭玄注、駟の隙を過ぐるは疾きを喩ふ）」（『礼記』三年問）。◇綺羅の三千　綾薄物を着飾った後宮の美人の数多いこと。『後漢書』皇后紀論に「武元より後世々淫費を増し、掖庭三千、級を増せること十が四なるに至る」とある。

615　草深い荒れはてた巷の家は訪う人もなく、独り住んでいると物思いは絶え間がない。寂しい窓に月のさす時は、愁いも増して腸もちぎれる思いだ。

陋巷の荒涼たる光景を賦す。◇幽思　寂しい思い。「故に憂愁幽思して、離騒を作る」（『史記』屈原伝）。◇深巷　草深くいやしい所。

616　籠を開いて鶴を見ると、その姿は静かにみやびやかで、君子に向い合っているようだ。また巻子の書物を広げて読んでいくと、あたかも故人に逢うような気持がする。

閑居の生活を賦したもの。◇君子　三七〇参照。

617　この世における栄耀は、前世の因縁が浅かったとみえてとても望むことはできない。ただ山林の閑かな生活はかえって趣が深く、俗世の栄華にも勝って思われる。

閑居の生活を楽しむ心境を賦す。

人間栄耀因縁浅　林下幽閑気味深　白

618

官途はこれより心に長く別れぬ　世事は今より口に言はず　白

官途自此心長別　世事従今口不言　白

619

蕙帯蘿衣　簪を北山の北に抽づ
蘭橈桂檝　舷を東海の東に鼓く　江相公

蕙帯蘿衣　抽簪於北山之北　蘭橈桂檝　鼓舷於東海之東　江相公

620

都府楼には纔かに瓦の色を看る　観音寺にはただ鐘の声の

◇気味　おもむき。

618　この山荘ができたからには、仕官の道のことはこれから後長く忘れ、世間のことは今日からは口にさえ出して言うまい。

山居幽栖の境遇を望む心境を賦したもの。

◇官途　奉公の道。仕官の道。

619　ふじばかまの帯をつけ苔の衣を着て、官を去って北山の北に隠栖し、木蘭の棹をさし桂の檝を漕ぎ、舷をたたきつつ歌を歌って東海の東に遁れ去りたい。

隠者の生活を憧れたもの。

◇蕙帯蘿衣　蘭（ふじばかま）の帯と苔の衣で遁世の人の衣服に譬える。「荷の衣蕙の帯、儵として来り忽として逝く」（『楚辞』少司命）。◇簪を……抽づ　冠を支える簪を抜き捨てること。官を去ること。「まさに告成の礼に陪らんとするに、此を待ちて簪を抽でず」（『文選』沈約、呂僧珍を餞する詩）。◇北山の北　漢の法真が出仕をすすめられた時「真まさに北山の北、南山の南に在らんとす」と答えた故事（『後漢書』逸民伝）をふむ。◇蘭橈桂檝　香木で作った檝。「桂の櫂蘭の枻、氷を斵り雪を積む」（『楚辞』九歌湘君）。◇舷を……鼓く　五〇三参照。◇東海の東　斉の魯仲連が秦の暴虐を憎み「連東海を踏みて死有らんのみ」といった故事（『史記』魯仲連伝）による。

620　配所に来てからは一歩も門を出ないので、太宰府の楼門は僅かに屋根の瓦の色を見るだけであ

みを聴く　　菅　門を出でず

都府楼纔看瓦色　観音寺只聴鐘声　　菅　不出門

621
跡(あと)を晦(くら)ましてはいまだ苔径(たいけい)の月を抛(なげう)たず　喧(くゑん)を避(さ)けてはなほ竹窓(ちくそう)の風に臥(ふ)せり　　佐幹(さかん)

晦跡未抛苔径月　避喧猶臥竹窓風　　佐幹

622
陶門(たうもん)跡(あと)絶(た)えぬ春の朝(あした)の雨　燕寝(えんしん)色衰(おとろ)へぬ秋の夜(よ)の霜　　以言(いげん)

陶門跡絶春朝雨　燕寝色衰秋夜霜　　以言

623
わが宿(やど)は　道もなきまで　荒れにけり　つれなき人を　待つと

り、観音寺はただ朝夕の鐘の声を聞くばかりである。

配所における愁情を叙べたもの。◇都府楼　府庁の正門の楼。「都府」は太宰府。◇観音寺　天智天皇創建で太宰府にあり、日本三戒壇の一。

621　俗世間を逃れ身を晦ませても、苔むした小路を照らす月の面白さは捨てがたく、世間のやかましさを避けても、やはり窓の下の竹を吹く風に心も涼しくなり、いつもこれを聞きながら昼寝をすることにしている。
世を逃れても風月の興の忘れがたいことを賦す。◇跡を晦ます　隠居して身を晦ませる。◇喧を避く　世の中のうるさいことを避ける。『文選』沈約、謝宣城に和する詩に「官に従へども官侶に非ず、世を避れども喧を避るに非ず」とある。

622　春雨の降りしきる朝は、世を逃れた陶淵明の門に訪れて来る人もなく、秋の霜が結ぶ夜長は、年老いて色香も衰え寵愛(ちようあい)を失った女性の閨(ねや)はもの寂しい。
閑寂で月日が長く感じられる気持を詠んだもの。◇陶門　隠栖した陶淵明の邸の門。九〇参照。◇燕寝　王公がやすむ座敷。『爾雅』釈宮に「東西の廂なく室あるを寝といふ」とあるが、「燕」は陶門に対して燕姫（燕地方の舞妓）の意を含む。

623　私の家は、庭を通る道もないほどに荒れはててしまった。いくら待っても来てくれない情の薄い人を待っていようと思っていたその間に。

薄情な男を待ち続ける女の心で詠んだもの。作者は遍昭（俗名良岑宗貞）。『古今集』恋五所収。元来「待つ恋」の歌であり、上の句によって「閑居」に入れたのだが、やや苦しい。
◇宿　「屋処（やど）」の意で、住処（すみか）。◇道　門から邸内に通う道。◇つれなき人　薄情な人。

624　風が白浪（しらなみ）を吹き翻すと千片の花びらを散らしたように見え、雁が青空に点々として飛んでゆくさまは、青い紙に一行の文字を書いたようだ。
江楼から眺めた光景を賦す。
◇青天　底本「清天」。他本により改めた。

625　内裏（だいり）の門を出て東の方を眺めやると、山の峰が薄暗い雲の中にその頂をさしこめている。また青い嶺（みね）に登って西方の都を顧みると、わが故郷はうち煙った樹林の間に没して見ることもかなわぬ。
壮大な景観を賦す。
◇紫闥　宮中の門。「闥」は宮中の小門。◇雲根　雲の生ずる根で山の高処や岩をいうが、ここは雲の意。『文選』張協の雑詩に「雲根八極に臨み、雨足四溟に灑（そそ）く」とある。◇翠嶺　樹木の生い茂った緑の山。
◇煙樹　かすんでぼんやり見える木。

せしまに　　良僧正（りやうそうじやう）

眺望（てうばう）

624
風白浪（かぜはくらう）を翻（ひるがへ）せば花千片（はなせんぺん）　雁青天（かりせいてん）に点（てん）ずれば字（じ）一行（いつかう）　白

風翻白浪花千片　雁点清天字一行　白

625
紫闥（したつ）を出でて東（ひむがし）に望めば　山岳半（さんがくなか）ば雲根（うんこん）の暗きに插（さしはさ）む
翠嶺（すいれい）に躋（のぼ）て西に顧（かへり）みれば　家郷（かきやう）悉（ことごと）くに煙樹（えんしう）の深きに没（ぼつ）す　尊敬（そんぎやう）

出紫闥而東望　山岳半插雲根之暗　躋翠嶺而西顧　家郷悉没煙樹之深　尊敬

626

比叡山の高い岩の峰を仰ぎ見ると、あの、中国は天台山の四十五尺の大瀑布の白い浪が見えるようであり、都の立ち並んだ樹木をはるかに眺めやると、無数の薺が野に生い出たように見える。

天気晴朗な初春の雄大な光景を賦したもの。◇天台山　比叡山を中国の天台山に見立てる。◇四十五尺　四二一参照。◇長安城　京都を長安城に譬える。◇薺　『顔氏家訓』勉学に「羅浮山記に云く、平地を望めば樹は薺の如し。故に戴暠の詩に云く、長安の樹は薺の如し」とある。

627

湖上の霞は浦々を隔てて、人家の煙が遠くに立ち上り、湖水は広々として天に連なり、雁が点点と飛んで行くのが、はるかに見渡される。

琵琶湖の広大な景観を賦したもの。◇江　琵琶湖を大江（揚子江）になずらえた。◇雁点　雁が点々と飛びゆくさま。

628

一列になって空を斜めに飛んで行く帰雁は雲のあなたに消えて行き、二月に散り残っている梅の花は、野辺を吹く風に翻って飛んでゆく。

626

天台山の高巌を見れば　四十五尺の波白し
長安城の遠樹を望めば　百千万茎の薺青し　順

見天台山之高巌　四十五尺波白　望長安城之遠樹　百千万茎薺青　順

627

江霞浦を隔てて人煙遠し　湖水天に連なて雁点遥かなり　直幹

江霞隔浦人煙遠　湖水連天雁点遥　直幹

628

一行の斜雁は雲端に滅えぬ　二月の余花は野外に飛ぶ　順

一行斜雁雲端滅　二月余花野外飛　　順

629 老の眼は迷ひ易し残雨の裏　春の情は繫ぎがたし夕陽の前　　篤茂

老眼易迷残雨裏　春情難繫夕陽前　　篤茂

630 見わたせば　やなぎ桜を　こきまぜて　都ぞ春の　にしきなりける　　素性

餞別

631 君と後会何れの処とか知らむ　我が為に今朝一盃を尽せ

うららかな春の野外の光景を賦す。

◇余花　散り残った梅花。『文選』謝朓の東田に遊ぶ詩に「魚戯れて新荷動き、鳥散じて余花落つ」とある。

629　春雨の名残の空がまだ晴れ上がらないうちは、老人の眼にはますます暗くてはっきりとは見えず、夕日が沈もうとする頃になると、春を惜しむ心が一層強くなって押えることができぬ。

春日のもの憂い心を詠んだもの。

◇夕陽　春の暮の意をこめる（『鈔』）。

630　高みに立って見渡すと、柳の緑と桜の咲き乱れたのとが微妙に入り組んで、都こそは春のあやなす錦なのであった。

花盛りに都を見やった歌。豪華な春の景を鳥瞰的に歌ったものとして人々に好まれた。『古今集』春上。

◇やなぎ桜　「柳」は朱雀大路には街路樹として植えられていた。「桜」は貴族の邸宅のものであろう。

◇こきまぜて　まぜこぜにして。「こき」は接頭語。

◇都ぞ春のにしきなりける　山野の紅葉する秋の錦に対していう。

631　今ここで君と別れたら、後にどこで再会できるか分らない。だから私のために、この一杯の酒を飲みほして、後の想い出にしてほしい。

友人との別離の情を賦したもの。

白

与君後会知何処　為我今朝尽一盃　白

632
前途程遠し　思ひを雁山の暮の雲に馳せ
後会期遥かなり　纓を鴻臚の暁の涙に霑す　江相公

前途程遠　馳思於雁山之暮雲　後会期遥　霑纓於鴻臚之暁涙　江相公

633
昔は丹鳥を聚めて　寸陰を十五年の間に競ふ
今は画熊を迎へて　手を三百盃の後に分たむとす　順

昔聚丹鳥　競寸陰於十五年之間　今迎画熊　分手於三百盃之後

632　渤海の使節が帰国しようとするに当り、その行く先の遠路を思うにつけ、その目指して行く北方の雁山にかかる夕暮の雲を望んでは、行く路の困難を思いやり、またこの後再び逢えるのが何時のことか期待しがたいので、今朝この鴻臚館の餞別の宴で別れを惜しみ、涙で冠のひもを濡らすことだ。

外国の使節との別離を惜しんだ秀句として知られる。◇雁山　中国北境の山。『山海経』、北山経に「又北に水行すること五百里、雁門の山に至る（郭璞注、雁門山は北陵西隃、雁の出づる所、因りて以て名づく）」。◇纓　冠のひも。◇鴻臚　外国の使節を饗応送迎する館舎。七条の北で朱雀大路の東西にあった。

633　昔は、螢の光を集めてわずかの光陰を惜しみ、多年にわたって学問に勉め励まれたが、今は国守に任ぜられ、熊を描いた車に乗って任地に赴かれようとしている。この餞別の宴で三百杯の酒盃を挙げた後に、袂を分たねばならない時がついにやって来る。

同学の士の赴任を送る際の別離の情を詠んだもの。◇丹鳥　螢のこと（『古今注』）。晋の車胤が螢を集めて書を照らして読んだ故事（『晋書』）をふむ。◇寸陰　短い時間。◇十五年　甯越が十五年間勉強して周の威公に抜擢された故事（『呂氏春秋』博志）。◇画熊　国守の車。漢代の制度では列侯の車の軾（前の横木）に、伏した熊を画いた（『後漢書』輿服志）。◇三百盃　漢の鄭玄が袁紹に召された餞別の宴に三百人が会し、朝より晩まで三百盃の酒を飲んで崩れなかったという故事（『佩文韻府』に高士伝とあるが未詳）。

634　別れ道で人に別れるのはやさしいことで、私は多年国司として地方に赴任する友人を送って来た。しかし、課試に及第することはむずかしい。友人たちが官に赴任する私を見送ってくれるのは何時のことであろうか。

友人を送別する際の感懐を賦したもの。
◇楊岐　別れ道。楊朱が岐路を見て泣いた故事による（『淮南子』説林訓）。◇路滑らか　行き通いやすいこと。別れやすいこと。◇李門　李膺の門で登龍門と称された。なお「登龍門」は、黄河上流にある龍門を遡ることができた鯉は龍になるという言い伝えから、立身出世の門の意（『後漢書』李膺伝）。◇浪高し　上りにくいことをいう。課試（文章生になる試験）に及第することが困難なことを譬える。

635　あなたと一度別れたならば、再び万里の長い波路を越えて東方の島国に来られることはいつの日か分らないので、私は今から、一生西の空を眺めて長い物思いにふけることであろう。

異国の友人の帰郷に際しての感情を賦したもの。

636　送別の宴も終り燈火(ともしび)もも燃え尽きたので、ただ暁を待ってあなたが出発されることを思い、樹の葉が落ちる秋の季節を待たないで、あなたの乗る一葉の舟は早くも飛び去ろうとしている。

外国の使節への餞別の際の感慨を賦したもの。
◇九枝燈　一つの幹から九つの枝に分れた燈台。王筠(おういん)

634
楊岐(やうき)路(みち)滑(なめ)らかなり　吾(わ)が人を送ること多年
李門(りもん)浪(なみ)高し　人の我(わ)れを送ること何(いづ)れの日ぞ
諸(もろもろ)の故人(こじん)に餞(むまのはなむけ)する序　以言

楊岐路滑　吾之送人多年　李門浪高　人之送我何日
餞諸故人序　以言

635
万里(ばんり)に東(ひむがし)に来(きた)ること何(いづ)れの再日(さいじつ)ぞ　一生西(いつしやうにし)に望まむことは
これ長き襟(ものおも)ひなり　野(や)

万里東来何再日　一生西望是長襟　野

636
九枝(きうし)燈(ともしび)尽(つ)きてただ暁(あかつき)を期(ご)す　一葉(いちえふ)舟飛(と)んで秋を待たず

の燈檠を詠ずる詩に「百華九枝に曜き」（『芸文類聚』火部）とある。◇一葉　落葉を舟に喩える。

637　定めない人生でありながらあなたと再会を約束したいと思うけれども、人の命は風に向って石を叩き火を出すようにはかないものだから、再会を期しがたく悲しみの情がつのる。

人生のはかなさを詠む。◇浮生　はかない人の命をいう。『荘子』刻意に「その生は浮くごとく、その死は休むがごとし」とある。◇石火　石を打って出る火花。長く続かぬものの喩え。『文選』潘岳の河陽県の作の詩に「人天地の間に生れて、百年孰か能く要せん、頴ること石を敲つ火の如し（劉良注、石を撃つの火、暫見即滅す。人の世に在るも亦かくのごとし）」とある。

638　あなたを思いやる気持だけは何ものにも妨げられないつもりですが、何で間を隔てるはかない試みをしているのでしょう、あの峰の白雲は。

遠国へ行く人への餞別の宴の歌。『後撰集』離別に出る。『金玉集』では「白雲二千里外」と題する。◇なに隔つらむ　無駄なことをしている、との余意がある。◇峰のしらくも　「白雲の八重に重なる遠方にても思はむ人に心隔つな」（『古今集』離別、紀貫之）。

639　毎年春に人を送り人と別れるのはしみじみ悲しいことだと、除目にもれて都にとり残される私は身にしみて思い知りました。

国司として任国へ赴く人を送る歌。『金玉集』では蔵

庶幾

九枝燈尽唯期暁　一葉舟飛不待秋　庶幾

637
浮生をもて後会を期せむとすれば　かへて石火の風に向て敲つことを悲しぶ　菅

欲以浮生期後会　還悲石火向風敲　菅

638
思ひやる　心ばかりは　さはらじを　なに隔つらむ　峰のしらくも　直幹

639
年ごとに　春のわかれを　あはれとも　人に後るる　人ぞ知りける　清原元真

人所での詠とし、『元真集』は離別の歌群中に入れる。◇春のわかれ　ここは春に人と別れること。春は主として地方官を任命する県召の除目の季節。◇人に後るる人　除目にもれ、赴任する友にとり残される自分。

640　せめて命だけでも自分の思うとおりになるものならば、長らえて再会を期することもできようから、どうして別れが悲しいことがありましょう。

再会の期し難さを悲しむ女心。『古今集』離別に、源実が筑紫へ湯治に行くのを送る白女の歌とする。◇命だに　別れはしかたがないとして、せめてわが命だけでも、の意。◇わかれ　遊女白女と源実とは淀川の山崎で別れた（『古今集』）。

641　辺鄙な一軒の旅館に宿ると、雨まじりの風が激しく吹きすさび、遠く帆をあげて舟が帰って来るあたりは、水が雲と連なってどこまでも広がっている。

長途の旅情を思いやって賦したもの。

642　地方の国守として赴任する人は、あの明月峡のような山峡をどこまでも進む時など、暁に朝やけの紅の色を山上の空に仰ぐこともあろうし、また、長風浦のごときはるかに広がった海道を歩む時には、夕暮に浦風のもの寂しい音を聞くことであろう。

早朝から夕暮まで旅する友人を思いやったもの。◇行行として　遠い旅路を行く意。『文選』古詩に「行々として重ねて行々、君と生きながら別離す」とある。◇明月峡　五〇〇参照。◇眇々　際限なく広がるさま。

640
命だに　心にかなふ　ものならば　なにかわかれの　悲しからまし

行旅

641
孤館に宿る時風雨を帯びたり　遠帆の帰る処に水雲に連なる

許渾

孤館宿時風帯雨　遠帆帰処水連雲　許渾

642
行々として重ねて行々たり　明月峡の暁の色尽きず
眇々としてまた眇々たり　長風浦の暮の声なほ深し　順

行々重行々　明月峡之暁色不尽　眇々復眇々　長風浦之暮声猶深　順

643
暁長松の洞に入れば　巌泉咽て嶺猿吟ず
夜極浦の波に宿すれば　青嵐吹いて皓月冷じ　為雅

暁入長松之洞　巌泉咽嶺猿吟　夜宿極浦之波　青嵐吹
皓月冷　為雅

644
渡口の郵船は風定まて出づ　波頭の謫処は日晴れて看ゆ
野

渡口郵船風定出　波頭謫処日晴看　野

◇長風浦　湖北省にある浦。

643　暁に、松が高く聳えている谷間に入ると、岩間より涌き出る水の音が咽ぶように流れ、山中には猿の鳴き声がもの悲しく聞え、夜になって人里離れたはるかな海岸に宿を求めると、木々を揺がす風が吹きわたり、月の光も荒涼として見える。

旅中の荒涼たる風景を詠む。
◇長松　丈高い松。王勃の白七を送る序に「長松百尺、君子の清風に対ふ」と見える。◇巌泉　岩間から湧き出る泉。◇嶺猿　山中の猿。◇極浦　はるかに続く海岸。「涔陽を極浦に望む（王逸注、極は遠きなり、浦は水涯なり）」（『楚辞』九歌湘君）。◇青嵐　生い茂る樹々の間を吹く風。

644　渡し場に停泊している渡し舟は波風が静まるのを待って出帆し、海上はるかな配所は日が晴れるにつれ鮮やかに見渡される。

配所に赴く途中の作。
◇郵船　定期の渡し船。◇謫処　配流される所。ここは隠岐の島。『文徳実録』にいう小野篁の「謫行吟」の一節か。

645　洲崎の葦に夜の雨が降りそそぐ音を聞くと、思わず他郷にある身が故郷を思って涙を流し、川岸の柳に秋の風が吹くのを見ると、自然に辺境のとりでを守る者の心を傷ましめる。

旅泊の心情を賦したもの。

◇洲蘆　洲崎などに生えた葦。◇遠塞　辺境防衛のための城塞。柳の木を多く植える。

646　湖水の波路ははるか雲に連なって千里もあるかと見渡され、霧が白く立ちこめた山は奥深くて鳥の一声があたりの静けさを破って聞えてくる。

古来種々の伝説を生んだ秀句として名高い。

647　ほのぼのと明るくなってゆく明石の浦の朝霧の中、島かげに漕ぎ隠れてゆく小舟の行方をしみじみと思いやることだ。

『古今集』羇旅の読人しらずの歌。その左注に人麿作者説をあげる。公任は上品の上とし、後世、人丸影供に用いられて代表作視された。『万葉集』にはない。◇ほのぼのと　次の句の「明かし」に掛る。折からの実景。◇明石の浦　兵庫県明石市の海岸。「明かし」を掛ける。◇舟をしぞおもふ　島がくれゆく孤舟に旅ゆくわが身を重ね合せて旅愁にひたるのである。

648　私は大海原に点在する多くの島々をめざして漕ぎ出して行ったと、都の人には伝えてほしい、海上にある漁師たちの釣舟よ。

六四四と同じく、承和五年（八三八）十二月、隠岐国へ流されるときの歌。◇わたのはら　「わた」は海の意。◇八十島　多くの島々。その最果てに隠岐の島があるという心。◇海人の釣舟　玄旨は「心なきつり舟に人にはつげよといへる、感ふかし」という。

645
洲蘆の夜の雨の他郷の涙　岸柳の秋の風の遠塞の情　直幹

洲蘆夜雨他郷涙　岸柳秋風遠塞情　直幹

646
蒼波路遠し雲千里　白霧山深し鳥一声　同じ

蒼波路遠雲千里　白霧山深鳥一声　同

647
ほのぼのと　明石の浦の　朝霧に　島がくれゆく　舟をしぞおもふ　人丸

648
わたのはら　八十島かけて　漕ぎいでぬと　人には告げよ　海人の釣舟　野

649
たよりあらば　都へいかで　告げやらむ　今日白河の　関は越えぬと　　兼盛

庚申

650
年長けては毎に労しく甲子を推す　夜寒うしては初めて共に庚申を守る　　許渾

年長毎労推甲子　夜寒初共守庚申　　許渾

651
己酉の年終へて冬の日少なし　庚申の夜半にして暁の光遅し　　菅

649　もし伝手があったら、何とかして都の人に知らせてやりたいものだ。今日、この名高い白河の関を越えてはるかな陸奥へ入ったと。

『拾遺集』別には白河の関を越えての詠とするが『麗花集』には藤原実頼家の屛風の歌とする。◇たよりあらば　仮定語法。都へ通う人も稀な白河の関まで来た心を表す。◇白河の関　東山道の下野国と陸奥国との間に置かれた関。歌枕。

650　年をとると自分の年もはっきり覚えていないので、人に問われるごとに年齢の干支を勘定するのも骨が折れる。冬の寒い夜に訪ねて来た王山人と、初めて一緒に庚申を守って夜を明かした。

庚申の夜を詠んだもの。◇甲子を推す　干支を数えて年齢を知ること。◇庚申　かのえさる。この夜、三尸という身中の虫が抜け出して天帝に人の罪を告げるというので、寝ずに夜を守るという道教の信仰。『酉陽雑俎』玉格に「庚申の日伏尸人の過を言ふ（中略）七たび庚申を守れば三尸滅し、三たび庚申を守れば三尸伏す」とある。

651　己酉の年は暮れようとして冬の日数も少なくなったころ、夜半に庚申を守って眠らないでいると、冬の夜長は暁の光が訪れるのが遅い。

冬夜に庚申を守る情景を賦したもの。
◇己酉　つちのととり。ここは寛平元年（八八九）。道真が讃岐守であった時のことである。

652　沖のただ中に魚を求めて、いつも獲物を得ぬことのない釣舟は、漁師が先立って行くためなのか、魚が先立って集まるせいなのか、不思議なことだ。

作者不明。「かのえさる（庚申）」を初、二句に入れた物名歌。
◇えざるときなき　獲物を得ないことのない、の意。
◇海人や先だつ　広々とした沖で魚を得てくるのが不思議なので、その理由を尋ねる心。

653　漢の高祖は庶民から身を起し、三尺の剣を提げて坐ながらに諸侯をおさえて天下の権を握り、張良は一老人から兵書を授けられて、それを読むとたちどころに師傅となって帝王を補佐した。

漢の高祖とその補佐張良を讃えたもの。
◇漢高三尺の剣　漢の高祖は、流れ矢に当った時に医者を罵って「吾布衣を以て、三尺の剣を持ちて天下を取る、これ天命に非ずや」と言ったという（『史記』高祖本紀）。◇張良一巻の書　張良は、下邳の圯上で一老人から一編の書を授けられ「これを読めば則ち王者の師とならん」といわれたという（『史記』留侯世家）。◇師傅　張良が太子の傅（おもり役）になったことをさす。

己酉年終冬日少　庚申夜半暁光遅　菅

後漢書

652
沖なかの　えざるときなき　釣舟は　海人や先だつ　魚や先だつ

帝王

653
漢高三尺の剣　坐ながら諸侯を制し
張良一巻の書　立ちどころに師傅に登る　後漢書

漢高三尺之剣　坐制諸侯　張良一巻之書　立登師傅

654
項荘が鴻門に会せし　情を一座の客に寄す
漢祖の沛郡に帰し　思を四方の風に傷ましむ　　後漢書

項庄之会鴻門　寄情於一座之客　漢祖之帰沛郡　傷思
於四方之風　　後漢書

655
四海の安危は掌の内に照らし　百王の理乱は心の中に懸けたり　　百錬鏡　白

四海安危照掌内　百王理乱懸心中　　百練鏡　白

656
幸に堯舜無為の化に逢て　羲皇向上の人たることを得たり　　白

幸逢堯舜無為化　得作羲皇向上人　　白

654　項荘は、鴻門の会に剣を抜いて舞い、一座の客である沛公を刺そうと心に期したが項伯にはばまれ、沛公は、天下を統一した後に沛郡に帰り、自ら大風歌を作り猛士を得て四方を守ろうと悲憤慷慨した。
漢の高祖を賦したもの。
◇項荘……　沛公（漢の高祖）が項羽と鴻門に会した時（「鴻門の会」）、項荘が剣を抜いて舞い沛公を撃とうとしたが、項伯も起って舞い、常に身をもって沛公の危難を救った（『史記』項羽本紀）。◇漢祖……　漢の高祖が故郷の沛郡を過ぎた時、父老に置酒して宴を開き、自ら大風歌を作って歌い舞い、心を傷ましめ涙を流したことをさす（『史記』高祖本紀）。

655　天下が平和であるか危険であるかは、その手のひらの中に照らすように明らかに知られ、また古今百代の帝王の世が治まったこと乱れたことは、その心の中に明らかに写されている。
天子は人を以て鏡とすることを説いたもの。
◇四海　天下。◇百王　百代の帝王。

656　幸いに堯舜の時代のように、無為にして天子の徳化があまねく行きわたる御代に逢って、自ら三皇伏羲以前のような悠々自適の生活を送る民となることができた。
現在の泰平な世を讃えたもの。
◇堯舜　五帝のうちの堯帝と舜帝。堯舜の世は、強いて政教を施さなくても、人民がその徳に化し世が治まったという。◇羲皇　三皇のうちの伏羲氏の尊称。◇向上の人　伏羲より以前の太古の民。世事を忘れ安穏を楽しんだという。

657　聖天子はいつも長生殿におられるので自然に長生であり、特別に、蓬萊の山や西王母の家に長生不死の薬を求められる必要はおありにならない。
天子の長生を寿いで賦す。
◇長生殿　唐代華清宮にあった寝殿。◇蓬萊　東海にある仙島。三七一参照。◇王母　西王母。崑崙山の仙女。

658　大君の御仁徳は日本の国の外にまでも及び、大君の御めぐみは筑波山の樹陰よりも茂く、昨日の淵が今日の瀬となるような有為転変の嘆きをする者は跡を絶って、ただ、小石が変じて岩となるまで大君の御代が無窮に続くことをお祝いする歌ばかりがいたる所にひびいて聞える。
大君の御仁恵を讃え御代の無窮を祝ったもの。
◇秋津洲　日本の通称。◇筑波山……　『古今集』東歌、常陸歌の「つくばねのこのもかのもに影はあれど君がみかげにます影はなし」による。◇淵変じて瀬となる　『古今集』雑下「世中はなにかつねなるあすかがはきのふのふちぞけふはせになる」による。◇寂々　静かなさま。◇沙長じて巌となる　『古今集』賀の「わが君は千世にやちよにさざれいしのいはほとなりてこけのむすまで」による。◇洋々　美しく盛んなさま。

659　昔、梁の元帝が春王臺で臣下と共に詩を賦して遊んだように、今日の内宴も興に乗じていつし

657
聖皇は自ら長生殿にましませば　蓬萊王母が家になんなむともせず　楊衡

聖皇自在長生殿　不向蓬萊王母家　楊衡

658
仁秋津洲の外に流れ　恵筑波山の陰よりも茂し
淵変じて瀬となる声　寂々として口を閉づ
沙長じて巌となる頌　洋々として耳に満てり　和歌序　淑望

仁流秋津洲之外　恵茂筑波山之陰　淵変作瀬之声　寂寂閉口　沙長為巌之頌　洋々満耳　和歌序　淑望

659
梁元の昔の遊び　春王の月漸くに落ち

か夜もふけ月が傾くに至り、また、周の穆王が西王母と瑤池の辺りで会したような今日の新しい詩会も今や終ろうとし、西王母の乗物の雲のように帰ろうと思う。

内宴の夜が更けて公卿達が帰ろうとするさまを賦す。
◇梁元　梁の元帝。『全梁詩』に「清言殿に宴し柏梁体を作る」の作が見える。◇春王　元帝が作って遊んだ春王臺（『江談抄』）。一説には単に春をさすという。◇周穆　周の穆王。西王母と瑤池に会した。

660　政治をとる所は、あの仙人が住む崑崙・閬風のような風流の趣のある場所ではないが、この冷泉院は両者を兼ねている。また文学を好む天子の御代は、あの黄帝や神農のように徳沢の化が及ばないものだが、わが村上天皇はこの両者を兼ねておられる。
冷泉院の風流と村上天皇の好文を讃えたもの。
◇崐閬　崑崙と閬風。仙人の居所。冷泉院に比す。
◇黄炎　黄帝軒轅氏と炎帝神農氏。古の聖王。

661　昔、栄啓期は人と生れたこと、男であったこと、長生きしたことをもって人生の三の楽であると歌ったけれども、まだ仏の説かれた常楽の門には到達しなかった。また、皇甫謐は、『帝王世紀』を著して百代の王の事蹟を述べたけれども、なお仏法の王である仏の道には暗かった。
円融天皇が出家得度し、仏の道を得たことを讃えた。
◇栄啓期　四四参照。◇常楽　常住にして移り変らず苦がなく楽であること。悟りの四徳「常楽我浄」中の二徳（『大般涅槃経』）。◇皇甫謐　晋の人。典籍百家

周穆の新たなる会　西母が雲帰んなむとす　菅三品

梁元昔遊　春王之月漸落　周穆新会　西母之雲欲帰　菅三品

660

政を布く庭　風流いまだ必ずしも崐閬に敵しからず　これを兼ねたるはこの地なり

文を好む世　徳化いまだ必ずしも黄炎に光らさず　これを兼ねたるは我が君なり　冷泉院序　菅三品

布政之庭　風流未必敵於崐閬　兼之者此地也　好文之世　徳化未必光于黄炎　兼之者我君也　冷泉院序　菅三品

661

栄啓期が三楽を歌し　いまだ常楽の門に到らず

の言に通じ、高尚の志を抱く。『帝王世紀』『年暦』高士、逸士、列女等の伝を著した（『晋書』）。◇法王　法門の王の意で、仏を讃えていう名称。

662　天子のうしろに立っている屛風に日の光があたると、その文様の鳳凰がはっきりと見え、朝拝の庭に立っている紅の旗に風が吹く時には、旗に画かれた龍が空に揚がって行くように見える。

正月の大極殿の朝拝の様子を賦したもの。◇玉扆　天子の玉座の後に立てた屛風のようなもの。「扆」は斧のぬいとりをした屛風。◇文鳳　鳳凰の模様。◇紅旗　庭に立てた青龍・白虎・朱雀・玄武などの旗。◇画龍　旗に画いた龍の図。

663　国内が平和で罪を犯す者がないので、あの劉寛が用いたという蒲の鞭までも使うことがなく、蒲は朽ちて螢となって飛び立ち、天子に訴える者がいないので、あの帝堯が置いたという諫めの鼓も苔むして、鳥も鼓の音に驚くことがない。

◇刑鞭　劉寛が寛仁で蒲を鞭にして罪人を打ち誡めた故事による（『後漢書』）。◇諫鼓　帝堯が、鼓を置いて諫めようとする者に打たせたという故事に基づく。

664　難波津に咲いているこの美しい梅の花よ。冬の間は内にこもっていたが、今こそは春になったと美しく咲いているこの梅の花よ。

『古今集』序に、歌の父として手習い歌となっていると述べ、六義の「そへ歌」の例にもあげる。王仁が、仁徳天皇の帝位につくべき時機が来たことをよそえた

皇甫謐が百王を述べし　なほ法王の道に暗かりき　江

栄啓期之歌三楽　未到常楽之門　皇甫謐之述百王　猶暗法王之道　江

662
玉扆日臨んで文鳳見ゆ　紅旗風巻いて画龍揚る　朝拝　帥

玉扆日臨文鳳見　紅旗風巻画龍揚　朝拝　帥

663
刑鞭蒲朽ちて螢空しく去んぬ　諫鼓苔深うして鳥驚かず　国風

刑鞭蒲朽螢空去　諫鼓苔深鳥不驚　国風

664
難波津に　咲くやこの花　冬ごもり　今は春べと　咲くやこ

の花

665
散りぬれど　また来る春は　咲きにけり　千年ののちは　君を頼まむ

小松天皇御製

親王　付王孫

666
庫車軟轝の貴公主　香衫細馬の豪家の郎

庫車軟轝貴公主　香衫細馬豪家郎

牡丹芳　白

667
東平蒼が雅量　むしろ漢皇褒貴無双の弟にあらずや
桂陽鑠が文詞　またこれ斉帝寵愛の第八の子なり

歌(清輔本『古今集』)という。
◇この花　「木の花(梅花)」に「此の花」の意を利かせる。仁徳天皇をたとえる。◇冬ごもり　上代では「春」の枕詞だが、当時は「冬籠り」の意。

665　桜はいったん散ってしまうが、また翌年の春には咲くものである。しかしそれにも限りがあるので、千年後のことは専らわが君を頼みとしよう。

小松天皇は光孝天皇。皇子の時に天皇の寿をことほいだもの。散りやすい桜で寿を祝う心を表す妙。
◇千年ののちは　「鶴亀も千年ののちは知らなくにあかぬ心にまかせはててむ」(『古今集』賀、在原滋春)と同じ余意がある。

666　腰の低い車や乗心地のよい肩車を召されるのは姫君たちであり、香をたきしめたひとえの上衣を着て小型の良馬にまたがるのは金持の若君である。

牡丹の花の見物に出かける貴公子の様子を詠む。
◇庫車　腰の低い車。「楚の民俗庫車を好む」(『史記』循吏孫叔敖伝)。◇軟轝　座席の軟らかい乗心地のよい肩車。「轝」は輿に同じ。◇貴公主　天子の娘をいう。◇香衫　香をたきしめたひとえの上衣。◇細馬　小づくりの良い馬。◇豪家　富裕で勢力のある家。

667　東平王蒼が雅量に富んでいたというのは、漢の明帝が褒めて厚く遇した無二の弟ではなかったか。桂陽王鑠が文章に巧みであったというが、それは

第八親王書始　菅三品

東平蒼之雅量　寧非漢皇褒貴無双之弟哉　桂楊鑠之文詞　亦是斉帝寵愛第八之子也　第八親王書始　菅三品

668
江都が勁捷を好んし　七尺の屏風それ徒に高し
淮南の神仙を求めし　一旦雲に乗て何の益かある　順

江都之好勁捷也　七尺屏風其徒高　淮南之求神仙也
一旦乗雲而何益　順

669
巻を開いて已に子たる道を知んぬ　秋の風に悵望す鼎湖の雲　保胤

開巻已知為子道　秋風悵望鼎湖雲　保胤

斉帝が寵愛した第八皇子ではなかったのか。

冷泉天皇第八皇子の雅量文才を故人に比して賞した。◇東平蒼　東平憲王蒼が学問を好み寛仁宏雅であったので、兄の明帝がこれを賞し驃騎将軍に任じたという(『東漢観記』巻七)。◇桂陽鑠　南斉の太祖の第八子。論理学を好んだ(『南斉書』高祖十二王伝)。しかし斉帝が寵愛したのは世祖の第八子で能文の随郡王隆である(同書、武十七王伝)。

668　江都易王は早業を好んで七尺の屏風を飛び越えたというが、ただそれだけのことであり、淮南王劉安は神仙の術を好み、雲に乗って昇天したというが何の益があっただろうか。
親王が賢明で小術を好まぬことを讃えたもの。
◇江都　漢の景帝子。名は非、謚は昜。気力を好み豪傑を招いて驕奢を極めた。「江都王勁捷にして能く七尺の屏風を超ゆ」(『西京雑記』)。◇勁捷　軽くてすばやいこと。◇七尺　七夕と音が通じ、一旦と対をなす。◇淮南　淮南王劉安は神仙の術を好み昇天した。

669　親王は孝経の巻を開いた時に、すでに子として親に尽すべき道を会得され、昔、黄帝が昇天したとき臣下の者が鼎湖の雲を望んで嘆き悲しんだように、折から吹く秋風に亡き先帝を追慕されるのである。
親王が孝心深く先帝を追慕することを賦す。
◇巻　『御注孝経』をさす。◇鼎湖　河南省荊山の下、黄帝が銅で鼎を鋳、龍に乗って昇天したところ(『史記』封禅書)。

670
我が王(わう)の孝行(かうかう)は先(ま)づ何(いづ)くんか到(いた)る　梧岫(ごしう)の秋の風の一片(いつぺん)の煙(けぶり)　雅規(がき)

我王孝行先何到　梧岫秋風一片煙　雅規

671
この花はこれ人間(じんかん)の種(たね)にあらず　瓊樹(けいしう)の枝(えだ)の頭(ほとり)の第二の花なり　江　名花閑軒(めいくわかんけん)に在(あ)り

此花非是人間種　瓊樹枝頭第二花　江　名花在閑軒

672
この花はこれ人間(じんかん)の種にあらず　再び平臺一片(へいたいいつぺん)の霞(かすみ)に養(やしな)はれたり　前に同じ　菅三品

此花非是人間種　再養平臺一片霞　同前　菅三品

670　わが親王の孝行の心はまずどのあたりに思い到るのかというと、昔、舜典を蒼梧の野に葬ったように、先帝を葬った御陵のあたりに秋風が吹き一片の煙がたなびくのを見て、昔を懐かしみ先帝を思い出すのであろう。

親王の孝心を詠んだもの。六六九と同じ時の作か。◇梧岫　舜を葬った蒼梧の野をいう。「舜蒼梧の野に葬る」（『礼記』檀弓上）。先帝の陵墓に比す。

671　この花は人間世界の種ではなくて、仙境にある玉の木の枝の二番目の花である。

皇室を仙境に、親王を瓊樹に喩え、その非凡を詠んだもの。◇人間　天上に対し人間世界をいう。◇瓊樹　玉の生ずる珍木。『楚辞』離騒に「瓊枝を折りて以て佩(おびもの)に継ぐ」とあり、『玉篇』に「荘子に云く、石を積みて樹と為(な)し、名づけて瓊枝と曰ふ。その高さ一百二十仞(じん)、大きさ三十囲(ゐ)、琅玕(らうかん)を以てこれが宝と為す」と見える。

672　この花は人間世界の種ではなくて、あの平臺の霞の奥に生じた木のように、再びこの王邸の一片の霞に養われて開いた花である。

花を王孫に喩えその非凡を讃えたもの。◇平臺　梁の孝王が築いた離宮（『漢書』文三王伝）。◇再び……養はれたり　王孫なので父親王と二代に亘ることを譬える。

673　斑鳩を流れる富の緒川の水が絶えるならわれらの太子のお名前を忘れることもあろうが、そんなことはあり得ないので、忘れることなど絶対にない。

あり得ない自然現象を引き合いに出して誓いを述べる型の歌。『上宮聖徳法王帝説』には、聖徳太子の薨じた時に巨勢三杖の捧げた歌とする。作者を達磨和尚とする説は太子伝説化の進行に伴い『本朝文粋』巻十一「奉レ賀二村上天皇四十御算一和歌序」（藤原後生）などに見え、その他作者の異伝がある。

◇斑鳩　奈良県生駒郡斑鳩町。法隆寺などがある。

◇富の緒川　富雄川。矢田丘陵の東を流れ、法隆寺の南方で大和川に注ぐ。◇わが大君　聖徳太子。

674　季文子は魯の宰相であったが、清潔で私腹をこやすことなく、その妾までも絹布の衣を着ることがなかったので、魯の人達はこれを美談として語り伝えた。公孫弘は漢の宰相であったが倹約ぶって木綿のふとんを作ったので、同僚の汲黯は本心と異る見せかけの行為であると非難した。

節倹の道を異にしても自ら仁義に合することを詠む。

◇季文子　魯の宰相季孫行父の諡。『史記』魯周公世家に「家には帛を衣るの妾なく、廄には粟を食ふの馬なく、府には金玉なく、以て三君に相たり。君子曰く、季文子は廉忠なり」とある。◇公孫弘　漢の武帝の宰相。「汲黯曰く、弘位三公に在り、奉禄甚だ多し。然るに布被を為すはこれ詐なり」（『漢書』公孫弘伝）。

673

斑鳩の　富の緒川の　絶えばこそ　わが大君の　御名は忘れめ

達摩和尚

丞相　付執政

674

季文子が妾帛を衣ず　魯人もて美談とす

公孫弘が身に布被を服たり　汲黯その詐多きことを譏る

後漢書

季文子妾不衣帛　魯人以為美談

公孫弘身服布被　汲黯譏其多詐　後漢書

675

百里奚が食を道路に乞ふ　繆公委するに政をもてす
甯戚子が牛を車下に飼ふ　桓公任するに国をもてす　漢書

百里奚乞食於道路　穆公委以政　甯戚飼牛於車下　恒公任以国　漢書

675　百里奚はあまりに貧乏で路傍で乞食をしていたが、秦の穆公はその賢を聞いて政治を委せた。甯戚子は卑賤の出身で車の下で牛に餌を与えていたが、斉の桓公はこれを挙げ用いて国事を任せた。

賢主に卑賤から登庸された名宰相を記す。◇百里奚　秦の宰相。春秋時代、零落して出遊したが用いられず、秦の繆（穆）公がその賢を聞き、五匹の羊皮を以て楚より購い、宰相に任じて覇者となった（『史記』秦世家）。◇甯戚子　衛の人。春秋時代、貧しく人に傭われ車を引いていたが、斉に至り、車下に牛を養い牛角を叩いて高歌した時、その文句を聞いた桓公に認められ宰相となった（『漢書』鄒陽伝注）。

676

孫弘閤閙しくして閑かなる客なし　傅説舟忙しくして人に借さず　白

孫弘閤閙無閑客　傅説舟忙不借人　白

676　漢の宰相であった公孫弘は東閤を開いて客を招いたが、政務が多忙なために風流を翫ぶような暇な客などいなかった。また殷の宰相であった傅説は巨川を渡る舟に比せられたが、政治に忙殺され、舟を人に貸して楽しませる余裕などなかった。

裴相公が政務と風流を兼備していることを讃えた。◇孫弘　公孫弘。宰相となると客館を起し東閤を開き賢人を招いて政に参与させた（『漢書』公孫弘伝）。◇閤　くぐり戸。◇傅説　殷の武丁の宰相。巨川を渡る舟楫に喩えられた（『書経』説命）。

677

西京の席門は　すなはちこれ陳丞相が旧宅なり
南山の芝澗は　むしろ袁司徒が幽栖にあらずや　江

677　長安に席を垂れて門としたあばらやの住処は、漢の丞相陳平の旧宅であり、南山の霊芝の生い茂る谷間は漢の司徒園公が幽栖した所ではないか。

市井に遺賢を求め、宰相に任ずべきことを説く。

◇西京の席門　長安の窮巷の、席を垂れた門。漢の宰相陳平の住処。◇南山の芝澗　南山の霊芝（瑞草）が生えている谷間。四皓が秦の乱を避けて隠栖した処。◇袁司徒　園司徒の誤り。四皓の一人、東園公。

678　傅説が傅巌の野で賤役に従事していた時に、殷の武丁が夢みてこれを知り、召されて宰相となったのは、風や雲に際会したように時勢に会ったからである。しかし厳光は、厳陵瀬で釣をしていた時、後漢の光武帝に召されたけれど、仕えずに隠遁の志を貫いたのは初めから理非をわきまえていたからである。賢者を用いて官に任ずることを述べたもの。

◇傅子巌　傅説が賤役に従事していた傅巌の野。四三九参照。◇風雲　風雲に際会する意で英雄が時を得て才能を発揮し功名富貴を得ること。「然も咸能く風雲に感会して、その智勇を奮ふ」（『後漢書』二十八将論）。◇厳陵瀬　厳光、字は子陵。若年に光武帝と同学で、光武帝が即位後に召したが応ぜず、厳陵瀬に隠れて一生釣をして終えた（『後漢書』逸民伝）。◇涇渭　涇水は濁り水、渭水は清水。ともに黄河に注ぐ。厳光が招聘に応じて宮中に入り談笑したことを濁水に、後に屈せずして辞し隠遁したことを清水に譬えたと解されているが、『鈔』に「能ク理非ヲ分別スル也」とあるのに従い、ここは、初めから理非善悪を分別していた、の意に取る。

679　春も過ぎ、夏も深くなったので、司徒袁安の家に降り積った雪もいつしか解けて、路が通ずる

西京席門　乃是陳丞相之旧宅　南山芝澗　寧非袁司徒
之幽栖　江

678
傅子巌の嵐は　殷夢の後に風雲なりといへども
厳陵瀬の水は　なほ漢聘の初に涇渭たり　菅三品

傅氏巌之嵐　雖風雲於殷夢之後　厳陵瀬之水　猶涇渭
於漢聘之初　菅三品

679
春過ぎ夏闌けぬ　袁司徒が家の雪路達しぬべし
朝には南暮には北　鄭太尉が渓の風人に知られたり
同じ

春過夏闌　袁司徒之家雪応路達　朝南暮北　鄭大尉之

ようになったであろう。また、朝には南風、暮には北風が吹くようになったから、太尉鄭弘が薪を採りに行く若邪渓の風も、遍(あまね)く知られるようになっただろう。

賢者の存在が知られたので大臣任命を希望したもの。
◇袁司徒……　後漢の司徒、袁安。仕官する前に、大雪にも除雪しなかったので死んだと思われた故事による（『後漢書』袁安伝注の汝南先賢伝）。◇鄭太尉……　後漢の太尉鄭弘。若い時に薪を採りに若邪渓に入り、仙人に逢って、朝に南風、暮に北風を吹かせて欲しいと願い、それが適(かな)ったという故事による（『後漢書』鄭弘伝注の孔霊符会稽記）。

680　今日は山桜の美しさを心ゆくまで眺めたことでした。散りやすい花を散らすほどの風も吹かない、このありがたい時代に。
小野宮太政大臣藤原実頼の月輪寺供養に、その徳を讃えた歌（『兼盛集』）。
◇あくまで　十分に堪能するまで。◇色　美しい花の色。◇花散るべくも……　下二句は『論衡』是応「風条(えだ)を鳴らさず、雨塊(つちくれ)を破らず、五日に一風、十日に一雨」により、太平の世を讃える。

681　三尺の剣の冴(さ)えた光は氷を手に握ったようであり、また、一張の弓を引きしぼった勢いは、半月が胸の前にかかるようである。
乱を平定する将軍の勇武を讃えたもの。
◇三尺の剣　六五三参照。◇月心に当る　弓を引いた時弓の形が半月に似ているのでいう。公孫乗の月賦に

渓風被人知　同

680
山ざくら　あくまで色を　見つるかな　花散るべくも　風吹かぬ世に
兼盛(かねもり)

将軍

681
三尺(さんじやく)の剣(けん)の光は氷(こほり)手に在(あ)り　一張(いつちやう)の弓の勢(いきほひ)は月心(むね)に当る
陸翬(りくき)

三尺剣光氷在手　一張弓勢月当心　陸翬

682
雪の中(うち)に馬(むま)を放(はな)て朝(あした)に跡(あと)を尋(たづ)ぬ　雲の外(ほか)に鴈(かり)を聞いて夜(よる)声

を射る　羅虬

雪中放馬朝尋跡　雲外聞鴻夜射声　羅虬

683
千里往来して征馬瘦せたり　十年離別して故人稀らなり　許渾

千里往来征馬瘦　十年離別故人稀　許渾

684
隴山雲暗し　李将軍が家に在る
潁水浪閑かなり　蔡征虜がいまだ仕へざる　菅三品

隴山雲暗　李将軍之在家　潁水浪閑　蔡征虜之未仕　菅三

「猗嗟明月心に当りて出づ」（『西京雑記』巻四）。

682　管仲は雪の中で道を見失ったが、朝に老馬を放ち、その跡を尋ねて道を知り、更羸は雲の上に雁の声を聞いて夜その声をあてにして射落した。

多年の経験に基づく将軍の技術・知恵を賦す。
◇雪の中に……　管仲が、桓公に従って孤竹を伐った際に、折しも冬、帰国の道を見失ったので老馬を放って道筋を知った故事をいう（『韓非子』説林上）。◇雲の外に……　更羸が魏王のために、東方より飛来る雁の鳴き声を目当てに矢を放って射落した故事をさす（『戦国策』楚策）。

683　千里の道を往来するうち、いつも乗っていた馬は疲れはて、十年も故郷を離れているので、旧友も少なくなってしまった。

将軍の労苦を詠んだもの。
◇征馬　戦争にかりだされた馬。◇故人　旧知。

684　隴西の山には雲がたなびいて、その麓の家にいる李将軍はまだ世に知られず、潁水の浪は静かで、そのほとりにまだ仕えずに住む蔡征虜を訪れる人は誰もいない。

人に知られぬ辺土に将軍の器を求める意を記す。
◇隴山　隴西（甘粛省）の山をいう。◇潁水　河南省を流れ淮水に注ぐ。◇李将軍　漢の将軍李広。◇蔡征虜　後漢の征虜将軍祭遵。「祭遵字は弟孫、潁川潁陽の人なり。（中略）建武二年春、征虜将軍を拝す」（『後漢書』祭遵伝）。

685
職虎牙に列す　武勇を漢の四七将に拉ぐといへども
学麟角を抽づ　遂に文章を魯の二十篇に味はふ　順

職列虎牙　雖拉武勇於漢四七将　学抽麟角　遂味文章
於魯二十篇　順

686
雄剣腰に在り　抜けばすなはち秋の霜三尺
雌黄口よりす　吟ずればまた寒玉一声　順

雄剣在腰　抜則秋霜三尺　雌黄自口　吟亦寒玉一声　順

687
蛇は剣の影に驚いてすなはち死を逃る　馬は衣の香を悪んで人を嚙はむとす　都

蛇驚剣影便逃死　馬悪衣香欲嚙人　都

685　その職は近衛の官に列し、その武勇はあの後漢の二十八将をもとりひしぐほどであるが、さらにまた、学問においても他を抽でていて、ついに論語二十篇の文章を味読されるまでに至っている。
◇虎牙　近衛の官。◇漢の四七将　後漢光武帝の時武功を立てた二十八人の将軍。◇麟角　麟は一角の仁獣。極めて稀な喩え。『顔氏家訓』養生に「学ぶもの牛毛の如く、成れるもの麟角の如し」。◇魯の二十篇『論語』二十篇。

686　雄剣は腰にあって、ひとたびこれを抜けば三尺の秋霜が光を放ち、また口の中には雌黄を含んでいるように、推敲を加えた流麗な文章を吟誦すると、寒夜に珠を振うような響きがある。
文武両道に練達していることを称す。
◇雄剣　干将が鋳た二剣の一。ここは、ただ雌黄に対する語。◇秋の霜三尺　とぎすました剣。◇雌黄　四〇参照。『晋書』王衍伝の「義理安からざる所有れば、随ひて即ち改め更ふ。世に口中の雌黄と号す」により、推敲を重ねた流麗な文辞をいう。◇寒玉一声「一声の寒玉清辞を振ふ」(『白氏文集』巻六七)。

687　その剣の光は、蛇もその影を見ただけで刺されはせぬかと逃げ出すであろうし、その衣の香は、馬もそれをかいだら憎んで嚙みつくことであろう。
源中将の威容を讃えたもの。
◇剣の影に驚く　夏の禹王が舟に乗って江を渡る時、黒龍が出現し、禹が剣を抜くと、龍は首をたれて水中に入ったので舟を進めることができたという故事をふむ（『私注』所引の『古今註』）。◇衣の香を悪む　魏の朱建平が、文帝の馬を相して今日死ぬ相があると予言したが、その馬が、乗ろうとした文帝の衣香を憎み膝を噛もうとしたので、帝は怒って馬を殺したという故事による（『三国魏志』朱建平伝）。

688　二年も逆賊討伐に下向なさってお逢いすることのなかったあなたの身を、五位の緋衣のままであろうなどとは思っていたでありましょうか。
藤原純友追討に赴いた小野好古が四位になれなかったのに同情した歌。『後撰集』『大和物語』に見える。◇たまくしげ　「蓋」と同音の「二」の枕詞。◇ふたとせ　好古は天慶三年正月追捕凶賊使となったが、翌年正月の叙位に洩れた。その間足掛け二年。◇緋ながら　五位の袍の緋色のままで。「開け・緋」は掛詞。「ふた・あは・身・緋」は「玉匣」の縁語。

689　男女が笙を吹き歌をうたう様子は月下にことによろしく、また地方長官が腰に帯びている金印紫綬は、咲き誇っている花の前にふさわしく見える。
刺史が赴任した地の富み花やかなさまを賦す。◇士女　男女。『鈔』に「倡女也。遊会ノ体也」とあるが取らない。◇笙歌　笙を吹き歌をうたうこと。◇使君　刺史、即ち地方長官。◇金紫　金印紫綬の略で高官の帯びるもの。

690　政を行うにあたって精密で公明なことは、あの合浦に産する珠のようであり、政を裁断するの

688
たまくしげ　ふたとせ逢はぬ　君が身を　緋ながらやは　あらむと思ひし

公忠

刺史

689
士女の笙歌は月の下に宜し　使君の金紫は花の前に称へり

白

士女笙歌宜月下　使君金紫称花前　白

690
精明は合浦の珠に相似たり　断割は崑吾の剣も如かず

僧亘玄

精明合浦珠相似　断割崑吾剣不如　僧亘玄

691
三百盃といふとも強ちに辞することなかれ　辺土はこれ酔郷にあらず
この一両句は重ねて詠ずべし　北陸あにまた詩の国ならむや　保胤

雖三百盃莫強辞　辺土不是酔郷　此一両句可重詠　北陸豈亦詩国　保胤

692
高き屋に　登りて見れば　煙立つ　民のかまどは　にぎはひにけり

に際して鋭利なことは、あの玉を切るという崑吾の剣も及ばない。

刺史の政を賞讃して詠んだもの。

◇精明　精密にして公明正大なこと。◇合浦　珠の産地。二五五参照。◇断割　国政を切り盛りすること。◇崑吾の剣　利剣のこと。『列子』湯問に見える。

691　君の行かれる片田舎の地は酒興の多い地ではないから、たとえ三百盃でもこの別れの盃を辞退しないで欲しい。また北陸は作詩に適した風流な国ではないから、この惜別の詩の一、二の句をさらに繰り返して吟詠し給え。

遠国に赴任する詩友への惜別の情を賦したもの。

◇三百盃　鄭玄の故事により送別の宴の意。六三三参照。◇辺土　辺鄙な田舎。源順が赴任する能登をさす。◇酔郷　王績の「酔郷記」により酔者の天国をいう。四六五参照。◇詩の国　作詩に適する境地。『白氏文集』巻五六「殷堯藩侍御江南を憶ふを見る」詩に「境は吟詠に牽かるる真の詩国、興は笙歌に入る好き酔郷」。

692　高殿に登ってあたりを見ると炊煙が立ち上っている。人民たちの台所は潤い富んでいるのだ。

『延喜六年日本紀竟宴和歌』に藤原時平が仁徳天皇を題に詠んだ「高殿に登りて見れば天の下四方に煙りて今ぞ富みぬる」の訛伝か。『俊頼髄脳』以下、仁徳天皇御製と伝えるが、ここで「刺史」に配したのは御製とは見ず、民治の要諦を示した歌と見たためであろう。仁徳天皇四年春二月、天皇が高臺に登り、烟気が立たないのを見て三年間課役を停め、七年夏四月、臺上から烟気の多く立つのを見て后に「朕、既に富めり」と述べた故事（『日本書紀』）による。

693　燈火は暗く、虞氏は幾筋もの涙を流し、夜も更けて、漢軍が四面に楚の歌をうたっているのを聞く。

◇虞氏が涙・楚歌の声　項羽が戦に破れ、美人と惜別する様子を賦したもの。項羽が垓下で漢軍に囲まれた時、夜、四面に漢軍が楚歌するを聞いて、漢が既に楚を得たかと嘆き、帳中で美人虞氏と別れを惜しみ、悲歌唱和して涙を流したとある（『史記』項羽本紀）。

694　秋の木の葉が落ちる頃、南に飛びゆく雁の脚に手紙を結んで生存を知らせようとし、もし牡の羊が子を産み乳を出す時期が来たら帰そうと匈奴にいわれ、空しく歳月を送って年老いてしまった。

匈奴に捕われた蘇武が節を改めず辛苦する様を賦す。◇賓雁　雁のこと。年々秋に来て春去るので賓という。『礼記』月令に「季秋の月（中略）鴻雁来賓し（中略）草木黄落す」とある。『漢書』蘇武伝に、漢の天子が上林苑で雁を射たところ、足に蘇武の手紙が結んであったのでその生存を知り、使者が連れ帰ったとある。◇歳華　歳月。蘇武が匈奴に使者として赴き、捕虜となって北海無人の地で牧羊に従事し、牡羊が乳を出したら帰国させるといわれた故事をふむ。

695　嘗ては虎口のごとく危険な秦の国を逃れ去り、晩年になって初めて漢の高祖に拝謁を賜った。

詠史

693
燈暗うしては数行虞氏が涙　夜深けては四面に楚歌の声　橘相公

燈暗数行虞氏涙　夜深四面楚歌声　橘相公

694
賓雁に書を繋けては秋の葉落つ　牡羊に乳を期すれば歳華空し　在昌

賓雁繋書秋葉落　牡羊期乳歳華空　在昌

695
他日には遂に秦の虎口を逃れ　暮年には初めて漢の龍顔に謁す　紀

叔孫通が初め秦に仕え後に漢に従った故事を賦す。『史記』叔孫通伝に、叔孫通は文学をもって秦の二世に仕えたが、陳勝の乱を単なる群盗に過ぎぬとおもねり、危機一髪のところで秦を脱出したとある。
◇他日　底本「少日」を諸本により改めた。◇虎口　極めて危険な場所の譬え。◇龍顔　漢の高祖をさす。四〇八参照。叔孫通が漢の二年に高祖に降ったことをさす。

696　父と母の二神は、生れた蛭児をどんなにかふびんに思ったことであろう。脚も立たないまま三年の歳月が過ぎてしまって。

『天慶六年日本紀竟宴和歌』に大江朝綱が伊弉諾尊を題に詠んだ歌。従って作者は「後江相公」が正しい。
◇かぞいろは　「かぞ」は父、「いろは」は生母の意の上代語。しかし当時は「かぞいろ」を父母、「は」は助詞と意識された。ここは伊弉諾・伊弉冉尊。◇脚立たずして　『日本書紀』神代上巻に、二神が日神・月神に次いで蛭児を生んだが、三歳になっても脚が立たず、天磐櫲樟船に乗せて流したことが見える。

697　王昭君は、匈奴に入って愁い悲しみ辛苦を重ねたためにすっかりやつれてしまい、今はかえって、むかし画工が詐って描いた絵姿の醜い容貌に似てきてしまった。

匈奴に送られた王昭君が辛苦したさまを賦す。
◇顦顇　やせ衰えるさま。◇画図　漢の元帝は、宮女が多いので画工にその像を画かせた上で宮女を召した。他の宮女は賄賂を贈ったが美貌の昭君はそれをし

少日遂逃秦虎口　暮年初謁漢龍顔　紀

696
かぞいろは　いかにあはれと　思ふらむ　三年になりぬ　脚立たずして　江相公

王昭君

697
愁苦辛勤して顦顇し尽きんたれば　如今ぞ却て画図の中に似たる　白

愁苦辛勤顦顇尽　如今却似画図中　白

698
身化しては早く胡の朽骨となりんたり　家留まては空しく

なかったので醜く画かれ、匈奴が入朝して宮女を求めた際、帝は図によって昭君を選び送り、昭君は遂に胡国に没した（『西京雑記』巻二）。

698　王昭君の身は匈奴の地に埋もれ、骨も朽ちはててしまい、彼女の家は空しく漢の地に留まって荒れるにまかせている。

王昭君がはかなく死んだ後のことを賦す。
◇荒門　荒れはてた家。

699　王昭君は、緑の黛と紅の顔というあでやかな容貌に錦やぬいものの美しい装束をつけ、泣きながら砂漠の居城をさして住み馴れた故郷を後にした。

王昭君の胡地への出発の様子を賦す。以下三聯と合わせ四句で七言律詩一首をなす。
◇翠黛　緑の眉ずみ。美人の容貌をいう。◇沙塞　砂漠の中のとりで。

700　辺境に吹くすさまじい風は、秋のもの悲しい人の心を断ち切るばかりであり、隴頭の水の咽び流れる音を聞きながら夜ここを渡ると、涙が水に添えて流れ落ちる。

王昭君が胡地に赴く途中の様子を賦す。
◇辺風　辺境を吹く風。◇心緒　心の動く糸口。心持。◇隴水　隴頭の流水。四六三参照。◇涙行　涙が列り流れること。

701　もの悲しい胡人の角笛が一声夜空に聞えると、霜夜の夢も破られ、はるか万里の彼方にある漢の都を望むと、月の光に腸も断ち切られるばかりの思

漢の荒門たり　紀

身化早為胡朽骨　家留空作漢荒門　紀

699
翠黛紅顔錦繡の粧ひ　泣くなく沙塞を尋ねて家郷を出づ　江

翠黛紅顔錦繡粧　泣尋沙塞出家郷　江

700
辺風は吹き断つ秋の心緒　隴水は流れ添ふ夜の涙行　同じ

辺風吹断秋心緒　隴水流添夜涙行　同

701
胡角一声霜の後の夢　漢宮万里月の前の腸　同じ

胡角一声霜後夢　漢宮万里月前腸　同

702 昭君もし黄金の賂を贈らましかば　定めてこれ身を終ふるまで帝王にぞ奉まつらまし　同じ

昭君若贈黄金賂　定是終身奉帝王　同

703 数行の暗涙は孤雲の外　一点の愁眉は落月の辺　英明

数行暗涙孤雲外　一点愁眉落月辺　名明

704 あしびきの　山がくれなる　ほととぎす　聞く人もなき　音をのみぞ泣く　実方中将

妓女

いがする。

王昭君の胡地における情を賦す。

◇胡角　胡人の吹く笛。「角」は「宮」と共に五声の一つであり対をなす。

702　王昭君が、当時もしも画工に黄金の賄賂を贈ってその容貌を美しく画かせたならば、きっと終身、天子の寵愛を受け、このような憂き目には遭わなかったであろう。

王昭君の運命の悲劇を賦して結びとする。

703　胡地に送られた王昭君は、空に浮ぶ一片の雲のあなたを眺めてひそかに幾筋もの涙を流し、月が西に没しようとするあたりに愁いを含んだ眉を垂れている。

王昭君を悼んで詠んだもの。

◇暗涙　人知れず流す涙。

704　私は、山奥に隠れてしまったほととぎすと同じこと。聞いてわかってくれる人もいないのに、声をあげて泣いてばかりいるのです。

陸奥守として辺地にやられた藤原実方が、その愁いを都へ詠み送った歌。『拾遺集』雑春に入集。王昭君の境涯に似ているために選ばれたもの。

◇あしびきの　「山」の枕詞。◇ほととぎす　「夏山に恋しき人や入りぬらむ声ふりたてて鳴くほととぎす」（『古今集』夏、紀秋岑）のように、苦しい思いを吐露して鳴く鳥と意識された。◇音をのみぞ泣く　泣くよりほかに何のてだてもない、と訴えたもの。

705
容貌のかほばせは舅に似たり　潘安仁が外甥なれば
気調のいきざしは兄のごとし　崔季珪が小妹なれば　張文成

容貌似舅　潘安仁之外甥
気調如兄　崔季珪之少妹　張文成

706
外き人には識られず恩を承る処　ただ羅衣の御香に染めたるあり　元

外人不識承恩処　唯有羅衣染御香　元

707
嬋娟たる両鬢は秋の蟬の翼　宛転たる双蛾は遠山の色

705　美男の誉れ高い潘安仁さまの姪御さまですから、叔父上に似た美しい御容貌をしておられ、崔季珪さまの妹さまですから、兄上さまに似てさっぱりした御気立てでございます。

張文成が逢った崔女郎の容貌・気心を讃えたもの。
◇舅　母方の叔父。『和名抄』に「爾雅に云く、母の昆弟を舅と為す（和名、母方乃乎知）」。◇潘安仁　晋の文人、潘岳。美男で、道を行くと老嫗が果物を車の中に投げ込んだという（『語林』）。◇外甥　他家に嫁した姉妹の生んだ子。女子と男子がある。◇気調　気象。気立。「気ハ形ニカヽリ、調ハ声ノシナナリ」（『遊仙窟鈔』）。◇崔季珪　崔琰（字は季珪）は声も通り姿も高く眉目秀麗であった（『魏書』崔琰伝）。◇小妹　末の妹。

706　他の人は私が天子の寵愛を受けたことを知らないけれど、ただ、薄い絹の衣には、御衣の移り香が今も残っている。

妓女がひそかに君寵を受けたことを賦す。
◇羅衣　薄い絹の衣。舞妓が着る。「羅衣の風に従うて、長袖の交横たはれり」（『文選』舞賦）。

707　美しい左右の鬢の毛は、秋の蟬の翅のようにすきとおっており、蛾の眉のようにしなやかにまがった双方の眉は、遠山の翠の色とまちがえるほどだ。

美人の容貌を賦したもの。
◇嬋娟　美しいさま。◇秋の蟬の翼　鬢の毛の美しいさま。「魏の文帝の宮人（中略）莫瓊樹乃ち蟬鬢を制る。縹緲として蟬の如し。故に蟬鬢と曰ふ」（崔豹『古今注』）。◇宛転　すんなりと曲るさま。「宛転たる蛾眉馬前に死す」（『長恨歌』）。◇双蛾　蛾の眉に似た左右一対の美しい眉。◇遠山の色　「文君姣好にして、眉の色は遠山を望むが如し」（『西京雑記』巻二）。

708　美人が紅の布で顔を隠しながらほほえんでいるのを、牡丹の花ではないと怪しんだりしてはいけない。これは花とも見るべきもので、春風のために綻び初めた牡丹の花にそっくりである。

美人を牡丹に喩えて賦したもの。◇紅巾　紅の布きれ。◇牡丹　底本は「杜丹」。

709　李延年が一族を飾り栄えさせたのは、その妹である美人の李夫人によって初めて世に出ることができたからであり、衛子夫が時を得て長く天子の寵愛を受けたのは、大勢の醜い宮女の中で特にすぐれていたからである。

◇李延年　歌舞の名手で漢の武帝に愛され、妹の李夫人を帝にすすめてそれが寵愛されたために一族が出世した（『漢書』外戚伝）。◇一妍　一人の美人。李夫人をさす。◇衛子夫　漢の武帝の衛皇后。字は子夫。賤しい出自で平陽公主に仕え、行幸した武帝が十余人の宮女の中からその美貌によって選んで寵愛し、遂に皇后に立った（『漢書』外戚伝）。◇時　底本なし。他本により補う。◇衆醜　美人でない多くの宮女。

白

嬋娟両鬢秋蟬翼　宛転双蛾遠山色　白

708
恠しむことなかれ紅巾の面を遮して咲ふことを　春の風は
吹き綻ばす牡丹の花　白

莫恠紅巾遮面咲　春風吹綻杜丹花　白

709
李延年が族を餝る　一妍に託けてもて始めて飛ぶ
衛子夫が時を待つ　衆醜に在て永く異なり　野

李延年之餝族　託一妍以始飛　衛子夫之待　在衆醜而
永異　野

710　美人が粧いをこらして姿を現したさまは、秋の夕べに月の出るのを待って、ようやく山の端にさしそめた清い光を見るようであり、また、夏の日に蓮の開くのを待って、初めて水の上に開いた紅のあでやかな花の色を見る思いがする。

舞妓が催促されて粧いを整え宴席についた様を賦す。◇月を待つ　月を美人に喩える例としては、『詩経』陳風、月出の「月出でて皎かなり、佼人僚し（鄭箋、婦人美色の白皙あるに喩ふ）」等がある。◇蓮を思ふ　蓮を美人に喩える例には、『文選』洛神賦の「迫くして察れば灼として芙蕖の渌波より出でたるが若し。穠繊中を得、脩短度に合へり」等がある。

711　大勢の宮女の中で才芸・容色の双方がすぐれている者を数え選んでお召しになると、楼上の化粧室でまだ化粧が終らないのに、重ねて天子からお召しがあって催促をされる。

舞姫に対する天子のお召しが急なさまを賦す。◇粧楼　宮人が化粧をする楼上の私室。

712　両方の鬢は櫛でようやく結いあげただけだが、それは春の雲のようにやわらかであり、眉墨はまだ片方の化粧が終っただけだが、それは明け方の三日月のようにほっそりと形が良い。

舞姫の化粧がまだ終らないさまを賦す。◇双鬢　婦人の左右の鬢。◇かつかつ　やっと。『字類抄』『名義抄』に「且　カツカツ」。◇片黛　一方の眉墨。

710

秋の夜月を待つ　纔かに山を出づる清光を望む
夏の日蓮を思ふ　初めて水を穿つ紅艶を見る　催粧序　菅

秋夜待月　纔望出山之清光
夏日思蓮　初見穿水之紅
艶　催粧序　菅

711

算へ取る宮人の才色兼ねたるを　粧楼よりいまだ下りざる
に詔来り添ふ　菅

算取宮人才色兼　粧楼未下詔来添　菅

712

双鬢かつかつ理して春の雲軟かなり　片黛纔かに生て暁月
繊し

双鬢且理春雲軟　片黛纔生暁月繊

713　うすものの衣の袖に皺が寄っていても火熨斗で伸ばす暇もなく、鳳凰の形をしたかんざしも、香の箱に入れて鍵をかけて置いたので、取り出してくる暇がなかったのが今更くやまれる。

天子のお召しが急なことを賦す。
◇羅袖　うすものの袖。『玉台新詠集』巻五の柳惲の詠席の詩に「羅袖軽塵少し」とある。◇火の熨　衣服の皺を伸ばすもの。◇鳳の釵　鳳凰の形に作ったかんざし。◇香の匳　香を盛る器（『和名抄』）。

714　舞姫たちが出てくると、春風がまず香をくゆらした煙を吹いて匂いを散らすとともに、翠簾を透して紅の美人の部屋が、珍しくもほのかに見える。

舞姫たちが部屋を出てきた様子を述べる。
◇薫煙　衣を薫ずる香の煙。◇紅房　美人の部屋。

715　錦の帳をかかげながらいつまでも麝香を衣に薫きしめて部屋を出てこないのは嫌いだし、珠の簾を巻きあげながらぐずぐずと笄を挿すのにてまどっているのは憎らしい。

美人がなかなか出てこないさまを賦す。
◇麝　麝香鹿から採取される香水は著名。『和名抄』に「爾雅注に云く、麝は脚麕に似て香あり」とある。◇珠簾　珠を飾った簾。

716　年老いて後すっかり落ちぶれて、今日炊ぐべき食料さえ尽き果てたので、飢をしのぐために泣く泣く先帝から賜った箏を売り払うのである。

妓女の老衰したさまを賦す。

713
羅袖は火の熨を廻らすに遑あらずして　鳳の釵は還て香の
匳に鏁めたることを悔ゆ

羅袖不遑廻火熨　鳳釵還悔鏁香匳

714
和風先導して薫煙出づ　珍重たり紅房の翠簾に透ける

和風先導薫煙出　珍重紅房透翠簾

715
嫌ふらくは錦帳を褰げて長く麝を薫ずることを　悪むらく
は珠簾を巻いて晩く釵を着けたることを　白

嫌褰錦帳長薫麝　悪巻珠簾晩着釵　白

716
今日の新たなる飢饑に充てむとして　泣くなく先朝の旧く賜うし箏を売る　紀

欲充今日新飢饑　泣売先朝旧賜箏　紀

717
天つ風 雲の通ひ路 吹きとぢよ 乙女のすがた しばしとどめむ

遊女

718
秋の水にはいまだ鳴らさず遊女の佩　寒雲は空しく満てり望夫の山　賀蘭遂

秋水未鳴遊女佩　寒雲空満望夫山　賀蘭遂

◇**飢饑**　飯に飢えるさまをいう。

717　空を吹く風よ。天女たちを乗せてゆく雲の帰り道を吹きとざしておくれ。この美しい乙女たちの姿を、いましばらくとどめておいてほしいのだ。

十一月の大嘗祭・新嘗祭の豊明節会の女舞に舞う五節の舞姫を見て、良岑宗貞（遍昭）の詠んだ歌（『古今集』雑上）。五節の舞は、天武天皇の吉野行幸の折、琴の音に天女が降りて舞を見せたという伝承に基づく。

◇天つ風　空を吹く風。呼び掛け。◇雲の通ひ路　天女が雲に乗って天上界に帰る、その通い路。現実の舞姫（公卿の娘二人、受領の娘二人）を天女に幻想した。

◇とどめむ　天つ風に望んでいる語法。

718　秋の川は空しく流れるだけで、わが思う女が腰に帯びる珠を鳴らしてやって来ることもない。また、寒々とした雲がいたずらにたちこめる山の上には、女が夫を恋い望んでいるがその姿は見えない。

男女の歓会がうまくいかないことを賦す。

◇遊女　『詩経』周南、漢広に「漢（漢水）に游女あり、求思むべからず」。◇佩　玉を貫いて腰に帯びるもの。周の鄭交甫が揚子江の岸で江妃の二女に遇い、二女は佩びた珠を解いて交甫に与えたが、それを懐にして数十歩行くと二女は見えず珠もなかったという（『列仙伝』）。◇望夫の山　武昌の北の山。山上に望夫石がある。古伝に昔貞婦があり、夫の出征を山上で見送りそのまま石と化したという（『初学記』所引『幽明録』）。

719
翠帳紅閨　万事の礼法異なりといへども
舟の中浪の上　一生の歓会これ同じ　以言

翠黛紅閨　万事之礼法雖異　舟中浪上　一生之歓会是
同　以言

720
倭琴緩く調べて潭月に臨む　唐櫓高く推して水煙に入る　順

倭琴緩調臨潭月　唐櫓高推入水煙　順

721
白波の　寄するなぎさに　世を過ぐす　海人の子なれば　宿も
さだめず　海人詠

719　翠の帳を垂れ紅に飾った寝所で貴い女性と夜を過すのとは、すべての儀式作法が違っているけれども、遊女と、舟の中、波の上で契りを交わすのも一生の楽しみには変りはない。

遊女との歓会を記したもの。◇翠帳紅閨　みどりの帳を垂れ紅に飾った寝室。底本「翠黛」。◇万事の礼法　嫁娶の六礼をいう。六礼とは納采・問名・納吉・納徴・請期・親迎（『集註』）。◇舟の中浪の上　江口・神崎などの遊女は、客を舟に迎えて色を売った（『遊女記』、『文粋』見遊女詩序）。

720　遊女は深い水に映る月に向って舟の中で和琴を緩やかに調べ、また水煙のかすむ方に向って唐櫓の音高く舟を漕いで行く。

遊女が客を求めるさまを日本と中国との対比によって賦す。◇倭琴　やまとごと。「万葉集に云く、日本琴〈中略〉体は箏に似て短小、六絃あり。俗に倭琴二字を用ふ。夜万度古度〉（『和名抄』）。◇潭月　水の深みに映る月。◇唐櫓　唐様式に作った櫓。

721　白波の寄せてくるなぎさで、憂き世を暮している海人の娘でございますから、私はこれといって決った住居も定めておりません。

海辺の遊女の歌であろう。『源氏物語』の源氏と夕顔の問答にも引かれる（夕顔巻）。『撰集抄』では在原行平に答えた絵島の海人の歌と伝える。
◇白波の　はかなく崩れ去るものとしての余意があ

る。◇宿もさだめず　ましてや決った人はいない、との余意があろう。

722　昔は都にあって名声をあげ栄華を誇ったけれども、今は田舎でなげやりな生活を送る翁になってしまった。

謫居中の作者が身の上を詠んだもの。◇京洛　都。長安と洛陽。◇声華　名声の花やかなこと。『文選』任昉の宣徳皇后令に「梁朝に客遊して、声華籍甚なり（張銑注、声名天下に籍甚なり）」とある。◇江湖　大江や湖水のある南方地方。一般に世間をいう。◇潦倒　おちぶれたさま。吏事にうとくなげやりな生活態度をいう。『文選』山巨源に与ふる絶交書に「足下旧より吾が潦倒粗疎にして事情に切ならざることを知れり」とある。

723　年をとるとまだ夜が明けぬ前に目をさますので、いつも夜が長く残ってしまい、病にかかるとまだ衰える年でもないのに、まず力が弱ってしまう。

老衰を嘆いたもの。

724　再三ねんごろに汝を憐み思うのは他のことではない。玄宗皇帝の天宝時代の人が多く死んでしまい、世に生き残っている者も稀になったからこそ懐かしく思うのだ。

老人康叟に対する懐旧の情を賦したもの。◇天宝の遺民　天宝は唐の玄宗の年号で、康叟は当時を知っている生き残りの一人と思われる。

老人

722
昔は京洛の声華なる客たりき　今は江湖の潦倒たる翁たり　白

昔為京洛声華客　今作江湖潦倒翁　白

723
老の眠り早く覚めて常に夜を残す　病の力先づ衰へて年を待たず　同じ

老眠早覚常残夜　病力先衰不待年　同

724
再三汝を憐れぶことは他の事にあらず　天宝の遺民見るに

漸くに稀らなり　同じ

再三憐汝非他事　天宝遺民見漸稀　同

725
紅栄黄落す　一樹の春の色秋の声
綬を結び簪を抽づ　一身の壮なる心老の思ひ

紅栄黄落　一樹之春色秋声　結綬抽簪　一身之壮心老思

726
楽天よりも少きこと三年　なほ已に衰へたる齢なり
勝地に遊ぶこと一日　これ老の幸にあらずや　同じ

少於楽天三年　猶已衰之齢也　遊於勝地一日　非是老之幸哉　同

725　樹木にも、美しい紅の花を開く春の盛りがあれば、黄ばんだ葉が風に吹かれて落ちる音を聞く秋の寂しい時節もある。同じように人間も、官に仕え国に尽そうという意気盛んな若い時もあれば、官を退き静かに余生を送ろうという気力の衰えた老年期もあるというのが自然の成り行きで、誰もそれを免れることはできぬ。

樹木に譬えて人間の一生を述べたもの。◇紅栄黄落　花が紅く開き葉が黄ばんで落ちる。◇春の色秋の声　春の花の美しい色と秋の葉が風に落ちる音。◇綬を結び　印綬（官印とそれを結びつける組紐）を結ぶこと。仕官することをさす。◇簪を抽づ　官を去ること。六一九参照。

726　私は白楽天より三歳年が若いけれども、もはやすでに老い衰えた年齢である。しかし今日の一日をこの粟田山荘の景勝の地で遊ぶことができたのは、また老齢になったがための幸福ではなかろうか。

白楽天に倣って開かれた尚歯会参加の喜びを述べた。◇楽天　楽天が尚歯会を開催したのは会昌五年、七十四歳（『白氏文集』巻七一、七老会詩）。安和二年の尚歯会の時は文時七十一歳。◇勝地　尚歯会が行われた藤原在衡の粟田山荘の景勝の地。なお「勝地」は「楽天」と直接対偶をなさないが、その中の地と天とが、意味に関係なく対偶をなす字対に属する。

727　太公望が渭水のほとりで周の文王に逢って召された時は、その顔に波のような皺が寄っていたし、綺里季が商山を出て漢の恵帝を補佐し帝位に即(つ)けた時は、その眉が新月の光のように白く垂れていた。賢人が年老いて後帝王に召された慶事を賦す。
◇太公望　呂尚は、年老いて渭水の南で釣をしていた時に周の西伯（文王）に逢い、召されてその師となった（『史記』斉太公世家）。◇波面に畳めり　皺の形容。◇綺里季　商山の四皓の一人。年老いて山中に世を避けていたが、呂后に召し出されて漢の恵帝を補佐し、帝位に即けた（『史記』留侯世家）。◇月眉に垂れたり　眉の白いのをいう。

728　行く水は返る時がなく、同じように流れ去る年を思うと涙が流れる。また、花は一年に二度春に逢うことはないが、そのように衰えた老いの身は、再び人生の春に逢うことはない。
老衰してゆく哀しみを詠んだもの。
◇水は反る　『文選』劉楨の五官中郎将に贈る詩に「逝く者は流水の如し（李善注、論語に曰く、子川の上(ほとり)にありて曰く、逝く者は斯の如し、夫れ昼夜を舎(お)かず）」。◇流年　流れ去る年月。『白氏文集』巻六「杓直に贈る」詩に「秋長夜を苦しまず、春流年を惜しまず」。◇花は　『文選』陸機の短歌行に「時重ねて至ること無し、華再び陽(ひら)けず」とある。◇暮歯　老齢。

729　晩春林に立ちこめる霧の中で鳴いている鶯の声にくらべると、老鶯も若々しいといえるし、岸を吹く風になびく柳の枝にくらべると、弱い柳もまだ力がしっかりしていよう。

727
太公望(たいこうばう)が周文(しうぶん)に遇(あ)へる　渭浜(ゐひん)の波面(おもて)に畳(たた)めり
綺里季(きりき)が漢恵(かんくゑい)を輔(たす)けし　商山(しやうざん)の月眉(まゆ)に垂(た)れたり　策文(さくもん)　匡衡(きやうかう)

太公望之遇周文　渭浜之波畳面　綺里季之輔漢恵　商山之月垂眉　策文　匡衡

728
水は反(かへ)る夕(ゆふべ)なし流年(りうねん)の涙(なんだ)　花はあに重(かさ)ねて春ならんや暮歯(ぼし)の粧(よそほ)ひ　尚歯会(しやうしくわい)　菅三品(かんさんぼん)

水無反夕流年涙　花豈重春暮歯粧　尚歯会　菅三

729
林霧(りんぶ)に声(こゑ)を校(たくら)ぶれば鶯(うぐひす)は老(お)いず　岸風(がんぷう)に力を論(ろん)ずれば柳(やなぎ)はなほ強(こは)し　同じ

林霧校声鶯不老　岸風論力柳猶強　同

730
酔ひて落花に対へば心自ら静かなり　眠て余算を思へば
涙先づ紅なり　雅規

酔対落花心自静　眠思余算涙先紅　雅規

731
ます鏡　そこなる影に　向かひゐて　見るときにこそ　知らぬ
翁に　逢ふ心地すれ

732
いづこにか　身をば寄せまし　世の中に　老をいとはぬ　人し
なければ　為頼

晩春の情景に較べてわが身の老衰を嘆く意を詠む。

730　酔って花の散るのを見ていると、老いの身も忘れて心が自然と静かに落着くが、夜眠りながら余命がいくばくもないことを思いやると、悲しみに紅の涙が流れる。

老境の感懐を賦したもの。
◇余算　残りの寿命。◇涙先づ紅　悲嘆の涙を喩える。「紅」は「静」の扁の青と対偶をなす側対に属す。

731　よく磨かれた鏡、その底に映る自分の姿に向いあってじっと見つめるときには、まるで見も知らぬ老翁にであったときのような心持がする。

いつの間にか迎えた老いの嘆きを詠む。『拾遺集』雑下、旋頭歌、凡河内躬恒の歌。なお、当時、旋頭歌には五七五七七七の音数律もあると理解されていた。
◇ます鏡　磨かれてよく澄んだ鏡。◇そこ　「其処・底」を掛ける。◇見るときにこそ　平常は自分の老いを自覚していないが、の余意がある。

732　どこへ老残のわが身を寄せたらよいのだろう。この世の中には老いた人をいやがらない人はいないのだから。

『撰集抄』巻八には、藤原為頼が参内した折、若殿上人たちが隠れたので涙ぐんで詠んだ歌と伝える。
◇人し　「し」は強意。

733　昔は一緒に琴を弾じ詩を賦し酒を飲んで楽しく遊んだ友人たちは、皆私から去って散り散りになってしまったので、雪の朝・月の夜・花の時に逢うたびに、多くの友人の中でもことに君を憶い出して慕わしく思う。
旧友に対する追慕の情を賦す。
◇琴詩酒の友　琴・詩・酒の上での友。『集註』は「琴詩酒の三を友とせし也」と解している。

734　張員外が贈ってきた新作の詩は、昔の陽春の曲のように格調が高くて、私にはとても和するのが困難であり、また、彼との友情が水のように淡々としていて終始変らないことがこの老年になって初めて分った。
文友との交情を賦す。
◇陽春……　高尚な楽曲の名。張員外の詩の格調高さに比す。『文選』宋玉の「対楚王問」に、郢国では、鄙俗な下里巴人の曲に和する者が数千人、高尚な陽春白雪に和する者は数十人に過ぎなかったとある。◇淡水　水の淡いこと。君子の交際の淡泊なことに譬える。『荘子』山木に「且つ君子の交はりは淡きこと水の若く、小人の交はりは甘きこと醴の若し。君子は淡くして以て親しみ、小人は甘くして以て絶つ」。

735　昔、君は私に対して青い眼で迎え、長く親愛の情を寄せられたが、今日君に逢うともう白髪の老人になってしまわれた。
年老いて昔の友人に逢った心を賦す。
◇青眼　親しい人に対する目つき。「白眼」に対する。阮籍が礼俗の士に白眼で接し、琴酒を携える超俗の士を青眼で迎えた故事による（『晋書』阮籍伝）。

交友

733　琴詩酒の友は皆我を抛つ　雪月花の時最も君を憶ふ　白

琴詩酒友皆抛我　雪月花時最憶君　白

734　陽春の曲調は高うして和しがたし　淡水の交情は老いて始めて知んぬ　同じ

陽春曲調高難和　淡水交情老始知　同

735　昔の年我を顧みるには長く青眼なりき　今日君に逢へば已に白頭なり　許渾

昔年顧我長青眼　今日逢君已白頭　許渾

736
蕭会稽が古廟を過ぎし　託けて異代の交りを締ぶ
張僕射が新才を重ぜし　推して忘年の友とせり　江

蕭会稽之過古廟　託締異代之交　張僕射之重新才　推
為忘年之友　江

737
裴文籍が後と君を聞きしこと久し　菅礼部の孤と我を見る
こと新たなり　淳茂

裴文籍後聞君久　菅礼部孤見我新　淳茂

738
君とわれ　いかなることを　契りけむ　昔の世こそ　知らまほ
しけれ

736　会稽郡の丞であった蕭允が、呉の季札の古廟を過ぎた時にこれを祭って、時代を異にする交わりを結び、尚書僕射の張纘は、年若い才人を重んじて江総を推し上げ、年の老少を無視して友人とした。

主人が賢才を尊重する心を賞讃したもの。◇蕭会稽　会稽郡の丞となった蕭允は、途中延陵で呉の季札の廟を過ぎた時にこれを祭って異代の交わりを結んだ（『陳書』蕭允伝）。◇異代の交り　時代を異にするが志を同じくする交わり。◇張僕射　尚書僕射の張纘たちは、官も高く年長であったが、年少で才名のあった江総を推重し忘年の交わりを結んだ（『陳書』江総伝）。◇忘年の友　年齢の長幼を忘れた友人。

737　かつて渤海大使として来朝された裴文籍の後継ぎとして、君の令名は以前から聞いていたが、その時父君をもてなした治部大輔菅原道真の後に残された、ひとり児の私を見るのは今日が初めてでしょう。

父子二代にわたる異国の文友との交情を賦す。◇裴文籍　渤海大使で文籍院少監の裴頲。元慶七年（八八三）に来朝し道真が治部大輔として応対した（『三代実録』）。◇君　裴頲の子の璆。延喜八年（九〇八）に来朝した（『日本紀略』）。◇礼部　礼部侍郎は治部大少輔の唐名。◇孤　淳茂は道真の遺孤。

738　あなたと私がこのように親しくなったのは、いったい前世にどのようなことを約束しあったからなのでしょう。前世のことが知りたいものです。

二十巻本『歌合巻』の断簡に十二番右の歌として見えるが、歌合の名も作者も不明。原歌は会わぬ恋の歌であるが、ここは交友の情の歌として配したもの。
◇契りけむ　宿命的な約束ごとを交わしたのだろう。
◇昔の世　この世の果を決定した前世の因。

739　これからは誰を知り人として話し相手にしたらよいのだろう。親しい人は次々と身まかり、残った高砂の松も昔を語りあう相手とはならないのに。

親しい友に先立たれ、ひとり残った身の寂しさを嘆く。『古今集』雑上、藤原興風の歌。
◇高砂の松　高砂は今の兵庫県高砂市で、歌枕。高砂、住吉の松は昔を知る長命な樹として詠まれる。◇友ならなくに　非情な木なので語りあう友ではないから。

740　地下の世界では誰も私を知るものはないだろう。白髪の老年まで生き残った私は独り亡き君を追憶している。せめての想い出に君の遺文集を読むと感に堪えず、ただ老の涙をひたすら故人の文の上にそそぐばかりである。

亡き詩友への悲しみの情を述べたもの。
◇黄壌　地下。『後漢書』、趙咨伝に「素棺を薄斂して藉くに黄壌を以てせしむ（注、棺の中に土を置き以て其屍を藉くなり）」とある。

741　君たちはまず世を捨ててあの世に旅立って行き、後に残された私もまた余命いくばくもない。秋風が吹く時はもの悲しく涙で襟も濡れるが、思えば昔の友人の多くは地下の人になってしまった。

739
たれをかも　知る人にせむ　高砂の　松もむかしの　友ならなくに

懐旧

740
黄壌には誰か我を知らむ　白頭にしてなほ君を憶ふ
ただ老年の涙をもて　一たび故人の文に灑く　白

黄壌誰知我　白頭猶憶君　唯将老年涙　一灑故人文　白

741
長夜に君先づ去る　残年我幾何ぞ
秋の風に襟に満てる涙　泉下に故人多し　白

◇長夜　永遠に夜の暗黒の世界。死後の世界。『文選』曹植の三良の詩に「長夜何ぞ冥々たる、一たび往きて復た還らず」。◇泉下　黄泉の下。地下。

742　過ぎ去った昔のことは遥か彼方にかすんですべてが夢のように思われ、昔の遊び仲間は木の葉が落ちるように死にゆき、半分は地下の人になった。

◇眇茫　遠く遥かなさま。◇零落　草木の葉の落ちること。死。◇泉に帰す　黄泉に帰る意。死ぬこと。

743　昔蘇州で乗った船も古びてしまい、船首に画かれた美しい龍頭の形もはげてはっきり見えず、かつて遊んだ王尹橋も傾いて立派だった橋板は斜めになっている。

◇蘇州　江蘇省南部の都市で唐代の州都。名勝古蹟が多い。◇舫　もやい舟。繋ぎとめてある舟。◇龍頭　船首に龍の頭を画いたり刻んだりした舟。◇王尹橋　姑蘇にある橋の名。◇雁歯　材木などが一枚一枚くいちがって並んでいるさま。『遊仙窟』に「碧玉階を縁りて、雁歯よりも参差たり」とある。

744　金谷園の花見酒に酔った所では、花は春が来るたびに咲き匂うけれども、その園の主人は一たび去って二度と帰って来ない。月が毎年の秋と約束して必ず清らかな光を放つけれど、南楼に登って月を賞した人はどこへ行ってしまったのだろう。花月に対して人生のはかなさを述べたもの。

◇金谷　河南省洛陽県の西北にある晋の石崇の別宅。石崇は賓客を招き詩を賦し酒を飲んだ（『晋書』）。

長夜君先去　残年我幾何　秋風襟満涙　泉下故人多　白

742
往事眇茫として都て夢に似たり　旧遊零落して半泉に帰す　白

往事眇茫都似夢　旧遊零落半帰泉　白

743
蘇州舫故りて龍頭暗し　王尹橋傾いて雁歯斜なり　白

蘇州舫故龍頭暗　王尹橋傾雁歯斜　白

744
金谷に花に酔ひし地　花春ごとに匂うて主帰らず
南楼に月を嘲し人　月秋と期して身何くんか去る

菅三品

◇南楼　晋の庾亮が南楼に登って月を賞した故事(『晋書』)。◇嘲し　声をあげて詩を口ずさむ。

745　昔、王子晋は、仙人となって昇天したが後に一度緱氏山に来て留まったので、後の人達はここに祠を立ててその霊を祀り、晋の太傅羊祜は、生前峴山の風景を愛したので彼が早死した後、土地の人々は碑を立て、旅人もそれを見て涙をおとした。

菅公が太宰府の廟に祀られ徳を慕われることに比す。◇王子晋　周霊王の太子。登仙した後緱氏山に帰って来たので後人が山下に彼の祠を立てた。◇羊大傅　晋の羊祜。死後侍中太傅を追贈されたが、生前峴山の風光を愛し終日置酒言詠した。死後、襄陽の百姓は彼が平生遊憩した所に碑を立てて祀り、碑を望む者は涙を流したので堕涙碑と名づけられた(『晋書』羊祜伝)。

746　無用の材木は天年を全うするが、良木はかえって命を縮め途中で切られる嘆きがあるように、英才の君が夭折したのは惜しんで余りある。しかも村人が召公の徳を慕いその野宿した甘棠を切るなかれと歌ったように、君の遺徳は後の人に慕われるであろう。

◇促齢　齢を縮めて早死にする。◇良木　橘柚の属はその能ゆえにかえって天年を全うできない(『荘子』人間世)。◇遺愛　死後に残した仁徳。◇甘棠　こりんご。周の召伯は村々を巡行して男女の訴訟を聴いたが、人民に迷惑をかけまいと小棠の下に野宿したので村人はその徳を偲んだ。「蔽芾たる甘棠、剪るなかれ伐るなかれ、召伯の茇りし所」(『詩経』周南、甘棠)。

金谷酔花之地　花毎春匂而主不帰　南楼嘲月之人　月
与秋期而身何去　菅三

745
王子晋が仙に昇し　後の人祠を緱嶺の月に立つ
羊大傅が世を早うせし　行客涙を峴山の雲に墜せり　安楽寺序　相規

王子晋之昇仙　後人立祠於緱嶺之月　羊大傅之早世
行客墜涙於峴山之雲　安楽寺序　相規

746
促齢は良木のそれ摧けたる歎き　遺愛は甘棠の剪ることな
かれといふ謡　美材

促齢良木其摧歎　遺愛甘棠勿剪謡　美材

747　昔からある野中の清水は、今はぬるくなっているけれど、昔は冷たくよい水であったことを知っている人がそれを汲むのです。

「もとの心」を忘れずに訪れてくれた喜びを詠む。『古今集』雑上、読人しらず。今は年をとったが、昔を知る人は忘れずに寄ってくれるのだ、との余意がある。◇野中の清水　歌枕と解すれば印南野（いなみの）説等諸説あるが、普通名詞か。◇汲む　思いを察する意をこめる。

748　過ぎ去ったことは、もう心に掛けまいと思うのだが、そう思ってみても、このとおり、不思議なほど目に涙が満ちあふれてきてしまいますよ。

村上天皇が左大臣の女御（述子）をなくしたとき、女御の父の藤原実頼に贈った歌。『拾遺集』恋五。

749　今もこの世に生きていてくれたらと思う人で、故人になってしまった人が、多くなってきた今日このごろだなあ。

『拾遺集』哀傷の藤原為頼の歌。『為頼朝臣集』では小野宮実頼の忌日に法住寺に参って詠んだという。

750　専諸も荊軻（けいか）も感激する所があってその身を投げ出し、侯嬴（こうえい）も予譲もわが身を捨てて力を尽したが、皆これは、主人の恩義のために心を砕き自らの命を軽んじたのである。

主人の恩義のため身を投じた故人を讃えたもの。

◇専諸　春秋呉の堂邑の人。呉の公子光のために王僚を殺そうとし、匕首（あいくち）を魚の腹中に蔵（かく）して進み意を遂げたが左右の兵に殺された（『史記』）。◇荊卿　斉の人。

747
いにしへの　野中の清水　ぬるけれど　もとの心を　知る人ぞ
汲（く）む

748
昔をば　かけじと思へど　かくばかり　あやしく目にも　満つ
涙かな

749
世の中に　あらましかばと　思ふ人　なきは多くも　なりにけ
るかな

述懐（しゅつくわい）

燕の太子丹の客となり、命によって秦王をおびやかし、諸侯の侵地を反させようと秦王に謁して匕首を投げたが中らず、殺された（同）。◇侯生　戦国魏の隠士侯嬴。年七十にして信陵君の食客となり、秦に邯鄲の都を攻められた趙が魏に援軍を求めた時、信陵君は彼の計によって将軍晋鄙を殺しその軍を奪って趙を救ったが、その時侯嬴は老齢で従軍かなわぬため自刎して信陵君を送った（同）。◇予子　戦国晋の人。智伯に仕えて尊寵され、その趙襄子に滅ぼされた時、身に漆炭を呑んで智伯のために復讐を計ったが捕えられて自尽した（同）。

751　越が呉を滅ぼした後、范蠡はかつて会稽山で敗れ辱しめられた責任を負って、越王勾践のもとを辞し小舟で五湖に去った。また晋の文公の公子時代、諸国流浪に従った咎犯は、帰国に際し文公に罪を謝し河のほとりで躊躇して晋の国に足を入れなかった。古の賢人が出処進退を誤らなかったことを述べる。◇范蠡　越王勾践の臣。会稽山で呉から受けた勾践の辱しめをそそぎ呉を滅ぼしたが、帰国の際に中途より辞して逃れ、扁舟に乗って五湖に浮び去った（『史記』貨殖列伝）。◇咎犯　春秋晋の狐偃。文公の流浪に従うこと十九年、帰国に際し河のほとりで長年の罪を謝し璧を公子に与えて去ろうとした。後、文公を覇者とするのに功績があった（『左伝』僖公二四年）。

752　その浅瀬の小石だけを玩んで珠玉の出る深淵をのぞかない者は、黒龍がとぐろを巻いている場

750
専諸荊卿が感激せし　侯生予子が身を投ぜし
心は恩のために使はれ　命は義によて軽し　後漢書

専諸荊卿之感激　侯生予子之投身　心為恩使　命依義
軽　後漢書

751
范蠡責を勾践に収めて　扁舟に五湖に乗る
咎犯罪を文公に謝して　また河上に逡巡す　後漢書

范蠡収責勾践　乗扁舟於五湖　咎犯謝罪文公　亦逡巡
於河上　後漢書

752
その磧礫を翫んで玉淵を窺はざるものは　いづくんぞ驪龍
の蟠まれる所を知らむ

所を知らない。それと同じようにいつも荒れた小さな村に住みなれて文化の高い国を見たことのない者は、英雄の活動する世界を知らないのだ。

小道に慣れた者は大道の深遠を知らぬ意を詠む。◇磧礫　河原の小石。底本「積」を改む。◇玉淵　珠玉を産する深淵。◇驪龍　黒龍。「千金の珠は、必ず九重の淵にして驪龍の頷下(がんか)にあり」(『荘子』列御寇)。◇弊邑　いやしい小村。底本「其」を欠く。◇上邦　王都に近い文化の高い国。上国。

753　人間世界における禍福は、愚かな私の心では前もって計り知ることができない。しかもこの世の荒い波風は老いの身にも容赦なくふり懸ってくる。

世上騒然たる時、不安な気分を背景にしての述懐。◇人間の禍福　「禍は福の倚(よ)る所、福は禍の伏する所、孰(いづ)れかその極を知らん」(『老子』)。

754　車の前の駿馬(しゆんめ)が病気になって動けなくなると、にぶい駄馬も時をえたとばかりに走り廻り、とまり木に鷹が繋(つな)がれて静かに休んでいる時は、鳥雀どもが遠慮するところなく空高く飛び廻る。

俊才が時を得ず凡庸の徒が時を得ることに喩える。◇驥　駿馬。◇駑駘　遅い馬。駑馬。◇架上　「架」は鷹狩の鷹を繋いでおく架(ほこ)。

755　今まで何ひとつ成すこともなく、この身はすでに老境に入ってしまった。酔郷の国のあることを聞いたが、私は場所を知らないので一体どこへ行ったらよいのであろうか。

その弊邑(へいいふ)に習(なら)て上邦(しやうほう)を視(み)ざるものは　いまだ英雄(えいいう)の宿(やど)れる所を知らず　文選(もんぜん)

翫其積礫不窺玉淵者　曷知驪龍之所蟠　習弊邑不視上邦者　未知英雄之所宿　文選

753
人間(じんかん)の禍福(くわふく)は愚(おろ)かにして料(はか)りがたし　世上(せしやう)の風波(ふうは)は老(お)いて禁(きん)ぜず　白

人間禍福愚難料　世上風波老不禁　白

754
車の前(まへ)に驥(き)病んで駑駘(どたい)逸(すぐ)れたり　架上(かしやう)に鷹(たか)閑(しづ)かにして鳥雀(てうじやく)高し　許渾(きよこん)

車前驥病駑駘逸　架上鷹閑鳥雀飛　許渾

老境に入った作者の述懐と自嘲を示す。
◇酔郷　四八五参照。◇知らず・之かん　『白氏文集』は「去らず」「帰らん」に作る。

756　范蠡は越王勾践を輔佐(ほさ)して呉を滅ぼした後、会稽の恥辱の責任を負って、小舟に乗って五湖に浮び去り名誉を避けた。謝安は晋の朝廷から召されたけれど、功を立てることを辞退して、一片の雲が浮ぶ山中に馬を鞭うって訪ね入り、高尚な志を養った。悠々自適の生活を希求したもの。
◇范蠡　七五一参照。◇名を逃る　功成り名を遂げて身を退く意。◇謝安　晋の陽夏の人。初め仕えたが病いのため辞し、後に召されたが応ぜず、臨安の山中に入って情を丘壑に放ち、妓女とともに山水を賞翫した。後に出仕し苻堅の兵百万を肥水に破り、死後太傅を贈られた（『晋書』謝安伝）。◇孤雲に鞭うて　山林に遊ぶことをいった（『集註』）。底本「伏」を改む。

757　昇殿は仙人になる特別の相を持った人が選ばれるのだから、生れつき凡俗な者は、蓬莱の仙宮に比すべき殿上の雲を踏んでそれを登ることはできない。また弁官は天下の者が争って望む栄職だから、凡庸の才の者が太政官に席を列ねることはできない。謙遜しながらも任官への強い希望を表したもの。
◇象外　形あるものの外の意。殿上を仙宮に喩えていう。◇俗骨　俗人。仙骨に対する。◇蓬莱　神仙の島。内裏(だいり)を喩えていう。◇尚書　太政官の中の弁官。
◇庸才　凡才。◇臺閣　尚書省つまり太政官をいう。

755
事々(ことごと)成(な)すことならして身また老(お)いたり　酔郷(すいきやう)知らず何(いづ)ちか之(ゆ)かんとする　白

事々無成身也老　酔郷不知欲何之　白

756
范蠡(はんれい)責(せめ)を収(をさ)む　扁舟(へんしう)に棹(さを)さして名を逃(のが)る
謝安(しやあん)功(こう)を辞(じ)す　孤雲(こうん)に鞭(むち)うて志(こころざし)を養(やしな)ふ　江

范蠡収責　棹扁舟而逃名　謝安辞功　伏孤雲而養志　江

757
昇殿(しようでん)はこれ象外(しやうぐわい)の選(えら)びなり　俗骨(しよくこつ)もて蓬莱(ほうらい)の雲を踏(ふ)むべからず
尚書(しやうしよ)はまた天下(てんか)の望(のぞ)みなり　庸才(ようさい)もて臺閣(たいかく)の月を攀(よ)づべか

らず　直幹

昇殿是象外之選也　俗骨不可以踏蓬萊之雲　尚書亦天下之望也　庸才不可以攀臺閣之月　直幹

758

齢顔駟に亜げり　三代を過ぎてなほ沈む

恨伯鸞に同じ　五噫を歌てまさに去んなむとす　正通

齢亜顔駟　遇三代而猶沈　恨同伯鸞　歌五噫而将去　正通

759

言の下には暗に骨を消す火を生す　咲みの中には偸かに人を刺す刀を鋭ぐ　良春道

言下暗生消骨火　咲中偸鋭刺人刀　良春道

758　私は顔駟に近いほど年をとり、三代の君に仕えて来たけれど顔駟のように用いられることなく卑官に沈んでおり、私の恨みは伯鸞のように深く、世に容れられる望みがないから、伯鸞のごとく五噫を歌い嘆きを訴えてどこかへ去ろうと思っている。

久しく卑官に沈淪することを嘆いたもの。

◇顔駟　漢の人。文帝の時に郎となり、武帝が郎署を過ぎた際その白髪を見て問うたのに答えて、文帝は文を好んだが私は武を好み、景帝は美を好んだが私の容貌は醜く、陛下は若い者を好まれるが私は老人ゆえ、三世遇せられなかった旨をいったので、武帝はその言に感じて会稽都尉に擢んでた（『文選』思玄賦注所引の漢武故事）。◇伯鸞　梁鴻、字は伯鸞。平陵の人。同県の孟氏の女を娶り、ともに覇陵の山中で耕織を業とし詩書を詠じ琴を弾じていた。章帝の召しに応ぜず、関を出でんとして京師を過ぎ五噫の歌を作った（『後漢書』逸民伝）。◇五噫　五つの「噫」（嘆く）の字を用いて悲痛の情を述べた歌。

759　優しい言葉の下に、ひそかに相手を中傷して堅い骨まで焼きつくすような火を燃やすこともあり、美しい笑いの中に、こっそりと人を陥れて刺し殺すような刀を磨いていることもある。

人の心の頼みがたく危険なことを詠む。

◇骨を消す　「衆口金を鑠し、積毀骨を銷す」（『史記』鄒陽伝）。◇咲みの中に　「君見ずや李義府の輩笑つて欣々たるも、笑中に刀有りて潜かに人を殺すを」（『白氏文集』巻四、可度天)。

760　人の心が恐ろしく頼みがたいのに比べれば、悪鬼を同じ車に満載しても恐るるにたらず、巫山の三峡の急流を舟で漕ぎ下ることも危うくはない。
◇鬼を一車に載す　易、睽の卦。恐怖の極致の意。◇巫の三峡　揚子江の上流、四川・湖北両省の境にある三峡。「巫峡の水は能く舟を覆すも、若し人の心に比すればこれ安流なり」(『白氏文集』巻三、大行路)。

761　楚の三閭大夫屈原は、皆が酔ったような中にあって自分一人醒めていると言ったが、それが何の益があろう。また周の伯夷は、武王が天下を統一した時に仕えるのを恥とし、首陽山に飢死したけれど、決して賢人とはいえない。
世俗と推移して身を全うすることを説いたもの。
◇楚の三閭　屈原のこと。四四参照。◇周の伯夷　周の武王が殷の紂王を伐つのを諫めたが、周の世となると、その粟を食うのを恥じて首陽山に隠れ、遂に飢死した(『史記』周本紀)。伯夷の「伯」は「百」と音が通ずるので、「三」と対句をなす音対に属する。

762　何をしてきて、わが身はこのように空しく年老いてしまったのだろうか。「年」さんの方でどう思っているかと考えると身も細る思いがする。
『古今集』誹諧歌、読人しらず。年を擬人化し、その思わくをすなおに恐縮しているところが誹諧である。
◇やさしく　恥ずかしさに身もやせ細るような思いをするさま。上代語。中古の歌にはあまり見えない。

760
鬼を一車に載すとも何ぞ恐るるに足らむ　巫の三峡に棹さすともいまだ危しとせず　中書王

載鬼一車何足恐　棹巫三峡未為危　中書王

761
楚の三閭が醒めたしも終に何の益かある　周の伯夷が飢たしもいまだ必ずしも賢ならず　倚平

楚三閭醒終何益　周伯夷飢未必賢　倚平

762
なにをして　身のいたづらに　老いぬらむ　年の思はむ　こともやさしく

763
世の中は　とてもかくても　同じこと　宮もわら屋も　果てし

なければ

764
かくばかり経がたくみゆる世の中にうらやましくもすめる月かな

慶賀

765
剣佩しては暁に双べる鳳の闕に趁る　煙波には夜一の漁船に宿す　白

剣佩暁趁双鳳闕　煙波夜宿一漁船　白

766
銭塘国を去ること三千里　一道の風光は意に任せて看る

763　この世の中は、どんな住まいをしようと結局は同じことである。立派な宮殿も粗末な藁ぶき屋も、いつまでも住みおおせることはないのだから。

伝誦歌であろう。『俊頼髄脳』や『今昔物語集』ではそれぞれ事情は異なるが逢坂山の蟬丸の歌とする。◇とてもかくても　どうあろうとこうあろうと。◇わら屋　わらで屋根や四囲を囲った小屋。◇果てしなければ　「果て」は住み果てる（永久に住む）こと。

764　こんなにも生きることが難しく思われる世の中に、うらやましいことにも、心を澄ませて住みつづけている月であることよ。

『拾遺集』では藤原高光が出家を思う頃月を見て詠んだとし、『高光集』は村上天皇崩御の頃の歌とする。◇すめる月かな　「澄める・住める」の掛詞。月を擬人化し、雑念を払った先達とみた。

765　君は剣を帯し玉をおびて威儀を整え、朝早く宮中に出仕されるのに反して、私は、江浦の煙波がたちこめる辺り、夜一艘の漁船に身を宿す有様だ。

友人への慶賀と自己の憂愁とを対比して賦す。◇剣佩　腰に剣や佩を帯びること。◇暁に……趁る　忠臣が鶏声に驚いて急ぎ参内するさまをいう。◇双べる鳳の闕　宮城の門。両観の上に銅の鳳凰を飾りつけてあるのでいう。『文選』古詩に「両宮遙かに相望めり、双闕百余尺」とある。

766　私の郷国である銭塘の地は、ここから三千里も隔たっている。今、及第したのでその間の道中の風景を心のままに楽しもうと思う。
進士に及第した後の得意の気持を賦す。
◇銭塘　浙江省杭州にある。作者の郷里は『全唐詩』に桐廬とあり、銭塘江の西岸に当る。◇国を去る　「国」は、長安の都をいうか。『集註』に「故国を去ること三千里也、故にいふ也」とあるが疑問。◇一道　「一筋見えわたるほどをいふ也」（『集註』）。

767　君はこのたびの試験に及第されたので、君の郷里である江南の父兄達は、君を手本にしてその子や孫を鞭撻して学問に励ますことが多いであろう。
進士に及第した人を慶賀したもの。

768　君は、官は式部少輔で蔵人の要職に就かれ、五位の服である緋色の衣を著けて初めて宮中より出で来られた。
友人が時を得たことを賛したもの。
◇吏部侍郎　式部少（大）輔。◇侍中　蔵人。◇緋　五位の衣袍。『衣服令』諸臣条に「四位は深き緋の衣、五位は浅き緋の衣」とある。◇紫微宮　天子の居所、内裏。

769　腰に帯びた銀の魚袋を見ると、魚が春の水を離れて出て来たかと思われ、綾織の袍に浮き出た鶴の紋様を見ると、鶴が暁の風に舞っているようだ。
儀式の時の得意然とした様子を形容する。
◇銀魚　銀の魚袋。鮫皮包みの長方形の小箱で、表面に銀の魚形をつけ、紐で石帯の右腰につける。儀式に際して用いる。『弾正台式』に「凡そ魚袋は参議已上

章孝標

銭唐去国三千里　一道風光任意看　章孝標

767
想ひ得たり江南の諸の父老　君に因て子孫を鞭ち撻つこと
多きことを　同じ

想得江南諸父老　因君鞭撻子孫多　同

768
吏部侍郎職は侍中　緋を着して初めて紫微宮を出づ　正通

吏部侍郎職侍中　着緋初出紫微宮　正通

769
銀魚は腰の底に春の浪を辞す　綾鶴は衣の間に暁の風に

舞ふ

銀魚腰底辞春浪　綾鶴衣間曳暁風

770
花月一窓交り昔睦じかりき　雲泥万里眼今窮まりぬ

花月一窓交昔昵　雲泥万里眼今窮

771
躬を省みれば還て恥づ相知ることの久しきことを　君はこれ当初竹馬の童なり

已上四韻

省躬還恥相知久　君是当初竹馬童

已上四韻

772
うれしさを 昔は袖に 包みけり 今宵は身にも あまりぬるかな

および紫を著する諸王五位已上は金装、自余の四位五位は銀装」。◇綾鶴　綾地の袍に鶴の紋のあるもの。『李嶠百詠』綾に「飛鶴近く雲を図く」。

770　君と私とは昔は同窓の学友として花につけ月につけ親しく交わって来たが、今は貴賤その所を異にして天地の隔たりがあり、目も及ばないほどになってしまった。

友人の時めくを見て今昔の感を賦した。

◇雲泥万里　天地ほどの隔たり。

771　わが身がこのように下位に沈んでいることを思うと、却って長年知り合っていたことが恥ずかしい。君と私とは昔竹馬に跨って遊んだ友達であった。

幼時よりの友に対する慚愧の念を述べたもの。

◇竹馬の童　竹馬に跨って遊んだ幼時の友。

772　嬉しさを昔の歌では袖に包んだという。しかし今宵の嬉しさはその袖にも余るどころか身にも余ってしまうほどなのです。

「嬉しきを何に包まむ唐ころも袂ゆたかに裁てといはましを」（『古今集』雑上、読人しらず）による。『撰集抄』は藤原斉信を超えて昇進したときの藤原公任の歌とする。真偽はともかく、昇進の喜びの歌であろう。

773　このめでたい時節にあたってその喜びは極まりがなく、万歳千秋を祝ってもその楽しみは尽きることがない。

祝の句として古来より有名である。

◇嘉辰令月　めでたい時。「嘉」も「令」もよいの意。

祝

773
嘉辰令月　歓無極　万歳千秋楽未央　謝偃

嘉辰令月歓無極　万歳千秋楽未央　謝偃

774
長生殿の裏には春秋富めり　不老門の前には日月遅し　保胤

長生殿裏春秋富　不老門前日月遅　保胤

775
わが君は　千代に八千代に　さざれ石の　巌となりて　苔のむすまで

『集註』に「元三・上巳・端午等也」とある。◇歓無極　沈約の四時白紵歌に「舜日尭年歓極りなし」。◇万歳千秋　盧照鄰の登封大酺歌に「万歳千秋楽しみいまだ央きず」。

774　長生殿の内では、わが君も若くこれから多くの年を重ねられるに違いないし、不老門の中では月日の過ぎるのも遅く、老を迎えられることなどない。天子の万年を祝ったもの。

◇長生殿　唐代の天子の寝殿。天子の居所。◇春秋富めり　年齢が若く将来が長いこと。「今皇后崩じ、皇帝春秋富む（索隠に曰く、小顔云く、年幼なり。これを財方匱竭せざるに比す。故にこれを富むと謂ふ）」（『史記』斉悼恵王世家）。◇不老門　漢の洛陽にある宮殿。天子の居所。「洛陽に（中略）不老門有り」（『太平御覧』居処）。◇日月遅し　『白氏文集』巻一一「郡中」の詩に「郷路音信断え、山城日月遅し」とある。

775　あなた様の寿命は千代までも八千代までも、たとえば小さな石が大きな岩となってそれに苔が生えるまでも、末長くお栄えになりますように。

『古今集』賀歌巻頭の読人しらずの歌。算賀の歌であろう。『忠岑十体』には神妙体の例に挙げる。

◇わが君　賀の対象になっている人。天皇とは限らない。◇さざれ石　こまかな石。小石が成長して岩になるというのは中国渡来の説話に基づくか。中国の伝奇小説『酉陽雑俎』に、川で網にかかった石を寺に置いたら一年で四十斤の岩になったなどと見える。

恋

776 万歳と　三笠の山ぞ　呼ばふなる　天の下こそ　たのしかるらし

777 君が為に衣裳に薫すれども　君蘭麝を聞ぎながら馨香ならずとおもへり　白
君が為に容餝を事とすれども　君金翠を見ながら顔色なしとおもへり　白

為君薫衣裳　君聞蘭麝不馨香
為君事容餝　君見金翠無顔色　白

776 万歳と三笠の山が叫ぶ声が聞える。漢の武帝の嵩山の故事のように、天下は平らかに治まり、万民は満ちたりているのであろう。

村上天皇四十の賀に、山階寺から奉った巻数の洲浜に、葦手に書かれていた仲算法師の歌（『拾遺集』賀）。◇万歳　長く続くように御代を予祝していう。武帝が嵩山の太室に登ったとき、山に万歳の声がしたという故事（『史記』孝武本紀）による。◇三笠の山　仲算の山階寺（興福寺）に近い山。「天（雨）の下」と縁語。◇たのしかるらし　「たのし」は物質的にも精神的にも満ちたりたさま。

777 あなたのためにと衣裳に蘭麝の香をたきしめても、あなたはそれを嗅ぎながらいい香りだとも思わなくなった。あなたのために黄金や翡翠の玉で化粧をこらしてみても、あなたはそれを見て美しいとは思わなくなった。

夫に顧みられなくなった妻の嘆きを賦した。◇薫　香をたきくゆらす。◇蘭麝　蘭草と麝香。ともに衣にたきしめる。『晋書』石崇伝に「皆蘭麝を蘊み羅縠を被る」と見える。◇金翠　黄金と翡翠の玉。髪飾りや首飾りに用いる。『晋書』石崇伝に「後房百数、皆紈繍を曳き金翠を珥む」と見え、『文選』洛神賦に「金翠の首の飾を戴いて、明珠を綴りて以て軀を耀かす（李周翰注、黄金翠羽その釵冠を装る）」とある。

778　夜はますますふけて静まりかえり、長門宮の門は寂しく閉じたままであり、また月の光も冷たく風も涼しくなると、夏の扇が捨てられたようにわが身も顧みられなくなってしまった。

閨怨の情を賦したもの。
◇長門　長門宮。漢の武帝の陳皇后が巫祝に惑ったため幽閉された所（『漢書』外戚伝）。「孝武皇帝陳皇后、時に幸せらるることを得て頗る妬めり、別れて長門宮に在りて愁悶悲思あり」（『文選』長門賦）。◇閴　寂しいさま。底本「閇」を諸本により改めた。◇団扇　班婕妤が漢の成帝に疎んぜられた時、自ら秋の団扇に比した故事。一六三参照。◇杳　消息の絶え果てたさま。

779　行宮で見る月の色は帝の心をいたましめ、夜の雨の中に聞えて来る猿の鳴き声は帝の耳には腸をたちきるように聞える。

玄宗皇帝がなき楊貴妃をいたむ心を賦す。
◇行宮　仮の皇居。当時行宮は成都に置かれていた。『文選』呉都賦に「いづくんぞ梁岷に陟方の館・行宮の基有ることを聞かん（李善注、天子行きて立つる所の名を行宮と曰ふ）」とある。◇猿　『白氏文集』は「鈴」に作る。

780　春の風に桃や李の花が美しく開く時も心は慰められることがなく、また秋の露に梧桐の葉が寂しく落ちる時はことさら堪えがたい。

玄宗皇帝がなき楊貴妃を思って傷心するさまを賦す。
◇露　『白氏文集』は「雨」に作る。

778
更闌け夜静かにして　長門閴として開かず
月冷じく風秋なり　団扇杳として共に絶えぬ　張文成

更闌夜静　長門閴而不開
月冷風秋　団扇杳而共絶　張文成

779
行宮に月を見れば心を傷ましむる色　夜の雨に猿を聞けば
腸を断つ声　白

行宮見月傷心色　夜雨聞猿断腸声　白

780
春の風に桃李の花の開くる日　秋の露に梧桐の葉の落つる
時　同じ

781　夜の御殿に飛びかう螢を見ては、なき人を思って心細い物思いに沈み、秋の長い夜、燈火をかきたてつくしてもなお寝つかれない。

玄宗皇帝の傷心を詠む。

◇夕殿　夜の御殿。『玉台新詠集』巻一〇、謝朓の玉階怨に「夕殿珠簾を下す、流螢飛びてまた息(や)む、長夜羅衣を縫ふ、君を思うて此に何ぞ極まりあらんや」とある。◇悄然　しょんぼりするさま。◇秋　『白氏文集』は「孤」に作る。◇あたはず　『白氏文集』は「能」を「成」に作る。「愁のかたち也」（『集註』）。

782　雁(かり)は秋には南に飛び春には北に向うので、それにつけてもあなたと寒さ暑さの音信を交わしたく思うけれど、はるかに隔てているので思うにまかせない。月は私の住む東方から出てあなたのいる西方に行くものだが、月に思いを託すすべがないので、ただ空しく有明の月を仰ぎ望んで恋しく思うばかりだ。

異国人への思慕の情を恋に見立てたもの。

◇南に翔り北に嚮ふ　雁は、秋は南にかけり春は北に向い、音信を伝えるという。三四参照。◇寒温　寒さ暑さの挨拶。◇瞻望　はるかに仰ぎみること。

783　君の家の園には美しい花を養い育てておられると聞き及んでおりますので、その春の盛りの花一枝を手折ることを許して下さい。

美人を一人賜りたいの意。美人を花に喩えた。

◇一枝の春　『白氏文集』巻五八「晩桃花」に「寒地は

春風桃李花開日　秋露梧桐葉落時　同

781

夕殿(せきてん)に螢(ほたる)飛んで思ひ悄然(せうぜん)たり　秋の燈(ともしび)挑(かか)げ尽(つく)していまだ眠(ねぶ)ることあたはず　同じ

夕殿螢飛思悄然　秋燈挑尽未能眠　同

782

南に翔(かけ)り北に嚮(むか)ふ　寒温(かんうん)を秋の鴻(かり)に付(つ)けがたし
東に出で西に流る　ただ瞻望(せんばう)を暁(あかつき)の月に寄す　呉越王(ごゑつわう)の書(しよ)　江

南翔北嚮　難付寒温於秋鴻　東出西流　只寄瞻望於暁月　呉越王書　江

材を生じて遺すこと校易し、貧家は女を養ひて嫁すること常に遅し、春深けて落ちんと欲す誰か憐れみ惜まん、白侍郎来りて一枝を折る」と見える。

784 私は寂しい閨にただ一人臥して、別に夫と定める者もおりませんから、蕭郎の如き君が馬の蹄をまげて通っておいでになるなら、いささかも妨げますまい。

男の艶書に対する返事。

◇夫聟　夫。「東方千余騎、夫婿上頭に居る」(『玉台新詠集』巻一、古楽府)とある。◇蕭郎　愛する男子を呼ぶ言葉。唐詩では一般男性の汎称だが、我国では浮かれ男に転用。ここは江侍郎(大江の式部少輔)をさす。◇馬蹄を枉ぐ　馬が歩むとき蹄を曲げることをいう(『集註』)。底本「任」を改めた。

785 貞節な美人はすでになく、谷にはただ月の光だけが空しく照らし、堤は年ふりてひとり波の声が聞えるだけ、心を慰めるものは何もない。

妻に先立たれた悲しみを賦す。

◇貞女峡　広東省連県南の峡谷。「貞女」は貞節な妻。王韶之の『始興記』に「中宿県に貞女峡あり。峡の西岸の水際に石あり、人形の如く状女子に似たり。これ貞女と曰ふ。父老相伝ふ、秦の世女数人あり、螺をここに取る。風雨に遇ひて昼昏く、一女化してこの石と為る」(『芸文類聚』地部)。◇窈娘堤　未詳。「窈娘」は美人をいう。『白氏文集』巻五八「天津橋」に「眉月晩に生ず神女の浦、臉波春に傍ふ窈娘の堤」。

783 聞き得たり園の中に花の艶を養ふことを　請ふ君一枝の春を折ることを許せ　無名

聞得園中花養艶　請君許折一枝春　無名

784 寒閨に独り臥して夫聟なし　妨げず蕭郎が馬蹄を枉げむことを

寒閨独臥無夫聟　不妨蕭郎任馬蹄

785 貞女峡空しうしてただ月の色　窈娘堤旧りて独り波の声　為憲

貞女峡空唯月色　窈娘堤旧独波声　為憲

786 わが恋は ゆくへも知らず 果てもなし 逢ふをかぎりと 思ふばかりぞ　躬恒(みつね)

787 頼めつつ 来(こ)ぬ夜あまたに なりぬれば 待たじと思ふぞ 待つにまされる　人丸(ひとまろ)

788 いま来むと いひしばかりに 長月(ながつき)の 有明の月を 待ち出でつるかな　素性(そせい)

無常(むじやう)

789 身(み)を観(くわん)ずれば岸の額(ひたひ)に根を離(かか)れたる草　命(いのち)を論(ろん)ずれば江(え)の

786　私の恋は、どこへ行くかも分らず、どこで終りになるかも分らない。あなたに逢う期(ご)が恋の成就して終るときだと今はひたすら考えるばかりです。

逢えない恋の嘆きを歌う。『古今集』恋二の歌。◇ゆくへも知らず　空間的に恋の果てがつかめない。◇果てもなし　時間的な恋の終りも見当がつかない。以上、恋の成就についての不安を述べる。◇逢ふをかぎり　逢うことが恋のめでたき終結となる意。

787　期待を持たせながら、結局は訪れてこない夜が多く重なったので、もう待つまいと思い切ろうとしたその苦しさは、待つことよりもまさっています。

女の立場で詠んだもの。『拾遺集』恋三の歌。◇頼めつつ　頼みに思わせる意。「つつ」は反復。

788　すぐ行こうね、などと調子よく言ってきたばかりに、九月の長い夜を起き明かし、有明の月の出るのを待ちうける結果になってしまった。

男の不実をうらむ女の立場で詠む。『古今集』恋四。『忠岑十体』では余情体の例とする。◇いま　すぐに。◇長月　陰暦九月の異称。夜の長い意をきかせる。◇有明の月　陰暦で二十日ごろの月。

789　心静かにわが身を眺めてみると、高い岸の辺(ほと)りに根を離れた草が懸(かか)っているように頼りなく、わが命を考えてみると、川の辺りに舫綱(もやいづな)を離れた舟が留まっているようでどうなることやら分らない。

わが身の落着くところがないことを嘆いたもの。◇岸の額　聳(そび)えている岸の角(かど)をいう。◇根を離れたる草『鈔』に摩耶経の説を引き以下のように説く。ある人が岸上から虎に追われて千尺の岩上の一本の草に取り付いたところ、下を見れば鰐が口を開き、草の根を見れば黒白の鼠が食っている。鰐は地獄、虎は無常、鼠は両眼（または日月）、草は煩悩に喩えるという。◇繋がざる舟「汎として繋がざる舟の若く、虚にして遨遊する者なり」（『荘子』列御寇）。

790　年々花は色も変らず同じように咲くが、人となるとそうではなく、去年見た人が今年は亡くなったりもするし、毎年同じというわけにはいかない。人生の無常を詠んだ秀句として古来有名である。

791　かたつむりの角の上にも似た小さな世界で、一体何を争うのか。石を打ち合せて出る一瞬の火のようなはかない人生に、この身を寄せているに過ぎないではないか。はかない人生につまらぬ争い事をするのを非難した。◇蝸牛の角の上　小世界における争いに喩える。『荘子』則陽には、蝸牛の左の角に触氏、右の角に蛮氏がそれぞれ国をかまえ土地を争ったとある。◇石火　石と石を打ち合せて出る火で極めて短い時間の喩え。六三七参照。

792　生あるものには必ず終りがあるもので、釈尊でさえもついに病死して栴檀の薪でその遺骸を火葬に付されることを免れなかった。楽しみが尽きると必ず哀しみがやって来るもので、天上界に住む者でさえ寿命が尽きて、死ぬ時には五種の衰相を表すのだ。

頭に繋がざる舟　羅維

観身岸額離根草　論命江頭不繋舟　羅維

790
年々歳々花相似たり　歳々年々人同じからず　宋之問

年々歳々花相似　歳々年々人不同　宋之問

791
蝸牛の角の上に何の事をか争ふ　石火の光の中にこの身を寄せたり　白

蝸牛角上争何事　石火光中寄此身　白

792
生ある者は必ず滅す　釈尊いまだ栴檀の煙を免れたまはず
楽しび尽きて哀しび来る　天人なほ五衰の日に逢へり

江

生者必滅　釈尊未免栴檀之煙　楽尽哀来　天人猶逢五衰之日　江

793
朝に紅顔あて世路に誇れども　暮に白骨となて郊原に朽ちぬ　義孝少将

朝有紅顔誇世路　暮為白骨朽郊原　義孝少将

794
秋の月の波の中の影を観ずといへども　いまだ春の花の夢の裏の名を遁れず　江

雖観秋月波中影　未遁春花夢裏名　江

◇栴檀　香木の一種で諸病に効く。釈尊涅槃の後、その遺骸を金棺に入れ麻油を灌いで鉄槨に置き、栴檀や名香をたいて荼毘にふしたという（『長阿含経』遊行経後）。なお「栴」は「千」と音が通ずるので「五衰」と対偶をなす。◇楽しび尽きて哀しび来る　『長恨歌伝』の「時移り事去り、楽しび尽き悲しび来る」による。◇天人　欲界・色界の天界に住む者。仏の働きを喜び、天楽を奏し、天華をふらせ、天香を薫じて虚空を飛行する者。◇五衰　天界の衆生が寿命が尽きて死ぬ時に示す五種の徴候。内容は一定しないが、『往生要集』に「命終に臨む時は五衰の相現ず。一には頭の上の花鬘忽ちに萎み、二には天衣塵垢に著され、三には腋の下より汗出で、四には両の目しばしば眴き、五には本居を楽しまざるなり」とある。

793　朝には少年の顔色が紅く美しくこの世に誇らしげであっても、夕べには忽ちに死んで、その白骨は野外に埋もれ朽ち果ててしまう。

◇紅顔　若い時の麗しい顔をいう。人生の無常を説くものとして、古来より誦詠された。

794　人の一生は、秋の月影が水に浮んでいるようにはかないものだと観じても、なかなか世間を離脱することができず、なお夢の中に見る春の花のように実のない虚名を求めてさまよっている。

◇秋の月　『維摩経』に「乃至一念も住せず、諸法は皆妄見なり、夢の如く燄の如く、水中の月の如く鏡中の像の如し、妄想を以て生ず」とある。◇夢の裏の

名　元稹の幽栖(ゆうせい)詩に「夢の裏の身名は旦暮の間」。

795　世の中を何にたとえようか。それはちょうど朝のほのぼの明けに漕ぎ去ってゆく舟の、あとに残された白波のようにはかなく消えてゆくものだ。

『万葉集』巻三の原歌が平安朝風に変ったもの。『古今六帖』三、『拾遺集』哀傷でもこれと同形。
◇あさぼらけ　夜が明けそめ物が仄(ほの)かに見える頃。
◇跡のしらなみ　残された心細さとすぐ消えるはかなさを表す。

796　手に汲み上げた水に宿っている月の影のように、あるともないともいえない、はかなく頼りないわが命であることだ。

『拾遺集』哀傷。世の中心細く病いも常と違ったので、藤原公忠にこれを贈り、そのまま危篤になったという。
◇月影の　掌中の水に映る月影は壊れやすいので、上三句は「あるかなきか」の序詞。◇世　作者の余命。

797　草木の枝先の露と、根元の滴と、わずかの差で消えるのに前後があるが、これは、世の中の人の命がはかないながら後に死んだり先に死んだりすることの例なのであろうか。

『遍昭集』に、世のはかなさが思いしられて詠んだ歌とする。無常の歌として広く伝誦された。
◇すゑの露　草木の枝先や葉末に置いた露。最も落ちやすく消えやすい。◇もとの雫　根元にしたたる滴。

798　秦の始皇帝がひどく驚いたのは、人質の燕の太子丹に、烏の頭が白くなったら国に帰そうと言

795
世の中を　何に譬(たと)へむ　あさぼらけ　漕ぎゆく舟の　跡のしら
なみ
沙彌満誓(さみまんせい)

796
手にむすぶ　水に宿れる　月影の　あるかなきかの　世にこそ
ありけれ
貫之(つらゆき)

797
すゑの露　もとの雫(しづく)や　世の中の　おくれ先立つ　ためしなる
らむ
良僧正(りやうそうじやう)

白(はく)

798
秦皇驚歎(しんくわうけいたん)す　燕丹(えんたん)が去(さ)し日の烏(からす)の頭(かしら)

漢帝傷嗟す　蘇武が来し時の鶴の髪　白賦

秦皇驚歎　燕丹之去日烏頭　漢帝傷嗟　蘇武之来時鶴髪　白賦

799
銀河澄朗たり素秋の天　また見る林園に白露の円かなるを　順

銀河澄朗素秋天　又見林園白露円　順

800
毛宝が亀は寒浪の底に帰る　王弘が使は晩花の前に立てり

毛宝亀帰寒浪底　王弘使立晩花前

801
蘆洲の月の色は潮に随て満てり　葱嶺の雲の膚は雪と連な

った時、忽ちに頭が白くなったことで、漢の昭帝が心を痛め嘆いたのは、匈奴に捕われて十九年の後蘇武が帰国した際、髪が鶴のように真白だったことである。驚嘆すべきほどの白さを賦した。

◇燕丹が……　『史記』刺客列伝論賛の注に「索隠に曰く、燕丹帰らんことを求む。秦王曰く、烏の頭白く馬角を生ぜば乃ち許さんのみと。丹乃ち天を仰ぎて歎く。烏の頭即ち白く、馬また角を生ず」とある。◇蘇武　『漢書』蘇武伝「武匈奴に留まること凡そ十九歳、(中略)還るに及びて須髪尽く白し」。六四参照。

799　秋の夜空には天の川が明かに澄み渡り、樹木の茂った庭園には白露の珠が一面に置いている。

◇素秋　「素」は白。陰陽五行説で秋は白に当る。白を詠んだもの。

800　毛宝の卒が養っていた白い亀は冷たい浪の下に帰り去り、王弘が遣した白衣の使者は、酒を携えて陶淵明の家の菊花の前に立っている。

白に関係する故事を詠む。

◇毛宝が亀　晋の毛宝の部下が、市で白亀を買い求めて養い、大きくなったので江に放してやった。邾城が敗れた時鎧を着たまま水中に身を投じたが、石の上に落ちたと見たのは先の白亀で、亀が無事に向う岸に送り届けたので難を遁れたという故事をさす(『晋書』毛宝伝)。◇王弘が使　陶淵明は、九月九日に酒がなくて久しく菊の叢に座していたが、白衣の者がやってきたのでよく見ると、王弘が酒を送り届けてくれたものであったという（『芸文類聚』歳時部所引の続晋陽秋）。
◇晩花　菊の花。時季が晩く咲くのでいう。

801　葦の生える洲を照らす月の光は、潮が満ちてくるにつれて白く満ち輝き、葱嶺に懸る白雲は、一年中消えることない山々の白雪と相連なっている。
白の満ち満ちた景観を詠む。
◇蘆洲　葦の生えている洲浜。◇葱嶺　パミール高原。山上に葱を生ずるための呼称という（『漢書』西域伝の注）。◇雲の膚　雲を天の膚と見なす考えによる。

802　霜に驚く鶴や沙に遊ぶ鷗など、白いものはすべて愛すべきものであるが、ただ厭うべきものは、わが年とともに頭の毛が白くなってゆくことだ。
白いものを列挙してゆき、諧謔的に結んでいる。
◇年鬢　年老いた鬢の毛。『白氏文集』巻九「青龍寺の早夏」の詩に「朝々時節を感じ、年鬢闇に蹉跎す」。
◇皤然　白いさま。『白氏文集』巻六七「白髪」の詩に「白髪生ひ来りて三十年、而今鬚鬢尽くに皤然たり」。

803　あまりに白すぎてかえって興ざめである。髪も白く年老いた人が、白い月の光を頼りに、白く積もった雪をかき分けて、白梅の枝を折るのは。
作者・出典不明。『類聚証』は凡河内躬恒の歌とし、『撰集抄』は村上帝を感嘆させた藤原公任の歌と伝えるが、いずれも根拠を知らない。
◇しらしらし　いかにも白い意と興ざめであるとの意を掛ける。◇白けたる年　髪が白くなる年齢。◇月かげに　以下、月・雪・花という風雅の代表を詠みこむ。

れり

蘆洲月色随潮満　葱嶺雲膚与雪連

802
霜鶴沙鷗は皆愛しつべし　ただ嫌ふらくは年鬢の漸くに皤然たることを　已上四韻

霜鶴沙鷗皆可愛　唯嫌年鬢漸皤然　已上四韻

803
しらしらし　白けたる年　月かげに　雪かき分けて　梅の花折る

解説

大曽根章介
堀内秀晃

和漢朗詠集成立前夜

此ほか大納言公任卿（中略）やまともろこしのをかしきこと二まきにえらびて、物につけことによそへて、人の心をゆかしむ。

『和漢朗詠集』の成立について、『後拾遺和歌集』の序文はこう伝える。和漢朗詠抄・倭漢抄・和漢朗詠・朗詠抄・朗詠集などともいわれ、また単に朗詠とも称された本書の書名の由来については、信阿の『倭漢朗詠集私注』の序に、

和者本朝也。本朝以レ歌述二其懐一。漢者唐家也。唐家以レ詩言二彼志一。此詩歌之詠有二秀逸一則人皆誦レ之。故曰二朗詠一。

とあることによっていっそう明らかである。すなわち「和」は和歌のこと、「漢」は漢詩文のことで、「和漢」とはそれら「やまともろこしのをかしきこと」を一つにまとめた意を表している。「朗詠」とは、一定の節をつけて歌うことをいい、朗詠に適する詩文の秀句および秀歌を撰び集めたこの書の性格を、書名は、端的に物語っているといえよう。

編者である藤原公任は、太政大臣藤原頼忠の嫡子で、大納言に進み、長久二年（一〇四一）に七十

六歳で薨じた、一条朝最高級の官僚詩人である。和漢にわたる才学は当時随一で、四納言の一人といわれ三船の才を称された。中でも和歌においては歌壇の重鎮として君臨し、『新撰髄脳』『和歌九品』『深窓秘抄』『金玉集』『三十六人撰』などの編著を残している。また、有職故実に明るいことでは他の追随を許さず、『北山抄』の著述をものしてもいる。

『朗詠集』が、いつ、この世に産声をあげたのか、その成立年代については未だ明白でないが、『十訓抄』巻六の「実資蔽二藤原貞高死恥一事幷朗詠聟引出事」に、

公任卿此殿を聟に取て、始て入申されける時、朗詠上下巻えらびてをき物の厨子にをかれたりける。ゆゆしきむこ引出物にこそ。

とあることからある程度推察できる。公任が婿にしたのは藤原教通であることが『栄花物語』「日蔭のかづら」によって知られるが、それは長和元年（一〇一二）に該当する。本書に収められた作品の成立年時と矛盾しないので、もしこの説話が真実を伝えるならばその頃に成立時期を求められようが、とりあえずは未詳とすべきであろう。

『和漢朗詠集』が世に出るころ、すなわち、藤原道長を頂点とする一条朝文化華やかなりし時代は、本書の成立にかかわる様々な状況が用意されていた。当時の文化的潮流からみてゆくと、このころは漢詩や文章の秀句を摘き出して鑑賞批評する風習がことに盛んであった。

平安時代の詩や文章には一定の形式があり、詩は七言律詩、文章は四六騈儷文がその主流をなしていた。前者は八句の中で第三句と第四句、第五句と第六句が対偶をなし、後者は対句を中心にした文章である。対句の技巧は当時の作文技術の根幹をなすものといっても過言ではない。この技巧は、相対する句の字数が単に同じであるだけでなく、互いに向い合っている位置の字が同一品詞であること

が要求される。そしてこれらの詩や文章は、全体の構成が緊密で首尾一貫していることや、内容や詩想が清新かつ独特であることよりも、対句の巧拙によってその評価が定められる場合が多かった。説話集を繙く（ひもとく）と、当時の詩人達が一字一句を記すのにどんなに苦心したか、多くの逸話が残されている。彼等は対句の巧緻（こうち）によって出世することもできたし、また天下に名声を謳（うた）われることも可能であった。それゆえに先人の秀句を参考にしたり換骨奪胎したりして己れの詩句を磨き上げるのに努力したのである。

このような風潮を背景にして、詩や文章の中から秀句を摘き出して分類編纂した秀句撰は、詩人達に渇望されたというわけである。秀句撰はすでに中国では行われており、唐代には『古人詩人秀句』や『文場秀句』などの書物が現れた（何れも現存せず『新唐書』「芸文志」による）。『日本国見在書目録』や『文鏡秘府論』によると、中国の詩文選が我が国に将来されていたことが知られる。我が国においても空海の『文鏡秘府論』「地巻九意」には四言一聯（聯は対句をいう）の秀句を、春・夏・秋・冬・山・水・雪・雨・風の九意に分類しており、また大江維時の『千載佳句』は唐の詩人百四十九人の七言詩の秀句一千余首を二巻二百五十八門に分類排列している。『和漢朗詠集』に収録された唐人の詩句の三分の二に当る百四十首程が『千載佳句』と重複していることは、この書が『和漢朗詠集』の編纂に大きな影響を与えたことを示している。

そして、このような文化的背景のもとで、見逃すことのできないのは、この当時は、佳句や秀歌が広く口誦されたり朗吟されていたということである。

『江談抄』巻四に醍醐天皇が省試（官吏登用の試験）の詩句をその評定（及落決定の閣議）の時に詠じたとあり、また『土左日記』にも「唐歌こゑあげていひけり」と見え、かなり古くから漢詩の朗誦が行われていたことが窺える。当時、詩宴や詩会の際に詩句が朗詠された記事は数多い。

朗詠とは元来さやかな声で歌うことを意味するが、詩句が一定の曲節によって歌われたのは何時頃のことであろうか。『朗詠九十首抄』に付された「朗詠由来」によると、醍醐・朱雀の時代に起り、源家と藤家の両流が生れたとあるが不詳である。しかし、左大臣源雅信が、菅原文時に依頼して作った辞表の秀句に感じ、節を作って源家の秘曲とし、それから続々と作曲したというのは、雅信が音曲の達者であっただけに信ずるに足る。これは円融天皇の御代に属するが、これが宮廷貴族の間に広がって秀句が吟誦されるようになったようである。例えば『源氏物語』「須磨」に「二千里外故人心と誦じたまへる、例の涙もとどめられず」とか「霜ののちの夢と誦じたまふ」と見え、『枕草子』一六一段に「未だ三十の期に及ばずといふ詩を、さらにこと人に似ず誦じ給ひし」とか、三一三段に「声明王の眠りをおどろかすといふことを、高ううちいだし給へる」と記されていることからも、その一端が知られる。

ところで、それらの秀句は、音読から次第に訓読に移っていったと考えられている。『朗詠要抄』によると、

773 嘉辰令月歓無極　　万歳千秋楽未央

は「カシンレイグヱツクワンブキヨク、バンゼイセンシウラクビヤウ」とよまれており、訓でよむ場合も音読を交えるのが多く、中には

705 容貌似舅　　潘安仁之外甥
気調如兄　　崔季珪之小妹

の句を「ヨウバウノカホバセハヲヂニニタリ、ハンアンジンガハ、カタノメヒナレバ、キテウノイ

キザシハコノカミノゴトシ、サイキケイガヲトイモトナレバ」のように文選よみ（同じ語を音読してさらに訓読する読み方）を交えて読む場合もあった。現存する朗詠の博士（謡物の節を表すために文句の傍に付す墨譜）が和讃や漢讃の譜と似ているところから、これには、仏教特に天台系の声明が影響を与えていると考えられる。

和歌の方に目を転じると、『紫式部日記』に「野べに小松のなかりせばとうち誦じ給ふ」と『拾遺集』の和歌を朗詠している例などが知られる。このような例から推して、貴族や女房の間に広く行われていたことは疑いない。ところで、『源氏物語』や『枕草子』の中で朗誦される秀句の多くが、『和漢朗詠集』に収録されているが、このことから、本書が編者の好みに基づいているだけでなく、当時の人々の好みを反映して秀句が集められたものと考えられる。

本書成立の要因として、さらに忘れてはならないのは、『和漢朗詠集』の書名が物語っているように、この時代、和歌が漢詩と並んで取り上げられる場がすでに多く存在していたということである。

平安時代の中頃から宮廷で歌合に倣って詩合が催されたり、また和歌序が漢文で書かれたりするようになってきたが、これは漢詩と和歌との接近を意味するものである。『躬恒集』に延喜十九年九月十三夜の清涼殿の宴に「題に月にのりてささら水をもてあそぶ、詩歌心にまか」せて詠まれたとあり、『本朝文粋』巻十一にある橘在列の「春日野遊」の序には「和漢任意」と注記されている。また『高光集』には、天暦三年三月尽に「文人めして花も鳥も春のをくりすといふ心を詩につくらせ給に、やがてやまと歌ひとつそへてまいらせよとおほせられしに」とあり、『源順集』に「人の詩つくり歌よむにたへたるあまたあるいとまのひまに、からの歌大和歌よめるに」と記されていることなど、同題で出席者が漢詩と和歌を任意に詠むという風習が生れたのである。このような趨勢が『和漢朗詠集』

を生み出す遠因になったことは否定できないし、また、本書の出現によって初めて和歌が漢詩と肩を並べることが出来たといっても過言ではないのである。このように考えて来ると、『和漢朗詠集』の成立は時代や社会の要請に応じたものであり、和漢の才を兼ねた藤原公任がもっともその撰者にふさわしい人物であったといえよう。

『和漢朗詠集』の原形はどのようなものであったか判然としない。現存諸本の間で作品の出入りがあることは、初稿本から精撰本まで幾つかの段階があったと考えられようか。

『古今著聞集』巻十一画図に「良親屛風二百帖に絵を描く事幷びに四条大納言色紙形を書く事」の題で次の説話が載せられている。

能通、絵師良親に、屛風二百帖に絵をかかせたりけり。その中に坤元録(こんげんろく)屛風をば、良親相伝の本にてなんかき侍ける。大女御参給ける時、二条殿にまいらせさせてんげり。色紙形は四条大納言ぞかかれける。更に又、為成をしてうつされけり。正本は、一の人の御相伝の物に侍にこそ。又和漢抄は、屛風には中巻水をかき、上に唐絵をかき、下にやまと絵をかきたりけり。唐絵の屛風は、実範つたへたりけるを、成章に沽却しにけるとぞ。

これによると能通（藤原か）が絵師良親に屛風二百帖を描かせたが、色紙形は藤原公任が清書したこと、その中に『倭漢抄』があること、それは唐絵と大和絵とが対応して描かれていたことが知られる。『倭漢抄』が『和漢朗詠集』をさすことは明らかであり、本書の詩句や和歌が屛風絵の色紙形に書かれたことが想像される。これを本書の成立と結びつけて考える説もあるが、（『日本古典文学大系』解題）その当否はともかくとして注目すべき解釈であろう。

分類と作者について

『和漢朗詠集』には漢詩文の秀句五八七首（長句一四二首、詩句四四五首）、和歌二一六首の計八〇三首を上下二巻に分類収録している（御物の伝藤原行成筆本による）。上巻は四季、下巻は雑の五部より成り、それがさらに百余の小部目に分けられている。この分類の大綱は勅撰三集『凌雲集』『文華秀麗集』『経国集』のそれに則（のっと）っているものの、部目の大部分はすでに『千載佳句』『古今六帖』に既出である。ことに上巻四季の各項が、月令（げつれい）及び節句の意識によって展開し、さらに季節の天象や動植物を配する部類意識は、中国の類書のそれを反映したものであろう。また下巻雑部の各項目は一見雑然としているようであるが、幾つかにまとまりを持っており、百科全書的な知識を与えることを志したものであろうか。

本書の百二十五項目の中、『千載佳句』『古今六帖』の部目と重なり合うものが百四項目に及ぶことは、先蹤（せんしょう）文学の影響が多大であることを物語るが、またその他の二十一項目に本書独自のものが存在するともいえる。最後に「白」を置くのは珍しいが、これを仏教の諸行無常、色即是空の理の寓意と解するか、屛風絵の色紙形を原形と考えて最後に絵のない白帖を置き、これに白楽天尊崇の念をからませたと解するか、種々の説が存するが不明といえよう。ただ、『江談抄』の詩話に「白」の字が肝要であるということが繰り返し説かれているところから考えて、「白」が当時重視されていたことは否定できぬ事実である。そして各部目における作品は、唐人の長句・詩句、邦人の長句・詩句・和歌の順序に排列されている。

詩句の種別についてみると、七言二句のものが圧倒的に多く四三一首、それも七言律詩の頷聯・頸聯のうちどちらか一聯をとって一首と数えるものが多く、中には七言律詩全部を収めるものも数首あり、また七言絶句全部を収めたものも数首存する。長句は同じ作品から二回以上採ったものが七首あるが、その殆どが隔句対であることは注目に価する（対句の中で上下の句が直接対偶をなすのが直対とか単対とかいわれ、句を隔てて対偶を成すのを隔句対という。後述）。和歌についていえば、旋頭歌が二首ある外はすべて短歌である。

次に、作者に目を転じよう。唐人の詩文二三四首について見ると、長句は三九首で、うち一〇首は『史記』『漢書』『後漢書』『文選』など書物を出典にし、他二九首は謝観（七）、公乗億（六）、張読（六）、白居易（四）、賈嵩（三）など唐代の文人で、白居易を除くと殆どが賦から摘出している。唐人の詩句一九五首は白居易一三五、元稹一一、許渾一〇、章孝標七、杜荀鶴四、劉禹錫四、温庭筠三、賀蘭遂二の外はすべて一首である。唐人の詩句の中七割が白居易の作品であることは、当時の我が国における白氏崇拝の傾向を知ることができる。

次いで我が国文人の手になる漢詩文についてみよう。その長句一〇〇首、詩句二五二首の主要な作者を挙げると、

菅原文時四四　菅原道真三七　源順三〇　大江朝綱二九　紀長谷雄二二　慶滋保胤一八　都良香一三　橘直幹一二　大江以言一一　小野篁一一　具平親王九　紀斉名九　橘在列八　源英明七

などである。

詩句の作者は中国では殆ど唐代の詩人であるが、初唐・盛唐の詩人は少なく、白楽天・元稹を始めとする章孝標・劉禹錫など中唐の詩人、許渾・公乗億・杜荀鶴など晩唐の詩人が多い。多くは『千載

佳句』のような秀句選から引用されたものと思われる。我が国の漢詩文の作者は小野篁・惟良春道・都良香などが古く、嵯峨天皇をめぐる平安初期の詩人は含まれていない。これは『白氏文集』の渡来と大きな関係があり、具平親王が「我朝詞人才子以二白氏文集一為二規摹一。故承和以来、言レ詩者皆不レ失二体裁一矣」(『本朝麗藻』巻下「和下高礼部再夢二唐故白太保一之作上」詩の自注)と記しているように、承和(八三四―四八)年間以後に活躍した詩人達の作品を中心に収めたものである。このことは既に大江維時撰の『日観集』や紀斉名撰の『扶桑集』の編纂態度に倣(なら)ったものであり、撰者自身の独創によるものではない。寛平・延喜の頃の菅原道真・紀長谷雄・三善清行たちよりも天暦期に活躍した菅原文時・大江朝綱・源順・橘直幹たちが主力を占めているのは、この時期の華麗な作風が理想と考えられていたためであろう。『江談抄』巻五に、

本朝集中ニハ、於レ詩者可レ習二文時之体一也云々。文時モ、文章好マム者、可レ見二我草一云々。此草以往雖二賢才一廻二風情一、尚以荒強也云々。又六条宮、保胤ニ詩ハイカ、可レ作トアリケルモ、文芥集ヲ保胤ニ令レ問給ヘトゾ云ケル。於レ筆者不レ然歟。

(注　文芥集は文時の詩集。文章は韻文即ち詩、筆は散文即ち文章)

と記されているのは、撰者公任の活躍した一条朝において菅原文時の作品を手本にしていたことを物語っている。また撰者と同時代に詩壇の中心であった大江以言・具平親王・紀斉名・大江匡衡たちの詩文を収めているのも、天暦期の詩風の延長発展と見做(みな)すことができようか。

一方、和歌の主要な作者について概観してみよう。歌数の多いものを挙げると、

貫之二二　躬恒一三　人麿九　中務七　兼盛七　素性六　伊勢六　赤人五　忠岑五　遍昭五　能宣四　友則四　清正三　元輔三　公忠三　順三

のようになる。このうち、人麿と赤人は、『万葉集』中の作者未詳歌や『万葉集』にない伝承歌が平安朝に入って人麿や赤人の作とされた歌を含んでの数である。この中には貫之・躬恒・素性・忠岑・遍昭・伊勢・友則といった古今集歌人の姿が目立つが、貫之が『拾遺和歌集』に一〇八首入集して歌数一位となっているのをはじめ、『拾遺和歌集』にもそれぞれ歌を採られており、拾遺集歌人の進出とあいまって三代集を綜合したような傾向を顕著に見せている。

一方、例えば、貫之と躬恒が上位一、二位を占めているのは、撰者公任その人の好み、ないしは持論の反映と考えることが出来る。公任が、その歌論書『新撰髄脳』の始めのほうに、「貫之、躬恒は中比の歌の上手なり」とするのは、どうやら、『古今和歌集』序文で貫之が「かのおほむ時におほきみつのくらゐかきのもとの人まろなむうたのひじりなりける」と述べたのに対応させる意識があるらしいのだが、貫之の人麿鑽仰に重ね合せた、公任の貫之、躬恒鑽仰が『和漢朗詠集』の和歌の撰定にも現れているのである。公任はその歌論で「凡そ歌は心ふかく姿きよげに、心をかしき所あるをすぐれたりといふべし」(『新撰髄脳』)と、心と姿とが相具わっているのを歌の理想と考えているが、これは貫之が歌は心を種としてそれが言の葉になったものであると規定して、心と詞の調和を庶幾した態度を継承したものである。『和漢朗詠集』で人麿の歌数が三位にあるのも、貫之の人麿に対する評価を尊重したものともいえるのである。

公任は各種の名歌撰を撰しているが、それらについて本書との重複歌を調べてみると、次頁の表のようになる。

『和歌九品』との重複歌が少ないが、上品上生の歌二首は揃って本書に採っており、上品中生から中品下生までは各一首を採用し、下品からは全く採っていないというようにかなり法則的であるのは、

書名	和歌九品	金玉集	深窓秘抄	前十五番歌合	三十人撰	三十六人撰
総歌数	一八	七六	一〇一	三〇	九五	一二〇
重複歌数	七	四八	六七	二〇	六二	七一
割合	三九％	六三％	六六％	六七％	六五％	五九％

かえってその関係が密接であることを示していよう。その他はだいたい六〇パーセント台を維持しているが、『和漢朗詠集』の朗詠題による制約ということを考えれば、歌人公任の好尚が、漢和のバランスをとる上で格闘した姿として理解することができよう。

時代の子としての位置

『和漢朗詠集』の世界は白楽天の詩を理想とし、天暦期の優麗な作風を最高とする美意識によって覆われているといってよい。延喜・天暦から一条朝にかけて、朝廷を始めとして摂関・貴族の私邸では頻繁に詩会や歌会が催され、また詩合や歌合も開かれている。

漢詩に焦点を置けば、詩会の際には予め題者・序者・講師（詩を読み上げる人）が決められ、詩題は句題（元来は中国の古詩の一句を取って題にすることをいうが、五字の題のものをいう）、詩体は七言律詩が通常である。

こうした作品では、自己の心情を吐露するよりも、表現措辞に重点が置かれる傾向は止むを得ない。またそれに付される詩序も巧緻な対句を鏤（ちりば）めた表現を取る。本書の古注に記された詩題をみると句題のものが多いことから推して、詩会における作品が圧倒的に多いことが分る。その中から菅原文時の「花光浮水上」詩序の摘句を取り上げてみよう。

116瑩レ日瑩レ風　高低千顆万顆之玉
　染レ枝染レ浪　表裏一入再入之紅

117誰謂水無レ心　濃艶（ぢようえん）臨兮波変レ色
　誰謂花不レ語　軽漾（けいやう）激兮影動レ脣

花と水とを対比させながら、水面に影を映す桜花の濃艶な風趣を典雅な対句によって擬人化した表現はすばらしい。

また、当時、唐絵や大和絵の屏風に詩や歌が書かれたという記録が残されている。唐絵では山水や中国の悲恋物語（長恨歌や王昭君など）に漢詩が書かれたり、『漢書』や『文選（もんぜん）』『李嶠（りきよう）百詠』などの屏風詩があり、大和絵では名所や月次（つきなみ）（十二カ月の風物）の屏風に和歌が書かれ、これらの詩歌から『和漢朗詠集』にとられたものも少なくない。その中で古来名吟と称された大江朝綱の「王昭君」の詩を挙げてみたい。

699翠黛紅顔錦繡粧　泣尋二沙塞一出二家郷一
700辺風吹断秋心緒　隴水流添夜涙行
701胡角一声霜後夢　漢宮万里月前腸
702昭君若贈二黄金賂一　定是終身奉二帝王一

発句（首聯）で美貌の主人公の旅立ちを詠み、頷聯（三、四句）で匈奴の地に赴くまでの途中の様子を賦し、頸聯（五、六句）で胡地における生活と心情を作り、結句（尾聯）で無限の恨みを述べる。

中でも頸聯は秀句の誉れが高いが、読者の胸を惻々と打つものがある。

宇多天皇の御代に、菅原道真の献議により遣唐使が停止されたが、平安時代には渤海からの使者が何度も我が国に派遣された。鴻臚館でその接待存問の役に当ったのが紀伝道出身の学者達であった。菅原道真・淳茂と大使裴頲・裴璆の親子二代に亘る酬和はよく知られるが、大江朝綱の餞別の詩序の秀句は後世『平家物語』の「忠度都落」によって人口に膾炙(かいしゃ)している。

632 前途程遠　馳二思於雁山之暮雲一
後会期遥　霑二纓於鴻臚之暁涙一

当時の学者詩人達はあまりよい星の下(もと)に生れなかった。延喜年間以後は国史や格式の編纂も行われず、次第に律令体制が崩れていった。そのような社会体制では、儒教を学んだ学者達が活躍する場がなくなり、従って任官や昇進も希望に叶わなくなる。道真の左遷以後、学者達は卑位に甘んじるようになり、彼等は官職を求めて奔走せざるを得なくなる。彼等の書いた奏状(申文)には誇張があるにしても、苦しい生活と絶望的心情が表明されている。橘　直幹(たちばなのなおもと)の申文の秀句を取り上げよう。

437 瓢簞屢空　草滋二顔淵之巷一
藜藋深鎖　雨湿二原憲之枢一

賢人が清貧に甘んじていた例を挙げて己れの悲惨な生活を訴えようとしたものであるが、『平家物語』の「大原御幸」に引用されて広く流布した。

学者文人が狭い文壇に閉じ込められ、顕職につける見込みがなくなった時、彼等は現世に背を向けて来世に希望を託すようになる。当時次第に滲透していった浄土教がこれに拍車をかけたが、そのような背景によって生れたのが勧学会の行事であり、その際に朗誦されたのが白楽天の章句であった。

588 願　以㆓今生世俗文字之業狂言綺語之誤㆒
翻　為㆓当来世々讃仏乗之因転法輪之縁㆒

これは文学は信仰に背く行為であり罪悪であるということを示したものであり、これが当時の知識階級に広く共感を呼んだ。文学と仏教とを結びつけたこの思想は、中世になると、讃仏の内容を持つ文学は狂言綺語ではないという考え方に変化して行くが、この章句は、そういった意味で広く伝誦引用されて後世に大きな影響を与えた。

『和漢朗詠集』の摘句は、当時の時代背景と相俟(ま)って広く吟詠されただけでなく、その後世への影響ははかり知れないものがある。なお、和歌の方は勅撰集の如き権威を持たなかったために、摘句ほどの影響力を持たなかったと考えられる。

朗詠集の裾野――後世への影響

『和漢朗詠集』は、当時の人々の嗜好に適(かな)った作品であったために、その流行伝播は広範囲に及び、後世の文学に大きな影響を与えてきた。

すでに述べたように、朗詠の始祖は源雅信であるといわれるが、『朗詠九十首抄』には源家の根本朗詠として「極楽尊　第一第二　羅綺重衣　八月九月　春過夏闌　傅氏巌嵐　徳是北辰」の七首が伝えられている。「朗詠由来」によると、源家・藤家の両門がその業を伝え、根本朗詠からその数を次第にふやして九十首を選び、その後に源家は百余首、藤家は二百首に至ったという。

また『古今著聞集』巻十六興言利口の「嵯峨釈迦堂の通夜に或僧朗詠の事」の説話で、ある僧が

「経為二題目一仏為レ眼」の句を朗詠したことを述べた後に、

此句の事、中御門右大臣、(宗忠)知足院殿(忠実)御時九十句を撰定ののち、妙音院殿(師長)又百廿句を撰じくはへさせ給ける。彼是合二百十句也。

と記されている。とすると『和漢朗詠集』の摘句六百首のうち、実際には朗詠されなかったものの方が多いし、また『朗詠九十首抄』には『和漢朗詠集』には見えないものもあるということになる。しかし、『和漢朗詠集』が朗詠を発展促進させたことはまぎれもない事実である。院政期になると管絃に合わせて朗詠が盛んに行われたことが『中右記』を始めとする公家の日記によって知られるが、朗詠の隆盛は次第に貴族から僧侶及び一般庶民に広がり、ついには遊女や白拍子が宴席で謡(うた)うようになっていった。僧侶や唱導書（説経をするための草稿本で『澄憲作文集』『海草集』『言泉集』『転法輪抄』などが知られる）や今様の中にも『和漢朗詠集』の秀句が散見するし、中世の宴曲や謡曲などの詞章には、到る所にその秀句が巧みに換骨奪胎して取り入れられているのである。

次に漢詩文の世界に眼を転ずると、『和漢朗詠集』に収められた日本人の長句を参考にして、我が国で最初の美文撰集である『本朝文粋』が編纂されたことが注目に価する。『和漢朗詠集』にある邦人の長句の九割が『本朝文粋』に収録された文章の中に見えることは、その編者がいかに『和漢朗詠集』を意識していたかを物語る。さらに院政期に登場した『本朝続文粋』や『本朝無題詩』などの詩文には『和漢朗詠集』の摘句を換骨奪胎した表現が随所に窺える。

一方、本書を継ぐものとしては、藤原基俊の『新撰朗詠集』を筆頭にして、『拾遺朗詠』『和漢拾遺朗詠』（何れも散逸）などが撰ばれており、鎌倉時代の『和漢兼作集』も本書に倣(なら)って編纂されたものであろう。また、本書は一面で秀句撰の性格を持っているが、本書を意識して平安後期から鎌倉時代にかけ、『本朝秀句』『続本朝秀句』（何れも散逸）『教家摘句』などの秀句撰が続出した。

和歌においてはどうであろうか。既に詩句を題にして和歌を詠む句題和歌が行われていたことは『大江千里集』を初めとして、平安時代の歌集に数多く見られるが、鎌倉時代になると『和漢朗詠集』の秀句を題にして和歌を詠む風習が盛んになった。藤原家隆の『朗詠百首』がその典型であるが、『土御門院御集』の「詠五十首和歌」、藤原為家の「貞応三年朗詠百首」や「文永八年続百首」なども現れている。

また、仮名文学においても、本書は色濃く影を落している。見逃せないのは、『和漢朗詠集』に収載された秀句が和文の中に取り入れられて、新しく和漢混淆文（こんこうぶん）の成立に貢献したことである。和漢混淆文とは漢文と和文両系統の文語を巧みに綜合し、当時の口語をも交えたりした軍記物語の文章がその代表であるが、ことに『平家物語』や『太平記』などの軍記物語、『海道記』や『東関紀行』などの紀行文学、さらに謡曲の詞章など中世の文学は、本書の影響の下（もと）に成り立っているといって過言ではない。

さらに、本書の秀句や秀歌が説話の好題目として『江談抄』『袋草紙』『古今著聞集』などに引かれ、多くの説話文学を生み出したことも注目されよう。

また、本書の美術や教育に及ぼした影響も看過できぬものがある。『和漢朗詠集』は屏風絵の色紙形の詩歌を選ぶ目的で編纂されたと推定する説があることは既に記したが、本書には藤原行成や公任を始めとする能書家の筆と伝えられる典雅な墨跡と、豪華な料紙を持つ古写本や古筆切が多い。これは本書が美術品として愛翫されたことを証明するものである。また、書道の手本を目的として書写されたものも少なくない。

藤原定家の『明月記』（寛喜二年三月十二日条）に「昨今書㆓朗詠上巻㆒又点㆑之。為㆓小童読書㆒也」と記されているが、本書は『千字文』『李嶠百詠』『蒙求(もうぎゅう)』とともに「四部ノ書」と呼ばれ、中世になると幼童の教科書として読まれた。幼学書は知識や教養の基礎になるものであるから、本書の影響が広範囲に亘ったことは朗詠の盛行とともに自然の趨勢(すうせい)であったともいえようか。

また、室町時代の通俗漢字辞書として広く流布し影響を及ぼした『下学集』序に次のような一節がある。

彼之実語童子為㆑教、琵琶之為㆑引、長恨之為㆑歌、庭訓雑筆為㆓往来㆒也、至若(シカノミナラズ)糸竹曰㆓楽府㆒、詩歌曰㆓朗詠㆒者、巻夥文繁。寔非㆓聾盲之所㆒㆑可㆑記焉。

『和漢朗詠集』が、通俗漢和辞典の基礎になる語彙採集の根本資料の一つとして活用されていたことは注目に価しよう。そしてこの時代の武家社会において、教養の基本として『御成敗式目』『庭訓往来』の両書と併せて本書が教授されており、この三書は、お家流の書風で習字の手本を兼ねた大字の書本に仕立てられて数多く残されている。

以上によっても明らかなように、我が国の古典のうち本書ほど多岐広範に亘って影響を及ぼした作品は稀である。しかも本書によって散逸した作品の片玉を知ることができることを顧慮に入れるならば、その価値は計り知れないといってもよかろう。

原拠と出典について

本書に収載された作品の原拠と出典について考えてみよう。

唐代の詩句について『日本国見在書目録』に書名の見えるものは、

謝偃集七　宋之問集一〇　賀蘭遂集二　王維集二〇　韋承慶集一　遊仙窟一　白氏文集七〇　元氏長慶集二五　白氏長慶集二九　劉白唱和集二

などがあり、その他に「白氏洛中集十巻」（『菅家後集』）や「杜荀鶴集」一巻、「章孝標集」巻上、「唱和集」一巻（『通憲入道蔵目録』）などが見え、また『江談抄』によると「許渾集」や「温庭筠集」が早くから渡来していたことが知られる。

しかし既に述べた如く唐人の詩句の三分の二に及ぶ一三九首が『千載佳句』と重複していることは、この秀句撰が本書の最大の典拠と見ることができる。また、唐人の賦の殆どは、本書の古注に記された『重撰典麗賦選』によるものと思われる。この書は現存しないので内容は不明だが、恐らく唐代の賦を抜萃したものであったのだろう。そして、『通憲入道蔵書目録』に「典麗賦集第二帙六箇巻、同賦七帙十箇巻、同第八帙見九箇巻、欠十巻」と記されているものと同じで、当時広く流布していたものらしく、それを撰者公任が資料にしたものと思われる。

本朝の摘句の典拠については、個人の家集として『本朝書籍目録』や『通憲入道蔵書目録』などに挙げられたものによって知ることができる。

天暦御集一　野相公集五　菅相公集一〇　橘氏文集八　都氏文集六　田達音集一〇　菅家文草一二　菅家後集一　紀家集一四以上　続紀家集三　善家集七以上　統理平集　源氏小草五　沙門敬公集七　後江相公集二　文芥集一〇　菅三品序一　直幹草一　紀在昌集三　源順集　保胤集二　工部橘郎中詩巻　菅輔昭序一　儀同三司集一　以言集八　為憲集　斉名集一　江匡衡集二　江吏部集三　具平親王集

中でも最も関係が深いと思われるものは大江維時撰の『日観集』二〇巻（『朝野群載』巻一に序が見えるのみで散逸）と、紀斉名撰の『扶桑集』一六巻（巻七と巻九の一部が現存する）であろう。前者は作者一〇人のうち七人が重なり、後者は作者七六人（『二中歴』巻一二に扶桑集作者の名を挙げる）のうち三八人までが重なっており、殊に『扶桑集』が『和漢朗詠集』成立に当って多くの材料を提供したことは疑いない。

その他、今日現存する『天徳三年闘詩合』や『延長屏風土代』及び書名のみ残る『本朝詞林』『坤元録詩巻』なども多少関係があると思われる。

和歌の出典を探ってみると、漢詩文における『千載佳句』に当るものがこちらのほうにも存在する。歌集について数字をあげると『万葉集』二〇首、『古今集』六四首、『後撰集』一四首、『拾遺集』七一首で、中でも『古今集』と『拾遺集』が圧倒的に多い。これ以外の和歌について出典をみると、『三十六人集』一四首、『日本紀竟宴和歌』二首、『古今六帖』三首、他の勅撰集に見えるもの一七首などとなっているが、『古今六帖』は他との重複を無視すれば実に本書所載歌二一六首の半数を超える一一四首を数えることができる。万葉歌も多くは『古今六帖』から採録しているように思われる。このような意味からすれば、『古今六帖』は和歌の典拠としては『千載佳句』と同様の位置に立っているということができよう。ただ、ここで注意することは、上巻では『古今六帖』歌の総歌数に対する割合が五八パーセントであるのに対し、下巻では四四パーセントにダウンしていることである。これは、下巻における和歌の占有率の低下（上巻三三パーセントに対して下巻は二一パーセント）とあいまって、『和漢朗詠集』の上巻と下巻の性格の相違を示しているのであろう。上巻は四季による類題を根幹としているので、四季詠を身上とする和歌にとっては秀歌の蓄積があり、撰歌が比較的容易であるのに対し、下巻では雑の部とはいっても漢詩文的色調の濃い朗詠題で占められ、四季と並ぶ和歌の二大分野の一方の「恋」が、せいぜい一朗詠題としてしか割り当てられていない事情と関係があろう。各朗詠題を見ても、上巻には、「子日」「若菜」「女郎花」「萩」といった、唐人の作を収めることのできなかった和風の朗詠題があり、しかもこれらは「霞」などとともに漢詩文よりも和歌の数が上まわる編成となっている。和歌優位の題である。これに対し、下巻では、多数の漢詩文のあとに和歌一首を無理にはめ込むようなケースが目につく。たとえば「刺史」の、

692高き屋に登りて見れば煙立つ民のかまどはにぎはひにけり

も、延喜六年の日本紀竟宴和歌で、仁徳天皇を得て藤原時平が詠んだ歌から出てきていると思われるが、のちに仁徳天皇の御製として『新古今集』に入集していることからも窺われるように、「帝王」の部に入れるのであれば納得はいくものの、「刺史」の心得とつながりを持たせるのには無理がある。また、「王昭君」に藤原実方の「704あしびきの山がくれなるほととぎす聞く人もなき音をのみぞ泣く」を配するのは、陸奥国に追いやられたという実方の境遇が王昭君のそれと似ているとはいっても、何やら俳諧の付合(つけあい)めいてくるのであるが、これはあるいは両者の類同性による効果を積極的にねらった結果であるとも考えられる。このように、下巻については、勅撰集や私撰集にとらわれずに広く和歌を求めなければ朗詠題に対応できないほど、漢詩文の色調が濃くなってきているのが実情である。

学問の対象としての享受史

『和漢朗詠集』の研究について略述したい。

『今鏡』「すべらぎの中」「紅葉の御狩」に、

朗詠集に入りたる詩の残りの句を、四韻ながらたづね具せさせ給ふ事も思し召しよりて、匡房の中納言なむ集められ侍りける。その中に「五月の蟬の声は、なにの秋を送る」とかやいふ詩の、残りの句をえたづね出ださざりける程に、ある人これなむとて奉りたりければ、江帥見給ひて、「これこそこの残りとも覚え侍らね」と奏しける。後、仁和寺の宮なりける手本の中に、真の詩出できたりけるなむとぞ聞え侍りし。

と記されているが、白河天皇の命を奉じて大江匡房が本書の詩句の全文を蒐集したのが、朗詠集研究の初めであろう。匡房には『和漢朗詠集』の注として「江注」と称するものがあり、その逸文が『袋草紙』や『清輔本古今集』勘物などに見える。

また、本書の古写本の中には訓読・返り点・送り仮名・平仄などを付したばかりでなく、故事や字句の説明、さらに詩歌の由来や作者の逸話を注記したものが存する。これらに見える説話の類は、『江談抄』に収録された『和漢朗詠集』所収の作品に関する説話と合致するものが多く、両書の間には深い関係が存することは疑いない。最近の説話研究ではこの点に関心が向けられ、「江注」と『江談抄』との先後関係や補足の問題などが解明されようとしている。

そして本書の種々の写本などから、大江家の外に菅原家や藤原家などそれぞれの学者の家に、家学としての訓法や注釈が伝えられて来たことが知られる。これらの説を参考にしながら、平安末期に、信阿によって『倭漢朗詠集私注』六巻が書かれた。

これは漢詩文の摘句のみの注釈であるが、これを祖述敷衍したものに玄恵の『倭漢朗詠集抄』や日詮の『倭漢朗詠集抄』、その他作者不明の注釈書が多数残されている。現在では中世に出現した本書の注釈書と説話集との関係が注目され、種々の調査研究が行われるようになった。

江戸時代になると、北村季吟が漢詩文の摘句に施した永済の注に和歌の注を加えて『和漢朗詠集註』一〇巻を著した。この書によって和漢詩歌の注が集合されて後世の手本になり、岡西惟中の『和漢朗詠集諺解』一〇巻や高井蘭山の『和漢朗詠国字抄』八巻などが世に現れるに至ったのである。

諸本について

本書の底本は、現在最善本と考えられている、御物の伝藤原行成筆粘葉本『倭漢朗詠集』上下二冊を用いた。縦二〇センチ、横一二・一センチの愛すべき中型粘葉装（料紙を一枚ずつ二つ折りにして重ね、折り目の外側を糊づけにした綴じ方）で、上巻五八丁、下巻五九丁。料紙はすべて舶載の唐紙で、赤・白・藍・黄・茶等の胡粉を引き、布目、綾目を打ち、二つ折りの内側にあたる表には、亀甲・牡丹・唐花・唐草などの文様を雲母で刷り出した華麗なもので、しかも保存状態はきわめて良好である。本文は一面六行、七言詩は二句を続けて一行に書し、和歌は一首に二行を宛てる。書風は端正な行成風で、漢字は楷・行・草体を、仮名には時に草仮名を、作品単位に適宜交えて変化をつけている。筆者は藤原行成ではないが、高野切第三種や伊予切和漢朗詠集第一種などと同じ筆致と認められており、高野切の成立と同じく十一世紀半ばごろの書写と推定されている。上下巻とも巻首に「倭漢朗詠集巻上（下）」、巻尾に「倭漢抄巻上（下巻）」と題する。明応四年（一四九五）に連歌師猪苗代兼載が本書を地方の有力者に贈った旨の添状と、江戸時代中期には近衛家の有に帰していたことを示す添状がある。宮中へは明治十一年八月、近衛忠熙から献上された。現在に至るまで書道手本として珍重されている。

『和漢朗詠集』は、編者が藤原公任であり、内容が和漢にわたる詞華撰であり、さらに分量も適当であるため、能書家が動員されて書写され貴族の座右に供されることが多かったらしい。ために他にも平安時代から鎌倉時代初期にかけての遺品が残っている。御物にも、ほかに伝藤原行成筆雲紙本二巻、伝藤原公任筆巻子本二巻があり、ともに複製もあり、研究の宝庫といえる。このほかにも京都国立博物館蔵の藤原伊行筆葦手下絵本二巻、不二文庫蔵の伝藤原清輔・寂蓮合筆巻子本二巻と伝世尊寺行能筆墨流本二巻が完本として伝えられている。また、書跡として珍重された余りに切として分割され、本体が零本となってしまったものには、伝行成筆関戸本（上下巻の残巻）、伝行成筆近衛本（下巻の大部分、陽明文庫蔵）、伝公任筆太田切本（下巻の大部分、静嘉堂文庫蔵）、伝公任筆益田本（下巻の大部分、東京国立博物館蔵）、伝公任筆安宅切本（下巻の一部、御物）、伝行成筆久松切本（下巻の完本、出光美術館蔵）、伝源家長筆龍田切本（下巻の一部）などがある。古筆切に至っては各種多数に及び、右の零本に対応するもののほか、大字朗詠集切（伝行成）・伊予切（伝行成）・法輪寺切（伝行成）・唐紙朗詠集切（伝公任）・下絵朗詠集切（伝公任）・多賀切（基俊）等枚挙にいとまがない。なお山城切（伝定頼筆）は分割を前に原態を残すべく複製が作られた。

鎌倉時代の写本になると、当時の訓みを示す訓点や和訓を付したものが多くなる。前掲の伝世尊寺行能筆墨流本も、朱で二次にわたり訓点と和訓が付されており、伝浄弁筆本（陽明文庫蔵）もかなり詳細な訓点・和訓を付している。また、天理図書館本・国会図書館本や蜂須賀家旧蔵本（高辻〈菅原〉長成・清長父子筆、専修大学蔵、複製本がある）は、菅家相伝の訓読を、また某家蔵古写本（上巻のみ。日本古典文学会複製本）は藤原南家の訓法を伝えたものとして知られる。こうした鎌倉時代の訓読には、平安時代の訓みが残存しているものと考えられ、菅家・江家・藤家の所伝を溯及して平安時代の訓みの実態を知るための手がかりとなるものである。

　なお、『和漢朗詠集』のおびただしい伝本を系統に類別することは、まだ試みられていない。

付説・漢詩文の表現――対句を中心として

　人間の性情として美的なものを好むのは自然の趨勢であり、そのもっとも基本的なものは左右対称による調和であるといえよう。自然界における四季の変化や昼夜の交替、人間の創作になる建築や音楽にもそれが見られるが、文学作品に現れたのが対句表現による修辞である。これは、中国に限らず、我が国の文学においても『万葉集』の長歌などにはしばしば見られるところである。

　古くから中国の詩や文章に対句が修辞の一法として盛んに使用されたのは、中国語が対句を作るのにふさわしい性格を持っていたからに外ならない。中国語は孤立語で変化屈折もなくテニヲハもないし、その上単音語であるので一語は一字一音からなり、二字の熟語が多い。そのために文字を整えて対語を作るのに便利である。しかも漢字はその形式の上で対句を作る要因ともなっている。例えば「日」と「月」が「明」となり、「止」と「戈」が「武」となるが、その文字を見て意味を知ることができるとともに、漢字の同じ扁や旁を並べて文字を整斉し、美観を添える便利を持っている。さらに漢字の音が単音語であることは、音韻の上で読者に美感を与えるに適したものがある。

　対句は詩においても文章においても重んじられたが、詩において対偶音律が生命とされたのが律詩である。詩は六朝に至って対偶の文句が用いられることが多くなった。ことに梁の沈約（しんやく）が詩の八病を論じて、詩のみならず文章にも平仄を整えることを説き、陳の徐陵や北周の庾信等によって巧妙な対句が生み出された。こうして声律対偶の法はますます磨きをかけられ洗練を加え、唐の沈佺期や宋之問等によって練り上げられ、五言七言八句の新しい律詩の形式が作り出されたのである。律詩は二句を一聯となす。前二句、即ち第一句と第二句を起聯または発句という。中四句の中の第三句と第四句を頷聯または前聯・胸句、第五句と第六句を頸聯または後聯・腰句といい、何れも厳格な音律の法則の下に対句とするきまりになっている。後二句、即ち第七句と第八句は尾聯または結句・落句ともいう。起聯で言い起し、頷聯で景、頸聯で情を主題に即して述べ、尾聯で全篇を言い収めるのである。

因みに、平安時代の詩人達に馴染まれた白楽天が、香炉峰下に草堂を建てて東壁に題した、『枕草子』でも馴染み深い詩を取り上げてみよう。

日高睡足猶慵レ起　小閣重レ衾不レ怕レ寒
遺愛寺鐘欹レ枕聴　香炉峰雪撥レ簾看
匡廬便是逃レ名地　司馬仍為ニ送レ老官一
心泰身寧是帰処　故郷何独在ニ長安一

第三句と第四句、第五句と第六句は、相対する句の各語が互いに同一の品詞によって構成されていることが知られる。頷聯は「遺愛寺」と「香炉峰」、「鐘」と「雪」、「欹」と「撥」、「枕」と「簾」、「聴」と「看」がそれぞれ相対し、頸聯は「匡廬」と「司馬」、「便」と「仍」、「是」と「為」（漢文では日本語と異なり両字はともに虚字である）、「逃」と「送」、「名」と「老」、「地」と「官」がそれぞれ相対する。中国では律詩の起聯・尾聯に力が注がれたが、我が国では朗詠の条件もあってか殊更に対句の巧拙が問題にされた。

我が国の奈良時代には広く五言詩が行われたが、平安初期には七言詩がこれに代り、勅撰三集以後には七言律詩が詩体の中心になる。ことに宮廷の内宴や重陽宴を始めとする詩宴や、摂関家の詩会などには、題が句題で詩体は七言律詩が通例であった。

句題とは元来詩の一句を題にすることをいうが、後には『文筆問答鈔』に「以二五字一為レ題」と説くごとく五字の題をいう。『和漢朗詠集』にある菅原文時（道真の孫）の「山中有二仙室一」と題する七言律詩を挙げてみよう。

546丹竈道成仙室静　山中景色月華低
547石床留レ洞嵐空払　玉案抛レ林鳥独啼
548桃李不レ言春幾暮　煙霞無レ跡昔誰栖
549王喬一去雲長断　早晩笙声帰二故渓一

詩は心に感ずるものを言に発したものであるが、句題の詩は題を与えられ題意に沿って詠まねばならないので、自己の感情を率直に表現したものではなく、ただ表現修辞のみが重視された。句題の詩では起聯に題字を詠みこむことがきまりになっている。ここでは「仙室」と「山中」が詠みこまれている。頷聯と頸聯がこの詩の生命であり、景と情を写して見事に対偶をなしていることが知られよう。ことに頸聯は秀句として喧伝され後世の文学作品に引用されているが、「桃李」と「煙霞」は直接に対句をなしているのではなく、同じ句の中で「桃」と「李」、「煙」と「霞」が対偶をなす技巧的な対句であることに注目したい。『江談抄』に文時によって我が国の詩は初めて優美な風体を備えるようになったと記されているが、この詩によって平安時代の詩人達が手本にした詩体をおぼろげながら知ることができるであろう。

文章に眼を転ずると、中国では古く先秦の時代から均斉のとれた表現が行われて来たが、対偶表現が詔勅や上表などの公的な文章は勿論のこと、書簡や序文などの日常の私的な文章にまで進出し、長い間に亘って文章を支配した時代があった。それは後漢の中期から魏・晋・南北朝を経て、唐の中期にまで及んだ。特に魏・晋・六朝時代はこうした文章が発達し盛んに行われた。それが駢儷文（べんれいぶん）である。駢儷文とは対句を中心にして構成されている文章をいう。「駢」とは二頭立ての馬、「儷」とは夫婦の意味で、二つの句を対比並置させながら構成されている文章のことである。また駢儷文の句が多く四字または六字に整頓されていることから四六文ともいわれる。

駢儷文が対句を主体にした文章であることは、一句を形成する字数に制限があることを意味するが、その外に音律の調和を重んじることや、表現の上で種々の技巧が凝らされていること、さらに典拠のある詞句を頻繁に使用することなど、あくまで表現修辞に重点を置いたものであるので、普通の文章とは性格を異にしている。しかし韻を踏まない点において韻文とは厳然と区別される。広義にいえば散文に属するのであろうが、種々の制約があることから言えば両者の中間に位置するものといえる。

我が国の上古の文章に対句が使用されていることは、『十七条憲法』や『伊予温湯碑文』などを見ても明らかであるが、奈良時代になると『古事記』の序文や『万葉集』の序を始めとして、殆ど駢儷文で書かれている。試みにその一部を挙げてみよう。

是以
番仁岐命　初降㆓于高千嶺㆒
神倭天皇　経㆓歴于秋津島㆒
化熊出㆑川　天剣獲㆓於高倉㆒

ここを以（も）ちて、番仁岐命（ほのににぎのみこと）、初めて高千嶺（たかちほのたけ）に降（くだ）り、神倭（かむやまとの）天皇（すめらみこと）、秋津島（あきづしま）に経歴したまひき。化熊（くわいう）川を出でて、天剣を高倉（たかくら）に獲（え）、生尾（せいび）径（みち）を遮（さへぎ）りて、大烏（たいう）吉野に導きき。

生尾遮レ径　大烏導ニ於吉野一

（『古事記』序）

ここにみられる対句は、四字と六字から成り立っている。駢儷文では四字と六字が句の中軸を成しているのは、中国でこの両者がもっとも整備された音律を持っていたためである。これらは何れも四字と六字の四箇の句によって構成され、第一句と第三句、第二句と第四句がそれぞれ対偶を成している。これを四字と六字の隔句対（かっくつい）と称する。駢儷文では隔句対が殊に頻用され、軽隔句・重隔句・疎隔句・密隔句・平隔句・雑隔句の六種に分けて論じられていた。

駢儷文に隔句対が頻繁に使用されるようになったのは、陳の徐陵や北周の庾信達の功績が大きく、唐代になって均斉のとれた駢儷文が完成したと言われている。とすると我が国の奈良時代に四字と六字の隔句対が文章に使用されていることは、既に文章構成の上で『文選』の文章が模範にされなかったことを意味するといえようか（詞句の影響については別問題である）。我が国の駢儷文は平安時代に完成をみるが、それは六朝の文章とは殆ど無関係なものになっている。

六朝の駢儷文は唐代中期の古文復興の運動と、それを継承した宋代以後の文章によって排斥された。それが江戸時代の漢学者に受継がれ信奉されたので、六朝の駢儷文の否定は勿論のこと、我が国の古代の文章は一顧だもしなかった。現在の我々はそうした文章観によって文章を評価する習性に慣れているが、考えてみれば我が国の文章を長い間支配して来たのは駢儷文であったのである。

さて、次に、対句の種類について、例を挙げつつ略説していきたい。対句の分類は意味内容に基づくものと、表現形式を中心にするものとに大別することができると思われるが、対句の本質からいえば前者を重視するのが当然である。さらに内容の上からは『文心雕龍』にいう正対と反対、即ち類似と対比に分けることが可能であろう。中国の詩学書から影響を受けた空海の『文鏡秘府論』は、対句を二十九種類に分けて説いているが、体系的に分類することは困難である。ただ、意味内容に基づく対句と形式表現を中心にした対句とに大別することができるのではなかろうか。その際銘記すべきことは、対句は相対する句の字数が同じである上に、向い合っている文字が同一品詞によって構成されていること、つまり等位が不可欠の条件である。等位の文字の間にどのような工夫技巧が施されているか、『和漢朗詠集』の秀句を素材にして考察を加えることにしたい。

意味内容に基づいた分類の中で最も基本的にして初心者が学ぶにふさわしい簡明顕著な対偶が的名対（正名対・正対・切対とも名づく）である。反対語（品詞の如何を問わず）を対偶とするものであることはいうまでもない。

346 北斗星前横ニ旅雁一　南楼月下擣ニ寒衣一

の「北」と「南」が方向として反対であり、

504 草木扶疎　春風梳ニ山祇之髪一
魚鼈遊戯　秋水字ニ河伯之民一

の「春」と「秋」、「山」と「河」が対立する意を表す対偶をなしている。そして『作文大体』にある色対（色彩の対）、数対（数字の対）も的名対に含まれるので、的名対は広義に解すると、対句の大部分がこれに属すると考えても差支えないほど広く使用され、対句の基本をなしているということができる。

反対語を対偶させるのが的名対であるのに対して、同義語、同類語を対偶させるのが同対である。

404 山遠雲埋ニ行客跡一　松寒風破ニ旅人夢一

の「行客」と「旅人」は同義語の対偶であり、

407 塹借ニ崎嶇一非レ戴レ石　空偸ニ峻嶮一豈生レ松

の「崎嶇」と「峻嶮」は山のけわしい様子をいう語で同類の意味を表している。同類語の対偶は顕著でないから、的名対に劣ることは否定できない。

同対に近い対偶としては、隣近対を挙げることができる。隣近対は詩句に詠まれている境地が近い対偶である。

718 秋水未レ鳴ニ遊女佩一　寒雲空満ニ望夫山一

の「秋水」と「寒雲」が隣近対に該当することは容易に想像されよう。対偶は同一品詞によることが原則であるが、「秋」と「寒」は属性は同じでも品詞を異にするのであるから、隣近対は制限の緩やかな対偶といえようか。

対句の意味内容に基づく分類には対比と類似があることは既に述べたが、両者の何れにも属さない中間型の対偶がある。対比にせよ類似にせよ、両句の関係は明瞭であるが、中間型では対偶を構成する両語の関係がはっきりしない。中間型の対偶は対比と類似の中央に属するというのではなく、対比から類似への中間を意味するものであり、従って広い範囲に及んでいる。その代表が異類対で、相対する両語の意味範疇（はんちゅう）を異にするものをいう。

113 花明ニ上苑一　軽軒馳ニ九陌之塵一
　猿叫ニ空山一　斜月瑩ニ千巌之路一

の「軽軒」（軽快な車）と「斜月」（西に傾いた月）は、前者が乗物、後者が天体で全く範疇を異にしている。また、

64誰家碧樹　　鶯啼而羅幕猶垂
幾処華堂　　夢覚而珠簾未レ巻

の「鶯」は生物に属する概念であり、「夢」は人間の一種の視覚的現象を示すもので、範疇を異にする語を対比させている。

意味内容の分類に属する対偶として意対が挙げられる。意対は語自体には対偶性はないが、意味の上で対偶をなすものをいう。

604蒼茫霧雨之霽初　　寒汀鷺立
重畳煙嵐之断処　　晩寺僧帰

の「寒汀」と「晩寺」は語句の上で直接の対偶をなさないが、もの寂しく静かな景色を意味している点で共通性がある。

515閑居属ニ於誰人一　　紫宸殿之本主也
秋水見ニ於何処一　　朱雀院之新家也

の「閑居」と「秋水」はともにのどかな感じを与える点で共通性がある。しかもこの作品の題が「閑居楽ニ秋水一」であるので、題字を句の中に取り入れて対偶を構成しており、作者の卓越した技倆が窺える。

意対の一種に属すると思われる対句に傍対がある。この名称は『文鏡秘府論』には見えないが、類従本『作文大体』には次のように説明されている。

春は西に対す、春はこれ東なる故。

これは干支説や五行説などに基づいた特殊な対偶であることが知られる。

550商山月落秋鬢白　穎水波揚左耳清

の「秋」と「左」は、前者が西に当り後者が東に当るので、対偶をなすことが知られる。

659梁元昔遊　春王之月漸落
　周穆新会　西母之雲欲帰

の章句は、「春」が東に当るので「西」と対偶を構成している。これに類する対偶は平安時代にしばしば見られるが、「傍対」という名称が何に基因するのか不明である。

同じ範疇に属する特殊な対偶に奇対がある。奇対は対句の中のある部分がさらに別の対偶をなすものをいう。

743蘇州舫故龍頭暗　王尹橋傾雁歯斜

の「龍頭」（船首に龍の頭を描いたり刻んだりした船）と「雁歯」（材木が一枚一枚くい違って並んでいる橋）が対偶をなしているが、さらに「龍」と「雁」が動物名、「頭」と「歯」が身体の部分の名称の対偶をなしている。また、

634楊岐路滑　吾之送人多年
　李門浪高　人之送我何日

の「楊岐」は昔楊朱が岐路を見て嘆いた故事（『淮南子』説林訓）、「李門」は後漢の名士李膺の登龍門の故事（『後漢書』李膺伝）をさし、ともに故事に基づく人名の対偶であると同時に「楊」と「李」が植物名の対偶をなしている。

対句の種類を表現形式の面から考えてみると、字形・字音・連字・語位などの基準によって分類することができよう。まず字形による対句は用字の形態上の特質によって成立するものである。その代

表が字対で、『文鏡秘府論』に「対を用ゐず、ただ字を取りて対をなすなり」と説いているように、意味の上では関係はないが、その字形が対偶を構成するものである。

205鶏漸散間秋色少　　鯉常趨処晩声微

下句の鯉は孔子の子の名前であるので、上句の「鶏」とは対偶をなさない。『論語』季氏篇に、孔子が立っている時に前を鯉が走り過ぎようとしたので、詩と礼を学ぶことを教えた話があり、「鯉趨而過レ庭」という句は師匠について学ぶことを意味する。ただ「鶏」と「鯉」は文字の上だけでは家に飼う動物であるので対偶をなし、しかも「鶏漸散」と「鯉常趨」は本意の外に自然と庭の景色を言い表していることが知られる。

726少二於楽天一三年　　猶已衰之齢也
　　遊二於勝地一一日　　非二是老之幸一哉

この「楽天」は人名であり「勝地」の普通名詞とは本来対偶を構成しない。しかし字面(じづら)から考えると「楽」と「勝」、「天」と「地」とが対比をなしていることが分る。

次に側対は字対の変形で、文字の或る部分が対偶をなすものをいう。これは漢字の持つ特性を充分に発揮した対偶と言える。漢字には構成上、二種の文字を合わせた会意や諧声の文字が多いことが、このような対偶を可能ならしめる原因になっている。例えば、

730酔対二落花一心自静　　眠思二余算一涙先紅

の秀句は『和漢朗詠集私注』に「静を以て紅に対す。時の人称歎す」と記されているごとく「静」と「紅」の対偶にその生命がある。「静」の扁(へん)の「青」と「紅」が色彩の対偶をなすのである。

177煙開二翠扇一清風暁　　水泛二紅衣一白露秋

では「清」の旁(つくり)の「青」と「白」が対偶をなしている。我が国では側対の大部分が色彩に関するものに限られているのは興味深いことである。

字音によって分類される対句の代表として双声対と畳韻対がある。中国語では音韻の上で美感を与えるものとして古代から盛んに使用された。宇多天皇の時に藤原佐世が編した『日本国見在書目録』には、陸法言を初めとする十数首の切韻の書目が掲げられ、また菅原是善が隋唐十三家の切韻を集めて『東宮切韻』二〇巻（散逸）を編していることから推して、平安時代の学者は漢音の声韻に通じていたと想像される。そして我が国でも朗詠に適することからしばしば対句に使用された。

19野草芳菲紅錦地　遊糸繚乱碧羅天

の上句「芳菲」と下句「繚乱」はともに双声であり、また、

69燕姫之袖暫収　猜二撩乱於旧拍一
　周郎之簪頻動　顧二間関於新花一

の「撩乱」と「間関」は双声対をなしている。

次に畳韻の連語を相対せしめる畳韻対の例を挙げる。

376雪似二鵞毛一飛散乱　人被二鶴氅一立俳佪

の上句の「散」と「乱」は去声翰韻、下句の「俳」と「佪」は平声灰韻である。

118欲レ謂二之水一　則漢女施レ粉之鏡清瑩
　欲レ謂二之花一　亦蜀人濯レ文之錦粲爛

の「清」と「瑩」はともに平声庚韻、「粲」と「爛」は去声翰韻である。

なお『文鏡秘府論』では双声対・畳韻対に類するものとして双声側対と畳韻側対とを挙げ、前者は

意味の上で対偶をなさぬが双声という点においてだけ対偶をなし、後者は同じく意味に関係なく畳韻の点で対偶をなすものであると説明している。ところが我が国では異なる理解をされていたらしい。

323雲衣范叔羈中贈　風櫓瀟湘浪上舟

の句の上句は『史記』「范雎列伝」により、下句は『楚辞』「漁父」に基づいて詠まれたものであるが、『江談抄』巻四に「古人云く、范叔と瀟湘とはいわゆる双声側対なり。瀟湘・范叔を以ての故か」と記している。「瀟湘」は双声だが「范叔」は双声ではないので明らかに『文鏡秘府論』の説とは異なる。これは「瀟湘」の「瀟」の旁（つくり）の「蕭」と「湘」の旁の「相」で漢の宰相蕭何をさすので「范叔」と人名の対偶をなすものと解される。従って『江談抄』にいう双声側対は対句の片方が字音の上で双声であり、字形の上からその扁または旁が対偶をなすものと考えられる。なお上句が双声で下句が畳韻の双声畳韻対（例　353四時零落三分減　万物蹉跎過半凋）や、上句が畳韻で下句が双声の畳韻双声対（例　430煙葉蒙籠侵レ夜色　風枝蕭颯欲レ秋声）なども、本書にはしばしば見られるところである。

字音による対偶に声対がある。声対は意味においては全く関係がないにも拘らず、音が通ずる字をもって対偶をなすものである。

761楚三閭醒終何益　周伯夷飢未必賢

の語句について、『史館茗話』に「伯の字は百と音を通ず。故に三の字に対す。その句これを読むべし」と記しているのは、「三」と「百」とが数字の対偶をなすことを指摘したものである。また、

792生者必滅　釈尊未レ免ニ栴檀之煙一
楽尽哀来　天人猶逢ニ五衰之日一

の章句において「梅」は「千」と音通であるから「千」と「五」とが数字の対偶をなしているのである。声対は我が国で好んで使用されたが、『作文大体』の説明が数対に終始しているように、その大部分が数対に還元される。これは邦人の嗜好に基づくのであろうが、側対の殆どが色対になるのと同様に興味深い現象である。

一句の中に同一文字を連続して用いるのを連語というが、連語による対句の代表が重字対（畳対）である。中国では音韻の上で美感を与えるものとして古代から盛んに使用されているが、我が国においても朗詠に適していたために多くの用例を見ることができる。

233 耿々残燈背レ壁影　蕭々暗雨打レ窓声

501 礙レ日暮山青簇々　浸レ天秋水白茫々

はそれぞれ句首と句尾における重字対であり、対偶における等位（対字の位置）は厳守されている。

重字対と似ていて内容を異にするものに聯綿対がある。連続した同字が一語としてではなく、意味の上で独立してそれぞれ別の働きをするものが聯綿対である。例えば、

50 留レ春春不レ住　春帰人寂漠
　厭レ風風不レ定　風起花蕭索

の「春」と「風」の重字は、それぞれ上下が別の性格を持っていることが知られる。

聯綿対が拡張して同句の中に同字を用いるのが双擬対である。「擬」とは並ぶ意で、二つの同じ字が中間の字に向って並んでいることをいい、中間の字は一字とは限らない。

61 花悔レ帰レ根無レ益レ悔　鳥期レ入レ谷定延レ期

116 瑩レ日瑩レ風　高低千顆万顆之玉

染レ枝染レ浪　　表裏一入再入之紅

双擬対の特殊なものに双対がある。これは『文鏡秘府論』には見えないが、類従本『作文大体』には「衆字を隔てて同じ畳字を用ゐるこれなり」と説明している。例えば、

642行々重行々　　明月峡之暁色不レ尽
眇々復眇々　　長風浦之暮声猶深

は重字の双擬対で、衆字を隔てていないが一応双対と認めることができよう。

句中における用語の位置を基準にして、対句を分類することも可能である。その一に互成対があるが、これは二字の間で互いに対称になっている連語を各句に用いる対句である。

243嵩山表裏千重雪　　洛水高低両顆珠

の上句は「表」と「裏」とが対し、下句は「高」と「低」とが対しており、しかも上下の句の間で「表裏」と「高低」とが対偶をなしている（両句に関係なく一句の中で上下の字が相対していれば、当句対となる）。

40煙霞遠近応二同戸一　　桃李浅深似二勧盃一

の詩句は上句の「遠」と「近」、下句の「浅」と「深」とがそれぞれ相対し、しかもそれが互いに対偶をなしていることが知られよう。

これに対して上下二句の対語の排列順序が逆になっているものを交絡対という。このような対偶は稀にしか見られないが、

444同二李陵之入一レ胡　　但見二異類一
似二屈原之在一レ楚　　衆人皆酔

の下句はそれぞれ向い合っている字が対偶をなすのではなく、「但見」と「皆酔」、「異類」と「衆人」が交叉して対応していることが知られる。対句の基本は両句間における対応語の等位にあるので、交絡対は異色の対偶ということができる。

廻文対は同じ連語を上下の句で倒置させて相対さしめる対偶をいう。例えば、

790年々歳々花相似　歳々年々人不レ同

の詩句は「年々」と「歳々」の語が上下の句で順序が逆になっている。ただ二つの連語が重字の上に両者の間に他の文字が入らないので廻文対としては変形というべきであろう。むしろ奇対の例句として挙げた六三四の章句のほうが連語ではないがふさわしいと思われる。

対句はまたそれを構成する句の配置の関係から考えることも可能である。対句は原則として向い合った二句の間に成立するものであるが、一句の中で対偶が成立するものが当句対である。

301不レ堪紅葉青苔地　又是涼風暮雨天

の句では「紅葉」と「青苔」、「涼風」と「暮雨」がそれぞれ一句の中で対偶をなしている。また、

725紅栄黄落　一樹之春色秋声
結レ綬抽レ簪　一身之壮心老思

は上句と下句のそれぞれが上下二字ずつの対偶をなしている。平安時代の文章ではこの当句対がしばしば用いられている。

対句の原則を外れたものに虚実対がある。対句は相対する語が同一品詞で構成されるのを常則とするが、片方が形象を具えた名詞であるのに対し、片方が作用を表す動詞であるものがこれに当る。

668江都之好二勁捷一也　七尺屛風其徒高

淮南之求二神仙一也　一旦乗レ雲而何益

の章句について『作文大体』に「七尺屏風者物名也。一旦乗雲詞ノ字也。然而文字有レ対。又用レ之也」と説いているが、「屏風」が名詞であるのに対し「乗レ雲」は動詞が含まれており、かかる対偶を虚実対というのである。

今まで説明して来たところによって『和漢朗詠集』の詩文句の対句がいかに技巧を凝らしたものであるか判明したことと思われる。対句はまたその表現に必ず典拠のある文字を用いるのを常とする。古語を用いることは、それが均斉の取れた詩文にふさわしい雅語であるために表現が優麗になることや、典拠のある語であるために読者に対して説得力を持つこと、さらに自己の表現に古典の持つイメージを重ね合せることにより二重の世界を表出することになる。それは単に故事を引用するだけでなく、断片的な語句に至るまで典拠を用いている。故事について言えば、「隣家」に収められた五首の詩句の中で四首までが陸慧暁と張融の故事を詠みこんでおり、「竹」では王子猷の故事が、また「梅」では大庾嶺の梅、「猿」では巴峡の猿が必ず登場する。さらに語句に眼を遣ると「雪」に見える、

374 暁入二梁王之苑一　雪満二群山一
夜登二庾公之楼一　月明二千里一

の「雪満二群山一」の語句が『文選』の文によるものであると『江談抄』巻六に指摘されている。確かにこの語句は鮑照の「舞鶴賦」に見えるが、平明で誰にも容易に理解し得る。かかる語句に至るまで典拠が求められた。これは邦人においては一層甚だしく、中国の先人の作品は勿論のこと、邦人の先人いな同時代人の秀句を貪婪に摂取して換骨奪胎することに努めた。

例えば「閑居」に見える大江朝綱の、

619 蕙帯蘿衣　抽二簪於北山之北一
　　蘭橈桂檝　鼓二舷於東海之東一

の秀句は紀長谷雄の「秋思入寒松詩序」（『本朝文粋』巻十）にある、

蘭棹桂楫　払二衣東海之東一
巌室松楹　高二枕北山之北一

の表現に倣（なら）ったものであるが、これはさらに初唐の王勃の「上二劉右相一書」（『王子安集』巻九）の、

荷裳桂楫　払二衣於東海之東一
菌閣松楹　高二枕於北山之北一

の章句を原拠としており、さらに遡ると陳の徐陵の「内園逐涼」（『全陳詩』巻二）の詩句「昔有二北山北一　今余東海東」から『楚辞』「九歌」の「桂櫂兮蘭枻　斲レ氷兮積レ雪」に根源を求められるのであろう。

また菅原文時の秀句として名高い、

548 桃李不レ言春幾暮　煙霞無レ跡昔誰栖

は叔父の淳茂の願文の句を用いたものであり（『江談抄』巻四）、紀長谷雄の「谷水洗レ花」の句（菊、二六四）は高丘五常に似た作があり、これを模して改作したら佳境に入るであろうと長谷雄自身が述べたという（同上、巻六）。源為憲は文場に臨む時に何時も書嚢を携え、披講された秀句を抄出して嚢中に入れたという説話も（同上、巻四）、平安時代の詩人達が作詩に留意したことを示すものであり、またそれと同時に秀句を発表する適切な場を待ち望んでいたことは、源順が、

250楊貴妃帰唐帝思　李夫人去漢皇情

の詩句の腹稿を得て数年間機会を窺っていた話柄（同上、巻四）によっても知られる。繰り返して述べるが、平安時代の詩文はその全体が鑑賞されたのではなく、対句の巧拙によって評価が定まったのであるから、我々はその点に意を注ぐことが大切である。現在は詩文における価値観が異なるので、瑣末な技法を軽視する傾向があるが、『和漢朗詠集』の摘句の鑑賞に現代的な作品の内容重視の姿勢は慎まねばならない。平安時代の貴族と同じように寛いで美の世界に遊ぶことが望まれる。

付録

典拠一覧

一、この一覧は、本文に掲げた漢詩文の摘句・和歌の出典を記したものである。アラビア数字は本文の番号と一致する。
一、漢詩文において、現存しない典拠の書名は、『和漢朗詠集私注』（略称・私注）、『和漢朗詠集鈔』（略称・鈔）、『和漢朗詠集註』（略称・集註）や『江談抄』の記述に従った。
一、唐人の詩句で『千載佳句』（略称・佳句）に見えるものは、その旨を並記した。
一、唐人の詩句は、『白氏文集』を除いて『全唐詩』に従った。
一、漢詩文における出典の書名は、初出の場合に限って正式書名を用い、以下は略称に従った。例えば『文集』（白氏文集）、『文粋』（本朝文粋）、『文草』（菅家文草）、『屏風土代』（小野道風筆、延長六年内裏御屏風詩土代）、『麗藻』（本朝麗藻）、『天徳闘詩合』（天徳三年八月十六日闘詩行事略記）の如きである。
一、和歌の典拠は、一条朝までの文献により、その詞書を掲げ、本文異同を注した。

1『私注』に「立春の日内宴花を進る賦、公乗億或は紀淑望」とある。

2『私注』に「立春の日芸閣の諸文友に呈す　菅篤茂」とある。「菅」は「藤」の誤。

3『古今集』春上「ふるとしに春たちける日よめる　在原元方」。『古今六帖』一、春たつ日　ありはらのもとかた。『六、寛平御時中宮歌合』春二番左、在原元方。

4五とともに『白氏文集』巻二十八「府西池」の句。『千載佳句』立春に出。

6『私注』に「石山寺に宿して立春の朝の作　良岑春道」とある。七律の前聯で、後聯は『新撰朗詠集』に見える。

7『古今集』春上「春たちける日よめる　紀貫之」。『新撰和歌』春秋。『古今六帖』一、春たつ日　紀つらゆき。

8『拾遺抄』春「平定文が家に歌合し侍ける　壬生忠岑」。『拾遺集』春「平さだふんが家哥合によみ侍ける　壬生忠岑」。『古今六帖』一、春たつ日　みぶのただみね。『一六、平貞文家歌合』首春、左、忠岑。『忠岑集ⅠⅡⅢⅣ』Ⅱ「兵衛佐さだふむがいへのうたあはせに」。

9『全唐詩』元稹二十二「楽天に寄す」『佳句』早春に出。

10『文集』巻十七「潯陽の春三首」の「春生」。『佳句』早春に出。

11『本朝文粋』巻八「早春同じく春の生ることとは地形に逐ふといふことを賦す詩序」。

12『私注』「晴の後　野相公」。『撰集抄』巻八篁詩事に出。

13『江談抄』巻四「内宴春暖　都良香」。

14類従本『作文大体』に「七言詩、草樹暗に春を迎ふ　紀納言長谷雄作」とあり、『文粋』巻八、延喜以後の詩序に「草木共に春に逢ふ詩」として引用する。

15『万葉集』巻八、春雑歌「志貴皇子の懽びの御歌一首／一四一八石走る垂水の上のさわらびの萌え出づる春になりにけるかも」。『古今六帖』一、む月、志貴皇子かゞみの王女とも。

16『古今集』春上「寛平御時きさいの宮の哥合のうた　源まさずみ」。『新撰万葉集』下、春。『古今六帖』一、春たつ日、初句「やま（谷イ）風に」。『五、寛平御時后宮歌合』「廿巻本＝春一番右、源まさずみ」「十巻本＝春一番、右、初句山風に」。『六、寛平御時中宮歌合』春一番左、源当純、初句「やま風に」。

17『四五、麗景殿女御歌合』若菜、左、兼盛。

18『文集』巻十三「哥舒大が贈らるるに酬ゆ（去年哥舒等八人と同じく科第に登る、今会散の意を叙ぶ）」。『佳句』春宴に出。

19『全唐詩』劉禹錫七「春日懐を書し、東洛の白二十二、楊八の二庶子に寄す」。『佳句』春興に出。

20『文集』巻五十六「東都の留守令狐尚書の赴任するを送る」。『佳句』春興に出。

21『文粋』巻十「暮春遊覧同じく処に逐て花皆好しといふことを賦す詩序　紀斉名」。

22『江談抄』巻四に「内宴春生　野相公」とあるが『続日本後紀』承和九年正月乙卯条に「春生の題を賦す」とあるのが正しい。『私注』は「春日」に作る。

23『私注』「寺に上り聚落を望む　田達音」。

24『私注』「尚歯会の記、悦ぶ者衆しの詩　菅三品」。

25『万葉集』巻十、春雑歌、野遊「一八八三ももしきの大宮人は暇あれや梅をかざしてここに集へる」。『古今六帖』四、かざし、四五句「むめを（傍サクラ）かざしてここにつどへり（傍クラシツ）」。『赤人集ⅠⅡ』Ⅰ「（野にあそぶ）」四五句「むめをかざしみここにつどへる」。

26『拾遺抄』春「定文家哥合に　忠峯」。『拾遺集』春「平さだふんが家の哥合に　ただみね」。『古今六帖』一、なかのはる、ただみね。『一六、平貞文家歌合』仲春左、忠岑。『忠岑集ⅠⅡⅢⅣ』Ⅱ「仲春　中宮御屏風」。

27『文集』巻十三「春中に盧四・周諒と華陽観に同居す」。『佳句』春夜に出。

28『古今集』春上「はるの夜むめの花をよめる　みつね」。『新撰和歌』春秋。『古今六帖』六、むめ、みつね。『躬恒集ⅠⅡⅢ』。

29『菅家文草』巻六「雲林院に扈従し感嘆に勝へず、聊か観るところを叙ぶ、序を并せたり」。『文粋』巻九に出。

30『文粋』巻十一「春日野遊（和漢意に任す）序」。

31『拾遺抄』春「（だいしらず）忠峯」。『拾遺集』春「題しらず　ただみね」。『古今六帖』一、子日、ただみね。『忠岑集Ⅳ』「ねのひ」。『忠見集ⅠⅡ』Ⅰ「朱雀院の御屏風に」。

32『拾遺抄』春「入道式部卿の子日し侍けるに　大中臣能宣」二句「かぎれるまつも」。『拾遺集』春「入道式部卿のみこの子日し侍ける所に　大中臣よしのぶ」二句「かぎれる松も」。『能宣集ⅠⅢ』Ⅰ「二月子日に入道の式部卿宮の野望所に、法師、ぞく、かたがたにゐわかれてはべるに、ぞくのかたのかはらけとりて」二句「かぎれるまつの（傍も）」。

33『清正集』。参考『新古今集』賀「子日をよめる　藤原清正」初句「ねの日して」。

34『文草』巻五「早春、宴を宮人に賜ふを観る、同じく催粧を賦し製に応ふ。序を并せたり」。『文粋』巻九に出。

35『拾遺集』春「題しらず　人麿」二句「わかなつまむと」。『人麿集ⅠⅡⅢ』。

36『万葉集』巻八、春雑歌、山部宿禰赤人の歌「一四二七明日よりは春菜摘まむと標めし野に昨日も今日も雪は降りつつ」。『新撰和歌』春秋、初句「春たて（たイ）ば」。『古今六帖』一、わかな、あか人、初句「はるたた（傍あすから）ば」。『赤人集ⅠⅡ』。

37『古今六帖』一、わかな　つらゆき。『貫之集ⅠⅡ』Ⅰ一「延喜六年月なみの屏風八帖がれうのうた四十五首、せじにてこれをたてまつる廿首　ねのひあそぶいへ」三句「春ののに」。

38『王右丞集』巻六「桃源行」。『佳句』春水に出。底本「王維」を「王羅」に誤る。

39『文草』巻五「三月三日、同じく花の時は天も酔へるに似たりをいふことを賦し製に応ふ、序を幷せたり」。『文粋』巻十に出。

40 三九と同題。

41『江談抄』巻四「流れを縈りて羽觴を送る菅篤茂」。「菅」は「藤」の誤。

42 四一と同題。『私注』「同題　菅雅規」。

43『文粋』巻十「仲春釈奠、礼記を講ずるを聴き同じく桃始めて華さくを賦す詩序」。

44『拾遺抄』賀「亭子院哥合　躬恒」初句「みちよへて」五句「あひぞしにける」。『拾遺集』賀「亭子院哥合に　みつね」五句「あひにける哉」。『古今六帖』一、みかの日、ただみね、五句「なり（傍あふ）ぞしにける」。『躬恒集Ⅱ』「拾遺集（略）、亭子院歌合に」五句「あひにける哉」。『忠岑集ⅠⅡⅢⅣ』Ⅱ「三月三日あるところにてかはらけとりて亭子院のうた合とも」初二句「みちよへてなるといふももは」五句「なりにけらしも」。『是則集』「おなじうたあはせにもも」五句「あひにけるかな」。『二〇、亭子院歌合』「十巻本＝春、二月十首、右、是則、初二句みちよへてなるてふももは、五句あひぞしにける」。「廿巻本＝初春廿首、右、是則、初句みちとせに（傍よへて）、五句なり（傍あひ）ぞしにける」。

45『全唐詩』元稹十八「襄陽楼を過りて上府主厳司空に呈す、楼は江陵節度使宅の北隅に在り」。『佳句』暮春に出。

46『文草』巻三「晩春に松山館に遊ぶ」。

47『私注』に「春光細賦　小野篁」とあるが「賦二春光細一」の誤か。

48『私注』に「源順　深春好」とある。『鈔』に「皇ハ勧学院ニテ作也」とあるが何によるか不明。日本古典文学大系に勧学会の誤というが内容から見て疑問。

49『古今集』賀「さだやすのみこの、きさいの宮の五十の賀たてまつりける御屏風に、さくらの花のちるしたに、人の花みたるかたかけるをよめる　ふぢはらのおきかぜ」三句「おもほえで」。『興風集ⅠⅡ』Ⅱ「さだやすの親王、きさきの御五十賀たてまつりたまひけるときの御屏風のゑに、むめのはなみたるところ」。

50『文集』巻五十一「落花」。

51『文集』巻五十八「皇甫賓客に酬ふ」。『佳句』送春に出。

52『文集』巻十三「三月三十日、慈恩寺に題す」。『佳句』送春に出。

53『文草』巻五に皇太子より十題を賜り一時に十首の七言絶句を賦した最初の「送春」。

54 五三と同題。

55『私注』「三月尽　尊敬」。

56『古今集』春下「亭子院の哥合のはるのはてのうた　みつね」初句「けふのみと」。『二〇、亭子院歌合』「十巻本＝三月十首、右、躬恒、初句けふのみと」「廿巻本＝季春廿首、右、貫之、初句けふのみと」。『躬恒集ⅠⅡⅣⅤ』Ⅳ「ていじの院のうたあはせ」初句「今日のみと」。

57『拾遺抄』春「おなじ（＝延喜）御時の月令の御屏風の哥　貫之」。『拾遺集』春「おなじ御時月次御屏風に　つらゆき」。『新撰和歌』春秋、二句「ちりぬるのち（やどイ）は」。『古今六帖』一、はるのはて、そせい。『貫之集ⅠⅡ』Ⅰ一「延喜六年月なみの屏風八帖がれうのうた四十五首、せじにてこれをたてまつる廿首、（略）三月つごもり」。

58『後撰集』春下「やよひのつごもりの日、ひさしうまうでこぬよしいひて侍ふみのおくにかきつけ侍ける　つらゆき」五句「をしきはる哉」左注「つらゆきかくておなじ年になん身まかりにける」。『躬恒集ⅠⅢ』Ⅰ他本「春のはつる日、ひさしくこぬよしをある人のせうそこありしかば、返事のおくにかきつけし」五句「をしき春かな」。『貫之集ⅠⅡ』Ⅰ九「三月つごもりの日、人にやる、かねすけのおとどのみたらかなり」五句「をしき春哉」。『同』Ⅱ「藤原のまさただといふぬしのもとに、はるのくるるひたてまつる」五句「をしきはるかな」。

59『佳句』雑花「陸侍御、淮南の李中丞に贈る」。『私注』に「淮南の李中丞が軍に行くを送る　陸侍郎作」とある。

60『文粋』巻八「後の三月都督大王の華亭に陪(はん)べり同じく今年また春有りといふことを賦し、各一字を分ちて教に応ず　源順」。

61『私注』に「同詩題　清原滋藤」。

62『古今集』春上「やよひにうるふ月ありけるとしよみける　伊勢」五句「あかれやはせぬ」。『古今六帖』一、うるふ月、いせ、五句「あかれやはせぬ」。『伊勢集ⅠⅡⅢ』Ⅰ「やよひふたつあるとし」五句「あかれやはせぬ」。

63『私注』は作者を「賈須」（板本は「賈嶋」）に作り、『鈔』は「賈嵩」とする。

64『私注』に「暁鶯賦　謝観、張読」とあるが、四八・五〇から「暁賦」が正しく作者は謝観である。

65『全唐詩』元稹十八「早春李校書を尋ぬ」。『佳句』早春に出。

66『文集』巻六十七「思黯(しあん)が自ら南荘に題し示さるるに和し奉り、兼ねて夢得に呈す」。『佳句』春興に出。

67『文集』巻十八「春江」。『佳句』春遊に出。

68『文粋』巻十一「仲春内宴、仁寿殿に侍りて同じく鳥声管絃に韻(ひび)くといふことを賦し製に応ず詩序」。

69六と同じ。

70『文草』巻六「早春内宴に清涼殿に侍りて同じく鶯谷より出づといふことを賦し製に応ず」。

71『江談抄』巻五「宮鶯暁光に囀る」。『私注』は「暁鶯暁天に囀る」。

72『拾遺抄』春「延喜御時月なみの御屏風に　素性法師」。『拾遺集』春「延喜御時月次御屏風に　素性法師」。『古今六帖』一、ついたちの日、そせい法師。『素性集ⅠⅡ』Ⅰ「延喜御時、月なみの御屏風に」。

73参考『続後撰集』春上「麗景殿の女御の屏風に　紀貫之」四句「初音をまたぬ」。（代明親王の娘荘子女王が天暦四年〈九五〇〉村上天皇の女御となり麗景殿女御と称せられるが、これは貫之没後のことである。この歌は貫之集にない）。

74『拾遺抄』春「天暦十年二月廿九日内裏に哥合せさせ給けるに　読人不知（貞和本＝中務）」。『拾遺集』春「天暦十年三月廿九日内裏哥合に　中納言朝忠抄中務」。『四五、麗景殿女御歌合』「十巻本＝鶯、左、中務」「廿巻本＝鶯、左、あつただ」。『大斎院御集』「むつきのふつかの日、人々あまたまゐりて、むめがえにといふ歌をうたひしをりに、人に内よりかはらけさして／ふりつもるゆききえやらぬ山ざとにはるをしらするうぐひすのこゑ／かへし　衛門かみ（傍朝忠）／うぐひすのこゑなかりせば雪きえぬやまざといかで春をしらまし」。

75『文集』巻六十四「早春蘇州を憶つて夢得(ぼうとく)に寄す」。『佳句』春興に出。

76『文草』巻六「同じく春浅くして軽寒を帯びたりといふことを賦し製に応ず」。

77『万葉集』巻十、春雑歌「霞を詠む／一八四三昨日こそ年は果てしか春霞春日(かすが)の山にはや立ちにけり」。『拾遺集』春「かすみをよみ侍ける　山辺赤人」。『古今六帖』一、ついたちの日、山辺赤人。『麗花集』春上、柿本人丸。『人麿集ⅡⅢ』Ⅱ春。『赤人集ⅠⅡ』Ⅰ「かすみをえいず」。『家持集ⅠⅡ』Ⅰ早春部。『忠岑十体』器量体。

78『古今集』春上「題しらず　よみ人しらず」。『新撰和歌』春秋。『古今六帖』一、かすみ。

79参考『卅人撰』『卅六人撰』『深窓秘抄』。

80『私注』に「密なる雨は糸を散ずるが如し　賦　橘在中」とあるが誤。唐人の賦で、一本に「重撰典麗賦選第八雨糸の如しの賦」とある。

81作者を「李嶠」（底本は「橋」に誤）とするが銭起の誤。『全唐詩』銭起四「闕下にて裴舎人に贈る」。『佳句』春興「無題。或餞赴闕下贈閣舎人」。

82『私注』「仙家の春雨　紀納言」。

83『私注』「春色は雨の中に尽きぬ　菅三品」。

84『私注』「微雨東より来る　保胤作」。

85『拾遺抄』春「題読人不知」。『拾遺集』春「だいしらず　よみ人しらず」。『古今六帖』一、あめ。

86『古今六帖』六、やなぎ、伊勢、三句「はる雨を」。『二〇、亭子院歌合』「十巻本＝春、二月十首、左、伊勢」「廿巻本＝初春廿首、一番、左、伊勢」。『伊勢集ⅠⅡⅢ』Ⅰ「亭子院歌合時」三句「春さめを」。

87『文集』巻十八「春至る」。『佳句』梅柳に出。

88『私注』に「早春初めて晴れて野宴す　章孝標」とあり、『佳句』早春も同じ。『全唐詩』章孝標には見えない。

89『私注』「寒梅早き花を結ぶ　村上御製」。

90『小野道風筆、延長六年内裏屏風詩土代』「春花を尋ぬ」。

91『江談抄』「天暦十年内裏御屏風詩」。

92九一と同題同作者。

93『万葉集』巻八、春雑歌「中納言阿倍広庭卿の歌一首／一四二三去年(こぞ)の春い掘(こ)じて植ゑしわがやどの若木の梅は花咲きにけり」。『拾遺抄』春「題不知　中納言阿倍広庭」二句「ねこじてうゑし」。『拾遺集』雑春「題しらず　中納言安倍広庭」二句「ねこじてうゑし」。

94『万葉集』巻八、春雑歌「山部宿禰赤人の歌／一四二六我が背子(せこ)に見せむと思ひし梅の花それとも見えず雪の降れれば」。『後撰集』春上「題しらず　（よみ人しらず）」。『古今六帖』一、ゆき、あか人。『人麿集Ⅱ』春。『赤人集Ⅰ』。『家持集ⅠⅡ』Ⅰ早春部。

95『拾遺抄』春「斎院の屏風に　三常」。『拾遺集』春「斎院御屏風に　みつね」。『古今六帖』六、むめ、おなじ（みつね）。『躬恒集ⅠⅡⅢⅣⅤ』Ⅳ。

96『全唐詩』元稹十八「早春李校書を尋ぬ」。『佳句』早春に出。

97『文粋』巻十「春日第七親王の風亭に陪(はべ)り同じく簷(のき)を繞(めぐ)りて梅正(まさ)に開くといふことを賦し叙に応ず詩序」。

98『私注』「庭前の紅梅を賦す　前中書王兼明」。

99『私注』「紅梅の花　紀斉名」。

100『古今集』春上「梅花ををりて人におくりける　とものり」。『古今六帖』六、むめ、とものり。『友則集』「むめの花ををりて人のがりやるとて」。『信明集ⅠⅢ』Ⅰ「いきたるにあはねば／あたらよの月と花とをおなじくはあはれしれらん人にみせばや／返し／君ならでたれにか見せん梅の花色をもかをもしる人ぞしる」。

101参考『新古今集』雑上「梅のはなをみ給ひて　花山院御製」。

102『文集』巻五十八「天宮閣早春」。『佳句』春興に出。

103『文集』巻六十六「小楼の西に新柳の条(えだ)を抽(ぬき)づるを喜ぶ」。

104『文集』巻十七「峡中の石上に題す」。『佳句』春興に出。

105一〇四と合わせて絶句一首。

106「内宴、盃を停めては柳の色を看る　江納言」(『紀略』、延長七年正月廿一日)。

107『私注』「早春の作即事　田達音」。

108成簣堂本『作文大体』「柳の影繁くして初めて合へり　後中書王」。

109『類聚句題抄』「垂柳緑水を払ふ　菅三品」。

110『古今集』春上「(哥たてまつれとおほせられしとき、よみてたてまつれる　つらゆき)」四句「みだれて花の」。『新撰和歌』春秋、四句「みだれてはなの」。『古今六帖』六、やなぎ、へぜう、四句「みだれて花の」。『貫之集Ⅲ』四句「みだれてはなの」。

111『万葉集』巻十、春相聞「一八九六春されば　しだり柳のとををにも妹は心に乗りにけるかも／右、柿本朝臣人麻呂の歌集に出づ」。『古今六帖』六、やなぎ、三句「とをほにも」五句「よりにけるかな」。『人麿集Ⅲ』中、恋、秋相聞、三句「とををにも」五句「のりにけるかも」。

112『兼輔集ⅠⅡⅢⅣ』Ⅰ「屏風に」。『貫之集Ⅰ』四「天慶二年四月右大将殿御屏風の歌廿首／をんな柳を見る」三四五句「糸なれど春のくるにや色まさるらん」。『兼盛集Ⅰ』「(うちの御屏風)／柳ある家」四句「はるはるのみぞ」。

113『江談抄』巻六「閑の賦　張賛」。『私注』は作者を張読とす。

114『文集』巻六十四「早春に張賓客を招く」。『佳句』春興に出。

115『文集』巻六十六「春を尋ねて諸家の園林に題す。また一絶に題す」。『佳句』雑花に出。

116『文粋』巻十「暮春宴に冷泉院の池亭に侍り同じく花の光水上に浮ぶを賦す詩序」。

117一一六に同じ。

118『文粋』巻十「暮春浄闍梨の洞房において花の光水上に浮ぶを賦す詩序」。

119『私注』「落花散じて錦の如し　菅三品」。

120『私注』「同題　源英明」。

121一二〇に同じ。

122『私注』「花少にして鶯も稀なり　源相規」。

123『古今集』春上「なぎさのゐんにてさくらをみてよめる　在原業平朝臣」。『新撰和歌』春秋。『古今六帖』六、さくら、なりひら。『業平集ⅠⅡⅢⅣ』Ⅰ「なぎさの院にてさくらの花を」。『同』Ⅱ「これたかのみこ、なぎさの院といふところに、さくらのはなみにおはしたりしに」三句「さかざら(傍なかりせ)ば」。『伊勢物語』八十二段「むかし、惟喬の親王と申す親王おはしましけり。山崎のあなたに、水無瀬といふ所に宮ありけり。年ごとのさくらの花ざかりには、その宮へなむおはしましける。その時、右のむまの頭なりける人を、常に率ておはしましけり。時世へて久しくなりにければ、その人の名忘れにけり。狩はねむごろにもせで、酒をのみ飲みつつ、やまと歌にかかれりけり。いま狩する交野の渚の家、その院の桜ことにおもしろし。その木のもとにおりゐて、枝を折りてかざしにさして、上中下みな歌よみけり。うまの頭なりける人のよめる／世の中にたえて桜のなかりせば春の心はのどけからまし／となむよみたりける。又人の歌／散ればこそいとど桜はめでたけれうき世になにか久しかるべき」。

124『古今集』春上「さくらの花のさけりけるをみにまうできたりける人に、よみておくりける　みつね」。『古今六帖』六、花、みつね。『躬恒集ⅠⅡⅢ』。『忠岑十体』余情体。

125『古今集』春上「山のさくらをみてよめる　素性法師」三句「さくら花」。『新撰和歌』春秋。『古今六帖』五、つと、そせい、三句「さくら花」・同書六、さくら、おなじ(そせい)、三句「桜ばな」。『素性集ⅠⅡ』Ⅰ「やまのさくらをみて」。

126『文集』巻五十七「元家が履信なる宅を過ぐ」。

127『文集』巻六十六「春来りて頻りに李二賓客と郭外を同遊す、因りて長句を贈る」。

『佳句』春遊に出。

128『文粋』巻九「春日前の鎮西都督大王史記を読むに侍りて教に応ず詩序」。

129『屏風土代』「残春を惜しむ」。『江談抄』巻四は「朝綱、残春を送る」。

130『私注』「落花還り詩樹を繞る詩　菅三品」。

131『拾遺抄』春「亭子院哥合　貫之」。『拾遺集』春「亭子院哥合に　（つらゆき）」。『新撰和歌』春秋。『古今六帖』六、さくら。「二〇、亭子院歌合」「十巻本＝春、二月十首、左、貫之」「廿巻本＝初春廿首、右、貫之」。『貫之集ＩⅡ』Ｉ九「はるうたあはせせさせたまふに、歌ひとつたてまつれとおほせられしに」。『躬恒集Ｉ』。

132『拾遺抄』雑上「延喜御時南殿のさくらのちりつもりたるをみ侍て　公忠朝臣」。『拾遺集』雑春「延喜御時南殿にちりつみて侍ける花を見て　源公忠朝臣」。『公忠集ＩⅡⅢ』Ｉ「南殿の御まへのさくらのちるを」。

133『文集』巻十六「元員外が三月三十日慈恩寺にて相憶ひて寄せらるるに酬ふ」。『佳句』送春に「三月卅日」として出。

134『私注』「四月に余春有りの詩　源相規」。

135『万葉集』巻十九、「十二日に布勢の水海に遊覧するに、多祜湾に船泊し、藤の花を望み見て各々懐を述べて作る歌四首」「四二〇〇多祜の浦の底さへにほふ藤波をかざして行かむ見ぬ人のため／次官内蔵忌寸縄麻呂」。『拾遺集』夏「たこのうらの藤花を見侍て　柿本人麿」初句「たこの浦の」。『古今六帖』六、ふぢ、初句「たこのうらの」。『人麿集ＩⅡ』Ｉ「たこのうらの藤の花をみておもひをのぶ」、初句「田子の浦の」。

136『古今六帖』六、ふぢ、初句「うつろはぬ」四句「やどなるふぢの」。『貫之集Ｉ』二「延喜十八年二月女四のみこの御かみあげの屏風のうた、うちのめししにたてまつる（略）三月」初句「うつろはぬ」四句「やどれる藤の」。

137『文集』巻十六「元八が渓居に題す」。『佳句』早秋に出。

138『私注』「山榴は艶にして火に似たり　源順」。

139『古今集』恋一「（題しらず　読人しらず）」。『新撰和歌』恋雑。

140『江談抄』巻四に「題不詳、作者知らず、或は云く、清慎公小野宮宴。今作者なし云云」とあり、『私注』は作者を「清慎公」という。『鈔』に「題ハ水辺ノ款冬トアリ」という。

141『私注』「黄花を題す　保胤」。

142『万葉集』巻八、春雑歌「厚見王の歌一首／一四三五かはづ鳴く神奈備川に影見えて今か咲くらむ山吹の花」。『古今六帖』六、山ぶき、初句「ちはやぶる」四句「いまやさくらん」。『忠岑十体』器量体。

143『拾遺抄』春「（題読人不知）」。『拾遺集』春「（題しらず　よみ人しらず）」。

144『文集』巻六十七「早夏の暁興、夢得に贈る」。『佳句』首夏に出。

145『文草』巻四「四年三月廿六日作」。『私注』に「菅丞相讃岐守たりし時の作」とある。

146『拾遺抄』夏「冷泉院東宮におはしましける時、百首哥たてまつりけるなかに　源重之」。『拾遺集』夏「冷泉院の東宮におはしましける時、百首哥たてまつれとおほせられければ　源重之」。『古今六帖』一、ころもがへ、しげゆき。『如意宝集』夏「冷泉院の東宮におはしましける時、百首の和歌たてまつりけるなかに　帯刀長源重之」。『重之集』「たちはきのをさみなもとの重之、卅日のひをたまはりて、うた百よみてたてまつらときはたばん、とおほせられければ、たてまつる、春廿、夏廿、秋廿、冬廿、恋十、うらみ十、（略）夏廿」。

147『文集』巻十七「薔薇正に開き春酒初めて熟す、因りて劉十九・張大夫・崔二十四を招きて同じく飲む」。『佳句』首夏に出。

148『私注』「首夏の作　物部安興」。

149『拾遺抄』夏「屏風に　源順」。『拾遺集』夏「屏風に　したがふ」。『順集ⅠⅡ』Ⅰ「おなじとし（応和二年）の十一月、前朱雀院のわか宮の御もぎのひのれうに、御びやうぶつかまつらせたまふ、人々におほせてたてまつらせ給歌のうち（略）四月、うの花さけるところ」。

150『文集』巻二十「江楼の夕望に客を招く」。『佳句』夏夜に出。

151『文集』巻十九「七言十二句、駕部呉郎中七兄に贈る」。『私注』は「早夏の晴独居す」に作る。『佳句』風月に出。

152『私注』「夜陰に房に帰る　紀納言」。底本作者も「白」に作る。

153参考『深窓秘抄』夏、同名（あすかの皇子）。

154『万葉集』巻十、夏相聞「鳥に寄する／一九八二ほととぎす来鳴く五月の短夜も一人し寝れば明しかねつも」。『拾遺抄』夏「だいよみびとしらず、（左注）此哥柿下人丸が集にいれり」。『拾遺集』夏「題しらず　よみ人しらず」。『古今六帖』五、ひとりぬ。『人麿集ⅠⅡⅢ』。『赤人集ⅠⅡ』Ⅰ「（左注）このうた人丸集にあり」。『忠岑十体』古歌体。


155『古今集』夏「（寛平御時きさいの宮の哥合のうた）　きのつらゆき」。『新撰万葉集』上、夏。『継色紙集』夏下。『新撰和歌』夏冬、初句「なつの夜は」。『古今六帖』六、ほととぎす。『五、寛平御時后宮歌合』「十巻本＝夏歌廿番右、貫之」「廿巻本＝夏、三番右」。『六、寛平御時中宮歌合』夏、五番左、紀貫之。

156『文草』巻四「端午の日艾人を賦す」。

157『頼基集』「五月五日こまくらべのところ」。

158『拾遺抄』夏「屏風に　大中臣能宣」。『拾遺集』夏「屏風に　大中臣能宣」。『如意宝集』夏「或人の屏風に　よしのぶ」。『能宣集ⅠⅢ』Ⅰ「右兵衛督ただぎみの朝臣の月令の屏風のれう、（略）五月、人いへに菖蒲つき、をむななどいでゐたる所」。

159『文集』巻六十六「池上に涼を逐ふ」。『佳句』納涼に出。

160『文集』巻五十二「池上の夜境」。『佳句』晩夏に出。

161『文集』巻十五「熱きに苦しみて恒寂師の禅室に題す」。『佳句』避暑に出。

162『文粋』巻八「夏の夜庚申を守り清涼殿に侍り、同じく暑を避けて水石に対ふを賦す詩序」。

163『文草』巻二「夏日偶興」。


164『私注』「夏日閑にして暑を避く　源英明」。

165『古今六帖』六、なでしこ。

166『麗花集』夏「まへのいづみを見て秋のちかければ　中つかさ」三句「かよふらし」。『中務集ⅠⅡ』Ⅰ「村上の先帝の御屏風のゑに、（略）いづみ」三句「かよふらし」。

167『拾遺抄』夏「川原院のいづみのもとにてすずみ侍けるに　恵慶法師」三句「むすびあげて」。『拾遺集』夏「河原院のいづみのもとにすずみ侍て　恵慶法師」三句「むすびあげて」。

168『文集』巻六十八「楊尚書相を罷めて後、夏日永安の水亭に遊びて、兼ねて本曹の楊侍郎を招き同行するに和す」。『佳句』夏興に出。

169『忠岑集Ⅳ』「えんぎのおほんときの月なみの御びやうぶに　なつはつるに」五句「おきまさるらん」。

170『古今六帖』一、なごしのはらへ、したがふ、三句以下「神だにもけふのなごしのはらへといふなり」。『順集ⅠⅡ』Ⅰ「西宮の源大納言大饗日たつるれうに、四尺屏風あたらしくてうぜさしむるれうの歌、（略）六月、はらへする所」二三句「きかずあらぶるかみだにも」五句「人はしらなむ」。

171『文集』巻二十「西湖より晩に帰り孤山寺

を回望して諸客に贈る」。『佳句』秋興に出。

172『私注』「花橘詩　後中書王」。

173『古今集』夏「（題しらず）よみ人しらず」。『新撰和歌』夏冬。『古今六帖』六、たちばな、伊勢なりひらとこそ。『伊勢集Ⅱ』「たちばな」。『伊勢物語』六十段、「むかし、をとこ有りけり、宮仕へいそがしく、心もまめならざりけるほどの家刀自まめに思はむといふ人につきて、人の国へいにけり。このをとこ、宇佐の使にていきけるに、ある国の祇承の官人の妻にてなむあるときゝて、女あるじにかはらけとらせよ、さらずは飲まじといひければ、かはらけとりて出しけるに、肴なりける橘をとりて、／五月まつ花たちばなの香をかげばむかしの人の袖の香ぞする／といひけるにぞ思ひ出でて、尼になりて、山に入りてぞありける」。

174『古今六帖』六、ほととぎす、三句「えだにゐて」。『増基法師集』「たちばなの木の郭公のなき侍に」三句以下「かばかりになくはむかしやこひしかるらん」。参考『新古今集』夏「（だいしらず）（読人不知）」。

175『文集』巻十三「県の西郊の秋、馬造に寄贈す」。『佳句』秋興に出。

176『文集』巻十六「階の下の蓮」。『佳句』蓮に出。

177『全唐詩』許渾六「秋晩雲陽駅西亭の蓮池」。『佳句』蓮に出。

178『私注』「池亭の晩眺　紀在昌」。

179『私注』「亭子院法皇御賀、呉山千葉の蓮花の屏風の詩　延喜御製」。

180『本朝麗藻』巻下「石山寺の小池の蓮　源為憲」。

181『古今集』夏「はちすの露をみてよめる　僧正遍昭」二句「にごりにしまぬ」四句「なにかはつゆを」。『古今六帖』六、はちす、へぜう、二句「にごりにしまぬ」四句「何かは露を」。『遍昭集ⅠⅡ』Ⅰ「はちすのつゆを」二句「にごりにしまぬ」四句「なにかはつゆを」。

182『全唐詩』許渾七「楞伽寺より晨に起きて舟を汎ぶ、道中に懐有り」。『佳句』早秋に出。

183『万葉集』巻十、夏雑歌「鳥を詠む／一九五二今夜(こよひ)のおほつかなきにほととぎす鳴くなる声の音の遙けさ」。『人麿集Ⅲ』上、夏部「詠鳥」初句「こよひこの」五句「おとのはるけさ」。

184『拾遺抄』夏「北宮ノ裳ぎの屏風に　公忠朝臣」。『拾遺集』夏「北宮のもぎの屏風に　源公忠朝臣」。『古今六帖』六、ほととぎす。『公忠集ⅠⅡⅢⅣ』Ⅱ「きさいのみやの御はらにおはしますひめみやをば、北宮となむきこえける、そのみやのもたてまつるに、前のみやすどころにおはします内侍のかみ、たてまつりたまふ御屏風に、郭公なくきのしたに人あるところ」。

185『貞和本拾遺抄』夏「天暦御時謌合　壬生忠峯」。『拾遺集』夏「天暦御時の哥合に　壬生忠見」。『五五、天徳四年内裏歌合』「十巻本＝郭公、左、忠見」「廿巻本＝郭公、十四番左、忠美」。

186『全唐詩』元稹二十「夜坐」。『佳句』晩夏に出。

187『佳句』秋興「上陽給事」。『全唐詩』になく『私注』に「常州にて楊給事に留与す」と見ゆ。

188『私注』「秋螢帙を照す賦　紀納言」。

189『私注』「同題　橘直幹」。

190参考『新勅撰集』夏「（題しらず）読人しらず」初句「草ふかき」。

191『後撰集』夏「桂のみこの、ほたるをとらへてといひ侍ければ、わらはのかざみのそでにつつみて」。『大和物語』四十段、「桂のみこに式部卿の宮すみ給ける時、その宮にさぶらひけるうなひなん、このおとこみやをいとめでたしと思ひかけたてまつりたりけるをも、えしりたまはざりけり、螢のとびありきけるを、かれとらへてと、このわらはにのたまはせければ、汗袗の袖に螢をとらへて、つつみて御覧ぜさすとてきこえさせける／つつめどもかくれぬものは夏虫の身よりあまれるおもひなりけり」。

192『文集』巻四「驪宮高」。

193『佳句』夏興「青泥店を発して長余県西渡山口に至る　李嘉祐」。『全唐詩』に見えず。

194『全唐詩』許渾六「咸陽城東楼」。『佳句』早秋に出。

195『文草』巻四「新蟬」。

196『私注』「初蟬を聴く　紀納言」。

198『後撰集』恋三「物いひける女の、せみのからをつつみてつかはすとて　源重光朝臣」三句「人もすさめぬ」。

199『文集』巻六十五「白羽扇」。

200『私注』「軽扇明月を動かす　菅三品」。

201『拾遺抄』秋「天禄四年五月廿一日仁和寺ノ帝ノ一品宮にわたらせ給て乱碁とらせ給ける、まけわざを七月七日にかの宮より内ノ台盤所にしてたてまつらせられける扇にはりて侍けるうすものにをりつけて侍ける　中務」。『拾遺集』雑秋「天禄四年五月廿一日、円融院のみかど、一品宮にわたらせ給て、らんごとらせ給ける、まけわざを七月七日にかの宮より内の台ばん所にたてまつられける、扇にはられて侍けるうす物にをりつけて侍ける　中務」。『七三、円融院一品宮乱碁歌合、勝態負態扇歌』「負態＝（略）又、しろかねをぢむのかたにいろどりて、ふたあゐのすそごなるうす物かさねて、まなかにて折つけたり。いとゆふうへにかさねたり／天川河べ涼しき棚機にあふぎの風を猶やかさまし」。『中務集ⅠⅡ』Ⅰ「七月七日、一品宮ごのまけもののれう、とうの少将たてまつる、あしでのぬひものして」。

202『拾遺集』雑秋「（詞書、右に同じ）　元輔」三句「きりはれて」。『古今六帖』五、あふぎ、三句「きりはれて」。『七三、円融院一品宮乱碁歌合、勝態負態扇歌』「負態＝（略）はこのこころばにあしでうた　中つかさ」三句「きり晴て」。『元輔集ⅠⅡ』Ⅰ「天□四年四月七日、一品宮の御あふぎあは（せ）の歌、あやのもん、きゐせ給しによみはべりし」三句「きりはれて」。

203『中務集ⅠⅡ』Ⅰ「きたのみやの、内にたてまつり給あふぎに」四句「なびかぬくさは」。

204『文集』巻十九「立秋の日楽遊園に登る」。

205『私注』「菅師匠が旧亭に於いて一葉庭に落つる時を賦す　保胤」。

206『古今集』秋上「秋立つ日よめる　藤原敏行朝臣」。『新撰万葉集』下、秋。『新撰和歌』春秋。『古今六帖』一、秋たつ日、ふぢはらのとしゆきのあそん。『六、寛平御時中宮歌合』秋、七番右、藤原敏行。『忠岑十体』直体。

207『後撰集』秋上「題しらず（よみ人しらず）」四五句「秋の始をけふぞとおもへば」。

208『文集』巻五十七「蘇六に答ふ」。『佳句』早秋に出。

209『文集』巻五十五「秘省後庁」。『佳句』早秋に出。

210『私注』「立秋の後の作　紀納言」。

211『万葉集』巻八、秋雑歌「安貴王の歌一首／一五五五秋立ちて幾日（いくか）もあらねばこの寝ぬる朝明（あさけ）の風は手本（たもと）寒しも」。『拾遺抄』秋「題不知　安貴王」。『拾遺集』秋「題しらず　安貴王」五句「たもとすずしも」。『敏行集』。

212『佳句』七夕に「七夕、白」とあるが『文集』に見えない。

213『文粋』巻八「牛女に代りて暁更を惜しむ詩序　野美材」。

214『文草』巻五「七月七日牛女に代りて暁更を惜しむ」。

215『屛風土代』「七夕牛女に代る」。

216『私注』「七夕媚を含みて河橋を渡る　菅三品」。

217『江談抄』巻四「牛女に代りて夜を待つ　菅輔昭」。『私注』「牛女に代りて秋を待つ詩」。

218『万葉集』巻十、秋雑歌「七夕／二〇五五天の河遠き渡りはなけれども君が舟出は年にこそ待て」。『後撰集』秋上「七夕をよめる（よみ人しらず）」二三句「とほき渡はなけれども」。『拾遺集』秋「題しらず　柿本人まろ」。『古今六帖』一、七日の夜、人丸。『麗花集』秋上「（たなばたをよめる　よみ人しらず）」二三句「とほきわたりはなけれども」。『人麿集ⅠⅡ』Ⅰ下、二三句「とほきわたりはなけれども」。

219『拾遺抄』秋「右衛門督源清蔭家屏風に（貫之）」。『拾遺集』秋「右衛門督源清蔭家の屏風に（つらゆき）」。『古今六帖』一、七日の夜、四句「あひ見る秋の」。『貫之集Ⅰ』四「同年（天慶二年）閏七月右衛門督殿屏風のれう十五首、（略）七月七日」。

220『古今集』秋上「なぬかの日の夜よめる　凡河内みつね」。『新撰和歌』春秋。『古今六帖』一、七日の夜、みつね。『一六、平貞文家歌合』初秋、右、躬恒。『躬恒集ⅠⅡⅢⅣⅤ』Ⅳ四句「あふ（傍ぬる）よのかずぞ」。

221『文集』巻十四「王十八の山に帰るを送り仙遊寺に寄題す」。

222『文集』巻十五「盧侍御と崔評事と、予の為に黄鶴楼において致宴、宴罷みて同じく望む」。『佳句』秋興に出。

223『文集』巻十四「暮に立つ」。『佳句』秋興に出。

224『私注』「客舎秋詞　野相公」。

225『私注』「秋日の感懐　田達音」。

226 前項に同じ。

227『私注』に「暑往んで寒来る詩　相公作」とあるが、『江談抄』によっても作者は高丘相如である。

228『万葉集』巻八、秋雑歌「故郷の豊浦（とゆら）の寺の尼の私房にして宴（うたげ）する歌三首／一五五八鶉鳴く古りにし郷（さと）の秋萩を思ふ人どち相見つるかも／（一首略）／右の二首、沙弥尼等」。『古今六帖』二、うづら、さみがうた、二句「ふるき都の」四五句「おもふ人どちあひみつるかな」。『家持集ⅠⅡ』Ⅰ秋歌、二句「ふりにしさとの」四五句「おもふ人にもあひみつるかな」。

229『義孝集』「あきのゆふぐれ」。

230『文集』巻十三「李十一の東亭に題す」。『佳句』早秋に出。

231『私注』「嵯峨法輪寺　菅三品」。

232『古今六帖』六、すすき。

233『文集』巻三「上陽白髪人」。『佳句』雨夜に「耿々」より出。

234『文集』巻十二「長恨歌」。『佳句』秋夜に出。

235『文集』巻十五「燕子楼三首」。

236『私注』「祖廟に秋夜に詣づ　野相公」。

237『私注』「秋夜の雨　斉名」。

238『万葉集』巻十一、古今相聞往来歌類之上「寄物陳思／二八〇二思へども思ひもかねつあしひきの山鳥の尾の長きこの夜を／或本の歌に曰く、あしひきの山鳥の尾のしだり尾の長々し夜を一人かも寝む」。『拾遺集』恋三「（題しらず）人まろ」。『古今六帖』二、山どり、五句「わがひとりぬる」。『人麿集ⅠⅡ』Ⅰ恋。

239『古今集』雑体、誹諧「題しらず　凡河内みつね」三句「あけぬめり」。『古今六帖』五、ふせり。『躬恒集ⅠⅢⅣ』Ⅳ「あき」。

240『私注』「長安の八月十五夜の賦　公乗億」。

241『私注』「上に同じ」。

242『文集』巻十四「八月十五日夜禁中にて独り直（とのゐ）し月に対して元九を憶ふ」。『佳句』八月十五夜に出。

243『文集』巻六十五「八月十五日夜諸客と同じく月を翫ぶ」。『佳句』八月十五夜に出。

244『文粋』巻八「天高く秋月明らかなりを賦す詩序」。

245『私注』「月影秋池に満つる詩　菅淳茂」。以下二句と合わせて律詩を成す。

246『私注』「胸句也。或は破題の句と曰ふ。但し今の体譬喩の句也」。

247『私注』「腰句也。或は譬喩の句と曰ふ。但し今の体破題也」。

248『私注』「落句也。或は述懐の句と曰ふ。但し今の体は題字を作り其の懐を述べず」。

249『私注』「満月明らかにして鏡の如し　菅三品」。

250『類聚句題抄』に「雨に対して月を恋ふ　源順」として出。

251『拾遺抄』秋「屏風に八月十五夜に池ある家にあそびしたるかたある所に　源順」。『拾遺集』秋「屏風に八月十五夜池ある家に人あそびしたる所　源したがふ」。『順集ⅠⅡ』Ⅰ「天元二年十月、依宣旨たてまつらする御屏風のうた、(略) 八月十五日の夜、人の家の池にはちすおひたり、このはうかぶ、月かげおちたり、をとこ女所々にあそぶ、すだれをへだててものがたりするもあり」初二句「池水にてれる月なみ(傍水のおもにてる月なみを)」。

252『文集』巻十六「中秋の月」。

253『私注』「汴水東に満つ　郢展」。『佳句』秋夜「汴水東帰詩」。底本に作者を「野展郢」とするのは誤。

254『文集』巻十八「蕭処士の黔南に遊ぶを送る」。『佳句』送別に出。

255『私注』「禁中に月を翫ぶ詩　三統理平」。

256『私注』「夜月秋霜に似たりの詩　前中書王」。

257『私注』「山川千里の月　保胤」。

258『古今集』羇旅「もろこしにて月をみてよみける　安倍仲麿」「左注＝この哥は、むかしなかまろをもろこしにものならはしにつかはしたりけるに、あまたのとしをへて、えかへりまうでこざりけるを、このくによりまたつかひまかりいたりけるにたぐひて、まうできなむとて、いでたちけるに、めいしうといふところのうみべにて、かのくにの人むまのはなむけしけり。よるになりて月のいとおもしろくさしいでたりけるをみて、よめるとなむかたりつたふる」。『新撰和歌』別旅。『古今六帖』一、あまのはら、あべのなかまろ。『土佐日記』一月二十日「はつかのよのつきいでにけり。やまのはもなくて、うみのなかよりぞいでくる。かうやうなるをみてや、むかし、あべのなかまろといひけるひとは、もろこしにわたりて、かへりきけるときに、ふねにのるべきところにて、かのくにびと、むまのはなむけし、わかれをしみて、かしこのからうたつくりなどしける。あかずやありけん、はつかの、よのつきいづるまでぞありける。そのつきはうみよりぞいでける。これをみてぞ、なかまろのぬし、わがくににかかるうたをなむ、かみよよりかみもよんたび、いまはかみなかしものひとも、かうやうにわかれをしみ、よろこびもあり、かなしびもあるときにはよむとて、よめりけるうた／あをうなばらふりさけみればかすがなるみかさのやまにいでしつきかも／とぞよめりける。かのくにびと、ききしるまじくおもほえたれども、ことのこころを、をとこもじにさまをかきいだして、ここのことばつたへたるひとにいひしらせければ、こころをやききえたりけん、いとおもひのほかになんめでける」。

259『古今集』秋上「題しらず　よみ人しらず」四句「かずさへみゆる」。『新撰万葉集』下、秋、五句「秋之(あきの)月鉋(つきかな)」。『新撰和歌』春秋。『古今六帖』一、秋の月、四句「数さへ見ゆる」。

260『拾遺抄』雑下「月をみ侍て　中務卿具平親王」初句「よにふるに」。『拾遺集』雑上

「月を見侍て　中務卿具平親王」初句「世にふるに」。

261『全唐詩』皇甫冉一「秋日東郊の作」。『佳句』重陽に出。

262『文粋』巻十一「九日宴に侍り群臣に菊花を賜ふを観る詩序　紀納言」。二六三・二六四まで同。

265『拾遺集』秋「三条のきさいの宮の裳ぎ侍ける屛風に、九月九日の所　もとすけ」四句「いく世つもりて」。『元輔集ⅡⅢ』Ⅱ「屛風のうた（略）九月九日」四句「いく世つもりて」。『中務集Ⅱ』「菊を」。

266『文集』巻六十七「九月八日皇甫十の贈るるに酬ゆ」。『佳句』菊に出。

267『全唐詩』元稹十六「菊花」。『佳句』菊に出。

268『私注』「残菊の序　紀納言」。『集註』「禁庭の残菊を翫ぶ」。

269『私注』「菊は一叢の金を散ず　三善相公」。

270『私注』「菊はこれ草中の仙の詩　保胤」。

271『江談抄』巻四「花寒くして菊叢に点ず　菅三品」。

272『古今集』秋下「寛平御時きくの花をよませたまうける　としゆきの朝臣」。『古今六帖』六、きく、としゆき。『敏行集』「寛平御とき、きくのはなをよませたまふに」。

273『古今集』秋下「しらぎくの花をよめる　凡河内みつね」。『新撰和歌』春秋。『古今六帖』六、きく、みつね。『躬恒集ⅡⅢ』Ⅱ「しら菊の花をよめる」。『忠岑十体』比興体。

274『文粋』巻八「九月尽日仏性院にて秋を惜しむ詩序」。

275『私注』「同題同作者」。

276『私注』「秋いまだ詩境を出でずの詩　大江以言」。

277参考『深窓秘抄』冬、八東、二句「あきもくれぬと」。

278『拾遺抄』秋「暮秋源重之が消息し侍ける返事に　兼盛」。『拾遺集』秋「くれの秋重之がせうそこして侍ける返ごとに　平兼盛」。

279『文粋』巻一「雑言詩、女郎花を詠ず」。

280『古今集』秋上「題しらず　をののよし木」五句「名をやたちなん」。『新撰万葉集』上、秋、二句「匂倍留野辺丹(にほへるのべに)」五句「名緒哉立(なをやたち)南(なむ)」。『新撰和歌』春秋、五句「名をやたちなん」。『古今六帖』六、をみなへし、さののよしき、五句「名をやたちなん」。『五、寛平御時后宮歌合』秋歌、廿番左、二句「にほへるのべに」五句「なをやたちなむ」。

281『古今六帖』五、むかしをこふ。『伊勢集ⅠⅡⅢ』Ⅰ「きたの宮の御もたてまつるに、かむのおとどの御送物の御屛風歌ここにたてまつりたまふかぎり（略）をみなへしをりたるところ」。参考『新古今集』哀傷「廉義公のははなくなりてのち、をみなへしをみて　清慎公」。

282『新撰万葉集』巻上。

283『拾遺集』恋三「（題しらず）　みつね」初句「かのをかに」。『躬恒集Ⅱ』初句「かのをかに」。

284『拾遺集』秋「亭子院御屛風に　伊勢」三句「秋萩を」。『新撰和歌』春秋、五句「おける白露」。『古今六帖』六、秋はぎ、伊勢。『伊勢集ⅠⅡⅢ』Ⅰ「御屛風歌」。『忠岑十体』華麗体。

285『麗花集』秋上「（小野の宮太政大臣さが野に花見にまかりてはべりしに）　元輔」。『元輔集ⅠⅡ』Ⅰ「をのの宮の太政大臣、さがのにはなみにまかりてはべりしに、よみてはべりし」初句「秋ののに」。

286『文集』巻六十七「杪秋独夜」。

287『文粋』巻一「菟裘賦　前中書王」。

288『私注』「紅蘭露を受く　都良香」。

289『天徳三年八月十六日闘詩行事略記』「蘭気軽風に入る　右、橘直幹」。

290『古今集』秋上「ふぢばかまをよめる　そせい」。『古今六帖』六、らに、そせい。『素性集ＩⅡ』。

291『文集』巻十五「放言五首」の其五。

292『文粋』巻十三「自筆法華経を供養する願文　前中書王」。

293『古今六帖』六、あさがほ、三句「秋霧の」。

294『拾遺集』哀傷「あさがほの花を人のもとにつかはすとて　藤原道信朝臣」五句「さこそ見るらめ」。『道信集ＩⅡ』Ｉ「殿上にてこれかれ世のはかなきことをいひて、あさがほのはな見るといふ所を」五句「さこそみるらめ」。『公任集』「女院にてあさがほを見給て（略）みちのぶの少将」三句以下「思ふらん人をも花のさこそみるらん」。

295『私注』「秋花を栽うる絶句の詩　菅三品」。二九六の一聯と合わせて七言絶句。

297『私注』「初めて花樹を殖うる詩　保胤、或は云く、文時卿作歟」。

298『菅家後集』「菊を種う」。

299『古今集』夏「となりより、とこなつの花をこひにおこせたりければ、をしみてこのうたをよみてつかはしける　みつね」三句「さきしより」。『古今六帖』六、なでしこ。『躬恒集ＩⅡⅢ』Ｉ「となりよりとこなつこひにおこせて侍けるに」。

301『文集』巻十三「秋雨の中元九に贈る」。『佳句』暮秋に出。

302『文集』巻五十四「太湖に泛びて事を書き微之に寄す」。『佳句』初冬に出。

303『私注』「池頭の紅葉を翫ぶ　保胤」。

304『私注』「山水唯（みな）紅葉なりの詩　以言」。

305『古今集』秋下「もる山の辺（ほとり）にてよめる　つらゆき」。『古今六帖』六、紅葉、ただみね、五句「もみぢしにけり」。『貫之集Ｉ』九「ちくぶしまにまうづるに、もる山といふ所にて」五句「紅葉し（傍色付）にけり」。

306参考『清正集』「ゑに／むらながらみゆるもみぢし神な月まだ山かぜのたたぬなりけり」。

307『私注』「愁賦　張読」。

308『文集』巻六十八「早（つと）めて皇城に入りて王留守僕射に贈る」。『佳句』秋興に出。

309『文集』巻十三「晩秋閑居」。『佳句』暮秋に出。

310『文粋』巻十「冬日神泉苑に於て同じく葉下（お）ちて風枝疎なりを賦す詩序」。

311『文粋』巻十「初冬長楽寺に於て同じく落葉山中の路を賦す詩序」。

312『私注』「秋葉日に随ひて落つ　後中書王」。

313『天徳闘詩合』「秋の光山水を変ず　左、順」。『類聚句題抄』にも出。

314『万葉集』巻十、秋雑歌「黄葉を詠む／二二一〇飛鳥川もみち葉流る葛城（かづらき）の山の木の葉は今し散るらし」。『古今六帖』二、山、四五句「山には今ぞ時雨ふるらし」。『家持集ＩⅡ』Ｉ秋歌、四五句「山のこのはいまかちるらむ」。

315『後撰集』冬「（題しらず　よみ人も）」。『新撰和歌』夏冬。『秋萩集』。

316『古今集』秋下「きた山にもみぢをらんとてまかれりける時によめる　つらゆき」。『新撰和歌』春秋。『古今六帖』六、紅葉、つらゆき。

317『全唐詩』韋承慶「南中に雁を詠ずる詩（一に題南行弟に別る）」。底本が「文選」、板本『私注』が「白居易」に作るは誤。

318『全唐詩』劉禹錫十二「清暉（一に輝に作る）楼に登る」。『佳句』秋興に出。

319『全唐詩』杜荀鶴二「雋陽道中」。『佳句』秋興に出。

320『文粋』巻十一「重陽の日宴に侍し、同じく寒雁秋天を識るを賦し製に応ず詩序」。

321『田氏家集』巻中「秋暮山に傍（そ）ふて行く」。底本「菅」と注するは誤。

322『文草』巻五「重陽の節宴に侍し同じく天浄くして賓鴻を識るを賦して製に応ず」。

323『私注』「賓雁故人に似たりの詩　後中書王」。

324『古今集』秋上「是貞のみこの家の哥合のう

た　とものり」。『新撰万葉集』上、秋、二三句「鳴雁歟声曾響成」。『古今六帖』一、八月、とものり、三句「ひびく（きこゆイ）なる」。『五、寛平御時后宮歌合』秋廿番、左、友則、二三句「はつかりのねぞひびくなる」。『友則集』「これたかのみこのうたあはせに」。

325『私注』「春日の閑居　都在中」。

326『古今集』春上「帰雁をよめる　伊勢」。『新撰和歌』春秋。『古今六帖』六、かり、伊勢。『伊勢集ⅠⅡⅢ』。

327『文集』巻十四「秋虫」。

328『文集』巻六十六「夢得が秋庭独坐して贈らるるに答ふ」。『佳句』暮秋に出。

329『私注』「秋夜　野相公」。但し秋夜部に前聯があり「祖廟に秋夜に詣づ」とある。

330『天徳闘詩合』「蛬声夜に入りて催す　右、直幹」。

331前と同じ詩合の左、源順の作。

332『三一、前々坊帯刀陣歌合』松虫、左、たちばなのやすき。

333『古今集』秋上「人のもとにまかれりける夜、きりぎりすのなきけるをききてよめる　藤原ただふさ」。『古今六帖』六、きりぎりす、三句「秋のの（傍夜）の」。

334『全唐詩』温庭筠八「雲際寺に宿す」。『佳句』山中に出。

335『私注』「鎮西府より白鹿を献ずるを観る　紀納言」。

336『拾遺抄』秋「（題不知）　能宣」。『拾遺集』秋「（題しらず　大中臣能宣）」。『重之集』「又かうしのうた、れいの人」。

337『古今集』秋下「なが月のつごもりの日、大井にてよめる　（つらゆき）」。『新撰和歌』春秋。『古今六帖』一、秋のはて、つらゆき。

338『文集』巻十九「暮江吟」。『佳句』暮秋に出。

339『類聚句題抄』「秋気颯然として新なり　源英明」。

340『万葉集』巻八、秋雑歌「大伴宿禰家持の秋の歌三首／一五九八さ雄鹿の朝立つ野辺の秋萩に珠と見るまで置ける白露」「左注＝右、天平十五年癸未の秋八月、物色を見て作る」。『新撰和歌』春秋。『古今六帖』二、しか「さをしかのあさふすをの秋はぎを（傍に）をれぬばかりもおける露かな」。

341『文集』巻十六「庾楼の暁望」。『佳句』春暁に出。

342『私注』「山居の秋晩　後江相公」。

343『拾遺集』秋「題しらず　ふかやぶ」。『古今六帖』一、きり。『六、寛平御時中宮歌合』秋、九番左、深養父。『深養父集Ⅲ』。

344『古今集』秋下「やまとのくににまかりける時、さほ山にきりのたてりけるをみてよめる　きのとものり」。『新撰和歌』春秋、初句「たがために」。『家持集ⅠⅡ』。『友則集』「やまとのくにくだりけるに、きりのたちけるをみて」。

345『文集』巻十九「夜の砧を聞く」。

346『全唐詩』劉元叔「妾薄命」。

347『私注』「菅篤茂　風疎にして砧杵鳴るを聞く」（菅は藤の誤）。

348『私注』「衣を擣つの詩　直幹」。

349『私注』「衣を擣つの詩　後中書王」。

350『私注』「同前　後中書王」。

351『古今六帖』五、ころもうつ、五句「そらにこそきけ（傍シルカナ）」。『貫之集Ⅰ』一「延喜十三年十月（〇十四日イ）内侍（〇のかみの四十賀のイ）屏風の歌、うちのおほせにてたてまつる（略）月夜に衣うつところ」。

352『文集』巻二十「早冬」。

353『私注』「初冬の即事　延喜御製」。

354『文草』巻四「冬に驚く」。

355『後撰集』冬「（題しらず　よみ人も）」。『古今六帖』一、はつふゆ。

356『文集』巻六十九「李中丞と李給事と山居して雪夜に同宿して小酌するに和す」。『佳句』雪夜に出。

357『私注』「冬夜に独り起つ　尊敬」。

358『拾遺抄』冬「（題不知）　貫之」。『拾遺集』冬「題しらず　つらゆき」。『古今六帖』六、千どり、つらゆき。『忠岑十体』余情体。『貫之集Ⅰ』三「おなじ（＝承平）六年春左衛門督殿屛風の歌、冬」。

359『文集』巻十六「江楼にして別れに宴す」。『佳句』冬夜に出。

360『私注』「花下の春の詩　良春道」。

361『古今集』冬「哥たてまつれとおほせられし時に、よみてたてまつれる　紀つらゆき」。『新撰和歌』夏冬、四句「見るわれさへに」。『古今六帖』一、としのくれ。『貫之集Ⅲ』四句「みるわれさへに」。

362『文集』巻六十四「戯れに諸客を招く」。『佳句』冬夜に出。

363『私注』「火はこれ臘天の春　菅三品」。

364『私注』「絶句なり、前と一首なり」。

365『私注』「同前題　輔昭」。『江談抄』巻四も同。

367『文集』巻十五「歳晩の旅望」。『佳句』冬興に出。

368『全唐詩』温庭筠九「磐石寺にして成公に留別す」。『佳句』暮秋に出。

369『私注』「青女霜を司るの賦　紀納言」。

370『文草』巻四「早霜」。

371『菅家後集』「九日宴に侍り同じく寒露凝るを賦し製に応ず」。

372『私注』「前題に同じ　紀納言」。

373『後撰集』冬「（題しらず　よみ人も）」。『拾遺集』冬「（題しらず）（よみ人しらず）」。『古今六帖』一、しも月、初句「冬の夜を」。『同』三、をし、初句「ふゆのよを」。

374『私注』「白の賦　謝観」。『江談抄』は「賈嵩」。

375『文集』巻五十三「雪中の即事、微之に寄す」。『佳句』雪に出。

376『文集』巻六十六「令公雪中に贈られて夢得と同じく相訪はざることを訝るに酬ゆ」。『佳句』雪に出。

377『文粋』巻一「春雪の賦　紀納言」。

378『私注』「池上の初雪　村上御製」。

379『文草』巻四「客居雪に対ふ」。

380『私注』「雪に題す　尊敬」。

381『拾遺抄』冬「はつゆきをみ侍て　源景明」。『拾遺集』冬「はつ雪をよめる　源景明」初句「宮こにて」三句「はつ雪は」。

382『古今集』冬「ならの京にまかれりける時に、やどれりける所にてよめる　坂上これのり」。『古今六帖』一、しはす、これのり。『六、寛平御時中宮歌合』冬、十三番右、坂上是則。『一六、平貞文家歌合』晩冬、右、是則。『是則集』「ならの京にまかりてやどる所に」。

383『古今集』冬「ゆきのふりけるをみてよめる　紀とものり」。『新撰和歌』夏冬。『古今六帖』一、ゆき。『継色紙集』冬上。『友則集』早春。

384『文草』巻一「臘月に独り興ず（時に年十有四）」。

385『私注』「狐氷を疑ひて波の声を聞く　相如」。『日本詩紀』に「この題恐らく誤有らん」という。

386『古今集』冬「題しらず　よみ人しらず」二三句「月のひかりしきよければ（元永本等さむければ）」。『新撰万葉集』上、冬。二三句「月之光之寒介礼者」。『継色紙集』冬上、二句「つきのひかりし」。『古今六帖』一、ふゆの月、二句「月の光し」。

387『文集』巻六十七「早春思黯が南荘に遊ばんことを憶ふ」。『佳句』早春に出。

388『私注』「早春に雪氷消ゆ　尊敬」。

389『私注』「雪消えて氷且つ解くる詩　相規」。

390『四五、麗景殿女御歌合』春風、左、二句「みかさまされり」五句「とけにけらしも」。『忠見集Ⅰ』「麗景殿の歌合に、ひだりかたにて（略）風／山がはのながれまさるははるかぜやたにのこほりをふきてとくらん」。

参考『続後拾遺集』春上「麗景殿女御の歌合の歌　平兼盛」二句「みかさまされり」五句「とけにけらしも」。

391『菅家後集』「白微霰」。

392『古今集』神あそびのうた「(とりもののうた)」。『新撰和歌』夏冬。『神楽歌』庭燎「深山には霰降るらし外山なるまさきの葛色づきにけり色づきにけり」。『神楽歌』採物、葛、末(「庭燎」に同じ)。『忠岑十体』神妙体。

393『文集』巻六十八「経を礼す老僧に戯る」。

394『文草』巻四「懺悔(さんげゑ)会の作」。

395参考『宝物集』五、「仏名ノ夜、昔今ノ人歌読テゾ侍ル」、五句「消ヤシヌラン」、作者「平兼盛」。

396『拾遺抄』冬「しはすのつごもりの夜よみ侍ける　兼盛」。『拾遺集』冬「斎院の屏風に十二月つごもりの夜（かねもり）」。『兼盛集ⅠⅡ』Ⅰ「うちの御屏風のれう（略）十二月、仏名する家」。

397『佳句』春夜に「傅温、山居」とある。『私注』に「春日に山居、輔昌作の詩」とあるは誤。

398『文粋』巻一「風中琴賦　紀納言」。

399『私注』に「北風利(と)くして剣の如しの詩　保胤」とあり作者が異なる。

400『私注』「清風何の処にか隠る　保胤」。

401『後撰集』恋四「平かねきが、やうやうかれがたになりにければ、つかはしける　中務」。『古今六帖』六、をぎ。『中務集Ⅰ』二句「吹をりにしも」。

402『信明集ⅠⅢ』Ⅰ「こと御屏風の絵に、もみぢちりたるをみる人々」。参考『新古今集』冬「だいしらず　源信明朝臣」。

403『私注』「愁賦　張読」。

404『私注』に「紀納言」(板本「愁賦　紀斉名」) とあるのは誤りか。

405『全唐詩』元稹十六「幽棲」。『佳句』幽居に出。『私注』に「閨女幽栖」とあるのは誤。

406『文粋』巻一「雲を視て隠を知るの賦　江以言」。

407『私注』「夏雲奇峯多し　都在中」。

408『私注』「秋の天に片雲無し　以言」。

409参考『新古今集』恋一「題不知　読人不知」三句「葛城や」。

410『佳句』晴霽に「戴苑孝廉が別業に題す　鄭師冉」とあり、『私注』は「晴興」と題す。

411『文粋』巻八「秋日河原院に於て同じく山晴れて秋望多しを賦す詩序」。

412『私注』「楼雨の新霽　都良香」。(板本は「梅雨新たに霽(は)る」)。

413『私注』「高天遠色を澄ましむ　菅三品」。『類聚句題抄』に出。

414『私注』「晴の後山川清し　江以言」。『類聚句題抄』に出。

416『私注』に「暁賦　賈嶋」とあるが賈嵩の誤。

417『私注』「暁賦　謝観」。

418『私注』「同賦　同作者」。

419『文集』巻十四「禁中にて夜書を作り元九に与ふ」。『佳句』暁に出。

420『後撰集』恋四「人のもとよりかへりてつかはしける　つらゆき／(歌同じ)／返し　よみ人しらず／おきて行人の心をしらつゆの我こそまづは思きえぬれ」。『拾遺集』恋二「(はじめて女の許にまかりてあしたにつかはしける)　つらゆき」。『古今六帖』五、あかつきにおく。『貫之集ⅠⅢ』Ⅲ「人のもとよりかへりはべりて」。

421『文集』巻五十五「新昌の閑居に楊郎中兄弟を招く」。『佳句』幽居に出。

422『全唐詩』許渾八「殷堯藩先輩に寄す」。『佳句』眺望に出。

423『文粋』巻一「柳化して松となる賦」。

424『文粋』巻一「河原院の賦　源順」。

425『私注』「歳寒くして松の貞を知る　順」。

426『私注』「山居の秋晩　後江相公」。

427『古今集』春上「寛平御時きさいの宮の哥合によめる　源むねゆきの朝臣」。『新撰和歌』春秋。『古今六帖』五、みどり、むねゆき。『五、寛平御時后宮歌合』「十巻本＝春歌二十首、左、源致行朝臣」「廿巻本＝春、廿番左、源宗于」。『宗于集』「中宮歌合」。

428『古今集』雑上「(題しらず　よみ人しらず)」三句「すみのえの」。『新撰和歌』恋雑、三句「すみよし（のえイ）の」。『古今六帖』二、やしろ。『継色紙集』雑。『伊勢物語』百十七段「むかし、みかど、住吉に行幸したまひけり。／我見てもひさしくなりぬ住吉のきしのひめ松いくよへぬらん／おほん神、げぎやうし給て／むつましと君は白浪みづがきのひさしき世よりいはひそめてき」。

429『拾遺抄』雑上「住吉に詣て読侍ける　安法々師」三句「おひあひを」。『拾遺集』神楽歌「すみよしにまうでて　安法々師」。

430『文集』巻五十六「令狐相公郡内に竹百竿を栽ゑ(略)偶(たまたま)七言五韻を題するに和す」。『佳句』竹に出。

431『佳句』竹「章孝標、竹枝」。『全唐詩』に見えず。

432『文粋』巻十一「冬夜庚申を守りて同じく脩竹冬青しを賦す詩序」。

433『私注』「禁庭竹を植うる　前中書王」。

434『古今六帖』六、たけ、そせい、初句「しぐれする」三句「なよたけの」。『兼輔集ⅠⅡⅢⅣ』Ⅰ「こないしのかみの御屏風に」。

435『文集』巻五十三「早春微之を憶ふ」。『佳句』春興に出。

436『全唐詩』元稹二十「春詞」。『佳句』春興に出。

437『文粋』巻六「特に天恩を蒙りて民部大輔の闕に兼任せられんことを請ふ状」。

438『私注』「春日の山居　後江相公」。

439『私注』「遠草初めて色を含む　慶保胤」。『類聚句題抄』に出。

440『万葉集』巻七、雑歌、旋頭歌「一二九一この岡に草刈る童(わらは)然(しか)刈りそねありつつも君が来まさむみ馬草(まくさ)にせむ／(略)右の二十三首、柿本朝臣人麻呂の歌集に出づ」。『拾遺集』雑下、旋頭歌、柿本人まろ。『人麿集ⅡⅢ』Ⅱ「せんどう歌」二句「はぎかるをのこ」。

441『古今集』雑上「(題しらず　よみ人しらず)」。『新撰和歌』恋雑。『古今六帖』二、もり、をののこまち、初句「おはらきの（傍おほらきの）」。『同』六、下草、初句「おほはらきの」。

442『古今六帖』六、春草、ただみ。『麗花集』春上、にぶのただみね、三句「かすがのの」。『忠見集ⅠⅡ』Ⅰ「御屏風に、春、(略)かすがの、ところどころやく」。『重之集』下「かすがのを」。

443『私注』に「鳳凰賦　賈嶋」（板本は「鳳凰を王とするの賦　賈嶋」）とあるが「賈嵩」の誤。

444『私注』に「鶴鶏群に処する賦　皇甫庭作」（板本は「皇甫曾」）とある。

445『文集』巻十六「元八が渓居に題す」。『佳句』山居に出。

446『文集』巻六十八「在家出家」。『佳句』幽居に出。

447『全唐詩』劉禹錫七「楽天鶴を送り裴相公に上(たてまつ)る、別鶴の作に和す」。『佳句』鶴に出。

448『文粋』巻三「神仙策　都良香」。

449『私注』「晩春に天台山に題す　都良香」。

450『私注』「霜天に夜鶴を聞く　順」。

451『万葉集』巻六、雑歌「神亀元年甲子の冬十月五日に、紀伊国(きのくに)に幸(いでま)す時に、山部宿禰赤人の作る歌一首、并せて短歌／(長歌略)／反歌二首（一首略）九一九若の浦に潮満ち来れば潟をなみ葦辺をさして鶴(たづ)鳴き渡る／

右、年月を記さず。ただし玉津島に従駕(おほみとも)すと偁(い)ふ。因りて今、行幸の年月を検(ただ)し注(しる)して載す」。『古今六帖』六、つる、あかひと。『赤人集ⅠⅡ』。『忠岑十体』古歌体。

452『拾遺抄』賀「五条尚侍の賀を清貫がし侍ける屏風に　伊勢」。『拾遺集』賀「五条内侍のかみの賀民部卿清貫し侍ける時屏風に　伊勢」。『古今六帖』四、いはひ。『伊勢集ⅠⅡⅢ』Ⅰ「五条の内侍のかみ御四十賀を、きよつらのみぶ卿のつかまつりたまふ屏風のゑに（略）たづむれて雲にあそぶところ」。『信明集Ⅱ』。

453『清正集』「紀のかみになりて、また殿上もせざりしに」二三句「ふけゐにうらにすむたづの」。『忠見集Ⅰ』「ふぢはらのきよたか、きのかみになりて殿上おりてとしごろになりて、小弐命婦にやるにかはりて」。

454『私注』「清の賦　謝観」。

455『文集』巻十八「蕭処士の黔南に遊ぶを送る」。『佳句』行旅に出。

456『文集』巻十五「舟夜内に贈る」。『佳句』水行に出。

457『文粋』巻二「山水策　江澄明」。

458『私注』「秋山の閑望　紀納言」。

459『扶桑集』巻七「山中の感懐　江相公」。

460『屏風土代』「僧の山に帰るを送る」。

461『古今集』雑体、誹諧「法皇にしかはにおはしましたりける日、さる山のかひにさけぶといふ事を題にてよませたまうける　みつね」。『古今六帖』二、猿、みつね。『躬恒集ⅠⅢⅣⅤ』Ⅳ「亭子のみかどのおほゐにおはしませるときにこのつのだいのうた（略）さるかひになく」。『忠岑十体』両方体。

462『私注』「連昌宮の賦　公乗億」。

463『文集』巻三「五絃弾」。

464『文集』巻五十四「重ねて劉和州に答ふ」。

465『全唐詩』施肩吾「夜笛詞」。

466『文草』巻二「春娃気力無しを賦する序」。

467『文草』巻六「花間に管絃を理(をさ)む」。

468『私注』「琴を弾ずるを听(き)く　惟喬親王」。

469『拾遺抄』雑下「野宮にて斎宮ノ庚申し侍けるに夜琴入松風ト云題ヲ読侍ける　斎宮女御」。『拾遺集』雑上「野宮に斎宮（傍規子）の庚申し侍けるに松風入夜琴といふ題をよみ侍ける　斎宮女御」三句「かよふらし」。『古今六帖』五、こと、三句「かよふなり（ラシイ）」。『斎宮女御集ⅠⅡⅣ』Ⅱ「のの宮にて、きんに風のおとかよふといふだいを」。

470『文選』巻十七「文賦陸士衡」。

471『文集』巻五十一「故元少尹集の後に題す」。

472『全唐詩』元稹二十八「薛濤に寄贈す」。『佳句』才士に出。

473『全唐詩』章孝標「楊校書が文巻を覧(み)る」には上句「紅錦晩開」とある。『佳句』文藻は題を「韓侍郎の文を読む」とある。

474『文粋』巻十「仲春左武衛将軍の亭に於て同じく雨来りて花自ら湿ふを賦す詩序」。

475『文粋』巻八「沙門敬公集序」。

476『扶桑集』巻七「源亜将軍頻りに瓊章を投ずるに和す」。

477『私注』「菅丞相の廟を過ぎて安楽寺を拝す　以言」。

478『古今集』序「そもそも歌のさまむつなり。（略）いつつにはただことうた、／（歌同じ）／といへるなるべし」。『同』恋四「（題しらず　よみ人しらず）」。『古今六帖』四、ざうの思。

479『私注』（板本）「友人の大梁に帰るを送るの賦　公乗億」。

480『文集』巻六十一「酒功賛并びに序」。

481『文集』巻十七「酔中紅葉に対す」。

482『文集』巻十八「蕭処士の黔南に遊ぶを送る」。『佳句』詩酒に出。

483『文集』巻五十六「鏡を盃に換ふ」。

484『文集』巻五十六「琴酒」。『佳句』酔に出。

485『江吏部集』巻中「煖寒飲酒に従ふを賦す、

序を幷せたり」。

486『文粋』巻十一「早春内宴に侍り、同じく晴るれば草樹の光を添ふを賦す詩序」。

487『私注』「酔郷に入る　贈納言、橘在列」。作者未詳。

488『私注』「前に同じ　後中書王」。

489『私注』「酔ひて水に落つる花を看る　保胤」。

490『拾遺抄』雑上「をみにあたりて侍ける人の許にまかりて侍けるに、をんなさかづきに日かげをいれていだして侍ければ　能宣」。『拾遺集』雑秋「をみにあたりたる人のもとにまかりたりければ、女どもさかづきにひかげをそへていだしたりければ　よしのぶ」。『能宣集ⅠⅢ』Ⅰ「中納言朝成朝臣蔵人頭にはべりし時、ある人を□こせんとて、そのことといはせんによびはべるにまかりたれば、ものなどのたうび侍りて、女方にゆづりつけはべりて、いりてののちものいはせ侍て、すのうちよりかはらけにひかげをいれて、さしいだせり」。

491『佳句』山水「百丈山　賀蘭遂」。全唐詩に見えず。

492『文集』巻十三「雲居寺に遊び穆三十六地主に贈る」。『佳句』山居に出。

493『扶桑集』巻七「旧隠懐を詠じ敬みて所天閣下に上る　都良香」。『私注』に「山中詠懐　都在中」とあるのは誤。

494『麗藻』巻下「遙山に暮煙を斂む」。

495『類聚句題抄』「秋の声は多くは山に在り　江以言」。『私注』同じ。

496『拾遺抄』雑下「だいよみ人しらず」。『拾遺集』雑下「(題しらず)　貫之」。

497『拾遺抄』冬「(題不知)　弾正尹親王妹更衣」初句「としふれば」四句「おほくのふゆの」。『拾遺集』冬「題しらず　ただみ」初句「年ふれば」四句「おほくの冬の」。『忠見集ⅠⅡ』Ⅰ「御屏風に(略)ふゆ(略)こしのしらやま」初句「としふれば」。

498『拾遺抄』冬「入道摂政家の屏風に　兼盛」。『拾遺集』冬「入道摂政の家の屏風に　かねもり」四句「いくよつもれる」。『兼盛集Ⅰ』「大入道殿御賀の御屏風の歌」。

499『史記』李斯列伝。『文選』巻三十九にも出。

500『私注』「愁賦　公乗億」。

501『文集』巻十六「西楼に登りて行簡を憶ふ」。『佳句』眺望に出。

502『全唐詩』杜荀鶴二「秋臨江駅に宿す」。「焼浪」を「帰浦」に作る。『佳句』行旅に出。

503『佳句』泛舟「劉禹錫、舟を泛ぶ」。『全唐詩』にみえず。

504『文粋』巻三「山水策　江澄明」。505も同じ。

507『私注』(板本)「春日人に送別す　橘直幹」。

508『屏風土代』「春日の山居」。

509『拾遺集』物名「むろの木　高向草春」。

510『私注』「暁賦　謝観」。

511『文集』巻三「昆明に春水満つ」。『佳句』春興に出。

512『文集』巻十六「客の湖南に之くを送る」。『佳句』水行に出。

513『文集』巻五十七「劉郎中の蘇州に赴任するを送る」。『佳句』水行に出。

514『全唐詩』杜荀鶴二「戯れに漁家に贈る」。

515『文草』巻六「九日の後朝、朱雀院に侍りて同じく閑居秋水を楽しむを賦し太上天皇の製に応ず、序を幷せたり」。『文粋』巻八に出。

516前と同じ詩序。

517『私注』「洞庭湖　江相公」。

518『私注』「海浜に懐を書す　平佐幹」。

519『古今集』春上「(水の辺に梅の花さけりけるをよめる　伊勢)」初句「年をへて」。『古今六帖』六、花、いせ、初句「としをへて」。『伊勢集ⅠⅡⅢ』Ⅰ「京極院に亭子みかどおはしまして、花の宴せさせたまふに、まゐれとおほせらるれば、みにまゐれり。いけに花ちれり」。『忠岑十体』両方体、初句「年をへて」。

520『好忠集Ｉ』「このほかのよしただが歌ことばあり。是は円融院、堀河院に二度行幸の時の歌也」。参考『詞花集』雑下「円融院御時、堀川院に二たび行幸せさせ給ひけるによめる　曾禰好忠」。

521『佳句』早秋および禁中「白、裴李二舎人綸閣を拝すと聞く」。『文集』および『全唐詩』に見えず。

522『文集』巻十四「八月十五日の夜、崔大員外が翰林に独り直して酒に対して月を翫ぶを聞けり、因りて禁中の清景を懐ひて偶(たまたま)この詩を題す」。『佳句』月に出。

523『私注』「及第の日破東平に報ず　章孝標」。

524『文粋』巻三「漏刻策　都良香」。

525『私注』「連句也」。

527『拾遺抄』秋「延喜御時に八月十五夜後涼殿のはさまにて蔵人所のをのこども月宴し侍けるに　藤原信臣」。『拾遺集』秋「延喜御時八月十五夜蔵人所のをのこども月のえんし侍けるに　藤原経臣」。

528『私注』「平城の古京を過ぐ　菅三品」。

529『中務集ＩＩ』Ｉ「村上の先帝の御屛風に、国々の所々の名をかかせたまへる（略）いそのかみ」二句「ふるきわたりを」。『清正集』「ある屛風うた」二句「ふりにしさとを」。

530『私注』「連昌宮の賦　公乗億」。

531『文集』巻六十四「家公主の旧宅に題す」。『佳句』旧宅に出。

532『文粋』巻一「河原院賦　源順」。

533『文草』巻五「金吾相公の冬日嵯峨院即事の什に感じて聊か本韻を押す」。

534『私注』「一条旧院に題す　良春道」。（板本は「后妃旧院に題す」）。『鈔』に「是ハ一条院摂政小野宮ノ山荘ノ荒タル事ヲ云也」とある。

535『私注』「秋日に仁和寺を過ぐ　源英明」。

536『私注』「屋舎壊(やぶ)る　三善相公」。

537『古今六帖』四、かなしび、初句「きみまさ（傍ナク）で」二三句「あれたるやどの（傍ハ）いたまより（傍ヒサカタノ）」五句「そではぬれけり（傍ゾヌレケルイ）」。

538『古今集』哀傷「河原の左のおほいまうちぎみの身まかりてのち、かの家にまかりてありけるに、しほがまといふ所のさまをつくれりけるをみてよめる　（つらゆき）」初句「きみまさで」五句「みえわたるかな」。『古今六帖』四、かなしび、初句「君なく（マサイ）て」五句「みえわたる哉」。『貫之集Ｉ』八「かはらの大臣うせ給ひて後にいたりて、しほがまといひし所のさまのあれにたるを見てよめる」初句「君まさで」五句「みえわたるかな」。

539『拾遺抄』雑上「中納言敦忠まかりかくれてのち、ひえのにしさかもとの山庄に人々まかりて花み侍けるに　一条摂政」四句「はなこそいまは」。『拾遺集』哀傷「中納言敦忠まかりかくれてのち、ひえのにしさかもとに侍ける山さとに人々まかりて花見侍けるに　一条摂政」四句「花こそ今は」。『一条摂政御集』「をのどのにて、さくらのちるを見たまて」。

540『全唐詩』元稹十六「幽棲」。『佳句』仙境に出。

541『文集』巻十七「郭道士を尋ねて遇はず」。

542『佳句』隠士に出。『私注』「山中居　白」（板本「山居をトす　温庭筠」）とあるが『全唐詩』に見えず。

543『文粋』巻三「神仙策　都良香」。

544前に同じ。

545『文粋』巻十「暮春同じく落花舞衣に乱るを賦し各一字を分ちて太上皇の製に応ず詩序」。

546『私注』「山中に石（板本「仙」）室有り　菅三品」。以下五四九まで七言律詩一首。

550『扶桑集』巻七「山中自述　江相公」。『屛風土代』の詩。

551『扶桑集』巻七「山に隠なし　紀納言」。

552『類聚句題抄』「遠く賢士の風を思ふ　菅三品」。

553『古今集』秋下「仙宮に菊をわけて人のいたれるかたをよめる　素性法師」四五句「早晩(いつか)ちとせを我はへにけん」。『新撰和歌』春秋、四五句「いつかちとせを我はへにけん」。『古今六帖』六、きく、四五句「いかで千とせを我はへにけん」。『三、寛平御時菊合』「十巻本＝うらてのうた、本文にあることどもなり、（略）仙宮にきくをわけて人のいたれるをよめる　素性法師」四五句「いつかちとせをわれはへにけむ」、「廿巻本＝占手歌、本文にもあることとや、（略）素性」四五句「いつかちとせをわれはへにけむ」。『素性集ⅠⅡ』Ⅰ「仙宮にきくををりて人のいだせるをみ侍りて」四五句「いかで千年をわれはへぬらん」。

554『文集』巻十六「香炉峰下新たに山居を卜し、草堂初めて成り、偶(たまたま)東壁に題す、五首」。『佳句』山居に出。

555『文集』巻十七「廬山草堂の夜雨に独り宿し、牛二・李七・庾三十二員外に寄す」。

556『全唐詩』巻六百九十二杜荀鶴二「石壁禅師の水閣に登りて作あり」。

557『文粋』巻九「暮春藤亜相山庄尚歯会詩序　菅三品」。

558『文粋』巻十一「秋日白河院に遊び同じく秋花露を逐ひて開くを賦す詩序　源順」。

559『文粋』巻十「暮春遊覧同じく処を逐ひて花皆好しを賦す詩序　紀斉名」。

560『私注』「山居を卜(し)む　紀納言」。

561『私注』「山家早秋　都良香」。

562『私注』「春山寺に宿す　橘直幹」。

563『古今集』雑下「（題しらず）（よみ人しらず）」二句「物のわびしき」。『新撰和歌』恋雑。『小町集Ⅰ』他本歌十一首、二句「物のわびしき」。

564『古今集』冬「冬の哥とてよめる　源宗于朝臣」。『古今六帖』二、山ざと。『同』六、ふゆの草。『四二、陽成院一宮姫君歌合』「十巻本＝本、源致行朝臣」。『宗于集』「うたあはせて」。

565『文集』巻五十三「春湖上に題す」。『佳句』春興に出。

566『私注』「田家早秋　都良香」。

567『私注』（板本）「田家秋意　紀斉名」。

568『私注』「前に同じ　高相如」。

569『拾遺抄』春「承平四年中宮ノ賀ノ屛風に田作所に　斎宮内侍」。『拾遺集』春「承平四年中宮の賀し給ける時の屛風に　斎宮内侍」。『古今六帖』二、春のた、つらゆき。

570『古今六帖』二、なつのた、つらゆき、五句「さはらざりけり」。『貫之集Ⅰ』二「延喜二年五月中宮の御屛風の和歌廿六首（略）、五月（略）、雨ふる、田うるところ」五句「さはらざりけり」。

571『古今集』秋上「（題しらず　よみ人しらず）」四句「いなばそよぎて」。『新撰和歌』春秋、四句「いなばもそよと」。『古今六帖』一、秋たつ日、四句「稲葉もそよと」。

572『文集』巻十五「元八と隣を卜(し)めんと欲し先づこの贈あり」。『佳句』隣家に出。

573 前に同じ。

574『私注』（板本）「隣家に題す　菅三品」。

575 前に同じ。

576『私注』（板本）「隣家を卜す　直幹作」。

577『古今六帖』六、かきつばた、つらゆき「（歌同じ）／返事　おきかぜ／むつましくかこひへだてぬかきつばたがかたちかはうつろひぬべき／又　つらゆき／たちにて君がこえこんかきつばた風をはかりてうつろひぬべし」。『貫之集Ⅰ』九「おきかぜがもとにかきつばたにつけてやる／（歌同じ）／返し／むつましみひとひへだてぬ杜若たがためにかはうつろひぬべき／とあるかへしまた／たたちにて君がこひけんかきつばたここをほかにてうつろひぬべし」。

578『全唐詩』趙嘏二「四祖寺」。『私注』(板本)以下「香山寺隠居　白」とするのは誤。

579『文集』巻五十四「霊巌寺の上院に宿す」。

580『文粋』巻十「慈恩寺初会の詩序　野相公」。

581『文粋』巻十「冬日円城寺の上方に遊ぶ詩序　源英明」。

582『文草』巻五「龍門寺に遊ぶ」。

583『私注』「竹生島の作　良香」。

584『私注』「石山寺の作　高相如」。

585『貞和本拾遺抄』雑下「(題不知)　読人不知」。『拾遺集』哀傷「題しらず　よみ人しらず」。

586『麗花集』春下「山でらなるさく□(ら)の花□(み)たまひて　花山院」五句「なりぬべきかな」。参考『三奏本金葉集』春「修行に出でさせ給ける時、花のもとにてよませ給へる　花山院御製」五句「なりぬべきかな」。『詞花集』雑上「修行しありかせ給けるに、桜花のさきたりけるしたにやすませ給て、よませ給ける　花山院御製」五句「なりぬべきかな」。

587『摩訶止観』第一。

588『文集』巻七十「香山寺白氏洛中集記」。

589『文集』巻五十七「僧に贈る五首　鉢塔院如大師」。

590『私注』「極楽寺建立の願文　慶保胤」。

591『文粋』巻十二「西方極楽讃　後中書王」。

592『文粋』巻十三「仁康上人の為に五時講を修する願文　江匡衡」。

593『文粋』巻十「五言暮秋勧学会禅林寺にて法華経を講ずるを聴き同じく沙を聚めて仏塔を為(つく)るを賦す詩序　慶保胤」。

594『文粋』巻十「七言暮春勧学会法華経を講ずるを聴き念を山林に摂(をさ)むるを賦する詩序　紀斉名」。

595『私注』「花亭」(板本〈九条右丞相　花亭〉)法花会の序　野相公」。九条右丞相藤原師輔と小野篁では時代が合わず、また底本の「都」の都良香も時代が合わない。

596『私注』「阿難尊者を賦す　紀斉名」。

597『私注』「弘誓深如海詩　江以言」。

598『私注』「採菓汲水の詩　慶保胤」。

599『私注』(板本)「前と一首絶句なり　慶保胤作」とあるが絶句でなく律詩であろう。

600『拾遺集』哀傷「天暦御時、故きさいの宮の御賀せさせたまはむとて侍けるを、宮うせ給にければやがてそのまうけして、御諷誦おこなはせ給ける時　御製」四句「のりの道にぞ」。『村上御集』「同(＝天暦)九年正月四日、故太后の御ために、弘徽殿にて御八講おこなはせ給けるに、わかなの籠につけさせ給へる」五句「けふはつみける」。

601『拾遺集』哀傷「極楽をねがひてよみ侍ける　仙慶法師」。参考『千載集』雑下、誹諧歌「題しらず　空也上人」。

602参考『新古今集』釈教「比叡山中堂建立のとき　伝教大師」。

604『私注』「閑賦　張読」。

605『私注』「醍醐一条の僧正に逢ひて宗に帰す」。板本はさらに「或は曰く、「東郊の遁先処士に贈る　鮑容」とある。『佳句』春遊に「鮑溶　贈東郊」とあるが、『全唐詩』には見えない。

606『文粋』巻九「仲冬奝上人の唐に赴くを餞し同じく贈るに言を以てすを賦す詩序」。

607『私注』(板本)「野相公僧の智を以て明鏡に喩ふ。或は曰く、清原大臣金泥の大般若書供養の時の詩　野相公」。

608『私注』「夏日に般若寺に遊ぶ　順」。

609『麗藻』巻下「藤憲才子が天台山に登るの詩に和す」。板本は作者「源為憲」。

610『後撰集』雑三「はじめてかしらおろし侍ける時、ものにかきつけ侍ける　遍昭」。『遍昭集ⅠⅡ』Ⅰ「なにくれといひありきしほどに、つかまつりしふかくさのみかど、かくれおはしまして、かはらむよをみむもたへがたくかなし、くら人のとうの中将などいひて、よるひるなれつかまつりて、なごりなからんよにまじらはじとて、にはかにいへの人にもしらせで、ひえにのぼりてかしらおろしはべりて、おもひはべりしも、さすがにおやなどのことは心にやかかりはべりけん」初句「たらちねは」。

611『拾遺集』哀傷「題しらず　よみ人しらず」。

612参考『水言鈔』「又云。弘仁五年玄賓初任ニ律師一。辞退歌云。三輪川清キ流ニ洗テシ衣袖ハ更不レ穢云々」。

613『文集』巻六十一「洛詩に序す」。

614『私注』「閑賦　張読」。

615『私注』「貧女の賦　白」。底本は前項と同じ。

616『文集』巻五十七「門を出でず」。『佳句』閑居に出。

617『文集』巻六十六「老来の生計」。『佳句』幽居に出。

618『文集』巻十六「香炉峰下新たに山居をトし草堂初めて成る五首」。

619『文粋』巻十「落花舞衣に乱る詩序」。

620『菅家後集』「門を出でず」。

621『私注』「隠居詩　平佐幹」。板本は「香炉峰の下の作に同じ奉る　平佐幹」。

622『麗藻』巻下「閑中に日月長し」。

623『古今集』恋五「（題しらず）僧正へんぜう」。『古今六帖』二、みち、五句「こふ（傍マツ）とせしまに」。『遍昭集Ⅱ』。

624『文集』巻二十「江楼に景物の鮮奇なるを晩眺し吟翫して篇を成す、水部張員外に寄す」。『佳句』眺望に出。

625『私注』「山寒くして花披けずの序　尊敬」。

626『文粋』巻八「早春奨学院に於て同じく春は靄の色の中に生(な)るを賦し各一字を分つ詩序」。

627『私注』「宗福寺に遊ぶ　直幹」。

628『私注』「春日の眺望　源順」。

629『私注』「同題　篤茂」。

630『古今集』春上「花ざかりに京をみやりてよめる　（素性法師）」。『新撰和歌』春秋。『古今六帖』二、みやこ。『素性集ⅠⅡ』Ⅰ「花ざかりに、みやこのかたをみやりて」。

631『文集』巻五十七「臨都駅にして崔十八を送る」。『佳句』餞別に出。

632『文粋』巻九「夏夜鴻臚館において北客に餞す詩序」。

633『私注』「山河千里別の序　順」。

634『文粋』巻九「暮春文章院において故人の任に赴くを餞し同じく別路に花飛びて白しを賦す詩序　江以言」。

635『私注』「小野篁隠岐国に配流せられ帰洛の日唐の客に寄す」。

636『私注』「餞別の詩　菅庶幾」。

637『文草』巻五「大使が交字の作に和す」。

638『後撰集』離別「とをくまかりける人に餞し待ける所にて　橘直幹」。『古今六帖』一、くも、たちばなのなをもと。

639『元真集』「（ものへいくひとに）」初句「歳ごとの」。

640『古今集』離別「源のさねがつくしへゆあみむとてまかりける時に、山ざきにてわかれをしみける所にてよめる　しろめ」。『新撰和歌』別旅。『古今六帖』四、わかれ、五句「かなしかるべき（傍ラマシ）」。『大和物語』一四五段「亭子のみかどかはじりにおはしましにけり。うかれめにしろといふものありけり。めしにつかはしたりければ、まいりてさぶらふ。かむだちめ、殿上人、みこたちあまたさぶらひたまうければ、しもにとほくさぶらふ。かうはるかにさぶらふよし、うたつかうまつれとおほせられければ、すなはちよみてたてまつりける。／はまちどりとびゆくかぎりありければくもたつやまをあはとこそみれ／とよみたりければ、いとかしこくめでたまうてかづけものたまふ。／いのちだに心にかなふものならばなにかわかれのかなしからまし／といふうたも、このしろがよみたる歌なりけり」。

641『全唐詩』許渾八「瓜州にて李翊に留別す」。『佳句』送別に出。

642『私注』「山河千里別の序　源順」。

643『私注』「別路江山遠しの序　為雅」。

644『私注』「謫処隠岐の国に赴かんとす　野相公」。『文徳実録』にいう謫行吟の一節か。

645『私注』「秋駅館に宿す　直幹」。『鈔』に「是ハ直幹常州下向之時駿河国浮嶋原ニ宿シテ」とある。

646『私注』「足柄山の作なり」。板本「石山の作　直幹」。『鈔』に「直幹浮嶋原ヨリ足柄山ヲ通ケル時作也」と見える。

647『古今集』羇旅「(題しらず)(よみ人しらず)」「左注＝このうたはある人のいはく、かきのもとの人まろがうた也」。『新撰和歌』恋雑。『古今六帖』三、ふね、人まろ。『人麿集ⅠⅡⅢ』。

648『古今集』羇旅「おきのくにながされける時に、ふねにのりていでたつとて、京なる人のもとにつかはしける　小野たかむらの朝臣」。『新撰和歌』別旅。『忠岑十体』余情体。

649『拾遺抄』別「みちのくのしらかはのせきこえ侍ける日よみ侍ける　兼盛」二句「いかでみやこへ」。『拾遺集』別「みちのくにの白河関こえ侍けるに　平兼盛」二句「いかで宮こへ」。『麗花集』雑「をののみやのおほいまうち君のいへの屏風に、白かはのせきこえたる所　かねもり」。『兼盛集Ⅰ』「白川の関にて」二句「いかでみやこへ」。

650『全唐詩』許渾八「王山人に贈る」。『佳句』庚申に出。

651『文草』巻四「庚申の夜懐ふ所を述ぶ」。

653『後漢書』とあるが疑問。『江談抄』巻六には藤原雅材の対策文で「歌舞を調和す」という。

654前に同じ。

655『文集』巻四「百錬鏡」。

656『文集』巻六十四「池上閑吟」。『佳句』閑適に出。

657『佳句』禁中に「楊衡　上春詞」とある。『私注』は「上陽の春の辞　揚衡」。

658『文粋』巻十一「古今和歌序」。

659『文粋』巻十一「仲春内宴に仁寿殿に侍り同じく鳥声管絃と韻ふを賦する詩序」。

660『文粋』巻十「暮春宴に冷泉院の池亭に侍り、同じく花の光水上に浮ぶを賦す詩序」。

661『文粋』巻十「初冬紅葉を翫び太上法皇の製に応ず詩序」。

662『私注』「大極殿朝拝の詩　藤原伊周公」。

663『私注』に「無為にして国風を治むの詩　江相公」とあるが、『史館若話』には小野国風が試を奉じて「無為而治」を賦した詩とある。

664『古今集』序「なにはづのうたは、みかどのおほむはじめなり」。『古今集』序「そもそも、うたのさまむつなり。(略)そのむくさのひとつには、そへうた、おほさざきのみかどをそへたてまつれるうた／なにはづにさくやこのはな冬ごもりいまははるべとさくやこの花、といへるなるべし」。『古今六帖』六、花。

666『文集』巻四「牡丹芳」。

667『文粋』巻九「秋日第八皇子始めて御注孝経を読むを聴く詩序」。

668『文粋』巻十「初冬栖霞寺にて同じく霜葉林に満ちて紅なりを賦し李部大王の教に応ず詩序」。

669『私注』に「冷泉院第七親王始めて孝経を読む詩　保胤」とあるが、村上天皇第七皇子具平親王をさすか。

670『私注』「会宴の詩　第八親王始めて孝経を読む詩　菅雅規」。前項と同じ時の作か。

671『私注』「名花閑軒に在り、後江相公。王孫入学の日名花閑軒に在り」。

672『私注』「前に同じ　菅三品」。

673『古今集』真名序「難波津の什を天皇に献り、富緒川の篇を太子に報ぜしが如きに至りては、或は、事神異に関り、或は、興幽玄に入る」。『拾遺集』哀傷「聖徳太子高岡山辺道人の家におはしけるに、餓たる人みちのほとりにふせり。太子ののりたまへる馬とどまりてゆかず、ぶちをあげてうちたまへどしりへしりぞきてとどまる。太子すなはち馬よりおりてうゑたる人のもとにあゆみすすみたまひて、むらさきのうへの御ぞをぬぎてうゑ人のうへにおほひたまふ。うたをよみてのたまはく／しなてるやかたをか山にいひにうゑてふせるたび人あはれおやなし／になれなれけめやさす竹のきねはやなきにいひにうゑてこやせるたび人あはれあはれといふうた也。うゑ人かしらをもたげて御返しをたてまつる／いかるがやとみのを河のたえばこそわがおほきみのみなをわすれめ」。『上宮聖徳法王帝説』「上宮薨時、巨勢三杖大夫歌」五句「弥奈和須良叡米」。『上宮聖徳太子伝補闕記』「太子己卯年十一月十五日、巡㆓看山西科長山本陵処㆒、還向之時、即日申時、枉㆑道入㆓於片岡山辺道人家㆒、即有㆓飢人㆒臥㆓道頭㆒、去三丈許、太子之馬至㆑此不㆑進、雖㆑鞭猶駐、太子自言、哀哀用㆑音、即下㆑馬、舎人調使麻呂握㆓取御杖㆒、近㆓飢人㆒下臨而語㆑之、可怜可怜、何為人耶、如㆑此而臥、即脱㆓紫御袍㆒覆㆓其人身㆒、賜㆑歌曰、科照、片岡山爾、飯爾飢天、居耶世屢（四字以㆑音）、其旅人可怜、祖無爾、那礼（二字以㆑音）成利来也、刺竹乃、君波也无母、飯爾飢氏、居耶世屢、其旅人可怜、（此歌以㆓夷振㆒歌㆑之）起㆑首進答曰、斑鳩乃、富乃小川乃、絶者己曽、我王乃、御名忘也米、飢人之形、面長頭大、両耳亦長、目細而長、開㆑目而看、内有㆓金光㆒異㆑人、太有㆓奇相㆒、亦其身太香、命㆓麻呂㆒曰、彼人香哉、麻呂啓㆓太香㆒、命曰、汝者寿可㆓延長㆒、飢人太子相語数十言、舎人等不㆑知㆓其意㆒、了即死、太子大悲、即命厚葬、多賜㆓斂物㆒、造㆑墓高大、時大臣馬子宿禰已下、王臣大夫等、咸奉㆑譏曰、殿下雖㆓大聖㆒而有㆓不能之事㆒、道頭飢是卑賤者、何以下㆑馬与㆑彼相語、亦賜㆓詠歌㆒、及㆓其死㆒無㆑由厚葬、何能治㆓大夫已下㆒耶、太子召㆓所㆑譏大夫七人㆒、命曰、卿等七人、往㆓片岡山㆒開㆑墓看、七大夫等依㆑命退往開㆑墓、而有㆓其屍㆒、棺内大香、所㆑斂御衣幷新賜彩帛等、帖在㆓棺上㆒、唯太子所㆑賜紫袍者無、七大夫等看㆑之、大奇嘆㆓聖徳㆒、還来報㆑命、太子日夜詠歌、慕㆓恋飢人㆒、即遣㆓舎人㆒取㆓衣服㆒而御㆑之如㆑故」。『聖徳太子伝暦』廿一年（癸酉）冬十一月「(記事『補闕記』と同趣、略)」。『日本霊異記』上、聖徳皇太子示㆓異表㆒縁、第四「皇太子鵤の岡本の宮に居住しし時に、縁有りて宮より出で遊観に幸行す。片岡の村の路の側に乞匃人有りて、病を得て臥せり。太子見て轝より下りて、倶に語りて問訊ひ、著たる衣を脱ぎ、病人に覆ひて幸行しき。遊観既に訖はりぬ。轝を返して幸行すに、脱ぎ覆ひし衣、木の枝に挂りて彼の乞匃无し。太子、衣を取りて著る。臣有り、白して曰はく〈賤しき人に触れて穢れたる衣、何の乏びにか更に著る〉といふ。太子詔りたまはく、〈住し、汝知ら不〉とのたまふ。彼の乞匃人他処にして死ぬ。太子聞きて使を遣して殯し、岡本の村の法林寺の東北の角に有る守部山に墓を作りて収め、名づけて人木墓と曰ふ。後に使を遣し看しむるに、墓の口開かずして、入れし人无く、唯歌を作り書きて墓の戸に立てたり。歌に曰はく／いかるがの富の小川の絶えばこそわが大君の御名忘られめ／使還りて状を白す。太子聞き嘿然りて言はず。誠に知る、聖人は聖を知り、凡夫は知らず。凡夫の肉眼には賤しき人と見え、聖人の通眼には隠身と見ゆと。斯れ奇異しき事なり」。『三宝絵』中、聖徳太子「(前田家本)(略)飢人頭持

挙奉返、斑鳩野鵄乃小川能絶波故曾我大君能御名忘馬」。

674『後漢書』王良伝論。

675『漢書』鄒陽伝。

676『文集』巻五十六「裴相公が興化池亭に宿す」。『佳句』丞相に出。

677『文粋』巻五「清慎公右大臣を辞する第三表」。

678『文粋』巻五「一条左大臣の右大臣を辞する表　菅三品」。
679 前と同じ。
680『麗花集』春下「（小野のみやのおとどのさくらのはな御覧じにおはしましたりし）ともに　かねもり」。『兼盛集Ⅰ』「をのの宮のおとどの、桜の花御覧じにおはしましたりしに」二句「あくまでけふは」。

681『佳句』将軍「陸翬　李都使に贈る」。『全唐詩』に見えず。

682『佳句』将軍「羅虬　扶風老人に和する詩」。『全唐詩』に見えず。『私注』に「重ねて扶風老人に和す　白」とある。

683『全唐詩』許渾八「河東虞押衙に贈る」。

684『文粋』巻五「清慎公の為に左近衛大将を罷めんことを請ふ状　菅三品」。

685『文粋』巻九「夏日右親衛源将軍に陪し初めて論語を読む詩序」。

686『文粋』巻十二「侍中亜将、撰和歌所別当となる御筆宣旨奉行文」。

687『扶桑集』巻七「渤海の客に代りて右親衛源中郎将に上る　都良香」。

688『後撰集』雑一「小野好古朝臣、にしのくにのうてのつかひにまかりて、二年といふとし、四位にはかならずまかりなるべかりけるを、さもあらずなりにければ、かかる事にしもさされにける事のやすからぬよしを、うれへおくりて侍けるふみの返事のうらにかきてつかはしける　源公忠朝臣／（歌同じ）／返し　小野好古朝臣／あけながら年ふることは玉匣身のいたづらになればなりけり」。『大和物語』四段「野大弐、純友がさわぎの時、うてのつかひにさされて少将にてくだりける、おほやけにもつかうまつる、四位にもなるべき年にあたりければ、むつきの加階たまはりの事、いとゆかしうおぼえけれど、京よりくだる人もをさをさきこえず。ある人にとへど、四位になりたりともいふ。ある人はさもあらずともいふ。さだかなる事いかできかむとおもふほどに、京のたよりあるに、近江の守公忠の君の文をなむもてきたる。いとゆかしううれしうてあけてみれば、よろづの事どもかきもていきて、月日などかきておくのかたにかくなん／たまくしげふたとせあはぬ君が身をあけながらやはあらんと思ひし／これを見て、かぎりなくかなしくてなむ泣きける。四位にならぬよし文のことばにはなくて、ただかくなんありける」。『公忠集ⅠⅡⅢ』Ⅰ「野好古、すみともが時の追討使にてくだり、あくる年、少将のらうにて四位になるべかりけるが、あづからざりければ、やすからぬよしうれへおくりてはべりける文のおくに、かきつけける」。

689『文集』巻六十四「早春蘇州を憶ひて夢得に寄す」。『佳句』刺史に出。

690『佳句』尚書に「僧真玄、李尚書に上る」とあるが『全唐詩』に見えず。『私注』に作者を「白」とするは誤。

691『文粋』巻九「春日右監門藤将軍亭に於て、能州源刺史の任に赴くを餞し酔を勧めて別れを惜しむ詩序」。

692『日本紀竟宴和歌』延喜六年「得二大鷦鷯天皇一　左大臣従二位兼行左近衛大将藤原朝臣時平／多賀度能児乃保利天美礼波安女能之（たかどのにのぼりてみればあめのし）多与母爾計布理弖伊万蘇渡美奴留（たよもにけぶりていまぞとみぬる）／このすめら、くにしろしめすよとせといふに、たかどのにのぼりまして、とほくのぞみたまふに、さかひのうち、けぶりたたざりければ、たみのまづしきなりとおもほして、みとせみつきものはたらず、つかふことなくして、めぐみたまへり。またみやづくりもせられざりければ、あめかぜいりておほむぞをうるほし、ほしのひかりもりて、みゆかもあらはなり。そののちあめかぜときにしたがひて、たみとみゆたかなり。またおなじきなとせに、たかどのにましてのぞみたまふに、けぶりおほくたてればのたまはく、われすでにとみぬと。おほよそたかつのみやにまして、くらゐにますこと八十七年といへり」。参考『俊頼髄脳』「大鷦鷯の天皇のたかみくらにのぼらせ給ひて、遥にながめやらせ給ひてよませ給へる御製／高き屋にのぼりて見れば煙たつ民のかまどもにぎはひにけり／是はみやこうつりのはじめにたかみくらにのぼらせ給ひて、民のすみかを御覧じよませ給へる歌なり(略)」。

693『私注』「与州にて項羽を賦す　橘相公」。

694『扶桑集』巻九「北堂漢書竟宴史を詠ず、蘇武を得たり」。

695『扶桑集』巻九「北堂史記竟宴各々史を詠ず、叔孫通を得たり」。

696『日本紀竟宴和歌』天慶六年「得二伊弉諾尊一　従四位下行民部大輔兼文章博士大江朝臣朝綱／賀曾伊呂婆阿婆礼度美須夜毘留(かぞいろはあはれとみずやひる)能古婆美斗勢爾那理努阿枳多々須志天(のこはみとせになりぬあしたたずして)／ひるのこのことかみにみえたり。かぞいろはちちははをいふなるべし」。

697『文集』巻十四「王昭君二首」。

698『私注』「王昭君　紀納言」。

699『私注』「同題、後江相公発句」。以下三聯を合わせ四句で七言律詩一首。

700『私注』「同じく胸句」。

701『私注』「同じく腰句」。

702『私注』「同じく落句」。

703『私注』「王昭君　源英明」。

704『拾遺集』雑春「みちのくににまかりくだりてのち、郭公のこゑをききて　実方朝臣」初二句「年をへてみ山がくれの」。『実方集ⅡⅢ』Ⅱ「くにより、五月ばかり、春宮にきこえさせける」初二句「はるかなるみやまがくれの」。

705『遊仙窟』。

706『私注』「宮詞　元稹」。『元氏長慶集』に見えず。

707『文集』巻四「井底に銀瓶を引く」。

708『佳句』美女に「白　春詞」。『私注』に「別後美人に寄す　白」とあるが『文集』にない。

709『私注』(板本)に「主家断(粧か)を楽しむの序　野相公」とあるが疑問。

710『文草』巻五「早春宴を宮人に賜ふを観る、同じく催粧を賦し製に応ず詩序」。『文粋』巻九に出。

711『文草』巻五「催粧の詩、発句」以下三聯で七言律詩。

712『文草』「同じく胸句」。

713『文草』「同じく腰句」。

714『文草』「同じく落句」。

715『私注』に「佳人出で難(かた)し　田達音」とあり、『集註』に「此の詩昔より題作者不レ知。或は菅三品といへり」とある。

716『私注』「後江相公」。板本に「老命婦の詩か」とある。

717『古今集』雑上「五節のまひひめをみてよめる　よしみねのむねさだ」。『新撰和歌』恋雑。『継色紙集』雑。『古今六帖』一、ざうのかぜ、ありはら(傍よしみね)のむねさだ。『遍昭集ⅠⅡ』Ⅰ「ごせちのまひひめをみて」。

718『佳句』艶情に「賀蘭遂　思ふ所の佳人に寄す」とあり、『全唐詩』に見えず。

719『文粋』巻九「遊女を見る詩序」。

720『私注』「遊行の女児を詠ず　源順」。

721参考『新古今集』雑下「(題不知　読人不知)」三句「よをつくす」。

722『文集』巻十五「晏坐閑吟」。

723『文集』巻五十八「睡りより覚む」。『佳句』

老病に出。

724『文集』巻十八「康叟に贈る」。『佳句』老人に出。

725『文粋』巻五「清慎公の為に致仕を請ふ表　菅三品」。

726『文粋』巻九「暮春藤亜相山庄尚歯会詩序　菅三品」。

727『文粋』巻三「寿考策　江匡衡」。

728『私注』「尚歯会の詩　菅三品」。

729『私注』前に同じ。

730『私注』「同会の詩　菅雅規」。

731『拾遺集』雑下、旋頭歌。『古今六帖』四、せんどう哥、みつね。『躬恒集ⅠⅢⅤ』Ⅰ「人もとうた、からべをめぐらすうたイ本」。

732参考『宝物集』第一、初句「何方ニ」。

733『文集』巻五十五「殷協律に寄す」。『佳句』憶友に出。

734『文集』巻五十三「張十八員外新詩二十五首を以て寄せられて、郡楼の月の下に吟翫すること通夕(よもすがら)、因りて巻後に題し封じて微之に寄す」。『佳句』文友に出。

735『全唐詩』許渾八「河東虞押衙に贈る」。『佳句』遇友に出。

736『文粋』巻十「晩春上州大王の臨水閣に陪り同じく香乱れて花識りがたしを賦し教に応ず詩序」。

737『扶桑集』巻七「初めて渤海の裴大使に逢ひ感有りて吟ず」。

738『一〇四、某年或所不合恋歌合』(廿巻本断簡)十二番、右、初句「人にわれ」。

739『古今集』雑上「(題しらず)　藤原おきかぜ」。『新撰和歌』恋雑。『古今六帖』六、まつ、おきかぜ。『興風集ⅠⅡ』。

740『文集』巻五十一「故元少尹集の後に題す」。

741『文集』巻六十四「微之・敦詩・晦叔相次いで長逝す、巋然として自ら傷む、因りて二絶を成す」。

742『文集』巻十七「十年三月三十日微之に澧上に別る、十四年三月微之に峡中に遇ふ、舟を夷陵に停めて三宿して別る、言尽きざるは詩を以てこれを終ふ。因りて七言十七韻を賦して以て贈る。且つ遇ふところの地と相見る時とを記して、他年会話の張本とせんとす」。『佳句』感歎に出。

743『文集』巻五十七「江南の物を問ふ」。『佳句』懐旧に出。

744『文粋』巻十四「謙徳公の為に報恩の善を修する願文」。

745『文粋』巻十一「初冬菅丞相の廟に陪り同じく籬菊残花有りを賦す詩序」。

746『私注』「人を哭す　野美材」。

747『古今集』雑上「(題しらず　よみ人しらず)」。『新撰和歌』恋雑、三句「ぬるければ(傍ど)」。『古今六帖』五、むかしある人、三句「ぬるければ」。

748『拾遺集』恋五「左大臣女御(傍、述子、清慎公女)うせ侍にければ、ちちおとどのもとにつかはしける　天暦御製」上三句「いにしへをさらにかけじと思へども」。『村上御集』「左大臣女御うせ給にければ、父おとどの許につかはしける」上三句「いにしへをさらにかけじとおもへども」。

749『拾遺抄』(宮内庁本)雑下「むかし見はべりしひとびとおほくなくなりはべることをおもひつらねて　為頼朝臣」四句「なきがおほくも」。『拾遺集』哀傷「昔見侍し人々おほくなくなりたることをなげくを見侍て　藤原為頼／世中にあらましかばと思人なきがおほくも成にける哉／返し　右衛門督公任／常ならぬ世はうき身こそかなしけれそのかずにだにいらじとおもへば」。『為頼集』「小野宮の御き日に、法住寺にまゐるとて、おなじほどの人のおほくまゐりしを思いでて」四句「なきがおほくも」。

750『後漢書』朱穆伝論。

751『後漢書』隗囂伝。

752『文選』巻五「呉都賦　左太沖」。

753『文集』巻五十七「戊申歳暮詠懐」。『佳句』

感歎に出。

754『全唐詩』許渾九「当塗の李遠に寄す」。『佳句』鷹馬に出。

755『文集』巻十七「酔吟」。『佳句』酔に出。

756『文粋』巻四「貞信公の為に摂政を辞する第三表」。

757『文粋』巻六「民部大輔の闕に兼任せられんことを請ふるの状」。

758『文粋』巻十「初冬同じく紅葉は高き窓の雨を賦す詩序」。

759『私注』「述懐　春道」。

760『私注』「感懐の詩　前中書王」。

761出典未詳。『私注』「統理平」（板本「橘侯草」）。

762『古今集』雑体、誹諧歌「（題しらず）よみ人しらず」五句「事ぞやさしき」。『古今六帖』四、ざうの思。『忠岑十体』直体。

763参考『神田本江談抄』「ヨノナカハトテモカクテモスグシテムミヤモツカヤモハテシナケレバ」。

764『拾遺抄』雑下「法師にならむと思侍けるころ　少将高光」。『拾遺集』雑上「法師にならんと思ひたち侍けるころ月を見侍て　藤原たかみつ」。『高光集』「村上のみかどかくれさせ給ひてのころ、月をみて」。

765『文集』巻十六「夜江浦に宿し元八の官を改むるを聞く、因りてこの什を寄す」。『佳句』朋友に出。

766『佳句』及第に「章孝標　及第」とあるが『全唐詩』に見えず。

767『佳句』及第に「章孝標　張孝廉が呉に帰るを送る詩、発句に云く、呉将勤苦して高科を覓む。藝春官に至るも奈何ともせず」とあり、『私注』には「同前」とある。『全唐詩』に見えず。

768『私注』「式部少輔（在衡卿なり）五位の蔵人に補するを賀する詩なり　正通」とあるが、藤原在衡と正通では時期が合わないので疑問。

769『私注』「同詩胸句」。

770『私注』「同詩腰句」。

771『私注』「已上四韻」。

772参考『新勅撰集』賀「題しらず　よみびとしらず」。

773『私注』「雑言の詩　謝偃」。

774『私注』「天子万年　保胤」。

775『古今集』賀「題しらず　読人しらず」。『新撰和歌』賀哀、二句「千代にましませ」。『古今六帖』四、いはひ、二句「ちよにましませ（傍にやちよに）」。『忠岑十体』神妙体。

776『拾遺抄』賀「（天暦のみかど四十にならせ給けるとし、山階寺に金泥寿命経四十巻をかき、供養たてまつりて、御巻数をそへてたてまつらせたりけるに、すはまをつくりて鶴をたてて、御巻数をくはせたりけり。その洲浜の台のしき物ゝあしでに、あまたの哥をかけりける中　平兼盛）初句「こゑたかく」。『拾遺集』賀「（天暦のみかど四十になりおはしましける時、山しなでらに金泥寿命経四十巻をかき供養したてまつりて、御巻数つるにくはせて、すはまにたてたりけり。そのすはまのしき物に、あまたのうた、あしでにかける中に）仲算法師」初句「声たかく」。『彰考館本兼盛集』「天らくのみかど四十になりおはしましけるとし、山しな寺のこむでいのずまう経四十巻をかのてらにかきくやうして御巻ずをそへてたてまつらせけるに、すはまをつくりてつるをたてて巻ずをくはせたり。そのすはまのしきものにかきつけたり」。

777『文集』巻三「太行路」。

778『私注』「遊仙窟の文　張文成」とあるが『遊仙窟』に見えず。

779『文集』巻十二「長恨歌」。以下三聯同じ。

782『文粋』巻七「清慎公の為に呉越王に報いる書」。

783『私注』「恋　紀斉名」。

784『私注』「江侍郎の来書を和す　美濃国の十市采女の詩」。

785『私注』「源規材が子の鰥居の作の詩を和す　源為憲」。

786『古今集』恋二「(題しらず)　みつね」。『古今六帖』四、こひ。『躬恒集ⅠⅡⅢ』。

787『拾遺抄』恋上「(だいしらず)　人丸」。『拾遺集』恋三「題しらず　人麿」。『人麿集ⅠⅡⅢ』。『忠岑十体』写思体。

788『古今集』恋四「(題しらず)　そせい法し」。『古今六帖』五、人をまつ、そせい。『素性集ⅠⅡ』Ⅰ、五句「まちでつるかな」。『忠岑十体』余情体。

789『私注』(板本)「無常　羅維」。

790『全唐詩』巻五十一、宋之問「思ふ所有り」また同巻八十二、劉希夷「白頭を悲しむ翁に代る」にも出。

791『文集』巻五十六「酒に対す五首」。

792『文粋』巻十四「重明親王家室四十九日の為の願文　後江相公」。

793『私注』「中陰の願文　小弁義孝」。願文ではなく七言詩の一聯。

794『屏風土代』「僧の山に帰るを送る」。

795『万葉集』巻三、雑歌「沙弥満誓の歌一首／三五一世間(よのなか)を何に喩へむ朝開き漕ぎ去にし舟の跡なきごとし」。『貞和本拾遺抄』雑下「題不知　沙弥満誓」。『拾遺集』哀傷「題しらず　沙弥満誓」。『古今六帖』三、ふね。

796『貞和本拾遺抄』雑下「よの中のこころぼそくおぼえければ源清忠の朝臣許によみてつかはしける　貫之」「左注＝この哥よみ侍てのち、ほどなくみまかりにけりとなん、家の集にかきつけて侍ける」。『拾遺集』哀傷「世中心ぼそくおぼえて、つねならぬ心地し侍ければ、公忠朝臣のもとによみてつかはしける。このあひだやまひおもくなりにけり　紀貫之」「左注＝このうたよみ侍て、ほどなくなくなりにけるとなん、家の集にかきて侍」。『古今六帖』四、かなしび。『貫之集Ⅰ』九「世中心ぼそくつねの心ちもせざりければ、みなもとのきんただのあそんのもとに此うたをやりける、このあひだやまひおもく成にけり」「左注＝後に人のいふをきけば、此うたは返しせんと思へど、いそぎもせぬほどにうせにければ、おどろきあはれがりて、かのうたに返しよみて、おたぎにてず経して、かはらにてなんやかせける」。

797『古今六帖』一、しづく。『遍昭集ⅠⅡ』Ⅰ「よのはかなさのおもひしられはべりしかば」。

798『私注』「白賦　謝観」。

799『私注』「白なり　順　題目なり」。以下四聯と合わせて七言律詩。

800『私注』「同前破題なり」。

801『私注』「同前譬喩なり」。

802『私注』「同述懐なり、以上四韻」。

803参考『類聚抄』二句「しらけたる時」四句「雪間かきわけ」。『撰集抄』八、二句「しらけたる夜の」。

影響文献一覧

一、本稿は、『和漢朗詠集』の漢詩文の摘句や和歌に関する説話及び後世への影響を紹介したものである。
一、各項冒頭のアラビア数字は、本文の番号と一致する。改行で掲げた括弧の中は、影響文献の書名、及びその巻数・巻名等である。
一、本書の漢詩文や和歌を句題として詠んだ歌、それを引用した文章等は数多いが、代表的なもの一、二例のみを挙げることにした。
一、なお、漢詩文において〔古注〕と記すものは、上巻は日本古典文学会影印叢刊、下巻は天理図書館蔵古写本に書きこまれた注記の中で説話に関する記事を翻刻したもので、専修大学古典影印叢刊を参照し、括弧の中に同じ内容を持つ文献を挙げた。

1
〔集註〕淑望此の賦を延喜の御時奉るに依つて四位の加階せしと云へり。

2
〔鈔〕此時ハ篤茂奥州少将ガ聟ニナリタク思テ少将ニ云イケレバ、領掌シケレドモ、少将ガ夫人ウケガハザル也。然ルニ夫婦二ノ心愛ルト不レ愛作也。愛タル心ハ東風氷ヲ解スニヨセ、不レ愛窓ノ梅ノ不レ開取也。(略)凍ト梅トヲバ少将ガ女ニ比也。此詩ニ依テ終ニ妻ニスル也。

3
〔朗詠百首〕春の池の汀をわたるこち風に氷のくさびうち解けにけり
〔六帖詠草(小沢芦庵)〕ふるとしに春たつ日梅を見て／年のうちにはるきぬめりと梅やさくうめさけりとて春やきぬらん

4
〔栄花物語暮まつほし〕柳著たる人は、浪の形を白き糸して結びて氷せさせて、「柳気力なくして」といふ詩の心なるべし。池に浪の文あり。氷尽く開けたり。

5
〔拾玉集巻二、詠百首和歌〕志賀の浦やとくる氷の春風に今朝をけふとはいつか告げん
〔拾遺愚草員外、文集百首〕氷とくもとの心やかよふらん風にまかする春の山水

7
〔栄花物語莟花〕はかなく年も返りて長和三年になりぬ。正月一日よりはじめて、新しく珍しき御有様なり。(略)氷解く風もゆるく吹きて枝を鳴らさず、(略)
〔新古今集秋上〕花山院御時、七夕の歌つかうまつりけるに　藤原長能／そでひちて我がてにむすぶ水の面にあまつ星逢の空をみるかな

8
〔和歌九品上品上〕これはことばたへにして、あまりの心さへある也。
〔梁塵秘抄巻一長歌十首、春〕そよ、春立つといふばかりにやみ吉野の山もかすみて今朝は見ゆらん

9
〔撰集抄巻四、第四、範円上人往生事〕しからば吹きよぎ吹きすぐる風につけても、無常胸をこがし、南枝北枝の梅、開落ことにしてうつり、田地に氷きえてあしの錐みじかく、新柳風に髪をけづる。旧苔なみに髭を洗ふ。

10
〔和歌童蒙抄巻二〕吹風や春立来ぬと告つらん枝にこもれる花咲にけり　後撰第一にあり。よみ人不知。后宮歌合によめり。

先遣二和風一報二消息一といへる詩の心歟。

11〔平家物語巻九、生ずきの沙汰〕　東岸西岸の柳遅速をまじへ、南枝北枝梅開落已に異にして、花の朝月の夜、詩歌・管絃・鞠・小弓・扇合・絵合・草づくし・虫づくし、さま〴〵興ありし事ども、おもひいでかたりつゞけて、永日をくらしかね給ふぞ哀なる。

12〔撰集抄巻八、第一、篁詩事〕　むかし嵯峨の天皇、西山の大井川のほとりに、御所をたてさせおはしまして、嵯峨殿と申て、めでたくゆゝしくつくりみがゝるのみならず、山水木立わりなくて、ことに心とまるべきほどにぞ侍りける。きさらぎのはじめの十日の比、みかどはじめてみゆきの侍しに、小野の篁、供奉し侍りけるに、みかど篁をめされて「野辺のけしき、ちと詩につくりてたてまつれ」とおほせのありけるに、篁とりあへず「紫塵嬾蕨人拳レ手、碧玉寒葦錐脱レ嚢」とつくりて侍りければ、みかどしきりに御感侍りて、宰相にぞなされにける。おほくの人を越して、その座につき給へりにけり。ゆゝしき面目なりけんかし。さても篁逝去の後、大唐より楽天の詩どもを送りけるに、「蕨嬾人拳レ手、蘆寒錐脱レ嚢」といふ詩侍り。心はすこしも篁の詩にたがはず、言葉はいさゝか変れり。ときの秀才の人々申されけるは、篁の句、猶めでたきとぞほめきこえける。まことに心言葉おもしろく侍り。わらび紫色なればかゞめり。かゞめれば物うきに似たり。是又手ににぎるかと見えたり。もの憂くする物かたぶくと云文は、高野の大師の御ことばに侍り。碧玉の寒き蘆の生ひ出で侍るは、錐嚢を脱するに似たり。紫塵に対する碧玉、嬾蕨にあへる寒葦、げにおもしろく侍り。相公になしたまへる君の御心ばへもめでたく、世を照らせる鏡の塵つもらで、人の能芸をはかる事くもり侍らぬ、いとゞありがたき事になん。されば人をおほく越して宰相に連なれりしに、たれかは一人としても唇をかへす輩侍りし。

13〔江談抄巻四〕　故老伝云、彼此騎馬人、月夜過二羅城門一誦二此句一。楼上有レ声曰、阿波礼阿波礼。文之神妙自感二鬼神一也。（本朝神仙伝、撰集抄巻八、十訓抄巻十）

〔海道記〕　時ニ万仭峯高シ、樹ノ根ニ縋テ腰ヲカヽメ、千里巌嶮シ、苔ノ鬚ヲカナクリテ脛ヲノヽク。

14〔本朝文粋巻八、延喜以後詩序〕　予昔侍二内宴一、賦二草木共逢レ春詩一曰、庭増二気色一晴沙緑、林変二容輝一宿雪紅。（略）丞相常吟賞、以為二口実一。乗レ酔執二予手一曰、元白再生、何以加レ焉。予雖レ知レ過レ実、猶感二一顧一。

15〔源氏物語蓬生〕　かやうにあわたたしきほどに、さらに思ひ出でたまふけしき見えで月日経ぬ。「今は限りなりけり。年ごろあらぬさまなる御さまを、悲しういみじきことを思ひながらも、萌え出づる春に逢ひたまはなむ」と念じわたりつれど、

〔金槐集春〕　早蕨／さわらびのもえ出る春に成ぬれば野辺の霞もたなびきにけり

16〔新撰万葉集流布本巻下、春〕　渓風催レ春解レ凍半、白波洗レ岸為二明鏡一、初日含レ丹色欲レ開、咲二殺蘇少家梅柳一。

〔新古今集春上〕　百首歌たてまつりし時　藤原家隆朝臣／谷河のうちいづる浪もこゑたてつ鶯さそへ春の山かぜ

17〔続古今集春上〕　題知らず　権中納言長方／見わたせばわかなつむべくなりにけりくるすのをののをぎのやけはら

18〔句題和歌〕　花をみてかへらむことをわするゝは色こきかぜによりて成けり

19〔本朝無題詩巻四、藤原忠通、早春即事〕　春色忽来感叵レ彊　遊糸繚乱望蒼々

20〔同右〕　管絃処々詠吟夜　歌酒家々遊宴春

21〔朗詠百首〕桃の花ところ〳〵に咲きぬれば野にも山にも錦織りかく

22〔江談抄巻四〕古老相伝、昔我朝伝下聞唐有二白楽天一巧上レ文。楽天又聞下日本有二小野篁一能上レ詩、待二依常嗣来唐之日一。所謂望楼為レ篁所レ作也。篁副使入唐之時、与二大使一有レ論不二進発一。会昌五年冬楽天已亡、而後年也文集渡来。中篁所レ作相同之句三矣。野蕨人拳レ手、江蘆錐脱レ嚢。元和小臣白楽天、観レ舞聞レ歌知二楽意一等句也。天下珍二重篁一者也。

〔平家物語巻二、康頼祝言〕二人はおなじ心に、もし熊野に似たる所やあると、島のうちを尋まはるに、或林塘の妙なるあり、紅錦繡の粧しな〳〵に。或雲嶺のあやしきあり、碧羅綾の色一にあらず。

23〔土御門院御集〕立田山花のにしきのぬきを薄み咲くか散るかに迷ふ春かな

24〔無題詩巻三、藤原茂明、月下言志〕詩酒家々応レ惜レ暁　絃歌処々不レ堪レ秋

25〔源氏物語須磨〕いつとなく大宮人の恋しきに桜かざししけふも来にけり

〔新古今集春上〕題知らず　読人しらず／いその神ふるき都をきて見れば昔かざしし花さきにけり

26〔続後撰集春中〕花ざかりに西園寺にすみ侍りけるに、人々まうできて歌よみ侍りけるに　前太政大臣／をさまれるみよのしるしと山里に心のどけきはなを見るかな

27〔狭衣物語巻一〕少年の春は、惜しめども留まらぬものなりければ、弥生の廿日余にもなりぬ。

28〔源氏物語若菜上〕妻戸押し開けて出でたまふを、見たてまつり送る。明けぐれの空に、雪の光見えておぼつかなし。なごりまでとまれる御匂ひ、「闇はあやなし」と独りごたる。

〔狭衣物語巻三〕袖して顔を隠して、馬道の戸口に立ちて隠れ給ひぬれど、闇はあやなき御匂ひよりはじめ、人に紛ふべくもなき有様なれば、

30〔平治物語巻下、常盤落ちらるる事〕梅花を折て首にはさめども、二月の雪衣に落。瓦のうへの松もなければ、松根にたちやどるべき木蔭もなく、人跡はゆきにうづもれて、とふべき戸ざしもなかりけり。

31〔紫式部日記〕「年ごろ、宮のすさまじげにて、ひとところおはしますを、さうざうしく見たてまつりしに、かくむつかしきまで、左右に見たてまつるこそうれしけれ」と、おほとのごもりたる宮たちを、ひきあげつつ見たてまつりたまふ。「野辺に小松のなかりせば」と、うち誦じたまふ。あたらしからむことよりも、をりふしの、人の御有様、めでたくおぼえさせたまふ。

32〔古注〕能宣為二地下者一。親王子日野遊時所レ詠也。父頼基聞二此歌一勘発曰、汝若慮外昇殿時、無二此子日歌一者、将レ詠二何歌一乎。（袋草紙巻上、十訓抄巻一）

〔栄花物語蒼花〕はかなくて年も返りて長和三年になりぬ。（略）あらたまの年立ち返りぬれば、（略）船岡の子の日の松も、いつしかと君に引かれて万代を経んと思て、常磐堅磐の緑、色深く見え、

33〔新勅撰集賀〕永治二年、崇徳院、摂政の法性寺家にわたらせ給て、松契千年といへる心をよませ給けるに　大炊御門左大臣／うつしうゑてしめゆふやどのひめこ松いくちよふべきこずゑなるらむ

35〔栄花物語蒼花〕はかなく年も返りて、長和三年になりぬ。（略）あらたまの年立ち返りぬれば、（略）垣根の草も青み渡り、朝（あした）の原も荻の焼原かき払ひ、春日のの飛火の野守も、万代の春のはじめの若菜を摘み、

〔千載集春上〕春たちける日よみ侍りける　源俊頼朝臣／はるのくるあしたのはらをみわたせば霞もけふぞたちはじめける

36〔新千載集春上〕 わかなの歌とてよめる　鎌倉右大臣／春はまづわかなつまむとしめ置きし野べとも見えず雪のふれれば

37〔続拾遺集春下〕 題しらず　前内大臣基／ちらぬまはをのへのさくらゆきてみぬ人もしのべとにほふ春かぜ

38〔源平盛衰記巻八、法皇三井灌頂事〕 今年は桜は遅つぼみて、桃花はさきに開たりけれ共、智者は秋の鹿とのみ詠ぜさせ給て、花を御覧ずる事も無き。依レ之雲上人、更に一人も花を詠ぬる人は御座ざりけるに、三月三日たりしに、「春来遍是桃花水、不レ弁二仙源一何処尋」と高声に詠ずる人あり。法皇誰ぞやと被二聞食一程に、やがて清涼殿に参て笛を吹鳴して、時の調子黄鐘調に音取すましたり。

39〔古事談巻三〕 東大寺聖人舜乗坊入唐之時、教長手跡之朗詠ヲ持渡。唐人育王山長老以下見レ之、感歎無レ極。其中天神御作、春之暮月、月之三朝之句、殊以褒美、不レ堪二感懐一。遂乞取二納育王山宝蔵一云々。

〔江談抄巻六〕 帥於レ序者毎レ読無レ不二腸断一。(略) 丼花時天似レ酔序、思二魏文一而翫二風流一之句、(略) 染二心肝一者也。

41〔江談抄巻四〕 此詩作二詩旧一者也。凡篤茂作詩哀歟。於二弟子一習二其体一、増二其風心一者也云々。

42〔謡曲、養老〕 曲水に浮かむ鸚鵡は、石に礙りて遅くとも、手にまづ取りて夜もすがら、馴れて月を汲まうや、馴れて月を汲まうや。

43〔六百番歌合春下　十八番、三月三日〕 判云、右の花咲く、左方耳に立つと云々。暁風緩吹、不言之口先咲と云ふ句の心にや侍らん。

44〔謡曲、西王母〕 春いくばくのとし月を、送りむかへて、この春は、みちとせに、なるてふ桃のことしより、〳〵、花咲く春にあふことも、只是君の四方のめぐみ、あつき、国土の千々の種、もも花の色ぞたへなる。

46〔江談抄巻五〕 予談云、菅家御作者、類二元稹一之由、先日有レ仰。其言誠而有レ験。菅家御草云、低レ翅沙鷗潮落暁、乱レ糸野馬草深春。元稹詩云、攏レ塵野馬春無レ暖、拍レ水沙鷗湿翅低。此両句実以相類焉。

47〔土御門院御集〕 惜しめども老ばかりこそ積りけれあすは三十路の数ならぬ身と

49〔金葉集二度本雑上〕 おもふ事はべりけるころよめる　参議師頼／いたづらにすぐる月日をかぞふればむかしをしのぶねこそなかるれ

50〔朗詠百首〕 留むれど春はとまらで帰りにきいかがはすべきけふのさびしさ

52〔句題和歌〕 なげきつゝ過ぎゆく春を惜しめどもあまつ空からふりすてゝいぬ

53〔太平記巻十二、大内裏造営事〕 延喜帝未ダ春宮ニテ御坐アリケルガ、菅少将ヲ被レ召テ、「漢朝ノ李嶠ハ一夜ニ百首ノ詩ヲ作ケルト見タリ。汝蓋レ如二其才一。一時ニ作二十首詩一可レ備二天覧一」被二仰下一ケレバ、則十題ヲ賜テ、半時許ニ十首ノ詩ヲゾ作セ玉ケル。「送レ春不レ用レ動二舟車一、唯別二残鶯与二落花一、若使三韶光知二我意一、今宵旅宿在二詩家一」ト云暮春ノ詩モ其十首ノ絶句ノ内ナルベシ。才賢ノ誉・仁義ノ道、一トシテ無レ所レ欠。

55〔澄憲作文集〕 以二舟車一不レ送、往易是レ浮生之春、関城ノカタメキビシケレドモ難レ留、又如幻ノ身也。

56〔源氏物語若菜下〕 暮れゆくままに、今日にとぢむる霞のけしきもあわたたしく、乱るる夕風に、花の蔭、いとど立つことやすからで、人々いたく酔ひ過ぎたまひて、

〔新古今集夏〕 更衣をよみ侍りける　前大僧正慈円／ちりはてて花のかげなきこのもとにたつことやすき夏衣かな

57〔新古今集春下〕 百首歌たてまつりし時　摂政太政大臣／あすよりはしがの花ぞ

のまれにだにたれかは問はむ春のふる里

58〔中務内侍日記〕正応五年の二月までつぼねにさぶらへば、いよいよやまひおもくて、さとにいでたるに、三月つごもりにちりたるはなにかきつけて、新宰相殿／ちる花のなごりのみ社歎かるれまたこん春もしらぬ我身に

61〔千載集春下〕百首歌召しける時、暮の春の心を詠ませ給うける　崇徳院／花はねに鳥はふるすにかへるなり春のとまりをしる人ぞなき

62〔風雅集春下〕三月に閏ありける年よめる　修理大夫顕季／つねよりものどけくにほへ桜花春くははれる年のしるしに

64〔色葉和難集巻四〕一、たまだれ　和云、たまだれとはすだれをいふなり。大国には玉をつらぬきて、すだれにかくればいふ。朗詠云、幾処花堂、夢覚珠簾未レ巻云々。

65〔句題和歌〕やまふかみたちくる霧にむすればやなく鶯の声のまれなる

66〔私注〕或本師頼之私入云。

〔宴曲集巻一、春野遊〕臺頭に酒有りて酔を勧むるみぎりに　炉下に羹を和するは　野沢に求めし女蓤の若菜

67〔句題和歌〕うぐひすのなきつるこゑにさそはれて花のもとにぞ我は来にける

68〔朗詠百首〕別れ行く雲井の雁の鳴く声に似てもさへづる春の鶯

69〔古注〕周郎者周瑜也。知二楽誤一而必顧レ之。近代之人不レ知、本文為レ舞者可レ恠レ之。

70〔土御門院御集〕白雲を己が巣守と契りてや都の花にうつるうぐひす

71〔古注〕未レ講レ詩前件夜、村上天皇以二青鳥一問二文時一曰、常称下可レ勝二叡草一之由上。今夜如何。文時申二他時敢不レ挑、申三今日恐有二一日之長一云々。御製者月落高歌御柳陰也。斉信卿曰、此句勝二於西楼句一遠矣。但上句不レ造化一也。（江談抄巻五、今昔物語集巻二十四、鈔）

〔朗詠百首〕春の夜の有明がたの月を見て花になづそふ宮のうぐひす

72〔蜻蛉日記巻上〕われも、ののしるをば隣に聞きて、「待たるるものは」なんどうち笑ひてあるに、

〔枕草子三八段〕鶯は（略）「年立ちかへる」など、をかしきことに、歌にも詩にも作るなるは。なほ、春のうち鳴かましかば、いかにをかしからまし。

74〔栄花物語衣の珠〕かくて奥山の御住居も本意あり、心のどかにおぼされて、年も暮れぬれば、一夜が程に変りぬる峰の霞もあはれに御覧ぜられて、「山里いかで春を知らまし」など、うちながめさせ給に、

75〔無題詩巻八、藤原敦基、冬日遊二長楽寺一〕林巒葉色殷二於火一　伊洛水文翠似レ藍

76〔土御門院御集〕秋はまた分くべき道となりやせん緑みじかき庭の若草

77〔菅原伝授手習鑑初段、筆法伝授の段〕丞相清書を取上給ひ、「鑽沙草只三分計、跨樹霞纔半段余、是は我が作れる詩、きのふこそ、年は暮しか春霞、春日の山に早立にけり、是は又人丸の詠歌、いづれも早春の心を詠叶へり。（略）」

78〔無名抄連がら善悪事〕歌はただ同じ詞なれども、続けがら・いひがらにてよくもあしくも聞ゆるなり。（略）されば、古歌に確かにしか〳〵ありなど証を出す事は、様によるべし。其哥にとりて善悪あるべき故也。（略）古今歌に、／春霞立てるやいづこみよし野の吉野の山に雪は降りつゝ／是はいとめでたき哥也。中にも「立てるやいづこ」といへる詞勝れて優なるを、或人の社頭の菊といふ題をよみ侍しに、／神垣に立てるや菊の枝たはに誰が手向けたる花の白木綿／同じく「立てるや」とよみたれど、是はわざとも詞きかず手づつげに侍り。

〔助六河東節上るり〕〽春霞、たてるやいづこ三芳野の、山口三浦うら〳〵と、うら

若草や初花に、
79〔古注〕 件歌腰五字句、人々相分論レ之。或云、未レ消之心也。又云、頗消之意也。吉忠等論レ之云々。（袋草紙巻上）
81〔大納言為家集春〕 あさみどりいとに玉ぬく青柳もふりくる雨に色をそへつゝ
82〔和歌無底抄巻一春部、春雨〕 草木の為には雨をもて父母とせり。詩にも養ひえてはおのづから花の父母たりなど作り、いはがうへのこけ路にたへぬといひては、草葉のいかでもゆらんなどうたがふべし。
83〔謡曲、墨染桜〕 中にもこの桜は旧院の御愛木、花の新に開けし日は、初陽潤ふ御顔も悦ばせおはしまし、鳥の老いて帰る時薄暮くもれる御気色、無常の嵐吹き来り、花より先に散り給ふ。
84〔謡曲、鉄輪〕 それ花は斜脚の暖風に開けて、同じく暮春の風に散り、月は東山より出でて早く西巌に隠れぬ。
85〔撰集抄巻八、第一八、実方中将桜狩ノ歌ノ事〕 むかし、殿上のをのこども、花見むとて東山におはしたりけるに、俄に心なき雨のふりて、人々、げに騒ぎ給へりけるが、実方の中将、いと騒がず、木のもとによりて、かく、／さくらがり雨はふりきぬおなじくは濡るとも花の陰にくらさん／とよみて、かくれたまはざりければ、花より漏りくだる雨にさながら濡れて、装束しぼりかね侍り。此こと興ある事に人々思ひあはれけり。又の日、斉信大納言、主上に「かゝるおもしろき事の侍し」と奏せられけるに、行成、その時蔵人頭にておはしけるが、「歌はおもしろし。実方は痴なり」とのたまひてけり。この言葉を実方もれ聞きたまひて、ふかく恨みをふくみ給ふとぞ聞え侍る。
86〔増鏡老のなみ〕 杖とりの使、公敦朝臣。つゑをしりぞけて舞を奏するほど、気色ばかりうちそゝぎたる春の雨、青柳の糸に玉ぬくかと見えたり。
87〔土御門院御集〕 ながれくむ袖さへ花に成にけり梅ちる山の谷川の水
88〔栄花物語わかばえ〕 殿ばら今は御遊になりていみじうをかしきに、夜に入りたり。ものゝ音ども心殊なり。御土器に花か雪かの散り入りたるに、中宮大夫うち誦じ給ふ。「梅花帯レ雪飛ニ琴上一、柳色和レ煙入ニ酒中一」。
90〔中右記部類紙背巻九、源俊仲、於長楽寺即事〕 青糸枝嫋洞門柳　白玉花装渓戸梅
91〔江談抄巻四〕 広州山中嶺有レ五。其一名ニ大庾一。嶺上多ニ梅樹一、南枝先花開。此御屏風詩題目者、左大弁大江朝綱奉レ勅、自ニ坤元録中一撰進、三人作レ詩。即朝綱、文章博士橘直幹、大内記菅原文時也。参議大江維時蒙レ詔評定、采女正巨勢公忠画、左衛門佐小野道風書。並当時秀才也。惣八帖廿首。三人作ニ六十首一撰定。江十首、橘二首、菅八首。作者瀝レ思不レ如ニ此詩一。或人云、紀在昌不レ入レ作。内心竊為レ歎云々。
92〔土御門院御集〕 春の日の光ににほふ梅の花みなみよりこそ露も置きけめ
93〔和歌九品中品中〕 すぐれたる事もなくわろき所もなくてあるべきさまをしれる也。
〔千載集賀〕 鳥羽院くらゐおりさせ給うてのころ、庭花年久といへる心をこれかれつかうまつりけるに、よみ侍りける　大納言忠教／ほりうゑしわかぎのむめにさく花は年もかぎらぬにほひなりけり
96〔栄花物語根あはせ〕 流れて早き月日にて過ぎもてゆけば、五節に中宮の女房「梅雑舌を含むで」といふ詩を装束きたり。梅の織物、香染、紅梅の紅に匂ひたるなどなり。「緑の文を帯びたり」とてしたる緑の衣著たり。殿上人誦じなどしていとをかし。
97〔平家物語巻九、小宰相身投〕 女院も通盛の卿の中とはかねてよりしろしめされたりければ、さて此文をあけて御覧ずるに、妓炉の煙の句ごとに懐しく、筆のたてどもよのつねならず。

100〔源氏物語梅枝〕 このついでに、御方々の合はせたまふども、（略）さまざまをかしうしなして奉りたまへり。「これ分かせたまへ。誰にか見せん」と聞こえたまひて、御火取ども召して試みさせたまふ。「知る人にもあらずや」と卑下したまへど、言ひ知らぬ匂ひどもの、進み、後れたる、香一(かうひと)種(くさ)などが、いささかの咎をわきて、あながちに劣りまさりのけぢめをおきたまふ。

〔新古今集春上〕 題しらず 八条院高倉／ひとりのみながめて散りぬむめの花しるばかりなる人は問ひこず

101〔古今著聞集巻五、和歌、花山院紅梅の御歌の事〕 花山院御ぐしおろさせ給て後、叡山よりくだらせ給けるに、東坂本の辺に、紅梅のいとおもしろうさきたりけるを、立とゞまらせ給て、しばし御らんぜられけり。惟成(の)弁(の)入道御ともに候けるが、「王位をすてゝ御出家ある程ならば、これ体のたはぶれたる御振舞はあるまじき御事に候」と申侍ければ、よませ給うける／色香をば思もいれず梅花つねならぬ世によそへてぞみる

104〔太平記巻二十一、塩冶判官讒死事〕 只今此女房湯ヨリ上リケリト覚テ、紅梅ノ色コトナルニ、氷ノ如ナル練貫ノ小袖ノ、シホ〳〵トアルヲカイ取テ、ヌレ髪ノ行ヱナガクカヽリタルヲ、袖ノ下ニタキスサメル虚ダキノ煙匂計ニ残テ、其人ハ何クニカ有ルラント、心タド〳〵シク成ヌレバ、巫女廟ノ花ハ夢ノ中ニ残リ、昭君村ノ柳ハ雨ノ外ニ疎ナル心チシテ、師直物ノ怪ノ付タル様ニ、ワナ〳〵ト振ヒ居タリ。

106〔枕草子一〇〇段〕 殿上より、梅のみな散りたる枝を、「これはいかが」といひたるに、ただ「はやく落ちにけり」といらへたれば、その詩を誦して、殿上人黒戸にいとおほくゐたるを、上の御前にきこしめして、「よろしき歌など詠みていだしたらんよりは、かかることはまさりたり。かしこくいらへたり」とおほせられき。

107〔和歌童蒙抄巻七〕 うぐひすのいとによるてふたまやなぎふきもみだるかはるのやまかぜ 後撰第三にあり。右詩曰、春嫋黄珠嬾柳風と云へり。

110〔続後撰集春下〕 堀河院に百首歌たてまつりける時 基俊／むらさきのいとよりかくるふぢの花このはるさめにほころびにけり

112〔枕草子二段〕 三月。三日は、うらうらとのどかに照りたる。桃の花の、いま咲きはじむる。柳など、をかしきこそさらなれ。それも、まだ繭にこもりたるはをかし。ひろごりたるはうたてぞ見ゆる。

113〔古注〕 軽軒馳与ㇾ閑義異。可二深案一云々。或云、有二閑人一聞二奔車一也。（江談抄巻六）

〔増鏡老のなみ〕 あくる日、午の時ばかり、寝殿より西園寺まで筵道しきて、両院御烏帽子直衣、春宮御括りあげて堂々拝ませ給。（略）兼行「花上苑に明なり」とうち出だしたるに、いとゞ物の音もてはやされて、えもいはずきこゆ。（とはずがたり巻三）

114〔江談抄巻五〕 又焼ㇾ秋林葉火還寒之句、准二的華光焰々火焼春一之句也。問云、当ㇾ簾柳色両家春之句也。

115〔鈔〕 楽天尸霊石ガ処ヘ花アルヲ見テ、アンナイモ不ㇾ言ツヽト入レバ、主人腹立シテ云ヤウハ、聊爾也。然レドモ詩ヲ作ラバ可ㇾ許ト云間、其返事ニ作也。（十訓抄巻十）

〔新古今集春上〕 かきねの梅をよみ侍りける 藤原敦家／あるじをば誰ともわかず春はたゞ垣根の梅を尋ねてぞ見る

116〔古注〕 此序冷泉院花宴也。序遅引無ㇾ極。主上欲二還御一、而依ㇾ聞二食序首一留給。夫冷泉院万葉仙宮百花一洞也云々。（江談抄巻六）

〔平家物語巻二、烽火之沙汰〕 其恩の重き事をおもへば、千顆万顆の玉にもこえ、其

恩のふかき事を案ずれば、一入再入の紅にも過たらん。

117〔奥義抄中釈〕をみなへしかげをうつせば心なき水もいろなるものにぞありける

誰謂水無レ心、濃艶臨而浪変レ色といふ文をよめる也。

118〔謡曲、松山鏡〕これを水といはんとすれば、即ち漢女が粉を添ふる鏡清瑩たり、花といはんとすれば、蜀人文を洗ふ錦、われとても娑婆の故郷に立ち帰らば、錦の袴君がため、昔を語り申すべし。

120〔大納言為家集春〕春やきてふる里いそぐ桜花ちれば錦をたゝむやま風

123〔土佐日記承平五年二月九日〕かくてふねひきのぼるに、なぎさの院といふところをみつゝゆく。その院、むかしをおもひやりてみれば、おもしろかりけるところなり。しりへなるをかには、まつのきどもあり。なかのにはには、むめのはなさけり。ここにひと〳〵のいはく、「これ、むかしなだかくきこえたるところなり。故これたかのみこのおほんともに、故ありはらのなりひらの中将の、『よのなかにたえてさくらのさかざらばはるのこゝろはのどけからまし』といふうたよめるところなりけり」。いま、けふあるひと、ところににたるうたよめり。

〔和歌九品上品下〕心ふかからねどもおもしろき所ある也。

124〔新古今集春上〕梅花にそへて、大弐三位につかはしける　権中納言定頼／見ぬ人によそへてみつる梅の花ちりなんのちのなぐさめぞなき

125〔詞花集春〕人々あまたぐして桜花をてごとにをりてかへるとてよめる　源登平／さくらばなてごとにをりてかへるをばはるのゆくとや人はみるらん

〔謡曲、雲林院〕シテとても散るべき花なれども花に憂きは嵐、さりながら風も花をこそ誘へ、枝を手折り給へば、おことは花のためには風よりも辛き人やあらなにともなの人や。ワキなにとて素性法師は、見てのみや人に語らん桜花、手ごとに折りて家苞にせんとは詠みけるぞ。

126〔拾玉集巻二、詠百首和歌〕はなも水も心なぎさやいかならむ庭に浪たつはるの木のもと

〔拾遺愚草員外、文集百首〕山吹の色よりほかにさく花もいはでふりしく庭のこのもと

127〔無題詩巻二、藤原周光、百花盛開、衆人競至、長橋之下有二軽軒一〕朝先二林風一相伴至、暮留二渓鳥一尚忘レ帰。

129〔古注〕楊巨源詩有下以二狼藉龍鐘一為レ対之詩上。（江談抄巻四）

〔土御門院御集〕花さそふこのした風のふくまゝになを時しらぬ雪ぞみだるゝ

131〔栄花物語煙の後〕桜のえもいはぬ盛に、馬場殿に月明かき夜、中宮の女房行きて見るに、幾木ともなく咲きととのほりたるは、雪の降りかゝれるに違ふ事なし。「空に知られぬ」とも見えたり。

132〔古注〕件歌有二両説一。或曰、朝忠中納言所レ読云々。子細見二于行成記一。

〔今昔物語集二四ノ三二〕今昔、小野宮ノ大キ大臣、左大臣ニテ御座(おはしまし)ケル時、三月ノ中旬ノ比(ころほひ)、公事ニ依テ内ニ参リ給テ、陣ノ座ニ御座ケルニ、上達部二三人許(ばかり)参リ会テ候ハレケルニ、南殿ノ御前ノ桜ノ器ノ大キニ神サビテ艶(えもいは)ヌガ、枝モ庭マデ差覆テ、譈(おもしろ)ク栄(さき)テ、庭ニ隙无(ひまな)ク散リ積テ、風ニ吹キ被立(たてられ)ツヽ、水ノ浪ナドノ様ニ見エタルヲ、大臣、「艶ヌ譈キ物カナ。例ハ極(いみじ)ク栄ケド、糸此(いとかく)ル年ハ无キ者ヲ。土御門ノ中納言ノ被参ヨカシ。此レヲ見セバヤ」ト宣フ程ニ、遥ニ上達部ノ前(さき)ヲ追フ音(こゑ)有リ。官人ヲ召テ、「此ノ前ハ誰ガ被参ルゾ」ト問ヒ給ケレバ、「土御門ノ権中納言ノ参ラセ給フ也」ト申ケレバ、大臣、

「極ク興有ル事カナ」ト喜ビ給フ程ニ、中納言参テ、座ニ居ルヤ遅キト、大臣、「此ノ花ノ庭ニ散タル様ハ、何ガ見給フ」ト有ケレバ、中納言、「現ニ讒ウ候フ」ト申シ給フニ、大臣、「然テハ遅クコソ侍レ」ト有ケレバ、中納言、心ニ思給ヒケル様、「此ノ大臣ハ只今ノ和歌ニ極タル人ニ御座ス。其レハ墓々シクモ无カラム事ヲ、面无ク打出デタラムハ、有ラムヨリハ極ク弊カルベシ。然リトテ、止事无キ人ノ、此ク責メ給フ事ヲ、冷クテ止ムモ便无カルベシ」ト思テ、袖ヲ掻繕ヒテ、此ナム申シ上ケル、／トノモリノトモノミヤツコ心アラバ、コノ春バカリアサギヨメスナ

ト。大臣、此レヲ聞給テ、極ク讃メ給テ、「此ノ返シ、更ニ否不為ジ。劣タラムニ、長キ名ナルベシ。然リトテ、増サラム事ハ可有キ事ニモ非ズ」トテ、「只旧歌ヲ思エ益サム」ト思給ヒテ、忠房ガ唐ヘ行クトテ読タリケル歌ヲナム語リ給ケル。

133〔無題詩巻九、大江佐国、閏三月尽日慈恩寺即事〕 三月已闌未レ得レ追、慈恩寺下暫棲遅、境経二異日笙歌曲一、思入二楽天悵望詩一。

134〔とりかへばや中〕 指貫の裾まで愛敬こぼれおつるやうにみえて、御前どもの参るほど、縁のつまにしばし立ちどまりて、うち見廻らして「翠竹の辺の夕の鳥の声」と、ゆるゝかにうち誦じ給声、あないみじとのみぞ聞ゆる。

135〔金葉集二度本賀〕 嘉承二年鳥羽殿行幸に池上花といへることをよませ給ひける 堀河院御製／いけみづのそこさへにほふはなざくら見るともあかじちよのはるまで

138〔謡曲、雲雀山〕 欵冬誤つて暮春の風に綻び、また躑躅は夜遊の人の折を得て、驚く春の夢の内。

139〔古注〕 定文密二通於国経大納言妻一〈在棟梁女〉。件女後為二時平大臣室一、生二敦忠中納言一。件納言為二小児一時、定文書二其背一云々。

〔宴曲集三、名所恋〕 忍ぶも苦しいかにせん、強き人は常磐山、言はねばこそあれ岩躑躅、さのみはいかゞつゝみはてん、

140〔江談抄巻四〕 大隅守清原為信云、故親父典薬頭真人相談云、昔中書大王為二大納言一之時、詣二彼大王第一。地富二風流一、天縦二煙霞一。当二青陽之時一、暮見二黄花盛開一。于レ時大王憑二欄干一、吟二詠此句一者、某人於二朱雀院一所レ作也。見二其気色一称二誉作者一也。爰父真人従容言、欵冬和名山不々支、見二於本草一、其花冬開。今以二欵冬一為二山吹名一誤也。於レ是中書大王感悟云、若於二学者一不レ可レ言レ詩矣。

141〔江談抄巻四〕 収拾ハ唱和集ニソムク。不レ叶二此処義一。

142〔金葉集二度本春〕 水辺款冬 大宰大弐長実／春ふかみかみなびがはにかげみえてうつろひにけりやまぶきの花

143〔金葉集二度本春〕 後冷泉院御時歌合にやまぶきの心をよめる 前大宰大弐長房／やまぶきにふきくるかぜも心あらばやへながらをばちらさざらなん

144〔無題詩巻四、藤原敦光、早夏言志〕 経レ年香迸衣開レ匣、迎レ夜酔酣酒満レ罇。

145〔朗詠百首〕 脱ぎかふる人をまつらむ春過ぎて夏のけさたつ蟬の羽衣

146〔古注〕 源重之為二冷泉院坊時帯刀長一、為二晨昏一。向二陸奥一日別詠一首、可レ献二百首一由有二令旨一。

〔後拾遺集夏〕 四月ついたちの日よめる 和泉式部／さくらいろにそめしころもをぬぎかへて山ほととぎす今日よりぞまつ

147〔栄花物語莟花〕 甕のほとりの竹葉も末の世遙に見え、階の下の薔薇も夏を待ち顔になどして、さま〴〵めでたきに、

148〔源平盛衰記巻十二、師長熱田社琵琶事〕 後は松山峨々として、白石滝水流れ出、苔石面に生て、嵐尾上に冷、誠に石上珍泉の便

を得たる勝地あり。

149〔続古今集夏〕　弘長二年百首歌中に、卯花を　中務卿親王／あかざりしはるのへだてとみるからにかきねもつらきやどのうのはな

150〔平家物語巻二、卒都婆流〕　さればにや、八社の御殿甍をならべ、社はわだつみのほとりなれば、塩のみちひに月ぞすむ。しほみちくれば、大鳥居あけの玉墻瑠璃の如し。塩引ぬれば、夏の夜なれど、御まへのしら洲に霜ぞをく。

151〔源氏物語胡蝶〕　雨はやみて、風の竹に鳴る程、花やかにさし出でたる月影、をかしき夜のさまもしめやかなるに、人々はこまやかなる御物語に、かしこまりおきて、けぢかくもさぶらはず。

153〔狭衣物語巻二〕　「寝ぬに明けぬ」と言ひ置きけん人も羨ましきに、辛うじて明ぬる心地すれば、東の妻戸おしあけて、見出し給へば、

〔千載集夏〕　仁和寺のみこのもとにて、郭公の歌五首よみ侍りける時、よめる　按察使公通／ほととぎすまつはひさしき夏のよをねぬにあけぬと誰かいひけん

154〔夜の寝覚巻四〕　五月二十日の月いと明う、ここかしこの木の下こ暗う、夕まぐれならねども恐ろしきまで見えわたるに、(略)例の寝覚は、鳴くや五月の短夜も明しかねつゝ、すこし端近くて、花橘の枝も、いとど昔恋しきつまとなりまさりつつ、その折かの折と、思ひ出づるに、

155〔古注〕　四条大納言与二六条宮一被レ論曰、貫之歌仙也。宮曰、不レ可レ及二人丸一。納言曰、不レ可レ然。爰書二各秀歌十首一、後日被レ合、八首人丸勝、一首貫之勝云々。此歌持云々。（袋草紙巻上、古事談巻六、柿本朝臣人麿勘文）

〔宇津保物語藤原の君〕　そのよ、すのこに御とのごもりて、ごたちにもののたまひなどしつゝ「あやしくあけがたき夜かな」などの給に、ほとゝぎすあまたたびなく。中納言の君「鳴ひとこゑとこそいふなれ。あやしうもの給かな」。侍従の君、／ひとこゑにあくなるものを郭公こころ□しののめ

〔新撰万葉集巻上、夏〕日長夜短懶二晨興一、夏漏遅明聴二郭公一、嘯取詩詞偸走レ筆、文章気味与レ春同。

156〔無題詩巻二、藤原明衡、賦艾人〕　荆州秘術長伝レ妙、菅氏美詞更識レ神。〈菅家集中有下賦二艾人一之詩上〉

157〔源氏物語螢〕　にほどりに影をならぶる若駒はいつかあやめにひきわかるべき

158〔新古今集秋上〕　五十首歌たてまつりし時　秋歌　藤原雅経／きのふまでよそにしのびしした萩の末ばの露に秋風ぞふく

〔ふぢ河の記〕　又軒にあやめをふきわたすこと都にかはらざりければ、／我宿の妻にはあらぬあやめ草今夜かりねにかたしきの床

159〔土御門院御集〕　まだあをきはゝその森の夕かげになくもすゞしきせみのは衣

160〔本朝麗藻巻上、大江以言、高閣夜涼多〕納レ月簟瑩迎二暁露一、連レ雲燈動先二秋風一。

161〔句題和歌〕　我心しづけきときはふく風の身にはあらねど涼しかりけり

162〔江談抄巻六〕　匡衡序者破題多二秀句一。如下班婕妤団雪之扇代二岸風一、以長忘之句、幷酔郷氏之国四時独誇二温和之天一之句等上也。

〔東関紀行〕　余熱いまだつきざる程なれば、往還の旅人多く立ちよりてすゞみあへり。班婕妤が団雪の扇、秋風にかくて暫く忘れぬれば、末遠き道なれども、たち去らんことはものうくて、更にいそがれず。

164〔古注〕　文時被レ難曰、可レ作二水冷池、風高松一云々。（江談抄巻五、私注）

〔枕草子七三段〕　左衛門の陣にまかりみ

むとていけば、われもわれもと問ひ継ぎていくに、殿上人あまた声して「なにがし一声秋」と誦してまゐる音すれば、逃げ入りものなどいふ。

165〔千載集夏〕 松下納涼といへる心をよみ侍りける 中務卿具平親王／とこ夏のはなもわすれて秋かぜを松のかげにてけふは暮れぬる

166〔謡曲、誓願寺〕 我も昔は此寺に、ちぐのあればすむ水の、春にも秋やかよふらし、結ぶいづみのみづからが、名をながさんも恥かしや。

167〔更級日記〕 霊山（りやうせん）ちかき所なれば、詣でてをがみ奉るに、いと苦しければ、山寺なる石井に寄りて、手にむすびつつ飲みて、「この水の飽かずおぼゆるかな」といふ人のあるに、／奥山の石間の水をむすびあげてあかぬものとは今のみやしる

〔後拾遺集雑四〕 河原院にてよみはべりける 大江嘉言／さと人のくむだにいまはなかるべしいはゐのしみづみくさゐにけり

168〔土御門院御集〕 ときはなるかげしげりあふさゝ竹のおほみや人の袖ぞすゞしき

169〔謡曲、班女〕 夏果つる、扇と秋の、白露と、いづれか先に、起き臥しの、床すさまじやひとり寝の、淋しき、枕して、閨の月を眺めん。

170〔拾遺抄夏〕 題しらず 藤原長能／さばへなすあらぶるかみもおしなべてけふはなごしのはらへなりけり

171〔古注〕 盧橘花橘也。而宋人周良史為二枇杷一不覚也。

〔拾玉集巻二、詠百首和歌〕 香をとめてむかしをしのぶ袖なれや花たちばなにすがるあま水

〔拾遺愚草員外、文集百首〕 むらさめに花たちばなやおもるらんにほひぞおつる山のしづくに

172〔枕草子三四段〕 四月の晦五月の朔のころほひ、橘の葉の濃く青きに、花のいと白う咲きたるが、雨うち降りたる早朝などは、世になう心あるさまにをかし。花のなかより黄金の玉かと見えて、いみじうあざやかに見えるなど、朝露に濡れたる朝ぼらけの桜に劣らず。

173〔和泉式部日記〕 「いとよきことにこそあなれ。その宮はいとあてにけゝしうおはしますなるは。昔のやうにはえしもあらじ」など言へば、「しかおはしませどいとけ近くおはしまして、『つねに参るや』と問はせおはしまして『参り侍り』と申し候ひつれば、『これもて参りて、いかゞ見給ふとて奉まつらせよ』とのたまはせつる」とて橘の花を取り出でたれば、「昔の人の」と言はれて、

174〔平家物語灌頂巻、女院出家〕 昔をしのぶつまとなれとてや、もとのあるじのうつしうゑたりけむはな橘の、簷（のき）ちかく風なつかしうかをりけるに、郭公二こゑ三こゑおとづれければ、女院ふるき事なれ共おぼしめし出て、御硯のふたにかうぞあそばされける。／郭公花たちばなの香をとめてなくはむかしの人や恋しき

175〔無題詩巻五、藤原周光、書窓言志〕 霜林寒色稀疎脆、風葦残花寂寞幽。

178〔大納言為家集夏〕 したにすむうをもやふちのさわぐらんはすのうき葉の露ぞみだるゝ

180〔古今著聞集巻十六、興言利口〕 嵯峨の釈迦堂に、人あまたまいりて通夜したりけるに、夜うちふけて僧のありけるが、「経為二題目一仏為レ眼」といふ句を朗詠にしたりけり。心ばかりはすると思たりけり。孝道朝臣おりふしまいりあひてきゝゐたりけるが、朗詠はてゝ孝道彼僧にむかひて「おもしろう候つる物かな」と色代したりけるを、僧心地よげに思て、ちとゐなをりて、「これは随分に孝道にならひて候しなり」といひ

たりけり。此句の事、中御門右大臣知足院殿御時九十句を撰定のゝち、妙音院殿又百廿句を撰じくはへさせ給ける。彼是合二百十句也。其中にも彼句いらず。かた〳〵をかしきいひやう也。但皆是を詠じあひけり。

181〔源氏物語匂宮〕 明け暮れ勤めたまふやうなめれど、はかもなくおほどきたまへる女の、御悟りのほどに、蓮（はちす）の露も明らかに、玉と磨きたまはんことも難し。

〔堤中納言物語はなだの女御〕「かの前栽どもを見給へ。池の蓮（はちす）の露は玉とぞ見ゆる」

182〔六百番歌合秋、十七番稲妻〕 判云、（略）朗詠集の詩にも、万点水螢秋草中とこそ侍れ、

183〔金槐集巻上、夏〕 深夜郭公／五月やみおぼつかなきにほとゝぎす深き嶺より鳴ていづなり

184〔大鏡巻三、公季〕 このおほきおとゞ（仁義公）の御母上は、延喜のみかどの御女、四宮ときこえさせき。延喜、いみじうときめかせおもひたてまつらせたまへりき。御裳着の屛風に、公忠弁、／ゆきやらで山ぢくらしつほとゝぎすいまひとこゑのきかまほしさに、とよむは、この宮のなり。つらゆきなどあまたよみて侍しかど、人にとりてはすぐれてのゝしられたうびし哥よ。

〔袋草紙巻上、雑談〕 頼綱朝臣ハ遇二能因一云、当初能因住二東山一之比、人々相伴テ行向清談。能因云、我達レ歌所二好給一也云々。又云、郭公秀歌ハ五首也。而相二加能因歌一六首云々。件歌ハ、／郭公キナカヌヨヒノシルカラバヌルヨモヒトヨアラマシモノヲ／予按レ之、彼五首歌何哉。若、貫之ガナク一声ニアクルシノヽメ、公忠ガ山路クラシツ、兼盛ガ暁カケテイマゾナクナル、実方ガクラハシヤマノ郭公、道綱母ノミヤコ人ネテマツラメヤ郭公、是等歟。尤不審。

185〔更級日記〕 また聞けば、侍従の大納言の御むすめなくなりたまひぬなり。殿の中将のおぼし嘆くなるさま、わがものの悲しきをりなれば、いみじくあはれなりと聞く。のぼりつきたりし時、「これ手本にせよ」とて、この姫君の御手をとらせたりしを、「さよふけてねざめざりせば」など書きて、「とりべ山たにに煙のもえ立たばはかなく見えしわれと知らなむ」と、いひ知らずをかしげに、めでたく書きたまへるを見て、いとど涙をそへまさる。

〔俊頼髄脳〕 天徳の歌合にも、ねざめざりせばといへる時鳥の歌は、えもいはぬ歌にて侍るを、人ならばまてといはましをといへる歌は、此頃の人の歌にとりて文字つゞきなどてづつげにて、わろ歌とも申しつべき歌なるを、同じ程の歌とさだめられたり。これらを思へば今やうの人のよしあしといへるは、あなおそろしき事なめり。

186〔古注〕 辰星古来難義也。但見二漢書眭孟伝（一本、楚元王伝）巻一。出二於四仲月之星一也。今過二五月一当二六月一故云々。（江談抄巻四）

〔悦目抄〕 ある殿上人さ月廿日あまりの比、いとくらかりけるにや、やんごとなき后の宮にまゐりて面道にたゝずみけるに、上より人の音のあまたしければ、さりげなく引きかくれてのぞきけるに、御つぼのやり水にほたるの多くすだくを見て、先に立ちける女房の、「ゆゝしのほたるや、雪をあつめたらんやうにこそみゆれ」とてすぐるに、つぎなる人幽なる声にて「螢火乱飛」とうちながめたるに、又次の人「夏虫の」と花やかにひとりごちたりける。（十訓抄巻一、今物語）

187〔無題詩巻二、藤原敦光、傀儡子〕 秋籬花悴螢知レ夜、青冢草疎馬待レ春。

190〔玉葉集夏〕 永仁二年五月内裏五首歌に野亭夏朝 前参議雅有／草ふかき窓の螢はかげ消えてあくる色ある野べの白露

191 〔新古今集恋二〕（家に歌合し侍りけるに、夏恋の心を）寂蓮法師／おもひあれば袖に螢をつつみてもいはばやものをとふ人はなし

〔悦目抄〕186参照。

192 〔続本朝文粋巻三、花園赤恒、詳和歌〕皐蒲腐而水螢流、尽入二幽玄之興一。宮樹紅而山蟬鳴、高振二神妙之理一。

193 〔今鏡すべらぎの中、紅葉の御狩〕また唐国の歌をも翫ばせ給へり。朗詠集に入りたる詩の残りの句を、四韻ながらたづね具せさせ給ふ事も思し召しよりて、匡房の中納言なむ集められ侍りける。その中に「五月の蟬の声は、なにの秋を送る」とかやいふ詩の、残りの句をえたづね出ださざりける程に、ある人これなむとて奉りたりければ、江師見給ひて「これこそこの残りとも覚え侍らね」と奏しける。後仁和寺の宮なりける手本の中に、真の詩出できたりけるなむとぞ聞え侍りし。

194 〔続本朝文粋巻一、大江匡房、西府作〕蟬鳴秦苑寂　鳥下漢庭蕪。

195 〔土御門院御集〕夏ふかきもりのうつせみねにたてゝなくこの暮はわれさへぞうき

197 〔六百番歌合夏〕夏山のこずゑもたかくなく蟬はなかなか声ぞかすかなりける

198 〔夜の寝覚巻一〕御歩きの折々、その家の門を過ぎたまふをりもあるには、なれる姿も見えまほしう、いといみじう忍びがたく見入るれば、

〔住吉物語（書陵部本）〕たいのかたへたちやすらひて、／君があたりいまぞすぎ行いでゝみよ恋する人のなれるすがたを／とうちながめ給ふをじゞうきゝて、

201 〔撰集抄巻八、第一七、中務元輔扇合歌事〕むかし、九条殿にて、さるべき人々七夕に扇合の侍りけるに、中務ときこえ侍る女房の、扇に、／天川かはべすゞしき七夕に扇の風を猶やかさまし／といふ歌を書きたりけるを、殿をはじめたてまつりて、人々、手ごとにとり伝へて、ことに感の侍りけり。さて、元輔の扇の遅く参りてありけるを見たまふに、をかしげなる手にて、／あまの川扇の風に霧はれて空すみわたる鵲の橋／といふ歌をぞかき侍りける。おもしろさ、わくかたなかりければ、此扇ふたつ勝にさだめて、そのほかのゆゝしかりける扇どもは、花のあたりの深山木のこゝちして、心とめてみる人もなかりけり。

202 前項参照。

204 〔宴曲集巻一、秋興〕蕭颯たる涼風　一時の秋を告ぐとかや。

205 〔古注〕文時逝後、於二旧亭一所レ作也。故有二其心一云々。（江談抄巻四）

206 〔新撰万葉集流布本巻下、秋〕山水飛レ文苦心落、月宮仙人功任添、擣レ服無レ砧秋錦留、染縫不レ人綾羅多。

〔源氏物語篝火〕「風の音秋になりにけり、と聞こえつる笛の音に忍ばれでなむ」とて、御琴ひき出でて、なつかしきほどに弾きたまふ。

207 〔能宣集〕七月一日あるところにて／うちつけに今日はすゞしな秋といへば風のこゝろもひきかへてけり

〔金槐集巻上、冬〕寺辺夕雪／うちつけに物ぞかなしき初瀬山尾の上の鐘の雪の夕暮

209 〔宴曲集巻一、秋興〕槐花雨に潤ふ　桐葉風涼し。

210 〔六百番歌合秋、四番残暑〕陳云、まづ秋のはじめは定めて暑きものなり。炎景剰残てとも作れり。

211 〔新古今集秋上〕（百首歌に、はつ秋の心を）藤原季通朝臣／このねぬる夜のまに秋はきにけらしあさけの風のきのふにもにぬ

212 〔太平記巻一、資朝俊基関東下向事〕七月七日、今夜ハ牽牛織女ノ二星、烏鵲橋ヲ渡シテ、一年ノ懐抱ヲ解夜ナレバ、宮人ノ風俗、

竹竿ニ願糸ヲ懸ケ、庭前ニ嘉菓ヲ列テ、乞巧奠ヲ修ル夜ナレ共、世上騒シキ時節ナレバ、詩歌ヲ奉ル騒人モ無ク、絃管ヲ調ル伶倫モナシ。

213〔延慶本平家物語第二中、実定卿待宵の小侍従に合事〕 其夜は終夜侍従に物語をして千夜を一夜にと口すさみ給に、未レ叙二別緒依々之恨一、五更の天に成ぬれば涼風颯々の声に驚てをき別給ぬ。

214〔枕草子一五四段〕 この四月の朔ごろ、細殿の四の口に殿上人あまた立てり。やうやうすべり失せなどして、ただ頭中将・源中将・六位一人残りて、万づの言いひ経読み歌唱ひなどするに、「明け果てぬなり。帰りなむ」とて「露は別れの涙なるべし」といふ言を、頭中将のうち出だしたまへれば、源中将ももろともに、いとをかしく誦じたり。

215〔新古今集秋上、相模〕 暁の露はなみだもとゞまらでうらむるかぜの声ぞ残れる

217〔古注〕 古人伝曰、此度文時輔昭相二博詩草一云々。（江談抄巻四）

218〔続後撰集夏〕（夏の歌の中に） 前大納言為家／あまのがはとほきわたりになりにけりかたののみののさみだれのころ

220〔謡曲、関寺小町〕 年待ちて、逢ふとはすれど七夕の、寝る夜の数ぞ、すくなかりける。

221〔平家物語巻六、紅葉〕 主上いとゞしくよるのおとゞを出させ給ひもあへず、かしこへ行幸なて紅葉を叡覧なるに、なかりければ「いかに」と御たづね有に、蔵人奏すべき方はなし。ありのまゝに奏聞す。天気ことに御心よげにうちゑませ給て「林間煖レ酒焼二紅葉一といふ詩の心をば、それらにはたがおしへけるぞや。やさしうも仕ける物かな」とて、かへて御感に預しうへは、あへて勅勘なかりけり。

222〔悦目抄〕 此詩は頌声聞きにくしと難ずる人有りけれども、秀句なるによりて、四条大納言公任朗詠集に選入れられにけり。（十訓抄巻一）

223〔源氏物語蜻蛉〕 ひんがしの勾欄におしかゝりて、夕影になるまゝに、花のひもとく、お前の草むらを見渡し給ふ、物のみあはれなるに、「中について、はらわた断ゆるは秋の天」といふことを、いと忍びやかに誦じつゝ居給へり。

224〔千載集秋下〕 崇徳院に百首歌奉りける時、秋の歌とて詠める　藤原季通／ことごとにかなしかりけりむべしこそ秋の心をうれへといひけれ

225〔土御門院御集〕 身にしめし秋の夕のながめより物おもふわれとなりにけるかな

226〔土御門院御集〕 をとづるゝ夜半のあらしやふけぬらんまがきの竹をいづる月かげ

227〔江談抄巻五〕 又四条大納言者相如之弟子也。仍撰二朗詠集一之時、多入二相如作一。所謂蜀茶漸忘二浮花味一、井樵蘇往反之句、有二何秀発一乎。

228〔続拾遺集秋上〕 建長二年八月十五夜鳥羽殿歌合に、野草花　前内大臣師／萩が花たれにかみせん鶉なくいはれの野べの秋の夕暮

229〔源氏物語少女〕 所どころの大饗どもも果てて、世の中の御いそぎもなく、のどやかになりぬるころ、時雨うちして荻の上風もただならぬ夕暮に、

〔栄花物語鳥辺野〕 かくて八月ばかりになれば、皇后宮にはいと物心細くおぼされて、明暮は御涙にひぢて、あはれにて過させ給。荻の上風萩の下露もいとど御耳にとまりて過させ給にも、いとゞ昔のみおぼされてながめさせ給ふ。

230〔方丈記〕 秋はひぐらしの声、耳に満てり。うつせみの世をかなしむほど聞ゆ。

233〔源氏物語幻〕 にはかに立ちいづる村雲のけしき、いとあやにくにて、いとおどろ

〳〵しう降りくる雨に添ひて、さと吹く風に燈籠も吹きまどはして、空暗き心地するに、「窓をうつこゑ」などめづらしからぬ古事をうち誦し誦し給へるもをりからにや、妹が垣根に音なはせまほしき御声なり。

234 〔拾玉集巻二、詠百首和歌〕鐘の音をねざめてきくや秋ならむ袖にまぢかき天の川なみ

〔拾遺愚草員外、文集百首〕鳥のねをとしもふばかり侍し夜の鳴てもながき暁の空

235 〔狭衣物語巻四〕御文のけしきなども、たゞおほかたに思はせたる懐しさをば、おぼつかなからぬさまに言ひなさせ給へるさまなども、差し向ひ聞えさせたる心地のみせさせ給て、いとど御殿籠るべくもなければ、「燕子楼の中」と独りごたせ給つゝ、丑一つと申までもなりにけり。

236 〔鈔〕又此詩ノ序ノ句云、泣拝二新陵一、高松風冷而鳥悲幽也。愁参二故宮一、御簾玉絶而人影稀也。

〔土御門院御集〕はらはねばふけゆくまゝに露ぞをく草にやつるゝ庭のかよひぢ

237 〔弁内侍日記〕二月一日（略）御所もいまだ御夜るにもならせおはしまさず、御手習などありて、「おもしろく思はむ詩かきて参らせよ」と仰せごとあれば、蒹葭洲裏孤舟夢とかきて、そばに弁内侍、「身ひとつのうれへや波に沈むらんあしのかりねの夢もはかなし」など書きて、「秋の詩はいづれもおもしろくてこそ」とさまざまに申す。

238 〔源氏物語夕霧〕男君は、めざましうつらし、と思ひきこえたまへど、かばかりにては何のもて離るることかはとのどかに思して、よろづに思ひ明かしたまふ。山鳥の心地ぞしたまうける。

〔浜松中納言物語三〕委しき事あかし申侍らんも、山鳥の耳もおどろかしうくだくだしう侍べし。

239 〔新勅撰集秋上〕（七夕後朝の心をよみ侍りける）八条院高倉／むつごともまだつきなくの秋風にたなばたつめやそでぬらすらん

240 〔枕草子二八三段〕月の影のはしたなさに、うしろざまに滑り入るを、常に引き寄せあらはになされて、侘ぶるもをかし。「凜々として氷鋪けり」といふ言を、かへすがへす誦しておはするは、いみじうをかしうて、夜一夜も歩かまほしきに、いくところの近うなるも口惜し。

242 〔古注〕新月人以為二微月初生一也。斉信公任被二相論一、以二此詩一為レ証。謂下夕見二東方一之月上也。（江談抄巻四）

〔源氏物語須磨〕月いと花やかにさし出でたるに、今夜は十五夜なりけりとおぼし出でゝ、殿上の御遊び恋しう、所々ながめ給ふらんかしと思ひやりたまふにつけても、月のかほのみまぼられ給ふ。「二千里外故人心」と誦じ給へる、例のなみだもとゞめられず。

243 〔本朝文粋巻一、秋湖賦〕山影倒穿、表二裏千重之翠一、月輪落照、高二低両顆之珠一。

244 〔唯心房集〕十二廻の　なかになは　月はこよひぞ　すぐれたる　千里や万里の　いへごとに　おの〳〵ひかりをあらそひて

245～248 〔古注〕淳茂此詩於二河原院一講。上皇被レ仰曰、此夜所レ恨者、先公不レ見云々。北野御事歟。（江談抄巻四）

〔江吏部集巻上、池水浮明月詩〕碧浪金波応レ合レ体、緑蘋紅桂是親朋。

247 〔公忠集〕左近平少将せじにて秋の月をもてあそぶといふだいを　池水のもなかにいでゝあそぶいほのかずさへみゆる秋の夜の月

249 〔古注〕時棟於二斉信卿家一曰、古人未二曾犯二詩忌諱一。頼隆曰、依レ人也。古人不レ避歟。玉匣梳名。予案二玉匣一、々者筥也。玉柙、々者匱也。可二分別一。頼隆以二玉匣一為二

玉柙一、猶レ不ニ分別一。旧書柙処作ニ匣字一者誤也。

250〔古注〕此詩数年作設、而待ニ八月十五夜雨一、参ニ六条宮一所レ作云々。（江談抄巻四）

〔唯心房集〕楊貴妃かへりて　唐帝のおもひしおもひも　かくやあらん　李夫人さりにし　漢王の　なげくなげきも　なにならず

251〔増鏡巻下、秋のみ山〕照る月波も、曇りなき池の鏡に、いはねどしるき秋のもなかは、げにいとことなる空のけしきに、月も傾きぬ。

〔新勅撰集秋上〕（八月十五夜よみ侍りける）登蓮法師／かぞへねど秋のなかばぞしられぬるこよひににたる月しなければ

252〔源平盛衰記巻十一、静憲与ニ入道一問答事〕牛飼既に車を遣んとしければ、法印宣様、車暫押へよ、夜陰の行は路次狼藉也、迎の者共を待べしとて、下簾を褰て、今夜の月の隈なきに、旧詩を思出て、「誰人隴外久征戍、何処庭前新別離」「不レ酔ニ黔中一争去得、磨囲山月正蒼々」と詠じ終給はざる処に、迎の者ども出来れり。

253〔とはずがたり巻四〕夜の雲をさまり尽きぬれば、月もゆく方なきにや空澄みのぼりて、まことに二千里のほかまでたづね来にけりとおぼゆるに、うしろの山にや、猿の声の聞ゆるも、腸を断つ心地す。

254〔古注〕天暦御時、仰ニ朝綱文時一、令レ進ニ文集第一詩一。二人倶進下送ニ蕭処士遊ニ黔南一詩上。人々感レ之。皆申云、佳句雖レ多、以ニ四韻具体之詩一進レ之。（江談抄巻四、古今著聞集巻四）

〔無題詩巻二、藤原忠通、見五節舞姫〕不レ酔此中争去得、黄酪清酒足ニ相携一。

255〔江談抄巻四〕故老伝云、講レ詩之間、読師早置ニ他詩一。延喜聖主仰而不レ令レ読、再三誦ニ此句一。作者不レ堪レ感。叩レ膝高感曰、アハレ聖主哉、聖主哉。時人笑レ之。

〔新古今集秋上〕法性寺入道前関白太政大臣家に、月秋あまたよみ侍りけるに　大宰大弐重家／月みれば思ひぞあへぬ山高みいづれの年の雪にかあるらん

256〔法性寺関白御集衆罪如霜露〕酈県菊粧争得湿　豊山鐘声不レ能レ和。

257〔古注〕文時以ニ此詩一、書ニ並於己草中一曰、時人可否論未レ聞云々。故源左相府被レ称曰、文人之有レ興也。但以レ之知ニ己作劣ニ蓬莱洞一。講夜文時不ニ称歎一、作者伊鬱。後日無レ人之時招曰、汝入ニ詩境一云々。一曲字人々歎レ之。作者曰、千里一曲云々。（江談抄巻四）

〔六百番歌合恋十、一番寄遊女恋〕判云、（略）以言が作をいはゞ舟中浪上一生歓会是同とかける長句などぞ例ともなるべき。蘆葉句尤不足為証か。但此歌、棹歌一曲釣漁翁といへる詩も月にはうたひたるは、翁かともいはんにはいひつべし。

258〔浜松中納言物語巻二〕ふる里のかたみぞかしとあまのはらふりさけ月をみしぞかなしき

〔今昔物語集二四ノ四四〕今ハ昔、安陪仲麿ト云人有ケリ。遣唐使トシテ物ヲ令習(ならはしめ)ムガ為ニ、彼ノ国ニ渡ケリ。数(あまた)ノ年ヲ経テ、否(え)返リ不来(こざ)リケルニ、亦此国ヨリ□ト云フ人、遣唐使トシテ行タリケルガ、返リ来ケルニ伴ナヒテ返リナムトテ、明州ト云所ノ海ノ辺ニテ、彼ノ国ノ人餞(はなむけ)シケルニ、夜ニ成テ月ノ極(いみじ)ク明カリケルヲ見テ、墓无キ事ニ付テモ、此ノ国ノ事思ヒ被出(いでられ)ツヽ、恋ク悲シク思ヒケレバ、此ノ国ノ方ヲ詠メテ、此ナム読ケル、／アマノハラフリサケミレバカスガナルミカサノ山ニイデシツキカモ／ト云テナム泣ケル。此レハ、仲丸、此国ニ返テ語ケルヲ聞テ語リ伝ヘタルトヤ。

259〔古注〕此歌作者不レ見、而兎田集曰、伊衡詠云々。（清輔本古今集）

〔新撰万葉集流布本巻下、秋〕秋天飛翔雁

影見、翼鼓高翥聞二雲浦一、可レ隣三秋鳴客風、冷雲寒星欲　稀。

〔源氏物語横笛〕　月さし出でて曇りなき空に、羽翼（はね）うちかはす雁がねも列（つら）を離れぬうらやましく聞きたまふらんかし。

260〔古注〕　件歌中書王存日、四条大納言入二於金玉集一。大王没後除レ之、可レ恠云々。(袋草紙巻上)

〔続千載集秋下〕　建保四年後鳥羽院に百首歌奉りける時　参議雅経／秋の夜の月にいく度ながめして物おもふ事の身につもるらん

261〔土御門院御集〕　長月やをのが比とてさく菊の露もとをゝに雨はふりつゝ

263〔江談抄巻六〕　三遅酒式云、一遅不レ得レ通。二遅須二間均一。三遅不レ得二悠々一。犯者罰一盃云々。

264〔古注〕　高五常序、有下似二此序一之作上。古人作(仰カ)曰、五常作後、納言被レ称曰、余頗改二作此序一、可レ到二佳境一云々。仍作二此序一云々。(江談抄巻六)

〔朗詠百首〕　白菊のした行く水を汲む人は命ながれの末はるかなり

265〔謡曲、邯鄲〕　わが宿の、わが宿の、菊の白露けふごとに、いく代積もりて、淵となるらん、よも尽きじ、よも尽きじ、薬の水も泉なれば、汲めども汲めども、いや増しに出づる菊水を、

266〔教家摘句菅原宣義、春意〕　遶レ籬宿草三分緑、綻レ砌新花一半紅。

267〔古注〕　隠君子鼓レ琴時、元稹霊託レ人称曰、件詩開尽也　後字不レ可レ然云々。(江談抄巻四、古今著聞集巻四、鈔、源平盛衰記巻十六、帝位非二人力一事、体源抄巻八)

〔源氏物語宿木〕　菊のまだよくも移ろひはてゞ、わざとつくろひ立てさせ給ひたるは、中々遅きに、いかなる一本にかあらむ、いと見所ありて移ろひたるを、取りわきて折らせ給ひて、「花の中にひとへに」と誦じ給ひて、「なにがしの御子の、花めでたる夕ぞかし、いにしへ天人の翔りて、琵琶の手教へけるは。何事も浅くなりにたる世は物憂しや」とて、御ことさし置き給ふ。

269〔古注〕　善相公初作二富貨一。心存下可レ有二褒誉一之由上。而菅家只美二紀納言廉士路辺句一、不レ被レ感二此詩一。宴罷退出時、相公不レ堪二於鬱結一。於二建春門一見参。菅家曰、富貨字恨不レ作二潤屋一。相公乃改二作之一。(江談抄巻四)

270〔無題詩巻二、大江佐国、翫鹿鳴草〕　蓬為二俗骨一露滋レ地、蓮不二長生一池冷レ端。

271〔古注〕　此詩深可レ案云々。(江談抄巻四)

〔十訓抄巻七〕　文時卿、菊是草中仙と云題を給て作えざりければ、衣を引かづきてねたりけるに、保胤来て今度如何と云ければ、不レ及レ力、不得の度なればと答けるに、彼草案を見ければ、「蘭蕙苑嵐摧レ紫後、蓬莱洞月照レ霜中」と云詩あり。是已に秀句也。何歎給べきと云間、三品此詩を出す所に、世以為二秀逸一。自作の事いみじき人も計ひえぬなり。かやうの事尤可二思慮一歟。(袋草紙巻上)

〔浜松中納言物語巻三〕　女房七八人ばかり、いみじううるはしうしやうぞきて、菊の花の中にまじりて、「蓬莱洞の月」と、いと若やかになつかしき声を合せて、誦じ候しこそ、そのところの事にては、めづらしう優に見えきこえさぶらひしか。

272〔源氏物語藤裏葉〕　むらさきの雲にまがへる菊の花にごりなき世の星かとぞ見る

〔続古今集賀〕　崇徳院の御時法金剛院に行幸ありて、菊契千秋といふことを講ぜられ侍りけるに　待賢門院堀河／くものうへのほしかとみゆるきくなればそらにぞちよの秋はしらるる

273〔源氏物語夕顔〕　心あてにそれかとぞ見る白露の光そへたる夕顔の花

〔栄花物語蜘蛛の振舞〕　色〳〵にうつろひ

たる菊の中を押しわけて、置き惑はせる白菊の袖見えたるもをかし。

274〔朗詠百首〕 天のはら雲の通ひ路とざしせよ空に暮れ行く秋やとまると

276〔古注〕 以言与二斉名一被二相試一日所レ作云々。以言初作二駒過景、葉落声一云々。六条宮見二件草一、被レ書二白字要由一。仍改作云々。斉名常以為レ怨称曰、最手懸二片手一廻何計云々。斉名臨終時宮被レ訪。報令恩問旨恐悚千廻。但白字事不二忘却一。(江談抄巻四、袋草紙巻上、十訓抄巻七、私注)

278〔東関紀行〕 変らじなわがもとゆひにおく霜も名にしおいその森の下草

〔新千載集雑上〕 家十首歌に、菊霜、山階入道前左大臣／はらひかねわがもとゆひも霜ふりぬ籬の菊の上とみしまに

279〔古注〕 或者近日以レ粟為レ栗、可レ佐レ之。検二文選注一、木名也云々。或者佐国也。(江談抄巻四)

〔悦目抄〕 野宮の歌合の判者は源順也。女房をあまたかたせたりとて、男の方より「霜がれのおきな草とはなのれども女郎花には猶なびきけり」となんいひたりける。是は「花色如二蒸粟一 俗呼為二女郎一 聞レ名戯欲レ契二偕老一 恐悪衰翁首似レ霜」と源順がゝけりけるによりて、かくよめるにや。いとおもしろし。おなじ難なれども、やさしくおぼゆかし。(十訓抄巻一)

280〔新撰万葉集巻上、秋〕 女郎花野宿二羇夫一、不レ許二繁花負二万区一、蕩子従来無二足意一、未二嘗告有レ得二羅敷。

〔紫式部日記〕 しめやかなる夕暮に、宰相の君とふたり、物語してゐたるに、殿の三位の君、簾のつま引きあげて、ゐたまふ。年のほどよりは、いとおとなしく心にくきさまして「人はなほ、心ばへこそ難きものなめれ」など、世の物語しめじめとしておはするけはひ、をさなしと人のあなづりきこゆるこそ悪しけれと、はづかしげに見ゆ。うちとけぬほどにて、「おほかる野辺に」とうち誦じて、立ちたまひにしさまこそ、物語にほめたる男のここちしはべりしか。

281〔新勅撰集雑一〕 寿永のころほひ、梅花をよみ侍りける 土御門内大臣／ここのへにかはらぬむめの花見てぞいとどむかしのはるはこひしき

282〔土御門院御集〕 わがやどの庭の秋萩咲そめてこのあかつきの露ぞうつろふ

283〔和歌九品中品上〕 心詞とどこほらずしておもしろき也。

284〔源氏物語東屋〕 兵部卿宮の萩のなほことにおもしろくもあるかな。(略) 一日参りて、出でたまふほどなりしかば、え折らずなりにき。ことだに惜しき、と宮のうち誦じたまへりしを、若き人たちに見せたらましかばとて、我も歌詠みゐたり。

285〔千載集秋上〕 家に百首歌よませ侍りける時、草花歌とてよみ侍りける 摂政前右大臣／さまざまの花をばやどにうつしうゑつしかのねさそへ野べの秋風

286〔拾玉集巻二、詠百首和歌〕 秋の霜にうつろひ行は藤ばかまきてみる人もかれ〳〵にして

〔拾遺愚草員外、文集百首〕 ふぢばかま嵐のくだくむらさきに又しら菊の色やならはん

287〔私注〕 伝曰、前中書王兼明者、延喜御子、天暦弟也。而卜二亀山麓一営二山庄一之刻、得二小野宮関白讒一、称以蟄居作二此賦一閉レ箱置レ之。中書王薨逝之後、天子自然伝覧。及二于君昏臣諛之句一、龍顔不レ怡投二棄之一。献覧之人成レ恐之処、小時又覧レ之至二此句一、天子大啼泣云々。

288〔新撰万葉集巻下、春〕 夜雨偸穿二石上苔一、滴以二鮫人眼涙玉一。

290〔源氏物語橋姫〕 紫の籬(まがき)を分けつつ、そこはかとなき水の流れどもを踏みしだく駒の足音も、なほ、忍びてと用意したまへる

に、隠れなき御匂ひぞ、風に従ひて、主知らぬ香とおどろく寝覚めの家々ありける。

〔新古今集秋上〕　蘭をよめる　公猷法師／ふぢばかまぬしはたれともしら露のこぼれてにほふ野べの秋風

291〔鈔〕　物語云、白楽天道ヲ行時、松上ニ仙人居シテ云様ハ、我千年ヲフルト云ヘドモ、鬢髪尚盛也。汝七旬ヲ終ト云ヘドモ、頭既ニシラケタリ。汝ガスガタ真ニアハレナリト云時、白楽天此詩ヲ作、汝ガ千年モ我ガ一日モ同事ト云テ仙人ヲ落也。

〔源平盛衰記巻八、讃岐院事〕　宮も藁屋もはてしなし、兎ても角ても世の中は、只かげろふの仮の宿、すみはつまじき所也とて、西行古詩を思出で「松樹千年終是朽、槿花一日自成レ栄」と詠じつゝ、暫くこゝに候ひけれども、法華三昧つとむる住持の僧もなく、焼香散華を奉る参詣の者も無りけり。

292〔鈔〕　是ハ中書王御年二十七ニシテ可レ死ト云夢想ノツゲアリ。其年ニ至テ自筆ノ法華経ヲアソバシテ御供養アリケル願文ノ句也。

293〔続後撰集秋下〕　（秋の歌の中に）　参議経盛／秋霧のたえまに見ゆるもみぢばやたちのこしたる錦なるらん

294〔今昔物語集二四ノ三八〕　今ハ昔、左近中将ニ藤原道信ト云人有ケリ。法住寺ノ為光大臣ノ子也。一条院ノ御時ノ殿上人也。形チ有様ヨリ始テ、心バヘ糸可咲テ、和歌ヲナム微妙ク読ケル。（略）亦、此ノ中将、殿上ニシテ数ノ人々有テ、世中ノ墓无キ事共ヲ云テ、牽牛子ノ花ヲ見ルト云心ヲ、中将此ナム、／アサガホヲナニハカナシト思ヒケム、人ヲモ花ハサコソミルラメ／ト。

295〔古注〕　予養見二後漢書帝紀一云々。待レ開遊、末生等伊鬱。然而以二文集待レ我遊一可レ為レ証。（江談抄巻四）

299〔源氏物語帚木〕　思ひ出でしままにまかりたりしかば、例のうらもなきものから、いともの思ひ顔にて、荒れたる家の露しげきをながめて、虫の音に競へるけしき、昔物語めきておぼえはべりし。／咲きまじる色はいづれと分かねどもなほとこなつにしくものぞなき／大和撫子をばさしおきて、まづ塵をだになど、親の心をとる。

301〔狭衣物語巻一〕　雨少し降りて、霧りわたれる空の気色も、常よりは殊に眺められて、「これ涼風の夕映の天の雨」と口ずさみ給を、かの「常磐の森に秋や見ゆる」と言ひし人に見せたらば、まいていかに早き瀬に沈み果てん。

302〔本朝文粋巻十、過二参州薬王寺一有レ感〕　聖跡雖レ旧、風物惟新。前有二碧瑠璃之水一、後有二黄纐纈之林一。

303〔無題詩巻五、大江匡房、初冬書懐〕　黄花移レ影瑠璃水、紅葉散レ光錦繍林。

304〔古注〕　故橘工部〈孝親〉被レ語曰、少年向二江博士宅〈匡衡〉一。博士書二此句於冠筥一見レ之曰、以言詩可レ謂二日新一。（江談抄巻四）

305〔新古今集秋下〕　千五百番歌合に　家隆朝臣／露しぐれもる山かげのした紅葉ぬるともをらむ秋のかたみに

〔太平記巻二、俊基朝臣再関東下向事〕　時雨モイタク森山ノ、木下露ニ袖ヌレテ、風ニ露散ル篠原ヤ、篠分ル道ヲ過行バ、

306〔清正集〕　ゑに／むらながらみゆるもみぢし神な月まだ山かぜのたゝぬなりけり

307〔狭衣物語巻二〕　夕霧の絶え間なきに、時雨だちて、折々うち暗がりたる空の気色、むつかしげなれば、入らせ給て「御格子参れ」とあれど、なをつく〴〵と眺め給て、「宮漏正に長し、空階に雨滴る」とうち誦し給へる御けはひ、常の事なれど、なを聞くごとにめでたく珍しければ、さぶらふ人々も奥入り果てず。

308〔句題和歌〕　大かたの秋くることのかなしきはあてなる人はしらずぞありける

310〔古注〕文選呉都賦曰、鶢鶋南翥而中留。
〔朗詠百首〕霜をいとふ鳥のうは毛の紅は散りし紅葉の残りなりけり

311〔古注〕以二紅葉一為レ薬〈紅雪〉。履字或作レ屐、文選之意歟。(江談抄巻六)
〔和歌無底抄巻四冬部、紅葉〕此題はたゞ春の花におなじ。(略)立田川にうかべては紅くゝる瀬ぞ白波といひ、小倉の峯にちらせては、夜の錦かと申したるめれ。されば詩にも、樵蘇往反す杖朱買臣が衣をうがつなどいへり。

312〔古注〕漢林事人々伊鬱曰、若漢之上林也。人々歎伏。以言曰、此句雖二佳句一、於二中書王御詩一、不レ如下一枝月種為二孫謀一句上。(江談抄巻四)
〔土御門院御集〕紅葉ちる梢の時雨よはる也きのふはあらしけふは木がらし

314〔古今集秋下〕(題しらず　よみ人しらず)/たつた河もみぢば流る神なびのみむろの山に時雨ふるらし/又は、あすかがはもみぢばながる此歌右注人丸歌、他本同。
〔新古今集秋下〕(題しらず)権中納言長方/あすかがはせぜに浪よるくれなゐやかづらき山の木がらしの風

315〔続後撰集冬〕冬のはじめの歌とて　藤原光俊朝臣/ふゆのきてしぐるる時ぞ神なびのもりのこの葉もふりはじめける

316〔源氏物語賢木〕山づとに持たせたまへりし紅葉、(略)ただおほかたにて宮に参らせたまふ。命婦のもとに「(略)紅葉は、独り見はべるに錦くらう思ひたまふればなん。をりよくて御覧ぜさせたまへ」などあり。

319〔古注〕四五朶古来難義也。但大略見二古集等一、以レ蓮喩レ山也。呂栄望二華山一詩曰、華岳陰森秀色濃、削成三朶碧芙蓉。張方古望二女几山一詩曰、空留香几在二山上一、碧玉蓮華数朶高云々。(江談抄巻四)
〔無題詩巻十、藤原周光、古寺晩望〕蒹葭洲水含二斜日一、四五朶峯挿二片雲一。

320〔古注〕懸字急字、不レ可レ有之由、文時心中思レ之。卅年後案下得可レ必有一由上。称曰、我減二於朝綱一卅年云々。(江談抄巻六)
〔海道記〕薄暮ニ鈴鹿ノ関屋ニトマル。上弦ノ月峯ニカヽリ、虚弓徒ニ帰雁ノ路ニ残ル。下流ノ水谷ニ落ツ、奔箭速ニシテ虎ニ似タル石ニ中ル。

321〔古注〕達音、時人謂二之田詩伯一。菅相公謂二聖廟一曰、汝可レ陶二染於田詩伯一。丞相曰、可レ効二忠臣一。不レ如不レ作レ知。
〔無題詩巻六、釈蓮禅、別墅秋望〕樵郎問レ路斜陽後、華隼撃レ林薄霧間

322〔古注〕苔紙以レ苔雑レ青有レ作レ之。虫興(マヽ)敗。故源右相府被レ命曰、件度正文見レ之、二行被レ書。依二官多一歟云々。
〔江談抄巻四〕題、天浄識二宿鴻一胸句也。統理平疑レ之、見二唐韻経一。不レ出二三史十三経之中一云々。
〔永久四年百首雑、箏〕空の色によそへることのことぢをばつらなる雁と思ひけるかな

323〔古注〕古人云、范叔与二瀟湘一所謂双声側対也云々。蕭相対二范叔一歟。後於二入道殿一、被レ賦二秋鴈数行書詩一時、匡衡以言二人、終夜共詠二此句一云々。(江談抄巻四)
〔高倉院昇遐記〕御びやうぶの為に水鳥雁などかゝせて御覧ぜられしに、わづらはせ給ふことだいじになりける。うけたまはりて、いそぎかゝせてまいらせて、そのよよく〳〵御覧じて、あしたになほすべきよしおほせごとありて、あかつきかくれさせたまひにけり。その御びやうぶを御目とまりしかば、法花堂にたてられたるを見て、雲衣は范叔がきちうのをくりものとうちながめて、「さもこそはかりの此世といひながらうきかたみしもやるぞ悲しき」

324〔新撰万葉集巻上、秋〕聴得帰鴻雲裏声、千般珍重遠方情、繋レ書入レ手開レ緘処、錦

字一行涙数行。

〔狭衣物語巻三〕　まだ夜深く、起きたる人もなければ、みづから格子を一間あけて、やがて眺め暮し給へるに、雁のあまた連れて鳴き渡るを「誰が玉章を」と独りごちて、「青苔の色の紙」と誦し給御けはひ、

〔新古今集雑下〕　都の外にすみ侍りけるころ、ひさしうおとづれざりける人につかはしける　女御徽子女王／雲井とぶかりのねちかきすまひにも猶玉章はかけずや有りけん

325 〔江談抄巻四〕　於二後入道殿一被レ賦二秋雁数行之詩一。匡衡以言二人、終夜並詠二此句一云々。

〔土御門院御集〕　立かへる雲井の雁を帯にける山のすがたぞ春はさびしき

326 〔源氏物語早蕨〕　二月の朔日ごろとあれば、ほど近くなるままに、花の木どものけしきばむも残りゆかしく、峰の霞のたつを見棄てんことも、おのが常世にてだにあらぬ旅寝にて、いかにはしたなく人笑はれなる事もこそなど、よろづにつつましく、

328 〔源平盛衰記巻十七、実定上洛事〕　時しあればと覚しくて、虫の怨もたえ〴〵に、草の戸指も枯にけり。大将哀に心の澄ければ、庭上に立ながら古詩を詠じ給ふ。「霜草欲レ枯虫思苦、風枝未レ定鳥栖難」と宣て、其より御前に参給けり。

329 〔古注〕　毛詩、誰謂鼠無レ(牙)、何以穿二我墉一。

330 〔法性寺関白御集入レ夜有二虫声一〕　臥聴二孤床一鳴自近、起依二暗壁一織猶深。

331 〔古注〕　詩合詩也。敵二直幹一也。直幹詩発句有二月字一。順聞レ之存二此詩可レ勝之由一。果如レ之云々。

332 〔撰集抄巻八、第一六、素性大原歌事〕　むかし、素性法師と云歌よみの僧侍り。九重のほか大原と云所になんすみ侍りけり。花にえてし、紅葉に優遊すること、隠逸のごとくに侍り。秋の夜のつれ〴〵長きに、寝ねもせられで、なんとなく涙所せきに侍りて、わくかたなく物あはれなる暁、松虫のなき侍りければ、／今来むと誰たのめけん秋の夜をあかしかねつゝ松虫の鳴／又、まくらの下にきり〴〵すの聞えければ、とよみける、／きり〴〵すいたくな鳴そ秋の夜のながき思ひは我ぞまされる／とよみけり。げにもと覚えて、あはれに侍り。

333 〔千載集秋下〕　題しらず　藤原兼宗朝臣／秋のよのあはれはたれもしるものをわれのみとなくきりぎりすかな

〔撰集抄〕　前項参照。

334 〔古注〕　滑字或人訓二之狎一、不レ可レ然。(江談抄巻四)

〔太平記巻三、笠置軍事〕　二町許ハ兎角シテ登リツ、其上ニ一段高キ所アリ。屏風ヲ立タル如クナル岩石重テ、古松枝ヲ垂、蒼苔路滑ナリ。

336 〔俊頼髄脳〕　歌をよむに、古き歌によみにせつれば悪きを、いまの歌よみましつればあしからずとぞ承る。(略)　紅葉せぬときはの山をふく風の音にや秋をきゝわたるらむ／紅葉せぬときはの山にたつ鹿はおのれなきてや秋を知るらむ

337 〔夜の寝覚巻五〕　一所は、すこしさし離れたるかたに、御几帳どもあまた引き寄せて、端近く御簾巻きあげて、小倉山を程遠からず聞きし鹿の声々、変らぬ音なひに妻恋ひわたるも、年ごろの忍び音によそへられて、

338 〔古注〕　古人相伝曰、憐字訓レ楽也。避二禁諱一之時、可レ用二件訓一。(江談抄巻四)

〔太平記巻二十三、土岐頼遠参二合御幸一致二狼藉一事〕　可レ憐九月初三ノ夜ノ月、出ル雲間ニ影消テ、虚穹ニ落ル雁ノ声、伏見ノ小田モ物スゴク、彼方人ノ夕ト、動静マル程ニモ成シカバ、松明ヲ秉テ還御ナル。

339 〔海道記〕　廻雪ハ春ノ花ノ色、峰ニトヾ

マル、曲風ハ歳月ノ声、仍此浜ヲ過レバ松ニ雅琴アリ、波ニ鼓アリ。天人ノ昔ノ楽、今聞ニ似タリ。

340〔新拾遺集秋下〕百首歌たてまつりし時、鹿　権大納言義詮／妻恋の涙やおちてさをしかの朝たつ小野の露と置くらん

342〔江談抄巻四〕山名也。青山馬鞍雲。

343〔蜻蛉日記巻上〕夜、目も合はぬままに、嘆き明かしつつ、山づらを見れば、霧はげに麓をこめたり。

〔千載集秋上〕（題しらず）藤原伊家／あき山のふもとをこむる家ゐにはすそ野のはぎぞまがきなりける

344〔謡曲、佐保山〕たが為の錦なればか秋霧の佐保の山辺を立ちかくすらんと詠めるも、此山の妙なる秋のけしきなり。

345〔源氏物語夕顔〕耳かしがましかりし、砧の音をおぼし出づるさへ恋しくて、「まさに長き夜」とうち誦じて臥し給へり。

346〔古注〕劉元淑詩也。不レ可レ謂レ白。（江談抄巻四）

〔撰集抄巻八、第三一、経信大納言前鬼神出現事〕経信の帥大納言八条わたりに住み給ひける比、九月ばかりに、月あかゝりけるに、ながめておはしける。きぬたの音の外に聞こえ侍れば、四条の大納言の歌「から衣うつこゑきけば月清みまだ寝ぬ人を空にしるかな」と詠じ給ふに、前栽のかたに、「北斗星前横二旅雁一、南楼月下擣二寒衣一」と云詩、まことにおもしろき声して、たかやかに詠ずる物あり。

348〔鈔〕此直幹出雲国ニ下リシニ、都ノ妻ニ代テ作ラルヽ也。

350〔古注〕後中書王文藻、此詩後万人歎伏云々。（江談抄巻四）

〔土御門院御集〕秋ごとにわすれぬかりの声きけばたちわかれにし人ぞ恋しき

351 346参照。

352〔拾玉集巻三、詠百首和歌〕けふを冬とかへりてつくる春の色はいかなるえより思そめけむ

〔拾遺愚草員外、文集百首〕この里は冬をく霜のかろければ草のわか葉ぞ春の色なる

353〔朗詠百首〕いづちとて春夏秋の過ぎぬらむとまるは冬のかげばかりして

355〔梁塵秘抄長歌十首、冬〕そよ、神無月降りみ降らずみ定めなき時雨ぞ冬のはじめなりける

〔十六夜日記〕比は三冬たつはじめの空なれば、ふりみふらずみ時雨もたえず、

356〔栄花物語わかばえ〕殿ばら今は御遊になりていみじうおかしきに、夜に入りたり。（略）又誰ぞの御声にて、御土器のしげゝれば「一盞寒燈雲外夜、数盃温酎雪中春」など、御声どもおかしうての給に、「なにか、今日は万歳千秋をぞいふべき」など宣ふもあり。

358〔狭衣物語巻二〕宵過ぎぬれば、有明、さやかに澄みのぼりて、雪すこし降りたる空の気色の、冴え渡りたるは、言ひ知らず心細げなるに、小夜千鳥さへ妻恋ひ渡るに、貫之が「妹がり行けば」と詠みけんも、羨ましう眺めやり給に、

〔無名抄俊恵歌躰定事〕又云、／思ひかね妹がり行けば冬の夜の川風寒み千鳥鳴くなり／この哥ばかり面影ある類はなし。「六月廿六日寛算が日も、是を詠ずれば寒くなる」とぞ或人は申し侍し。

359〔土御門院御集〕いほさきのすみだ河原のかは風にこほりのかゞみみがく月かげ

362〔本朝文粋巻十一、修竹冬青詩序〕於レ是開二紅炉一命二緑醑一、左二絃管一右二詩篇一。

363〔古注〕野馬者遊糸名也。

〔太平記巻十二、神泉苑事〕御門被二御覧一テ、余ニ不思議ニ被二思召一ケレバ、態火鉢ニ炭ヲ多クヲコサセテ、障子ヲ立廻シ、火気ヲ内ニ被レ籠タレバ、臘裏風光宛如二春三月一也。

365〔古注〕 獣炭、羊琇所ㇾ作。（江談抄巻四）

366〔曾我物語巻四、三浦の片貝が事〕 なほも思ひとゞまらで、うづみ火の下にこがるるたきもののにほひは、よそにあらはれて、

367〔拾玉集巻二、詠百首和歌〕 秋の色を冬の物にはなさじとてけふよりさきに霜のをきける

〔拾遺愚草員外、文集百首〕 した草のしぐれもそめぬかれ葉まで霜こそ秋の色はのこさね

369〔朗詠百首〕 年ふれどみ山を出でぬ老いらくの元結ごとに霜や置くらむ

373〔千載集冬〕 水鳥をよめる 源親房／かたみにやうはげの霜をはらふらむともねのをしのもろごゑになく

〔金槐集上、秋〕（月前擣衣）／夜を寒みね覚て聞ば長月の有明の月に衣うつなり

374〔古注〕 雪満ニ群山一、是文選文也。（江談抄巻六）

〔枕草子一七三段〕 雪のいと高うはあらで、うすらかに降りたるなどは、いとこそをかしけれ。（略）明け暮れのほどにかへるとて、「雪、某の山に満てり」と誦したるは、いとをかしきものなり。

375〔宴曲集巻一、雪〕 瑤階を連ぬる庭の雪　瓊樹を抽きんづる林の雪は　一万株の花綻び　梅が枝に花降り紛ふ淡雪。

376〔謡曲、鉢木〕 それ雪は鵞毛に似て飛んで散乱し、人は鶴氅を被て立つて徘徊すと言へり、されば今降る雪も、もと見し雪に変はらねども、われは鶴氅を被て立つて徘徊すべき、

378〔鈔〕 此ハ村上天皇神泉池ニ御幸アッテ、雪ヲ愛シテ殿上人ドモ彼雪打掃テ遊ブ体ヲ御覧ジテ作也。

379〔古注〕 庄子有ニ去声義一。然而依ニ平声説一被ㇾ用例。（江談抄巻五）

380〔源氏物語東屋〕 琴はおしやりて、「楚王の臺の上の夜の琴の声」と誦じ給へるも、かの弓をのみ引くあたりにならひて、「いとめでたく思ふやうなり」と侍従も聞き居たりけり。さるは扇の色も心おきつべき閨のいにしへをば知らねば、ひとへにめで聞ゆるぞおくれたるなめるかし。

381〔枕草子八二段〕 ここにのみめづらしとみる雪の山ところどころにふりにけるかな

382〔新古今集秋下〕 擣衣の心を　藤原雅経／みよしのの山の秋かぜさよふけて古郷さむく衣うつなり

383〔狭衣物語巻四〕 廿日余日（よひ）の月なれば、まだいとあかきに、雪の光さへ隈なくて昼のやうなるに、男君、枕がみの几帳押しのけて見出し給へれば、いづれを梅と分くべくもあらず、降りかゝりたる枝ざしども、

〔新古今集春下〕 内大臣に侍りける時、望山花といへる心をよみ侍りける　京極前関白太政大臣／しら雲のたなびく山のやまざくらいづれを花と行きてをらまし

384〔古注〕 聖廟十一歳御歳御作也。

〔土御門院御集〕 時雨までつれなき色とみしかどもときは木ながら花咲にけり

385〔土御門院御集〕 をく露のむすべばしろき霜のうへに夜ふかきつるの声ぞさむけき

386〔新撰万葉集巻上、冬〕 寒天月気夜冷々、池水凍来鏡面瑩、倩見年前風景好、玉壺晴後翫清々。

390〔新続古今集夏〕 百首歌たてまつりし時、左大臣／山川の水かさまさりて久かたの空にもふかき五月雨の雲

391〔朗詠百首〕 風やこれ霰の玉をもて来らむ散る数ごとに寒さまさるは

392〔蜻蛉日記巻中〕 遠山をながめやれば、紺青（こんじやう）を塗りたるとかやいふやうにて、「霰降るらし」とも見えたり。

〔新古今集秋下〕 題しらず　西行法師／松にはふまさきのかづらちりにけり外山の秋は風すさぶらん

393〔私注〕 此者白居易高山寺隠居、乎仏名

経行給時事作給也。
〔拾玉集巻二、詠百首和歌〕 つもりゆくかしらの雪もきえやせん三世の仏をおがむ光に
〔拾遺愚草員外、文集百首〕 としふればわがくろかみもしらいとのよるは仏の名をとなへつゝ

394〔鈔〕 菅丞相ノ我が室ニシテ、仏名経行ハントテ、高野ノ西谷西塔玄昇律師ヲ請ジ玉イケルニ、律師、仏名ヲ行ニハ仏具香炉入ルベキ物其数アリ、其支度ハ御用意候カト中タリケル御返事也。
〔無題詩巻十、藤原周光、夏日禅房言志〕 華侵二哀鬢一雖レ残レ雪、香自二禅心一未レ挙レ煙。

395〔三巻本宝物集巻下〕 仁明天皇は、一年が間のつみをさんげせんとて、としのくれにかならず三千ぶつの御なをきゝて、いまにたえず。此心をおほくの哥にもよみたり。／平かねもり／あらたまのとしもつくればつくりけんつみものこらずきえやしぬらん／源なかつな／すぎにしも後もしらるゝ身のうさに三世のほとけのなつかしきかな

396〔栄花物語様々の悦〕 十二月(しはす)の十九日になりぬれば、御仏名とて、地獄絵の御屛風などとうでてしつらふも、目とゞまりあはれなるに、折しも雪いみじう降りければ、「送り迎ふ」といひ置きたるもげにとおぼえたるに、
〔千載集冬〕 かしらおろしてのち、おほはらにこもりゐて侍りけるに、閑中歳暮といへる心を上人どものよみ侍りけるに、よみける　民部卿親範／みやこにておくりむかふといそぎしをしらでや年のけふはくれなん

397〔蜻蛉日記巻下〕 八日雨ふる。夜は石の上の苔苦しげに聞えたり。

400〔古注〕 本上句、庶(麗カ)人展レ覃宜二相待一云々。而後中書王所レ被レ改云々。(江談抄巻四、私注)

401〔新古今集恋三〕 三条院、みこの宮と申しける時、ひさしくとはせたまはざりければ　安法法師女／よのつねの秋風ならばをぎのはにそよとばかりのおとはしてまし

402〔千載集秋下〕 大井河に紅葉みにまかりてよめる　俊恵法師／けふみれば嵐の山はおほゐ川もみぢ吹きおろす名にこそ有りけれ
〔梁塵秘抄一、長歌十首、冬〕 そよ、ほのぐ〵と有明の月の月かげに紅葉吹きおろす山颪の風

403〔続古事談巻六〕 堯ハ舜ノ器量ヲコヽロミンガタメニ、娥皇女英ト云フ二人ノ女ヲモテ妻トセシム。二人トモニアヒソネムコトナクシテカタラヒテアリケルニ、舜ノ心ノタクミナル事ヲ知テ、位ヲユヅリテケリ。二人ノ妻ヲナラベテ、シカモソノ心ヲナダムル、キハメテカタキ事ナルベシ。此二人舜ニオクレテナゲキケル涙ソミタル竹ナリ。コレニモツタハリテ、ヘンチクノツカノフデヲバイレズトナムイヒナラハセルコノ故ナリ。竹斑湘浦トカケルハコノ事ナリ。

404〔平家物語巻三、有王〕 山のかなたのおぼつかなさに、はるかに分入、峯によぢ谷に下れ共、白雲跡を埋でゆき来の道もさだかならず、青嵐夢を破てその面影もみえざりけり。

406〔古注〕 後中書王称曰、件賦以言為二物上手一、以レ望二夫化為一レ石賦一為レ模所レ作歟。
〔法性寺関白御集雲水望中遠〕 昔在陶朱辞レ越日、五湖眇眇浸二空虚一。
至二于賦体一者不レ知云々。(江談抄巻六)

407〔袖中抄巻十五〕 一、こしあめ　顕昭云、こしあめはこさめ也。微雨也。(略) 詩には暫借二奇幅一非レ戴レ石。すでに石をつちとよめり。又土を石ともよみてん。

408〔古注〕 為時亦称、此句為二以言第一句一云々。

409〔千載集春上〕 崇徳院に百首歌たてまつりける時、花のうたとてよめる　左京大夫顕輔／かづらきやたかまの山のさくら花雲井のよそにみてや過ぎなん

〔新古今集序〕 たかまの山のくもゐのよそなる人をこひ、ながらのはしのなみにくちぬる名をしみても、こころうちにうごき、こと葉外にあらはれずといふことなし。

411〔古今著聞集巻七、能書〕 知足院入道殿、法性寺殿と久安の比より、御中心よからずおはしましける時、法性寺殿まゐらせ給たりけるに、心み申されんれうにや、四枚屏風を一帖めしよせさせ給て、「これに物書てたまへ」と申されたりけるに、御硯引よせさせ給て、墨をしばしすらせ給て、中にもちひさかりける筆をとらせ給て、「紫蓋之峰嵐疎」と云句を、大文字にて四枚に書みてさせ給て、まゐらせられたりければ、禅閤御覧じて「これは重物なり」とて、やがて宝蔵に収られけるとぞ。

413〔古注〕 或曰、戸部尚書文範時也。

414〔古注〕 件作文、入道殿於二宇治一所レ被レ講也。故以言朝臣宇治別業序詩曰、山水去年晴泉白。注二件作文由一。

〔江談抄巻四〕 件以言詩被レ講之時、以言即為二講師一。読二件句一之時、皈嵩二字、飲渭二字、音連二読之一。若有二其由一歟云々。為憲朝臣同在二其座一。件朝臣毎二文場一所レ随レ身之嚢、名曰二書嚢一。此入二抄筆一之器也。聞レ講二此詩一不レ堪二情感一。入二頭於嚢一而涕涙数行、時人或感或笑云々。慶滋為政同在二此座一。後日難曰、此詩犯二忌諱一、龍昇字尤可レ避レ之。是黄帝登遐事也云々。以言聞レ之微笑、不三敢陳二一言一。大略不レ足レ言歟。（私注）

415〔続古今集釈教〕 非有非空の心を　（太上天皇）／おほぞらにむなしとみればいとゆふのあるにもあらずなきにしもなし

416〔古注〕 一条院御時、三条皇后宮参上給夜、御送女房及レ暁退下。儀同三司引導、且詠二此句一。聞者断腸。以言朝臣称曰、函谷雞鳴四字、可レ謂二絶妙一。（江談抄巻六）

〔枕草子一八四段〕 大路近なるところにてきけば、車に乗りたる人の、有明のをかしきに簾上げて「遊子猶残りの月にゆく」といふ詩を、声よくて誦したるもをかし。

418〔古注〕 件賦有二八隔句一為二秀句一。

〔朗詠百首〕 たはれ女が朝けの顔をかざるとて化粧遺戸をけさやあくらむ

420〔新勅撰集恋三〕 前関白家歌合に、寄鳥恋といへる心をよみ侍りける　中宮少将／暁のゆふつけどりもしらつゆのおきてかなしきためしにぞなく

421〔拾玉集巻二、詠百首和歌〕 庭の松よをのが梢の風ならで心のやどをとふ物ぞなき

〔拾遺愚草員外、文集百首〕 わがやどの砌にたぎる松の風それよりほかはうちもまぎれず

422〔古注〕 許渾詩多一体之詩也。故文時謂二之許渾宗一。但至二此句一頗異二他詩一。（江談抄巻四）

〔大納言為家集冬〕 常盤山梢は雪にかはれども松こそもとの色は見えけれ

424〔平家物語灌頂巻、六道之沙汰〕 清涼紫宸の床の上、玉の簾のうちにてもてなされ、春は南殿の桜に心をとめて日をくらし、九夏三伏のあつき日は、泉をむすびて心をなぐさめ、秋は雲の上の月をひとり見む事をゆるされず、玄冬素雪のさむき夜は、妻を重てあたゝかにす。

425〔海道記〕 中ニ八松ト云所アリ。八千歳ノ蔭ニ立寄テ十八公ノ栄ヲ感ズ／八松ノ千世フル陰ニ思ナレテトガミガ原ニ色モカハラズ。

426〔古注〕 火還寒三字有レ煩二音読一由、時人称レ之。相公以二文集商声清脆一被レ為レ例云々。

〔江談抄巻四〕　奏ニ此詩等ニ宣旨、還寒等音同音如何。

〔同右巻五〕　又焼レ秋林葉火還寒之句、准ニ的華光焔々火焼春ニ之句也。問云、当レ簾柳色両家春之句也。

427〔新勅撰集賀〕　建仁三年正月、松有春色といへる心を、をのこどもつかうまつりけるに　前左大臣／ときはなるたままつがえもはるくれば千世のひかりやみがきそふらむ

428〔千載集序〕　この集、かくこのたびしるしおかれぬれば、すみよしのまつのかぜひさしくつたはり、玉つしまの浪ながくしづかにして、

〔謡曲、高砂〕　われ見ても久しくなりぬ住吉の岸の姫松いく代経ぬらん、睦ましと君はしらずや瑞垣の久しき代々の神かぐら、夜の鼓の拍子を揃へて、すずしめ給へみやづこたち。

429〔風雅集神祇〕　暦応元年、津の国のうての使にまかりてしづめ侍りけるのち、住吉社にまうでてよみける　高階師直／あまくだるあら人神のしるしあれば世にたかき名はあらはれにけり

430〔続本朝文粋巻十、竹不改色和歌序〕　蒙籠煙葉、万春之陰弥鮮、蕭灑風枝、千年之翠無レ変者也。

432〔枕草子一三〇段〕　ものはいはで、御簾をもたげて、そよろとさし入るる、呉竹なりけり。「おい。この君にこそ」といひたるをききて、「いざいざ、これまづ殿上にいきて語らむ」とて、式部卿の宮の源中将・六位どもなどありけるはいぬ。頭弁はとまりたまへり。「あやしくても去ぬるものどもかな。御前の竹を折りて歌詠まむとてしつるを、おなじくば職に参りて、女房など呼び出できこえてと持て来つるに、呉竹の名をいと疾くいはれて、去ぬるこそいとほしけれ。誰が教へをききて、人のなべて知るべうもあらぬ言をばいふぞ」などのたまへば、「竹の名とも知らぬものを。なめしとやおぼしつらむ」といへば、「まことに。そは知らじを」などのたまふ。まめごとなどもいひ合はせてゐたまへるに、「種ゑて此の君と称す」と誦してまた集り来たり。

433〔江談抄巻四〕　故老伝云、延長末移ニ立清涼殿於醍醐寺ニ。更又改作。如レ本種レ竹云々。

435〔無題詩巻五、藤原忠通、冬日即事〕　月照ニ沙頭ニ霜在レ地、嵐駈ニ水面ニ浪深レ磯。

436〔資実長兼両卿百番詩合春〕　南老鬢眉残縦在、西施顔色自斯新。

437〔古注〕　藜藋徒郎反、或誤用ニ入声他字ニ也。

〔鈔〕　是ハ直幹貧ナル体ヲ作テ父ノ処へ送ル也。父ヲ張成ト云ヘリ。何ニタル人トモ分明ニ不レ見也。

〔平家物語灌頂巻、大原御幸〕　女院の御庵室を御覧ずれば、軒には蔦槿はひかゝり、信夫まじりの忘草、瓢箪しば〳〵むなし、草顔淵が巷にしげし。藜でうふかくさせり、雨原憲が枢をうるほすともいつべし。

439〔古注〕　輔昭此文作ニ秀句ニ。銷尽雪青云々。故源右相府命曰、保胤詩無レ作ニ帝徳意ニ。仍似レ有ニ一日之長ニ云々。

〔無題詩巻二、藤原周光、詠画障詩〕　暮山有レ鳥声猶少、春社無レ人路漸滋。

440〔宴曲集巻五、草〕　（略）彼岡に草苅をのこしかな苅そ　ありつゝも君がきまさん御馬草儲にせんやな（略）

〔謡曲、敦盛〕　かの岡に草刈る男（をのこ）野を分けて、帰るさになる夕まぐれ、

441〔蜻蛉日記巻下〕　いまさらにいかなる駒かなつくべきすさめぬ草とのがれにし身を

〔源氏物語紅葉賀〕　似つかはしからぬ扇のさまかなと見たまひて、わが持たまへるに、さしかへて見たまへば、赤き紙の、映るばかり色深きに、木高き森のかたを塗り隠したり。片つ方に、手はいとさだ過ぎた

れど、よしなからず、「森の下草老いぬれば」など書きすさびたるを、言しもあれ、うたての心ばへやと笑まれながら、

442〔今鏡すべらぎの中、白河の花の宴〕四十人の女房、思ひ／＼に装(よそひ)ども心を尽くされて、今日ばかりは制も破れてぞ侍りける。（略）唐衣に、うちぎぬは日を出だして、「たゞ春の日をまかせたらなむ」といふ歌の心なり。

443〔古注〕論語云、君子有二三悪一。悪二利口之覆一レ邦家一、悪二鄭声之乱一レ楽、悪下居レ下而訕レ上者上。謂レ鶴為二小人一、異二君子之事一。可レ尋レ之。

〔十訓抄巻六〕唐に衛の懿公と申ける王、心つたなくおはしまして、賢き臣下などをば賞し給はで、鶴をのみ愛して、行幸の折は同輿にのせて幸し給けるに、ゑびすの来て国を亡す時、鶴君の怨を退くべしといひて、ふせぐ人なかりければ、ゑびす懿公をころしてみなくらひて、其肝ばかりを土の上に残して帰りにければ、懿公の臣弘演と云人大に恥、己が腹をさきて君の肝を入て死す。主恥有ときは臣死すとぞ世人いひける。少人にして高位を踏事を嫌て、鶴軒に乗事有とは此心をかけるにや。

445〔古注〕晩蘂尚開、同詩也。

〔謡曲、木賊〕子を思ふ身は老鶴の、鳴くものを、げにや子を思ふ闇の夜鶴の、声は盃中に廻れるも盃、五老の月の、影に酔ひ臥す枕の上に、来らばわが子よ。

448〔和歌色葉巻下、類聚百首〕ふるさとを忘れずきなくまな鶴は昔の名をもなのるなるかな。ふるさとを忘れずきなくとは、丁令威と云仙人帰二遼城一事をよめる也。鶴帰二旧里一丁令威之詞可レ聴。龍迎二新儀一陶安公之駕在レ眼と云詩心也。

451〔更級日記〕からうじて風いささかやみたるほど、舟の簾まき上げて見わたせば、夕汐たゞ満ちに満ち来るさま、とりもあへず、入江の鶴(たづ)の、声惜しまぬもをかしく見ゆ。

〔謡曲、松風〕寄せては帰る片男波、寄せては帰る片男波、芦べの鶴(たづ)こそは立ち騒げ、四方の嵐も音添へて、夜寒なにと過ごさん。

452〔続千載集雑体〕久安百首歌たてまつりけるながうた　花園左大臣家小大進／（略）よろづ代をへて　すむかめの　よはひゆづると　むれたりし　あしまのたづの　さしながら　友は雲井に　たちのぼり　我はさはべに　ひとりゐて（略）

453〔謡曲、八島〕さて慰みは浦の名の、さて慰みは浦の名の、群れ居る鶴(たづ)をご覧ぜよ、などか雲居に帰らざらん。

454〔古注〕清賦一篇中唯用二緊長一、至二隔句一者此句一句也。

〔朗詠百首〕月の入るかた山かげに啼く猿は更け行く秋をもの悲しとや

455〔古注〕件詩、天暦御時、朝綱文時依レ勅撰二文集第一詩一時、共不二相議一献二件四韻一云々。（254項参照）

457〔朗詠百首〕雁がねは越路に宿る旅人のまどろむ夢やおどろかすらむ

458〔古注〕人煙、近代忌レ之不レ作。（江談抄巻四）

460〔土御門院御集〕あしびきの山ほとゝぎすしのぶ也うの花かこふたにの一むら

461〔大鏡巻六、昔物語〕おほ井の行幸も侍りしぞかし。（略）さて、行幸にあまたの題ありてやまとうたつかうまつりしなかに「猿叫レ峡」躬恒、／わびしらにましらなゝきそあしひきの山のかひあるけふにやはあらぬ／その日の序代はやがて貫之のぬしこそはつかうまつりたまひしか。

462〔朗詠百首〕澄み登る笛のしらべは一声に嶺の白雲おどろかしけり

463〔古今著聞集巻四、文学〕少納言入道信西が家にて、人々あつまりてあそびけるに、

「夜深催二管絃一」といふ題にて当座の詩を作けるに、皆人は作いだしたりけるに、敦周朝臣案じいださぬ気色にて程へければ、満座興醒てけり。あまりにすみて侍ければ、有安が座のするにありけるに、入道朗詠すべきよしをすゝめければ、「第一第二絃索々」といふ句を詠じたりけり。

464〔源平盛衰記巻二、清盛息女事〕 彼楽天の筆に自在を得給て、聊も作給へる詩篇を、よく人に被レ知給へり。其中に、随分管絃還自足、等閑篇詠被レ知レ人と書給へる詩を、北方常に詠じて心を澄まし琴を弾じ給へりけり。

466〔古注〕 件序菅家示二給於納言一。々々疑二中怒字一。菅家仰曰、無才之人可レ難。在二文選一歟、可レ尋レ之。

〔平家物語巻十、千手前〕 千手酌をさしおいて、「羅綺の重衣たる、情ない事を奇婦に妬」といふ朗詠を一両反したりければ、三位中将の給ひけるは、「この朗詠せん人をば、北野の天神一日に三度かけてまぼらんとちかはせ給ふ也。されども重衡は、此生ではすてられ給ひぬ。助音してもなにかはせん」。

469〔源氏物語松風〕 かの御形見の琴を掻き鳴らす、をりのいみじう忍びがたければ、人離れたる方にうちとけてすこし弾くに、松風はしたなく響きあひたり。

〔平家物語巻六、小督〕 松の一むらある方に、かすかに琴ぞきこえける。峰の嵐か、松風か、たづぬる人のことの音か、おぼつかなくはおもへども、駒をはやめて行程に、

471〔古注〕 孝言申二相府一曰、元稹集卅巻也。以二此詩一為レ証。尤可レ怪々々。不レ弁二元稹与二元居敬一歟。案レ居歟。

〔高倉院昇遐記〕 つくらせ給ひたりし詩どもをとりあつむとて、遺文三十軸とうちくちずさまれて、りやうもんぐゐむしやうのつちさへうとましくて、「みがきをきてとゞむる君が玉づさは玉の声あるたぐひなりけり」。

474〔鈔〕 篤茂ノ秀才ノ時ノ詩ノ序也。

〔古今著聞集巻二十、魚虫禽獣〕 荘子山をすぎ給に、木をきるものあり。すぐなるをばきりて、ゆがめるをばきらず。又人の家にやどり給に、雁二あり。主よくなくをばいけて、よくなかざるをばころしつ。あくる日弟子荘子に申云、「昨日の山中の木は、すぐなるをばきりて、ゆがめるをばきらず。又家の二雁は、よくなくをばいけて、なかざるはころしつ。よき木もきられ、よからざる雁もころされぬ」と。荘子のいはく、「世中のためし、これにあり」ととこたへ給へり。(略)又藤原篤茂が長句には、「昨日山中之木、材取二諸己一、今日庭前之花、詞慙二於人一」(十訓抄巻二)

475〔江談抄巻六〕 問云、順序王朗八葉之孫、誰事不二詳覚一云々。

478〔続古今集恋三〕 百首歌の中に、恋を中務卿親王／まつ人とともにぞ見ましいつはりのなきよなりせば山のはの月

〔謡曲、砧〕 げにや偽りの、なき世なりせばいかばかり、人の言の葉嬉しからん、おろかの心やな、おろかなりける頼みかな。

479〔古注〕 件賦送二友人之帰二大梁一也。非下送二友人一而帰中大梁上。其意見二於賦中一。(江談抄巻六)

〔古今著聞集巻五、和歌〕 元永元年六月十六日、修理大夫顕季卿、六条東洞院亭にて、柿本大夫人丸供をおこなひけり。(略)次和歌を講ず。題云、「水風晩来」。敦光朝臣序をかきけり。講じをはる程に、敦光朝臣朗詠をいたす、「新豊酒色云々」。次亭主同句を出す。(柿本影供記)

480〔宴曲集巻五、酒〕 されば唐の太子の賓客も酒功賛に徳を述べ　晋の劉伯倫は又　常に一壺の酒を持し　戦場に臨みても　勇める色に誇るとか。

481〔大納言為家集巻上、秋〕 時のまの心の色ぞしられける秋の木の葉の風にまかせて

482〔無題詩巻八、藤原敦基、冬日遊長楽寺〕 頻聴遠鐘雖二薄暮一、家郷忘却酔情酣。

485〔江談抄巻六〕 匡衡序者、破題多二秀句一。(略) 弁酔郷氏之国四時独誇二温和之天一之句等也。

486〔江談抄巻六〕 含消梨、是梨名也。

490〔撰集抄巻八、第十五、能宣出サレタル二小野宮殿盃ヨリヲ一歌事〕 大中臣の能宣の、小野の宮殿へ参りけるに、みすの内より、底に日かげのありける盃をいださせ給ひて、酒をすゝめさせ給へりけるに、能宣、日かげを見て、／有明の心ちこそすれ盃の日影もそひて出ぬとおもへば／とよみければ、小野の宮殿しきりに感ぜさせ給ひてけり。まことにおもしろくぞ覚えはべる。有明の月ならでは、いかでか日影はそふべきな。うち聞きには誰かよまざらんと、いとやすらかに覚え侍れども、きとさる人の御前なんどにて、耳をよろこばしむる事は、ありがたき事に侍り。

492〔方丈記〕 若うらゝかなれば、峰によぢのぼりて、はるかにふるさとの空をのぞみ、木幡山、伏見の里、鳥羽、羽束師を見る。勝地は主なければ、心をなぐさむるにさはりなし。

493〔土御門院御集〕 あか月のけぶりもふかき山の辺におりしりがほのむさゝびの声

495〔江談抄巻四〕 鹿鳴猿叫孤雲惨 葉落泉飛片月残〈秋声多在レ山、後中書王〉此詩六条宮有二雄張之御気色一。而覧二以言衆籟暁興林頂老之句一、大令二歎息一、妬気結云々。(同巻五)

〔私注〕 後中書王与二以言一相争共被レ難詩也。中書王詩云、鹿鳴猿叫孤雲惨、葉落泉飛片月残。以言難申云、片月如何。宮対曰、着二束帯一如レ有二半臂下襲一也。

〔土御門院御集〕 とぢやらぬこほりの下になみさえて谷の小川ぞ冬こもりゆく

496〔新後拾遺集夏〕 題しらず 頓阿法師／名のみして山は朝日のかげもみず八十氏河の五月雨の比

497〔新古今集冬〕 題しらず 前大納言公任／しらやまもとしふる雪やつもるらんよはにかたしくたもとさゆなり

498〔謡曲、二人静〕 見渡せば、松の葉白き吉野山、いく重積もりし雪ならん。

499〔古注〕 文選、高作レ大、厭作レ択、成字作レ就。今案、史記李斯伝上二秦王一書也。伝中帙一又在二文選一歟。(江談抄巻六)

〔十訓抄巻一〕 或人云、人の君となれるものは、拙きものなりとも不レ可レ嫌。文云、山はちいさき壌をゆづらず、此故に高事をなす。海は細きながれをいとはず、此故に深ことをなすといへり。

500〔太平記巻三十二、主上義詮没落事〕 月卿雲客、或ハ長汀ノ月ニ策ヲアゲ、或ハ曲浦ノ浪ニ棹サシ給ヘバ、「巴猿一叫停二舟於明月峡之辺一、胡馬忽嘶失二路於黄沙磧之裏一」ト、古人ノ書シ征路ノ篇モ、今コソ被二思知一タレ。

501〔拾玉集巻二、詠百首和歌〕 秋の水は秋の空にぞ成にけるしろき浪まにうつる山かげ

〔拾遺愚草員外、文集百首〕 山をこそ露も時雨もまた染ぬ空の色ある秋の水哉

502〔古注〕 時棟語曰、忠文民部卿、為二大将軍一下向時、宿二駿河国清見関一。軍監清原滋藤夜詠二此句一。将軍拭レ涙云々。(江談抄巻四、袋草紙巻上、東関紀行、十訓抄巻十、平家物語巻五、源平盛衰記巻二十三)

503〔無題詩巻二、藤原忠通、賦漁歌〕 唱レ月浮遊江浦暁、叩レ船来往海湖晴。

504〔海道記〕 夜隠ニ市ガ腋ト云処ニ泊ル。前ヲ見オロセバ海サシ入テ河泊（伯）ノ民、湖ニ孕シ、後ニ見仰バ峯峙テ山祇ノ髪、風ニ梳ル。

505〔古事談巻六〕 妙音院入道自二配所土左

国一帰洛之時、資賢卿参二向彼亭一。面謁之次、何事共カ候ケムト被レ申ケレバ、返事ハナクテ韓康独往之栖ト云句ヲ詠出給ケレバ、按察落涙退出云々。（十訓抄巻二）

506〔長門本平家物語巻二十、灌頂巻〕西の山の麓に、一宇の草堂あり、則寂光院是なり。彼寺の眺望を御覧あれば、山復山、何の工か苔巌の形をけづりなさゞれども、ふりにける石の色、水復水、誰の人か碧潭の色を染ざれども、落来る水の色、緑蘿の垣、紅葉の山、ゑに書とも筆も及がたし。

509〔源氏物語椎本〕おどけたる人こそ（略）なかなか心長き例（ためし）になるやうもあり。崩れそめては、龍田の川の濁る名をもけがし、言ふかひなくなごりなきやうなる事などもみなうちまじるめれ。

511〔無題詩巻六、大江隆兼、暮春池頭即事〕鴛鴦鋪レ翅沙痕暖、楊柳重レ眉水面春。

513〔無題詩巻七、釈蓮禅、野店秋興〕郊西秋興触レ望多、児店柴穿夕日斜。

514〔無題詩巻九、中原広俊、初冬遊石山寺〕薜蘿墻破洞房旧、舴艋舟過湖尾斜。

515〔古注〕件序大納言後（好）作之。法皇仰曰、依二今日遅参咎一所レ課也云々。菅家頗有下不レ得二意一之気色上。以二殿下石一為レ硯、一筆被レ書云々。

517〔平家物語巻三、有王〕山にては遂に尋もあはず。海の辺について尋るに、沙頭に印を刻む鷗、澳のしら洲にすだく浜千鳥の外は、跡とふ物もなかりけり。

519〔栄花物語御賀〕人のいそがしきけはひの風に、木々の紅葉の少し散りて、御前の池に浮び流れたるも、かの昆明の池の水の春秋の色の流れかはるらんもかくやと見えたり。伊勢が「散りかゝるをや曇るといふらん」と詠みたりけるも覚え、

〔千載集春上〕鳥羽院くらゐおりさせたまひてのち、しら河にみゆきありて花御覧じける日、よみ侍りける　花園左おほいまうちぎみ／かげきよき花のかがみとみゆるかなのどかにすめるしら川の水

520〔千載集〕前項参照。

521〔古注〕此詩可レ尋レ之。文集歟、洛中集歟。（江談抄巻四）

〔金剛寺宝篋印陀羅尼経嘉応今様〕鳳凰池上の水のおもに　やどる月こそあはれなれ　われらもさのみぞあけぬまの　かりのうき世にすまひする

523〔古注〕此詩意今難レ得。及第日報二破東平一。（江談抄巻四）

〔高倉院昇遐記〕延喜天暦のひじりの御世にあひ奉る心地して、春はるのあそびにしたがひ、よるは夜をもはらにして、池のはちすのなつひらけ、宮のゑんず秋はおつるごとに、含元殿のすみにたへなるこゑをしらべて、三千の仙人のきくことをおぼしめし、蓬莱宮のうちにあらたなるふみをつくりて、十二楼のかまへをかきあつめさせたまへるもしほぐさ、

524〔枕草子二九三段〕主上もうち驚かせたまひて、「いかでありつる鶏ぞ」などたづねさせたまふに、大納言殿の、「声明王の眠を驚かす」といふ言を、高ううち出だしたまへる、めでたうをかしきに、ただ人のねぶたかりつる目も、いと大きになりぬ。「いみじきをりの言かな」と主上も宮も興ぜさせたまふ。

525〔宴曲集巻五、朝〕朝候日闌けて出づる臣　月卿冠を傾け　雲客袂を連ぬるは　朝拝朝覲の其儀式。

527〔続後撰集賀〕題しらず　藤原為頼朝臣／水のうへにひかりさやけき秋の月よろづよまでのかがみなるべし

528〔土御門院御集〕ふかくさや秋ののらにも成はてゝあるじがほなるさをしかの声

529〔新葉集雑上〕題しらず　法印行祐／いそのかみふるき都にさく花は昔の春や思ひいづらん

530〔古注〕秋声、検二新賦一声字可レ作二風字一。是用二東韻一之故也。

532〔古注〕故明衡朝臣云、此句於レ順過分之句也。

〔平家物語巻七、聖主臨幸〕余炎の及ところ、在々所々数十町也。強呉忽にほろびて、姑蘇臺の露荊棘にうつり、暴秦すでに衰て、咸陽宮の煙へいけいをかくしけんも、かくやとおぼえて哀也。

534〔鈔〕是ハ一条院摂政小野宮ノ山荘ノ荒タル事ヲ云也。

〔土御門院御集〕しとゞなく籬の竹の夕煙いくよかへぬる人すまずして

535〔土御門院御集〕苔ふかきほらのあき風吹すぎてふるきひばらの音ぞかなしき

536〔東関紀行〕さても此の宿に一夜とまりたりしやどあり。軒ふりたるわらやの、ところどころまばらなるひまより、月のかげ曇りなくさし入りたるをりしも、君どもあまた見えし中に、すこしおとなびたるけはひにて、夜もすがら床の下に晴天をみる、と忍びやかにうち詠じたりしこそ、心にくゝおぼえしか。

537〔更級日記〕形見にとまりたるをさなき人々を左右に臥せたるに、あれたる板屋のひまより月のもりきて、ちごの顔にあたりたるが、いとゆゆしくおぼゆれば、袖をうちおほひて、いま一人をもかきよせて、思ふぞいみじきや。

〔平家物語巻三、少将都帰〕深行(ふけ)まゝには、荒たる宿のならひとて、ふるき軒の板間より、もる月影ぞくまもなき。

538〔今昔物語集巻二四ノ四六〕今ハ昔、河原院ニ宇多院住マセ給ケルニ、失サセ給ヒケレバ、住ム人モ无クテ、院ノ内荒タリケルヲ、紀貫之、土佐国ヨリ上テ行テ見ケルニ、哀也ケレバ、読ケル、／キミマサデ煙タエニシ塩ガマノウラサビシクモミエワタルカナ／ト。此ノ院ハ陸奥国ノ塩竈ノ様ヲ造テ、潮ノ水ヲ湛ヘ汲ミ入レタリケレバ、此ク読(ヨメ)ルナルベシ。

〔新古今集冬〕家に百首歌よませ侍りけるに　入道前関白太政大臣／ふるゆきにたくもの煙かきたえてさびしくもあるかしほがまのうら

542〔大納言為家集巻上、春〕尋きておるにつけても物うきは山のそこともしらぬさ蕨

543〔古注〕件神仙冊、問頭春善縄也。良香私通二彼家侍女一。件善縄作二問頭一曰二云々一破却。竊取二件破却紙一、開読所二作設一云々。(袋草紙巻上、十訓抄巻七、本朝神仙伝)

〔海道記〕見レバ又、山ニ曲水アリ庭ニ怪石アリ。地形ノ勝タル、仙室ト云ツベシ。三壺ニ雲浮ベリ、七万里ノ浪池辺ニヨセ、五城ニ霞峙リ、十二楼ノ風階ノ上ニフク。

545〔海道記〕誤テ半日ノ客タリ、疑ラクハ七世ノ孫ニ会ン事ヲ。夕ニ及テ西ニ帰ス。鶴岳ニ登テ鳩宮ニ参ス。

547〔千載集雑上〕同じ竜門寺の心をよめる　藤原清輔／山人のむかしのあとをきてみればむなしきゆかをはらふ谷かぜ

548〔古注〕桃李不レ言、煙霞無レ跡、乃為二対句一。在二淳茂願文一。如レ此事不レ避歟。(江談抄巻四、私注、鈔)

〔平家物語巻三、少将都帰〕弥生なかの六日なれば、花はいまだ名残あり。楊梅桃李の梢こそ、折しりがほに色々なれ。昔のあるじはなけれ共、春を忘れぬ花なれや。少将花のもとに立よて、「桃李不レ言春幾暮、煙霞無レ跡昔誰栖」「ふる里の花の物いふ世なりせばいかにむかしのことをとはまし」。この古き詩歌を口ずさみ給へば、康頼入道も折節あはれに覚えて、墨染の袖をぞぬらしける。

551〔土御門院御集〕人しれぬ山ぢのおくに住なれて夕暮ごとにかへる白雲

552〔古注〕以二韵字一用二句中一例。

〔続本朝文粋巻三、弁賢佐〕巌月通レ夢、

因二後素一以求レ貌、渭河浪レ跡、遇二西伯一以彰レ名。

553〔新古今集賀〕 千五百番歌合に （摂政太政大臣／ぬれてほすたまぐしのはの露じもにあまてる光いくよへぬらん

〔謡曲、俊寛〕 心の底も白衣の、濡れて干す、山路の菊の露の間に、われも千年を、経るここちする、配所はさてもいつまでぞ。

554〔枕草子二八〇段〕 雪のいと高う降りたるを、例ならず御格子まゐりて、炭櫃に火熾こして、物語りなどして集まりさぶらふに「少納言よ、香炉峯の雪いかならむ」と仰せらるれば、御格子上げさせて、御簾を高く揚げたれば、笑はせたまふ。

555〔古注〕 古人伝曰、此句文集第一句也云々。故源右府仰云、不レ避二三連一之句也。難レ為二規模一云々。（江談抄巻四）

〔枕草子七七段〕「かいをの物語なりや」とて見れば、青き薄様にいときよげに書きたまへり。心ときめきしつるさまにもあらざりけり。「蘭省花時錦帳下」と書きて、「末はいかにいかに」とあるを、いかにかはすべからむ。「御前おはしまさば、御覧ぜさすべきを、これが末を知り顔に、たどたどしき真字書きたらむもいとみぐるし」、と思ひまはすほどもなく、責めまどはせば、ただその奥に、炭櫃に消え炭のあるして、「草の庵を誰かたづねむ」と書きつけてとらせつれど、また返りごともいはず。みな寝て、つとめていと疾く局に下りたれば、源中将の声にて、「ここに草の庵やある」とおどろおどろしくいへば、「あやし。などてか人気なきものはあらむ。玉の臺ともとめたまはましかばいらへてまし」といふ。

556〔無題詩巻六、藤原敦基、暮秋城南別業即事〕
漁父火光穿レ露見、牧童笛曲逐レ風来。

558〔平家物語巻三、少将都帰〕 庭に立入見給へば、人跡たえて苔ふかし。池の辺を見まはせば、秋山の春風に白波しきりにおりかけて、紫鴛白鷗逍遙す。興ぜし人の恋しさに、尽せぬ物は涙也。

559〔源平盛衰記巻四十八、法皇大原入御事〕
満レ耳者樵歌牧笛声、遮レ眼者竹煙松霧之色とかや。斯閑居の有様を、忍てすごさせ給けんと、叡覧あるに附ても、御涙ぞ進ける。

561〔土御門院御集〕 窓ちかきむかひの山に霧晴てあらはれわたるひばらまきはら

562〔土御門院御集〕 岩がねのまくらの夢もさめやらでよこ雲かすむ春の明ぼの

563〔平家物語灌頂巻、大原入〕 「大原山のおく、寂光院と申所こそ閑（しづか）にさぶらへ」と申ければ、「山里は物のさびしき事こそあるなれども、世のうきよりはすみよかんなる物を」とて、おぼしめしたゝせ給ひけり。

564〔狭衣物語巻二〕 雪かきくらし降り積る庭の面は、人目も草もかれはてて、同じ都の内とも見えず、心細さも限りなきに、

566〔古注〕 此句有レ心所レ作云々。故橘工部〈孝〉所レ被レ陳也。一犬之事歟。

568〔土御門院御集〕 笛のねのほの吹すさぶ秋かぜにとをちさびしき里の一むら

569〔拾遺集雑下〕 円融院御時、大将はなれ侍りてのちひさしくまゐらで、そうせさせ侍りける 東三条太政大臣／（略）を山田を 人にまかせて 我はただ たもとそほづに 身をなして ふたはるみはる すぐしつつ（略）

571〔枕草子二一〇段〕 八月晦、「太秦（うづまさ）に詣づとて、見れば、穂に出でたる田を、人いと多く見騒ぐは、稲刈るなりけり。早苗取りしかいつのまに」、まことに先つ頃賀茂へ詣づ」とて、見しが、あはれにもなりにけるかな。

574〔古注〕 陸恵暁与二張融一並レ宇、其間有レ池、々有二楊柳一。

577〔風雅集春中〕 （春歌とて） 寿成門院／今朝はなほさきそふ庭の花ざかりうつろはぬまをとふ人もがな

578〔東関紀行〕やがて此の原につぎて千本の松原といふ所あり。海の渚とほからず、松はるかに生ひわたりて、みどりのかげきはもなし。沖には舟ども行きちがひて、木の葉のうけるやうに見ゆ。かの千株の松下双峯寺、一葉の舟中万里身とつくれるに、彼もこれもはづれず。眺望いづくにもまさりたり。

579〔拾玉集巻二、詠百首和歌〕うれしくもながむる空はむなしくて心をあらふ山の井の水

〔拾遺愚草員外、文集百首〕世のうさもはなれておつる滝のをとに心のそこもいまぞすみぬる

581〔私注〕英明中将小鷹狩、而其次醍醐上、聖宝僧正奉レ値。談議之次、僧正先死無常説、戒二殺生一給時、中将拭レ涙作レ之。

582〔土御門院御集〕飛鳥のかよふばかりのしるべまで雲のかけはしふみみてしがな

583〔古注〕件上句於二竹生嶋一、良香案レ之。下句不レ能二思得一。其夜夢弁財天所レ被レ示云々。（江談抄巻四、十訓抄巻十、私注、鈔、古今著聞集巻四、撰集抄巻八、袋草紙巻上、源平盛衰記巻二十八、太平記巻二十七）

585〔源氏物語総角〕世の人のすさまじき事に言ふなる十二月(しはす)の月夜の、曇りなくさし出でたるを、簾捲き上げて見たまへば、向ひの寺の鐘の声、枕をそばだてて、今日も暮れぬと、かすかなるを聞きて、

586〔栄花物語みはてぬゆめ〕さてありき巡らせ給て、円城寺といふ所におはしまして、桜のいみじうおもしろきを見廻らせ給て、ひとりごたせ給ひける、／木のもとをすみかとすれば自ら花見る人になりぬべきかな／とぞ。あはれなる御有様も、いみじうかたじけなくなん。

587〔紫明抄巻九、橋姫〕くもかくれたる月のにはかにいとあかくさしいでたれば、あふぎならでこれしても月はまねきつべかりけりとて、さしのぞきたるかほいみじくらうたげににほひやかなるべし。

月隠重山兮、擎扇喩之、風息大虚兮、動樹教之。

588〔狭衣物語巻二〕「恋の道知らずといひし人やさは逢坂までも尋ね入りけん」とあるを、独り笑みせられ給ものから、「いと罪得がましきことの様かな」と独りごちてかへりては、「当来世々転法輪の縁とせん」とうち誦し給ふ御声、なほおもしろくめでたし。

589〔三宝絵詞巻下、比叡坂本勧学会〕十四日ノ夕ニ僧ハ山ヨリオリテフモトニアツマリ、俗ハ月ニ乗テ寺ニユク。道ノ間ニ声ヲ同クシテ居易ノツクレル「百千万劫ノ菩提ノ種、八十三年ノ功徳ノ林」トイフ偈ヲ誦シテアユミユク。

590〔栄花物語たまのうてな〕かくて明うならぬさきにと急ぎまかづれば、経蔵の東の方より沓すりて人来なり。声いとよくて、「十方仏土の中には、西方をもて望とす。九品蓮臺の間には、下品といふとも足むぬべし」といふ事を、常よりも耳とゞまりて、言ひ置き給けん内記のひじりもあはれに覚え給。

591〔平家物語巻十、千手前〕千手前やがて、「十悪といへども引摂す」といふ朗詠をして、「極楽ねがはん人はみな、弥陀の名号となふべし」といふ今様を四五反うたひすましたれば、其時坏をかたぶけらる。

592〔古注〕件句後中書王殊加二褒誉一、自書二其由一給云々。自レ此匡衡之文、鼓二動於天下一云々。

〔江談抄巻六〕此句仁康上人入唐之時、為レ母於二六波羅蜜寺一供二養仏経一之願文也。講筵参会貴賤済々焉。講畢集会人皆悉令レ散之間、保胤入道猶留到二俗客座一、叩二匡衡背一云、弼殿筆至リケリ云々。于時匡衡弾正弼也。在二此講席一之故也。又入道陳云、

依レ如レ是不レ出二文場一也。見二此句作一骨心、有二攀縁一。且為二菩提之妨一云々。（私注）

〔朗詠百首〕　隈もなき月のみ顔をうつしもて帰らぬ程のかたみとぞせし

594〔古注〕　句曲、三月十八日仙人会也。或書曰、句曲山、三月九日、九月十八日仙人会也。

〔今鏡すべらぎの上、望月〕　かの東北院はこの院の御願にて、父大臣の御堂法成寺の傍に造らせ給へり。（略）九月十三夜より望月の影まで、仏の御顔も光添へられ給へり。御念仏始まる程に、上達部殿上人参り集まり給へるに、宇治の太政大臣の、朗詠侍りなむと勧めさせ給ひければ、斉信の民部卿、年たけたる上達部にて、「極楽の尊を念じ奉ること一夜」とうち出だし給へりけむ、折節いかにめでたく侍りけむ。斉名といふ博士の作りたりけるが、生ける世に如何にいみじく覚え侍りけむ。（十訓抄巻十、古今著聞集巻四）

597〔古注〕　酌為二朝対一。用二此字一様、講時保胤入道在レ座、見レ此後被レ陳曰、依レ如レ是不レ去二文場一也。見二此句作一骨心有二攀縁一。且為二菩提之妨一云々。（江談抄巻四）

598〔太平記巻二十六、賀名生皇居事〕　况乎其郎従眷属タル者ハ、暮山ノ薪ヲ拾テハ、雪ヲ戴クニ膚寒ク、幽谷ノ水ヲ掬デハ、月ヲ担フニ肩ヤセタリ。

599〔土御門院御集〕　うどんげののりの花にもあひにけり菩提のたねをうへてける身は

600〔梁塵秘抄巻二〕　いつしかときみにとおもひしわかなをば、のりのためにぞけふはつみつる

601〔古注〕　空也誄曰、弥陀欲レ見二当来所生之土一、其夜夢二極楽一、覚後随喜所レ詠。

〔梁塵秘抄巻二〕　ごくらくははるけきほどゝきゝしかど、つとめていたるところなりけり

〔古事談巻三〕　恵心僧都金峰山ニ正シキ巫女有ト聞テ、只一人令レ向給テ、心中ノ所願ヲウラナヘトアリケレバ、歌占ニ、十万億ノ国々ハ、海山隔テ遠ケレド、心ノ道ダニナホケレバ、ツトメテイタルトコソキケト占タリケレバ、涕泣シテ帰給云々。

602〔千載集序〕　聖徳太子はかたをかやまのみことをのべ、伝教大師はわがたつそまのことばをのこせり。

〔千載集雑中〕　題不知　法印慈円／おほけなくうき世のたみにおほふかなわがたつそまにすみぞめのそで

603〔和歌童蒙抄巻六〕　念珠／此世にて菩提の種をうゑつれば君がひくべき身とぞ成ぬる／朗詠下に有。御八講のおくり物、菩提子の念珠をつかはすとて左相府のよみ給ふ也。

605〔鈔〕　英明卿参二醍醐寺一折節、花ノサカリナレバ、客ト伴テ遊バレケルニ、日暮ニ僧房ニ参ジテ御僧ト談論シケレバ、漸ク月モ出ケレバ居処ヘ帰ル体ヲ作レリ。

〔土御門院御集〕　法のしにまよへる道をたづねてぞ野寺の月にひとりかへりし

607〔鈔〕　是ハ篁ノシウト藤原御守公、金泥ノ大般若ヲ書テ、為二供養一請二山寂光大師一ケル時、讃二智徳一作玉ヘリ也。

609〔古注〕　文時三位被レ難曰、可レ作二翅閑鶴一、眉老僧一云々。（江談抄巻五、鈔）

〔太平記巻三十七、身子声聞一角仙人志賀寺上人事〕　或時上人草庵ノ中ヲ立出テ、手ニ一尋ノ杖ヲ支ヘ、眉ニ八字ノ霜ヲ垂レツヽ、湖水波閑ナルニ向テ、水想観ヲ成テ、心ヲ澄シテ只一人立給タリ。

610〔源氏物語手習〕　いたうわづらひしけにや、髪もすこし落ち細りたる心地すれど、何ばかりもおとろへず、いと多くて、六尺ばかりなる末などぞ、いとうつくしかりける。筋なども、いとこまかにうつくしげなり。「かかれとてしも」と独りごちゐたまへり。

611〔続千載集釈教〕譬喩品　近衛院御製／わが心三の車にかけつるはおもひのいへをうしとなりけり

612〔新千載集釈教〕（釈教歌の中に）　僧正実寿／すすぎけん人の心を三輪川のきよきながれに汲みてしるかな

613〔本朝麗藻巻下、藤原為時、門閑無謁客〕久忘二倒履送迎礼一、別作二洛中泰適翁一。

615〔保元物語巻下、新院経沈めの事〕日暮夜に入まゝに、いとゞ心もすみ渡ければ、笛吹朗詠して、泣々心を慰けり。幽思不レ窮巷無レ人処、愁腸欲レ断閑窓有レ月時、月の出塩の波の音、孤客の舟の棹の歌、いづくをそこともしらねども、浦吹風にたぐへきて、心細さは限もなし。

617〔撰集抄巻九、第二、大江貞基之事〕むかし大江貞基と云博士ありけり。身は朝につかへ、心は隠にありて、つねに、人間栄耀因縁浅、林下幽閑気味深とおもひとりながら、さるべき縁にあはざるほどには、もとゞりをさゝげて世中にまじはりて侍りけり。

618〔高倉院昇遐記〕春のつかさめしを見るにも、ぶんじふと云ふみのなかに白らく天のつくりおきたる詩に、世事従レ今口不レ言、栄望自レ是心長絶といふ事を思ひあはせて、「さま〴〵の花の盛りを見てもなほ歎のもとにねこそたえせね」。

620〔江談抄巻四〕此詩於二鎮府一不レ出レ門胸句也。其時儒者評云、此詩文集、香炉峯雪撥レ簾看之句ヨリハ猶勝被レ作云々。（大鏡二）

〔太平記巻十二、大内裏造営事〕心筑紫ニ生ノ松、待トハナシニ明暮テ、配所ノ西府ニ着セ玉ヘバ、埴生ノ小屋ノイブセキニ奉二送置一、都ノ官人モ帰リヌ。都府楼ノ瓦ノ色、観音寺ノ鐘ノ声、聞ニ随ヒ見ニ付テノ御悲、此秋ハ独我身ノ秋トナレリ。

621〔無題詩巻四、藤原周光、三月三日即事〕隠レ几徒眠蓬戸雨、枕レ書独臥竹窓嵐。

622〔古注〕六条宮被レ難曰、陶家可レ作二衡(マヽ)門一也。不下与二燕寝一造化上云々。而予案、許渾贈二堯藩一詩、有二准之事一。（江談抄巻四）

〔朗詠百首〕来る人の跡ぞともしき我が門に雨降りこむる春のあしたは

624〔句題和歌〕沖べより吹きくる風はしらなみの花とのみこそ見えわたりけれ

625〔鈔〕是ハ尊敬内裏ヲ立出テ叡山ヲ見テ作也。

〔私注〕或曰、自二叡山一顧レ都之詩歟。

626〔朗詠百首〕をちかたの遠き梢を見渡せば手毎に摘みし若菜なりけり

627〔土御門院御集〕あしびたく難波の浦の夕煙浪ぢへだてゝかすむころかな

628〔古注〕或人依二閏二月一乍二（作カ）月余一。而見二正筆草一無二閏月事一。〈又或人云、孝言佐国二月余花説相論云々〉（江談抄巻四）

629〔土御門院御集〕夕づくひかすみのしたにかたぶきて入逢のかねに春ぞのこれる

630〔源氏物語胡蝶〕御方々の若き人どもの、我劣らじと尽くしたる装束容貌(かたち)、花をこきまぜたる錦に劣らず見えわたる。

〔謡曲、西行桜〕見渡せば、柳桜をこき交ぜて、都は春の錦、燦爛たり。

631〔土御門院御集〕たのめおくあすのいのちもしらなくにはかなき物はちぎり成けり

632〔古注〕此句渤海之人、流レ涙叩レ胸。後経二数年一問二此朝人一曰、江朝綱至二三公位一乎。答曰、未也。渤海人曰、知下日本国非中用二賢才一之国上云々。（江談抄巻六、古今著聞集巻四）纓、文選詩五臣注衣領也云々。而兼明書二此事一任二胸臆一(マヽ)、不レ可レ然云々。

〔平家物語巻七、忠度都落〕薩摩守悦て「今は西海の浪の底にしづまば沈め、山野にかばねをさらさばさらせ、浮世におもひをく事候はず。さらばいとま申て」とて、馬にうちのり甲の緒をしめ、西をさいてぞあゆませ給ふ。三位うしろを遥にみをくてたゝれたれば、忠度の声とおぼしくて、「前途程遠し、思を雁山の夕の雲に馳」とたからかに口ずさみ給へば、俊成卿いとゞ名残おしうおぼえて、涙をさへてぞ入給ふ。

634〔古注〕前中書王見二此句一被レ講曰、以言手聞也云々。自レ此才名初聞。（江談抄巻六）

〔奥義抄中釈〕かくしつゝおほくの人はをしへきぬわれをおくらむことはいつぞも

楊岐路滑、我送レ人多年、李門波高、人送レ我何日と云心をよめり。

635〔古注〕此句詩之本様云々。可二能案一也。（江談抄巻四、私注）

〔撰集抄巻八、第五、野相公左遷時詩歌事〕

むかし仁明の御時、小野の相公とがにあたりて、隠岐の国へながされ侍りけるに、「万里東来何再日、一生西望是長襟」をつくれり。みかどきこしめされて、流罪をとゞめたく思しめされければ、綸言すでにくだり侍りぬるほどに、力なくして、流しつかはされ侍りぬ。つぎの年めしかへされけるは、「去年の再日の名句によるぞ」とおほせくだされ侍りける。げにもありがたき句におぼえ侍り。万里の浪にたゞよひて、一生西におもむくらん、まことにかなしかるべし。

636〔古注〕件句下句作レ之、不レ能レ作二上句一。語二合於朝綱一、々々被レ陳二可レ作レ燈中一（由カ）。仍所レ作云々。（江談抄巻四、私注）

〔海道記〕昼ハ塩潟、馬ヲハヤメテ急行ク。西天ハ溟海、漫々トシテ雲水蒼々タリ。中上ニハ一葉ノ舟カスカニ飛テ白日ノ空ニノボル。

638〔源氏物語橋姫〕峰の八重雲思ひやる隔て多くあはれなるに、なほこの姫君たちの御心の中ども心苦しう、何ごとを思し残すらむ、かくいと奥まりたまへるもことわりぞかしなどおぼゆ。

640〔源氏物語薄雲〕いにしへよりの御ありさまを、おほかたの世につけてもあたらしく惜しき人の御さまを、心にかなふわざならねばかけとどめきこえむ方なく、言ふかひなく思さるること限りなし。

641〔土御門院御集〕時雨ふることよひばかりのこがらしにやどはなくともころもかせ山

642〔鈔〕播州ヲ通ル時、以二明石一比二明月峡一、以二須磨一比二長風浦一也。

〔宴曲集巻四、海道上〕行々たる露の駅に思ひを千里の雲に馳せ　渺々たる風の泊りに　心を幾夜の浪に砕かむ

643〔私注〕藤為雅成二周防守一見二室津一作也。

〔東関紀行〕遠江の国府、今の浦につきぬ。（略）浦のありさま見めぐれば、潮海湖の間に洲崎遠くへだたりて、南には極浦の波袖をうるほし、北には長松の嵐心をいたましむ。

644〔謡曲、舟弁慶〕その時静は立ち上がり、時の調子をとりあへず、渡口の郵船は、風静まつて出づ、波頭の謫所は、日晴れて見ゆ。

645〔鈔〕是ハ直幹常州下向之時、駿河国浮島原ニ宿シテ風雨シケルヲ、雨ヲバ他郷ノ涙ニ喩ヘ、風ヲバ朝（胡カ）国ニ柳ノ多キニ喩也。

〔曾我物語巻十二、井出の屋形の跡見し事〕

「さらば、いざさせ給へ」とて、北へ六七町はるかに野をわけゆけば、なき人のはてにける草葉の露かとなつかしく、「洲蘆の夜の雨他郷の涙、岸柳の秋の風の遠塞の情」とかやも思ひいでられて、いづくともなくゆく程に、日も夕暮の峰の嵐、心ぼそくぞきこえける。

646〔古注〕奝然入唐、以二件句一称二己作一。但以レ雲為レ霞、以レ鳥為レ虫。唐人称曰、可レ謂二佳句一。但恐可レ作二雲鳥一云々。（江談抄巻四、古今著聞集巻四、私注）

〔鈔〕 直幹浮島原ヨリ足柄山ヲ通ケル時作也。上句ヲ作テ下句ヲ如何ンセント案ズル処ニ、小女ノアリケルガ作之ト云ヘリ。其小女ハ和ゲテ云、道遠ク雲井ハルケキミ山ヂニ又トモキカヌ鳥ノ一声ト云ケレバ、即依二此歌一設二下句一也。然レバ女ノ作タルト同意也。

〔浜松中納言物語一〕 れきやうといふ所に船とめて、それより花山といふ山、峰高く谷深くはげしき事かぎりなし。あはれに心ぼそく、「蒼波路とをし雲千里」とうち誦じ給へるを、御供にわたる博士ども涙をながして、「白霧山深し鳥一声」とそへたり。

647〔源氏物語松風〕 舟にて忍びやかにと定めたり。辰の刻に舟出したまふ。昔の人もあはれと言ひける浦の朝霧、隔たりゆくままにいとも悲しくて、入道は、心澄みはつまじくあくがれながめゐたり。

〔小町草紙〕 これにつけても歌の姿、人丸の歌にも、／ほの〴〵と明石の浦の朝霧に島隠れ行く舟をしぞ思ふ／と詠じ給ひし歌も、衆生のためなり。明石の浦とは、衆生の迷ひの心なり。島隠れ行くとは、三界流転の心なり。舟をしぞ思ふとは、大慈大悲の、あはれみ給ふ心なり。

648〔新勅撰集冬〕（建保五年内裏歌合、冬海雪） 正三位家隆／わたのはらやそしましろくふる雪のあまぎる浪にまがふつり舟

〔筑紫道記（宗祇）〕 かくて船出し侍るに風あらくなりて、いかにと侘あへるに、蜑の釣舟の波なれたるを見るもあはれなり。篁朝臣の人には告よといひしなど思ひ出て、／心行道だにうきを漕ぎいでゝ八十島かけし人をしぞ思ふ

653〔保元物語巻中、左府御最後の事〕 漢の高祖は三尺の剣を提て天下を治給しかども、淮南の黥布をうしなひし時、流矢にあたりて命をほろぼす。

654〔古注〕 件句雅材冊文句也。調二和歌舞一、非二後漢書句一。（江談抄巻六は653）

655〔平家物語巻八、名虎〕 一の御子惟喬親王をば小原の王子とも申き。王者の財領を御心にかけ、四海の安危は掌の中に照し、百王の理乱は心のうちにかけ給へり。

656〔古今著聞集巻四、文学〕 永久三年七月五日、式部大輔在良朝臣御侍読にてはじめて御前へ参たりけるに、先朗詠をしける。「幸逢二堯舜無為化一」「徳是北辰」「太公望遇二周文一」等之句也。次古事をかたり申けり。聞もの感ぜずといふ事なし。

657〔江談抄巻四〕 蓬莱王母家二所歟。

658〔古注〕 飛鳥川淵ハ瀬ニ成世ナリトモ思染テシ人者忘ジ。君ガ世ハ千世ニ八千世ニ礪石ノ巌ト成テ苔ノ蒸マデ

〔江談抄巻六〕 日本国体如二秋津虫臀呫一也。

〔撰集抄巻八、第八、北野天神左遷路詩事〕 此延喜の御門は「仁流二秋津洲之外一、恵茂二筑波山之陰一」などといはれたまひしに、とがのいませざりし北野を、はるかのさかひまで流しつかはし給へる事こそ、いかなりける御誤りやらんと覚えてはべり。

659〔古注〕 故源右府命曰、梁元者雖二不吉之帝一引作レ之、取二一端一也。春王臺也、梁元帝所レ造也。後中書王被レ難曰、既而下無二小句一、有二此句一。文時之忽忙也。（江談抄巻六、私注）

661〔鈔〕 是ハ円融院ノ御時、詩歌ノ人ヲ召シテ法華二十八品ニ、各一品ニ詩一首歌一首ヅツ作ラセ玉イケル其序也。

662〔太平記巻二十七、大嘗会事〕 天子諸卿日免服ヲ著シ諸衛諸陣大儀ヲ伏ス。四神幡ヲ墀ニ立テ、諸衛鼓ヲ陣振ル。紅旗巻レ風画龍揚リ、玉幡映レ日文鳳翔ル、秦阿房宮ニモ不レ異、呉ノ姑蘇臺モ角ヤト覚テ、末代ト乍レ云、懸ル大儀ヲ被二執行一事有難カリシ様也。

663〔曾我物語巻五、浅間の御狩の事〕刑鞭蒲くちて螢むなしくさり、諫鼓苔ふかうして鳥おどろかぬ御世、しづかなるにより、頼朝は昼夜の遊覧に、月日のゆくをわすれさせたまひけり。

664〔源氏物語若紫〕ゆくての御ことは、なほざりにも思ひたまへなされしを、ふりはへさせたまへるに、聞こえさせむ方なくなむ。まだ難波津をだにはかばかしうつづけはべらざめれば、かひなくなむ。

666〔無題詩巻四、藤原忠通、春日遊覧〕春花漠々鳥関々、細馬香衫□也攀。

667〔古注〕東平蒼之雅量、桂陽鑠之文辞、古集之文也。

668〔古注〕旦夕音対也。非二詩用之例一。

〔太平記巻二、南都北嶺行幸事〕大塔ノ二品親王ハ、時ノ貫主ニテ御坐セシカ共、今ハ行学共ニ捨ハテサセ給テ、朝暮只武勇ノ御嗜ノ外ハ他事ナシ。御好有故ニヤ依ケン、早業ハ江都ガ軽捷ニモ超タレバ、七尺ノ屏風未必シモ高シトモセズ。打物ハ子房ガ兵法ヲ得玉ヘバ、一巻ノ秘書尽サレズト云事ナシ。

671〔徒然草一段〕御門の御位はいともかしこし。竹の園生の末葉まで、人間の種ならぬぞやんごとなき。

672〔古注〕朝綱被レ称曰、後代以二予廾文時一為二一双一歟云々。（江談抄巻四、私注）

〔江談抄巻四〕伝聞、于レ時相公為二文章博士一、吏部為二秀才一。作二同七字一、其下句意各異。江作二二郎意一、菅作二親王被二親養一。己孫桃園中納言、其後養者十二親王、時人難レ詳二下七字勝劣一。于レ今為二美談一。

673〔夜の寝覚巻三〕「内の大臣に靡き果てなば『いみじく痴れて、すかされし人ありき』とだに、おぼしいでじものを」と、恨みさせたまふに、「わが大君の」と答へ（いら）きこえさせて、内の大臣の面影は、ただ今もこのわたりに立ち添ひて見む心地のみして、

〔金葉集二度本賀〕いはひのこころをよめる　源忠季／きみがよはとみのをがはのみづすみてちとせをふともたえじとぞ思ふ

676〔続本朝文粋巻十三、亡考小野宮右大臣四十九日追善願文〕浴二恵沢一而済レ人、傅説之舟自閑、播二徳音一而照レ世、魏徴之鏡能瑩。

677〔古注〕袁可レ作二園字一歟。四皓也。

678〔古注〕時人称曰、恨不レ奉レ見二於先朝一。

〔郢曲相承次第〕朗詠者興レ従二詩之声一。中二天暦一也。（江談抄巻六は679）上古纔七首也。号二之根本七首一。其七首内、傅氏巌之嵐、春過夏闌、以上両句、雅信公左大臣第三度辞表名句也。件表作者菅三品文時卿、自身持二来此表一、秀句有レ二之由称レ之。大臣披二見之一、即詠二吟之一。仍於二当家一者、以二傅氏巌之嵐句一、為二朗詠秘曲一。然間朗詠又以二此大臣一為二元祖一也。

679〔平家物語巻一、祇王〕かくて春すぎ夏闌けぬ。秋の初風吹ぬれば、星合の空をながめつゝ、あまのとわたるかぢの葉に、おもふ事かく比なれや。

680〔新勅撰集雑一〕高倉院御時、ふぢつぼのもみぢゆかしきよし申しける人に、むすびたるもみぢをつかはしける　建礼門院右京大夫／ふく風も枝にのどけきみよなればちらぬもみぢのいろをこそ見れ

681〔平家物語巻九、樋口被討罰〕矢倉のしたには、鞍置馬共十重廿重にひたてたり。つねに大鼓をうて乱声をす。一張の弓のいきおひは半月胸のまへにかゝり、三尺の剣の光は秋の霜腰の間に横だへたり。

682〔奥義抄中釈〕たづねつる雪のあしたのはなれごま君ばかりこそあとをしるらめ
雪中放レ馬朝尋レ跡といふ詩の心なり。

684〔古注〕或人夢、行疫神依二此句一不レ行二於文時家一云々。（江談抄巻六、古今著聞集巻四、十訓抄巻十、撰集抄八、鈔）

685〔十訓抄巻十〕文事あればかならず武そなはる謂なり。かゝりければ唐にも後漢武

王は武将二十八人をえらび定られ、麒麟閣ををきて勲功をしるされける。舜帝のとき八愷八元と名付て、十六族の文士をえらばれしが如し。源順が右親衛源将軍始談ニ論語一とき、「職列ニ虎牙一、雖レ拉ニ武勇於漢四七将一、学抽ニ麟角一、遂味ニ文章於魯二十篇一」とぞ書りける。文武共なる心也。

687〔古注〕魏文帝時、朱建平相レ馬事也。(江談抄巻四)

688〔古注〕為下追ニ討純友一使上、還為ニ五位一。仍所レ詠云々。

691〔続古事談巻一〕殿上ノ一種物ハツネノ事ナレドモ久シクタエタルニ、崇徳院ノスヱツカタ、頭中将公能朝臣ハ、絶タルヲツギ廃タルヲ興シテ、神無月ノツゴモリ比ニ殿上ノ一種物アリケリ。(略)頭中将朗詠、雖ニ三百盃一莫レ辞ノ句ナリ。

692〔古注〕仁徳天皇践祚後、国務不レ行ニ万事一。三年後民烟豊云々。

〔新古今集序〕しかのみならず、たかき屋にとほきをのぞみて、たみのときをしり、すゑのつゆもとのしづくによそへて、ひとのよをさとり、

693〔平家物語巻十、千手前〕中将も「燈闇しては、数行虞氏の涙」といふ朗詠をぞせられける。たとへばこの朗詠の心は、昔もろこしに漢高祖と楚項羽と位をあらそひて、合戦する事七十二度、たゝかいごとに項羽かちにけり。されどもつゐには項羽たゝかいまけてほろびける時、すいといふ馬の、一日に千里をとぶに乗て、虞氏といふ后とともににげさらんとしけるに、馬いかゞおもひけん、足をとゝのへてはたらかず。項羽涙をながいて、「わが威勢すでにすたれたり。いまはのがるべきかたなし。敵のおそふは事のかずならず、この后に別なん事のかなしさよ」とて、夜もすがらなげきかなしみ給ひけり。燈くらうなりければ、心ぼそうて虞氏涙をながす。夜ふくるまゝに軍兵四面に時をつくる。この心を橘相公の賦につくれるを、三位中将思ひいでられたりしにや、いとやさしうぞきこえける。

696〔古注〕朝綱日本紀詠史、得ニ蛭子一所レ詠云々。此時去レ弁三年云々。

〔今鏡藤波の下、志賀のみそぎ〕昔、朝綱の宰相の日本紀の歌に、/たらちねはいかに哀れと思ふらむ三年になりぬ足立たずして/と詠まれたるも、蛭子(ひるこ)におはしましける、宮のことこそは聞えさせ給へ。

697〔古注〕満面胡沙満(鬓)風、眉銷ニ残黛一臉銷レ紅。是此発句也。

〔和歌童蒙抄巻六〕見るからに鏡のかげのつらき哉かゝらざりせばかゝらましやは　同拾遺十七に有。王昭君を懐円法師がよめる也。(略)詩云、愁苦辛勤顦悴尽、如今却似ニ画図中一〈白〉昭君若贈ニ黄金賂一、定是終レ身奉ニ帝王一〈江相公〉。

698〔柿本朝臣人麿勘文〕又漢朝王昭君者於ニ胡国一而亡。故紀家作下身化早為ニ胡朽骨一、家留空作中漢荒門上云々。而文集有下見ニ王昭君塚一之詩上。但或書曰、昭君後帰ニ漢地一云々。慥可ニ考尋一矣。

699〔朗詠百首〕泣く〳〵ぞ知らぬ越路へ尋ね入る古き都を出づるわが身は

701〔古注〕霜字此韻要須也。然而犯ニ大韻一作也。(江談抄巻四)此詩朝綱為ニ澄景一作蔵在ニ枕筥中一。而殿上人々欲ニ作文一時、澄景称ニ王昭君可レ作由一。人得レ意、竊開レ筥得レ之云々。

〔源氏物語須磨〕むかし胡の国に遣はしけむ女をおぼしやりて、ましていかなりけむ。この世にわが思ひ聞ゆる人などを、さやうにはなちやりたらむなど思ふも、あらむ事のやうにゆゝしうて、「霜の後の夢」と誦し給ふ。

702〔和歌童蒙抄〕697参照。

704〔風雅集雑上〕(郭公を)権中納言宗経/たづね入るみやまがくれのほととぎす

うき世のほかの事かたらなむ

705〔源氏物語蜻蛉〕 ひめ宮夜はあなたに渡らせ給ひければ、人々月見るとて、この渡殿にうち解けて物語する程なりけり。箏の琴いとなつかしう弾きすさむ爪音、をかしう聞ゆ。思ひかけぬに寄りおはして、「などかくねたまし顔に、掻き鳴らし給ふ」との給ふに、みな驚かるべかめれど、少しあげたる簾垂うち下しなどもせず、起きあがりて、「似るべきこのかみや侍るべき」といらふる声、中将の御許とか言ひつるなりけり。「まろこそ御母方の叔父なれ」とはかなきことをの給ひて、「例のあなたにおはしますべかめるな。何わざをか、この御里住みの程にせさせ給ふ」などあぢきなく問ひ給ふ。

707〔海道記〕 女ヲ赫奕姫ト云。（略）長テ好事比ナシ。光アリテ傍ヲ照ス。嬋娟タル両鬢ハ秋ノ蟬ノ翼、宛転タル双蛾ハ遠山ノ色、一タビ咲メバ百ノ媚ナル。見聞ノ人ハ皆腸ヲ断ツ。

710〔唐物語第十八話〕 これにより高力士に仰せられて、都の外まで尋ねもとめさせ給ふに、楊家の娘を得給ひてけり。その形は、秋の月の山のはより高くのぼる心地して、そのいきざしは、夏の池に紅の蓮初めて開けたるにやと見ゆ。

716〔古注〕 張蕭遠送㆓官人㆒入㆑道詩曰、□敲碧落秋斉磬　劫辺昭陽旧賜箏。

〔集註〕 或る説に、昔三条の命婦といひし女、若かりける時、淳和の御門の恩寵を蒙りて、大水滝といふ琴を給びけるを、年老いて後、あさましく落ちぶれて、其の琴を売りて飢をたすけたりける也。其の心を作れりといへり。師説には、それまでもあるべからずとぞ。

717〔夜の寝覚巻一〕 天の原雲のかよひ路とぢてけり月の都の人も問ひこず

〔謡曲、羽衣〕 面白や天ならで、ここも妙なり天つ風、雲の通ひ路吹き閉ぢよ、少女の姿、暫し留まりて、この松原の、春の色を三保が崎、

719〔唯心房集〕 翠帳紅閨　さま〴〵に　万事の礼法　ことなれど　浮生ゆめぢを　すぐるほど　ふねのうちにて　たりぬべし

720〔延慶本平家物語三本、太政入道経島突給事〕 世をすぐる習ひ遊女もにくからず。小船の影に居て四国を見渡せば心細し。遊女二三人来て、漕行船の跡の白波と歌ふ。或屋形内で舟中波の上、一生歓会雖㆑同、和琴緩く調て臨㆓潭月㆒、唐櫓高く推人㆓水煙㆒など朗詠す。

721〔源氏物語夕顔〕「尽きせず隔てたまへるつらさに、あらはさじと思ひつるものを。今だに名のりしたまへ。いとむくつけし」と、のたまへど、「海人の子なれば」とて、さすがにうちとけぬさま、いとあいだれたり。

722〔長門本平家物語巻二十、灌頂巻〕「六条摂政の方よりは、中事は候はぬにや」と仰有ければ、「世に恐れてや、其よりはかりそめのおとづれも候はず」と申させ給へば、いつしかかはる心ぞと哀れ也。閑院大将は「昔為㆓京洛声花客㆒、今作㆓江湖僚倒翁㆒」と詠給ひけり。

723〔句題和歌〕 老いてぬる目ははやさめぬとこしなへよはにあくればねてのみぞふる

724〔江談抄巻四〕 再度三度之三可㆑用㆓去声㆒。而用㆓平声㆒。

〔法性寺関白御集雪裏老人思〕 漢朝四皓花前興、天宝遺民月下情。

725〔源平盛衰記巻二十八、経正竹生島詣事〕 窈窕たる粧、柔和の詞を以仲算に語て云、往縁㆑有㆑契、参㆓入禅室㆒、宿善相催、幸聞㆓妙法㆒。我常思念、紅栄黄落夢中盛衰、草露風葉旦暮難㆑期。

726〔江談抄巻六〕 又云、菅三品尚歯会序、猶已衰齢之句、無㆑力而有㆓余情㆒。如㆓美女

之病一也。

〔古今著聞集巻四、文学〕 尚歯会は、（略）其後天承元年三月廿二日、大納言宗忠卿、白河山庄にして被レ行けり。（略）詩披講以前に朗詠、「少レ従二楽天一三年」之句をとなへて、四五反におよぶ。右大弁・式部大輔ぞ詠じける。

727 〔江談抄巻五〕 又師被レ命云、匡衡献策之時、文時前一日被レ告レ題。匡衡参二文時亭一。期日今明也、題如何問之処、文時曰、足下為レ被レ好二婚姻一、自所レ好寿考也云々。即帰了。当日早旦、被レ告二徴事一云々。太公望之逢二周文一、渭浜之波畳レ面。菅三品見レ之云、面畳渭浜之波、眉低商山之月ト可レ作ト被レ直云々。此事又叶二区々之短慮一。有レ興々々。
〔今鏡藤波の下、花散る庭の面〕 また讃岐の帝位におはしましける時、后の宮の御方にて、管絃する殿上人ども召して、夜もすがら遊ばせ給ひけるに、大殿もおはしまして、「朗詠仕れ」と仰せられけるに、この右の大臣、中将など申しける時に、「太公望が周文に遇へる」と出だし給へりけるこそ、御声も美しく、帝・一の人のことにて、その由あることの優に聞え侍りけれ。

728 〔十訓抄跋〕 つねなくうつりゆく世中を聞見るに、滝津岩瀬の河浪の速に流行て、とまらざるにことならず。かゝれば歌にも、ながれて早き月日成けり共よみ、詩には又水は返る事なし流年の涙とも作。

729 〔古注〕 輔昭称曰、強字強也云々。文時被レ称二可レ案由一。数尅案後申下無二可レ改字一由上。文時曰、予三年所レ案也云々。（江談抄巻四、私注）

730 〔私注〕 以レ静対レ紅。時人称歎云々。

729～730 〔古今著聞集巻四、文学〕 尚歯会は（略）其後天承元年三月廿二日、大納言宗忠卿、白河山庄にして被レ行けり。（略）又「岸風論レ力」之句、「蓬鬢商山」之句、「酔対レ花」之句等再三詠じて、すでに幽興に入けり。

731 〔新勅撰集釈教〕 経教如鏡の心をよめる 蓮生法師／のちの世をてらすかがみのかげを見よしらぬおきなはあふかひもなし
〔東関紀行〕 たちよらで今日はすぎなん鏡山しらぬ翁のかげは見ずとも

732 〔撰集抄巻八、第十二、為頼中納言歌事〕 むかし、為頼の中納言内へ参りたまひて、とし比むつまじかりける人々のおはするかたに、出でおはしけるほどに、いかなる事の侍りけるにや、わかき殿上人、中納言をうち見て、みな隠れしのび給へりければ、中納言、打なみだぐみて、／いづくにか身をばよせまし世中に老をいとはぬ人しなければ／とよみて、立かへり給ひにけり。なみだの満つるまでに思ひ給ひける、よくおもひ入給へりけるにこそ。

733 〔枕草子一七四段〕 村上の先帝の御時に、雪のいみじう降りたりけるを、様器に盛らせたまひて、梅の花を挿して、「月のいと明かきに。これに歌詠め。いかがいふべき」と兵衛の蔵人に賜はせたりければ、「雪月花の時」と奏したりけるをこそ、いみじう賞でさせたまひけれ。

736 〔古注〕 蕭允過二呉札廟一、張讃結二江総交一並、見二陳書一。（江談抄巻六）
〔枕草子一五四段〕 宰相になりたまひし頃、主上の御前にて、「詩をいとをかしう誦じ侍るものを。蕭会稽之過古廟なども、誰かいひはべらむとする。しばしならでもさぶらへかし。口惜しきに」と申ししかば、いみじう笑はせたまひて、「さなむいふとて、なさじかし」など仰せられしもをかし。

737 〔古注〕 裴璆者裴頲之子也。頲以二文籍少監一入朝。菅丞相以二礼部侍郎一贈答。故有二此句一。（江談抄巻四）

739 〔源氏物語松風〕 「八重たつ山は、さらに島がくれにも劣らざりけるを、松も昔の、とたどられつるに、忘れぬ人ももののしたまひけるに頼もし」など言ふ。

〔新古今集賀〕八月十五夜和歌所歌合に、月多秋友といふ事をよみ侍りし　寂蓮法師／たかさごの松もむかしに成りぬべし猶ゆくすゑは秋のよの月

740 〔江談抄巻四〕此詩題二元少尹詩一二首、同引。
〔奥義抄中釈〕かへしけむむかしの人のたまづさをきゝてぞそゝぐ老のなみだを
黄壌誰知レ我、白頭独懐レ君、唯将二老年涙一一灑二故人文一といふ詩なり。

741 〔拾玉集巻二、詠百首和歌〕わたり河ふかくも思ふゆふ暮の袖の涙に秋風ぞふく
〔拾遺愚草員外、文集百首〕老らくのあはれ我よもしら露の消ゆく玉に涙おちつゝ

742 〔古今著聞集巻十三、哀傷〕敦光朝臣、江帥の旧宅をすぐとて、「往事渺茫共レ誰語、閑庭唯有二不言花一」と作りたりける、いとあはれにこそ侍れ。後京極殿詩の十体を撰ばせ給けるに、此詩をば幽玄の部に入させ給たりける。

743 〔古注〕一条院御時、殿上人因二准彼句一詠。殿上人曰、防州舞旧龍王暗、相尹冠傾燕尾斜。
〔法性寺関白御集月光浮水上〕雁歯橋横秋漢潔、龍頭舟去夜雲晴。

744 〔枕草子一二八段〕故殿の御為に月毎の十日、経仏など供養せさせたまひしを、九月十日職の御曹司にてせさせたまふ。（略）果てて酒飲み詩誦しなどするに、頭中将斉信の君の、「月秋と期して身いづくか」といふ言をうち出だしたまへり。詩はたいみじうめでたし。いかでさは思ひ出でたまひけむ。

745 〔古注〕件句後於二安楽寺一、月夜窃見レ之。有二直衣人一、被レ詠云々。若天神令レ感給歟。（江談抄巻六）
〔朗詠百首〕この峯に立つる社は昔見し人を偲ぶのものとなりけり

746 〔古注〕毛詩曰、蔽芾甘棠、勿レ剪勿レ伐、召伯所レ茇。

747 〔狭衣物語四〕「たち返した騒げどもいにしへの野中の清水水草ゐにけり／いかに契りし」など、手習に書きすさびさせ給に、
〔詞花集恋下〕（家に歌合し侍りけるに、あひてあはぬ恋といふことをよめる）藤原仲実朝臣／くみてしこころひとつをしるべにて野なかのしみづわすれやはする

748 〔源氏物語賢木〕そのかみを今日はかけじと忍ぶれど心のうちにものぞかなしき

749 〔源氏物語玉鬘〕年月隔たりぬれど、飽かざりし夕顔を、つゆ忘れたまはず、心々なる人のありさまどもを、見たまひ重ぬるにつけても、あらましかばと、あはれに口惜しくのみ思し出づ。
〔栄花物語見はてぬ夢〕世中のあはれにはかなき事を、摂津守為頼朝臣といふ人、／世中にあらましかばと思ふ人なきは多くもなりにけるかな／これをきゝて、春宮の女蔵人小大君、返、／あるはなくなきは数そふ世中にあはれいつまであらんとすらん」とぞ。

752 〔源平盛衰記巻十七、始皇燕丹事〕内裏警固の兵等是を見とがめて、暫押へて不審を問。いかゞ答んと思煩へる処に、荊軻大臣立還、翫二其磧礫一不レ窺二玉淵一者、未レ知二驪龍之所一レ蟠也、習二其弊邑一不レ視二上邦一者、未レ知二英雄之所一レ躔也と云事あり。心に壌を翫び、玉になれざる者は、龍神の蟠り臥たる海の底をば知ざるが如に、蹺き草の庵に住て、花都を不レ見者は、万乗の主の宿れる処をば不レ知也。

755 〔無題詩巻三、藤原敦光、八月十五夜翫月〕事々無レ成何所レ恨、只慙日々損二紅顔一。

756 〔朗詠百首〕さざなみや浮かぶ小舟に棹さして所狭き世を漕ぎはなれにき

757 〔古注〕件中文天暦常令レ置二御書机一給

云々。（江談抄巻六）

［保元物語巻上、官軍勢汰への事］　昇殿は是象外の撰也。俗骨もて蓬莱の雲をふむべからず。尚書は又天下望也。庸才もつて臺閣の月をよづべからずと聞えしかども、今日初て殿上の御冊に名を残しけるは、六孫王より伝はれる弓矢の面目とぞ覚し。

758［古今著聞集巻四、文学］　橘正通が身のしづめる事を恨て、異国へ思たちける境節、具平親王家の作文序者たりけるに、これを恨（限カ）とや思けん、「齢亜二顔駟一、過二三代一而猶沈。恨同二伯鸞一、歌二五噫一而欲レ去」とぞかけりける。源為憲其座に侯けるが、此句をあやしみて、「正通おもふ心ありてつかうまつれるにや」と申ければ、さすが心ぼそくや思けん、涙をながしけり。さてまかりいづるまゝに、高麗へぞゆきにける。世を思きらんには、かくこそ心きよからめと、いみじくあはれなり。かしこにて宰相になされにけりとぞ、後にきこえける。（十訓抄巻九、私注）

［朗詠百首］　歎くこと一つのみにも無かりけり人の心や我が身なるらん

759［太平記巻十六、多々良浜合戦事］　将軍高上杉ノ人々ニ向テ宣ケルハ、「言ノ下ニ骨ヲ消シ、笑ノ中ニ刀ヲ礪ハ此比ノ人ノ心也」。

760［太平記巻十八、春宮還御事］　見ルモ恐ロシクムクツケ気ナル髭男ノ、声最ナマリテ色飽マデ黒キガ（略）兎角慰メ申セ共、御顔ヲモ更擡サセ給ハズ、只鬼ヲ一車ニ載セテ、巫ノ三峡ニ棹スランモ、是ニハ過ジト御心迷ヒテ、消入セ給ヌベケレバ、ムクツケキ男モ舷ニ寄懸テ、是サヘアキレタル体ナリ。

761［十訓抄巻二］　むかし人の心のまがれるをうらみて、つゐに滄浪の水に沈み、世の政のたゞしからぬをいとひて、ながく首陽の雲に入し人あり。是諫むべきを見ていさめ、退くべきをみて退ける類也。其性寒氷よりも潔し。懐寵尸位の喩をはなれたり。誰かこれを諂る臣といひし。しかるに橘倚平が詩に「楚三閭醒終何益、周伯夷飢未二必賢一」といひて、なを時にしたがはぬ振舞をそしれり。

762［夜の寝覚巻四］　嵯峨野の契りはあはれにおぼし知られて、／「いくかへり憂き世の中をありわびてしげき嵯峨野の露をわくらむ／麓の野辺の思はむことも恥かし」などおぼしつづけて、おはしましつきぬ。

［続拾遺集雑春］　法印覚寛よませ侍りける七十首歌の中に　八条院高倉／身はかくて六十の春をすぐしきぬ年の思はんおもひでもなし

763［今昔物語集巻二四ノ二三］　今ハ昔、源博雅朝臣ト云人有ケリ、（略）其時ニ会坂ノ関ニ一人ノ盲、庵ヲ造テ住ケリ、名ヲバ蟬丸トゾ云ケル。此レハ敦実ト申ケル式部卿ノ宮ノ雑色ニテナム有ケル。其ノ宮ハ宇多法皇ノ御子ニテ、管絃ノ道ニ極リケル人也。年来、琵琶ヲ弾給ケルヲ常ニ聞テ、蟬丸、琵琶ヲナム微妙ニ弾ク。而ル間、此博雅、此道ヲ強ニ好テ求ケルニ、彼ノ会坂ノ関ノ盲琵琶ノ上手ナル由ヲ聞テ、彼ノ琵琶ヲ極テ聞マ欲ク思ケレドモ、盲ノ家異様ナレバ不行シテ、人ヲ以テ内々ニ蟬丸ニ云セケル様、「何ド不思懸所ニハ住ゾ。京ニ来テモ住カシ」ト。盲、此ヲ聞テ、其答ヘヲバ不為シテ云ク、／世中ハトテモカクテモスゴシテム、ミヤモワラヤモハテシナケレバ／ト。（略）

［新古今集雑上］　題しらず　藤原盛方朝臣／山のはにおもひもいらじ世の中はとてもかくても在明の月

764［和泉式部日記］　かくて、のちもなほ間遠なり。月の明かき夜、うち臥して「うらやましくも」などながめらるれば、宮に聞こゆ。／月を見て荒れたる宿にながむとは見に来ぬまでもたれにつげよと

［謡曲、松風］　かくばかり、経がたく見

ゆる、世の中に、羨ましくも澄む月の、出潮をいざや汲まうよ、出潮をいざや汲まうよ。

772〔新古今集賀〕 建久七年、入道前関白太政大臣、宇治にて、人々に歌よませ侍りけるに 前大納言隆房／うれしさやかたしく袖につつむらんけふまちえたる宇治の橋姫

773〔江談抄巻四〕 此詩踏歌詩也。古塔瓦銘、有二万歳千秋楽未央字一。今案、件文見二唐神州三宝感通録上一。件録云、仁寿二年正月復分二布舎利五十三州一。至二四月八日一、同年(午カ)時下。其州如レ左云々。其中梨州塔地下瓦文、千秋楽云々。件録唐麟徳元年終南山釈氏所レ撰也。

〔古注〕 呂朗詠所レ用云々。

〔大鏡巻六〕 あはれに候ける事は、村上うせおはしましてまたのとし、をのゝみやに人々まいり給て、いと臨時客などはなけれど、「嘉辰令月」などうち誦ぜさせ給次に、一条の左大臣・六条殿など拍子とりて席田うちいでさせ給けるに、「あはれ、先帝のおはしまさましかば」とて御笏もうちをきつゝ、あるじどのをはじめたてまつりて、事忌もせさせ給はず、うへの御衣どものそでぬれさせ給にけり。

774〔曾我物語巻二、秦山府君の事〕 大王かの殿をやき、まつる事をしたまひて、御位長生殿にさかへ春秋をわすれて、不老門に日月の影しづかにめぐり、ふく風枝をならさず、ふる雨塊をうごかさで、永久の御代にさかへたまひけるとかや。

775〔拾遺集賀〕 清慎公五十の賀し侍りける時の屛風に もとすけ／君が世をなににたとへんさざれいしのいはほとならんほどもあかねば

〔謡曲、老松〕 これは老木の、神松の、これは老木の、神松の、千代に八千代に、細石の、巌となりて、苔のむすまで。

776〔蜻蛉日記巻末歌集〕 当帝の御五十日に猪の子のかたを作りたりけるに、／万代をよばふ山辺の猪の子こそ君が仕ふる齢なるべし

〔栄花物語御賀〕 四条大納言公任／よろづよとけふぞきこえんかた〴〵にみやまのまつの声をあはせて

777〔太平記巻三十二、直冬与二吉野殿一合体事〕 帝不レ斜喜ビ思召テ、君恩類無リケレバ、後宮綺羅ノ三千、為レ君薫二衣裳一、君聞二蘭麝一為レ不二馨香一。為レ君事二容色一、君看二金翠一為レ無二顔色一。新キ人来旧キ人棄ラレヌ。眼ノ裏ノ荊棘掌上ノ花ノ如シ。

778〔大納言為家集巻上、秋〕 待わびて床すさまじき秋風に月夜よしともいふかひぞなき

779〔今鏡すべらぎの上、星合ひ〕 長暦三年八月十九日、なほ女みこ生み奉り給ひて、同じき廿八日失せ給ひにき。御齢廿四。あさましく哀れなる事限りなし。いとゞ秋の哀れそひて、有明の月の影も心を傷ましむる色、夕の露のしげきも涙を催すつまなるべし。

780〔唐物語第十八話〕 春の風に花の開けたる朝、秋の雨に木の葉ちる夕、宮の中あれさびしくてさま〴〵の草の花庭の面に咲きみだれ、色々の紅葉はしのうへに散積。

781〔源氏物語幻〕 螢のいと多う飛びかふも、「夕殿に螢とむで」と例のふるごとも、かゝる筋にのみ口馴れ給へり。

782〔平家物語巻六、小督〕 「今は入御もなりぬらん、誰して申入べき」とて、龍の御馬つながせ、ありつる女房の装束をばはね馬の障子になげかけ、南殿の方へまいれば、主上はいまだ夜部の御座にぞ在ましける。「南に翔り北に嚮、寒雲を秋の雁に付難し。東に出西に流、只瞻望を暁の月に寄す」とうちながめさせ給ふ所に、仲綱つとまいりたり。

783〔千載集秋上〕 堀河院の御時、百首の歌奉りける時詠み侍りける 大納言師頼／露

しげきあしたのはらのをみなへしひとえだ
をらん袖はぬるとも

784 〔土御門院御集〕 ひとりのみねやのさむしろうちはらひあかしわびぬる冬のよな〳〵

786 〔源氏物語須磨〕 なほ一二日のほど、よそよそに明かし暮らすをりをりだに、おぼつかなきものにおぼえ、女君も心細うのみ思ひたまへるを、幾年そのほどと限りある道にもあらず、逢ふを限りに隔たり行かんも、定めなき世に、やがて別るべき門出にもやといみじうおぼえたまへば、

〔夜の寝覚巻一〕 「宮に参りなば、なにのとどこほりなく、見る目に飽くまで目馴れなむ」と思ふ頼みにこそ心を慰めつれ、あらざりけりと見なし果てて、行方も知らず、果もなく、わびしくて、

787 〔新古今集恋四〕 摂政太政大臣家百首歌よみ侍りけるに 寂蓮法師／こぬ人をおもひたえたる庭のおものよもぎがするゑぞまつにまされる

788 〔夜の寝覚巻三〕 かの、言ひしばかりの有明の月に、尽し果てむと思ひし残りの事も、浜の真砂の数言ひ知らぬつらさ、恨めしさも、「逢ふ夜もあらば」とのみ思ひわたりつれど、

〔新古今集恋三〕 （題しらず） 藤原秀能／いまこむとたのめしことをわすれずはこのゆふぐれの月やまつらん

789 〔三宝絵詞序〕 古ノ人ノ云ル事有。「身観バ岸額ニ根離ル草、命論バ江辺不繋船」ト。

〔和泉式部集上〕 に「観レ身岸額離レ根草、論レ命江頭不レ繋舟」を訓読しその一字ずつを頭においてよんだ歌三十二首がある。

790 〔長門本平家物語巻二十、灌頂巻〕 中にも実隆卿の申つげられけるぞをりふし哀れなる。「朝有二紅顔一誇二世路一、夕成二白骨一朽二郊原一。年々歳々花相似、歳々年々人不レ同」と詠られけるも、折に随て哀れ也。

791 〔江談抄巻四〕 此詩自二往古一有二諸説一云々。

〔堤中納言物語、虫めづる姫君〕 かはむしは毛などはをかしげなれど、おぼえねばさう〴〵しとて、いぼじり・かたつぶりなどを取り集めて、歌ひのゝしらせて聞かせ給ひて、我も声をうちあげて、「かたつぶりのつのの、あらそふやなぞ」といふことをうち誦じ給ふ。

792 〔平家物語巻十一、大臣殿被斬〕 たれか嘗たりし不老不死の薬、誰かたもちたりし東父西母が命、秦の始皇の奢をきはめしも、遂には驪山の墓にうづもれ、漢の武帝の命をおしみ給ひしも、むなしく杜陵の苔にくちにき。「生あるものは必滅す。釈尊いまだ栴檀の煙をまぬかれ給はず。楽尽て悲来る。天人尚五衰の日にあへり」とこそうけ給はれ。

793 〔私注〕 是ハ堀川院関白麗景殿女御、日本第二番ノ美人也シガ、廿五ニシテ死玉フ。少将ハイトコニテマシマスガ此願文ヲ書玉フ也。

〔曾我物語巻十二、少将出家の事〕 昨日は曾我の里に花やかなりし姿、今日は富士野の露ときゆ。「朝に紅顔あつて、世路にほこれ共、暮には白骨となりて、郊原にくちぬ」とはいふも理也。

794 〔鈔〕 此ハ延喜ノ末子ニ禅僧アリ。此僧御行ノ時ハ、引二月卿雲客一栄花々麗ナルヲ見テ、江相公ソシリテ作也。

〔土御門院御集〕 ちる花のあだなる春の夢のなもいとはずながらいとはしきかな

795 〔順集〕 応和元年七月十一日に、よつなる女子をうしなひつ。おなじとしの八月六日に又いつゝなる女ごをうしなひつ。無常のおもひ事にふれておこる。かなしびの涙かはかず。古万葉集のさみまぜいがよみける歌のなかに、世中をなにゝたとへんといへることばをとりて、かしらにおきてよめ

る歌十首、／よのなかをなにゝたとへんあかねさすあさひまつまのはぎのうはつゆ／よのなかをなにゝたとへむゆふづゆもまたできえぬるあさがほの花（以下略）

〔枕草子三八六段〕「端舟」とつけて、いみじう小さきに乗りて、漕ぎ歩く（あり）早朝など、いとあはれなり。「あとの白浪」は、まことにこそ、消えもていけ。よろしき人は、なほ、乗りて歩くまじきことこそ、思ゆれ。

796〔新古今集雑上〕家にて、月照水といへる心を、人々よみ侍りけるに　大納言経信／すむ人もあるかなきかのやどならしあしまの月のもるにまかせて

〔とりかへばや巻中〕思ひきや身を宇治川に澄む月のあるかなきかの影を見んとは

797〔源氏物語柏木〕いまのほどにも、のたまひおくことはべりしかば、おろかならずなむ。誰ものどめ難き世なれど、後れ先だつほどのけぢめには、思ひたまへ及ばむに従ひて深き心のほどをも御覧ぜられにしがなとなん。

801〔土御門院御集〕みつ塩にすさきのあしもみかくれて月よせかへるみしまえの浪

803〔撰集抄巻八、第十四、公任中将之時折二梅花一歌事〕むかし、村上の御門の末のころ、きさらぎの十日のはじめつかた、雪いみじく降りかさなりて、月ことにあかくて、暁、梁王の苑にいらざれども、雪四方にみつ。夜、庾公が楼にものぼらねども、月千里を照す。木ごとに花さく心ちして、いづれを梅とわきがたきに、公任の中将をめして、「梅の花折て参れ」とてつかはしけるに、ほどなく雪をちらさず折りて参り給へりけるに、みかど、「いかゞおもひつる」とおほせのありけるに、「かくこそよみて侍りつれ」とて、／しら〳〵ししらけたる夜の月影に雪かき分て梅の花折る／と申されければ、大にめでたがらせ給ひて、叡慮ことに感じて、ゆかしきまでに褒めおほせの侍りけるに、公任、その座にてけしからぬまでに落涙せられ侍りければ、主上も、御なみだかきあへさせおはしまさゞりけり。

作者一覧

一、本稿は、『和漢朗詠集』所収の漢詩文・和歌の作者の略伝を、本文作者付の表記に従って五十音順に配列したものである。
一、読者の検索の便をはかるため、各項の末尾に当該作者による本文の番号を掲げた。そのうち、和歌は太字で示した。また、その作者の作であるかどうか確証のないものについては、番号の直下に「説」と記した。
一、本文に作者名はないが、作者のわかるものについては項目をたてて説明した。
一、本文作者付に書名で掲げられているもの、『漢書』『後漢書』『史記』『止観』については、項目として掲げて解説を加えたが、それ以外のものについては作者を挙げてその項で説明した。

愛宮　九条右大臣藤原師輔の五女。母は雅子内親王。多武峰少将高光の同母妹。源高明の北の方であった姉の没後に高明に嫁し、安和の変に際会した。なお一説に愛宮は高明の末女高松上のことであるとする。（一七〇説）

暁の賦　→謝観

赤人（山部）　生没年未詳。万葉集第三期の歌人。年代のわかる歌は神亀元年（七二四）から天平八年（七三六）まで。叙景歌にすぐれる。柿本人麿と併称され、三十六歌仙の一人。平安時代に『赤人集』が編まれた。（三五〈万葉集作者未詳〉・三六・七七説〈万葉集作者未詳〉・九四・四五一）

安貴王　志貴皇子の孫で父は春日王。市原王の父。天平元年（七二九）無位から従五位下に、同十七年従五位上に進む。昇進は遅く、不遇であった。なお底本に三一一の作者を志貴皇子とするのは誤り。（三一一）

朝忠（藤原）　延喜十年（九一〇）―康保三年（九六六）。三条右大臣定方の子。母は山蔭中納言女。朱雀・村上朝に仕え、応和三年（九六三）中納言に至った。「天徳四年内裏歌合」などにも出詠、右近・大輔・本院侍従などと恋愛贈答がある。三十六歌仙の一人。家集に『朝忠卿集』がある。（七四説）

明日香皇子　生年未詳―承和元年（八三四）。桓武天皇第七皇子。弘仁二年（八一一）四品弾正尹となり、同十二年三品に進む。質朴を好んだという。勅撰集に入集はない。朗詠集の歌は『万葉集』の作者未詳歌の転訛したもの。（一八三説）

厚見女皇　厚見王の誤り。生没年未詳。系統未詳。男性歌人。天平宝字元年（七五七）従五位上となる。『万葉集』に三首入集。（一四三）

安部仲丸　文武二年（六九八）―宝亀元年（七七〇）。阿倍・安倍・仲麿・仲満とも。養老元年（七一七）遣唐留学生として渡唐、朝衡の名で唐の玄宗に仕えた。天平勝宝五年（七五三）帰国を試みたが風難のため果せず、唐に留まり、秘書監兼衛尉卿に至った。李白・王維らと交際した。日本からも正二位を追贈。『古今集』に一首入るのみ。（二五八）

安倍広庭　斉明天皇五年（六五九）―天平四年

(七三二)。右大臣御主人(みうし)の子。慶雲元年(七〇四)頃従五位上。神亀元年(七二四)従三位、同四年中納言に至る。『万葉集』に四首、『懐風藻』に詩二首が入集。(九三)

海人詠(あまのえい) 作者未詳。『新古今集』に読人しらずとする。遊女の詠か。『撰集抄』は在原行平の問いに答えた絵島の浦の海人の歌とする。(七二二)

安法法師(あんぽうほうし) 生没年未詳。俗名源趁(したごう)。河原左大臣源融(とおる)の曾孫、大納言昇の孫。中古三十六歌仙の一人。河原院の荒廃をいたむ歌をよみ、梨壺の五人や恵慶などと親交があった。家集に『安法法師集』がある。(四二九)

以言(いげん)(大江以言(おおえのもちとき)) 天暦九年(九五五)—寛弘七年(一〇一〇)五十六歳。千古の孫、仲宣の子。初めは弓削(ゆげ)氏、藤原篤茂に師事して対策及第後、長保年中(九九九—一〇〇四)に文章博士・式部権大輔となり従四位下に至る。『本朝文粋』『本朝麗藻』の作者。(三一六・三〇四・四〇六・四〇八・四一四・四七七・四九六・五九七・六〇三・六〇四・七一九)

伊勢(いせ) 生没年未詳。父は伊勢守藤原継蔭。寛平四年(八九二)頃、宇多天皇の中宮温子に出仕し、天皇の寵を受けて皇子を生んだ。後年、敦慶親王との間に中務を儲けた。三十六歌仙の一人。『古今集』の代表的女流歌人で、家集に『伊勢集』がある。(六二・八六・二八四・三三六・四五二・五一九)

倚平(いへい)(橘倚平(たちばなのよりひら)) 生没年未詳。是輔男。康保年間に省試に及第し、保胤等と勧学会を開催す。従五位下日向守に至る。『本朝文粋』『扶桑集』の作者。(七六二)

禹錫(うしゃく) →劉禹錫(りうしゃく)

采女(うねめ) 美濃国十市の采女という。(七八四)

郢展(えいてん)(野展郢(やてんえい)) 未詳。(二五三)

英明(えいめい)(源英明(みなもとのふさあきら)) ?—天慶二年(九三九)。宇多天皇の皇孫、斉世親王の子。母は道真女。源姓を賜り四品、侍従、その後従四位上左近衛中将に至る。詩才に富み在列と親交あり、父の跡を継いで『慈覚大師伝』を書く。詩集『源氏小草』は散佚。『扶桑集』『本朝文粋』の作者。(一三・一六四・三三九・五三五・五八一)

興風(おきかぜ)(藤原) 生没年未詳。参議浜成の曾孫で、相模掾道成の子。昌泰三年(九〇〇)相模掾となり、治部少丞・上野権大掾を経て延喜十四年(九一四)下総大掾となった。「寛平御時后宮歌合」などに歌をとられ、歌合・屛風歌の出詠も多い。三十六歌仙の一人。家集に『興風集』がある。(四九・七三九)

大江澄明(おおえのすみあきら) ?—天暦四年(九五〇)。朝綱の長子。若くして文章得業生に補せられ、天暦二年対策に及第して兵部少丞従五位下となるも早世す。詩才に富み『本朝文粋』『扶桑集』の作者。なお、江相公(五〇四—五〇六)は誤り。(五〇四・五〇五・五〇六)

江(ごう) →江相公

行葛(こうかつ)(藤原行葛(ふぢはらのゆきふぢ)) 生没年未詳。忠邦の子。天徳(九五七—六一)に大学学生、応和三年(九六三)の善秀才宅詩合に内記として加わる。従五位下に至る。『本朝文粋』『扶桑集』の作者。(三九九)

江相公(ごうしょうこう)(大江朝綱(おおえのあさつな)) 後(のちの)江相公の誤り。仁和二年(八八六)—天徳元年(九五七)七十二歳。音人の孫、玉淵の子。対策及第後、大内記・文章博士・左大弁・勘解由長官を経て参議、正四位下。村上朝随一の詩人で『新国史』撰定に与り、『後江相公集』『倭注切韻』がある(佚書)。『本朝文粋』『扶桑集』の作者で『小野道風筆屛風土代』が現存。和歌は『後撰集』に三首。(九〇・一三八・一三九・二一五・三三〇・三四二・四二六・四三八・四五七・四五九・四六〇・四八六・五〇八・五一七・五四五・五五〇・六一九・六三二・六六一・六七一・六七七・六九六・六九九・七〇〇・七〇一・七〇二・七三六・七五六・七八二・七九二・七九四) 五〇四〜六の作者とするは誤り。

雅規(がき)(菅原) ?—天元二年(九七九)。道真の孫、文時と兄弟。対策せずに成業の宣旨を蒙り、後に因幡・山城守・左少弁・文章博士などを歴任し、藤原実頼の侍読。『本朝文粋』『類聚句題抄』の作者。(四二・六七〇・七三〇)

景明(かげあきら)(源) 生没年未詳。光孝源氏。従五位下大蔵大輔兼光の子。円融・一条朝の人。従五位長門守に至った。『拾遺集』以下に七首入集する。(三八一)

賈嵩(かすう) 生没年未詳。晩唐の文人か。『唐書芸文志』に「賈嵩賦三巻」と見え、『全唐文』(巻七六二)に二篇の文章を残す。(六三・四一六・四四三)

兼輔(かねすけ)(藤原) 元慶元年(八七七)—承平三年(九三三)。閑院左大臣冬嗣の孫利基の六男。従三位中納言兼右衛門督で没した。邸宅が賀茂川ぞいにあり、堤中納言と称せられた。貫之らと交渉がある。三十六歌仙の一人。家集に『兼輔集』がある。(一二三・四三四)

兼盛(かねもり)(平) ?—正暦元年(九九〇)。光孝平氏。篤行王の子。天暦四年(九五〇)臣籍に下り、天元二年(九七九)駿河守に至る。「天徳四年内裏歌合」などに出詠し、忠見・順・能宣・重之らと交渉があった。伝説的な逸話に富む。三十六歌仙の一人。家集に『兼盛集』がある。(一七・一七九・一四三説・二七八・三九五説・三九六・四九八・六四九・六八〇)

賀蘭遂(がらんすい) 伝未詳。『日本国見在書目録』に「賀蘭遂集二巻」が見える。(四九一・七一八)

菅(かん)(菅原道真(すがはらのみちざね)) 承和十二年(八四五)—延喜三年(九〇三)五十九歳。是善の男。島田忠臣に師事し、対策及第の後、少内記・文章博士となり渤海客使と唱和、仁和二年(八八六)讃岐守に転出、帰京後宇多天皇の信任を得て蔵人頭・参議・式部大輔となり遣唐使廃止を献議、大納言・左大将を経て昌泰二年(八九九)右大臣に任ずるも、同四年太宰権帥に左遷され配所で薨ず。『類聚国史』を編し『新撰万葉集』の撰者。『菅家文草』『菅家後集』が現存す。(二九・三四・三九・四〇・四六・五三・五四・七〇・七六・一四五・一五六・一六三・一九五・二一四・二八二・二九八・三三二・三五四・三七〇・三七一・三七九・三八四・三九一・三九四・四六六・四六七・五一五・五二六・五三三・五八二・六三〇・六三七・六五一・七一〇・七一二・七二二・七二三・七二四)

菅三品(かんさんぽん)(菅原文時(すがはらのふんとき)) 昌泰二年(八九九)—天元四年(九八一)八十三歳。道真の孫。対策及第後、内記・式部大輔・文章博士となり、晩年に至り漸く従三位に叙せらる。『坤元録屏風詩』を奏進し、「天徳三年闘詩合」に参加。詩才に富み、大江朝綱と菅江一双と並称さる。『文芥集』『菅三品序』は散佚。『本朝文粋』『扶桑集』の作者。(二四・六八・六九・七一・八三・九三・一〇九・一一六・一一七・一一九・一三〇・二〇〇・二二六・二三一・二四九・二七一・二九五・二九六・三六三・三六四・四一三・五三八・五四六・五四七・五四八・五四九・五五二・五五七・五七四・五七五・六五九・六六〇・六六七・六七二・六七八・六七九・六八四・七三五・七三六・七三八・七三九・七四四)

菅淳茂(かんじゅんぼ) →淳茂(じゅんぼ)

漢書(かんじょ) 中国の正史。一〇〇巻。後漢の班固撰、班昭補。前漢一代の歴史。『史記』に比して体裁は整うが文は及ばぬと評される。(六七五)

閑賦(かんぷ) →張読(ちょうどく)

紀(き)(紀長谷雄(きのはせを)) 承和十二年(八四五)—延喜十二年(九一二)六十八歳。貞範男。大蔵善行に学び後に菅原道真に兄事して才を認めらる。対策及第後、文章博士・大学頭・左大弁・参議を経て従三位中納言に至る。『紀家集』(巻十四現存)『紀家怪異実録』(散佚)を著す。『本朝文粋』『朝野群載』などの作者。(一四・四三・八二・一八八・一九六・二一〇・二一四・二六二・二六三・二六四・二六八・三三五・三六九・三七二・三七七・三九八・四二三・四五八・五五一・五六〇・六九五・六九八・七一六)

徽子女王(きし) 延長七年(九二九)—寛和元年(九八五)。斎宮女御・承香殿女御とも。式部卿重明親王の女。承平六年（九三六）斎宮、天慶八年（九四五）母寛子の喪により退下、天暦二年（九四八）村上帝のもとに入内したが不遇で、斎宮となった所生の規子内親王について伊勢に下向し、やがて尼になる。和歌・書・琴に堪能。三十六歌仙の一人。家集に『斎宮女御集』がある。（四六九）

紀貫之（きのつらゆき） →貫之（つらゆき）

匡衡（きょうこう）（大江匡衡（おおえのまさひら）） 天暦六年（九五二）―寛弘九年（一〇一二）六十一歳。維時の孫、重光男。対策及第後、文章博士・侍従・東宮学士を経て、尾張・丹波守に任じ正四位下に至る。一条帝の侍読で当代随一の鴻儒。『江吏部集』、歌集『匡衡集』がある。（一六二・四八五・五九二・七三七）

許渾（きょこん） 貞元七年（七九二）―大中八年（八五四）？ 六十四歳。字は仲晦、唐、丹陽の人。大和の進士。大中三年（八四九）監察御史となり虞部員外郎、睦・郢二州の刺史。後病で丁卯澗橋の村舎に退居し暇日に詩を賦す。『丁卯集』が存す。（一一七・一八二・一八七・一九四・四三二・六四一・六五〇・六八三・七三五・七五四）

清正（きよただ）（藤原） ？―天徳二年（九五八）。堤中納言兼輔の二男。延長八年（九三〇）従五位下となり、のち従五位上、天暦十年（九五六）紀伊守となる。忠見・敦忠らと交友があった。三十六歌仙の一人。家集に『清正集』がある。（三三・三〇六・四五三・五三九説）

清原元真（きよはらもとざね） →元真

琴（きん） →惟喬親王（これたかしんわう）

公忠（きんただ）（源） 寛平元年（八八九）―天暦二年（九四八）。光孝天皇の孫。大蔵卿国紀の子。信明の父。醍醐・朱雀両朝の蔵人を経て、天慶六年（九四三）右大弁に至ったが、同八年、病により辞した。香道・歌道にすぐれる。三十六歌仙の一人。家集に『公忠集』がある。（一三三・一八四・六八八）

公任（きんたふ）（藤原） 康保三年（九六六）―長久二年（一〇四一）。関白頼忠の子。母は中務卿代明親王の女。寛弘六年（一〇〇九）権大納言に至ったが不遇意識のうちに万寿元年（一〇二四）致仕、間もなく出家して北山長谷に隠棲した。和漢の諸道にすぐれ、『和漢朗詠集』のほか『如意宝集』『金玉集』「前十五番歌合」『深窓秘抄』『三十人撰』『三十六人撰』を撰定し、『新撰髄脳』『和歌九品』などの歌論書を著した。家集に『前大納言公任卿集』がある。中古三十六歌仙の一人。なお、朗詠集中の和歌に公任作の明証のあるものはなく、『撰集抄』が次の三首を公任作と伝える。（三五一説・七七三説・八〇三説）

空也（くうや） 正しくはコウヤ。延喜三年（九〇三）―天禄三年（九七二）。庶民の中にあって念仏を弘め、交通土木事業をおこして民衆を利した。応和三年（九六三）、賀茂川原で堂（六波羅蜜寺）を建てて金字大般若経供養を行い、のち東山の西光寺で没した。（六〇一説〈千載集〉）

草春（くさはる）（高向（たかむこ）） 生没年未詳。伝未詳。勅撰集には『拾遺集』に一首入集するのみ。『勅撰作者部類』に「不知官位」と注する。（五〇九）

蔵人所衆信臣（のぶおむ）（藤原信臣） 五三七の作者だが詳細未詳。『朗詠集』内部でも「藤原経信」（伝世尊寺行尹筆本）「信俊」（嘉暦本）等ともあり、『拾遺抄』でも信臣のほか「藤原経臣」（書陵部本等）、「藤原経信」（貞和本朱注）等の揺れがある。『拾遺集』では藤原経臣とし、『勅撰作者部類』は「五位肥前守。大学頭藤原佐高男」とする。花山朝に仕えた惟成の弁の祖父となる。信臣なら高藤の孫に「従五位上或従四位下、諸陵頭、紀伊介」（『尊卑分脈』）の信臣がいる。（五三七）

花山院（くわざんゐん）（華山院） 安和元年（九六八）―寛弘五年（一〇〇八）。第六五代の天皇。冷泉天皇第一皇子。諱は師貞。退位後、藤原公任に『拾遺抄』を奉らせ、それをもとに『拾遺

集』を撰したといわれる。『後拾遺集』以下に六四首入集。散佚家集に『花山院御集』があった。(一〇一・五八六)

橘相公(橘広相) 承和五年(八三八)―寛平二年(八九〇)。峰範男。菅原是善に学び貞観年中に対策に及第してから文章博士・式部大輔・蔵人頭などを経て参議・左大弁に任ぜられたが、仁和二年(八八六)の阿衡の事件に遭う。その後正四位上に進み、五十三歳で薨ず。中納言従三位を追贈。当代の学儒として『橘氏文集』をはじめ多くの著述があったが残っていない。(六九三。四八七は誤り)

暁賦 →謝観

元(元稹) 大暦十四年(七七九)―太和五年(八三一)五十三歳。字は微之。唐、河南の人。元和の初、左拾遺に任命されたが諫言を好み度々左遷、太和四年に戸部尚書・御史大夫・武昌節度使。才能に富み白楽天と親しく元白と称されたが、詩風は平易軽妙である。『元氏長慶集』『鶯鶯伝』がある。(九・四五・六五・九六・一八六・二六七・四〇五・四三六・四七三・五四〇・七〇六)

玄賓僧都 ?―弘仁九年(八一八)。俗姓弓削氏。出家して興福寺に入って法相宗を学んだ。大同元年(八〇六)律師に任ぜられたが辞退し伯耆・備中に移り、備中の湯川寺に没した。(六二三説)

厳維 生没年未詳。唐、越洲の人。字は正文。至徳の進士で秘書郎・余姚令などを経て右補闕で終る。詩に巧みで劉長卿と親交あり、詩集一巻があった。(七八九)

公乗億 生没年未詳。字は寿山。晩唐の詩人。咸通十二年(八七一)進士に挙げられ、賦に巧みであった。『唐書芸文志』に詩集一巻、賦集十二巻が見える。(二四〇・二四一・四六三・四七九・五〇〇・五三〇)

紅納言(大江維時) 仁和四年(八八八)―応和三年(九六三)七十六歳。千古男。文章博士・式部大輔などを経て従三位中納言。醍醐・朱雀・村上三代の侍読で詩才は従兄弟朝綱に劣るが博学は当代無比。『日観集』『千載佳句』を編し『坤元録屏風詩』を撰び、村上天皇に『遊仙窟』を講義す。(一〇六)

後漢書 中国の正史、一二〇巻。南朝宋の范曄撰。志三〇巻は晋の司馬彪撰。後漢一代の歴史。(六五三誤・六五四誤・六七四・七五〇・七五一)

国風 『私注』に小野国風とあるが、『二中歴』によると藤原国風の誤り。生没年未詳。大学頭佐高男、従四位下太宰大弐に至る。『扶桑集』の作者。(六六三)

五絃弾 →白

後中書王(具平親王) 康保元年(九六四)―寛弘六年(一〇〇九)四十六歳。村上天皇第七皇子。二品中務卿となり、六条坊門に住むので六条宮ともいう。保胤に師事して詩歌・陰陽・書道など諸道にすぐれ、一条朝文壇の中心人物。『弘決外典鈔』を著し、『後中書王御集』も歌集も散佚。『本朝麗藻』『本朝文粋』の作者。(一〇八・一七三・二六〇・三一二・三三三・三四九・三五〇・四八八・四九四・五九一)

小町(小野) 生没年未詳。系図未詳。篁の孫とする説もある。仁明・文徳朝に女房として宮廷にあった。その生涯は数多くの伝説・説話に彩られている。六歌仙・三十六歌仙の一人。家集に『小町集』がある。(三三六説・五六三説)

小松天皇御製 光孝天皇。天長七年(八三〇)―仁和三年(八八七)。第五八代。仁明天皇第三皇子で諱は時康。小松帝・仁和帝とも。元慶八年(八八四)即位。在位三年で崩御、小松山陵に葬らる。『古今集』以下に一四首入集。家集に『仁和御集』がある。(六六五)

惟喬親王 承和十一年(八四四)―寛平九年(八九七)五十四歳。文徳天皇第一皇子。元服とともに四品に叙せられ、太宰帥・弾正尹を

経て常陸・上野の太守となり、貞観十四年（八七二）出家して小野の里に隠棲す。（四六八）

伊尹（藤原）延長二年（九二四）―天禄三年（九七二）。九条右大臣師輔の一男。謚号は謙徳公。一条摂政とも。天暦五年（九五一）、撰和歌所別当として『後撰集』撰進に関与し、天禄二年、摂政太政大臣に至った。自撰家集といわれる『一条摂政御集』がある。（五三九）

惟正（藤原）三九〇の作者を『集註』に惟正とし、「中納言兼輔の男也。刑部卿従五位下」とする。なお前田家伝為氏本等は惟忠と記す。また文徳源氏に参議右中将で天元三年（九八〇）に没した惟正がいる。底本は作者を記さない。（三九〇説）

是則（坂上）？―延長八年（九三〇）。田村麻呂の後裔、好蔭の子。望城の父。延長二年（九二四）従五位下加賀介に至る。「寛平御時后宮歌合」等に歌をとられ、延喜七年（九〇七）の大井川行幸に供奉した。三十六歌仙の一人。家集に『是則集』がある。（四説・三八三）

斎宮内侍 生没年未詳。系図未詳。承平四年（九三四）皇太后穏子の五十賀の屏風歌を出詠し、その歌が『拾遺集』に二首入集する。（五六九）

在昌（紀在昌）生没年未詳。長谷雄の孫、淑信の子。対策及第後、大内記・文章博士を経て村上朝に式部大輔・東宮学士、従四位上に至る。『紀在昌集』は散佚。『本朝文粋』の作者。（一七八・六九四）

在中 →都在中

在列 →尊敬

相規（源 相規）生没年未詳。光孝源氏。参議清平男。村上天皇の時民部大丞となり、摂津守に任じ従五位上に至る。村上・円融朝の詩人。『類聚句題抄』『本朝文粋』の作者。（一三・一二四・三八九・七四五）

佐幹（平佐幹）生没年未詳。仁明天皇の皇子本康親王の孫。正五位下三河守。『扶桑集』の作者。（五一八・六三一）

左思 生没年未詳。晋の臨淄の人、字は太沖。博学能文にして辞藻壮麗といわれ、「三都賦」は人々が競って伝写したので洛陽の紙価を高からしめたという。官は秘書郎に至る。（七五二）

左相府 藤原道長か。→道長。

信明（源）延喜十年（九一〇）―天禄元年（九七〇）。光孝源氏。公忠の子。応和元年（九六一）陸奥守、安和元年（九六八）従四位下に至る。屏風歌もあり、歌人中務との贈答も多い。三十六歌仙の一人。家集に『信明集』がある。（四〇二）

実方中将（藤原実方）？―長徳四年（九九八）。小一条左大臣師尹の孫。定時の子。叔父小一条大将済時の養子となる。正暦二年（九九一）右近中将、同五年左近中将に至ったが、長徳元年（九九五）突然陸奥守に転補され、さまざまの説話の種を残したまま任地で没した。中古三十六歌仙の一人。家集に『実方朝臣集』がある。（七〇四）

沙弥満誓 生没年未詳。俗名は笠朝臣麻呂。万葉集第三期の人。慶雲元年（七〇四）従五位下となり、美濃・尾張などの守を歴任、治績を高く評価された。養老五年（七二一）元明上皇病気祈願のため出家、同七年筑紫観世音寺の別当となって下向、かの地で大伴旅人や山上憶良と相識った。『万葉集』に七首入る。（七九五）

左牢 生没年未詳。字は鳧膠、晩唐の文人。会昌三年（八四三）進士。『全唐文』（巻七六二）に賦一篇を収む。（八〇）

愁賦 →張読・公乗億

史記 中国の正史。一三〇巻。漢の司馬遷撰。上は黄帝に始まり、下は漢の武帝に至るまでの歴史を記し、本紀・表・書・世家・列伝に分つ。後世の正史の規範となる。（四九九）

志貴皇子　?—霊亀二年（七一六）（一説霊亀元年没）。施基・志紀とも書く。天智天皇第七皇子。光仁天皇の父。二品に進み、没後、春日宮御宇天皇と追尊され、陵墓に因んで田原天皇とも称せられる。『万葉集』に六首入集する。なお二一は『万葉集』によれば皇子の孫安貴王の歌。（一五）

止観（摩訶止観）　中国隋の天台大師智顗の説を弟子の灌頂が記録したもの。一〇巻。坐禅の体系的指導書で天台宗の根本聖典。（五八七）

重光大納言（源）　延長元年（九二三）—長徳四年（九九八）。醍醐天皇の孫。代明親王の子。母は藤原定方の女。臣籍に降り、天元五年（九八二）正三位、正暦二年（九九一）権大納言になったが翌年致仕した。『後撰集』以下に三首入集する。楽曲にもすぐれていた。（一九八）

重之（源）　生没年未詳。清和天皇の曾孫で従五位下三河守兼信の子。伯父の参議兼忠の養子となる。冷泉院の東宮のとき、帯刀先生で、のち従五位下となり貞元元年（九七六）に相模権守となった。筑紫・日向から陸奥まで足跡は広く各地に及び、長保年中（九九九—一〇〇四）陸奥で没した。三十六歌仙の一人。家集に『重之集』がある。（一四六・四四二説）

施肩吾　生没年未詳。字は希聖。唐、洪州の人。元和の進士。神仙を好み洪州の西山に隠れて終身仕えず。『西山集』は散佚。（四六五）

十五夜賦　→公乗億

順　→順

章孝標　生没年未詳。字は道正、唐、桐廬の人。元和十四年進士及第、秘書省正字となり、太和中に大理評事に試みらる。『章孝標詩集』がある。（八八・四三一・四六五・四七三・五三三・七六六・七六七）

相如（高丘相如）　生没年未詳。応和・康保（九六一—八〇）の頃大学で保胤と才能を並称され、後に少内記・少外記を経て永観二年（九八四）大外記、正暦三年（九九二）飛驒守に任ず。藤原公任の師。『本朝文粋』の作者。（三二七・三二一・三八五・五六八・五八四）

謝偃　生没年未詳。唐の衛州の人。隋に仕えた後、唐の貞観の初に応詔対策し、太宗に召されて弘文館直学士となり、官は湘潭令に終る。賦に巧みで李百年の詩とともに李詩謝賦と並称された。『謝偃集』一〇巻があった。（七七三）

謝観　生没年未詳。晩唐の文人か。観官荊州従事となる。『謝観賦』八巻は散佚。『全唐文』（巻七五八）に二三篇の賦を収む。（六四・三七四・四一七・四一八・四五四・五二〇・七九八）

淑望（紀淑望）　生年未詳—延喜十九年（九一九）。長谷雄男。対策及第の後勘解由次官・大学頭を経て従五位上東宮学士に任ず。『古今集』真名序の作者。（一・六五八）

順（源　順）　延喜十一年（九一一）—永観元年（九八三）七十三歳。嵯峨天皇の玄孫。挙の子。承平年間に『和名抄』を献上、天暦五年（九五一）に和歌所寄人となり『万葉集』訓読と『後撰集』撰進にあたる。文章生の後に勘解由判官・東宮蔵人・民部大丞に進み、和泉・能登守となる。『作文大体』『新撰詩髄脳』を撰す。漢詩集は散佚。和歌は『拾遺集』以下に入集し、家集『源順集』が現存。（四八・六〇・一一八・一三八・一四九・一七〇・二五〇・二五一・二七四・二七五・二七九・三一〇・三一三・三二一・四二四・四二五・四五〇・四七五・五三三・五五八・六〇八・六二六・六二八・六三三・六四二・六六八・六八五・六八六・七二〇・七九九・八〇〇・八〇一・八〇二）

淳茂（菅原淳茂）　?—延長四年（九二六）。道真の子。延喜元年（九〇一）文章得業生であったが、他の子弟とともに配流、後に聴されて大学頭・右中弁・文章博士等を歴任し正五位下に至る。父子相伝の詩人で『本朝文粋』『扶桑集』の作者。（二四五・二四六・二四

七・二四八・七三七）

庶幾（菅原庶幾）　生没年未詳。高視の男、文時の弟。大監物・大学助、従五位下。『扶桑集』『類聚句題抄』の作者。（六三六）

白女　生没年未詳。系図未詳。『勅撰作者部類』は「江口遊女。大江玉淵女」とする。『古今集』に一首あるが、『後撰集』の大江玉淵朝臣女（一首）も同一人と考えられていたかもしれない。（六四〇）

清慎公（藤原実頼）　昌泰三年（九〇〇）―天禄元年（九七〇）。謚号は清慎公。関白太政大臣忠平の子。延喜十五年（九一五）叙爵。康保四年（九六七）、冷泉天皇即位により関白太政大臣となる。安和二年（九六九）摂政となったが翌年死去。「天徳四年内裏歌合」の判者をつとめた。『後撰集』以下に三五首入集。日記に『水心記』、家集に『清慎公集』がある。（一四〇説。三八一）

正通（橘正通）　生没年未詳。貞元二年（九七七）から天元五年（九八二）の間に没するか。少納言実利男。源順に師事して大学寮に学び、保胤とともに具平親王侍読。六位宮内丞の卑位のまま隠遁。高麗に渡り宰相になったと伝う。『工部橘郎中詩巻』は散佚。『本朝文粋』の作者。（九七・四八七説・七五八・七六八・七六九・七七〇・七七一）

清賦　→謝観

斉名（紀斉名）　天徳三年（九五九）―長保元年（九九九）四十一歳。本姓は田口氏、後に紀氏に改む。橘正通に学び、対策及第の後大内記・式部少輔に任じ従五位上に至る。一条朝の代表的詩人で大江以言と拮抗す。『紀斉名集』は散佚。『扶桑集』の撰者。（三・九九・三三七・四〇四・五五九・五六七・五九四・五九六）

蝉丸　生没年未詳。逢坂山に草庵を結んだ（後撰集）。のち、宇多天皇皇子敦実親王の雑色で逢坂山に隠れた盲目の琵琶の名手で、延喜帝の皇子源博雅が秘曲を聴くために三年通ったという説話（『今昔物語集』）も生じた。（七三三説）

千葉蓮　→醍醐天皇

銭起　開元十年（七二二）―建中元年（七八〇）五十九歳。字は仲文。唐、呉興の人。大暦十才子の一、郎士元と並称さる。天宝中の進士、校書郎・考功郎中を経て太清宮使・翰林学士となる。『銭考功集』がある。（八二）

仙慶　生没年未詳。『拾遺集』に二首入集するのみで、伝未詳。（六〇一説）

千観　延喜十四年（九一四）―安和二年（九六九）。橘敏貞の子で天台宗の学僧。空也に次いで浄土教の普及に力をつくした。阿弥陀和讃を作る。（六〇一説、『袋草紙』）

善相公　三善清行。承和十四年（八四七）―延喜十八年（九一八）七十二歳。氏吉の三男。巨勢文雄に師事し対策及第後、大内記・文章博士・式部大輔を経て参議宮内卿に至る。「意見十二箇条」は有名。史伝に通じ『藤原保則伝』『円珍伝』、讖緯暦数に明るく『革命勘文』また『善家秘記』を著す。『善家集』は散佚。（三六九）

善宗　三善善宗か。生没年未詳。『扶桑集』の作者。（五三六）

前中書王　→中書王

僧亘玄　伝未詳。『佳句』は直玄、『全唐詩逸』は真玄に作る。（六九〇）

宋之問　顕慶元年（六五六）？―先天元年（七一二）？。初唐の詩人。字は延清。則天武后に取り入ったが中宗の時に罪を得て越州長史に遷され、睿宗の時に嶺南に流されて死を賜る。沈佺期とともに近体詩の確立に功績あり。この詩は劉廷之を殺して奪ったという。（七九〇）

素性　生没年未詳。僧正遍昭の在俗時代の子。俗名未詳。一説に良岑玄利。出家して初め雲林院にあり、のち、父ゆかりの大和国石上の良因院に移った。宇多院に愛され、昌泰元年（八九八）の宮滝御幸には途中から従った。「寛平御時后宮歌合」などにも歌を

とられている。三十六歌仙の一人。家集に『素性集』がある。(七二・一三五・二九〇・三三〇・三八八・四七六・六三五)

帥(そつ)(藤原伊周(ふぢはらのこれちか))　天延二年(九七四)―寛弘七年(一〇一〇)関白道隆男。大納言を経て内大臣になったが、長徳二年(九九六)失脚して太宰府に左遷。後に聴されて正二位に昇る。『本朝麗藻』の作者で『儀同三司(ぎどうさんし)集』があった。(六六二)

曾禰義忠(そねのよしただ)(好忠)　生没年未詳。底本「義忠」は宛字。天徳末年(九五九～六〇)に三十余歳であった。長く六位に留まり、天徳年間に丹後掾となる。「三条左大臣藤原頼忠前栽歌合」等に出詠し、寛和元年(九八五)二月の円融院の子の日の御遊に召されないのに推参して恥辱を受けたこともある。奔放自由に革新を試みた。中古三十六歌仙の一人。家集に『曾禰好忠集』(曾丹集)がある。(五三二)

尊敬(そんぎやう)(橘在列(たちばなのありつら)・在列(ざいれつ))　生没年未詳。秘樹の第三子。文章生の後安芸介となり累遷して弾正少弼に至る。天慶七年(九四四)出家して叡山に入り尊敬と号す。源英明との唱和詩は有名。『沙門敬公集』『尊敬記』は散佚、『東塔法華堂壁画讃』が現存。『本朝文粋』『扶桑集』の作者。(三〇・五五・三五七・三八説・四四三説・四九七)

醍醐天皇(だいご)　仁和元年(八八五)―延長八年(九三〇)四十六歳。宇多天皇皇子。寛平九年(八九七)即位、在位三十三年。『古今集』を撰進せしめ、道真に菅家三代の集を献ぜしむ。『類聚句題抄』の作者。(一七九・三五三)

高光(たかみつ)(藤原)　?―正暦五年(九九四)。九条師輔の八男。幼名まちをさ君。従五位上右近衛少将に至ったが応和元年(九六一)出家し、翌年多武峰に入った。法名如覚。世に多武峰少将という。三十六歌仙の一人。『拾遺集』以下に二三首入集。家集に『高光集』、出家前後の話をまとめた『多武峰少将物語』がある。(七六四)

忠房(ただふさ)(藤原)　生年未詳―延長六年(九二八)。信濃大掾興嗣の子。千兼の父。延長三年(九二五)に従四位上、山城守、同五年右京大夫に至る。笛の名手で胡蝶楽を作ったと伝えられる。『古今集』以下に一二首入集。中古三十六歌仙の一人。(三三三)

忠見(ただみ)(壬生(みぶ))　生没年未詳。忠岑の子。童名の「名多(なた)」は後年にも用いている。天徳二年(九五八)摂津大目となる。「天徳四年内裏歌合」等に出詠。三十六歌仙の一人。家集に『忠見集』がある。(三一説・一八五・三九〇説・四四三説・四九七)

忠岑(ただみね)(壬生)　生没年未詳。安綱の子。忠見の父。寛平元年(八八九)頃左近番長、のち摂津権大目に至る。「是貞親王家歌合」等の歌合、屏風歌等に出詠、『古今集』撰者のときは右衛門府生、のち摂津権大目に至る。『和歌体十種』(忠岑十体)の撰者と伝えられる。三十六歌仙の一人。家集に『忠岑集』がある。(八・二六・三一・四四説・一六九・四四二説)

丹比国人(たぢひのくにひと)　生没年未詳。天平八年(七三六)従五位下、のち従四位下、天平宝字元年(七五七)摂津大夫になったが橘奈良麻呂の謀反に連座して伊豆に配流。『万葉集』に四首入集する。なお、朗詠集で国人作とする歌は、国人とともに豊浦寺の尼の私室で宴を開いた沙弥尼たちの作。(三三八説)

為頼(ためより)(藤原)　生没年未詳。長徳四年(九九八)没か。堤中納言兼輔の孫。摂津・丹波守を経て、従四位下太皇太后宮大進となる。紫式部の伯父。「三条左大臣家歌合」に加わり、三条左大臣頼忠の歌壇に属する。『拾遺集』以下に一一首入集し、家集に『為頼集』がある。(七三三・七四九)

達摩和尚(だるまくわしやう)　巨勢三杖(こせのみつゑ)か。生没年未詳。系図未詳。聖徳太子が没したとき、三首の挽歌を献じたと『上宮聖徳法王帝説』に見えるその一首が聖徳太子伝承の中で片岡山の飢人の詠とされ、飢人を変化の人と見る立場から文殊菩薩（『喜撰式』など）、あるいはその化身の達磨大師とする説（『袋草紙』など）が生じた。（六七三）

仲算 承平五年（九三五）—貞元元年（九七六）。「中算」とも。空晴の弟子で西大寺別当。興福寺喜多院松房に住み、論義にすぐれていた。勅撰集には『拾遺集』に一首入るのみである。（七七六）

中書王（兼明親王） 延喜十四年（九一四）—永延元年（九八七） 七十四歳。醍醐天皇皇子。源姓を賜り左大臣となったが、藤原兼通の讒により貞元二年（九七七）二品親王となり中務卿に任ず。官を辞して小倉山荘に退隠。皇室第一の詩人で「莵裘賦」は名高く、具平親王に対し前中書王という。（九八・二五六・二八七・二九二・四三三・七六〇）

中納言兼輔 →兼輔

千里（大江） 生没年未詳。阿保親王の孫、参議音人の子。叔父に在原行平・業平がいる。一説に玉淵の子ともいう。延喜三年（九〇三）兵部大丞に至る。中古三十六歌仙の一人。家集『句題和歌』（『大江千里集』とも）は白詩の句を題に詠じたものに詠懐歌十首を加える。（二七七説、『風雅集』）

張読 未詳。『全唐文』に見えず。（一一三・三〇七・四〇三・六〇四・六一四・六一五）

張文成 顕慶五年（六六〇）—開元二十年（七三二）。張鷟、字は文成。浮休子と号す。深州陸沢の人。進士に及第し則天武后の時御史に栄進したが、玄宗の時嶺南に流さる。天性放縦であったが浮艶流麗な文章は天下に伝誦された。伝奇小説『遊仙窟』は我が国に伝えられ『万葉集』『源氏物語』などに影響が見られる。（七〇五・七七八）

直幹（橘直幹） 生没年未詳。長門守長盛男。橘公統に師事し対策に及第して大内記・大学頭・東宮学士等を歴任し、天暦二年（九四八）文章博士、天徳初年式部大輔となり正四位下に至る。『坤元録屏風詩』『天徳詩合』の作者。『直幹艸』は散佚。（一八九・二八九・三三〇・三四八・四三七・五〇七・五六三・五七六・六二七・六三八・六四五・六四六・七五七）

貫之（紀） 生年未詳—天慶八年（九四五）。望行の子。延喜五年（九〇五）『古今集』撰進の命を受け、友則・躬恒・忠岑らとこれを完成させた。「寛平御時后宮歌合」等数多くの歌合や屏風に歌をとられ、和歌の公的立場を確立した。晩年土佐守時代に『新撰和歌』を撰し、上京の体験をもとに『土佐日記』を書いた。三十六歌仙の一人。家集に『貫之集』がある。（七・三七・五七・五八・一一〇・一一三説・一三一・一三六・一五五・二一九・三〇五・三一六・三三七・三五一・三五八・三六一・四二〇・四九六説・五三八・五七〇・五七七・七九六）

鶴処鶏群賦 皇甫曾の作。生没年未詳。字は孝常、皇甫冉（李端）の弟。天宝の進士。侍御史となり事に坐して舒州司馬・陽翟令に左遷。兄と並んで詩名高く『皇甫曾集』がある。（四四四）

鄭師冉 未詳。（四一〇）

朝綱 →江相公

伝教大師（最澄） 神護景雲元年（七六七）—弘仁十三年（八二二）。天台宗の開祖。諡号は伝教大師。近江国の人で三津首百枝の子。延暦七年（七八八）比叡山に根本中堂を建立、のち入唐して円・密・禅・戒の四宗を修め延暦二十四年（八〇五）帰朝し、翌年天台宗開宗の勅許を得た。『新古今集』以下に三首入集する。（六〇三）

田達音（島田忠臣） 天長五年（八二八）—寛平三年（八九一）。菅原是善に師事し文章生となり、後に兵部少輔・美濃介を経て玄蕃頭・伊勢介に任じ、従五位上に至る。藤原基経の恩顧を蒙り、当代の詩匠と讃えられて再度に亘り渤海客使と唱和す。『田氏家集』は現存するも『田達音集』は散佚。（二三・一〇七・二二五・二二六・三二一）

都（都良香） 承和元年（八三四）―元慶三年（八七九）四十六歳。桑原貞継男、本名言道。対策及第後、大内記・文章博士を経て越前権介を兼ね侍従に任ず。史伝に通じ詔勅に巧みで詩才は当代に冠絶す。『文徳実録』の編輯に参加、『都氏文集』（三巻現存）に文章を収む。『本朝文粋』『扶桑集』の作者。（一三・二八・四一二・四四八・四四九・四九三・五二四・五四三・五四四・五六一・五六六・五八三・五九五・六八七）

藤滋藤 未詳。清原滋藤か。生没年未詳。朱雀・村上朝の詩人で陸奥軍監。『扶桑集』の作者。（六一）

統理平（三統理平） 仁寿三年（八五三）―延長四年（九二六）七十四歳。大蔵善行に師事し対策及第後、大外記・大内記・文章博士・式部大輔等を歴任す。『三代実録』『延喜式』編者の一人。『統理平集』は散佚。（三五五）

時平（藤原） 貞観十三年（八七一）―延喜九年（九〇九）。太政大臣基経の長男。昌泰二年（八九九）左大臣となり、右大臣菅原道真を太宰権帥に退けた。『古今集』以下に一六首入集する。延喜六年（九〇六）日本紀竟宴の和歌が仁徳天皇御製と訛伝されていった。（六九三）

篤茂（藤原篤茂） 生没年未詳。天禄四年（九七三）まで生存。内麿流、備中掾遂業男。文章生となり村上天皇の時加賀介を経て図書頭となり後に従五位上に至る。『本朝文粋』『扶桑集』の作者。（二・四一・三四七・四三三・四七四・六二九）

都在中（都在中） 生没年未詳。良香の子で文才あり。越前権掾で終る。『本朝文粋』の作者。（三三五・四〇七）

敏行（藤原） ？―昌泰四年（九〇一）。陸奥出羽按察使富士麿の子。母は紀名虎の女。寛平七年（八九五）蔵人頭に至ったが翌年病により辞し、同九年従四位上右兵衛督となった。「是貞親王家歌合」などに歌をとられる。三十六歌仙の一人。家集に『敏行集』がある。（二〇六・二七三）

杜荀鶴 会昌六年（八四六）―天祐四年（九〇七）六十二歳。字は彦之。九華山人と号す。池州の人。晩唐の詩人。進士及第の後、宣州節度使田頵に重用され、後に梁の太祖朱全忠の知遇を得て推挙され翰林学士主客員外郎となる。社会詩及び宮詞をもって知られ『唐風集』がある。（三二九・五〇二・五一四・五五六）

送友帰大梁賦 →公乗億

友則（紀） 生年未詳―延喜七年（九〇七）頃。宮内権少輔有朋の子。貫之の従兄弟。延喜四年大内記。同五年、貫之らと『古今集』撰集の事に従ったが、半途で没した。『古今集』に貫之・忠岑の挽歌がある。「是貞親王家歌合」以下の歌合にも歌をとられている。三十六歌仙の一人。家集に『友則集』がある。（一〇〇・三三四・三四四・三八三）

豊浦寺沙弥尼等 豊浦寺は奈良県高市郡明日香村豊浦にあった寺。甘樫丘の北東麓にあたる所で、日本最初の尼寺。『万葉集』巻八に「故郷の豊浦の寺の尼の私房にして宴する歌三首」があり、一首は丹比真人国人、二首は沙弥尼等の歌である。朗詠集に入ったのは後者の一首。（三二八）

中務 生没年未詳。中務卿敦慶親王女。母は伊勢。天元二年（九七九）の源順との贈答歌が年次の確認できる最終である。源信明を夫とした。「天暦八年内裏菊合」等の作者。三十六歌仙の一人。家集に『中務集』がある。（七四・一六六・二〇一・二〇三・二六五説・四〇一・五三六説・五三九説）

縄丸（内蔵） 生没年未詳。系図未詳。縄麻呂とも。天平十八年（七四六）から天平勝宝三年（七五一）まで大伴家持の下僚として越中介であった。『万葉集』に四首入集する。（一三五）

直幹 →直幹（橘）

業平（在原） 天長二年（八二五）―元慶四年

（八八〇）。平城天皇の皇子の阿保親王の第五子。母は伊登内親王。兄の行平らと在原姓を賜る。右馬頭などを経て、右近衛権中将、蔵人頭に至った。六歌仙・三十六歌仙の一人。家集に『業平集』があり、『伊勢物語』の主人公とされる。（一三・三六六説）

仁徳天皇（にんとく） 第一六代。応神天皇の皇子。難波の高津宮を都とし、磐媛（いわのひめ）を皇后とした。高殿に登って遠望し、民家から煙の上がらないのを知って三年間課役を停め、ために百姓が豊かになった（『日本書紀』仁徳四年）という。朗詠集に天皇作として載せる歌は藤原時平の歌の訛伝である。（六九二説）→時平（藤原）

後中書王（のちのちゅうしょおう） →後中書王（ごちゅうしょおう）

鮑溶（ほうよう） 生没年未詳。字は徳元。中唐の詩人で元和の進士。古詩楽府に秀れ、詩集五巻があった。（六〇五）

白（はく）（白居易） 大暦七年（七七二）—会昌六年（八四六）七十五歳。字は楽天、酔吟先生と号す。唐、太原の人。元和の初翰林学士となり左拾遺に遷ったが、後江州司馬に左遷、文宗の即位で刑部侍郎・太子賓客となり、会昌の初刑部尚書で致仕。詩に巧みで平易を宗とし、元稹や劉禹錫と並んで元白・劉白と称さる。『白氏文集』『白氏六帖』があり、我が国の文学に及ぼした影響は多大である。（四・五・一〇・一八・二〇・二七・五〇・五一・五二・六六・六七・七五・八七・一〇二・一〇三・一〇四・一〇五・一一四・一一五・一二六・一二七・一三三・一三七・一四四・一四七・一五〇・一五一・一五二・一五九・一六〇・一六一・一六八・一七一・一七五・一七六・一九二・一九九・二〇四・二〇八・二〇九・二一二・二二一・二二三・二三〇・二三三・二三四・二三五・二四二・二四三・二五二・二五四・二六六・二八六・二九一・三〇一・三〇二・三〇八・三〇九・三一七・三一八・三二八・三四一・三四五・三五二・三五六・三五九・三六二・三六七・三七五・三七六・三八七・三九三・四一九・四二一・四三〇・四三五・四四五・四四六・四五五・四五六・四六三・四六四・四七一・四八〇・四八一・四八二・四八三・四八四・四九二・五〇一・五一一・五一二・五一三・五二一・五二二・五三一・五四一・五五四・五五五・五六五・五七二・五七三・五七八・五七九・五八八・五八九・六一三・六一六・六一七・六一八・六二四・六三一・六五五・六五六・六六六・六七六・六八九・六九七・七〇七・七〇八・七一五誤・七二二・七二三・七二四・七三三・七三四・七四〇・七四一・七四二・七四三・七五三・七五五・七六五・七七七・七七九・七八〇・七八一・七九一）

白賦（はくふ） →謝観

美材（びざい）（小野美材（をののよしき）） ？—延喜二年（九〇二）。篁の孫、刑部大輔俊生の子。対策に及第して寛平九年（八九七）大内記従五位下となり、後に伊予・信濃の権介を兼ねる。能書家として有名。詩文は『本朝文粋』等に、和歌は『古今集』以下に三首入る。（二二三・二六八〇・七四六）

人丸（ひとまろ）（柿本人麿） 『万葉集』では人麻呂。生没年未詳。持統・文武両朝に仕えた万葉集第二期の宮廷歌人。後世歌聖とされ、三十六歌仙の一人となり、現存本『人麿集』が編まれた。朗詠集中に人丸とする歌で『万葉集』中に人麻呂作とするものはなく、『柿本朝臣人麻呂歌集』中の歌が二首あるのみである。次に底本で「人丸」とするものと、『人麻呂歌集』の歌を挙げる。（三五・七七・一一一〈人麻呂歌集〉・一五四・二一八・三三八・三一四・四四〇〈人麻呂歌集〉・六四七・七八七）

深養父（ふかやぶ）（清原） 生没年未詳。豊前介房則の子で清少納言の曾祖父。延長元年（九二三）内蔵大允、同八年従五位下という微官におわった。琴の名手。中古三十六歌仙の一人。家集に『深養父集』がある。（三四三）

藤原雅材（ふぢはらのまさき）（藤原雅材（がざい）） 年没年未詳。経臣（つねおみ）男。応和年中対策に及第し、従五位下右少弁に至る。『本朝文粋』『類聚句題抄』の作者。（六五三・六五四、後漢書とあるのは誤り）

物安興（ぶつあんきょう）（物部安興（もののべのやすおき）） 生没年未詳。大蔵善行に師事す。延喜元年（九〇一）に能登権介であった。従五位下に至る。『類聚句題抄』『雑言奉和』の作者。（一四八）

傅温 未詳。（三九七）

文賦 →陸機

遍昭 弘仁七年（八一六）—寛平二年（八九〇）。桓武天皇の孫。大納言良岑安世の子。俗名良岑宗貞。仁明天皇に仕えて蔵人頭となったが嘉祥三年（八五〇）天皇の崩御により出家、比叡山に登り、のち雲林院に住み、また花山に元慶寺を開き、仁和元年（八八五）僧正となり仁寿殿で光孝天皇から七十賀を賜った。六歌仙・三十六歌仙の一人。家集に『遍昭集』がある。（一八一・六二〇・六三三・七一七・七九七）

保胤（慶滋保胤） ？—長保四年（一〇〇二）。法名寂心。賀茂忠行の次子。紀伝道に学び菅原文時に師事す。康保元年勧学会を主催、対策及第後大内記となる。花山朝の新政に参画するも寛和二年に出家し如意輪寺に住し諸国の霊場を遍歴す。作品は『本朝文粋』などに多く、「池亭記」『日本往生極楽記』が代表作、『十六相讃』現存、『慶保胤集』は散佚。（一一・八四・一四一・二〇五・二五七・二七〇・二九七・三〇三・四〇〇・四三九・四八九・五九〇・五九三・五九八・五九九・六〇六・六六九・六九一・七七四）

鳳為王賦 →賈嵩

輔昭（菅原輔昭） ？—天元五年（九八二）？。文時の子。大学に学んで文章得業生となり、後に大内記従五位下に至る。天元五年に出家。詩才に富み『本朝文粋』『類聚句題抄』の作者。（三一七・三六五）

当純（源） 生没年未詳。右大臣兼右近衛大将能有五男。文徳源氏。寛平六年（八九四）太皇太后宮少進、延喜三年（九〇三）少納言、同七年従五位上に進む。「寛平御時后宮歌合」に歌をとられ、『古今集』に同じ歌一首が入るのみ。（一六）

道長（藤原） 康保三年（九六六）—万寿四年（一〇二七）。兼家四男。母は時姫。法成寺殿・御堂関白と称せられる。長徳元年（九九五）兄道兼の死により内覧の宣旨を受け、翌年左大臣となる。寛仁元年（一〇一七）太政大臣、同三年出家、法成寺を造営した。日記『御堂関白記』がある。なお底本の「左相府」を「右相府」（嘉暦本）の誤りとして九条師輔（延喜八年〈九〇八〉—天徳四年〈九六〇〉）とみる説もある。師輔が真延から菩提子の数珠を贈られた（『師輔集』・『後撰集』）ことがあるが「読二法文一了贈二菩提子念珠一」（山城切等）とある注記と合わない。（六〇三）

道信（藤原） 天禄三年（九七二）—正暦五年（九九四）。右大臣為光の三男。寛和二年（九八六）兼家の養子となり叙爵、右近衛少将等を経て、正暦二年、左近衛中将、同五年、従四位上となったが早逝した。中古三十六歌仙の一人。家集に『道信朝臣集』がある。（三九四）

密雨散糸賦 →左牢

躬恒（凡河内） 生没年未詳。延喜五年（九〇五）、友則・貫之・忠岑らと勅により『古今集』撰進の事に従った。「寛平御時后宮歌合」等の歌合に歌をとられ、屏風歌も多い。官位は不遇で和泉・淡路の権掾程度であった。三十六歌仙の一人。家集に『躬恒集』がある。（三八・四四・五六・九五・一三四・二三〇・三三九・二七三・二八三説・二九九・四六一・七三二説・七八六）

源 宗于 ？—天慶二年（九三九）。光孝天皇の孫、是忠親王の子。寛平六年（八九四）従四位下となり源姓を賜る。各地の守などを経て、承平三年（九三三）右京大夫、天慶二年に正四位下に至った。三十六歌仙の一人。家集に『宗于集』がある。（四二七・五六四）

無名（七八三）

村上天皇 邑上とも。延長四年（九二六）—康保四年（九六七）。第六二代。醍醐天皇一四皇子。母は皇太后穏子。天慶七年（九四四）立太子、同九年即位、以後、崩御までの間、天暦五年（九五一）『後撰集』を撰ばせ、「天徳三年内裏詩合」「天徳四年内裏歌合」などのことがあった。皇太子の時、大江維時

に『日観集』を撰ばせた。詩集『天暦御集』は散佚。家集に『村上御集』がある。（八九・三七八・六〇〇・七四八）

名明（菅野）　生没年未詳。勘解由次官に任ず。『扶桑集』の作者。『私注』は源英明作とす。（七〇三）

元方（在原）　生年未詳―天暦七年（九五三）。業平の孫で、筑前守棟梁の子。大納言国経の養子となり、従五位上左衛門佐兼筑前守に至る。「是貞親王歌合」や「亭子院歌合」などに名を連ねる。中古三十六歌仙の一人。家集『元方集』は散佚。（三）

元真（藤原）　生没年未詳。甲斐守清国（邦）の三男。天徳五年（九六一）従五位下、康保三年（九六六）丹波介に至った。「天徳四年内裏歌合」等に出詠する。三十六歌仙の一人。『後拾遺集』以下に二七首入集。家集に『元真集』がある。なお、底本「清原」に誤る。（六三九）

元輔（清原）　延喜八年（九〇八）―永祚二年（九九〇）。深養父の孫。従五位上肥後守となり、在任中に没した。清少納言の父。天暦五年（九五一）和歌所に候し、順らと『後撰集』撰進や『万葉集』訓読の事に従う。しばしば歌合・賀・屏風・遊宴に歌を召された。三十六歌仙の一人。家集に『元輔集』がある。（三〇三・三六五説・三八五）

文選　↓左思

野（小野篁）　延暦二十一年（八〇二）―仁寿二年（八五二）。岑守の子。承和十四年（八四七）参議となったので、通称は野宰相・野相公。『経国集』『本朝文粋』等の作者。承和三年遣唐副使として出発したが難船し、翌年の出発のとき正使と争い、病いと称して行かず、上皇の怒りに触れて隠岐に流された。物語的家集に『篁物語』（小野篁集とも）がある。（二・三・四七・三二四・三二六・三三九・五八〇・六〇七・六二五・六四四・六四八・七〇九）

楊衡　生没年未詳。唐の詩人。字は中師。天宝の乱を避けて友人と廬山に隠れ山中四友と称した。官は大理評事に至る。詩集一巻があった。（六五七）

家持（大伴）　霊亀二年（七一六）―延暦四年（七八五）。旅人の長男。越中守を経て、一時左遷ののち従三位中納言に至った。『万葉集』の大成者。『万葉集』に長歌四六首、短歌四二六首、旋頭歌一首、『拾遺集』以下に六二首入る。三十六歌仙の一人。なお、平安時代にできた『家持集』は実質的には家持の家集ではない。（三四〇）

野相公　↓野

やすき（橘）　生没年未詳。醍醐天皇皇子保明親王（延喜四年〈九〇四〉―二十一年皇太子）に東宮坊帯刀として仕え、「帯刀陣歌合」に出詠。萩谷朴は『西宮記』太上天皇賀事の延喜十六年三月七日条の朱雀院院司「橘懐樹」か、『類聚符宣抄』巻八延喜十七年三月十六日宣旨の「但馬介従五位上橘秘樹」がこれに当るかとする（『平安朝歌合大成』）。（三三三）

八束（藤原）　霊亀元年（七一五）―天平神護二年（七六六）。のち真楯と改める。房前の三男。天平十二年（七四〇）従五位下、以下治部卿・参議・中務卿・太宰帥・中納言を経て正三位大納言に至る。冬嗣はその孫。『万葉集』に八首入るが『朗詠集』とは一致しない。（三七七説）

野美材　↓美材

義孝少将（藤原）　天暦八年（九五四）―天延二年（九七四）。藤原伊尹の四男。行成の父。右近少将になったが、兄の左近少将挙賢とともに疱瘡をわずらい、兄は九月十六日の朝に、弟は夕方に没したので、朝少将・夕少将と並称された。中古三十六歌仙の一人。家集に『義孝集』がある。（三二九・七九三）

能宣（大中臣）　延喜二十一年（九二一）―正暦二年（九九一）。祭主頼基の子。天暦五年（九五一）蔵人、讃岐権掾で梨壺の五人の一人と

して和歌所に候した。のち、天禄四年（九七三）伊勢神宮祭主となる。しばしば権門から和歌を召されていた。三十六歌仙の一人。家集に『能宣集』がある。（三・一五八・三二六・四九〇）

頼基（大中臣）　生年未詳。没年は天暦十年（九五六）、天徳二年（九五八）などの説がある。備後掾輔道の一男。能宣の父。天慶二年（九三九）神祇大副・祭主になり、天暦五年には従四位下に進んだ。「亭子院歌合」や屏風歌などに出詠。三十六歌仙の一人。家集に『頼基集』がある。（一五七）

羅虬　生没年未詳。晩唐の詩人。台州の人。羅隠・羅鄴と名を斉しくし三羅と称された。官は鄜州従事。（六八二）

羅維（厳維の誤り）　→厳維

劉禹錫　大暦七年（七七二）―会昌二年（八四二）七十一歳。字は夢得。唐、中山の人。貞元九年進士、監察御史となったが政争に遭って左遷、後諸州の刺史を経て検校礼部尚書・太子賓客となり、死後戸部尚書を追贈さる。柳宗元と交情濃やかで、晩年は白楽天と親交あり詩を唱和す。『劉賓客文集・外集』がある。（一九・三一八・四四七・五〇三）

劉元叔　生没年未詳。晩唐の詩人か。『全唐詩』に詩一首、『全唐文』に賦一篇を残すのみ。（三四六）

李嘉祐　生没年未詳。字は従一。唐、趙州の人。天宝中の進士、秘書正字を授けられ、事に坐して流罪、後に中臺郎となり、台袁二州の刺史となる。厳維・劉長卿と親交あり、その詩は麗婉と称さる。『李嘉祐集』がある。（一九三）

陸機　景元二年（二六一）―太安二年（三〇三）四十三歳。字は士衡。晋、呉郡の人。呉滅亡後晋に仕えて太子洗馬・著作郎となり、後に成都王穎に仕え、長沙王乂と戦い敗れて誅せらる。詩文は一世に冠絶し、弟雲と並んで二陸と称さる。『陸士衡集』がある。「文賦」は『文選』に収む。（四七〇）

陸翬　伝未詳。（六八一）

陸侍御　未詳。『全唐詩』に見えず。（五九）

李嶠　八二の作者とあるが誤り。→銭起

李端　二六一の作者とあるが誤り。皇甫冉とも。生没年未詳。字は茂政。唐、丹陽の人。十歳で詩をよくし、天宝十五年（七五六）進士第一に挙げられ、後に無錫尉・左金吾兵曹を経て右補闕に至る。『皇甫冉集』がある。（二六一）

立春日内園進花賦　→淑望

良春道（惟良春道）　生没年未詳。先祖は百済の人。嵯峨朝より仁和朝の詩人。『二中歴』「詩人歴」の諸大夫の項に見えるので五位に至るか。生涯卑位に沈むが小野篁と並称さる。『経国集』『扶桑集』の作者。（六・三六〇・五三四・七五九）

良僧正　→遍昭

麗景殿女御　荘子女王とも。延長八年（九三〇）―寛弘五年（一〇〇八）。醍醐天皇の孫。代明親王の王女。母は藤原定方女。天暦四年（九五〇）村上天皇の女御として入内、麗景殿女御と呼ばれ、具平親王などを生む。康保四年（九六七）村上天皇崩御のため出家。（七三）

聯句（五三五）

連昌宮賦　→公乗億

王維　聖暦二年（六九九）―上元二年（七六一）六十三歳。字は摩詰、唐、祁の人。進士及第の後、右拾遺・監察御史を歴任し、安禄山の乱に囚えられ、賊平定後、特命を以て赦され、後尚書右丞に至る。詩名は高く特に五言詩に長じ、書画を善くした。別墅を輞川に営んで裴迪と優遊し、また仏道を信奉す。『王右丞集』がある。（三八）

為雅　慶滋為政か。生没年未詳。保胤の弟保章の男。文章博士従四位上に至る。或いは正四位下備中守藤原為雅か。（六四三）

為憲（源　為憲）　？―寛弘八年（一〇一一）。光孝源氏、筑前守忠幹男。正通とともに源順

に師事す。文章生を経て遠江・美濃・伊賀の守を歴任し正五位下に至る。『三宝絵』『口遊』『世俗諺文』『空也誄』などの著述がある。『本朝詞林』『為憲集』は散佚。『本朝麗藻』の作者。(一八〇・六〇九・七六五)

韋承慶(ゐしようけい)　?―神龍二年(七〇六)?。字は延休、唐、鄭州陽武の人。進士及第後、鳳閣侍郎に累遷し、神龍元年に張易之が誅せられるに坐して嶺表に流謫、歳余にして秘書員外少監をもって召さる。『韋承慶集』六〇巻は散佚。(三一七)

惟成(ゐせい)(藤原惟成(これしげ))　天暦七年(九五三)―永祚元年(九八九)三十七歳。雅材の子。課試に及第し、花山天皇に仕えて側近として活躍、正五位上蔵人、権左中弁に任ず。寛和二年(九八六)天皇退位と共に出家し名を悟妙と改む。『本朝文粋』の作者で歌人としても秀れ、『惟成弁集』がある。(四一一)

恵慶(ゑきやう)　生没年未詳。花山天皇の頃の人。播磨の講師であったという。花山院の熊野御幸に従った。能宣・輔親・兼盛・重之・安法らと交遊関係があり、『拾遺集』以下に五四首入集。中古三十六歌仙の一人。家集に『恵慶法師集』がある。(一六七)

温庭筠(をんていゐん)　元和七年(八一二)―大中十三年(八五九)?。本名は岐、字は飛卿。并州の人。晩唐の詩人。若くして詞章に巧みで李商隠とともに温李と称された。性放蕩不羈、進士に及第せず、不遇にして国子助教に終り、流落して死す。著述頗る多きも散佚し、『温庭筠詩集』が存す。(三三四・三六八・五四三)

新潮日本古典集成〈新装版〉

和漢朗詠集

平成三十年九月三十日 発行

校注者 大曽根章介
　　　 堀内秀晃

発行者 佐藤隆信

発行所 株式会社 新潮社

〒一六二-八七一一 東京都新宿区矢来町七一
電話 〇三-三二六六-五四一一（編集部）
　　 〇三-三二六六-五一一一（読者係）
http://www.shinchosha.co.jp

印刷所 大日本印刷株式会社

製本所 加藤製本株式会社

装画 佐多芳郎／装幀 新潮社装幀室

組版 株式会社DNPメディア・アート

乱丁・落丁本は、ご面倒ですが小社読者係宛お送り下さい。
送料小社負担にてお取替えいたします。
価格はカバーに表示してあります。

ISBN978-4-10-620826-3 C0392

古事記 西宮一民 校注

千二百年前の上代人が、ここにいる。神々の哄笑は天にとどろき、ひとの息吹は狭霧となって野に立つ……。宣長以来の力作といわれる「八百万の神たちの系譜」を併録。

日本霊異記 小泉道 校注

仏教伝来によって地獄を知らされた時、さまざまな説話、奇譚が生れた。雷を捕える男、空飛ぶ仙女、冥界巡りと地獄の業苦——それは古代日本人の幽冥境。

今昔物語集 本朝世俗部（全四巻） 阪倉篤義・本田義憲・川端善明 校注

背筋の寒くなる話。胸がすっとする話。本能、欲望、超能力……ここにひしめく説話の群れは、内から外から、人間という生きものの根源を照らしだす。

平家物語（全三巻） 水原一 校注

祇園精舎の鐘のこゑ……生命を賭ける男たちの戦い、運命に浮き沈む女人たち、人の世の栄枯盛衰を語り伝える源平争覇の一部始終。八坂系百二十句本全三巻。

古今著聞集（上・下） 西尾光一・小林保治 校注

貴族や武家、庶民の諸相を神祇・管絃・好色等に分類し、典雅な文章の中に人間のなまの姿を写して、人生の見事な鳥瞰図をなした鎌倉説話集。七二六話。

太平記（全五巻） 山下宏明 校注

北条高時に対する後醍醐天皇の挙兵から足利政権確立まで。その五十年にわたる激動の時代と勇猛果敢に生きた人間を描く軍記物語の巨編。既刊四巻。

萬葉集（全五巻）　青木・井手・伊藤 清水・橋本 校注

名歌の神髄を平明に解き明す。一巻・巻第一～巻第四　二巻・巻第五～巻第九　三巻・巻第十～巻第十二　四巻・巻第十三～巻第十六　五巻・巻第十七～巻第二十。

古今和歌集　奥村恆哉 校注

いまもし、恋の真只中にいるなら、「恋歌」を、愛する人に死なれたあとなら、「哀傷」を読んでほしい。華やかに読みつがれた古今集は、むしろ、慰めの歌集だと思う。

梁塵秘抄　榎克朗 校注

遊びをせんとや生まれけん、戯れせんとや生まれけん……源平の争乱に明け暮れた平安後期の民衆の息吹きが聞こえてくる流行歌謡集。編者後白河院の「口伝」も収録。

山家集　後藤重郎 校注

月と花を友としてひとり山河をさすらう人生詩人、西行――深い内省にささえられたその歌は祈りにも似た魂の表白。千五百首に平明な訳注を付した待望の書。

新古今和歌集（上・下）　久保田淳 校注

美しく響きあう言葉のなかに人生への深い観照が流露する、藤原定家・式子内親王・後鳥羽院などによる和歌の精華二千首。作者略伝をはじめ充実した付録。

金槐和歌集　樋口芳麻呂 校注

血煙の中に産声をあげ、政権争覇の余震が続く鎌倉で、修羅の中をひたむきに疾走した青年将軍、源実朝。『金槐和歌集』は、不吉なまでに澄みきった詩魂の書。

■新潮日本古典集成

古事記　西宮一民
萬葉集　一～五　青木生子　井手至　伊藤博　清水克彦　橋本四郎
日本霊異記　小泉道
竹取物語　野口元大
伊勢物語　渡辺実
古今和歌集　奥村恆哉
土佐日記　貫之集　木村正中
蜻蛉日記　犬養廉
落窪物語　稲賀敬二
枕草子　上・下　萩谷朴
和泉式部日記　和泉式部集　野村精一
紫式部日記　紫式部集　山本利達
源氏物語　一～八　石田穣二　清水好子
和漢朗詠集　大曽根章介　堀内秀晃
更級日記　秋山虔
狭衣物語　上・下　鈴木一雄
堤中納言物語　塚原鉄雄
大鏡　石川徹

今昔物語集　本朝世俗部　一～四　阪倉篤義　本田義憲　川端善明
梁塵秘抄　榎克朗
山家集　後藤重郎
無名草子　桑原博史
宇治拾遺物語　大島建彦
新古今和歌集　上・下　久保田淳
方丈記　発心集　三木紀人
平家物語　上・中・下　水原一
金槐和歌集　樋口芳麻呂
建礼門院右京大夫集　糸賀きみ江
古今著聞集　上・下　西尾光一　小林保治
歎異抄　三帖和讃　伊藤博之
とはずがたり　福田秀一
徒然草　木藤才蔵
太平記　一～五　山下宏明
謡曲集　上・中・下　伊藤正義
世阿弥芸術論集　田中裕
連歌集　島津忠夫
竹馬狂吟集　新撰犬筑波集　木村三四吾　井口壽

閑吟集　宗安小歌集　北川忠彦
御伽草子集　松本隆信
説経集　室木弥太郎
好色一代男　松田修
好色一代女　村田穆
日本永代蔵　村田穆
世間胸算用　金井寅之助　松原秀江
芭蕉句集　今栄蔵
芭蕉文集　富山奏
近松門左衛門集　信多純一
浄瑠璃集　土田衞
雨月物語　癇癖談　浅野三平
春雨物語　書初機嫌海　美山靖
與謝蕪村集　清水孝之
本居宣長集　日野龍夫
誹風柳多留　宮田正信
浮世床　四十八癖　本田康雄
東海道四谷怪談　郡司正勝
三人吉三廓初買　今尾哲也